Shulamith Lapid wurde 1934 in Tel Aviv geboren. Nachdem sie ihren Militärdienst geleistet hatte, studierte sie Literatur. Anschließend arbeitete sie an den israelischen Botschaften in Paris und London.

Nach zahlreichen Kurzgeschichten und zwei Kinderbüchern veröffentlichte sie mit «Im fernen Land der Verheißung» ihren ersten Roman. Sie gehörte mehrere Jahre lang dem Vorstand des israelischen Schriftstellerverbandes an und wurde 1987 mit dem Literaturpreis des Premierministers ausgezeichnet.

Heute lebt Shulamith Lapid mit ihrem Mann und drei Kindern in Tel Aviv. Im Frühjahr 1991 erscheint im Wunderlich Verlag ihr neues Buch: «Er begab sich in die Hand des Herrn. Ein archäologischer Kriminalroman».

Foto: Diana Gona

Shulamith Lapid

Im fernen Land der Verheißung

Roman

Deutsch von Wolfgang Lotz

Rowohlt

Die Originalausgabe erschien 1982 unter dem Titel
«GAI ONI»
bei Keter Publishing House Jerusalem Ltd., Israel

Deutsche Erstausgabe
Veröffentlicht im Rowohlt Taschenbuch Verlag GmbH,
Reinbek bei Hamburg, Dezember 1990
Copyright © 1990 by Rowohlt Taschenbuch Verlag GmbH,
Reinbek bei Hamburg
Copyright © by Keter Publishing House Jerusalem Ltd.
Alle deutschen Rechte vorbehalten
Umschlaggestaltung Britta Lembke
(Foto: Jacobi / G+J Fotoservice)
Satz aus der Linotype Walbaum (Linotron 202)
bei Jung Satz Centrum, Lahnau
Druck und Bindung Clausen & Bosse, Leck
Printed in Germany
1480 - ISBN 3 499 12585 4

Es war alles viel zu schnell gegangen. Die Hochzeit in der Ajiman-Synagoge in Jaffa, die Reise... Fanja wollte gar nicht erst den Versuch machen, das alles zu verstehen. Wenn sie anfing nachzudenken, würde sie verrückt werden! Lieber schaute sie sich die Gegend an. Die weite eintönige Ebene, die jetzt langsam in hügeliges Gelände überging, wo einzelne Felsen hier und dort aus den Abhängen hervorragten, als hätte man sie herausgerissen. Bis Haifa fuhren sie gemeinsam mit anderen Reisenden. Insgesamt saßen zehn Passagiere zusammengedrängt in der Pferdedroschke von Chaim Jankel. Fanja, die ein Baby auf dem Schoß hatte, war der Ehrenplatz überlassen worden, und so thronte sie auf einem Haufen gebündelter Päckchen. Die meiste Zeit über war sie allein im Wagen. Vor jeder Anhöhe bat Chaim Jankel seine Fahrgäste auszusteigen, «aus Mitleid mit den armen Pferden». Wenn es bergab ging, ließ er sie wiederum absteigen, «um keinen Schaden zu nehmen», und wenn es geradeaus ging, schlug er ihnen vor, sich doch etwas die Beine zu vertreten. Doch jedesmal wies er Fanja an: «Du bleibst auf deinem Platz.» Die übrigen Fahrgäste kannten offenbar die Eigenheiten des Kutschers, denn ihre Beschwerden hielten sich in Grenzen.

Nachdem sie die ganze Nacht und einen halben Tag gefahren waren, kamen sie endlich in Haifa an, wo Fanja und Jechiel sich von ihren Mitreisenden verabschiedeten. Jechiel mietete für die Weiterreise ein Paar Maultiere. Er hatte es eilig, nach Hause zu kommen, deshalb entschloß er sich, nicht abzuwarten, bis sich eine Reisegruppe versammelt hatte, sondern unverzüglich den Heimweg nach Jauni anzutreten.

Fanja sah ihn verstohlen von der Seite an. Seit ihrer Abfahrt aus Jaffa hatten sie kein Wort gewechselt. Das Schaukeln hatte Tamara eingeschläfert. Zeitweilig hatte sie das kleine Geschöpf ganz vergessen, das in einem Kasten an der Seite des Maultiers angeschnallt war. Die Stunde, zu der das Kind gestillt werden mußte, war längst vorüber, und Fanja wußte nicht recht, was sie tun sollte, wenn ihr Töchterchen aufwachte und nach Nahrung schrie. Wie konnte sie vor den Augen dieses fremden Mannes, der seit zwei Tagen ihr Gatte war, ihre Brust entblößen? Sie erinnerte sich an die Worte ihres Onkels Schura, als er sich in Jaffa von ihr verabschiedet hatte: «Mach dir keine Sorgen, Fanja.» Als könne er mit diesen Worten alles auslöschen, was ihnen zugestoßen war.

Wie um die Worte ihres Onkels zu unterstreichen, ertönte plötzlich Kanonendonner, und die Fahrgäste der Droschke drängten sich erschrocken neben dem Wagen zusammen. Die einzige andere Frau unter den Reisenden schrie laut: «Albert, *mon dieux!*» Nur Chaim Jankel zählte gelassen die einzelnen Böllerschüsse, und erst als er bei einundzwanzig angelangt war und der Lärm sich legte, erklärte er feierlich: «Diesen Tag hat uns Gott beschert. Es ist der Geburtstag der Konstitution. Möge sie uns Glück und Segen bringen.» Die Reisenden murmelten vor sich hin, und Fanja sagte im stillen «amen und nochmals amen» und fragte sich, was für ein Leben sie wohl im fernen Galiläa an der Seite ihres Mannes erwartete.

«Wann kommst du zu mir – nach Jauni?» hatte sie ihren Onkel gefragt.

«Ich werde kommen», hatte er mit lauter und zuversichtlicher Stimme erwidert, doch sie spürte, daß er sich in tiefster Seele ebenso fürchtete wie sie.

«Wenn einer von uns mal nach Jaffa kommt, kann er dich mitnehmen», hatte Jechiel gesagt.

«Wann?» beharrte Fanja. Ihr Onkel lachte, als er in ihrer Stimme eine Spur ihrer früheren Eigensinnigkeit erkannte. «Wirst du mich benachrichtigen, wenn etwas passiert?» fragte sie.

«Nichts wird passieren», versicherte er ihr mit einem Anflug von Ungeduld und fügte hinzu: «Ab heute mußt du für dich selber sorgen.»

Wenn ich das nur könnte, dachte sie jetzt, als sie sich an die Worte ihres Onkels erinnerte. Ihr Töchterchen in seinem Kasten, ihr Bruder Lolik, auf seinem Maultier festgezurrt wie ein Sack Lumpen ... den beiden würde sie nicht helfen können, und an sich selbst wollte sie gar nicht denken.

«Möchtest du dich ausruhen?» fragte Jechiel und schreckte sie aus ihren Gedanken auf. Halb eingeschläfert durch die gleichmäßige Bewegung ihres Maultiers, hatte sie zeitweilig ganz den Mann vergessen, der neben ihr herritt.

«Nein, das ist nicht so wichtig. Wo sind wir denn?»

«In einer Stunde kommen wir zum Tabor-Berg. Dort machen wir halt. Die Maultiere brauchen eine Pause.»

Eine feuchte Wärme durchströmte Fanjas Brüste, und das kleine Mädchen im Kasten schwitzte und wurde unruhig. Mit seinem knopfgroßen rosa Mund suchte es nach Nahrung. Fanja spürte ihre aufgerichteten Brustwarzen. Sowohl sie als auch das Baby hatten das Stillen dringend nötig. Plötzlich fing Tamara an zu weinen, rote Flecken zeichneten sich auf ihrem Gesichtchen ab, und ihre winzige Nase war ganz weiß.

«Sie hat Hunger», sagte Jechiel.

Fanja dachte an die beiden Kinder ihres Mannes, die auf die Rückkehr des Vaters warteten. Welch eine Überraschung sie erleben würden! Ihr Vater war nach Jaffa gefahren, um sich dort in den Orangenplantagen nach Arbeit umzusehen, und nun kam er zurück mit einer Stiefmutter, einer Stiefschwester und einem Stiefonkel. Ein großer Marder huschte vor ihnen über den Weg und suchte Zuflucht in einem Kaktusgestrüpp, wo er vermutlich seine Höhle hatte.

«Möchtest du absteigen?»

«Ja.»

Jechiel führte die Maultiere zu einer kleinen Quelle im Gebüsch. Fanja knöpfte eilig ihre Bluse auf und gab Tamara die Brust. Der kleine Mund saugte sich gierig an der prall gefüllten Brustwarze fest, und nach dem ersten stechenden Schmerz trank das Kind in hastigen Schlucken, die allmählich ruhiger und gleichmäßiger wurden. Bald war Tamara wieder eingeschlafen; ihr kleiner Mund lutschte noch im Schlaf weiter. Auch Fanja fielen die Augen zu, und sie blieb gerade noch lange genug wach, um ihre Blöße zu bedecken, bevor Jechiel wiederkam. Zwar hatte sie in Jaffa Araberinnen gesehen, die auf offener Straße ihre Brust entblößten, aber in ihrem eigenen Elternhaus hatte man sich nie nackt gezeigt. Bis zu jenem schrecklichen Tag, als die zerschundenen blutbefleckten Körper ihrer Eltern vor ihr auf dem Fußboden lagen und ihr Geschrei sich mit ihren eigenen Schreien vermischte, als jener *Goi* sie auf dem Ehebett ihrer Eltern vergewaltigte und sie nicht begreifen konnte, warum Vater und Mutter ihr nicht zu Hilfe kamen – als sich schließlich über dem Haus eine Stille ausbreitete, die noch schrecklicher war als die Schreie.

«Bist du fertig?» schreckte Jechiels Stimme sie aus dem Schlaf. Fanja schrie auf.

Er verzog ärgerlich den Mund, und sogleich war sie von Angst und Zweifeln erfüllt. Wer war eigentlich dieser Mann, den sie erst vorgestern vor Rabbi Naftali Hirz, dem Rabbiner von Jaffa, geehelicht hatte? Was wußte er über ihr Kind? Er hatte sie zur Frau genommen, damit sie sich um seine beiden Halbwaisen kümmern konnte, aber er hätte auch eine andere Frau heiraten können, die geistig und körperlich gesund war, eine Frau, deren Verwandte ihm nicht wie Mühlsteine am Hals hängen würden.

«Ich habe ihm erzählt, dein Mann wäre zusammen mit deinen Eltern bei dem Pogrom ermordet worden», hatte Onkel Schura zu ihr gesagt. Eines seiner Augen war blutunterlaufen, und aus seinem Ohr hing ein Wattefädchen heraus.

«Was ist mit deinem Ohr?» hatte sie ihn unvermittelt gefragt.

«Der Lärm.»

«Und die Watte hilft?»

«Ich glaube schon. Sie dämpft den Lärm.»

Er wurde jetzt wirklich langsam alt, und sie fühlte sich schuldig, weil sie ihn in dieses ferne Land verschleppt hatte.

Ihr Onkel Schura war der Bruder ihres Vaters. Wie alle in der Familie Mandelstamm hatte er große starke Zähne, einen rötlichen Bart, eine laute Stimme und war leicht erregbar. Die beiden Brüder pflegten endlose Diskussionen zu führen, aber die kleine Fanja hörte ihnen kaum zu. «Sie streiten sich nicht, mein kleiner Krapfen», hatte ihre Mutter sie immer beruhigt, wenn das Geschrei zu laut wurde. «Sie diskutieren nur, mehr nicht.»

Ihr Vater leitete eine Zuckerfabrik, die er von seinem Vater geerbt hatte, und war wütend auf seinen Bruder, der einen Teil der Einnahmen erhielt, ohne sich um die Geschäftsführung zu kümmern. «Ich will auch leben», war Schuras Antwort auf solche Vorwürfe. «Leben», das hieß für ihn, eine Seite aus der *Gemara* zu lernen, einen Roman von Tolstoi oder den *Magid* von David Gordon zu lesen und vielleicht einen Brief an Rabbi Schmuel Mohaliver aus Radom zu schreiben, der an die Auferstehung des Volkes Israel in Palästina glaubte. «Ich bin Russe», erklärte Schura jedem, der es hören wollte. «Die Befreiung des russischen Volkes wird auch die Erlösung der Juden nach sich ziehen.» Tief in ihrem Herzen gab Fanja dem Onkel recht.

Worte wie «Erlösung», «Emanzipation» und «Kosmopolitismus» hallten von den Wänden des Hauses wider. Dann verschwand der Onkel ganz plötzlich, und Fanja hörte Gerüchte, er hätte sich irgendeiner revolutionären Gruppe angeschlossen. An ihrem zwölften Geburtstag erschien er im Morgengrauen und brachte ihr als Geschenk *Eugen Onegin* von Puschkin, versehen mit einer Widmung: *Meiner Fanitschka Tatjana zum zwölften Geburtstag von Deinem Dich liebenden Onkel Schura. Jelissavitgrad, 9. November 1878.* Jetzt lag das Buch neben ihr im Kasten.

Bei jenem Besuch, nach den üblichen Küssen und Glückwünschen, hatte der Onkel seinem Bruder verkündet, die Erlösung stehe unmittelbar bevor. Morgen oder übermorgen würden zweieinhalb Millionen russische Juden in die Familie des großen russischen Volkes aufgenommen und auch von der Regierung als gleichberechtigte Bürger anerkannt werden. Doch das war kurz nach der Blutverleumdung in Kutais – Antisemiten hatten beharrlich das Gerücht verbreitet, die Juden schlachteten christliche Kinder, um das Blut zum Bakken von *Matze* zu verwenden –, und das Gespräch führte zu einem endgültigen Bruch zwischen Fanjas Vater und seinem Bruder.

Fanja sah ihren Onkel erst nach drei Jahren wieder, zwei Wochen nach dem Pogrom in ihrer Heimatstadt.

Er kam abends an, nach einer ganztägigen Reise, und fand Fanja im Haus der Nachbarin vor. Ein einziger Fensterladen in ihrem Elternhaus stand noch offen, schief, zerschlagen und halb aus den Angeln gerissen, und ließ ihn das Schlimmste vermuten. «Mein Herz zitterte vor Angst», erzählte er später der Nachbarin. «Als sei das alles schon einmal passiert, als sei es nicht das erste Mal. Wie sehr ich dieses Gefühl haßte! Die Haustür war verschlossen, ich stieg durch den Kohlenkeller ein, und ich fürchtete mich wie ein kleines Kind. Im Mondlicht sah ich das ganze Ausmaß der Zerstörung...»

Fanjas Vater war im Haus geblieben, weil er auf die Rückkehr seines Sohnes Israel Lolik wartete, der bald seinen Militärdienst beenden würde. Wenn nicht in diesem Jahr, dann im nächsten. Und wenn nicht im nächsten Jahr, dann in zwei Jahren. Seine erwachsenen Töchter waren nach Amerika ausgewandert und beschworen ihre Eltern, sich ihnen anzuschließen und Fanja mitzunehmen. «Wenn Lolik vom Militär zurückkommt, dann fahren wir alle ins Heilige Land», hatte der Vater gesagt.

Lolik war erst zwölf Jahre alt gewesen, als er zum Militär entführt und zwangsweise dienstverpflichtet worden war. Einige Monate nach seiner Entführung erhielten sie einen Brief von einem anderen Jungen namens Eljakim Zunser, der ebenfalls zur Armee entführt worden war. Der berichtete, er habe ihren Sohn Israel Mandelstamm in Kasan getroffen, und es gehe ihm gut. Ein Jahr später wurde das Dienstverpflichtungsgesetz aufgehoben, aber Lolik kehrte immer noch nicht heim. Von Zeit zu Zeit erreichten sie Gerüchte über einen in den Militärdienst gezwungenen jüdischen Jungen, der sich zur Ehre Gottes geopfert hatte und qualvoll erfroren war.

Fanja kannte ihren Bruder nicht, dennoch haßte sie ihn, weil er soviel Kummer über ihr Elternhaus gebracht hatte. Ihre Eltern waren schon zu alt und zu erschöpft, um sich um ihre Erziehung zu kümmern. Fanja selbst war es, die sich entschieden hatte, die städtische Schule zu besuchen, Klavierunterricht zu nehmen und Englisch statt Französisch zu lernen, damit sie mit ihren Verwandten in Amerika korrespondieren konnte. Ihr Vater versprach, bald ein Grundstück in Palästina zu erwerben, aber was hatte er bisher getan? Seine Initiative beschränkte sich darauf, von Zeit zu Zeit das Hohelied Salomons nach der Melodie von Mandelkorn anzustimmen: «Ich bin eine Blume des Scharongefildes, eine Rose der Täler.»

Fanja summte das Lied vor sich hin. Der Himmel war hell und wolkenlos. Auf den Abhängen grasten schwarze Ziegen, und weiter unten stand eine Reihe von Oleanderbüschen, die vermutlich von einem verborgenen Wasserlauf gespeist wurden. Das Maultier wieherte, als sie an bebaute Äcker kamen. Es war unerträglich heiß, die Fliegen schwirrten um Fanjas schweißnasses Gesicht. Sie vermied es, den Mund aufzumachen, um keine zu verschlucken, aber das Atmen mit geschlossenem Mund fiel ihr schwer. War das der Frühling in diesem Land?

«Nach wem ist Tamara benannt?» fragte Jechiel.

«Nur nach sich selbst.»

«Ein hübscher Name. Sowohl russisch wie auch hebräisch.»

Fanja freute sich, daß der Name ihm gefiel. Und auch, daß er ihre Absicht verstanden hatte. Onkel Schura hatte ihr vorgeschlagen, das Kind nach ihrer Mutter Henie Devora zu nennen, aber hätte das nicht eine Beleidigung des Andenkens ihrer Mutter bedeutet? Eines Tages würde sie zum Gedenken an ihre Eltern Hüllen für *Tora*rollen nähen und darauf ihre Namen mit Silberfäden sticken.

Als die türkische Hebamme sie gefragt hatte, wie sie das Kind nennen wolle, hatte sie «Tamara» gesagt. Sie war sicher gewesen, daß sie bald darauf die Geburtsurkunde mitsamt dem Säugling wegwerfen und damit diesem traurigen Kapitel in ihrem Leben ein Ende setzen würde. Doch die weise Hebamme legte ihr das feuchte, winzige, schreiende Bündel an die Brust und wartete ab, bis es an ihren schmerzenden Brüsten zu saugen begann.

Drei Monate lang blieben sie in Konstantinopel, im Haus der Hebamme. Während dieser Zeit bekam Fanja keinen Menschen zu Gesicht. Ihre ganze Welt bestand aus ihrem Töchterchen, der Hebamme und ihrem Onkel. Als schließlich das Schiff ankam, mit dem sie nach Jaffa fahren sollten, waren die Bande, die sie an ihr Kind fesselten, schon unzertrennlich geworden.

Hinter den nächsten Hügelkämmen erstreckten sich grüne Felder und dahinter einzelne Eichen, über das Gelände verstreut, jede für sich. Wie wenig Bäume sie unterwegs gesehen hatten! Durch den Ritt am Abhang entlang wurden die Kästen, die auf dem Maultier festgeschnallt waren, kräftig geschüttelt. Tamara wachte auf und fing an zu weinen, beruhigte sich wieder und begann dann nochmals zu schreien.

Fanja warf einen Blick auf den Mann, der neben ihr herging. Den größten Teil des Weges hatte er zu Fuß zurückgelegt, mit verschlossener Miene, die Augen auf den Weg vor ihm gerichtet. Auch sie wäre gern ein Stück zu Fuß gegangen, um sich die Beine zu vertreten und ein wenig frische Luft zu schöpfen, aber sie war auf dem Rücken des Maultieres festgebunden, zusammen mit den Bündeln und Kästen. Auf dem anderen Maultier war ihr Bruder Lolik festgeschnallt wie ein Sack Lumpen. Immer wieder sank ihm die Kinnlade auf die Brust. Der Arzt in Jaffa hatte ihm ein Schlafmittel gegeben, und als sie in Haifa ankamen, hatte Fanja ihm nochmals ein Beruhigungsmittel ins Essen getan, um ihn sicher an ihren neuen Wohnort zu bringen. Von Zeit zu Zeit öffnete er die Augen, und seine bleichen Gesichtszüge belebten sich ein wenig. Eine schöne Mitgift habe ich da in die Ehe gebracht, dachte Fanja und blickte zum hundertstenmal zu dem Mann hinüber, der jetzt ihr Gatte war. Ihre Blicke trafen sich, und sie fragte ihn: «Bist du nicht müde?»

«Sobald wir zum nächsten Abhang kommen, sitze ich wieder auf», erwiderte er. Doch am nächsten Abhang war er viel zu beschäftigt damit, die Lasttiere sicher über das gefährliche Gefälle zu führen, über die großen schwarzen Steine, die aussahen wie ein erstarrter Lavastrom. Sie konnte keinen Weg oder Pfad ausmachen und fragte sich, wie dieser Mann sich zurechtfand. In den Bergen waren noch immer Anzeichen des vergangenen Winters zu sehen. Hier und dort blühten schon Mohnblumen, Veilchen und Anemonen, doch der größte Teil der Wegstrecke war mit Disteln und Dornensträuchern bewachsen, die den Maultieren die Beine zerstachen. Dichtes Gestrüpp bedeckte die Berge im Osten. Tamara hörte nicht auf zu weinen. Ob es ihm schon leid tut? fragte Fanja sich. Plötzlich zog Jechiel die Zügel an und brachte das Maultier zum Stehen.

«Sie hat sich naß gemacht», sagte er.

Bevor sie noch richtig verstanden hatte, hob er Tamara aus

dem Kasten, nahm sie auf den Schoß, zog ihr das Kleidchen hoch und warf die nasse Windel in die Ecke des Kastens. Lolik murmelte etwas vor sich hin. Jechiel wechselte geschickt die Windel, und als Tamara daraufhin zu weinen aufhörte, meinte Fanja, den Anflug eines Lächelns auf seinem Gesicht bemerkt zu haben.

«Wann . . .?» setzte sie an, aber das Knarren der Räder übertönte ihre Worte.

«Was?» Er blickte zu ihr. Also hatte er sie doch gehört.

«Wann ist deine Frau gestorben?»

«Vor anderthalb Jahren.»

«Woran?»

«Malaria.»

Vor anderthalb Jahren! Und sie hatte in ihrer Naivität geglaubt, es wäre erst ein paar Monate her und er sei nach Jaffa gekommen, um eine Pflegerin für seine Kinder zu suchen. Wahrscheinlich hatte er bis jetzt keine Frau gefunden, die bereit gewesen wäre, mit ihm zu leben. Nun, ihr machte es nichts aus. Für sie war er gut genug. Zwischen ihnen herrschten klare Verhältnisse. Ihr Onkel hatte geglaubt, durch diese Heirat all ihre Probleme lösen zu können, ohne zu wissen, daß er selbst eines dieser Probleme war. Diese Reise nach Palästina war purer Wahnsinn gewesen – ein sechzehnjähriges Mädchen mit einem alten Onkel am Hals, einem geistesgestörten Bruder und einem Baby. In einem Roman hätte sie eine solche Konstellation für äußerst geschmacklos gehalten. Wie sie es liebte, Romane zu lesen! Mit einer Schale voll Süßigkeiten auf dem Sofa zu liegen und über das Schicksal der edlen Helden Tränen zu vergießen. Doch inzwischen hatte sie herausgefunden, daß Kummer nicht viel Edles enthielt und Tränen keinen Trost brachten.

Fanja hatte Jechiel zwei Wochen nach ihrer Ankunft in Jaffa kennengelernt. Er war aus Galiläa gekommen, um in der Orangenplantage von Schimon Rokach, mit dem er verwandt war, zu arbeiten und etwas Geld zum Ankauf von Saatgut zu verdienen. Fanja stand auf dem flachen Dach der Herberge von Chaim Becker, das mehr oder weniger der Mittelpunkt des gesellschaftlichen Lebens in diesem Hause war. Mit einem Stock rührte sie in dem Kessel herum und sah zu, wie ihre Windeln kochten. Die nassen Windeln waren sehr schwer; jedesmal, wenn sie den Stock hochhob, machte sie sich die Ärmel naß. Sie versuchte, durch diese mechanische Arbeit ihre Gedanken zu verdrängen. Die heißen Dämpfe hatten ihr Gesicht gerötet, und aus dem unteren Stockwerk drang der ekelerregende Geruch von gepreßtem Öl zu ihr herauf. Der behäbige Schritt des Kamels, das die Deichsel der Ölpresse im Kreis zog, schien sich ihren Bewegungen anzupassen.

Warum hatte sie nur geglaubt, sie würde hier in Palästina ihren Kummer vergessen können? Warum hatte sie gedacht, hier würden alle ihre Probleme eine Lösung finden? Was hatte sie sich eigentlich erhofft? Das Geld ging langsam zu Ende, und mit zunehmender Verzweiflung wurde ihr klar, daß von ihrem Onkel, an den sie sich mit aller Kraft klammerte, keine Rettung zu erwarten war. Jeden Morgen lief er ins Büro des Zentralrates der CHOWEWEJ ZION. Einmal fragte sie ihn, was er dort tue, und er erwiderte, er organisiere ein «Aktionskomitee».

Sie ging ein paarmal in den Laden von Schlomo Großmann, das einzige jüdische Geschäft in der Stadt, um sich nach einer geeigneten Arbeit für ihren Onkel umzuhören. Im «Klub» von Großmann wußte man alles und kannte jeden. Sie selbst konnte keine Arbeit annehmen, solange sie noch Tamara stillte, und Lolik – sie hatte Glück, daß die Inhaber der Herberge ihm gestatteten, sich im Hof vor der Ölpresse unter den Maulbeerbaum zu legen. Aber was würde im Winter werden, wenn es regnete? Sie, nur sie allein, hatte sie alle ins Unglück gestürzt, als sie in dem Dunkel, das sie umgab, plötzlich vor ihren geschundenen Augen ein Licht aufleuchten sah: Palästina, das Land Israels.

Nachdem Schura Mandelstamm im leeren Haus seines Bruders die Spuren des Pogroms entdeckt hatte, ging er zu den Nachbarn, um sich nach dem Schicksal seiner Verwandten zu erkundigen. Auf einem der Betten lag Fanja, der stumme Schatten eines kleinen Mädchens; im Hof fand er Lolik, den verlorenen Sohn, in seinen Militärmantel gehüllt. Die Nachbarin warf dem Jungen von weitem sein Essen hin, denn jedesmal, wenn sich ihm jemand näherte, begann er zu schreien und lief davon. Nur von Fanja nahm er seine Mahlzeiten entgegen, aber auch Fanja war keineswegs gesund.

Der Onkel stellte eine Bäuerin an und begann gemeinsam mit ihr das Haus sauberzumachen. Doch Fanja war fest entschlossen, dieses Haus nie wieder zu betreten.

«Also, was dann?» fragte sie der Onkel. «Wollen wir nach Krakau fahren?»

«Vater hat auf Lolik gewartet, um ihn nach Palästina mitzunehmen», erwiderte sie.

«Willst du nach Palästina fahren?» fragte er.

Fanja zuckte mit den Schultern, als wolle sie sagen: Wer gibt etwas darauf, was ich will?

Plötzlich erschienen vor ihnen drei Kamele, die mit großen Säcken beladen waren. Fanja schaute die Tiere verwundert an. Sie ärgerte sich über den Mann neben ihr, der sich nicht einmal die Mühe machte, ihr zu erklären, was sie sah. Er wußte doch, daß sie hier fremd war und die Gegend nicht kannte. Oder glaubte er etwa, sie wie ein Haustier behandeln zu dürfen?

«In einer Stunde kommen wir zu einer Quelle. Dort ruhen wir uns aus. Nachts geht es weiter», sagte Jechiel.

«Womit sind diese Kamele beladen?» fragte sie.

Er lächelte. «Mit Kohlen.»

«Du dummes Ding!» waren die ersten Worte, die er zu ihr gesagt hatte. Sie hatte versucht, das Feuer unter dem Kessel, in dem die Windeln kochten, auszumachen. Dabei waren plötzlich die Flammen aus dem Dochtkocher herausgeschlagen, und ihr Haar hatte Feuer gefangen. Bevor sie noch wußte, wie ihr geschah, warf man ihr ein Stück schweren, dunklen Stoff über den Kopf. Vor Schreck und Angst wäre sie beinahe erstickt. Jemand schlug ihr mehrmals auf den Kopf, erst dann zog der Angreifer seinen schweren Mantel weg, und ihr verschreckter Blick fiel auf ein wütendes Gesicht. Sie hörte noch, wie er «dummes Ding» zu ihr sagte, dann wurde sie ohnmächtig.

«Schon gut, schon gut, mein Liebes, mein Teures», vernahm sie die erschöpfte, aber herzliche Stimme von Mutter Becker, die ihr gleichzeitig ein paar sanfte Ohrfeigen versetzte. «Was wird dieses arme Kind noch alles erleiden müssen, Gott im Himmel? Komm, mein Vögelchen, trink einen Schluck…» Ein paar Tropfen Branntwein wärmten ihre Kehle, und sie berührte die Hand der Gastwirtin, um ihren Dank auszudrücken.

«Deine Wangen sind ganz fahl, gütiger Gott! Bleib hier liegen und rühre dich nicht vom Fleck! Ich bringe dir gleich heißen Tee, süß und stark. Und Sie, Herr Siles, passen solange auf sie auf, damit sie nicht aufsteht, bevor ich zurückkomme.»

Ein Schatten bewegte sich vor dem Fenster und murmelte etwas. Die Gastwirtin ging aus dem Zimmer, und Fanja schloß die Augen, um dem zornigen Blick des Fremden nicht begegnen zu müssen.

«Wenn du wieder mal beschließen solltest, dich zu verbrennen, dann suche dir einen Ort aus, wo keine Menschen sind und wo vor allem keine Ölpresse steht.»

Er stand über ihr mit strengem Gesicht, seine Augen und sein Haar pechschwarz, als hätte er orientalisches Blut. Die meisten Juden in Jaffa waren orientalischer Herkunft und unterschieden sich weder in ihrer Kleidung und ihrer Kopfbedeckung noch in ihrer Sprache und ihrem Verhalten von den Arabern. Ihr Onkel hatte ihr erzählt, daß die meisten von ihnen aus Marokko, Tunis und Algerien stammten, einige wenige auch aus den Mittelmeerhäfen in der Türkei und in Griechenland. Und warum sollte in den Adern dieses Fremden kein arabisches Blut fließen? dachte sie. Fließt in den Adern meiner Tochter nicht das Blut eines russischen *Goi*? Und wer weiß, mit wessen Blut dieses Blut vermischt ist? Mit dem Blut von Mördern, Wahnsinnigen oder Kranken – alles ist möglich, und wir werden es niemals erfahren…

Als Fanja gegangen war, die Windeln auf der Veranda zu waschen, war Tamara allein im Zimmer geblieben. Fanja spitzte die Ohren, um zu hören, ob sie weinte.

«Wie lange bist du schon hier?»

«Zwei Wochen.»

«Woher kommst du?»

«Aus Rußland.»

«Was wolltest du eigentlich tun?»

«Ich wollte den Dochtbrenner ausmachen.» Plötzlich packte sie unbändige Wut auf diesen Mann, der sie beschimpfte und ihr kein Wort zu glauben schien. «Woher sollte ich denn wissen, wie man den Brenner ausmacht?»

«Du hättest ja fragen können.»

Fanja wandte ihr Gesicht der Wand zu. Sie lag noch auf dem Fußboden, mit dem Mantel des Mannes unter dem Kopf. Die Gastwirtin kam zurück und brachte ihr ein Glas süßen Tee. Fanja fühlte, wie ihre Kräfte zurückkehrten. Sie richtete sich auf, aber alles begann sich um sie zu drehen, und sie schloß schnell die Augen. Als sie sie wieder aufschlug, begegnete sie erneut den finsteren Blicken des Fremden. Warum schert er sich nicht endlich weg? dachte sie wütend.

«Ach, Jechiel, gesegnet sollst du sein», rief Madame Bekker aus, «und du, mein Küken, steh nur nicht gleich wieder auf!»

«Aber mein Baby!»

«Laß nur, ich bringe es dir gleich.»

«Nein, das kann ich nicht erlauben. Sie haben auch ohne mich genug Arbeit», protestierte Fanja.

«Wo ist die Kleine?»

Alle Proteste nützten nichts. Die Gastwirtin erklärte dem Fremden, wo sich das Zimmer von Fanja und ihrem Onkel befand. Die beiden zählten zu den «privilegierten» Gästen, die ein eigenes Zimmer hatten, weil sie sich länger in der Herberge aufhielten als die anderen Gäste, die gewöhnlich nur ein bis zwei Tage blieben. Die meisten Gäste richteten sich mit ihrem Gepäck auf dem Dachboden ein und warteten, bis eine Karawane aus Kamelen oder Fuhrwerken zusammengestellt war, mit der sie die zermürbende Reise von vierzig oder fünfzig Stunden nach Jerusalem antreten konnten.

Das Haus selbst war uralt und wie durch ein Wunder von dem Erdbeben, das Jaffa vor vierzig Jahren zerstört hatte, verschont geblieben. In dem Zimmer, das man den Mandelstamms zugewiesen hatte, standen ein Eßtisch und zwei Stühle, Strohmatten dienten als Betten, es gab einen

Schrank, ein paar niedrige Schemel und anderen Hausrat. Tamara lag auf einem Federbett auf einer der Strohmatten.

Es verging einige Zeit, bis der Fremde mit Tamara auf dem Arm zurückkam.

«Die Windeln waren naß», erklärte er die Verzögerung, und mit der Andeutung eines Lächelns auf den Lippen fügte er hinzu: «Ein hübsches kleines Mädchen.» Fanja nahm ihm das Kind ab. «Ich danke Ihnen für alles», sagte sie entschieden.

Ohne ein weiteres Wort wandte er sich um und ging. Sie hatte plötzlich das Gefühl, das breite Dach sei noch breiter geworden. Madame Becker würde gewiß keine Zeit verlieren, ihm zu berichten, was ihr Onkel über sie erzählt hatte: daß ihr Mann und ihre Eltern bei einem Pogrom ermordet worden seien. Und was machte es ihr schon aus, wenn man ihre Geschichte herumerzählte? Nicht an ihr bliebe die Schande hängen, hatte sie ihrem Onkel erklärt, es sei die Schande der gesamten Menschheit. «Und die Kleine?» hatte ihr Onkel erwidert. «Außer dir und mir kennt kein Mensch dein Geheimnis. Warum sollte das unschuldige Kind sein ganzes Leben lang das Kainszeichen auf der Stirn tragen? Was hat das Mädchen denn gesündigt? Schon ihretwegen mußt du schweigen!»

Da sie ohnehin mit keinem Menschen redete, versprach sie ihrem Onkel, den Mund zu halten. Sie nahm an, daß die Version ihres Onkels bereits sämtlichen Gästen der Herberge bekannt war – nach den verstohlenen Blicken zu schließen, die man ihr zuwarf.

«Ist dies die Scharon-Ebene?» fragte sie Jechiel.

«Nein. Es ist das untere Galiläa.»

Auch er hatte seinen Gedanken nachgehangen. Seit ihrer Abreise aus Jaffa war kaum ein Wort zwischen ihnen gefallen. Auch nachdem sie sich in Haifa von den anderen Reisenden getrennt hatten und allein geblieben waren, hatte er nicht viel gesagt. Ob er seinen Entschluß wohl bereute? Statt sich eine starke und gesunde Kinderpflegerin zu holen, brachte er ein unerfahrenes, hilfloses junges Ding mit nach Hause, das noch dazu mit einem Baby und einem verrückten Bruder belastet war. Warum hatte er eigentlich die Bedingungen akzeptiert, die sie ihm gestellt hatte? Und wie hatte sie überhaupt den

Mut aufgebracht, solche Bedingungen zu stellen, wo sie doch wußte, wie schwierig ihre Lage war?

Am Tag nachdem sie sich die Haare verbrannt hatte, war sie ihm im Speiseraum der Herberge begegnet. Sie wäre am liebsten aufgestanden und gegangen, aber ihr Onkel saß neben ihr. Darum blieb sie sitzen und blickte nicht von ihrem Teller auf. Ihr Onkel las die Zeitschrift *Chawazelet*, die gerade aus Jerusalem angeliefert worden war.

«Nächsten Monat fahren wir nach Jerusalem», teilte er Fanja mit, und sie fragte sich, wie er das Geld für die Reise auftreiben wollte. «Ein Viertel aller Juden in Jerusalem wohnen bereits außerhalb der Stadtmauern! Ich würde mir gern diese neuen Stadtviertel mal ansehen.»

«Leben viele Juden in Jerusalem?» fragte sie ihn.

«Zwanzigtausend. Mehr als die Hälfte der gesamten Einwohnerschaft. Frumkin schreibt, sie seien aufgeteilt in zwanzig Gemeinden – das heißt die Aschkenasim. Zwanzig Gemeinden!» Der Onkel sprach jetzt so laut, daß es Fanja den anderen Gästen gegenüber peinlich war. «Und jede einzelne Gemeinde hat natürlich ihren eigenen Gemeindevorsteher, einen stellvertretenden Gemeindevorsteher, einen Verwalter, einen Schatzmeister, einen Synagogenvorsteher, einen Schreiber, ein eigenes Bestattungsinstitut, ein Bethaus, einen Gemeindediener, einen Bethausdiener, einen Friedhofsdiener... diese Zersplitterung ist eine Katastrophe! Wenn es eine zentrale Behörde für sämtliche Gemeinden gäbe...»

Fanja hörte ihm nicht länger zu. Immer wieder schüttelte sie den Kopf und machte sich Sorgen um die Zukunft. Wenn sie wenigstens eine Arbeit verrichten könnte! Nähen, Kochen, Geburtshilfe – statt Klavierunterricht und Englisch hätte sie ein nützliches Handwerk lernen sollen.

«Darf ich mal einen Blick in die *Chawazelet* werfen?»

Herr Siles war an ihren Tisch getreten, und Fanja hielt den Blick auf ihren Teller gerichtet. «Guten Morgen», begrüßte er sie, und wieder umspielte dieses spöttische Lächeln seine Lippen. «Wie geht es dir heute?»

«Sehr gut, danke», erwiderte sie mit abweisender Stimme, doch der Onkel lud ihn sofort ein, am Tisch Platz zu nehmen.

Er folgte der Einladung, obwohl er Fanjas abweisende Haltung kaum übersehen konnte. Der Onkel beeilte sich, dem Fremden seine Ansichten über die Probleme der Jerusalemer Gemeinden vorzutragen.

Der Fremde nickte verärgert. «Die Lösung wäre die Abschaffung der Splittergruppen. Wir sind ein Volk von Parasiten geworden.»

«Wie wahr! Sehr richtig! Und woher kommen Sie?»

«Ich komme aus Galiläa.»

«Aus Galiläa!» rief der Onkel begeistert, und Fanja war sich darüber klar, daß er jetzt beschließen würde, nicht nur nach Jerusalem zu reisen, sondern auch nach Galiläa.

«Aus Jauni. Gai Oni*.»

«Was ist das? Und wo liegt es?»

«Das ist ein arabisches Dorf in der Nähe von Safed. Vielleicht haben Sie schon mal von dem Besiedlungsprojekt von Elieser Rokach gehört? Wir sind Landarbeiter.»

«Und wie, sagten Sie, war Ihr Name?»

«Jechiel Siles. Ich bin mit Rokach verwandt. Auch mit Frumkin, dem Redakteur der *Chawazelet*. Er deutete auf die Zeitschrift, die Fanjas Onkel in der Hand hielt. Aber der Onkel gab sie ihm nicht.

«Wo sind Sie denn geboren? Und was bauen Sie dort oben an? Ist Ihre Familie bei Ihnen?»

«Ich bin in Safed geboren, wie die meisten Siedler in Jauni. Und zur Zeit ernten wir nur Steine und Unkraut.»

«Und gibt es dort eine Synagoge? Einen Laden? Einen Arzt? *Tora*-Studium?»

Das gleiche nachsichtig-spöttische Lächeln wie vorhin spielte um seine Mundwinkel.

«Als wir dort hinzogen, waren wir siebzehn Familien. Heute sind nur noch drei davon übrig. Ein Laden? *Tora*-Studien? Nun, das alles wird mit der Zeit sicher noch kommen . . .»

Fanja erhob sich unauffällig und verließ den Speiseraum. Ihr Onkel war in ein langes Gespräch mit dem Fremden ver-

---

* *Anm. d. Übers.*: Der hebräische Name «Gai Oni» ist dem arabischen «Jauni» nachempfunden. Gleichzeitig bedeutet Gai Oni «Tal der Armut».

tieft, und bevor sie sich trennten, würde er über dessen Dorf
genau Bescheid wissen. Im Grunde ist er das Kind und ich bin
die Erwachsene, dachte sie bitter. Da sitzt er und schwafelt
und kümmert sich nicht darum, wo unser nächstes Stück Brot
herkommen soll. Fanja war diejenige, die im Laden von
Schlomo Großmann einkaufen ging, und sie merkte, daß ihre
Geldbörse von Tag zu Tag leichter wurde. Sie wußte, daß in
den Gemeinden Juden lebten, die für ihren Lebensunterhalt
keinen Finger rührten, aber allein der Gedanke an die *Chaluka* ließ sie erschaudern. Sie würde niemals Almosen annehmen! Vielleicht sollte sie sich bei der Gastwirtin als Haus-
haltshilfe verdingen? Die Arbeit der Araberin, die jetzt dort
angestellt war, würde sie gegen Kost und Unterkunft für sich
und ihre Familie übernehmen. Zwei Metlik hatte Madame
Becker gestern jeder der Frauen bezahlt, die in der Küche auf
dem Fußboden saßen und Mehl siebten. Diese Arbeit könnte
sie auch tun. Wenn nur ihr Onkel etwas jünger wäre und wenn
ihr Bruder gesund wäre – wenn und wenn und wenn! Dieses
«Wenn» verfolgte sie Tag und Nacht und ließ sie nicht zur
Ruhe kommen! Sie mußte selbst eine Lösung finden, denn
von ihrem Onkel hatte sie nichts zu erwarten. Er tat so, als
würde er immer noch in der juristischen Abteilung der russischen Eisenbahn arbeiten.

Wenig später kam Onkel Schura ins Zimmer und verkündete mit leuchtenden Augen, er werde mit Jechiel Siles in die
Stadt gehen, Weizen- und Gerstesaat kaufen.

Stunden vergingen, es wurde dunkel, aber der Onkel war
noch immer nicht zurückgekommen. Seit etwa einer Stunde
hatten sich Menschenmassen auf der Straße versammelt,
machten schrecklichen Lärm mit Trommeln und Becken.
Von weitem hörte man das Knallen von Sprengkörpern. Fanja
ging in den Hof hinunter, um Lolik sein Essen zu bringen. Auf
dem Rückweg klopfte sie bei Madame Becker und fragte sie,
ob ihrem Onkel etwas zugestoßen sein könnte.

«Wenn er mit Jechiel Siles weggegangen ist, hast du nichts
zu befürchten, mein Täubchen», sagte die Wirtin und stellte
ihr ein Glas Tee hin.

«Aber der Aufruhr in den Straßen – was hat das zu bedeuten?»

«Die Moslems feiern ihr Ramadan-Fest. Wahrscheinlich kann sich dein Onkel nur schwer einen Weg durch die Menschenmassen bahnen. Du wirst sehen, er kommt bald wieder.»

Tatsächlich kehrte er wenig später zurück, noch bevor sie ihren Tee ausgetrunken hatten. Sein roter Bart war zerzaust, er strahlte übers ganze Gesicht und berichtete, sie seien nach dem Getreidemarkt im Büro der Chowewej Zion gewesen, und auf dem Rückweg habe er Jechiel noch zum Haus seiner Tante begleitet, bei der er hier wohnte.

«Ist denn die Tochter von Bella Rokach noch hier?»

«Nein, da war keine Tochter», sagte Schura. «Was für eine Tochter?»

«Sie lebt in Paris und kommt manchmal zu Besuch. Vermutlich ist sie schon zurückgefahren.»

«Eine sehr sympathische Dame, diese Frau Rokach.»

«Sie ist mit Jechiel verwandt, sowohl von seiner Seite wie auch durch seine verstorbene Frau. Seine Frau Rachel gehörte zur Familie Adis aus Ejn Sejtim, und diese wiederum war mit der Familie Siles aus Safed und mit den Rokachs aus Jerusalem verwandt. Die beiden hatten sich schon miteinander verlobt, als sie noch Kinder waren. Bella Rokach hat mir erzählt, sie seien ein wunderschönes Paar gewesen.»

«Eine besonders feine Dame», wiederholte der Onkel und hörte nicht auf, seine Gastgeberin zu preisen.

«Und ihr Mann?» erkundigte sich Fanja.

«Sie ist Witwe. Ihr Mann war Agent für russische und französische Schiffahrtsgesellschaften und auch für die österreichische Post. Als er starb, hinterließ er ihr eine hübsche Erbschaft. Ihre beiden Söhne studieren in Beirut, und von ihren drei Töchtern lebt eine in Alexandria, eine in Jerusalem und die jüngste in Paris.»

Bella Rokach hatte offenbar Schuras Neugierde geweckt, denn er hörte nicht auf, die Gastwirtin über sie auszufragen. Fanja war sehr müde und ging auf ihr Zimmer in der stillen Hoffnung, sie würde trotz des Lärms, der von der Straße heraufdröhnte, schlafen können. Wie gut, daß sie ein Zimmer hatten und nicht auf dem Dach übernachten mußten, wo heute an ein Einschlafen bestimmt nicht zu denken war. Als der Onkel schließlich ins Zimmer kam, hörte er immer noch nicht auf zu reden, und Fanja lächelte im Dunkeln vor sich hin. Diese Bella Rokach schien sein Herz erobert zu haben. Fanja fragte sich, warum er eigentlich nie geheiratet hatte. Sie lauschte in der Dunkelheit den gedämpften Geräuschen, dem Klappern, mit dem er die Schuhe abstreifte, und dem Rascheln von Stoff, als er sich entkleidete. Doch plötzlich schien die Welt stillzustehen. Ihr Onkel räusperte sich, zögerte und flüsterte heiser: «Fanitschka?»

«Ja?»

«Jechiel hat nach dir gefragt.»

«Was?»

«Er sieht mich als deinen Vater an. Das bin ich ja auch gewissermaßen, mein Töchterchen.»

Fanja verfolgte mit den Augen die Schatten der Wolken an der Zimmerdecke.

«Er hat um deine Hand angehalten. Nein, bitte!» rief er rasch, wie um ihrer Reaktion zuvorzukommen. «Bitte antworte nicht sofort, mein Liebes. Du darfst nicht glauben, daß ich nicht weiß, was du durchmachst. Mein Herz blutet für dich. Schließlich weiß ich doch, wer du bist und was du bist. Ich habe ihm von deinem Elternhaus erzählt. Ich habe ihm erzählt, daß es dir als jüngster Tochter deiner betagten Eltern an nichts gefehlt hat und mit welcher Sorgfalt und Liebe ihr alle erzogen wurdet. Ich habe ihm erzählt, was für eine gute Schülerin du warst, von deiner Leidenschaft für Bücher und das Klavierspiel, von allem, was dir teuer und wichtig war, alles, was du eines Tages wieder besitzen wirst. Ich bin schon ein alter Mann, mein Kind, und Lolik ist nicht mehr als ein im Dunkeln verirrtes Tier. Vielleicht wird er eines Tages wieder zu sich kommen, wer weiß, aber wir dürfen deinen kleinen Schultern keine solche Last aufbürden. Du bist noch ein Kind. Du kannst nicht für uns alle die Verantwortung tragen, ohne darunter zusammenzubrechen. Ich schleppe mich von einem Büro zum anderen, um Arbeit zu finden, aber auch jüngere Männer als ich bekommen keine. Ich bin schon alt. Und überflüssig. Selbst wenn ich etwas finden sollte, ist es zweifelhaft, ob wir alle vier davon leben könnten. Die Kleine ist deine Tochter; auch sie hat Anrecht auf ein Leben mit Zukunft. Und der junge Mann macht wirklich einen guten Eindruck. Stark an Leib und Seele. Viele Stunden lang waren wir heute zusammen. Wir haben gemeinsam das Nachmittags- und Abendgebet verrichtet, in der Synagoge von Rabbi Chaim Schmerling, und danach habe ich ihn zum Hause seiner Tante begleitet, die ebenfalls einen sehr anständigen Eindruck macht. Auch er hat viel durchgemacht, er wird Verständnis für dich aufbringen, mein Schätzchen. Ich habe ihn absichtlich zu seinen Verwandten begleitet und selbst gesehen, mit wieviel Liebe und Ehrerbietung man ihn dort empfing. Er ist der Sproß einer ausgezeichneten Familie. Das Familienoberhaupt, Rabbi Israel Back aus Berditschew, ist schon in den dreißiger Jahren ins Land gekommen.»

«Ich dachte, er sei ein Sepharde.»

«Die Familie Siles kommt aus Damaskus, aber seine Mutter stammt aus der Familie Back. Vielleicht fahre ich nach Jerusalem und bewerbe mich um einen Posten bei der *Chawazelet*. Frumkin und Back sind mit den Rabbinern zerstritten, und ich als Außenstehender kann vielleicht zwischen ihnen vermitteln.»

«Papa hat immer gesagt, die Mandelstamms bitten niemanden um Gefälligkeiten.»

Der Onkel verstummte plötzlich. Er schwieg so lange, daß Fanja schon glaubte, er sei eingeschlafen. Doch schließlich sagte er mit müder Stimme: «Es ist ein schwerer Entschluß, mein Kind, und er liegt allein bei dir. Nur eines muß ich dir sagen: Mir gefällt der junge Mann. Aber ich will dich in keiner Weise beeinflussen. Es ist dein Leben. Und das Leben deiner Tochter und der Kinder, die du mit Gottes Hilfe noch gebären wirst.»

«Weiß er von Tamara?»

«Er weiß über uns alle Bescheid.»

Fanja entnahm seiner Antwort, daß er Jechiel Siles nichts über die Umstände von Tamaras Geburt erzählt hatte.

Das Ganze war eine absurde Idee. Niemals würde sie diesen Fremden heiraten. Doch je länger sie darüber nachdachte, um so klarer wurde ihr, daß es aus ihrer verzweifelten Lage kaum einen Ausweg gab. Ihr Onkel tat ihr furchtbar leid. Trotz allem, was sie von ihm gedacht hatte, wußte er genau, in welcher Notlage sie sich befanden, und lief auf seinen alten

Beinen überall herum, um Arbeit zu finden. Nur ihretwegen war es soweit gekommen, nur weil er ihrer verrückten Idee nachgegeben hatte und mit ihr nach Palästina gekommen war. Sie konnte sich das verächtliche Lächeln vorstellen, mit dem ihm die Geschäftsleute, bei denen er sich um Arbeit bewarb, die Tür wiesen. Dreißig Jahre lang war er ein geachteter Jurist im Dienst der Regierung gewesen, und plötzlich war aus ihm ein heimatloser alter Mann ohne Arbeit geworden, dem noch dazu drei hilflose Lebewesen am Hals hingen. In den letzten Tagen hatten sie die verschiedensten Lösungen erwogen, aber keine Heirat. Nein! Sie würde nie heiraten! Sie würde keinem Mann gestatten, jemals wieder über ihren Körper herzufallen.

Aber wenn der Mann wirklich nur eine Pflegerin für seine Kinder suchte? Die ganze Nacht überlegte sie fieberhaft. Ihn zu heiraten schien keine gute Lösung für ihre Probleme. Ihn nicht zu heiraten war auch keine Lösung. Welches war nun das kleinere Übel? Niemand konnte ihr helfen, zu einem Entschluß zu gelangen. Sie mußte sich so lange das Hirn zermartern, bis sie wußte, was sie wollte. Trotz ihrer sechzehn Jahre war sie bereits gewohnt, eigene Entscheidungen zu treffen. Schließlich war sie diejenige, die beschlossen hatte, nach Palästina auszuwandern, und es war ihr Entschluß, die Fabrik zu verkaufen, samt der paar morschen Mauern, die einmal ihr Elternhaus gewesen waren.

Von den Hunderten von Büchern, die ihre Familie besessen hatte – religiöse Bücher wie auch moderne Literatur –, war ihr insgesamt ein halbes Dutzend geblieben. Ihr Onkel hatte diese wenigen Bücher in den Ruinen ihres Hauses gefunden und sie eingepackt. Darunter waren *Eugen Onegin, Der Dämon* von Lermontov, den sie von ihrem Freund Ossja zum vierzehnten Geburtstag bekommen hatte (mit der Widmung: *Für Fanja zum ewigen Andenken – möge Dein ganzes Leben voller Gesang sein*), ein Buch von Smolenskin, das ihr Vater nicht einmal gelesen hatte, und die Geschichten von Bendetson, aus denen sie Hebräisch zu lernen versuchte, mit Hilfe des russisch-hebräischen Wörterbuchs von Mandelstamm (nach Aussage ihres Onkels kein Verwandter von ihnen). Das war ihr gesamter Besitz.

Fanja hatte Angst, den Speiseraum zu betreten, wo sie *ihm* vielleicht begegnen würde. Nach der schlaflosen Nacht war sie blaß und hatte dunkle Ringe unter den Augen. An dem großen Eßtisch saßen mehrere Juden, die sich lautstark unterhielten. Madame Becker stellte Fanja ein Glas heißen Tee hin und setzte sich neben sie, bis sie ausgetrunken hatte. Danach bestrich sie ihr eine Schnitte Brot mit Olivenöl und Ziegenkäse. «Hier, iß, mein Kind», sagte sie mit einer Fürsorge, die Fanja an ihre Mutter erinnerte. Ihr Herz krampfte sich zusammen beim Anblick dieser guten Frau, die von früh bis spät all die verwirrten Neueinwanderer betreute, tröstete, ihnen half und Mut machte. Um sie nicht aufzuhalten und ihr keinen Kummer zu machen, aß Fanja das Brot und spürte, wie ihre Kräfte zurückkehrten. Sie erinnerte sich, daß Jechiel Siles, wie ihr Onkel erzählt hatte, bei seiner Tante wohnte, und wunderte sich selbst über ihre Angst, ihn hier zu treffen.

Am Tisch saß ein kleiner Mann mit rotem Gesicht, der wütend mit seinem Stock herumfuchtelte und von den neuen Bestimmungen der türkischen Regierung sprach, die die Einwanderung von Juden, den Ankauf von Ländereien und die Errichtung neuer Siedlungen betrafen. Trotz seiner Erregung empfand Fanja die Stimme als angenehm, weil er russisch sprach. Seitdem sie vor etwa zwei Wochen in Jaffa angekommen war, hatte sie hauptsächlich Spanisch und Arabisch gehört.

«Hörst du das, meine Liebe?» sagte Madame Becker lächelnd. «Du hast Glück gehabt.»

Als Fanja aufgegessen hatte, erhob sich die Gastwirtin, um wieder in die Küche zu gehen.

«Juden werden auch weiter einwandern», widersprach der Tischnachbar des wütenden Redners, «und man wird ihnen auch weiterhin Land verkaufen; der einzige Unterschied wird darin liegen, daß wir noch mehr Beamte und Spekulanten durchfüttern müssen.»

«Du hättest das Gesicht von Josef Effendi Krieger sehen sollen, dem Dolmetscher des Pascha, als er uns diese Hiobsbotschaft verkündete. Er war geradezu glücklich!»

«Schon in der Bibel steht: ‹Deine Zerstörer und Verwüster entfernen sich von dir.› Ist das etwas Neues?»

«Aber er ist doch der Schwiegervater von Chaim Amsaleg!»

«Na und?»

«Und er hat doch selbst den Verkauf von Ländereien an Levontin vermittelt!»

«Na und? Aber ihr braucht euch keine Sorgen zu machen. Unsere Juden werden sich diesen Bestimmungen nicht unterwerfen. Was sollen sie denn machen? Wo können sie denn hin?»

«Die Bettler in Jerusalem befürchten, es könnte aufhören, Almosen zu regnen. Weißt du, seitdem Levontin seinen Artikel im *Halevanon* veröffentlicht hat, setzen sich Juden aus Karmantschuk, aus Krakau und aus Jelissavitgrad mit ihm in Verbindung...»

Fanja schrak auf, als sie den Namen ihrer Vaterstadt hörte. Sie hatte nicht genau zugehört. Hatte er gesagt, daß sich jemand aus ihrer Heimatstadt hier befand? Plötzlich bemerkte sie Jechiel, der allein am Fenster saß und sie wohlgefällig anblickte. Wie lange saß er schon dort und starrte zu ihr herüber? Sie wäre am liebsten aufgestanden und hinausgegangen, wollte ihm aber nicht zeigen, daß sie Angst vor ihm hatte. Langsam erhob sie sich, räumte das Eßgeschirr vom Tisch und ging damit zur Küche.

«Kommst du wieder?» fragte er sie, als sie an ihm vorbeiging. Sie zögerte einen Augenblick und nickte dann. Als sie zurückkam, deutete er mit der Hand auf den Stuhl ihm gegenüber. Der Speiseraum hatte sich inzwischen geleert, und die Araberin, die die Wassereimer heraufschleppte, rief, man möge ihr die Küchentür aufmachen.

«Hat dein Onkel mit dir gesprochen?» fragte Jechiel Siles Fanja Mandelstamm.

Wieder nickte Fanja stumm. Es kam ihr vor, als sei der Schatten einer Verstimmung über sein Gesicht gehuscht und sofort wieder verschwunden. Fanja blickte kurz zum Fenster hinaus und dann wieder zu ihm. Die Brauen über seinen schwarzen Augen wirkten wie gemeißelt. Sein Gesicht war von der Sonne gebräunt, und seine Hände, die auf dem Tisch lagen, zeugten von harter Arbeit. Er schien ihr Gesicht mit den Augen abzutasten.

«Siehst du dir die Ware an?» Fanja erschrak über die

Worte, die ihr unwillkürlich herausgerutscht waren. Sie errötete heftig und fragte sich, wie er darauf reagieren würde. Der Anflug eines Lächelns umspielte kurz seine Lippen. Dieses Lächeln, das ihr noch von gestern in Erinnerung war, ärgerte sie, und sie beschloß, ihre Gefühle nicht zu offenbaren. Er hatte den Vorschlag gemacht, und jetzt sollte er sich gefälligst ein bißchen anstrengen.

«Ich weiß, ich hätte mich an einen Heiratsvermittler wenden sollen, aber das erlaubt meine Zeit nicht. Was hältst du davon?»

«Ich?» Fanja zuckte mit den Schultern, als sei sie nicht gewohnt, daß man sie nach ihrer Meinung fragte. «Wie alt sind deine Kinder?» erkundigte sie sich.

«Bella ist vier und Mosche fünfeinhalb.»

«Und wer pflegt sie?»

«Ich. Auch die Nachbarin hat mitgeholfen. Meine Frau war zwei Jahre krank, und jetzt sind die Kinder bei meiner Schwägerin in Safed.»

«Und warum gerade ich?»

«Willst du denn nicht?»

«Ich habe eine kleine Tochter.»

«Ich weiß.»

«Hat mein Onkel dir das erzählt?»

«Ich habe sie doch gesehen. Gestern, als du versucht hast, das Haus anzuzünden.»

«Ich habe nie versucht, das Haus anzuzünden!» Mein Gott, wie dieser Mann sie ärgern konnte! Wieder wurde sie knallrot. Von allen Töchtern ihrer Familie hatte ausgerechnet sie die unangenehme Mandelstamm-Eigenschaft geerbt, rot zu werden!

«Hast du außer deinem Onkel und deinem Bruder noch Verwandte?»

«Ja. Zwei ältere Schwestern. In Amerika.»

«Wissen die, was mit dir geschehen ist? Ich meine, daß du hier bist, in Palästina?»

«Ich habe ihnen geschrieben, gleich nachdem wir in Jaffa ankamen. Aber die Post soll oft monatelang unterwegs sein. Außerdem erwarte ich nichts von ihnen. Sie haben es auch schwer. Sie haben selbst Kinder...»

«Und warum bist du nicht zu ihnen gefahren?»

«Warum bist du denn nach Palästina gekommen?»

Ihr zorniger Ton schien ihn durchaus nicht zu ärgern. Zu ihrer Überraschung begann er plötzlich zu lachen. Er hatte schöne weiße Zähne, und auf seiner Wange zeichnete sich eine tiefe Falte ab. Auf einmal sah er sehr jung aus, fast knabenhaft, und sie fragte sich, wie alt er wohl sein mochte.

«Mich hat keiner gefragt. Du hast ja auch deine Tochter nicht gefragt. Ich bin in Safed geboren. Mein Großvater zog von Damaskus nach Safed, nach der Blutverleumdung von 1840. Dort lernte er eine der Töchter der Familie Back kennen, und das war die erste Ehe zwischen sephardischen und aschkenasischen Juden, die jemals in Safed geschlossen wurde.»

«Aber du wohnst doch nicht mehr in Safed.»

«Nein. Ich wohne in Jauni, das wir Gai Oni nennen. Einer der Enkel von Israel Back, Elieser Rokach, hat diese Siedlung ins Leben gerufen. Wir wollten Safed verlassen, vor der *Chaluka* flüchten und Landwirtschaft betreiben. Heute sind dort nur drei jüdische Familien übriggeblieben. Eine davon, die Familie Frumkin, ist auch mit uns verwandt. Bei Schimon, dem Bruder von Elieser, habe ich hier in Jaffa gearbeitet.»

«Warum denn? Habt ihr kein Auskommen in Gai Oni?»

«Seit zwei Jahren herrscht Dürre. Elieser Rokach versucht, uns Hilfe zukommen zu lassen.»

«Lebt er denn nicht bei euch?»

«Nein. Er mußte fliehen, um sein Leben zu retten. Die Gemeindevorsteher von Safed haben Mörder angeheuert, ihn umzubringen, und nur durch ein Wunder konnte er sich retten.»

Eine gewisse Erregung lag in seiner Stimme, und Fanja spürte, daß er nur selten von Dingen sprach, die ihm nahegingen. Das Hausmädchen kam einen Moment herein und ging sofort wieder, als sie sah, daß sich die beiden unterhielten.

«Auch wenn es regnet, haben wir nicht genügend Geld, um unsere Bedürfnisse zu decken. Es reicht nicht für die Saat, die Ochsen und das Futter. Darum bin ich nach Jaffa gekommen. Mit dem Geld, das ich hier verdient habe, konnte ich Saatgut kaufen. Wenn es regnet und wenn Elieser Hilfe auftreibt, werden wir in Jauni Brot zu essen haben.» Er zögerte einen Moment und blickte Fanja an. «Zur Zeit ist das Leben bei uns recht schwer. Wir leben wie die Fellachen und mit ihnen zusammen. Wir wohnen in Steinhütten, die wir einigen Fellachen abgekauft haben, als sie in den Hauran zogen. Es ist wenig, was ich dir bieten kann, aber das Dach über meinem Kopf wird auch das deine sein, und was wir essen, werden wir mit euch teilen.»

Fanja schwankte noch. Das schwierigste Problem hatte er bisher nicht angeschnitten.

«Frag nur», sagte er, als könnte er ihre Gedanken lesen.

«Wen meinst du mit ‹euch›?»

«Dein Onkel hat mir gesagt, er will sich hier in Jaffa Arbeit suchen. Beim Aktionskomitee oder in Jerusalem in der Redaktion der *Chawazelet*. Meine Tante Bella Rokach hat ihm versprochen, sie würde alles tun, ihm zu helfen. Hat er überhaupt noch Geld? Oder ernährst du ihn auch?»

Es erschien Fanja, als entdeckte sie einen spöttischen Unterton in seiner Stimme.

«Mein Onkel wollte überhaupt nicht nach Palästina. Er ist nur meinetwegen gekommen. Er ist ja nicht mehr so jung wie ich. Drüben hatte er einen guten Posten, ein gesichertes Einkommen und... ein Ziel vor Augen.»

«Warum hast du dich entschlossen herzukommen?»

«Mein Vater hatte geschworen, wir würden nach Palästina auswandern, sobald mein Bruder vom Militär zurückkommt. Er ist gekommen, und ich halte den Schwur meines Vaters.»

Fanja schwieg einen Augenblick, doch als Jechiel auch nichts sagte, fuhr sie fort: «Nach dem Verkauf des Hauses und nachdem unsere Reisespesen bezahlt waren, habe ich jetzt noch ganze vierzig Franken übrig. Wenn mein Onkel in Jaffa bleibt, lasse ich ihm das Geld hier.»

«Und wird er es annehmen?»

«Er muß. Er braucht das Geld. Ich nicht.»

«Das heißt, du hast dich entschieden mitzukommen?» Er sah sie gespannt an.

«Aber was wird aus meinem Bruder? Ich kann ihn doch nicht einfach sich selbst überlassen.»

«Dein Onkel wird sich um ihn kümmern.»

«Nein! Lolik ist meine Verantwortung. Er weiß nicht, wo er ist und wer er ist, aber mich wird er vielleicht erkennen.»

«Madame Becker hat mir erzählt, daß er davonläuft, sobald sich ihm jemand nähert.»

«Das stimmt. Aber vielleicht wird er sich mit der Zeit beruhigen. Und dann – dann muß ich bei ihm sein. Ihm erzählen, was passiert ist... Wenn man ihm sein Essen hinstellt, dann ißt er auch. Wenn nicht, ißt er gar nichts. Wer außer mir würde überhaupt an ihn denken? Schau mal...» sie berührte seinen Arm, zog ihre Hand aber sofort wieder zurück. «Vielleicht hältst du mich für undankbar. Du bietest mir ein Zuhause, und ich stelle nichts als Forderungen. Aber ich kann ihn nicht verlassen. Ich kann es einfach nicht.»

«Was ist ihm zugestoßen?»

«Lolik war einer der ‹Kantonisten›, einer der letzten Militärdienstverpflichteten. Man hat ihn entführt – gerade in dem Jahr, als das Gesetz aufgehoben wurde. Aber er kam nicht zurück. Ich weiß nicht, wohin er verschlagen wurde und was er durchgemacht hat, aber unser Vater hat die ganzen Jahre über auf ihn gewartet. Als die Pogrome ausbrachen, ist er desertiert. Er wurde gefaßt und wegen Fahnenflucht verurteilt, und im Gefängnis ist er dann verrückt geworden. Der Dichter Eljakim Zunser ist ihm begegnet – die beiden waren im Jahre achtundfünfzig zusammen eingezogen worden –, er hat ihn erkannt und nach Hause gebracht. Inzwischen waren auch bei uns die Pogrome ausgebrochen.»

«Ja, das hat mir dein Onkel erzählt.»

Fanja fragte sich, was ihr Onkel ihm noch alles erzählt haben mochte. Schura hatte sie beschworen, ihr Geheimnis nicht zu verraten, aber hielt er sich auch selbst daran? Wahrscheinlich. Wenn er nicht den Mund gehalten hätte, würde dieser Mann ihr keine Arbeit in seinem Hause anbieten.

«Ich bin an Hausarbeit nicht gewöhnt.»

«Du wirst alles Nötige lernen.»

«Du hast mir bezüglich meines Bruders noch keine Antwort gegeben.»

«Ich werde mit deinem Onkel reden.»

«*Ich* bin für meinen Bruder verantwortlich. Und auch für meine Tochter. Ich bin es, die die Entscheidung trifft.»

«Wie alt bist du?»

«Sechzehneinhalb.»

Fanja stockte das Herz. Die ganze Zeit über hatten sie ein bestimmtes Thema nicht angesprochen. Jetzt schien es unausweichlich. Sie errötete heftig und ihre großen Augen blitzten auf. Mit einer Kopfbewegung schüttelte sie sich ihre kupferfarbenen Locken aus der Stirn. «Hör zu. Ich brauche dringend eine Stellung, und ich würde gern zu dir kommen, um deine Kinder zu versorgen. Es gibt gewiß nicht viele Menschen, die eine unerfahrene Frau bei sich aufnehmen würden, noch dazu eine, die ein Baby, einen alten Onkel und einen verrückten Bruder hat. Das weiß ich. Aber heiraten werde ich dich nicht.»

Jetzt, wo es gesagt war, richtete sie sich kerzengerade auf, wie jemand, der auf seine Hinrichtung wartet. Sie blickte an ihm vorbei aus dem Fenster. Von draußen drang der Lärm von Jaffa zu ihnen herein, dieser orientalischen Stadt, der vergangene Katastrophen ihren Stempel aufgedrückt hatten – den bröckelnden Steinmauern, den krummen Gassen, sogar dem Meer, das gegen den Hafendamm toste.

«Warum nicht?»

«Es hat nichts mit dir zu tun.»

«Ich habe gefragt, warum.»

«Ich kann nicht.»

«Seinetwegen?»

«Wen meinst du?» fragte sie erschrocken.

«Deinen Mann.»

Ihren Mann! Fanja hätte fast laut gelacht. Großer Gott, wenn sie bloß die Erinnerung an diesen entsetzlichen Tag auslöschen könnte. Seitdem würde ihr Leben auf immer und ewig in zwei Teile zerfallen, in «vorher» und «nachher». Die Gnade, wahnsinnig zu werden, war ihr verweigert worden, und sie würde für immer diese klaffende Wunde in ihrem Leib mit sich herumtragen müssen. Und sollte sie die Vergangenheit auch nur für eine Minute vergessen, würde die Anwesenheit von Tamara sie ihr ins Gedächtnis zurückrufen, das Kind, das sie hatte hassen wollen – und nicht können.

«Du kannst nicht mit mir unter einem Dach wohnen, ohne daß wir verheiratet sind. Du bist viel zu ...»

«Viel zu was?»

«Die Leute würden reden.»

«Die Leute interessieren mich nicht. Und auch deine Kinder wären nicht gerade begeistert, wenn du eine fremde Frau ins Haus brächtest und ihnen erklärtest, das sei ihre neue Mutter. Letzten Endes willst du doch auch nur eine Kinderpflegerin und keine Ehefrau. Und auch mir wäre es lieber so.»

Jechiel blickte sie eine Weile stumm an. Dann richtete er sich auf und sagte scharf: «Also nehmen wir deinen Bruder auch mit.»

Das gab den Ausschlag. Fanja war sich klar darüber, daß sie ein so günstiges Angebot nicht zurückweisen konnte. Auch ohne sich im Lande auszukennen, wußte sie genau, daß ihr nur sehr wenige Möglichkeiten offenstanden. Das Geld in ihrer Brieftasche würde höchstens noch für ein paar Wochen ausreichen. Auch wenn sie eine Stellung fände, war es zweifelhaft, ob ihr Lohn genügen würde, die Kosten für Wohnung und Essen für vier Personen zu bestreiten. Im tiefsten Innern fühlte sie sich erleichtert, daß er jetzt die Verantwortung für sie alle übernahm. Ein ganzes Jahr lang hatte sie selbst alle Entschlüsse fassen müssen, sie allein. Ob sie nun gut waren oder schlecht. Solange sie denken konnte, war sie immer eigenwillig und rebellisch gewesen. Doch stets konnte sie in die Arme ihrer Mutter eilen, den Kopf in ihren Schoß legen, heiße Tränen vergießen, dabei von liebenden Händen gestreichelt werden und die sanften Küsse der Mutter auf ihren tränenfeuchten Wangen spüren. «Ich werde nicht so schnell heiraten», hatte sie stets zu ihrer Mutter gesagt. «Zuerst will ich Medizin studieren, und ans Heiraten werde ich erst denken, wenn ich mich von ganzem Herzen verliebe.»

«Ach, wer wird sich schon in dich verlieben?» hatte die Mutter sie ausgeschimpft. «Du siehst doch aus wie eine Zigeunerin! Wer holt sich denn so einen Knallkopf ins Haus?»

«Vermutlich hat es mal ein Pogrom gegeben, von dem wir nichts wissen», hatte der Vater augenzwinkernd zur Mutter gesagt.

Jechiel unterbrach ihre Gedanken.

«Ich will in ein, zwei Tagen zurück nach Jauni. Wenn es

dir recht ist, werde ich mit dem Rabbiner Hirz den Heiratster-
min für morgen festsetzen.»

«Morgen!» rief sie entsetzt.

«Ich hätte schon vor ein paar Tagen zurückfahren sollen.
Die Erntezeit ist fast vorbei. Frumkin, mein Freund und
Nachbar, hat schon vorige Woche einen Teil des Saatguts
nach Jauni mitgenommen und auch meiner Schwägerin Bescheid gesagt, daß ich komme.»

Fanja blickte ihn an und versuchte, seine Worte zu verstehen. Das Gespräch ähnelte eher einer geschäftlichen Bespre-
chung als einem Heiratsantrag. Wer war eigentlich dieser
Mann, mit dem sie unter Umständen den größten Teil ihres
Lebens verbringen würde? Sie wußte so gut wie nichts über
ihn!

«Also gut.»

Er stand auf, und als sie sich ebenfalls erhob, ergriff er ihre
Hand und sagte: «*Masel tow*, Fanja.»

Tränen erstickten ihre Stimme, und die Worte, die sie sagen
wollte, blieben ihr im Hals stecken. Sein Gesicht lief rot an
und ließ einen Anflug von Ärger erkennen. Sie räusperte sich
und flüsterte: «*Masel tow*, Jechiel.»

«Ich gehe jetzt, spreche mit dem Rabbiner und mit meiner
Tante und reserviere uns Plätze in der Droschke nach Haifa.
Du packst inzwischen deine Sachen und sprichst mit deinem
Onkel.» Er sprach schnell, seine Bewegungen waren hastig,
und seine Augen glänzten merkwürdig.

«Wie alt bist du eigentlich, Jechiel?»

«Sechsundzwanzig.»

«Wie werden wir nur meinen Bruder transportieren?»

«Ich werde mir schon etwas einfallen lassen.»

Und schon eilte er davon. Fanja blickte ihm nach. Er war
auffallend groß und auffallend schlank. Der Tarbusch auf seinem Kopf ließ ihn noch größer und schlanker erscheinen.
Seine *Dajuba*, der Wollmantel, den er trug, reichte ihm bis
zum Knie, und der gelbliche Damaszener Kaftan schaute darunter hervor. Sie wußte, daß er ihre Blicke spürte, aber er
wandte sich nicht um.

anja hatte Schmerzen im Rücken. Von Zeit zu Zeit verspürte sie Stiche zwischen den Rippen und an der Hüfte. Seit einer Stunde hielt sie Tamara im Arm und wiegte sie hin und her, um die Kleine zu beruhigen. Jetzt waren ihre blauen Kinderaugen auf die Wolken gerichtet, die am Himmel dahinzogen. Die Luft roch frisch und klar. Einige Beduinenfrauen gingen an ihnen vorbei, auf dem Kopf riesige Reisigbündel, und stiegen den Hang hinauf wie schwarze Ziegen. Die Bergketten erstreckten sich kahl bis zum Horizont, kein Baum, kein Strauch war zu sehen. Der weiß schillernde Hermon-Berg diente ihnen als Wegweiser, er gab die Richtung nach Norden an. Sein schneebedeckter Gipfel bildete einen merkwürdigen Gegensatz zu der sommerlichen Hitze, die Ende Mai bereits herrschte. Plötzlich erblickte Fanja in der Ebene vor ihnen einen großen See, ein stilles blaues Gewässer, umsäumt von rötlich-gelben Häusern. Am Ufer des Sees stand eine kleine orientalische Stadt.

«Was ist das für ein Ort?» fragte Fanja.

«Der Tiberias-See und die Stadt Tiberias. Und daneben liegt die Ginossar-Ebene.»

«Wie weit ist es vom See nach Jauni? Kann man von dort einen Ausflug hierher an den See machen?»

«Wir machen keine Ausflüge.»

«Warum denn nicht?»

«Weil sich in Galiläa Räuber herumtreiben. Außerdem sind wir von der Arbeit erschöpft.»

«Aber die Gegend ist doch so schön!»

Jechiel sah sie an. Die Sonnenstrahlen ließen ihre dichten Locken wie Kupfer aufleuchten und verliehen ihrer Haut einen goldenen Schimmer.

«Am Laubhüttenfest werden wir einen Ausflug bis zum See hinunter machen. Mit den Kindern.»

Auf der Bergkette im Westen kam eine kleine Ortschaft in Sicht, deren weiße Häuser sich an den Hang schmiegten.

Fanja fühlte sich spontan hingezogen zu dieser Gegend, die in der Abendsonne vor ihr lag. Sie freute sich von ganzem Herzen, daß dies ihre neue Heimat werden würde.

«Das ist Safed», sagte Jechiel, der ihren Blicken gefolgt war. «Dort bin ich geboren.»

«Wann kommen wir dort an?»

«Heute nicht mehr.»

«Aber die Kinder!»

«Morgen fahre ich sie abholen. Oder übermorgen. Ich will endlich nach Hause kommen. Schau mal!» Seine Stimme war heiser vor Aufregung. «Dort drüben liegt Gai Oni.»

Etwa zehn einstöckige Häuser aus schwärzlichen, mit Schlamm verkitteten Steinen standen in einer Reihe, umgeben von Disteln und hohem Unkraut. Ein paar Lehmhütten hatten sich bis in die Schluchten, die den Berg durchzogen, ausgebreitet. Jechiel hielt die Maultiere an, um den Anblick zu genießen. Das Rauschen von fließendem Wasser vermischte sich mit dem Rascheln des Windes in den Kronen der Olivenbäume. Das war es also? Fanja wußte nicht, ob sie lachen oder weinen sollte.

«Wir waren siebzehn junge Leute, als wir uns 1878 hier ansiedelten, fest entschlossen, Landwirte zu werden.» Jechiel sprach auf einmal ungehemmt und voller Begeisterung. «Unser Haus ist das letzte in der Reihe. Neben der Pappel. Von den siebzehn sind nur vier übriggeblieben. Jetzt nur noch drei ... du wirst sie ja kennenlernen. Schwarz, Keller, Friedmann, Frumkin – voriges Jahr waren wir alle gezwungen, Gai Oni zu verlassen und bei Fremden zu arbeiten. Aber Frumkin ist schon wieder zurück. Und jetzt bin ich gekommen. Ich hoffe, daß die anderen auch bald kommen werden.»

«Kann man von dieser Quelle trinken?»

«Ja. Es ist Süßwasser. Wir haben hier drei Quellen. Diese heißt Ejn Abu Chalil und ist die größte der drei. Jetzt führt sie wenig Wasser. Wegen der Dürre.»

Plötzlich tauchte ein arabisches Mädchen, etwa in Fanjas Alter, auf und hockte sich unter die Olivenbäume. Es sah aus, als versteckte sie sich, aber als sie bemerkte, daß man sie beobachtet hatte, lächelte sie freundlich und blickte neugierig zu Fanja hin.

«Das ist unsere Nachbarin Miriam Alhija. Ihr Haus steht zwischen unserem und dem der Frumkins.»

Fanja grüßte sie. Ihr Gesicht war noch ganz naß vom Quellwasser.

«Was macht sie denn da?» fragte sie Jechiel.

«Sie reißt die wilden Zweige von den Olivenbäumen, die sogenannten ‹Schweinszweige›. Die geben gutes Brennholz ab.»

«Aber warum Jauni?»

Jechiel blickte sie verständnislos an.

«Warum habt ihr euch ausgerechnet hier angesiedelt?»

Er ließ seine Blicke über die Landschaft schweifen, die sie umgab. Über den glitzernden Hermon im Norden, die in goldene Nebelstreifen gehüllten Golan-Höhen im Osten, den immer dunkler werdenden Berg im Westen, hinter dem jetzt die Sonne unterging. Jetzt, da sie am Ziel waren, verlangsamte er seine Schritte. Fanja führte ihr Maultier am Zügel und hielt sich hin und wieder an den dichten Himbeersträuchern fest, die am Rand der Quelle wuchsen.

«Meine Familie ist vor fünfzig Jahren mit Rabbi Israel Back zum Djarmak, dem höchsten Berg in Galiläa, gekommen. Der Rabbi hatte diesen Ort von Ibrahim Pascha geschenkt bekommen, nachdem arabische Aufrührer seine Druckerei in Safed zerstört hatten. Auf dem Djarmak hat er sich einen Bauernhof eingerichtet und in Ejn Sejtim, das etwa eine Reitstunde von Jauni entfernt ist, hat er seine Druckerei neu aufgebaut. Siehst du die Nußbäume dort auf dem Hügel? Dort wollte Rabbi Israel einen *Chan* errichten, auf halbem Wege zwischen dem Gutshof auf dem Djarmak und dem Tiberias-See. Er beschäftigte sich mit der *Tora* und mit Medizin, während sein Sohn, Rabbi Nissan, die Äcker bestellte, pflanzte, säte und erntete, und auch einen Sohn in die Welt setzte, Schmuel. Rabbi Israel hatte gehofft, er würde in seinem Dorf auf dem Djarmak Zuflucht vor den Räubereien und Gewalttaten finden, denen die Juden von Safed ausgesetzt waren. Aber der Himmel wollte es anders. Bei dem Erdbeben von 1837 wurde das Dorf zerstört. Rabbi Israel zog nach Jerusalem, und von dem ganzen Projekt für die Erschließung von Galiläa sind nur ein paar Ruinen auf dem Djarmak übriggeblieben und diese vier Nußbäume da drüben. Die Araber nennen diesen Ort Chirbet al Jahud – ‹die Ruinen der Juden›. Als Elieser Rokach anfing, über die Rückkehr zur Landwirtschaft zu sprechen, war uns beiden klar, daß dies der geeignete Platz dafür war. Dort, wo unser Vorfahr Rabbi Israel angefangen hatte, würden wir weitermachen. Naiv, wie wir waren, glaubten wir, daß sämtliche fünftausend Juden von Safed uns folgen würden, aber die finden anscheinend Vergnügen daran, sich das Blut aussaugen zu lassen...»

Plötzlich hörten sie ein schepperndes Geräusch. Auf dem Pfad kam ihnen ein Fellache entgegen, der einen kleinen Esel hinter sich herzog. Der Esel war noch mit riesigen Ziegenlederflaschen bepackt, die bei jedem Schritt hin und her schwankten. Der Fellache sagte etwas zu Jechiel, und Fanja bemerkte, wie ihr Mann sich das Lachen verbiß. Als der Araber weitergezogen war, fragte sie: «Was hat er denn zu dir gesagt?»

«Er hat mich beglückwünscht, daß ich mir eine Frau gekauft habe.»

Der Araber hat recht, dachte Fanja. Du hast mich ja wirklich gekauft.

«Wohnt er hier im Dorf?»

«Nein. Das ist Issa, der Ölverkäufer. Ich glaube, er hat es auf Miriam Alhija abgesehen.» Er lächelte.

«Sind die Araber denn hier im Dorf geblieben?»

«Einige von ihnen. Dies ist ein arabisches Dorf. Wir haben ihnen die Hälfte ihrer Äcker abgekauft, aber wir hatten nicht genügend Geld, um auch Häuser zu bauen. In ganz Galiläa gibt es keine Siedlung, die nur von Juden bewohnt wird. In allen Dörfern wohnen Juden und Araber zusammen. So ist es auch in Tarschicha und in Pekiin, wo Juden seit der Pest von 1825 ansässig sind, ebenso wie in Kefar Jossef und in Chazbia, in Baram, in Kefar Chittim und in Schfar Am.»

«Und überall arbeiten die Leute auf dem Feld?»

«Ja. Meine Familie ist in Ejn Sejtim ansässig. Vor langer Zeit war das einmal eine größere Stadt mit vielen Juden. Heute ist es nur noch ein Dorf...»

«Jechiel!»

Hinter der nächsten Biegung waren zwei Männer aufgetauch, die auf sie zustürzten, Jechiel um den Hals fielen und ihn freudig umarmten.

«Ich habe Saat mitgebracht», verkündete er so stolz, als hätte er den Schatz des Sultans bei sich. «Hat es geregnet?»

«Nein, noch nicht. Aber die Fellachen sagen, sie können den herannahenden Regen schon spüren.»

«Den spüren sie bereits seit zwei Jahren!»

«Aber die Dürre kann doch nicht ewig anhalten.»

«Wo hast du gearbeitet?»

«In den Orangenplantagen von Schimon Rokach, in der Nähe von Jaffa.»

Im Handumdrehen waren sie von einer kleinen Menschenmenge umringt, Frauen mit Kopftüchern, Fellachen und Kindern. Die Männer umarmten Jechiel und betasteten die Säcke, die er mitgebracht hatte. Die Frauen musterten Fanja mit neugierigen Blicken, die von ihrem offenen Haar zu dem Baby im Kasten und schließlich zu Lolik schweiften, der auf seinem Maultier angeschnallt war. Einzelne Wortfetzen drangen zu ihr herüber, ein Durcheinander von Hebräisch, Arabisch und Jiddisch, aber sogar das Hebräisch hörte sich hier eigenartig an – ein bißchen wie das Arabisch der Fellachen. Einer erzählte, er hätte einen neuen Ochsen, ein anderer hatte ein Pferd verkauft, ein dritter berichtete, die Baugenehmigungen seien noch nicht eingetroffen. Vom anderen Ende des Dorfes kam jemand auf einer Stute angeritten und hielt unmittelbar neben ihnen an.

«Jechiel! Du bist wieder zurück!»

Fanja war überrascht, als sie die helle Stimme hörte. Auf der Stute saß ein etwa achtzehnjähriges Mädchen mit langen schwarzen Zöpfen, die ihr bis auf die Brust reichten. Um den Hals trug sie ein Halsband aus Goldmünzen, und unter ihrem weiten Rock eine enge weiße Hose. Das Mädchen stutzte beim Anblick von Fanja, und endlich bequemte sich Jechiel, sie vorzustellen.

«Meine Freunde und Nachbarn, dies ist meine Frau Fanja. Fanja, ich möchte dir meine Brüder, die Siedler von Gai Oni vorstellen – Mordechai Lejbl, Isser Frumkin, Riva Frumkin, und das ist Rivka Adis aus Ejn Sejtim, die jüngere Schwester meiner verstorbenen Frau Rachel.»

Alle riefen durcheinander, beglückwünschten das Brautpaar und wollten wissen, wo und wann die Hochzeit stattgefunden hatte. In dem ganzen Trubel und Durcheinander fiel keinem das erstaunte Schweigen von Rivka auf. Sie saß noch immer auf ihrer Stute und musterte Fanja mit feindseligen Blicken.

«Was ist mit den Kindern?» fragte Jechiel. «Geht es ihnen gut?»

«Ja, es geht ihnen gut», erwiderte Rivka. «Am Sabbat waren sie bei uns, und am Sonntag habe ich sie wieder nach Safed zu Lea gebracht.»

«Morgen oder übermorgen werde ich sie abholen. Rivka, bitte hilf Fanja ein wenig. Zeig ihr doch am besten zuerst...»

«Natürlich. Ich werde alles tun, was du verlangst», unterbrach Rivka.

«Man erzählt sich, daß Klisker sein Grundstück verkaufen will», warf jemand ein, um von Rivkas scharfen Worten abzulenken. Tatsächlich wandte Jechiel dem Sprecher sofort seine ganze Aufmerksamkeit zu. «Warum denn?» fragte er entsetzt.

«Als er vor einiger Zeit in Safed war, haben ihn unsere Juden dort mit Steinen beworfen und ihm ‹Jauni-Türke› nachgerufen. Er kam blutend zurück und weinte. Seine Frau ist an Malaria erkrankt, seine Kinder leiden an Trachomen, und er hat erklärt, er würde nicht abwarten, bis man ein Attentat auf ihn verübt wie auf Elieser Rokach und Rabbi Meusche Josef.»

«Wenn wir diese Dürre nicht hätten, würde er bleiben.»

Ob diese Rivka wohl in ihn verliebt war? Er war doch viel älter als sie. Unsinn! Angewidert schlug Fanja sich den Gedanken aus dem Kopf. Ich habe in meiner Kindheit zu viele Romane gelesen, sagte sie sich. Verliebt!... Für die Liebe braucht man Rosen und Parfüm, Samt und Seide, Kristall und Marmor. Was hat sie denn hier außer Disteln und Skorpionen...

«Seit wann seid ihr unterwegs, Jechiel?»

«Vor vier Tagen sind wir aus Jaffa weggefahren.»

«Allein?»

«Nein. Bis Haifa waren wir in einer Gruppe.»

Alle begleiteten die Ankömmlinge bis zum Hoftor eines der Häuser. Der Hof war mit einem rostigen alten Tor versperrt.

Vor einem Fenster des Hauses stand eine hohe, verstaubte Pappel. Sie bildete die einzige Zierde des gesamten Anwesens. Am Zaun und überall im Hof wuchs hohes Unkraut. Regen und Wind hatten die Hauswände verwaschen und Erde und Schlamm aus den Ritzen auf die grauen Steine gespült. In dem steinernen Türrahmen hing eine Holztür, deren Farbe längst abgeblättert war; zwischen den einzelnen Bohlen klafften breite Risse.

Fanja freute sich. Der Anblick, der sich ihr bot, bedeutete Arbeit, die zu tun war. Dieses Haus wartete nur auf sie, darauf, daß sie es aus seinem verkommenen Zustand erlösen würde. Sie war fest entschlossen, ihre ganze Kraft aufzuwenden, um das Haus wohnlich zu machen und die Kinder zu versorgen, bis ihr keine Zeit mehr dafür blieb, über sich selbst und ihr Schicksal nachzudenken. Im Hof würde sie Blumen- und Gemüsebeete anlegen, Türen und Fensterläden streichen ...

Jechiel öffnete ihr das Tor, und sie drängte sich rasch an ihm vorbei, aus Angst, er würde sie berühren. Sein Gesicht verfinsterte sich. Sie kannte ihn schon, diesen Gesichtsausdruck, bei dem sich seine tiefbraune Hautfarbe noch mehr verdunkelte. Die Leute hatten sich verabschiedet und das junge Paar in seiner ersten Stunde im neuen Haus allein gelassen. Nur Rivka zögerte einen Moment, aber dann wendete auch sie ihre Stute und drückte ihr die Fersen in die Seiten.

Jechiel führte die Maultiere in den Hof und fütterte und tränkte sie. Dann richtete er sich auf und blickte zu Fanja hinüber, die Tamara auf dem Arm hielt und ihn erwartungsvoll anschaute.

«Willkommen in unserem Haus, Fanja.»

«Gesegnet sei euer Haus, Jechiel.»

Fanja unterdrückte ein Lächeln. Die feierliche Begrüßungsformel stand in krassem Gegensatz zu den Disteln im Hof, dem rostigen Tor und den zerbrochenen Fensterläden.

«Bringst du bitte den Kasten ins Haus?»

«Wir haben eine Wiege.»

Er ging voran, öffnete die niedrige Haustür mit einem Schlüssel, den er aus der Tasche zog, und küßte die *Mesusa*.

Der Durchgang war sehr eng, Fanja mußte sich seitlich hineinzwängen, um nirgends anzustoßen. Es schien ihr, als strecke er die Hand nach ihr aus, aber unwillkürlich entwich sie ihm und hastete ins Zimmer.

«Hast du Angst?»

«Nein. Wovor sollte ich Angst haben?» wehrte sie ab, aber ihre Stimme hatte einen lauten, kreischenden Ton angenommen. Im Hause war ein dumpfer Geruch spürbar, und Fanja schob schleunigst alle Riegel zurück und stieß die Fenster auf. Der Geruch von frischem Grün strömte herein.

«Hier ist die Wiege. Ich gehe und hole Lolik.»

«Ich komme mit.»

«Nicht nötig.»

«Ich möchte, daß er mich sieht.»

Jechiel zog die Decke weg, in die Lolik eingehüllt war, und schnallte ihn los. Lolik blinzelte zum tiefblauen Himmel empor, blieb jedoch regungslos auf den Säcken liegen. Er ähnelte ihrem Vater, und doch sah er ganz anders aus.

«Lolik? Komm, steig ab, wir sind da.»

Lolik blickte Fanja an, die ihre Hand nach ihm ausstreckte, stieg vom Maultier und ging davon.

«Lolik! Komm zurück!»

Als er hörte, daß sie ihn rief, beschleunigte er seine Schritte, mit den Händen den Kragen seines Mantels festklammernd. Sie rief immer lauter, und er begann davonzulaufen. Ratlos blickte sie ihm nach.

«Er kommt zurück», meinte Jechiel.

«Wohin denn? Er weiß doch nicht, wo er sich befindet. Und er spricht nur Russisch und kann niemandem erklären, wer er ist und wo er wohnt!»

«Er geht schon nicht verloren. Dies ist ein kleines Dorf, und alle haben ihn gesehen. Ich bringe jetzt am besten das Gepäck hinein.»

«Nein, warte! Ich würde lieber erst im Haus saubermachen. Wieviel Zeit haben wir noch bis Sonnenuntergang?»

«Ungefähr zwei Stunden.»

«Ich brauche Wasser. Viel Wasser. Und Seife.»

Jechiel zögerte einen Moment lang und blickte sie an. Dann verließ er das Haus. Eine hübsche Mitgift habe ich dir mitgebracht, dachte Fanja. Sie machte alle Türen und Fenster weit auf und begann, den gesamten Hausrat hinauszuschaffen.

Immer wieder genoß sie den Blick auf die Landschaft um sie herum. Versonnen betrachtete sie die vier Nußbäume auf dem Hügel und beschloß, bald einmal dort hinaufzugehen, wenn ihre Zeit es erlaubte. Sie bemerkte die Risse in dem ausgetrockneten Boden, die Steinhaufen und die höhlenartigen Löcher, die brachliegenden Felder, die wenigen Ackerfurchen und die verkrümmten Olivenbäume. Ich liebe diese Gegend, dachte sie zu ihrem eigenen Erstaunen, während sie die Federbetten über den Zaun legte und sie mit aller Kraft auszuklopfen begann.

Wie schön war es doch, sich zu bewegen, die Glieder zu strecken und tief durchzuatmen. Sie zerrte jedes Möbelstück, das sie tragen konnte, nach draußen. In einem Schuppen neben der Küche entdeckte sie einen Besen und ein paar Tücher und fing an, Staub zu wischen. Auf der Kommode stand ein Hochzeitsfoto von Jechiel und Rachel. Auf dem Bild sah er aus wie ein kleiner Junge, mit glatten Wangen und großen Augen, aus denen er verschämt in die Kamera schaute. Das Brautkleid war aus mehreren Lagen weißer Spitze genäht, Rachels Zöpfe waren mit kleinen Perlen durchwirkt, und kleine silberne Halbmonde verzierten ihre Schläfen.

«Sie war das schönste Mädchen in Galiläa.»

Die Stimme schreckte Fanja aus ihren Gedanken auf. In der Tür stand Rivka, zwei Eimer Wasser in den Händen.

«Was soll das? Wo ist Jechiel?»

«Den habe ich unten am Bach getroffen, bei den Beduinenfrauen. Weißt du denn nicht, daß das keine Männerarbeit ist? Was sollen die Fellachen von ihm denken?»

«Woher soll ich das wissen? Bei uns zu Hause hatten wir Leitungswasser.»

Es war Fanja äußerst unangenehm. Sie hatte Jechiel vor den Fellachen beschämt. «Warum hat er mir nichts gesagt? Er hätte mir doch erklären können, daß das hier nicht üblich ist.»

Die beiden Frauen starrten einander an. Schließlich fragte Fanja: «Wo ist denn dieser Bach?»

An der seichten Wasserstelle tollten die Kinder der Beduinen, die ihre Herden zur Tränke gebracht hatten. Das Blöken der

Ziegen und Schafe und das Geschrei der Hirten versetzten Fanja in Angst und Schrecken. Sie stand ratlos herum und wußte nicht, wie sie ans Wasser kommen sollte. Rivka stieß die Kinder schimpfend zur Seite und rief Fanja zu: «Worauf wartest du noch?» Fanja war wie versteinert. Das Geschrei, das Blöken, die Raufereien, das Gelächter – all das erweckte in ihr ganz andere Erinnerungen. Die Stimme des Pöbels ist überall gleich – ob arabisch oder russisch. Schluß damit, ermahnte sie sich. Genug davon! Ich muß diese Erinnerung auslöschen, die Angst von damals loswerden und wieder von neuem anfangen. Dies ist jetzt meine Heimat und mein Grund und Boden, dies ist mein Dorf und mein Bach! Das muß ich mir immer wieder vor Augen führen, bis es mir zur zweiten Natur geworden ist, wie das Atmen. Ich muß so werden wie Rivka – fest in diesem Land verwurzelt.

«Und was sollen die Hirten jetzt machen?» fragte sie Rivka, nachdem es ihr gelungen war, ihre Eimer zu füllen.

«Sollen sie doch an den Jordan gehen! Das hier ist die Wasserstelle von Gai Oni!»

Noch zweimal ging Fanja zum Bach und holte Wasser. Als Kind war sie im Sommer aufs Land gefahren, und dort hatte sie die Bäuerinnen gesehen, die aus einem Brunnen mitten im Dorf Wasser schöpften. Jetzt bin ich genau wie die, dachte sie. Als es Abend wurde, strömte das ganze Haus den Geruch von Sauberkeit aus. Die Fenster waren geputzt, und im Dunkel der Nacht spiegelten sich die Sterne in den blanken Glasscheiben und auf dem frisch aufgewischten Fußboden.

Im Hof lagen noch die größeren Gepäckstücke, und Fanja wartete auf Jechiel, damit er ihr helfen konnte, sie ins Haus zu tragen. Aber wo war er geblieben? Hatte er sie in sein Haus gebracht, um gleich wieder zu verschwinden? Der ganze Körper tat ihr weh, sie hatte Hunger, und die Dunkelheit begann, sie unruhig zu machen. Tamara fing an zu weinen, hörte auf und fing wieder an – die ungewohnten Geräusche der Nacht erschreckten sie. Von weitem heulten irgendwelche Tiere, ein Vogel schrie. Im Gebüsch raschelte es, und in der Ferne hörte sie jemanden sprechen. Fanja ließ sich auf einen Stuhl sinken und schaukelte Tamaras Wiege. Trotz ihrer Müdigkeit fürchtete sie sich davor, einzuschlafen. Mit den Augen verfolgte sie die umherhuschenden Schatten und versuchte, ihre Umrisse auszumachen. Plötzlich näherten sich Schritte dem Haus. Fanja erstarrte vor Schreck. Die Tür knarrte in den Angeln, und sie erkannte eine Gestalt im Türrahmen.

«Frau Siles?» rief eine weibliche Stimme.

«Ja.» Ihre Stimme kam ihr vor wie die eines verängstigten Kindes.

«Wo sind Sie? Warum sitzen Sie denn im Dunkeln?»

«Ich . . . weiß nicht, wo man hier Licht macht», stammelte sie.

«Und wo ist Jechiel?«

«Der ist weggegangen, um Säcke mit Saatgut zu holen.»

«Männer!» rief die Frau verächtlich. «Gott bewahre uns!»

«Wer sind Sie denn?»

«Ihre Nachbarin, Riva Frumkin. Ich habe das Baby weinen gehört. Komm, meine Liebe, gehen wir. Nehmen Sie das Baby und kommen Sie mit.»

«Wohin?»

«Zu uns nach Hause. Wir wohnen gleich nebenan. Ich kenne Jechiel seit seiner Geburt. Mit der Peitsche werde ich ihn schlagen!»

Die Frau nahm sie bei der Hand und ging vorsichtig im Dunkeln vor ihr her. Fanja war erleichtert, in das freundlich erleuchtete Haus der Nachbarin zu kommen. Nachdem Riva die Tür hinter sich geschlossen hatte, ließ sie Fanjas Hand los, wandte sich zu ihr um und betrachtete sie.

«Schön bist du! Isser, schau mal, was für eine Perle Jechiel nach Gai Oni gebracht hat! Und die Kleine! So ein blondes Kind mit blauen Augen hat man in Galiläa schon lange nicht mehr gesehen. Du mußt der Kleinen unbedingt ein Amulett um den Hals hängen! Da – schau ihn dir nur an!» Mit einer Kopfbewegung wies sie auf ihren Mann, der am Tisch saß und im Schein einer Petroleumlampe die Heilige Schrift studierte.

Fanja setzte sich, und Riva stellte ihr einen Teller heiße Suppe hin und reichte ihr eine große Scheibe Brot dazu. Währenddessen schimpfte sie lauthals auf ihren Mann, auf Jechiel und auf die Männer überhaupt. Isser Frumkin summte eine Melodie vor sich hin, wobei er ein wenig mit dem Stuhl schaukelte, und belächelte den Zornesausbruch seiner Frau. Einen Moment lang erschien es Fanja, als säße ihr Vater dort am Tisch, nach Ende eines Arbeitstages in sein Studium vertieft. Sie fühlte sich versucht, sich neben ihm auf den Boden zu knien, wie sie es als kleines Mädchen oft getan hatte, seinem Singsang zu lauschen und zu träumen...

Während sie aß, erzählte ihr die Nachbarin, sie sei ebenfalls in Safed geboren, und ihr Mann sei der Onkel von Israel Dov Frumkin, dem Redakteur der *Chawazelet*, der wiederum mit Rabbi Israel Back verschwägert sei. Auf diese Weise waren sie auch mit Jechiel verwandt.

Fanja spürte, wie ihre Kräfte zurückkehrten. Im Nebenzimmer stellte die Nachbarin eine Wanne mit warmem Wasser auf, in der Fanja Tamara wusch und danach selbst badete. Das Bad nach der langen Reise und der schweren Hausarbeit tat ihr gut. Während sie noch zögerte, nach dem Bad ihre verstaubte Kleidung wieder anzuziehen, streckte die Nachbarin hinter der Trennwand die Hand herein und reichte ihr ein langes Leinenhemd.

«Hier, meine Liebe, zieh dir das über. Diese Sachen hier sind für die Kleine. Die sind noch von meinen Enkeln. Und ich habe dir heiße Ziegelsteine ins Bett gelegt. Um die Kleine brauchst du dich nicht zu kümmern – ganze Generationen von Babys haben diese Wiege schon naßgemacht.»

Fanja kam hinter der Trennwand hervor und fröstelte ein wenig in dem kühlen Hemd, das ihr zu weit und zu kurz war. In ihrer Klasse war sie unter allen Jungen und Mädchen die größte gewesen, was ihr den Spitznamen «Bohnenstange» eingetragen hatte. Alle paar Monate mußte ihre Mutter ihr die Röcke verlängern, die zu kurz geworden waren. Riva Frumkins Nachthemd reichte ihr gerade bis unter die Knie, und sie beeilte sich, ins Bett zu schlüpfen und sich unter der großen Daunendecke zu verstecken, wo sie die heißen Ziegelsteine mit den Füßen bis ans untere Bettende schob.

Plötzlich hörte sie im Nebenzimmer Jechiels Stimme.

«Rühr dich nicht!» wies Riva sie an und ging hinaus.

Fanja mußte lachen, als sie hörte, wie Riva Jechiel beschimpfte. Kurz darauf steckte er den Kopf durch die Tür.

«Fanja?»

«Ja?»

«Mach, daß du rauskommst!» schimpfte Riva. «Morgen bleibst du zu Hause und zeigst deiner jungen Frau, wo alles zu finden ist und wie man damit umgeht. Heute nacht bleibt sie hier. Worauf wartest du noch? Aufs Essen? Was hattest du beabsichtigt, heute abend zu essen? Du hast gar nicht daran gedacht? An was hast du eigentlich gedacht? Männer!»

Durch die offene Tür hörte Fanja das Klirren des Eßgeschirrs, als Riva ihm etwas zu essen vorsetzte.

«Am Sabbat lädst du deine sämtlichen Verwandten aus Safed und Ejn Sejtim hierher ein, damit wir einen *Minjan* zusammenbekommen, und du stellst dich vor die *Tora* und sprichst den Segensspruch *mi scheberech*. Und danach kommen wir alle hierher zurück, sprechen den Segen über den Wein und feiern und singen ... Nein, deine Ratschläge brauche ich nicht», schnitt sie Jechiel, der offenbar auch etwas sagen wollte, das Wort ab. «Du hast schon ausreichend bewiesen, wie klug du bist. Ich tue das zu Ehren von Fanja und nicht für dich. Die arme Frau! Viel Freude wird sie nicht an dir haben.»

«Gott hat mich gestraft, Jechiel», hörte sie Issers lachende Stimme. «So geht das schon seit dreißig Jahren, der Herr sei mein Zeuge, und von Jahr zu Jahr wird es schlimmer.»

«Was ist los, Jechiel? Du bist nicht zu Hause? Hat man dich schon rausgeschmissen?» Offenbar war noch jemand eingetreten. Der freundschaftliche Ton seiner Worte deutete darauf hin, daß er Jechiel gut kannte. Wieder wunderte sich Fanja über den Mann, den sie so überstürzt geheiratet hatte. Ganz offensichtlich war er doch kein leichtsinniger kleiner Junge mehr. Er war sechsundzwanzig und schon einmal verheiratet gewesen ...

Riva kam zu ihr herein, deckte sie ordentlich zu und strich ihr über den Kopf. «Gute Nacht, mein Kind. Willkommen in Gai Oni.»

Fanja antwortete nicht, weil sie fürchtete, ihre Stimme würde sie im Stich lassen. Zum erstenmal seit vielen Monaten hatte sie Sehnsucht nach ihrer Mutter. Nur das nicht, sagte sie sich im stillen. Nur nicht daran denken. Aber gerade jetzt, durch die Güte und Hilfsbereitschaft ihrer Nachbarin, brach plötzlich der Damm, hinter dem sich ihre Gefühle angestaut hatten.

Riva brachte ihr eine Tasse heiße Milch und setzte sich zu ihr. Fanja rieb sich die Augen, putzte sich die Nase, bat um Verzeihung, holte tief Luft und brach dann wieder in Tränen aus. «Das macht doch nichts, du brauchst dich nicht zu entschuldigen», versicherte Riva. «Ich bleibe hier bei dir, bis du einschläfst.»

Aus dem Nebenzimmer ertönten gedämpfte Stimmen, und Fanja befürchtete, man könnte sie weinen hören. Jechiel würde sie fragen, warum sie geweint hatte, und sie würde es ihm nicht erklären können.

«Wozu sind die Tränen da, wenn nicht zum Weinen? Weine nur, weine nur, später wirst du dich besser fühlen. Mir ist auch zum Weinen, wenn ich mir meinen Isser ansehe. Meine Mutter pflegte zu sagen: ‹Tau und Regen sind von Gott – wir vergießen Tränen.› Du bist müde, meine Liebe. Du hast eine lange Reise hinter dir. Nun, jetzt bist du zu Hause. Jechiel ist ein Prachtkerl. Sämtliche Familien in Safed wollten ihn zum Schwiegersohn haben. Er ist hochintelligent und war schön wie der Prinz von Wales. Er hätte Rabbiner werden, sich von den Geldern der *Chaluka* satt essen und wie ein König leben können.»

Riva drehte den Docht der Petroleumlampe herunter. Die blasse Flamme warf zitternde Schatten auf die Wände des Zimmers. Die gedämpften Stimmen aus dem Nebenzimmer mischten sich mit Rivas Stimme und den gleichmäßigen Atemzügen von Tamara, die neben Fanjas Bett in ihrer kleinen Wiege lag. Schließlich fielen Fanja die Augen zu, aber ihr Schlaf war unruhig. Ein paarmal wachte sie in der Nacht auf, von einem Schluchzen geschüttelt, das sie nicht unterdrücken konnte. Dann erschien es ihr, als säße Jechiel an ihrem Bett und hielte Wache. Schließlich verfiel sie in einen tiefen, traumlosen Schlaf.

Am nächsten Morgen wurde sie von Tamaras Weinen geweckt. Helle Pünktchen glitzerten auf den dünnen Gardinen, und die Luft war klar und frisch. Fanja atmete tief durch. Sie verspürte neue Kräfte, Energie ... und Hunger. Der lange Schlaf hatte ihr gutgetan. Sie legte das Kind trocken und wikkelte es in eine frische Windel, die neben Tamaras Wiege lag und vermutlich einem der Frumkin-Enkel gehört hatte. Tamara saugte mit Leidenschaft an ihrer Brust, was auch Fanja Erleichterung verschaffte. Wie lange würde sie noch stillen müssen? Und wie entwöhnte man ein Kind? Sie mußte sich genau erkundigen. Tamara blickte sie mit ihren großen blauen Augen an und gab ein zufriedenes Grunzen von sich, wie immer, wenn sie satt und trocken war. In zwei, drei Jahren würde ihr kleines blondes Püppchen Arabisch sprechen wie die Fellachen, dachte Fanja.

Jetzt bemerkte sie neben dem Bett eine Schüssel, eine Karaffe mit Wasser und ein Handtuch. Wahrscheinlich hatte die Nachbarin ihr das frühmorgens hingestellt, als sie und Tamara noch schliefen. Ich sollte mich schnell an die schwere Arbeit hier gewöhnen, überlegte sie sich. Schließlich bin ich nicht Kind in diesem freundlichen Haus. Plötzlich fiel ihr Lolik ein. Sie legte Tamara in die Wiege zurück und eilte hinaus.

«Wohin willst du?» hielt Riva sie auf.

«Guten Morgen. Ich... mein Bruder... er ist da draußen irgendwo.»

«Ja. Ich habe ihn gesehen. Die Fellachen sagen: ‹Jeder Verrückte hat seine eigene Sprache.› War er schon immer so?»

«Nein. Das ist ihm vor ungefähr einem Jahr passiert. Man darf ihm nicht zu nahe kommen.»

«Ist er denn gefährlich?»

«Nur sich selbst gegenüber. Wenn man in seine Nähe kommt, läuft er davon. Ich möchte, daß er sich hier eingewöhnt.»

«Die Jaunis werden ihn gern haben. Komm, setz dich und iß etwas. Hast du gut geschlafen?»

«Danke, ja.»

«Mir brauchst du nicht zu danken. Danke Jechiel. Er hat die ganze Nacht an deinem Bett gewacht.»

Also war es doch kein Traum gewesen.

«Wo ist er jetzt?»

«Er ist nach Safed gefahren, die Kinder abholen. Er hat sich von unserem Nachbarn Samir Alhija einen Esel ausgeborgt, damit du es leichter hast, Wasser zu holen. Der Esel ist an eurer Pappel angebunden.»

«Wann ist er denn aufgebrochen? Ich habe nichts gehört.»

«Um so besser. Du wirst deine Kräfte noch brauchen. Hier ist sehr viel Arbeit zu tun. Schwere Arbeit. Wir haben zwei Jahre Trockenheit hinter uns. Die meiste Zeit über räumen wir die Steine von den Äckern. Und jetzt lauf raus zu deinem Bruder. Ich mache inzwischen Frühstück.»

«Nein, bitte nicht!»

«Und was wirst du essen?» Riva fing an zu lachen. «Diese Männer! Eine Frau, ein Baby und Saatgut hat er mitgebracht, an Lebensmittel hat er nicht gedacht. Aber er wird heute alles aus Safed mitbringen – Mehl, Öl, Zucker, Graupen, Kerzen und Kohlen. Ich habe ihm eine lange Liste mitgegeben.»

«Vielen Dank. Mir wäre das alles nicht eingefallen.»

Aus einem der Behälter neben dem großen, in die Wand eingebauten Ofen nahm Riva ein Häufchen Holzkohle und schüttete sie in den schwarzen Küchenherd.

«Die Lebensmittel werden nur für ein bis zwei Wochen ausreichen. Für den Winter mußt du Vorräte anlegen. Gleich nach den *Schawuoth*-Feiertagen bringen die Beduinen Weizen aus dem Hauran. Hast du die großen Holzkästen in der Küche gesehen?»

«Ja.»

«Die mußt du füllen. Ich werde mit dir einkaufen gehen, damit man dir keinen schwarzen Weizen verkauft. Miriam Alhija und ihre Schwester Latifa werden dir beim Auslesen helfen. Nach dem Laubhüttenfest, bevor es anfängt zu regnen, kaufst du ein paar hundert Rotel Kohlen, die wir den Winter über im Keller verstauen.»

«Haben wir bei uns im Haus einen Keller?»

«Ja. Alle Häuser hier haben einen Keller. Bei mir im Keller habe ich nicht nur Kohlen aufbewahrt, sondern auch Eier in gelöschtem Kalk, den Wein, den wir vor Neujahr keltern, Öl, Oliven, alles mögliche. Wenn du deinem Bruder sein Essen gebracht hast, gehen wir mal zu euch in den Keller und sehen nach, ob dort noch etwas übriggeblieben ist.»

Es fiel Fanja auf, daß Riva in der Vergangenheitsform sprach. Vermutlich hatte sie seit zwei Jahren nichts mehr im Keller gespeichert.

Wie sollte sie nur mit alldem fertig werden, fragte sie sich, als sie hinausging, um Lolik zu suchen. Schließlich entdeckte sie ihn im Geräteschuppen im Hof. Als er ihre Schritte hörte, kam er heraus und starrte sie mit erschrockenen Augen an.

«Lolik! Bitte! Ich bin es, deine Schwester Fanja. Ich bringe dir gleich dein Frühstück. Dies ist jetzt unser Haus, Lolik ...»

Als sie noch einen Schritt auf ihn zuging, lief er davon. Seine Hosen reichten bis zum Knöchel, als sei er gewachsen, seitdem sein Verstand ihn verlassen hatte. ‹Jeder Verrückte hat seine eigene Sprache›, hatte Riva gesagt. Aber in welcher Sprache sollte sie sich mit ihm verständigen? Sein Haar – die Kupferlocken der Mandelstamms – wuchs wild und verwahrlost und reichte bis zu den Schulterstücken seines Militärmantels. Sie blieb stehen und blickte ihm nach. Dann ging sie langsam ins Haus der Frumkins zurück.

«Wenn du erlaubst, bringe ich meinem Bruder auch eine Schnitte Brot und ein Glas Tee», sagte sie zu Riva.

«Ich mache es ihm schon fertig. Was ist eigentlich mit ihm passiert?»

«Er war Soldat in der russischen Armee, und sein Bataillon nahm an einem Pogrom teil.»

Riva nahm eine heiße Scheibe Brot vom Herd und schenkte Tee ein. Während sie noch Fanja den Rücken zuwandte, sagte sie:

«Am fünfzehnten Juni 1834 wurde meine gesamte Familie in Safed von arabischen Aufrührern ermordet. Nur durch ein Wunder blieb ich am Leben – als einziges Baby von einer ganzen Familie. Und ich danke Gott im Himmel, daß ich noch zu klein war, um das alles bewußt mitzuerleben.»

«Nicht jeder hat so viel Glück», murmelte Fanja.

«Zur Erntezeit arbeiten wir Frauen zusammen mit den Männern auf dem Feld.»

«Was passiert, wenn es auch dieses Jahr nicht regnet?»

«Um Gottes willen! Noch ein Jahr?» Riva war entsetzt. «Das ist unmöglich! Wir haben diese Äcker mit unserem Blut getränkt! Die meisten von uns sind Nachkommen von Rabbi Israel Back. Wir sind mit den Beschreibungen von blühendem Wohlstand hier in Galiläa aufgewachsen. Er hat selbst darüber geschrieben, Isser hat es mir vorgelesen, daß er auf dem Djarmak Wohnhäuser gebaut, Gärten angelegt, die Felder bestellt hat, und schon im ersten Jahr konnte er von seinen eigenen Erzeugnissen leben. Im zweiten Jahr hatte er bereits Schafe und Ziegen, Esel und Pferde, und nicht nur, weil unser Gebieter, der Sultan, möge sein Name gepriesen werden, ihn im Auge behielt und vor Unheil bewahrte.»

«Und das ist alles erlogen?»

«Gott behüte!»

«Sondern?»

«Ich suche noch immer nach den Überbleibseln seiner Gärten und Orangenhaine. Ich werde sie schon noch finden.»

«Riva!» Fanja mußte lachen.

Riva blickte Fanja mit warmem Lächeln an. «Es ist schön, wieder mal ein Mädchen lachen zu hören. Seit meine Kinder weggezogen sind, habe ich niemanden mehr, mit dem ich reden kann, einfach nur so schwatzen . . . Fanja?»

«Ja?»

«Du mußt Geduld haben. Das erste Jahr ist das schwerste von allen. Und du bist noch so jung, fast noch ein Kind. Jechiel ist ein braver Bursche. Klug, anständig, ein bißchen störrisch. Aber wer ist nicht störrisch hier an diesem Ort? Wir waren insgesamt siebzehn, und nur die Störrischen sind übriggeblieben. Mein Isser, Mordechai Lejbl und Jechiel. Hilf ihm. Er hat eine gute Frau verdient.»

«Ich werde mir Mühe geben.»

Wenn sie wüßte! dachte Fanja, als sie aus dem Haus ging. Was würde sie wohl sagen, wenn sie wüßte, daß wir eine «Abmachung» haben und nur eine Scheinehe führen?

Während des Vormittags schrubbte und scheuerte Fanja jeden Winkel des Hauses. Als sie die Kinderkleidung und die Männer- und Frauenhemden aus dem Schrank nahm, mußte sie an die Frau denken, die das alles genäht und gestrickt hatte. Hin und wieder warf sie einen Blick auf das Hochzeitsfoto auf dem Nachttisch. Es kam ihr vor, als verfolgte Rachel sie mit den Augen bei allem, was sie tat. Trotzdem wagte sie nicht, das Bild zur Wand zu drehen.

Dann wusch sie Kleider und Bettwäsche am Bach, zusammen mit den Beduinen- und Fellachenfrauen, rieb die Wäsche an den glatten Steinen und spülte sie danach in dem spärlich fließenden Quellwasser. Zu Hause hängte sie die Wäsche zum Trocknen an die Büsche und über den Zaun. Von Zeit zu Zeit warf sie einen Blick in den Geräteschuppen, traute sich aber nicht hinein, um Lolik nicht wieder zu verscheuchen. Seit sie ihm die Brotschnitte und den Tee hingestellt hatte, waren Stunden vergangen. Zusätzlich legte sie ihm noch eine Strohmatte und eine Wolldecke, die sie aus dem Haus geholt hatte, in den Schuppen. Über den Zaun hinweg fiel ihr Blick wieder auf die vier großen Nußbäume auf dem Hügel, die einzigen Überbleibsel von Rabbi Israels *Chan*. Bei der ersten Gelegenheit würde sie einmal hinaufgehen, nahm sie sich vor.

Wenig später wurde Fanja schon wieder hungrig und durchsuchte das ganze Haus – ihr Haus – nach etwas Eßbarem. In der Vorratskammer fand sie die verstaubten Reste von ein paar Teeblättern und ein wenig Mehl. Ein unangenehmes Gefühl überkam sie, als sie die verschiedenen Behälter durchstöberte, als machte sie sich an fremder Leute Sachen zu schaffen. Sie mußte endlich dieses Gefühl loswerden. Und auch dieses Foto mußte weg! Sie entschloß sich, die Vorratskammer zu putzen, bevor Jechiel mit den Kindern und den Lebensmitteln eintraf.

Zum viertenmal an diesem Morgen füllte Fanja die Wassereimer am Bach und hievte sie mühsam auf den Rücken des Esels. Ihre Arme schmerzten und ihre Rückenmuskeln schienen dem Zerreißen nahe. Plötzlich kam Rivka auf ihrer Stute geritten, und als sie direkt neben Fanja war, gab sie ihrem Pferd die Sporen. Die Stute fiel in Galopp, der Esel erschrak, schlug aus und rannte davon, wobei er das kostbare Wasser nach allen Richtungen vergoß. Fanja blickte ihm wütend nach, als er hinter dem nächsten Hügel verschwand.

Rivka machte kehrt und hielt neben ihr. «Warum hast du dich so erschrocken?» fragte sie lächelnd. «Esel kommen immer zurück.»

«Er gehört nicht uns», stammelte Fanja mit zornrotem Gesicht.

«Ich weiß, daß er nicht euch gehört. Warum hast du ihn nicht angebunden?»

«Ich habe doch nur angehalten, um Wasser zu schöpfen.»

Fanja kochte vor Wut. Vor allem war sie wütend auf sich selbst, weil sie hilflos herumstotterte und sich noch entschuldigte. Sie hob den vollen Eimer auf, der als einziger übriggeblieben war, und machte sich ohne ein weiteres Wort auf den Nachhauseweg. Von Zeit zu Zeit setzte sie den Eimer ab, um sich auszuruhen.

«Brauchst du Hilfe?» erkundigte sich Rivka.

«Nein danke.»

«Du siehst aus, als würdest du jeden Moment umfallen.»

Fanja antwortete ihr nicht. Der Schweiß lief ihr in die Augen, und wenn das Mädchen ihr nicht gefolgt wäre, hätte sie das Wasser weggegossen. Was die Beduinenfrauen können, das kann ich auch, sagte sie sich immer wieder.

Sie setzte den Eimer neben der Vorratskammer ab und ging sich das Gesicht waschen. Ihr langes Haar hatte sie hochgesteckt, so daß es aussah wie eine schimmernde Krone. Sie betrachtete den schweren eisernen Herd und fragte sich, wie man wohl damit umging. Im Hof stand ein *Tabun*, ein Backofen, und morgens hatte sie gesehen, wie Riva aus ihrem eigenen Ofen heiße Brotfladen herausgenommen hatte. Doch der Ofen der Nachbarin hatte die ganze Nacht über gebrannt. Sie nahm das wenige Mehl, das sie gefunden hatte, tat etwas Wasser und Salz dazu und begann, den Teig in einer Schüssel zu kneten. Plötzlich hörte sie Hufgeklapper im Hof.

«Ich habe den Esel eingefangen und ihn Fatma zurückgebracht», sagte Rivka.

«Ist Fatma die Frau von Samir?»

«Ja. Was machst du denn da?»

«Brot ... hoffe ich.» Fanja zuckte resigniert mit den Schultern.

«Brot! Wie willst du eigentlich eine Familie großziehen? Du kannst ja wirklich gar nichts!»

«Wie befeuert man diesen Ofen?»

Rivka sammelte ein paar Kohlestückchen und Strohhalme auf, die im Hof herumlagen, und steckte sie in den Ofen. Sie hatte eine knabenhafte Figur; ihre Zöpfe waren genauso schwarz wie die von Rachel auf dem Foto. Ob sie wohl ihrer verstorbenen Schwester ähnlich gesehen hatte?

«Gehst du nicht in die Schule?» fragte Fanja.

«Was soll ich denn da lernen?»

Fanja zuckte mit den Schultern. Wie sollte sie dem Mädchen erklären, mit welcher Leidenschaft, welcher Sucht man sich dem Studium von Geschichte, Literatur, Musik und Sprachen hingeben konnte?

«Rachel hat diese Kleider für Bella genäht.»

Fanja hob den Blick von ihrem Brotteig. Rivka stand neben Tamaras Wiege.

«Sie sieht dir überhaupt nicht ähnlich.»

«Nein.»

«Sieht sie ihrem Vater ähnlich?»

«Nein. Sie ähnelt nur sich selbst . . .»

Fanja wußte, daß ihr die Verlegenheit vom Gesicht abzulesen war. Rivka blickte sie an, in ihren Augen lag ein mißtrauisches Funkeln. Vergeblich bemühte sich Fanja, ihr Herzklopfen zu unterdrücken.

«Wie alt ist sie denn?»

«Vier Monate.»

Rivka erwiderte nichts. Wahrscheinlich rechnet sie sich aus, wann ich schwanger geworden bin, dachte Fanja. Es wird nicht lange dauern, bis sie mein Geheimnis entdeckt. Ich muß mich unbedingt beherrschen, sonst verrät sie mich.

«Mosche und Bella hatten keine Ahnung, daß Jechiel wieder geheiratet hat. Auch seine Schwester Lea wußte nichts davon.»

«Woher weißt du das? Warst du in Safed?»

«Irgend jemand mußte sie ja darauf vorbereiten.»

«Jechiel ist extra hingefahren, um es ihnen zu sagen.»

Vor dem Mädchen muß ich mich in acht nehmen, dachte sie.

«Brot kannst du aus diesem Teig nicht machen. Aber vielleicht Fladen.» Rivka nahm ihr den Teig aus der Hand und begann, ihn zu kleinen Kugeln zu formen, die sie dann flach drückte. Während sie noch damit beschäftigt war, ertönte draußen das Knarren von Rädern, das immer näher kam. Rivka ließ sich bei ihrer Arbeit nicht stören, und Fanja stand auf, um sich die Hände zu waschen.

Der Wagen fuhr in den Hof ein und kam erst unmittelbar vor der Haustür zum Stehen. Auf dem Vordersitz neben Jechiel saßen zwei Kinder. Mit Jechiels Hilfe stiegen sie ab und blieben wie angewurzelt stehen, als stünden sie vor einer Mauer. Wellen von Freude und Angst überfluteten Fanja gleichzeitig. So hatte sie sich einmal als ganz kleines Kind gefühlt, als sie auf einem Karussell fuhr – in einem Kasten, der einen Schwan darstellte –, sich krampfhaft an den hölzernen Federn festhielt und vor Glück fast erstickte. Das erste, was ihr auffiel, war der zerzauste dunkelrote Schopf, dessen Farbe ihrer eigenen Haarfarbe so sehr ähnelte. Die beiden kleinen Köpfe waren voller Locken, klebrig und schmutzig, die schwarzen Augen halb zugeschwollen. Offenbar waren auch sie vom Trachom befallen, wie die meisten Kinder, die sie in Jaffa gesehen hatte. Die beiden Kinder blickten sie ernst und erwartungsvoll an, und ihr war klar, daß sie irgend etwas tun mußte, aber sie war auf einmal ebenso befangen und verlegen wie die beiden Kleinen. Sie fürchtete etwas zu tun, was das gute Verhältnis, an dem ihr soviel lag, gefährden könnte. Wenn die anderen nur nicht dabei wären! Wenn sie allein mit den Kindern gewesen wäre, hätte sie sicher instinktiv das Richtige getan, die richtigen Worte gefunden, wie Noten zur Musik, wo es keine falschen Töne gab. In ihrem Elternhaus hatten die Kinder immer etwas *bekommen*, einen Kuß, einen Kniff in die Wange oder ein Geschenk. Der Mund war immer voll gewesen mit Kirschen, Bonbons oder Kuchen, die Taschen vollgestopft und die Hände beladen, und die kleinen Gesichter hatten geglüht, erst in Erwartung und dann vor Aufregung. Fanja brannte darauf, diesen Kindern etwas zu schenken, diesen Kindern, die von nun an *ihre* Kinder sein würden. Und da stand sie nun vor ihnen mit leeren Händen, stumm und sprachlos.

Ein weiterer Mann, den Fanja nicht kannte, sprang vom Wagen. Offenbar hatte er sich bis jetzt versteckt gehalten. Alle beeilten sich, ins Haus zu kommen. Als die Tür sich hinter ihnen geschlossen hatte, brachen Jechiel und der Fremde in lautes Gelächter aus und fielen sich um den Hals.

«Wie die Mäuse haben wir uns hereingeschlichen!» rief der Fremde, der etwa so alt wie Jechiel sein mochte. Er war europäisch gekleidet und trug keinen Kaftan. Das war durchaus ungewöhnlich, denn auch die europäischen Juden trugen im Heiligen Land meist dieses traditionelle Kleidungsstück. Er trug eine Jacke mit Samtaufschlägen und auf dem Kopf statt des üblichen *Tarbusch* einen Hut.

«Fanja, das ist mein Bruder und Freund Elieser Rokach. Er kommt gerade aus Übersee. Lajser, dies ist meine Frau Fanja. Bella! Mosche! Habt ihr Fanja schon begrüßt? Wie ich sehe, hast du den Esel schon zu Samir zurückgebracht.»

«*Ich* habe ihn zurückgebracht.»

Jechiel und Elieser drehten sich erschrocken um.

«Rivka! Was machst du denn hier?»

«Brotfladen.»

«Genau zur rechten Zeit!» rief Jechiel lachend. «Wir haben Hunger!»

Fanja kochte vor Wut, und die Röte, ein sicheres Barometer ihrer Stimmung, stieg ihr ins Gesicht. Die gute und tüchtige Rivka buk Brotfladen für die hungrigen Männer, während sie zu faul und zu ungeschickt war, um ihnen etwas zu essen zu machen. Und sie selbst? Hatte sie denn keinen Hunger?

«Es ist nichts zu essen im Hause», wandte sie sich an Jechiel, mühsam ihren Ärger unterdrückend.

«Ich habe alles mitgebracht. Mehl, Öl, Oliven, Zucker, Kohlen und Eier. Und Lea hat uns Wein und Rosinen geschickt. Ich habe in Jaffa bei Lajsers Bruder gearbeitet», erklärte er Fanja, «bei Schimon Rokach.»

«Ich heize mal schnell den Backofen an», sagte Elieser.

«Du setzt dich hin», wies Rivka ihn an.

«Wo ist Tamara?» Endlich hatte auch Bella den Mund aufgemacht.

«Kommt, ich zeige sie euch.» Fanja war froh, ins Nebenzimmer entfliehen zu können.

Die Kinder stellten sich zu beiden Seiten der Wiege auf. Bella steckte Tamara einen kleinen schmutzigen Finger ins Händchen, den das Baby sofort umklammerte. Dann nahm Tamara Bellas Finger in den Mund und begann daran zu nukkeln. Das Mädchen lachte freundlich.

«Jetzt bin ich dran», sagte Mosche mit ernstem Gesicht. Bella zog ihren Finger aus dem Mund der Kleinen, die verwirrt zu ihnen aufsah, aber ihre winzige Faust bekam sofort den Finger von Mosche zu fassen, und wieder saugte sie mit Begeisterung.

«Die Kuh von Mahmoud hat gekalbt», verkündete Mosche, und Fanja nickte, ohne zu lächeln. Ihr Herz war voll, und ihr fehlten die Worte. «Ich muß jetzt wieder zu den anderen gehen, damit sie nicht böse sind», sagte sie.

Die ganze Gesellschaft hatte sich mit fröhlichen Gesichtern und in bester Stimmung an den gedeckten Tisch gesetzt.

«Ihr seht euch aber gar nicht ähnlich», sagte Fanja zu Elieser Rokach.

«Wir sind zwar beide Nachkommen von Rabbi Israel Back, aber Jechiel ähnelt seiner damaszenischen Großmutter, während ich den Berditschews ähnlich sehe.»

«Warum hast du Gai Oni verlassen?»

«Weil sie ihn ermorden wollten!» rief Jechiel erregt. «Die Führer von Safed fürchteten seine Ideen. Es war geplant, daß viele Juden aus Safed uns hierher folgen würden, um sich endlich einmal von ihrer Hände Arbeit zu ernähren. Und wegen dieses schrecklichen Vorhabens hat man ihn mit Steinen beworfen! Sie hatten Angst, daß die Juden in der Diaspora ihnen kein Geld mehr für die *Chaluka* schicken würden, wenn bekannt würde, daß die Juden hier ihr Brot durch Landwirtschaft verdienten. Jedesmal, wenn ich in Safed an deinem Haus vorbeikomme und die eingeworfenen Fensterscheiben sehe, packt mich die helle Wut!»

«Jechiel!» fiel Elieser ihm ins Wort. «In meinem Haus in Safed steht noch der ‹Stuhl von Elijahu›, auf dem Minister Montefiore bei der Beschneidung von Schmuel Nissan Back gesessen hat. Hol dir den Stuhl als Hochzeitsgeschenk für dich und Fanja. Und vergeßt nicht, ihn auch für die richtigen Zwecke zu benützen!»

«Moischele! Beluna! Riva hatte die Kinder entdeckt, umarmte sie und bedeckte sie mit schmatzenden Küssen. «Aber was ist denn das? Um Gottes willen!» rief sie, als sie die verquollenen Augen der beiden sah. «Morgen früh kommt ihr zu Tante Riva, damit sie euch die Augen behandelt.»

«Nein», sagte Mosche.

«Nein», sagte auch Bella.

«Aber dann werdet ihr blind! So wie Farha!»

«Wenn ihr tapfer seid, gehen wir morgen nachmittag auf den Hügel mit den Nußbäumen», versprach Fanja.

«Da oben gibt es jede Menge Schlangen und Skorpione», warnte Jechiel.

«Ich habe keine Angst», verkündete Mosche.

«Aber ich», sagte Fanja.

Mosche sah sie mitleidig an. «Keine Sorge. Ich nehme Stöcke mit.»

Bella nickte. «Ich auch.»

«Ich hatte gehofft, hier mehr von unseren Freunden anzutreffen», seufzte Elieser.

«Sie werden, so Gott will, nach dem ersten Regen wiederkommen», sagte Mordechai Lejbl.

«Sie haben ihre Häuser nicht verkauft», verteidigte sie Isser.

«Du kannst es ihnen nicht übelnehmen, mein lieber Lajser», meinte Riva. «Die Friedmanns, die Schwarzens und die Brochsteins haben ihren letzten Schnürsenkel verkauft, um Land zu kaufen und es auf ihren Namen eintragen zu lassen und auch dem *Muchtar* seinen ‹Anteil› zu geben, und als sie dann ohne einen Heller dasaßen, kam die Dürre. Uns war nichts mehr geblieben, um Saat zu kaufen, geschweige denn einen Ochsen oder einen Pflug. Die Menschen hungerten nach einem Stück Brot. Sie hatten allen Mut verloren. Und alle hatten kleine Kinder.»

«Aber ihr seid doch geblieben», sagte Elieser.

«Ja, weil wir keinen Ort hatten, an den wir zurückkehren konnten. Sonst hätten wir nicht mal Brotfladen auf dem Tisch. Seit drei Jahren haben wir weder gesät noch geerntet.»

«Und woher habt ihr das Mehl?»

Nach kurzem Zögern erwiderte Riva: «Wir sammeln die Ähren auf, die die Fellachen übriggelassen haben. Wie Ruth in der biblischen Geschichte.»

Fanja war erschüttert. Zum erstenmal begriff sie, wie groß die Not dieser Menschen war. Jener Abend, als sie in der Vorratskammer vor den leeren Gefäßen gestanden hatte, hätte ihr die Augen öffnen sollen. Offenbar hatte Jechiel etwas von dem Geld, das er in Jaffa verdient hatte, zum Einkauf von Lebensmitteln verwendet, aber was würden sie in Zukunft tun? Sie mußten sich nach einer anderen Einnahmequelle umsehen, außerhalb der Landwirtschaft. Und wer konnte sich dafür verbürgen, daß die Dürre nicht anhielt? In ihrer Naivität hatte sie geglaubt, Jechiel hätte sie und die Ihren vor dem Verhungern bewahrt. Eine schöne Rettung war das! Die Pflicht, drei Kinder und drei Erwachsene zu ernähren, lastete jetzt auf ihren Schultern. Sie schaute zu Jechiel hinüber, und ihre Blicke begegneten sich. Es war, als könnte er ihre Gedanken lesen. Fanja richtete sich trotzig auf, wie um zu sagen: Ich bereue nichts! Sie würde auf dem kleinen Hof Gemüse anbauen und ihren Schwestern in Amerika schreiben, sie sollten ihr Sachen schicken, die sie hier verkaufen konnte. Einen Teil des Gewinns würde sie ihren Schwestern schicken, einen Teil ihrem Onkel, und von dem, was übrigblieb, würde sie ihre Familie ernähren. Großer Gott! Und sie hatte tatsächlich geglaubt, der Mann, der ihr gegenübersaß, hätte ihr diese Last abgenommen.

«Wir lesen alle deine Artikel im *Jesreel*», sagte Isser zu Elieser, um ihn etwas aufzuheitern. «Israel Dov Frumkin schickt mir die Zeitung regelmäßig aus Jerusalem. Besteht denn wirklich die Hoffnung, daß die Juden aus Rumänien ins Heilige Land kommen?»

«So Gott will, kommen hundert Familien gleich nach dem *Pessach*fest nach Gai Oni», verkündete Elieser jetzt seinen Freunden. «Etwa dreihundert Menschen aus zwei Städten: Batuschan und Moineschti. Zwei ihrer Leute sind bereits zur Hohen Pforte gereist, um die Ansiedlungserlaubnis zu erhalten. Sie wollen dort eine Erklärung abgeben, daß sie unter dem Schutz des Sultans hier leben möchten. Bald werden zwei Abgesandte hierherkommen, um Boden zu kaufen.»

«Hierher? Nach Gai Oni?»

«Hoffen wir es. In allen meinen Artikeln rühme ich die Pioniere von Gai Oni –»

«Und was werden sie hier essen?» unterbrach Riva.

«Es sind wohlhabende Leute. Viele von ihnen haben vor der Abreise drüben ihre Geschäfte liquidiert und kommen mit vollen Taschen. Und was nicht weniger wichtig ist: Es sind alles gläubige und gottesfürchtige Menschen. Die Juden in Safed werden ihnen nichts anhängen können. ‹Die erste Garnitur› nennt sie der *Hamagid*.»

Riva richtete sich auf ihrem Stuhl auf und sagte mit bebender Stimme: «*Wir* sind die erste Garnitur!»

«Und was wird aus den Ländereien des Ministers Oliphant? Wird er die den Rumänen verkaufen?»

«Wenn er sie noch nicht an die Effendis verkauft hat.»

«Oliphant? Niemals!» rief Elieser. «Er glaubt an die ‹Rückkehr nach Zion› fester als unsere Juden. Ohne ihn wären die nie aufgewacht. Die KICHA-Gesellschaft ist doch gegen jede Ansiedlung in Palästina. Zehntausend Juden sitzen seit Beginn der Pogrome in Brody herum und warten darauf, Rußland zu verlassen. Und die KICHA überlegt sich, wohin sie am besten auswandern sollten. Nach Spanien? Oder vielleicht Zentralrußland? Nur nicht nach Palästina. Und warum?» Elieser brüllte jetzt beinahe. «Weil man es hier schwer hat? Ja, gewiß! Und hat man es vielleicht in Amerika nicht schwer? Ein großer Teil der tausendfünfhundert jüdischen Flüchtlinge, die voriges Jahr nach Amerika ausgewandert sind, muß Hunger leiden. Und das dortige jüdische Komitee weigert sich, noch weitere Juden aufzunehmen. Wer sind denn diese Flüchtlinge? Witwen, Waisen, alte Leute, Krämer und Hausierer – wir wären bereit, sie aufzunehmen! Alle. Mögen sie mit ihren Tränen den Boden dieses Landes bewässern! Wenn ich könnte, würde ich mich selbst vor den Pflug spannen! Auch Oliphant versucht sie zur Auswanderung nach Palästina zu bewegen. Er hat die Pogrome mit eigenen Augen gesehen, und das hat ihn noch mehr in seiner Überzeugung bestärkt, daß Palästina der sicherste Zufluchtsort für das jüdische Volk ist. Erst vor fünf Jahren hat Disraeli den Berliner Vertrag unterschrieben. Weißt du noch, Jechiel, wie wir uns damals gefreut haben? Die Großmächte hatten sich verpflichtet, sich für die Rechte der Juden in den Balkanländern einzusetzen. Wir konnten uns genau vorstellen, wohin das führen würde. Die eine Hand unterzeichnete großartige Verträge, während die andere weiter auf uns einschlug. So waren sie es gewohnt. Ich hoffe nur, daß Oliphant selbst noch nicht den Mut verloren hat. Die Hohe Pforte mißtraut seinen Motiven. Dort befürchtet man, daß Britannien Oliphant und die Idee der Rückkehr nach Zion dazu benützt, sich hier festzusetzen. Jetzt lebt er in Haifa mit seiner Frau Alice und seinem Sekretär Herz Imbar und veröffentlicht in der ganzen Welt Zeitungsartikel, die dieses Land verherrlichen. Er beschreibt seine Schönheit, die Sicherheit der Reisenden auf allen Wegen, seine Fruchtbarkeit...»

Elieser mußte plötzlich lächeln. «Ich kann es ihm nicht verdenken. Ich begehe die gleiche ‹Sünde›. Mir ist jedes Mittel recht, möge Gott mir verzeihen. Wenn die Delegation aus Rumänien kommt, sollte jemand von euch dafür sorgen, daß sie mit Minister Oliphant zusammentrifft — denn es ist weitgehend sein Verdienst, daß sie herkommen durften.»

«Wirst du denn nicht hiersein?»

«Ich werde heute nacht noch abreisen, bevor die Leute in Safed herausfinden, daß ich wieder da bin.»

«Welche Sprache spricht er denn, der Minister Oliphant?»

«Englisch.»

Die Anwesenden blickten einander an und hoben ratlos die Schultern.

«Ich verstehe Englisch», sagte Fanja.

Alle wandten sich verwundert ihr zu, als hätten sie eben erst ihre Anwesenheit bemerkt.

«Der Bursche hat Glück», meinte Riva Frumkin. Jetzt erinnerten sich alle, daß es noch einen weiteren Grund für diese Zusammenkunft gab. Man öffnete eine Flasche Wein und prostete dem jungen Paar zu. Dies ist also meine Hochzeitsfeier, dachte Fanja.

Bevor Elieser sich verabschiedete, erinnerte er sie noch einmal an sein Hochzeitsgeschenk, den «Stuhl von Elijahu».

Die anderen Gäste brachen ebenfalls auf, und Fanja und Jechiel blieben allein. Die Kinder waren bereits auf der Matratze eingeschlafen. Jechiel legte Fanja die Hand auf die Schulter, und sie zuckte zusammen.

«Das Haus ist blitzsauber», sagte Jechiel, aber die Freude war aus seinem Gesicht gewichen. Er zog ein kleines Päckchen, in dickes Papier gewickelt, aus der Jackentasche. «Das ist für dich.»

In dem Päckchen war ein grünes Tuch mit Blumenmustern in verschiedenen Farben, bestickt mit einer Reihe kleiner Perlen. «Danke.»

«Dein Haar ist wundervoll. Dein Haar gleicht einer Herde von Ziegen, die herabsteigt von Gileads Bergen», sagte er lächelnd. «Aber du mußt in Zukunft deinen Kopf bedecken.»

«Ja.»

«Komm, gehen wir schlafen.»

«Ich ... das heißt ... ich will noch Briefe schreiben ... an meine Schwestern ... und an meinen Onkel.»

«Jetzt?»

«Ja. Elieser Rokach wird sie mitnehmen und für mich abschicken. Übernachtet er nicht bei Riva?»

«Ja.» Er zögerte. Sie sah, wie er die Hand zur Faust ballte, daß die Knöchel sich weiß abzeichneten, und erschrak. Aber dann drehte er sich abrupt um und verließ das Zimmer.

Fanja schrieb an ihre Schwestern und berichtete alles Wissenswerte, wobei sie es vermied, Dinge zu erwähnen, die ihnen Kummer bereiten konnten, und die schönen Seiten ihrer neuen Umgebung ausschmückte. Die Dochtlampe flakkerte und begann auszugehen. Fanja stieg auf den Stuhl und schaute in die Blechdose, die an einem Haken von der Decke hing. Es war nur noch ganz wenig Öl übrig. Sie tauchte den Docht in das verbleibende Öl und betete, daß es ausreichen würde, bis sie ihre Briefe beendet hatte. Während sie noch schrieb, hörte sie, wie Jechiel sich auszog, sich wusch und ins Bett ging. Sie erinnerte sich an die Petroleumlampe, die sie in einem Geschäft in Jaffa gesehen hatte, mit einem Glasaufsatz, der die Rauchentwicklung verhinderte. Solche Lampen würde sie bei ihren Schwestern bestellen. Hier gab es gewiß viele Abnehmer dafür.

«Fanja, komm schlafen.»

Sie begann am ganzen Körper zu zittern. Unmöglich konnte sie sich einfach neben ihn ins Bett legen! Sie war als Kinderpflegerin hergekommen und nicht als Ehefrau. War es nicht so ausgemacht?

«Ich schlafe bei den Kindern.»

Ein bitteres Lächeln erschien auf Jechiels Gesicht. Er stand auf und legte sich zu den Kindern. Fanja löschte die Lampe und entkleidete sich im Schutz der Dunkelheit. Wie würden sie nur auf so engem Raum zusammenleben können, sich auskleiden, sich waschen, Tag und Nacht miteinander verbringen und sich weiterhin fremd bleiben?

«Ich dachte, wir hätten nur geheiratet, um üble Nachrede zu vermeiden», flüsterte sie.

«Wenn du es dir anders überlegst, sag mir Bescheid», drang Jechiels Stimme aus dem Dunkeln zu ihr. «Ich bitte niemanden darum, mir eine Gnade zu erweisen.» Seine Stimme klang heiser. Vielleicht vor Ärger, vielleicht auch vor Müdigkeit. Es lag etwas Endgültiges in seinen Worten. Wenn er glaubte, er hätte sich eine Ehefrau gesichert, war er im Irrtum. Jetzt hatte er sie am Hals und gab ihr vermutlich die Schuld dafür. Sein ärgerliches Flüstern klang ihr lange in den Ohren. «Er hat eine gute Frau verdient», hatte die Nachbarin gesagt. Und ich? protestierte Fanja im stillen, habe ich gar nichts Gutes verdient? Doch bald war ihr Selbstmitleid verflogen, und sie entschloß sich, Jechiel für ihren «Betrug» zu entschädigen, so gut sie es vermochte.

Ein lauter Schrei hallte über das Feld. Die Leute, die den Acker von Steinen befreiten, hielten in ihrer Arbeit inne und blickten erschrocken in die Richtung, aus der der Ton gekommen war. Imbar sprang auf und schlug mit dem Stock, den er in der Hand hielt, auf etwas ein, das vor ihm auf dem Boden lag. Neben ihm stand Mosche, sein gebräuntes Gesicht so fahl wie die Felsblöcke um ihn herum. Im nächsten Augenblick war Jechiel zur Stelle und zerschmetterte der Schlange den Kopf mit einem Stein. Dann hob er den langen, sich noch windenden Rumpf der schwarzen Viper in die Höhe. Die anderen schrien erschrocken auf. Fanja glaubte, sich erbrechen zu müssen. Sie rannte auf Mosche zu, umarmte ihn ganz fest und küßte immer wieder sein schmales, verschmiertes, mit Erde beschmutztes Gesicht. Danach lief sie zu Imbar hinüber, schüttelte ihm mehrmals die Hand und dankte ihm für seinen Mut und seine Tapferkeit. Imbar fing an zu lachen, und auch Fanja stimmte in sein Gelächter ein, ganz außer Atem vor Aufregung und Erleichterung über die Rettung des Kindes.

«Ich sah da plötzlich etwas Schwarzes dicht neben dem Kind zwischen den Steinen herumkriechen», erzählte Imbar. «Die Schlange hatte wohl in der Sonne geschlafen und war geweckt worden. Ihr solltet für diese Arbeit keine Frauen und Kinder nehmen», wandte er sich an Jechiel. «Ich weiß, ich weiß, ich habe kein Recht, mich einzumischen. Ich bin nur zu Gast hier, auf ganz kurze Zeit. Und das Herz geht mir über, wenn ich sehe, welche Arbeit hier geleistet wird. Aber es ist eine Arbeit, die sogar den Männern schwerfällt.»

«Wir räumen ja nur die kleineren Steine weg und lassen die großen den Männern.» Fanja versuchte ihn mit einschmeichelndem Lächeln davon abzulenken, daß sich Jechiel nicht einmal für die Rettung seines Sohnes bedankt hatte.

Eka Riva rief ihnen zu, wieder an die Arbeit zu gehen. Seitdem sie und ihr Mann, Schalom Chalfon, wie Hiob ‹ein Mann fromm und recht›, in Jauni angekommen waren, hatte sie ihre Nachbarn erbarmungslos zur Arbeit angetrieben. Nicht ohne Grund nannten sie die Araber *Karima al Wakila*, die strenge Aufseherin. Hätte sie die anderen nicht den lieben langen Tag unter Druck gesetzt, wären sie vermutlich dieser schweren Arbeit gar nicht gewachsen gewesen, denn auf dem ganzen Hügel gab es kein Stückchen Boden ohne Felsen und Steine.

> «Brechet die Steine aus dem Hang
> mit frohen Liedern und Gesang,
> möget ihr Edelsteine finden...»

Imbar wiederholte die Verse, die er gerade gedichtet hatte, und Jechiel und Fanja machten sich wieder an die Arbeit.

«Wenigstens vor den anderen könntest du eure innige Freundschaft etwas verbergen», zischte Jechiel sie wütend an.

«Warum sollte ich?» brauste sie auf. «Ich mag ihn, er ist ein wunderbarer Mensch. Er hat deinem Sohn das Leben gerettet, und du hast es nicht einmal für nötig befunden, dich bei ihm zu bedanken!»

Wütend wandte sie ihm den Rücken zu und ging zu «ihrem» Stück Boden zurück. Schon vor Sonnenaufgang hatten sie zu arbeiten begonnen, und es sah immer noch so aus, als sei nichts getan worden. Als hätte die unsichtbare Hand des Teufels überall dort neue Steine gesät, wo man die alten weggeräumt hatte. Oben auf dem Hügel reckten sich die vier Nußbäume von Chirbet al Jahud, und Fanja dachte voller Bitterkeit: Das ist alles, was auch von uns übrigbleiben wird. Ein Denkmal für einen vergangenen Traum. Jechiel sah in letzter Zeit sehr schlecht aus. Keiner wußte besser als sie, daß er fast nichts aß. Diese verfluchte Erde zehrte ihre Kräfte auf. All diese Menschen hier waren Wahnsinnige. Sie konnten nicht einmal ihren Kindern etwas zu essen geben und zogen aus, die Felsen zu besiegen. Dabei hätten sie in Safed oder Jerusalem oder Hebron leben können, die *Tora* studieren und ein Handwerk ausüben – als Waschfrau in Jaffa hätte sie sich ein besseres Brot verdient! Zum Glück hatte sie im Hof Zwiebeln gepflanzt, die Gurken wuchsen auch, und in einem der Blechkanister waren noch ein paar Oliven übrig... warum hatte sie eigentlich noch keine Antwort von ihren Schwestern in Amerika? Schon vor Monaten hatte sie ihnen geschrieben.

Sie versuchte, ihren Arbeitsrhythmus dem von Riva Frumkin anzupassen – sich bücken, einen Stein aufheben, ihn auf den Haufen werfen und das Ganze endlos wiederholen. Das faltige Gesicht von Riva hatte sich grünlich verfärbt, als leide sie nicht nur unter dem Hunger, sondern auch unter einer versteckten Krankheit. Der heilige Eifer, mit dem sich diese Menschen die Hände aufrissen, machte Fanja angst. Der Schmerz in ihrem Rücken und ihren Hüften war unerträglich, aber sie machte weiter, wie in einer Art Trunkenheit, und sagte sich immer wieder: Was Riva kann, kannst du auch. Als die *Wakila* eine Pause ausrief, zögerte Fanja aufzuhören, vor Angst, sie würde später nicht weitermachen können.

«Setz dich hin», sagte Riva zu ihr. Fanja setzte sich und streckte ihre langen Beine aus. Sie konnte keinen klaren Gedanken fassen, ihre Augen brannten vom Staub in der glühenden Sonne. Sie war so erschöpft, daß sie nicht einmal die Hand heben konnte, um sich den Schweiß aus dem Gesicht zu wischen. Nach einer Weile spürte sie, wie ein kühler Wind aufkam, ließ sich von der Brise streicheln und schloß die Augen.

«Hier, trink was, Fanja.»

Riva reichte ihr den Tonkrug mit kaltem Wasser. Es schmeckte süßer als alle Getränke, die sie als Kind von ihrer Mutter vorgesetzt bekommen hatte. Nachdem sie getrunken hatte, lächelte sie Riva zu, die ihr ein mattes Lächeln zurückgab. Sie ist krank, dachte Fanja. Ein grünlicher Schatten lag über ihrer gebräunten, faltigen Haut.

Die anderen Leute standen auf, um wieder an die Arbeit zu gehen. Sie waren unterschiedlich gekleidet, zum Teil wie Fellachen, andere wieder wie Schüler einer *Jeschiwa*. Auf dem Kopf trugen sie *Tarbusche* oder Hüte, Schirmmützen, arabische Kopftücher oder Käppchen. Jechiel trug ein Hemd auf dem nackten Leib, seine Hosen waren an Hosenträgern befestigt, die ihm über die breiten Schultern hingen, ein Geschenk von Elieser Rokach. Das ist unser Schicksal, dachte Fanja – die Träume anderer zu verwirklichen, Jechiel den Traum von Elieser und ich die Ideale, die mein Onkel predigt: ein Leben in Gleichberechtigung, Gemeinsamkeit und Arbeit... Imbar entfernte sich von ihnen und ging zum Rand des Ackers, wie jemand, der bei einer heiligen Handlung nicht stören möchte. Sein Gang hatte etwas Pulsierendes an sich, und sein langer Haarschopf schwang immer wieder in die Höhe wie eine Sichel bei der Ernte von reifem Korn. Mit welcher Leichtigkeit ihm die Verse von den Lippen kamen! Mit welch trunkener Verzückung blickte er auf diese jüdischen Bauern! Er erinnerte Fanja an die jüdischen Intellektuellen aus der Diaspora, die oft in ihrem Elternhaus zu Besuch gewesen waren. Seine bloße Erscheinung bereitete ihr Freude, und sie brachte ihm uneingeschränkte Sympathie und Freundschaft entgegen, doch gerade das schien Jechiel zu erzürnen. Sollte er etwa eifersüchtig sein? fragte sich Fanja.

Am Sabbatmorgen nach dem Gottesdienst ging sie mit den Kindern auf den Nußbaum-Hügel. Seit ihrer Ankunft hatte sie sich selbst und den Kindern versprochen, eines Tages einen Spaziergang zur Chirbet al Jahud zu machen. In der Tasche hatte sie einen Granatapfel, der vom Baum gefallen war und den sie speziell für diese Gelegenheit aufbewahrt hatte.

Sie stiegen durch das ausgetrocknete Flußbett von Ejn Abu Chalil in zauberhafter Landschaft hinauf bis zum Gipfel. Ihre Schritte auf dem harten Boden waren das einzige Geräusch weit und breit. Wie sehr sie doch diese wilde Landschaft liebte! Die kahlen Berge, auf denen hier und dort ein alter Olivenbaum oder eine Pistazie standen, den fernen Hermon-Berg in seiner schneebedeckten Kälte und die Kreidefelsen, bedeckt von erstarrten Lavaströmen. Zwei große Adler zogen ihre Kreise am Himmel über ihren Köpfen, sanken ein wenig herab und stiegen wieder auf.

Als sie endlich den Gipfel erreichten, brach ein Kaninchen aus dem Dornengestrüpp hervor, und Mosche rannte ihm nach. Fanja und Bella lachten, Tamara fuchtelte mit den Ärmchen, lächelte den Gesichtern zu, die sich über sie neigten, stieß kleine, vergnügte Schreie aus, wurde dann wieder ernst und versuchte, die Gesichter, die plötzlich verschwunden waren, wiederzufinden.

Kurz darauf stieß Imbar zu ihnen, freudig erregt, mit zer-

knüllter Krawatte, die Aufschläge seiner langen Hose hoch-
gekrempelt, um sie nicht schmutzig zu machen. Als er Fanja
erblickte, rief er ihr fröhlich zu:

«Blumen, Liebe, Ländlichkeit, Müßiggang,
Felder! Euch bin ich mit ganzem Herzen ergeben.»

Fanja legte schelmisch den Kopf zur Seite und setzte das
Zitat fort:

«Nach wem sehnt sich deine Leier?
Wem aus der Schar der eifersüchtigen Mädchen
hast du ihre Melodie gewidmet?»

Sie wetteiferten miteinander beim Rezitieren der Verse aus
Eugen Onegin, stampften im Takt mit den Füßen und hatten
vor Freude Tränen in den Augen. Die Kinder hörten verwundert zu, wie die Erwachsenen Gedichte in einer fremden Sprache aufsagten.

«Wo in aller Welt», wandte sich Imbar an Mosche, «findest
du eine Bäuerin, die Gedichte aufsagt? Und du? Was hast du
da in der Hand?»

«Eine Schildkröte.»

«Eine Schildkröte! Und was ist der Unterschied zwischen
einem Hirschen und einer Schildkröte? Fanja, wo stammst du
eigentlich her?»

Fanja berichtete ihm in aller Kürze ein wenig über ihre Herkunft und war erleichtert, als er sie nicht weiter ausfragte.

«Was ist das hier für ein Ort?»

«Vor fünfzig Jahren hat sich hier oben auf dem Hügel ein
jüdischer Drucker aus Berditschew angesiedelt, Rabbi Israel
Back mit seiner Frau, seinen Söhnen und seiner ganzen Familie. Er ist ein Vorfahr von Mosche und Bella. Alles, was sie an-
bauten, gedieh, sie bauten Häuser, hielten Vieh und Geflügel
und waren mit dem Leben zufrieden. Nissan Back, der Sohn
des Rabbi, druckte Karten zum Aufsammeln von Fallobst und
Getreideresten und verteilte sie an die armen Fellachen. Die
Karten waren mit sechs hebräischen Buchstaben beschriftet,
für die sechs Arbeitstage in der Woche, und die Leute mußten,
wenn sie zum Einsammeln kamen, jeweils ihre Karte vorzei-
gen, damit die Almosen gerecht verteilt wurden.»

«Ein Boas aus Berditschew! Aus dem Geschlecht König
Davids!»

Ein großes Rebhuhn mit roten Beinen rannte plötzlich dicht an Imbar vorbei und erschreckte ihn. Fanja und die Kinder unterdrückten ihr Lachen. Nachdem Imbar sich wieder beruhigt hatte, sagte Mosche plötzlich: «Jot.»

Zur Überraschung von Fanja und Bella hob Imbar den Jungen hoch und versetzte ihm einen schmatzenden Kuß auf die Wange.

«Richtig! Richtig! Du hast es erfaßt: Der Unterschied zwischen einem Hirschen und einer Schildkröte ist ein Jot.»*

«Du bist ein kluger Junge, Mosche! Wo lernst du das alles?»

«Vorläufig geht er noch nicht zur Schule, aber in zwei Wochen fängt er an, in die *Talmud*-Schule nach Safed zu gehen.»

«Nein.» Mosches Gesicht, das eben noch gestrahlt hatte, verfinsterte sich.

«Aber du mußt doch lernen!» sagte Fanja. «Du hast es ja gehört: Der Dichter Naftali Herz Imbar hat selbst gesagt, daß du ein kluger Junge bist.»

«Geh nur in die *Talmud*-Schule und mache es so wie der Dichter Imbar, als er noch ein Kind war und man ihn ‹Herzli› nannte. Ich habe mich unter dem Tisch versteckt und von dort aus dem Lehrer und den Schülern zugehört. Das ist ein guter Platz, glaub mir.»

Fanja mußte lachen. «Imbar!»

«Wie schön du bist, wenn du lachst!»

> «Wie schön du doch bist, liebliche Maid!
> Welch ein Schnabel! Welch ein Hals!
> Es ist kaum zu glauben!»

deklamierte Fanja aus dem Märchen von Karilov, und Imbar ging sofort auf das Spiel ein, das ihnen beiden so viel Freude machte:

> «Und welch ein Federkleid! Die blitzenden Augen!
> Und deine Stimme ist gewiß die Stimme des Engels.»

«Erzähl es ihnen», forderte Fanja ihn auf, worauf Imbar

---

* *Anm. d. Übers.:* Ein hebräisches Wortspiel. Der Buchstabe «Jot» gleicht dem lateinischen i oder j. Hirsch heißt auf hebräisch *Zwi* und Schildkröte *Zaw.* Wenn man also das «Jot» wegläßt, wird aus dem Hirschen eine Schildkröte.

beide Kinder auf den Schoß nahm, Mosche auf das eine Knie und Bella auf das andere, und ihnen das Märchen von der Tochter des Raben und dem Fuchs erzählte.

Sie hörten gespannt zu, und Fanja dachte, daß dies der herrlichste Tag war, den sie bisher in Palästina erlebt hatte. Wie schön war es doch, sich nach all der schweren körperlichen Arbeit wieder geistig zu betätigen, die Lieblingsgedichte ihrer Kindheit aus dem Gedächtnis aufzusagen, Sprüche auszutauschen und das Vergnügen an der Poesie mit jemandem teilen zu können. Auch die Kinder konnten nicht genug bekommen, und Imbar erzählte ihnen das Märchen vom Adler und dem Hahn und das vom Löwen und der Mücke. Immer wieder wiederholten sie den Reim:

> «Und wer? Nur eine kleine Mücke
> war der Grund für diese Tücke.»

Jedesmal, wenn Imbar «und wer?» ausrief, legte er einem der Kinder den Zeigefinger auf die Brust, und dieses sagte zur Antwort die Strophe auf. Und so – lachend, fröhlich jauchzend und begeistert in die Hände klatschend – fand Jechiel sie. Als sie ihn kommen sahen, verstummten sie alle ganz plötzlich. Es war, als hätte man sie bei etwas Verbotenem erwischt. Jechiel, der spürte, daß sich hier in aller Unschuld eine tiefe Freundschaft entwickelt hatte, ohne daß er daran beteiligt war, konnte nur mühsam seine Eifersucht unterdrücken.

«Ich hatte dich doch gebeten, nicht ohne mich hierherzukommen», sagte er zu Fanja.

«Ich beschütze sie ja», sagte Imbar und lächelte ihr zu, worauf Fanja verlegen die Augen senkte.

«Ich auch», sagte Mosche, der Imbar besonders gern zu haben schien. «Ich habe eine Schildkröte gefunden.»

Fanja erinnerte sich an den Granatapfel, den sie mitgebracht hatte, und war froh, sich jetzt mit dem Schälen und Verteilen beschäftigen zu können. Die Hände und Zähne der Kinder verfärbten sich schwarz von der Säure der roten Körner im Inneren der Frucht.

«Kommt ihr jetzt?» fragte Jechiel.

«Bald.»

Er wandte sich ab und schritt den Pfad hinunter, hochgewachsen, schlank und breitschultrig. Fanja blickte ihm nach, als sei er ein Fremder, dem sie zufällig begegnet waren. Was hatte er nur? Warum lief er vor ihnen davon? Jetzt, da er gegangen war, verflog auch die allgemeine Fröhlichkeit wie Rauch.

«Fanja!» Eka Riva, die *Wakila*, weckte Fanja aus ihren Träumereien. Auch Riva Frumkin öffnete die Augen und stützte den Kopf auf den Arm. Der Hunger hatte auf den Gesichtern aller deutliche Spuren hinterlassen. Wie lange noch, bis der Mut dieser Menschen ihrer körperlichen Schwäche unterliegen würde? Sie würden es niemals schaffen, den Berg von Steinen zu säubern. Die Steine würden sie unter sich begraben und ihnen ein düsteres Grabmal setzen.

«Komm, Riva, laß uns nach Hause gehen.» Fanja half ihrer Freundin auf die Füße und stützte sie beim Gehen. Als sie in Rivas Haus angelangt waren, zog sie ihr die Schuhe und das verstaubte Kleid aus. Danach füllte sie eine Schüssel mit Wasser und wusch Riva Gesicht und Füße. Wie alt mochte sie sein? Fünfzig? Fünfundfünfzig? Was sie dringend brauchte, war ein Arzt, Medikamente, gutes Essen und Ruhe. Das ist unser verdammtes Schicksal, dachte sie. Wir werden alle vorzeitig sterben – vor Hunger, Malaria, Kummer und Enttäuschung...

Traurig und verbittert verließ Fanja das Haus von Riva Frumkin, fest entschlossen, wenigstens etwas frische Milch für ihre Freundin aufzutreiben. Sie wußte, bei den Fellachen war nichts zu holen, die waren ebenso hungrig wie ihre jüdischen Nachbarn. Der Jagdinstinkt erwachte in ihr. Sie würde so lange herumlaufen und suchen, bis sie Beute gemacht hatte.

Wie von selbst trugen ihre Beine sie zum Lagerplatz der Al Sangaria, eines der kleineren Beduinenstämme im Norden, der sich ausgerechnet das Gebiet von Jauni ausgesucht hatte, um ein- oder zweimal im Jahr hier zu lagern. Die Beduinen tränkten ihre Ziegen- und Schafherden an den Wasserstellen des Dorfes, um sich den langen Weg zum Jordan zu ersparen. Von Zeit zu Zeit brach Streit um Weideflächen und Wasser zwischen den Beduinen und den Dorfbewohnern aus. Fanja war sich bewußt, daß sie gegen ein ungeschriebenes Gesetz verstieß, indem sie die unsichtbare Grenze zwischen den Fel-

lachen und den *Schejb Ruchal*, den Halbnomaden, über-
schritt.

Der Gestank von rauchendem Dung schlug ihr entgegen,
als sie sich dem Beduinenlager näherte. Ein Rudel schmutzi-
ger Köter lief laut bellend auf sie zu, gefolgt von einer Schar
neugieriger, halbnackter Kinder. In einem Zelt in der Mitte
des Lagers saßen mehrere Männer um eine steinerne Feuer-
stelle herum, in der Holzkohlen glühten. Auf den Steinen
stand eine Blechkanne mit Wasser. Abseits von den Männern
hockten zwei Frauen, die eine jung und glutäugig, mit täto-
wiertem Gesicht und einer Reihe von goldenen Nasenringen,
die ihr bis zum Hals reichten. Sie war damit beschäftigt, in
einem schwarzen hölzernen Mörser in gleichmäßigem Takt
Kaffeebohnen zu zerstampfen. Die zweite, ältere, knetete Teig
für Fladenbrote und formte die einzelnen Fladen geschickt
auf ihrer Handfläche. Als Fanja der Geruch der frischen Fladen in die Nase stieg, wurde ihr einen Moment lang schwindelig. Sie ging auf die beiden Frauen zu und sagte, sie
bräuchte Milch für eine Kranke. Immer mehr Kinder drängten sich um sie herum und betasteten ihr Kleid, die entzünde-
ten Augen mit Eiter verklebt. Nicht nur Milch werde ich mir
hier holen, dachte Fanja, sondern auch ein Trachom. Nur mit
großer Schwierigkeit war es ihr gelungen, Mosches Augen-
krankheit zu heilen. Die lange Behandlung mit blauer Salbe
und Teeblättern und das dauernde Jucken und Reiben hatte
nicht nur den Kindern zugesetzt, sondern auch Riva, die ihr
geholfen hatte. Wie tief bin ich gesunken, dachte Fanja, daß
ich diese Leute hier um Almosen bitten muß. Aber im Grunde
ging es diesen heimatlosen Nomaden besser als ihr. Wenn der
letzte Grashalm abgeweidet war, zogen sie einfach weiter zu
neuen Weideflächen, während sie selbst für immer und ewig
hier begraben sein würde. Jechiel und seine Gesinnungsge-
nossen würden eher sterben, als Gai Oni zu verlassen.

Die beiden Frauen blickten fragend zu den Männern hinüber. Die Männer erklärten Fanja, sie hätten keine Milch,
weil die Ziegen überall verstreut auf der Weide waren.

«Wenn ihr mir nicht augenblicklich Milch gebt, werdet ihr
eure Herden nicht mehr an der Wasserstelle von Jauni tränken», drohte Fanja. Die Frauen und Kinder erhoben sogleich

ein empörtes Geschrei und bedrohten sie mit Knüppeln und Stöcken, aber sie wußte, daß man ihr nichts tun würde, weil sie nach den Gesetzen des Stammes Gastfreundschaft genoß. Dennoch erwachte die alte Angst wieder in ihr, die Panik vor Menschenmassen, vor dem anonymen Pöbel. Die Gesichter verschwammen vor ihren Augen, und das Geschrei hallte in ihren Ohren wider wie grollender Donner. Sie zögerte unentschlossen. Sollte sie weglaufen? Sie war sich bewußt, daß sie ihnen nichts anzubieten hatte, kein Geld und nichts, was auch nur einen Pfennig wert war, und daß die Nomaden das Wasser als eine Gabe Gottes ansahen, das für alle Lebewesen da war. Zum Glück hatte die hübsche junge Frau mit dem tätowierten Gesicht, offenbar die Ehefrau des Familienoberhauptes, Gefallen an ihrem Kleid gefunden. Der Mann begann um das Kleid zu feilschen. Während Fanja mit ihm verhandelte, konnte sie den Gedanken nicht loswerden, daß sie sich noch vor zwei Jahren in ihren wildesten Träumen eine solche Situation nicht hätte vorstellen können.

Man wurde sich handelseinig, und die beiden jungen Frauen zogen sich in eines der Zelte zurück, ihre Kleider zu tauschen. Fanja hatte Bedenken. Dies war eines der wenigen Kleider, die ihre Nachbarin in Jelissavitgrad ihr geschenkt hatte, jene gute jüdische Frau, die sie zu sich ins Haus genommen hatte, als von ihrem eigenen Elternhaus nur noch rauchende Trümmer übriggeblieben waren. Die Näherin hatte das Kleid «nach Augenmaß» angefertigt, weil Fanja noch im Bett lag, vor Schmerzen nicht einmal fähig, ihre Wunden selbst zu verbinden.

Der Gestank im Zelt war fast unerträglich. Jetzt würde er auch an ihr haftenbleiben. Aber was war schon dabei! Je schneller sie sich daran gewöhnte, wie eine Beduinenfrau zu leben, um so besser. Das war die Kleidung, die zu diesem Land paßte. Ich bin keine russische Gymnasiastin mehr, sondern eine jüdische Beduinenfrau, dachte sie. Ich darf mich nicht an die Vergangenheit klammern. Je schneller die Erinnerung an mein früheres Leben erlischt, um so besser für mich und die Meinen. Und das Kleid einer Beduinenfrau wird mich schützen und es mir leichter machen, mich frei zu bewegen.

Nachdem sie ihre Kleider abgelegt hatten, musterten sie sich gegenseitig, wie es junge Frauen tun, neugierig und mit verschämtem Lächeln. Fanja fiel die Pistole ein, die an ihrem Unterrock befestigt war, und sie beeilte sich, das neue Kleid überzuziehen. Der Stamm der Al Sangaria war für seine Waffenliebe bekannt, und sie hoffte, daß die Beduinenfrau vor lauter Freude über ihr neues Kleid die Pistole nicht bemerkt hatte. Dieser kleine Stamm war berüchtigt wegen seiner Raublust und stets zu Überfällen bereit. Früher pflegten die Al Sangaria von den Fellachen in Jauni ein Schutzgeld zu erheben, angeblich, um sie vor den Überfällen anderer Stämme zu bewahren. Daraufhin erließ der türkische Gouverneur ein Gesetz, das den Fellachen verbot, weiterhin Schutzgelder zu zahlen. Damit verfolgte er einen doppelten Zweck: Er wollte den Beduinen die Autorität der Besatzungsmacht aufzwingen und gleichzeitig selbst Steuern erheben — eine Bodensteuer, eine Viehsteuer und eine Steuer für das ungeschnittene Getreide. Die jüdischen Siedler von Gai Oni hatten von den Dorfbewohnern in Jauni die alte Fehde zwischen den Fellachen und den Beduinen in Galiläa «geerbt». Zur Zeit waren die Feindseligkeiten nicht besonders ausgeprägt, da man wegen der Dürre die Felder nicht bestellt hatte, aber Fanja hatte häufig Gesprächen der Siedler zugehört, die überlegten, wie sie das angebaute Getreide vor den räuberischen Beduinen schützen könnten.

«Ich heiße Fanja.»

«Und ich heiße Tanha.»

Als sie aus dem Zelt kamen, war der Kaffee schon fertig, und man lud Fanja ein, sich zu den Frauen zu setzen und eine Tasse zu trinken. Die beiden jungen Frauen wurden mit lautem Kichern und Ausrufen von Begeisterung begrüßt. Tanha wehrte sich nicht dagegen, daß die Kinder ihr neues Kleid von oben bis unten betasteten. Jetzt war der Moment der Offenbarung gekommen. Die räuberischen Nomaden waren offenbar der Meinung, ein gutes Geschäft gemacht zu haben, und die ältere der beiden Frauen gab Fanja nicht nur Milch, sondern drückte ihr außerdem noch drei Scheiben Käse und zwei heiße Fladenbrote in die Hand.

Das warme Kleid verströmte einen starken Geruch von Ziegenmist und kratzte auf der Haut. Sobald Fanja außer Sichtweite war, riß sie ein paar kleine Stückchen Fladenbrot ab und steckte sie sich im Gehen in den Mund. Wenn nicht mein kupferrotes Haar unter meinem grünen Kopftuch herausgucken würde, wäre ich von einer Beduinenfrau nicht zu unterscheiden, dachte sie. Eigentlich hätte sie als verheiratete Frau ihr Haar abschneiden und den Kopf mit einem Tuch bedecken müssen, aber sie war ja nicht richtig verheiratet, und Jechiel verlangte auch keine Kopfbedeckung von ihr.

«Wo hast du die Milch her, Fanja?» fragte Riva.

«Trink jetzt», wies Fanja sie an.

Nachdem Riva die heiße Milch getrunken hatte, legte sie sich wieder hin und schloß die Augen. Das Fieber hatte etwas nachgelassen, und nach ein paar Minuten ging ihr Atem regelmäßig und sie schlief ein. Vermutlich war es der Hunger, der an ihren Kräften zehrte, und nicht nur die Krankheit. Fanja war unentschlossen, ob sie die übrige Milch Riva überlassen oder für ihre Kinder mit nach Hause nehmen sollte. Zum Glück stillte sie Tamara immer noch. Schon des öfteren hatte sie befürchtet, der Hunger würde ihre natürliche Milchquelle austrocknen lassen. Wo würde sie dann die Nahrung für noch einen hungrigen Mund hernehmen? Bella und Mosche liefen meistens mit knurrendem Magen herum, Bellas Augen waren entzündet, und im Haus gab es weder Lebensmittel noch Medikamente. Vorgestern hatte sie es den Fellachenfrauen nachgemacht, Weizenähren auf dem Feuer geröstet und die Körner dann herausgedroschen. Die angebrannten Kerne schmeckten ein wenig wie Kürbiskerne und verbreiteten sogar einen Geruch von frischem Brot im Haus, wovon sie allerdings noch hungriger wurden. Mit viel Mühe hatte sie Jechiel dazu gebracht, auch ein paar Körner zu essen. Er wollte die Kinder nicht benachteiligen, das sah sie ein, aber wie lange würde er noch arbeiten können ohne richtiges Essen? Im Garten vor dem Haus wuchsen noch ein paar Zwiebeln und Gurken, die sie vor dem Verhungern bewahrten. Schließlich entschied sie sich, die Milch Riva zu überlassen und den Käse und die Brotfladen mit nach Hause zu nehmen.

Draußen waren die Hufschläge eines Pferdes zu hören, und kurz darauf steckte Rivka den Kopf durch die Tür.

«Was ist denn das?» Beim Anblick von Fanja brach sie in lautes Gelächter aus.

«Ein Beduinenkleid.»

«Das sehe ich selbst.» Rivka wartete vergeblich auf eine Erklärung. Schließlich sagte sie: «Es ist ein Paket für dich angekommen. Aus Amerika.»

«Gott sei Dank! Wo ist es denn? Endlich!» Fanja fühlte sich, als sei Manna vom Himmel gefallen. Wenn ihr Kleid nicht immer noch so gestunken hätte, wäre sie Rivka um den Hals gefallen. Schon zweimal hatte sie das Kleid gewaschen, war aber den Geruch von Ziegenmist noch immer nicht losgeworden.

«Mein Vater war in Safed bei Lejbl, dem Postboten, und hat gehört, wie er sich bei einem Gemeindevorsteher erkundigt hat, ob ihm eine Frau namens Fanja Mandelstamm bekannt sei. Das Paket liegt schon eine Woche dort herum.»

«Rivka! Bitte! Ich muß unbedingt sofort nach Safed. Würdest du ein paar Stunden hierbleiben und auf Riva und die Kinder aufpassen? Ich werde mich sehr beeilen. Darf ich die Stute vor Issers kleinen Wagen spannen? Bitte!»

Rivka gab schließlich nach und überließ Fanja ihre Stute. Fanja dachte auch daran, den Schlüssel zum Haus von Elieser Rokach mitzunehmen, und Rivka beschrieb ihr den Weg zu Lejbl und zum Haus von Elieser. Schon seit langem wollte sie den «Stuhl von Elijahu» abholen und nach Hause bringen. Erst nachdem Elieser davon gesprochen hatte, war ihr aufgefallen, daß dies das einzige Hochzeitsgeschenk war, das sie bekommen hatten. Wie ein Dieb in der Nacht hatte sie geheiratet, ohne Feier, ohne Geschenke, wie es sich für eine Frau mit ihrer Vergangenheit geziemte...

Die Stute schritt langsam die ansteigende Bergstraße hinauf, und Fanja hätte sie vor Ungeduld am liebsten mit der Peitsche angetrieben. In ihrer Fantasie stellte sie sich die köstlichen Speisen und Getränke vor, die sie den Kindern und Jechiel vorsetzen würde. Jetzt würde sie auch endlich Tamara entwöhnen können. Natürlich mußte sie sorgfältig haushalten und sparsam sein. Sie würde die bestellten Petroleumlampen verkaufen und von dem Erlös Weizen, Öl, Salz, Eier und Gemüse erstehen. Auch Arznei für Bellas Augen, Tabak für Jechiel, Kalk, um die Wände zu streichen, und Ölfarbe für die

Mesusot, die kleinen *Tora*rollen an den Türrahmen. Unwillkürlich begann sie, vor sich hin zu singen, ein Volkslied aus
ihrer Kindheit über einen Seemann, der die Unterhosen seiner Geliebten auf seinem Schiff als Segel aufhängte. Immer
wieder sang sie den Refrain «Ho ho, ha ha – die Fahne auf
dem Mast!» Die Stute wandte von Zeit zu Zeit den Kopf nach
ihr um, schlug mit dem Schweif nach den lästigen Fliegen
und schien Fanja neugierig anzuschauen. Fanja erinnerte
sich an den ersten Tag, als sie hier angekommen war und
nicht verstehen konnte, wie Jechiel sich in diesen Bergen ohne
Wegweiser zurechtfand. Es war doch so einfach! Nach zwei
Monaten erschien ihr der Berg so vertraut wie das Gesicht
eines nahen Verwandten.

Als sie endlich am Haus des Postboten ankam, fiel ihr ein,
daß sie kein Geld hatte, um für das Paket zu bezahlen. Sie ließ
einen Teil der Lampen als Pfand zurück und brachte den Rest
zum Laden von Chaim David. Dort begann das lange Feilschen, wobei Fanja teils die Summen an ihren Fingern ab-
zählte und dann wieder Bleistift und Papier zu Hilfe nahm,
um die verwirrende Vielzahl der verschiedenen Währungen,
die in Safed in Umlauf waren, zu berechnen. Jede Lampe ko-
stete zwei Dollar, den Gegenwert von zwei Franken oder
einem halben türkischen Pfund, etwas weniger als zwei Mejidas. Wieviel war das umgerechnet in Rubel oder Dukaten?
Und wieviel in dem Papiergeld, das nur in Safed gedruckt
wurde?

Eine Menge Kinder strömten herbei, liefen dem Wagen
nach und verkündeten in der ganzen Stadt, im Laden von
Chaim David seien amerikanische Lampen angekommen.
Fanja sprach einen hochgewachsenen Knaben an, der dabeistand, und bat ihn, ihr zu helfen, die Lampen auf den Wagen
zu laden und sie von Lejbls Haus bis zum Laden von Chaim
David zu befördern.

«Wie heißt du?» fragte sie den Jungen.

«Bezalel. Ben Moreno, Bezalel.»

«Bleib hier bei mir, Bezalel. Ich muß noch einkaufen gehen.
Ich zahle dir einen Metlik dafür.»

«Gut, dann bleibe ich.»

Chaim David merkte bald, daß Fanja dringend Geld

brauchte. Er tat, als erwiese er Fanja einen Gefallen, indem er ihr die Lampen abkaufte, die er im Grunde gar nicht benötigte. Fanja ihrerseits tat, als sei sie auf ihn nicht angewiesen. «Mein Mann fährt Ende der Woche nach Haifa», erklärte sie, «und kann die Lampen dort verkaufen.» Immer wieder führte sie sich vor Augen, daß sie von diesem Geld ihre Familie ernähren mußte, und gab auch dann nicht nach, als das Geschäft zu platzen drohte. Doch am Ende wurden sie handelseinig, und Fanja verließ den Laden. Der Gedanke an das Geld in ihrer Tasche ließ sie vor Aufregung zittern. Sie betrat den Laden von Felfel, der eigentlich nur aus einer finsteren Höhle in einem schiefen Gemäuer bestand, das bei dem Erdbeben vor fünfzig Jahren verschont geblieben war.

Seit langem hatte der kleine Wagen von Isser Frumkin keine solchen Schätze mehr gesehen! Kohlen, Weizen, Zukker, Salz, Tee, Ölfarbe und Kerzen. Sogar Medikamente hatte sie besorgt: Chinin gegen Malaria, Silbernitrat gegen Trachom und Rizinusöl gegen Bauchschmerzen. In dem kleinen Laden eines Uhrmachers entdeckte sie ein paar Bücher und blieb stehen, um sie sich genauer anzuschauen. In ihrer Heimatstadt hatte sie oft stundenlang vor der Auslage der großen Buchhandlung gestanden, die auf halbem Weg zwischen dem Gymnasium und ihrem Elternhaus lag. Zu jedem Feiertag hatte sie Bücher geschenkt bekommen und schließlich fast alle Klassiker der russischen Literatur besessen, in Leder gebunden. Die meisten der Bücher im Laden des Uhrmachers waren religiöse Schriften. Fanja erstand eine Anleitung für die Landwirtschaft in deutscher Sprache. Sie konnte kein Deutsch, aber sie würde schon jemanden finden, der sie ihr übersetzte.

Gemeinsam mit ihrem jungen Helfer, Bezalel Ben Moreno, lenkte sie den Wagen durch die engen verwinkelten Gassen, wo die Räder auf den Pflastersteinen schepperten. Sie war überzeugt, ihre Geschäfte so gut und günstig wie möglich abgeschlossen zu haben. Vater würde sich im Grabe umdrehen, dachte sie. «Wir werden nicht länger ein Volk von Händlern und Krämern sein», pflegte er zu verkünden. «Wenn wir erst mal im Heiligen Land sind, werden wir hinter dem Pflug hergehen!»

«Und was hält dich davon ab, schon hier damit anzufangen?» hatte ihre Mutter ihn geneckt. «So wie dein Tolstoi.»

Tolstoi war das Idol ihres Vaters gewesen, bis er anfing, an den Überzeugungen des Schriftstellers zu zweifeln. Er fühlte, daß ein großer Teil von Tolstois Ideen seinem christlich-religiösen Hintergrund entsprangen. Als dann eines Tages ein Brief von Lolik ankam, dem die Übersetzung eines Artikels von Elieser Ben Jehuda unter dem Titel *Eine wichtige Frage* beigefügt war, wußte der Vater, was er zu tun hatte. Tolstoi war auf der Suche nach «russischen» Lösungen, und er hatte eine «jüdische» Lösung gefunden: Sobald Lolik vom Militärdienst zurückkam, würden sie alle nach Palästina fahren und dort ein Volk wie alle anderen Völker sein – ackern, säen und ernten.

Von all den Träumen ihres Vaters war nur ein einziges Echo geblieben – sein Schrei *Schma Israel!* Dieser Schrei klang ihr in ihren nächtlichen Alpträumen noch immer in den Ohren. Jechiel hatte sie schon häufig aufgeweckt, wenn sie im Schlaf zu schreien begann. Im Traum roch sie wieder den Branntweingestank, hörte wieder die Angstschreie ihrer Eltern, die sich mit ihren eigenen vermischten, spürte wieder den fremden Körper, der ihren eigenen Körper zerfetzte. Nie wieder! Das war der unerschütterliche Vorsatz, der sie seither begleitet hatte. Nie wieder! Nichts konnte sie von ihrem Entschluß abbringen. Nicht der glühendheiße Wind und nicht die Schlangen, nicht der Hunger und nicht die harte Arbeit. Sie hatte den Mord an ihrer Familie überlebt und hatte nur ein einziges Ziel vor Augen: Weiterleben um jeden Preis! Handeln und feilschen wie der übelste Händler, wie der schmierigste Hausierer, wenn sie damit ihre neue Familie am Leben erhalten konnte.

«Gehörst du zu den Siedlern?» fragte sie der Junge.

«Ja.»

«Wessen Frau bist du?»

«Die Frau von Jechiel Siles.»

«Der war einmal mit meinem Bruder Gedalja befreundet. Sie sind zusammen in die *Tora*-Schule gegangen.»

«Gehört ihr zu den Sephardim?»

«Ja.»

«Sind alle Juden in Safed Sephardim?»

«Nein. Wir sind sogar in der Minderheit. Es gibt hier etwa viertausend Aschkenasim, aber nur zweitausend Sephardim. Die Rabbiner in Safed wollen euch umbringen lassen.»

«Gott schütze uns ... Weißt du, wo das Haus von Elieser Rokach ist?»

«Ja.»

«Führe mich hin.»

Als sie am Haus von Elieser Rokach ankamen, versprach sie ihm noch einen Metlik, wenn er auf den Wagen und die Lebensmittel aufpaßte.

Das Tor führte auf einen kleinen Innenhof. An der Wand standen Blechdosen voll Erde, die einmal als Blumentöpfe gedient hatten. Das Zimmer drinnen war düster und feucht. Unter dem orientalischen Fensterbogen stand der Stuhl, genau wie Elieser es beschrieben hatte. Fanja tat einen Schritt darauf zu, als ein Stein neben ihr an der Wand aufschlug. Gleich darauf traf ein dichter Steinhagel die Wände des Zimmers. Fanja bückte sich und sah sich nach einem geschützten Winkel um. «Nein», schrie sie. «Nein!» Jetzt hörte sie von der Straße her das Geschrei der Kinder: «*Jauni Terkelach*, Jauni-Türkin, Schickse, Abtrünnige!» Sie suchte Schutz in einer Nische an der Wand und schrie mit aller Kraft: «Juden! Hört auf! Juden!» ... Die Steine prasselten weiter, Kalk und Putz spritzten von den Wänden. Was wollten diese Leute nur von ihr? Was hatte sie ihnen getan? Weshalb schlug ihr dieser Haß entgegen? Von Zeit zu Zeit versiegte der Steinhagel und setzte bald darauf verstärkt wieder ein. Wie konnte man sie dazu bringen, aufzuhören? Warteten sie auf ein Wort, einen Befehl? Und was würde aus den Lebensmitteln werden, draußen auf dem Wagen? Ihr einziger Gedanke galt den Lebensmitteln für ihre Familie. Gefangen in diesem fremden Haus, sorgte sie sich nur um die Nahrung, die sie für die Ihren aufgetrieben hatte. Der Gedanke, das alles wieder zu verlieren, war ihr unerträglich. Sie stand unbeweglich an ihrem Platz, wußte nicht, ob erst Minuten oder bereits Stunden vergangen waren, eingehüllt von einer Art Nebel aus Angst und Wut, der sie zu ersticken drohte.

Die Zimmertür wurde plötzlich geöffnet und ganz schnell

wieder geschlossen. Fanja traute ihren Augen nicht. Im Türrahmen stand Jechiel. Da er direkt aus dem grellen Sonnenlicht kam, war er einen Moment geblendet.

«Fanja!» schrie er.

«Hier bin ich», rief sie ihm aus ihrem Versteck in der Nische zu.

Jechiel lief geduckt auf sie zu. Bevor sie wußte, wie ihr geschah, fiel sie ihm in die Arme und drückte ihn ganz fest an sich, zugleich lachend und weinend.

«Fanja, Fanja», rief er schluchzend, als sei ihm die Kehle zugeschnürt. Nachdem sie sich ein wenig beruhigt hatte, spürte sie auch seine Umarmung, seinen wilden Herzschlag, seine Wange auf ihrem Haar, seine Lippen auf ihrem Gesicht und seinen keuchenden Atem. Verwundert stellte sie fest, daß sie gar nicht den Wunsch verspürte, sich von ihm loszureißen. Sie fühlte sich eher wohl in seinen Armen.

«Komm, machen wir, daß wir hier herauskommen», sagte er.

«Woher wußtest du, daß ich hier bin?»

«Rivka hat mir erzählt, du wärest nach Safed gefahren, um ein Paket abzuholen, das man dir aus Amerika geschickt hat. Du hättest nicht allein fahren dürfen.»

Dann fiel es ihr wieder ein: «Jechiel! Ich habe Lebensmittel eingekauft, und die sind alle verloren!»

«Nein. Der Wagen steht bei Lea im Hof.»

«Gott sei Dank!»

«Ich bin zuerst zu Lea gegangen, weil ich nicht wußte, wo ich dich suchen sollte. Da erzählte mir dieser Junge, daß man dich hier mit Steinen bewirft.»

«Der Stuhl von Elijahu», rief Fanja, als sie schon in der Tür standen.

Jechiel lachte und holte den Stuhl. Sie verließen das Haus durch eines der Fenster, das zum Dach des Nachbarhauses führte. Von dort gelangten sie über ein zweites niedrigeres Dach in eine schmale Gasse und erreichten das Haus von Lea. Im Hof standen Pferd und Wagen, beladen mit ihren Einkäufen. Fanja mußte an sich halten, den Jungen nicht abzuküssen, und hätte fast auch die Stute geküßt.

«Wer fährt denn auch ganz alleine nach Safed?» schimpfte

Lea. «Weißt du nicht, daß wir alle nur in Gruppen von mehreren Wagen fahren?»

«Wir müssen zurück», sagte Jechiel. Er sah zu, wie Fanja dem Jungen zwei Münzen auf die Hand zählte. Dann hielt sie Jechiel ihren Geldbeutel hin und fragte ihn: «Ist das genug, um Saat zu kaufen?»

«Mehr als genug.» Plötzlich schien er aufgeregt. «Was ist denn das? Wieviel Geld hat man dir geschickt? Nein», unterbrach er sie, als sie ihm antworten wollte. «Das kannst du mir alles auf dem Nachhauseweg erzählen. Warte hier auf mich.» Zu dem Jungen sagte er: «Komm mit.»

«Komm bald zurück!» rief Lea ihm nach. «Nach Anbruch der Dunkelheit könnt ihr nicht wegfahren. Sonst fangen sie an, auch mein Haus mit Steinen zu bewerfen.»

«Aber warum denn?» rief Fanja erregt. «Wozu dieser Haß? Was haben wir ihnen denn getan? Ich war ganz allein. Eine einzelne Frau. Und draußen waren mindestens zwanzig von diesen Bengeln. Wir fügen doch keinem Menschen Schaden zu, außer uns selbst. Wir sind ein Volk von Fanatikern! Von haßerfüllten Fanatikern! Ich kann es Elieser nicht verdenken, daß er geflüchtet ist. Worauf wartet ihr denn noch? Daß man auch euch umbringt, wie man versucht hat, ihn zu ermorden? Einmal ist es ihnen nicht geglückt, aber vielleicht klappt es ja beim nächsten Mal.»

Fanja blickte zu der grobschlächtigen Frau hinüber, die für einen Moment die Zubereitung des Kaffees unterbrach und sie mit scharfen Blicken musterte.

«Ich habe gehört, daß sich eine jüdische Gruppe aus Jerusalem in der Nähe von Jaffa angesiedelt hat», sagte Lea.

«Ist das nicht besser, als hier von Almosen zu leben?»

«Wir leben nicht von Almosen!» rief Lea aus. Ihre schmale Hakennase verfärbte sich weiß vor Wut. «Juden sollen die Heilige Schrift studieren. Wir sind keine Beduinen.»

Leas zornige Worte regten Fanja nicht weiter auf. Es war, als hätte Jechiels kurze Umarmung sie mit einem schützenden Panzer versehen. Sie wußte, daß Lea auf ihr Beduinenkleid anspielte, und es freute sie sogar!

«Dein Schicksal und das von Jechiel ist eure Sache. Mir tun nur die armen Kinder leid, die Kinder meiner toten Schwester, die in Hunger, Schmutz und Unwissenheit aufwachsen», fügte Lea hinzu.

«Nach Neujahr wird Mosche die *Talmud-Tora*-Schule besuchen.»

«Ich danke Gott, daß ich ihn nicht geheiratet habe.» Lea sah aus wie ein wütender Raubvogel. «Die arme Rachel.»

Wollte sie damit andeuten, daß sie selbst für Jechiel bestimmt gewesen war und er ihr Rachel vorgezogen hatte? «Das schönste Mädchen in Galiläa», hatte Rivka sie genannt.

Fanja blickte an sich herunter, auf ihr verschlissenes Kleid, auf ihre nackten, schmutzverkrusteten Füße, und es war, als betrachtete sie sich zum erstenmal. Löcher, Schmutzflecken – wie konnte sie nur so herumlaufen? Lea wollte sie zwar beleidigen, aber sie hatte recht! Vor lauter Not und Hunger und schwerer Arbeit hatte sie das Aussehen einer Frau verloren. Sobald sie nach Hause kam – nach Hause! –, würde sie sich die Haare mit der neuen Seife waschen.

«Bist du schwanger?» fragte Lea.

«Nein.»

«Wozu brauchst du dann den ‹Stuhl von Elijahu›?»

«Elieser Rokach hat ihn uns zur Hochzeit geschenkt.»

«Rivka sagt, ihr lebt gar nicht zusammen wie Mann und Frau.»

«Rivka redet zuviel.» Und du auch, du Hexe, fügte Fanja im stillen hinzu.

Draußen war die Stimme von Jechiel zu hören. Er und der Junge waren zurückgekommen und luden gerade einen Sack Getreide auf den Wagen. Lea deckte den Tisch und setzte ihnen Kaffee, Marmelade und trockene Plätzchen vor. Fanja beobachtete Jechiel, wie er Kaffee trank und von den Plätzchen aß. Lea wird niemals erfahren, wie nötig wir dieses bißchen Nahrung hatten, dachte sie.

Fanja begegnete über den Rand der Kaffeetasse hinweg Jechiels Blick. Sie wußte, daß sie beide denselben Gedanken hatten, und rümpfte unmerklich die Nase. Ein winziges Lächeln spielte um seine Augen, und sie dachte: Dieses Lächeln habe ich dort hingezaubert. Dann erinnerte sie sich an ihre erste Umarmung im Hause von Elieser Rokach, während man sie mit Steinen beworfen hatte, und senkte den

Blick. Wann immer ihre Familie von einem Unglück befallen wurde, pflegte ihre Mutter zu sagen: «Gott weiß, wozu es gut ist.»

Als sie den Blick wieder hob, sah Jechiel sie immer noch lächelnd an. Wie mager er in den letzten Wochen geworden war! Lieber Gott, wenn es doch nur regnen würde! Noch so ein Jahr der Trockenheit würden sie nicht aushalten.

Die Berge lagen im Licht der Abendsonne, als sie auf den kleinen Wagen stiegen, um nach Gai Oni zurückzufahren. Fanja genoß die Fahrt, das Hüpfen des Wagens, die Sonnenstrahlen auf den Steinen, die grünen Täler. Unwillkürlich begann sie zu singen, und schließlich wurde auch Jechiel von ihrer Fröhlichkeit angesteckt. Er hatte ein herzliches, jungenhaftes Lachen. Sie hatte ihn noch nie so lachen gehört.

«Lea meint, ich sehe aus wie eine Beduinenfrau.»

«Das stimmt», entschied Jechiel nach einem kurzen Blick.

«Jechiel!» protestierte sie, und er mußte lachen.

«Hat Safed dir gefallen?»

«Man hat mich mit Steinen beworfen.»

«Eines Tages zeige ich dir das Haus, wo ich geboren bin. Es tut dir doch nicht leid, nach Gai Oni gekommen zu sein?»

«Nein! Ich liebe diesen Ort! Und ich liebe die Kinder! Und Riva! Ich liebe die Idee, die uns dort festhält! Ich –» Außer Atem legte sie sich die Hand auf den Hals, dort, wo der Ausschnitt ihres Kleides begann.

Jechiel wartete darauf, daß sie weitersprechen würde, aber sie sagte nichts mehr. Etwas schien ihn zu belustigen. Sie dachte an ihre erste gemeinsame Fahrt von Jaffa nach Galiläa. Damals waren sie einander völlig fremd gewesen. Aber im Grunde waren sie es noch heute. Sie fragte sich, ob es ihr jemals gelingen würde, bei Jechiel den Platz der verstorbenen Rachel einzunehmen. Gleich darauf wunderte sie sich über solche Gedanken. Wollte sie das überhaupt?

«Also, was hast du beschlossen?» fragte Jechiel.

«Wie . . . was?» stammelte sie.

«Das weiß ich doch nicht. Du mustertest mich, als wolltest du mich an Chaim David verkaufen.»

Ein grelles Kreischen ertönte, und ein großer Vogel flog an ihnen vorbei. Jechiel hielt die Stute an und zog Fanja an sich.

Sein Bart kratzte ihre Wangen, und seine Lippen legten sich auf die ihren. Sie wunderte sich über ihre heftige Reaktion – es war, als hätte sie nur darauf gewartet. Als sie die Nähe seines Körpers spürte, fluteten Wellen des Glücks über sie hinweg. Sie wollte ihn, das wußte sie jetzt: seinen Körper, seine Seele und seine Liebe.

«Was hast du denn da?» fragte er erstaunt, als seine Hand ihre Hüfte streifte.

«Eine Pistole.» Es war, als legte sich ein Schatten über ihr Glück.

«Hast du die heute gekauft?»

«Nein, die ist noch aus Rußland.»

Der Zauber war zerstört. Plötzlich kam Fanja die Gegend leer und öde vor; Fliegen umschwirrten die Kruppe der Stute. Der Vogel von vorhin kreischte wieder, als Jechiel die Zügel aufnahm. Auch sein Gesicht schien sich verdüstert zu haben.

«Das ist der *Buma*», erklärte er und wies auf den Vogel. «Die Araber nennen ihn so wegen seiner Stimme. Wir müssen uns beeilen. Der *Buma* kommt nur heraus, wenn es Nacht wird.»

«Ist er gefährlich?» fragte sie mit heiserer Stimme.

«Nur für Insekten.»

«Wo versteckt er sich tagsüber?»

«Zwischen den Felsen oder in hohlen Baumstämmen.»

Von weitem kam auf dem Pfad, der den Berg hinaufführte, eine kleine Prozession in Sicht. Es war eine christliche Hochzeitsgesellschaft auf dem Weg zur Kirche in Nazareth. Junge Männer umgaben den Bräutigam und klatschten singend in die Hände. Die verschleierte Braut saß auf einem Maultier. Hinter ihr hockte ein kleiner Knabe, der sie festhielt, damit sie nicht fiel. Die Begleiterinnen der Braut waren unverschleiert und prächtig herausgeputzt. Sie stimmten händeklatschend in den Gesang der Männer ein. Drei Trommler bildeten den Abschluß der Prozession.

Die Feiernden grüßten Fanja und Jechiel, und sie wünschten ihnen lächelnd Glück. Als die Gesellschaft vorübergezogen war, setzten sie schweigend ihren Weg fort. Ob er sich wohl jetzt an seine Hochzeit mit Rachel erinnerte? fragte sich Fanja. Und was hatte Lea angedeutet – daß Jechiel Rachel ihrer Schwester Lea vorgezogen hatte? Vielleicht hatte sie es auch falsch verstanden, und Jechiel wollte in Wirklichkeit Lea haben, aber sie hatte ihn zurückgewiesen, und er hatte dann Rachel geheiratet?

Vor ihnen am Abhang sahen sie ein verfallenes kleines Dorf. Zerbröckelnde Lehmhütten waren vor den Höhlen im Felsen angebracht. Hier hausten arme Fellachen mit ihren paar mageren Stück Vieh. Eine verstaubte Kaktushecke war das einzige grüne Fleckchen weit und breit. Kein Baum, kein Strauch. Ein paar verdreckte alte Weiber kamen erschrocken aus einer der Höhlen gestürzt und stießen Flüche und Verwünschungen aus. Jechiel trieb die Stute zu schnellerer Gangart an.

Als sie endlich das Dorf hinter sich gelassen hatten, ertönte plötzlich lautes Geschrei, und die Erde erzitterte unter ihnen. Hinter der nächsten Biegung tauchte eine Gruppe Beduinen auf, die schreiend Säbel und langläufige Flinten schwenkten. Jechiel nahm die Peitsche zur Hand und schlug auf die Stute ein.

«Schieß in die Luft!» rief er Fanja zu.

Fanja holte die Pistole aus ihrem Versteck und richtete sie über die Köpfe der Araber. Als sie zu zielen versuchte, erkannte sie, daß es nur drei waren. Das laute Geschrei hatte ihr den Eindruck vermittelt, sie würden von Dutzenden bewaffneter Räuber überfallen. Der Schuß hallte noch durch das Tal, als die Banditen längst verschwunden waren. Es war spät geworden, und die Dunkelheit legte sich wie ein grauer Schleier über die Bergketten. Fanja starrte ängstlich auf jeden Felsen und jeden Baum.

«Die kommen nicht wieder.»

«Du bist verwundet!» rief sie überrascht. «Jechiel! Halt den Wagen an! Du bist doch verwundet!»

«Nein. Ich will nach Hause kommen, bevor es ganz dunkel wird.»

Fanja zog die Zügel an, um die Stute zum Stehen zu bringen. Da der Weg steil abwärts führte, wurde die Stute von dem schwerbeladenen Wagen vorwärts gestoßen, und Jechiel mußte sich mit seinem ganzen Gewicht gegen den Wagen stemmen, um die Stute vor dem Absturz zu bewahren. Fanja nahm das grüne Kopftuch ab, das Jechiel ihr nach der Hochzeit geschenkt hatte, und verband damit seine verletzte Schulter. Das Tuch saugte sich mit seinem Blut voll. Sie lehnte sich an ihn und spürte die Wärme seines Körpers. Sie wußte, daß sie sich in ihn verliebt hatte, und zitterte am ganzen Körper, als er sie jetzt in die Arme nahm. Seine hungrigen Lippen berührten zärtlich ihre Augen, ihre Wangen und schließlich ihren Mund. Zitterte er oder täuschte sie das Zittern ihres eigenen Körpers? Was ihnen geschah, war etwas Schreckliches und Wunderbares zugleich. Fanja fürchtete sich vor diesem ungewohnten Glück, das ihre Sinne überflutete, sie klammerte sich mit aller Kraft an Jechiel und hatte gleichzeitig den Wunsch, bis ans Ende der Welt zu flüchten. Ein lauter Schrei zerriß die Stille. Die Stute bäumte sich auf, und auch Fanja erschrak.

«Das ist ein Vogel», sagte Jechiel. «Ein Käuzchen.»

Im Dunkeln war sein Gesicht nicht zu erkennen, aber sie wußte, daß er lächelte.

«Was ist daran so komisch?» fragte sie.

«Vor den Räubern hast du dich nicht erschreckt, und jetzt erschrickst du vor dem Schrei eines Vogels.»

«Ich habe mich nicht erschrocken.»

«Machen wir, daß wir nach Hause kommen, bevor man uns noch mal überfällt. Die Nachricht von der wertvollen Ladung auf dem Wagen ist sicher schon bis in die Dörfer gedrungen. Du hast selbst ausgesehen wie ein Räuber, als du auf sie geschossen hast.»

Der Wagen bewegte sich schaukelnd vorwärts, und ihre Körper berührten sich immer wieder. Wie abgezehrt sein Gesicht aussah! Erst heute, als sie ihn zum erstenmal lachen gehört hatte, war ihr klargeworden, daß er auch anders sein konnte, daß er unter anderen Umständen vielleicht gesungen und getanzt und gelacht hätte. Unter anderen Umständen... Früher oder später würde sie ihm auch von sich selbst erzählen müssen. Wie würde er es aufnehmen, wenn er die volle Wahrheit erfuhr? Und wenn er sich von ihr betrogen fühlen würde, weil sie ihm nicht gleich zu Anfang alles gesagt hatte?

Die Kinder kamen ihnen entgegengelaufen, als sie das

Knarren des Wagens hörten, ihre roten Haare leuchteten im Dunkeln wie Fackeln. Im Haus brannte eine Petroleumlampe. Während Fanja sich noch wunderte, wer die Lampe angezündet hatte, sah sie im Türrahmen die vertraute Gestalt von Imbar stehen – ohne Krawatte und ohne Hut.

«Imbar!» rief sie aus. «Hallo, Imbar!» Sie umarmte ihn mit Wärme und drückte ihm einen Kuß auf die Wange.

«Was ist denn los, Fanitschka? Wozu die Aufregung?»

«Was machst du hier?» wich sie seiner Frage aus.

«Ich hüte die Kinder, die ihr allein gelassen habt, ihr Rabeneltern. Aber was hast du denn an, junge Dame?»

«Ein Kleid.»

«Oi, Fanja!»

Beide brachen in lautes Gelächter aus. Dann schlug sich der Dichter an die Stirn. «Ah! Tolstoi! Du willst aussehen wie die *Mujiken*. Fanja, Fanja, laß sie. Sollen sie uns doch nachahmen. Ich habe ein Gedicht darüber geschrieben:

> Zur Zeit, wo eure Väter noch Wilde waren
> in den Wäldern hausten
> im Gestrüpp
> unter Felsvorsprüngen
> und nackt herumliefen
> bestellten unsere Väter schon den Boden
> trugen seidene Kleider
> lernten die Heilige Schrift und die Wissenschaften
> Zweitausend Jahre des Wissens trennen dich von
> jenen.»

«Aber es ist doch nur ein Kleid, Imbar!» Fanja lachte. «Und warum sollte ich mich nicht wie eine Beduinenfrau kleiden? Das sind die Leute, mit denen ich leben muß.»

«Sie sollten sich besser dir anpassen.»

«Warum denn? Ist denn die russische Kleidung bequemer in diesem Klima? Ich bin sicher, daß du auch ... wo bist du geboren?»

«In Zlotschow.»

«In Zlotschow hat man keine langen Hosen getragen. Auch du hast dich deiner Umgebung angepaßt in ... Wo war das noch?»

«In Lvov. Oi, meine arme Mutter! Als sie erfuhr, ich hätte

mir die *Pajes** abgeschnitten und meinen seidenen Kaftan gegen eine kurze Jacke eingetauscht, ließ sie alle ihre Kinder in Zlotschow zurück und kam, mich zu retten. Ich mußte nachgeben.» Imbar lachte und zwinkerte Jechiel zu, der die ganze Zeit damit beschäftigt war, den Wagen zu entladen. Auch Fanja wandte sich mit einem Lächeln Jechiel zu und bemerkte sein verschlossenes Gesicht. Mit einem Sack Getreide auf der Schulter ging er zum Speicher. «Warte, Jechiel! Deine Schulter!» rief sie ihm nach.

«Sie tut nicht weh. Es ist nur ein Kratzer», erwiderte er, ohne sie anzusehen, und ging weiter. Warum plötzlich dieser abweisende Ton? Es war, als hätte er ihr eine Tür vor der Nase zugeschlagen. Verwundert blickte sie ihm nach. Die gute Laune, die sie seit ihrer Begegnung in Safed gehabt hatte, war auf einmal verflogen.

«Rivka ist am Nachmittag nach Ejn Sejtim zurückgefahren, und Riva Frumkin bat mich, auf die Kinder aufzupassen, bis ihr zurückkommt. Riva wollte das nicht übernehmen, um die Kinder nicht anzustecken.»

«Danke, Imbar. Und waren die Kinder brav?»

«Sehr brav. Nur Tamara hat geweint. Meine Geschichten interessieren sie nicht, und stillen kann ich sie leider auch nicht.»

«Ach, Imbar.» Fanja mußte lachen. Jechiel ging wieder an ihnen vorbei, den zweiten Sack auf der Schulter.

«Wo ist Lolik?» fragte Fanja ihn.

«Ist er nicht in der Hütte?»

«Ist er nicht vor dir davongelaufen?»

«Nein. Vor mir hat er keine Angst. Er wird zurückkommen – sobald Imbar weg ist.»

«Wir haben Imbar beigebracht, auf arabisch zu zählen», sagte Mosche. Seine Augen waren wieder geschwollen. Fanja erinnerte sich an die Knaben, die sie mit Steinen beworfen

* *Anm. d. Übers.:* Wenn ein Jude sich die Schläfenlocken abschneidet und seinen langen Kaftan mit einer modernen Jacke vertauscht, ist das ein Zeichen dafür, daß er seine orthodoxe Gesinnung abgelegt hat. Juden aus Deutschland, die seit langem kurze europäische Jacken tragen, werden noch heute in Israel *Jeckes* (Jacken) genannt.

hatten, und fragte sich, wie sie Mosche nach Safed in die Schule schicken konnte, mitten unter die Fanatiker.

«Bleib doch bei uns zum Essen», lud sie Imbar ein. «Wir haben aus Safed Lebensmittel mitgebracht.»

«Nein danke, ein andermal. Es würde Riva kränken.»

«Imbar sagt, du bist eine Königin», erzählte Bella. «Und du hast auch eine Krone.»

Jechiel war zurückgekommen und stand jetzt neben ihnen, die Hand auf Mosches Schulter gelegt, mit zornigem Gesichtsausdruck.

«Sie möchte nicht, daß man es erfährt», sagte Imbar zu Bella, wie jemand, der ein Geheimnis offenbart. «Ihr dürft das niemandem erzählen.»

Die Kinder nickten ernsthaft mit den Köpfen, bis sich sogar auf Jechiels Lippen der Anflug eines Lächelns zeigte. Jetzt war sie wirklich wütend auf ihn: Der gute Imbar hatte die Kinder betreut, und Jechiel zeigte ihm nicht einmal ein freundliches Gesicht. Hätte er ein einziges Wort gesagt, wäre Imbar zum Abendessen geblieben. Was hatte er nur?

Nachdem Imbar sich verabschiedet hatte, halfen die Kinder Jechiel, die Einkäufe ins Haus zu schaffen. Fanja ging das Baby stillen. Von ihrem Platz aus konnte sie die Kinder beobachten. Das gleichmäßige Säugen verursachte ihr Schwindel, und ihre Lider wurden schwer. So viel war heute geschehen! Es war der erste Tag in zwei Wochen, wo sie nicht zur Feldarbeit gegangen war. Dieses Gefühl der Freiheit erinnerte sie an ihre ferne Kindheit, als die Sommerferien begannen.

Nach der sättigenden Abendmahlzeit schliefen die Kinder sofort ein, und Jechiel ruhte sich auf seiner Matratze aus.

«Sie sind blaß und vom Hunger geschwächt», sagte Fanja.

«Die Fellachen leben auch so.»

«Und die sollen uns als Beispiel dienen?»

«Das hast du doch zu Imbar gesagt.»

«Was mich betrifft! Aber doch nicht die Kinder! Ich bin ein erwachsener Mensch!»

Jechiel hatte es im Scherz gemeint, aber Fanja fuhr erregt

fort: «Ich habe mir dieses Leben ausgesucht! Den Hunger, das Wegräumen der Steine auf dem Acker, die Trockenheit und die Pferdefliegen unter dem Hemd – pfui! Jede Nacht kratze ich mich wie ein Bauer, der Flöhe hat! – Ich weiß, daß all dies zu einem Ziel führt. Ich tue es auch für meinen Vater und meinen verrückten Bruder und meine Mutter . . . aber die Kinder? Warum müssen sie leiden?»

«Es sind unsere Kinder.»

«Sie sind klein und unschuldig. Sie verstehen das alles noch nicht.»

«Sie sind ein Teil von uns.»

«Nein! Nein!» erregte sie sich. Ihre Augen blitzten, und sie schüttelte ihre kupferfarbenen Locken aus dem Gesicht.

«Wir wissen, was wir wollen, aber wir sind auch für sie verantwortlich. Gerade jetzt sage ich das, wo wir Essen im Haus haben. Ich habe hier noch kein Kind singen gehört. Ich habe gesungen. Während meiner ganzen Kindheit habe ich gesungen. Ich kannte Hunderte von Liedern.»

«Dann bring sie ihnen bei.»

«Das tue ich ja. Aber ich muß mich auch um ihr Essen kümmern und um ihre Gesundheit.»

«Wir tun unser Bestes.»

«Aber unser Bestes ist so gut wie nichts.»

«Es ist alles, was wir tun können und tun müssen. Wir wissen nicht, was die Zukunft uns bringen wird. Das ist alles, was wir tun können: unser Bestes.»

Sein Gesicht wirkte grau vor Müdigkeit, seine Augen waren rotgerändert und entzündet.

«Komm schlafen.»

«Gleich. Ich spüle nur das Geschirr, und dann komme ich.»

«Laß das Geschirr, Fanja.»

«Nein. Ich komme gleich.»

Ein Ausdruck des Unwillens verdunkelte sein Gesicht. Sie fürchtete sich vor seiner Nähe, hatte Angst vor seinem Körper, vor seinen Lippen auf ihrem Gesicht, vor der Hitze, die ihrer beider Körper ausstrahlten. Sie wußte, wenn er sie berührte, würde sie brennen wie ein Blatt Papier im Feuer. Aber erst mußte sie ihm alles aus ihrer Vergangenheit beichten. Jenes Ereignis durfte nicht zwischen ihnen stehen. Sie hatte schreckliche Angst, daß an Stelle seines Zornes Spott und Verachtung treten würden. Mit seinem Zorn konnte sie leben...

Jechiel ging aus dem Zimmer. Eine Weile lauschte sie den Geräuschen, die er beim Auskleiden machte. Als es still wurde, ging auch sie zu Bett. Ich bin noch nicht stark genug, um mehr Schläge zu ertragen, flüsterte ihr Herz.

Fanja hatte eine Idee. Sie würde sich bei den Frauen des Dorfes als Wäscherin verdingen. Wer von ihnen eine Münze besaß, würde sie damit entlohnen, wer nicht, würde ihr für ihre Arbeit ein wenig Mehl oder ein paar Oliven geben. Doch die Juden schämten sich und sahen darin eine Erniedrigung, während die Fellachen nur lachten. Wer hatte jemals gehört, daß eine Jüdin bei Fellachen die Wäsche wusch?

Die Vorratskammer war leer. Es war noch Mehl für einen einzigen Tag übrig. Tamara war inzwischen entwöhnt worden – noch in den glücklichen Tagen, als sie aus Safed einen ganzen Wagen mit Köstlichkeiten herangefahren hatte. Aber seither hatten sie keinen Pfennig verdient. Frumkin hatte erzählt, Elieser Rokach hätte in Rumänien und in England Sammelbüchsen in Umlauf gebracht, in denen die dortigen Juden Spenden für die Siedlung Gai Oni sammelten. Ein zäher Wettbewerb entbrannte zwischen den Büchsen von Rabbi Meir Baal Haness, deren Gelder für die *Chaluka* bestimmt waren, und den Büchsen der Siedler, und Elieser Rokach fuhr immer noch von Stadt zu Stadt und predigte den Juden, sie möchten den Befreiern des Heiligen Landes Hilfe leisten. Und inzwischen ... inzwischen?

Sie war in dieses Land gekommen mit einem einzigen Ziel vor Augen: Sie wollte sich hier ansiedeln. Das war auch das Lebensziel ihres Vaters gewesen. Sie war zu verwirrt und angeschlagen gewesen, um darüber nachzudenken, wie sie seinen Traum verwirklichen konnte. Sie tappte im dunkeln, und wie eine Ertrinkende, die sich aus dem Wasser ans Licht retten wollte, klammerte sie sich an Jechiel. Nachdem sie in Gai Oni angekommen war, wurde ihr klar, daß sie einen außergewöhnlichen Weg gewählt hatte, aber sie war zufrieden. Fast sämtliche der zweitausend Juden in Safed gehörten der *Chaluka* an, und ihre Lebensweise widerstrebte Fanja. In ihrem Elternhaus hatte jeder Bettler und jeder, der sich als bedürftig ausgab, ein Nachtlager und eine Mahlzeit erhalten, aber nachdem sie gegangen waren, hatte ihre Mutter immer verächtlich gesagt: «Schnorrer!» Die Anhänger der *Chaluka* erschienen ihr wie die Nachkommen jener «Schnorrer» – die alten Frauen mit den Kopftüchern, die im Hof saßen und strickten, die Juden, die ins Bethaus oder in die *Mikwe* liefen, und sogar die Schuster und Schneider, die Metallarbeiter und Goldschmiede auf dem Markt, die die nächste *Chaluka* nicht erwarten konnten. Tausendmal zog sie die schwere Feldarbeit vor. Aber was hätte ihr Vater gesagt, wenn er gesehen hätte, wie die Tochter seine Träume verwirklichte? Wie hatte er sich das Leben im Land seiner Wahl vorgestellt? Er hatte in einem geräumigen und gut geheizten Haus gesessen, satt und zufrieden, und Diskussionen über soziale Gerechtigkeit und nationale Erlösung geführt.

Würden denn ihre Hände – zerschrammt und aufgerissen von den Steinen auf dem Acker – dem Volk Israel die Erlösung bringen? Machte der Hunger, der sie alle quälte, sie denn zu «neuen Juden»? Und sie fuhren fort, die Steine vom Feld zu räumen, weil sie sich fürchteten aufzuhören! Die Ochsen waren schon vorigen Sommer verkauft worden, und danach auch die Pflüge.

Fanja war auf «ihren» Hügel gestiegen. Sie liebte es, hier in der Chirbet al Jehud zwischen den vier Nußbäumen zu sitzen und ins Tal hinunter zu schauen. Manchmal konnte sie den See Genezareth sehen. Sie glaubte nicht an die Sage vom Landsitz des Rabbi Israel Back, das war in ihren Augen reine Erfindung! Sie glaubte auch nicht an die wundervollen Äcker und Weinberge, an die Ergiebigkeit des Bodens und der Bäume. All die Geschichten über den *Chan* der Familie Back hörten sich an wie die Erzählungen der Beduinen und Fellachen.

Vor einigen Tagen hatte ein Araber ihr Eier von Wasserhühnern ins Haus gebracht, die er ihr als Enteneier verkaufen wollte. Als sie ihm erklärte, daß Enten ihre Eier nicht im Wasser legen, schnaubte er verächtlich und fragte, warum denn ihrer Meinung nach die Enten im Wasser wegtauchten, wenn nicht, um ihre Eier zu legen? Gestern hatte einer der Fellachen von Jauni berichtet, die Beduinen von Al Sangaria schickten sich an, das Dorf zu überfallen. An sämtlichen Zugängen zum Dorf wurden Wachen aufgestellt, und alle paar Minuten stieß einer der Fellachen wilde Schreie aus, daß es einem kalt den Rücken herunterlief. Am Morgen erzählte Samir Alhija Jechiel, die Al Sangaria seien zwar nicht erschienen, aber er und die Wächter hätten einen Panther verjagt.

Basaltblöcke lagen über der Ebene verstreut, und die hohen Disteln zwischen den eingezäunten Feldern verstärkten noch das Gefühl der Verlassenheit. Die Steine brannten heiß unter Fanjas Füßen, sie verlängerte ihre Schritte. Ein heißer Wind wehte und brachte ganze Wolken kleiner Fliegen mit sich, die unter die Kleider drangen, obwohl Fanja unter ihrem Kleid lange Hosen trug und ihre Haare in eine Tuch eingebunden hatte. Sie wußte, Jechiel hätte es lieber gesehen, wenn sie nach jüdischer Sitte ihren ganzen Kopf mit einem Tuch bedeckt hätte, aber sie fühlte sich nicht als verheiratete Frau. Ihre Eigentümlichkeit hatte sie bei den Fellachen beliebt gemacht. Sie verehrten «Verrückte» und schrieben Fanja übernatürliche Kräfte zu. Dieser Eindruck verstärkte sich noch, als es ihr gelang, die Augen ihrer Nachbarin Miriam Alhija mit Silbernitrat zu kurieren, das sie aus Safed mitgebracht hatte. Innerhalb von zwei oder drei Tagen war die schwere Entzündung verschwunden, und ein Heer von Müttern mit augenkranken Kindern belagerte ihre Tür. Als Gegenleistung brachten die Mütter ihr Milch, Käse und Eier, und zwei Wochen lang fehlte es ihrer Familie an nichts. Sie beschwor die Mütter, ihre Kinder mit Wasser und Seife zu waschen, und diese Forderung verstärkte noch das Gefühl der Mütter, es mit einer Wundertäterin zu tun zu haben. Den Körper waschen? Kostbares Wasser vergeuden? Wozu? Einmal alle paar Wochen pflegten die Fellachen ihre Kleider gründlich auszuschütteln, um das Ungeziefer loszuwerden, und damit hatte es sich.

Die Scharen der lärmenden Kinder störten offenbar Lolik in seiner Ruhe. Er brach aus der Hütte aus und flüchtete in die Berge. Das Gerücht über die Flucht des Verrückten verbreitete sich schnell und vermehrte Fanjas Prestige noch. Am Abend kam Lolik ohne seinen Militärmantel zurück und verschwand in seiner Hütte. Fanja fragte sich, wer wohl jetzt den russischen Militärmantel mit den blitzenden Metallknöpfen tragen mochte.

Sie setzte sich unter einen der Nußbäume. Bald merkte sie jedoch, daß der Schatten des Baumes die Hitze kaum linderte. Auch in der Dämmerung war die Luft noch wie aus einem Dampfkessel. Ihre Lippen brannten vor Durst. Wenn sie doch nur eine neue Flasche Medizin bekommen könnte! In ihrer Kindheit hatte sie gern «Doktor» gespielt und sogar davon geträumt, Medizin zu studieren. Zwar wußte sie, daß nur wenige Frauen an Universitäten zugelassen wurden, und noch weniger Jüdinnen, aber sie ging ja bereits in die Schule, und eines Tages würde sie allen beweisen, daß sie den Männern in nichts nachstand. Und jetzt, als Erwachsene, erbrachte sie den Beweis für die Gleichheit der Geschlechter, indem sie sich bei unbezahlter Schwerstarbeit auf den Feldern den Rücken ausrenkte.

Jechiels hagere Gestalt kam den Hügel herauf. Er erklomm den Abhang mit schnellen, sicheren Schritten, die Schultern gekrümmt, den Blick auf den Pfad gerichtet. Gleich wird er den Kopf heben und mich anschauen, dachte Fanja und fragte sich, was dieser überraschende Besuch wohl zu bedeuten hätte. Jechiel wußte, daß dies ihr privater Zufluchtsort war, ihr Winkel, in den sie sich zurückzog, wenn sie unglücklich war oder nachdenken wollte.

Als er sie erreicht hatte, packte er sie am Saum ihres Kleides und zog sie brutal auf die Füße. Seine Augen blitzten vor Zorn.

«Hast du dich als Wäscherin angeboten?» fragte er.

«Ja.» Sie fürchtete, daß er sie schlagen würde. Die Knie wurden ihr weich vor Schreck.

«Bei den Fellachen?»

«Auch bei denen.»

Unvermittelt ließ er sie los, und sie fiel rückwärts auf den harten Boden. Er war kreidebleich wie die Felsen auf dem Hügel und hatte die Lippen zusammengepreßt wie damals, als er bei dem Überfall der Räuber verletzt worden war. Resigniert setzte er sich auf den Boden und stützte den Kopf in die Hände. Er schwieg lange, dann sagte er:

«Laß uns von hier weggehen.»

«Von Gai Oni?»

«Ja. Wir werden einen anderen Ort finden. Es ist ja nur Akkerboden.»

«Nach Safed?» fragte sie mit zitternder Stimme.

«Nein!» rief er heftig. «Nur das nicht! Warum gerade Safed?»

«Du hast doch gesagt, es ist nur Ackerboden.»

«Am Sumchi-See gibt es gute Erde und reichliche Ernten.»

«In Isbed?» fragte sie mit zitternder Stimme.

Sie hatte von Juden gehört, die sich dort angesiedelt hatten. Es waren zwei Brüder aus einer maghrebinischen Familie, Schützlinge irgendeines Emirs aus Damaskus. Alle wußten, daß auch nur eine Nacht am Ufer des Sees einen hohen Preis forderte, und warteten täglich auf die Nachricht von ihrem Tod.

«Warum nicht? Auch dort wohnen Juden.»

«Weißt du, wie die Leute in Safed diesen Ort nennen? Das unreine Tal! Es gibt dort keinen wirklich guten Boden, sonst hätten sich auch andere längst dort angesiedelt. Sogar die Beduinen meiden diesen Ort. Er ist voller Krankheiten. Malaria, Pest, Tod.»

«Die Beni Abu und Beni Misrachi sind schon seit elf Jahren dort. Sie besitzen zweitausend Dunam und haben ihre eigenen Brunnen.»

«Jechiel! Gai Oni ist doch dein Leben!»

Mit welchem Recht versuchte sie ihn zu überreden, in Gai Oni zu bleiben? Er war so abgemagert, daß die Haut sich über seinen Wangenknochen spannte. Seine Stirn glänzte. Wäre sie doch ihrem schwarzen Prinzen unter anderen Umständen begegnet, dachte sie zum tausendstenmal. Manchmal, ganz selten, strahlte er eine gewisse Fröhlichkeit aus, aber meistens hatte er etwas Wildes und Feindseliges an sich. Sie hatte keinen Zweifel: Nur ihretwegen wollte er Gai Oni verlassen, ihretwegen und der Kinder wegen. Wenn es nach ihm allein gegangen wäre, würde er den Ort niemals verlassen.

«Die Kinder würden es dort nicht aushalten.»

«Dann gehe ich allein.»

«Nein!» Sie sah ihn fassungslos an. «Du wirst gehen, einen Heldentod sterben, und uns willst du im Stich lassen?»

Ein Kaninchen hüpfte zwischen den Felsen hervor und lief davon.

«Die Fellachen hätten etwas dafür gegeben», sagte Jechiel und blickte dem Kaninchen bedauernd nach.

«Kannst du deinen Grund und Boden nicht an Oliphant verkaufen?»

«Niemals!»

«Warum nicht? Du hast doch selbst gesagt, daß es nur Akkerboden ist, ein wenig Erde. Du hast mir selbst erzählt, er hätte mehr als hundert Napoléons für zwei Grundstücke bezahlt! Und was hast du denn von diesem Boden, was gibt dir diese Erde?»

«Wenn der Regen kommt . . .»

«Was dann? Was wirst du tun? Du hast keinen Ochsen, keinen Pflug und keine Saat! Du brauchst keine Angst zu haben. Oliphant wird den Boden nicht verkaufen. Du kannst ihn weiter bearbeiten, genau wie bisher.»

«Wenn mir etwas zustößt, was bleibt dann dir und den Kindern?»

Und welchen Wert hätte wohl dieser Boden und dieser Ort ohne ihn? Fanja sehnte sich danach, sein verhärmtes Gesicht zu streicheln und ihn zu beruhigen. Sie wollte ihm sagen, was sie bewegte, daß sie keinen Boden und keine Grundstücke mehr bräuchte, wenn ihm etwas zustieße. Schließlich holte sie tief Luft und sprach ruhig und leise, fast flüsternd, wie der heiße Wind.

«Vor einem Jahr und zehn Monaten begann das Pogrom in unserer Stadt . . . ich kam nach Gai Oni, um meine Wunden zu heilen, und dieser Ort hat mir meine Selbstachtung wiedergegeben. Es tut mir nicht leid und ich bereue nichts, Jechiel. Ich bin stolz auf meine zerschundenen Hände. Sogar auf meinen Hunger bin ich stolz und auf meine zerrissenen Kleider. Der Regen wird kommen, Jechiel. Er muß kommen.»

Noch vor Sonnenaufgang war Jechiel nach Ejn Sejtim aufgebrochen, um die Stute zu holen. Fanja wollte ihn begleiten, um mit eigenen Augen das jüdisch-arabische Dorf zu sehen, wo auch Verwandte von Jechiel und zwei seiner Freunde aus Safed sich angesiedelt hatten. Er versprach, ihr eines Tages die historischen Gräber von Rabbi Schimon Bar Jochai, Rabbi

Josef von Saragossa und Jehuda Bar Ilai zu zeigen, und auch die heiligen Höhlen und die Quellen. Aber heute wollten sie nach Haifa zu Oliphant fahren, und Jechiel befürchtete, der Fußmarsch zu zweit nach Ejn Sejtim würde sie zu lange aufhalten.

Fanja holte den Kasten vom Speicher, den sie aus Rußland mitgebracht hatte. Es war das erste Mal, daß sie ihn öffnete, seit sie hergekommen war. Mosche und Bella standen neben ihr, ihre erstaunten Blicke auf die prächtigen Stoffe gerichtet, auf die seidenen Bänder, den großen Wollschal, die bestickten Taschentücher. Fanja wußte selbst nicht, was die Nachbarin alles in den Kasten gelegt hatte. Ihr Onkel hatte das Haus in Jelissavitgrad verkauft und der Nachbarin Geld gegeben, um alles zu besorgen, was seine Nichte für die Reise benötigte. Nacheinander nahm sie jetzt die Kleidungsstücke aus dem Kasten, ebenso aufgeregt wie die Kinder, hielt sich ein rosa Seidentuch an die Wange und legte sich einen weichen Wollschal um den Kopf. Ein schwacher Geruch von altem Parfüm stieg aus dem Kasten auf und breitete sich im Raum aus.

In knisterndem Seidenpapier verpackt entdeckte Fanja eine Überraschung. Sie hielt das Päckchen in den Händen wie eine Opfergabe. Dann entfernte sie ganz langsam und vorsichtig das Papier und enthüllte ein grünes Kleid, das vom Kragen bis zur Hüfte mit unzähligen kleinen Knöpfen besetzt war. Sie schüttelte das Kleid mit leichten Bewegungen, um Licht und Luft in die Falten dringen zu lassen. In diesem Augenblick existierte auf der ganzen Welt nichts außer diesem Kleid. Nachdem sie sich etwas beruhigt hatte, streifte sie hastig die Beduinenkleidung ab, steckte erst die Füße in den Rockteil des Kleides und zog sich dann ganz vorsichtig die Ärmel über, die oben weit und unten eng geschnitten waren. Das Kleid ließ sie noch größer erscheinen, als sie war, und die schmale Taille betonte ihre schlanke Figur. Seitdem sie aufgehört hatte zu stillen, waren ihre Brüste kleiner geworden und hatten wieder ihre früheren Maße. Ihr hübscher Hals war von einem runden Kragen umgeben, der mit einem Samtband verziert war. Sie betrachtete sich im Spiegel, schob sich die Haare über den Nacken hoch und musterte ihr Profil von links und rechts.

«Wie schön bist du, meine Gattin!»

Jechiels Stimme ließ sie zusammenfahren. Plötzlich wurde ihr bewußt, daß die ganze Aufregung nur seinetwegen stattgefunden hatte – das hektische Wühlen im Kasten, die Anproben vor dem Spiegel. Auf ihrer Stirn glänzten kleine Schweißperlen. In Rußland hatte man daran geglaubt, daß Wolle vor Malaria schützt, und ihre sämtlichen Kleider waren aus Wollstoffen angefertigt. Sie tupfte sich die Stirn und das Kinn ab, dann lachte sie verlegen und sah Jechiel an.

«In diesem Kleid kannst du nicht fahren.»

«Warum?» rief sie entgeistert.

«Weil uns die Straßenräuber überfallen werden.»

«Aber wir fahren doch in die Stadt! Zum Minister!»

«Wir wollen ihn um Geld bitten.»

«Wir wollen ihm etwas verkaufen! Nichts erbitten, verkaufen!» Immer, wenn sie etwas verkaufen ging, zog sie sich besonders elegant an, damit der Käufer glaubte, daß sie sein Geld im Grunde nicht nötig hatte. Wenn sie einkaufen ging, trug sie alte Kleider.

«Oliphant wird den Boden kaufen, um uns zu helfen. Wenn er ihn überhaupt kauft. Er braucht ihn nicht.»

«Es ist ein Geschäft! Du verkaufst den Boden, und er bezahlt dafür. Du tust ihm keinen Gefallen, und er dir auch nicht.»

«Die Stute ist schon draußen. Ich habe sie an den kleinen Wagen von Frumkin gespannt.»

«Jechiel!» flehte sie.

«Wenn er bereit ist, uns den Boden abzukaufen, bleiben wir morgen in Haifa. Dann kaufen wir Lebensmittel ein. Rivka kommt bald her, um auf die Kinder aufzupassen.»

Sie zögerte einen Augenblick, dann – ohne nochmals in den Spiegel zu schauen – zog sie sich das grüne Kleid aus und schlüpfte wieder in ihre Beduinenhosen und das zerschlissene Kleid. Plötzlich lief Bella auf sie zu, umfaßte ihre Hüften mit ihren dünnen Ärmchen und blickte zu ihr auf.

«Ich habe keinem Menschen erzählt, daß du eine Königin warst.»

«Das ist gut, mein Entchen, das ist sehr gut.» Sie küßte das kleine Gesichtchen und beeilte sich, alles zurück in den Kasten zu packen, wobei sie darauf verzichtete, die einzelnen Stücke wieder in Seidenpapier zu wickeln. Es wurde dunkler im Zimmer, wie nach einem Blitzschlag, der alles erhellt hatte.

Imbar öffnete ihnen die Tür zu Oliphants Haus, und seine Freude, Fanja zu sehen, war so groß, daß sie darüber fast das grüne Kleid vergaß.

«Fanitschka!» rief er aus. «Sir Lawrence, dies ist die junge Frau, von der ich Ihnen erzählt habe, die auf den Hügeln die Felsen wegräumt und Puschkin zitiert! *Sabah al kheir*, Jechiel. *Kief halak?*»*

«*El Hamdulillah*»**, erwiderte Jechiel lächelnd.

«Ich lerne Arabisch. Habe ich es richtig ausgesprochen?»

«Ganz richtig ...»

«Lady Alice, darf ich Sie bitten ...»

Das Zimmer wirkte geräumig, die Wände waren weiß gestrichen und mit Gobelins behangen. Der Fußboden war mit kleinen Teppichen ausgelegt. In der Ecke stand ein schwarzes Klavier. Darüber war ein Seidentuch gebreitet, bestickt mit Rosen, dessen Fransen über den Tastaturdeckel hinunterhingen. Im Schloß steckte ein Schlüssel, und Fanja erinnerte sich an ein Märchen, das die Mutter ihr in ihrer Kindheit erzählt hatte, von Zwergen, die nachts die weißen Tasten gegen schwarze austauschten. Die Vorhänge waren mit dicken Bändern zusammengebunden, und als sie aus dem Fenster blickte, bemerkte sie einen seltsamen Wagen, der den breiten Weg zwischen den Häusern der deutschen Kolonie hinunterfuhr.

Lady Alice legte ihre Serviette vor sich auf den Tisch und erhob sich. Auch die beiden Männer, die sich im Zimmer befanden, Sir Lawrence und ein Gast, der als Gottlieb Schumacher, Ingenieur, vorgestellt wurde, standen auf.

«Jechiel Siles gehört zur dritten Generation in Jauni», erklärte der Minister.

«Ich bin allerdings in Safed geboren», ergänzte Jechiel.

---

*   Arabisch: Guten Morgen, Jechiel, wie geht es dir?
** Arabisch: Gepriesen sei Allah.

«Aber Ihr Großvater ist gleich nach der Blutverleumdung von Damaskus im Jahre 1840 nach Jauni gezogen, nicht wahr?»

«Das stimmt.» Jechiel wunderte sich, wie gut der Minister über ihn Bescheid wußte.

«Und sie lebten dort mit den Fellachen zusammen?» fragte der Ingenieur.

«Ja. Sie kauften ein paar Feddan Boden und eröffneten eine Molkerei.»

«Ich habe von dem Käse gehört, den die Juden in den Dörfern in der Umgebung von Safed verkauften. Hat Ihre Familie diese Molkerei immer noch?»

«Nein.» Jechiel mußte über das umfassende Wissen des Ministers lächeln. «Die Beduinen raubten ihnen ihre Herden, und bei einem der Zusammenstöße wurde der Sohn des Scheichs getötet. Die Familie meines Großvaters flüchtete nach Sidon, und nur ein Teil von ihnen blieb hier. Ein Zweig von ihnen ist noch immer in Hasbaja ansässig, und ein anderer, die Familie Adis, in Ejn Sejtim.»

«Ich wollte in der Nähe von Ejn Sejtim Land kaufen», sagte der Minister. «Man hat es mir für weniger als einen Dollar pro Dunam angeboten. Es wäre kein Problem, das Geld aufzutreiben, aber der Boden dort ist in kleine Grundstücke aufgeteilt, und jedes gehört einer anderen Familie. Ich bin sicher, wenn wir den Boden haben, werden auch die Juden kommen.»

Weniger als einen Dollar! Das heißt, für die hundertfünfzig Dunam, die Jechiel besaß, würde ihm der Minister etwa fünfzig Napoléons zahlen. Das war zu wenig! Viel zuwenig! Sie blickte zu Jechiel hinüber. Sein Gesicht war wie versteinert, zweifellos hegte er ähnliche Gedanken. Alles, was ihm lieb und teuer war, sollte er für fünfzig Napoléons hergeben, die höchstens für drei oder vier Monate zum Leben reichen würden, und auch das nur, wenn er kein Maultier und keinen Pflug kaufte.

«Darf ich Ihnen Tee anbieten?» fragte die Hausherrin. Sie war eine schöne Frau von etwa fünfunddreißig Jahren, die gut zwanzig Jahre jünger aussah als ihr Mann.

«Gern, vielen Dank.»

«Ist die Reise problemlos verlaufen?»

«Danke, ja.»

«Noch vor einem Jahr hätten Sie diesen Weg nicht bereisen können, ohne überfallen zu werden. Dafür müssen Sie sich bei den Deutschen bedanken. Bei jedem Überfall erheben sie ein lautes Protestgeschrei, und das hilft offenbar», sagte der Minister lächelnd zu Schumacher. «Vor einem Jahr, als wir herkamen, wurden wir von Räubern aus Tira überfallen, und Keller hat uns gerettet, indem er mit einer Peitsche auf sie einschlug.»

«Nur ein Säbel hat ihm gefehlt», fügte Lady Alice hinzu. Die Männer wandten sich zu ihr um, und sie verstummte, ein geheimnisvolles Lächeln auf den Lippen. Einen Moment lang musterte Imbar sie mit seinen schwarzen Augen, und Fanja fragte sich, was sich wohl zwischen den Bewohnern dieses Hauses abspielte. War er in die Hausherrin verliebt? Und sie?

«Dieser Deutsche kam hierher mit einer Wurst in der Hand und einer Mark in der Tasche», sagte der Minister.

«Wer ist er denn?»

«Der deutsche Vizekonsul in Haifa und Akko. Fritz Keller ist sein Name. Ein prächtiger Bursche. Er hat die gesamte Entwicklungsarbeit angeregt, die Sie hier in der Stadt sehen können.»

«Wie lange sind Sie schon hier im Land?» wandte Lady Alice sich an Fanja. Ihr französischer Akzent verlieh ihren Worten einen angenehm weichen Klang.

«Etwa anderthalb Jahre.»

«Aus Rußland?»

«Ja.»

«Ich war in Rußland während des Russisch-Türkischen Krieges vor vier Jahren», sagte der Minister. «Und auch voriges Jahr war ich dort. Ich fuhr hin, um den Flüchtlingen zu helfen, die nach den Unruhen nach Galizien geflüchtet waren. Sagt mir, warum kommen sie nicht nach Palästina? Warum?»

Seine Frau kam Fanja zur Hilfe. «Warum fragst du ausgerechnet sie, Lawrence? Sie ist doch gekommen!» Sie winkte einem Araber, der auf einem kleinen Schemel an der Tür saß. Er ging auf die Hausherrin zu und beugte sich zu ihr hinunter.

Fanja konnte nicht hören, was Lady Alice im Flüsterton zu ihm sagte, aber ihre zarte weiße Hand, die den Arm des Dieners streichelte, war nicht zu übersehen. Fanja wandte verlegen den Blick ab, und Imbar rückte auf seinem Stuhl herum und sah aus dem Fenster.

«In Rumänien sagte man mir, die Leute hätten Angst vor der Einöde», beschwerte sich der Minister. «Aber wenn sie hergekommen wären, hätte es hier keine Einöde gegeben! In Wahrheit fürchteten sie sich vor den Beduinen. Ich habe ihnen erklärt, daß es in den Straßen von Jerusalem nicht mehr Beduinen gibt als in Bukarest.»

«Jetzt wird man anfangen, den Pöbel zur türkischen Armee einzuziehen», sagte Ingenieur Schumacher, «und dann werden die Wege noch sicherer sein. Wenn wir erst einmal mit der Konstruktion der Eisenbahn beginnen –»

«Eine Eisenbahn? Wo denn?» fragte Jechiel.

«Ich habe mich schon gefragt, wie lange es noch dauern wird, bis Herr Schumacher die Eisenbahn erwähnt», seufzte Imbar.

Lady Alice blickte Imbar mitfühlend an. Er war etwa zehn Jahre jünger als sie und wirkte fremd in dieser Umgebung mit seinen schwarzen Augen, die empört und gequält aufblitzten. Aber offenbar zog die Hausherrin den Diener dem Dichter vor. Und den Minister – er schien als einziger in dieser Gruppe von dem häßlichen Gefühl der Eifersucht frei zu sein – kümmerte das überhaupt nicht? Merkte er denn nichts?

«Mein Freund, Herr Schumacher, plant die Konstruktion einer Eisenbahnlinie, die Haifa, Akko und Damaskus verbindet.»

«Es war Ihre Idee, Sir Lawrence.»

«Gibt es eine Genehmigung?» frage Jechiel.

«Eine gute Frage. Sursuk in Beirut hat die Genehmigung erhalten. Herr Schumacher arbeitet mit viel Fleiß und Energie die Pläne aus, wie es sich für einen guten Deutschen geziemt. Wenn es mir je gelingen sollte, die Konzession für den Bezirk Moab zu bekommen, wird sich diese Eisenbahnlinie an die Industrieanlagen anschließen, die wir am Toten Meer errichten werden.»

«Du hast diese Eisenbahn nicht nötig», schimpfte seine

Frau. «Lawrence hat schon die ganze Welt bereist, in Dampf-schiffen, auf Kamelen, in Kutschen und zu Fuß, von Kapstadt bis China, von Japan bis Ceylon. Er hat in Nepal Elefanten gejagt und ist die Wolga hinuntergesegelt – noch vor dem Krimkrieg. Wozu brauchst du also noch eine Eisenbahn?»

«Die Rede ist von den Juden, Alice, nicht von mir», entgeg-nete er mit ernster Miene, doch seine Augen leuchteten vor Abenteuerlust. «Haben Sie sich schon in unserer kleinen Stadt umgesehen?» wandte er sich an Jechiel.

«Klein?» rief Schumacher beleidigt. «Es gibt hier allein schon über tausend Juden, und vierhundert Deutsche!»

«Ich kenne Haifa», sagte Jechiel.

«Wo werden Sie übernachten? Ich habe gehört, daß irgend-ein Einwanderer aus Moskau eine neue Herberge eröffnet hat. Wollen Sie dort wohnen?»

«Nein. Ich habe Verwandte in Harat al Jahud.»

«Jechiel Siles! Und wenn du dein letztes Hemd verkaufen mußt, dort wirst du nicht übernachten!» rief Imbar aus. «Der Müll auf der Straße reicht bis zu den Knien. Die Hunde wüh-len darin herum, zusammen mit den Kindern, die voller Flöhe sind und mit Trachomen behaftet. Ich komme vom Markt in Konstantinopel, und ich weiß, was Dreck ist!»

Die Hausherrin lachte. «Herzli!»

«Bitte, das ist durchaus nicht lächerlich», rief Imbar. «Ich gebe euch mein eigenes Bett. Es ist schmal, aber sauber!»

«Nein!» Jechiel war fassungslos vor Wut. Fanja überlegte verzweifelt, wie sie einlenken konnte. Gewiß, Imbar hatte sich schlecht benommen und Jechiels Verwandte beleidigt, indem er andeutete, daß sie mitten im Müll hausten. Aber das war doch nicht die Schuld dieser guten Leute hier. Und wie konn-ten sie mit dem Minister über Landpreise sprechen, wenn so viele fremde Menschen dabei waren?

«Spielen Sie Klavier?» fragte Fanja die Hausherrin. Diese verschränkte ihre Finger und warf ihrem Mann einen Blick zu wie ein gefangener Schmetterling.

«Ich habe einmal gespielt, aber seitdem ich hier bin, kann ich es nicht mehr. Hier ist alles so öde und einsam, und da soll ich Klavier spielen? Menschen wie wir versuchen auf unsere eigene Art Harmonie zu erzeugen, Madame Siles.»

«Spielst du Klavier, Fanja?» unterbrach Imbar die Hausherrin.

Fanja wurde rot. «Ich habe schon lange nicht mehr gespielt.»

«Dann spiel doch jetzt etwas für uns!»

Fanja blickte herunter auf ihre schwieligen, aufgeriebenen Hände, die Fellachenhosen, die unter ihrem zerschlissenen Kleid hervorschauten, und ihre nackten Füße.

«Warum nicht?» sagte sie lächelnd und erhob sich. «Wenn es zu schlimm wird, könnt ihr mich mit Schuhen bewerfen.»

«Die jüdischen Emigranten haben in Haifa einen Musikverband gegründet», berichtete Herr Schumacher.

Es entspann sich eine Unterhaltung über den Musikverband der Juden und den deutschen Frauenchor der Templer-Sekte, aber Fanja hörte das wie aus weiter Ferne. Vorsichtig nahm sie die bestickte Decke vom Klavier, öffnete den Deckel und ließ ihre Finger über die Tasten gleiten, um den Klang zu prüfen. Das Licht im Raum änderte sich, die plötzliche Ruhe schien den Schatten einen anderen Winkel zu geben. Ganz langsam und vorsichtig begann sie die Barkarole von Tschaikowsky zu spielen . . .

Die Klänge füllten den hellen Raum, quollen zwischen ihren Fingern hervor, und außer ihnen gab es nichts auf der ganzen Welt. Das kalte Metall des Pedals unter ihrer Fußsohle ließ sie genußvoll schaudern. Es war, als sei nichts geschehen, als sei sie noch immer die Schülerin, die die neuen, romantischen Melodien von Tschaikowsky vorstellte. «Beherrschung! Zurückhaltung!» rief ihr ihre Lehrerin zu. «Pjotr Iljitsch braucht deine Hilfe nicht!» Obwohl Tschaikowskys «europäischer» Stil allgemein als Verrat an der «russischen Seele» kritisiert wurde, verehrte ihn ihre Lehrerin wie einen Gott. Manche Leute behaupteten, sie sei die Schwester seiner unbekannten Gönnerin Madame von Meck, andere munkelten, sie selbst sei diese unbekannte Gönnerin. Sie nahm bei weitem nicht jeden als Schüler an, und daß Fanja schon im Alter von acht Jahren Gnade vor ihren Augen gefunden hatte, wurde als Wunder angesehen. Die schwarze Hexe – so nannte man sie – führte ihre Schüler in die Oper zu *Eugen Onegin* und in die Konzertsäle zu *Dornröschen* und *Schwanensee*. Es gelang ihr sogar, einen ihrer begabtesten Schüler ans Konservatorium zu schicken, um bei dem großen Meister selbst zu lernen. In jenen längst vergangenen Tagen stellte Fanja sich manchmal vor, sie säße am Klavier und spielte den *Valse-Caprice*, während der Komponist hinter ihr saß und entzückt zuhörte.

Als sie die Barkarole beendet hatte, blieb sie noch einen Moment ruhig sitzen, während die letzten Töne verklangen. Imbar sprang auf sie zu wie ein junger Hund, der freudig seine Herrin beim Nachhausekommen begrüßt. Seine Augen waren feucht, er bedeckte Fanjas Gesicht mit Küssen und rief aus: «Fanitschka, Fanitschka! Das war wundervoll! Herrlich! Wo sonst auf der Welt findet man solche Bäuerinnen?»

Herr Schumacher lächelte. «Wenn die rumänischen Juden erst zu euch kommen, könnt ihr auch einen Musikverband gründen.»

«Was?» fragte Lady Alice.

«Dreißig Familien haben sich schon zur Einwanderung eingeschrieben und werden nach Gai Oni kommen.»

«Wann?» fragte Jechiel.

«Ich habe da einiges läuten gehört», erwiderte Schumacher, aber als er Jechiels Überraschung sah, war ihm anzumerken, daß er sich seiner Sache nicht mehr ganz sicher fühlte – «Sir Lawrence hat es auch gehört. Nicht wahr, Sir Lawrence?»

«Sogar ich habe davon gehört», sagte Imbar. «Sie werden nach dem *Pessach*fest hier ankommen. Elieser Rokach hat ihnen in seinen Artikeln Gai Oni schmackhaft gemacht. Man hat schon hunderttausend Franken für die neue Kolonie gesammelt.»

«Hunderttausend Franken!» rief Fanja erregt. «Und dreißig Familien! Jechiel, das ist die Einwanderergruppe, von der Rokach erzählt hat.»

«Juden sind immer schnell begeistert», warnte Herr Schumacher, «und dann verzweifeln sie um so schneller. Man muß alles mit Ruhe angehen.»

«Mit Ruhe?» sagte Sir Lawrence. «Wir sprechen doch von der Befreiung. Gerade das gefällt mir! Wer wirklich daran glaubt, sollte erst handeln, dann reden. Wenn erst alle Juden ins Land kommen, wird die Welt befreit sein.»

«Aber seht euch doch an, was in Gai Oni und in *Um Labass* geschehen ist! Auch der Glaube muß mit Vorsicht verbunden sein. Ein Beispiel sind diese Amerikaner, die sich vor fünfzehn Jahren in der Nähe von Jaffa angesiedelt haben. Haben die vielleicht nicht an ihre Sache geglaubt? Sie sind hergekommen, um hier auf den Messias zu warten. Und was ist passiert? Sie sind nach Amerika zurückgekehrt und haben auf den Messias verzichtet!»

«Der Messias der Amerikaner ist das Geld! Als wir noch wie schwarze Sklaven in der Siedlung des Propheten Harris arbeiteten, hat er uns um unser gesamtes Vermögen gebracht. Meine arme Mutter...»

«Lawrence! Der Vater von Herrn Schumacher ist Amerikaner!»

«Nein, nein, Herr Schumacher ist deutscher Abstammung. Er ist nur in Amerika geboren. Aber die Dame des Hauses hat recht: Man kann nicht von einem Betrüger auf ein ganzes Volk schließen. Ich bitte um Verzeihung. Den Pfarrer Harris kenne ich nicht, aber die Amerikaner, die sich hier im Land angesiedelt hatten, kenne ich sehr wohl! Sie haben nicht danach gefragt, wer der Mann ist, der sich als ihr Führer aufspielt. Es stellte sich heraus, daß er ein Säufer war. Sie wußten auch nicht, was man hierzulande überhaupt anbauen kann. Die Pachtgesetze, Steuergesetze, die Sitten und Gebräuche der Einwohner, das Klima – all das hätten sie wissen müssen. Dann kehren sie in ihre Ursprungsländer zurück und bringen unser Land in Verruf. Es ist ein gutes Land. Genau dort, wo die Amerikaner sich angesiedelt hatten, sitzen heute die Leute der deutschen Templer-Sekte und pflanzen Weinberge und Orangenhaine. Auch eine Schule haben sie gebaut und ein Krankenhaus. Warum waren wir erfolgreich, wo sie versagt hatten? Man sagt, daß uns unsere Sektenmitglieder in Württemberg finanziell unterstützen. Unsinn! Wir sind ganz einfach vorsichtig! Wir haben keine Vorhut von dreißig Familien mit hunderttausend Franken hergeschickt! Lernt von uns! Zu Anfang hat unser Dr. Hoffmann eine Delegation von fünf Personen hergeschickt, um das Land in Augenschein zu nehmen wie weiland die Kundschafter von Josua. Niemand wußte von ihrem Kommen und Gehen. Bevor sie wieder abreisten, beauftragten sie einen Vertrauensmann, ihnen ein Stück Land zu kaufen. Nachdem das Land gekauft war, kam zunächst eine kleine Gruppe von Einwanderern, die sich mit allen Schwierigkeiten vertraut machten, das Land kennenlernten und am eigenen Leibe ihre Erfahrungen sammelten. Nachdem sie sich hier etwas eingelebt hatten, brachte man neue Siedler, und zwar nach den Bedürfnissen der Gemeinschaft: einen Arzt, einen Architekten, einen Bierbrauer, Holz- und Metallarbeiter, einen Pfarrer, einen Kaufmann. Ich sage nicht, daß damit alle Probleme gelöst waren. Bei unserer ganzen Klugheit hatten wir zum Beispiel nicht mit dem Starrsinn der Karmelitermönche gerechnet, aber ich bin ein religiöser Mensch und ich glaube daran, daß uns die Franzosen am Ende unsere Ländereien auf dem Berg wiedergeben werden. Mittlerweile haben wir bereits Siedlungen in Jaffa, in Sarona, im Refaim-Tal bei Jerusalem und hier auf dem Carmel. Ansiedlung ist immer eine schwierige Sache, und ich wollte nur ausdrücken, daß dieses Land gut zu seinen Bewohnern ist, wenn sie alles in Ruhe, mit Fleiß und Ordnungsliebe tun...»

«Ruhe! Fleiß! Ordnungsliebe!» rief Imbar lachend. «Wir? Die Juden?» Er wandte sich an Jechiel und sagte: «Im *Hamliz* habe ich einen Artikel von Rabbi Pines gelesen, der in demselben Geist abgefaßt ist: ‹Die Schwächlinge und die Geldverschwender, die Faulen und die Hochmütigen sollen nicht gehen› – gut, nun wissen wir wenigstens, wer nicht herkommen wird. Jetzt brauchen wir nur noch festzustellen, wer kommt.»

Der arabische Diener kam ins Zimmer und brachte ein Tablett mit Teegeschirr. Er stellte das Tablett auf den runden Tisch neben der Hausherrin, und als er sich über sie beugte, hob sie ihr rosiges Gesicht zu ihm.

Sie macht überhaupt kein Hehl aus ihrer Leidenschaft, empörte sich Fanja im stillen und blickte verlegen auf ihre Fingerspitzen.

«Danke, nicht für mich!» rief Herr Schumacher und verabschiedete sich eiligst.

«Eine Tasse?»

«Nein, nein, ich komme bereits zu spät zum Essen. Meine Frau wetzt sicher schon das Messer.»

«Auch unsere Männer sprechen so über uns, wenn wir es nicht hören», sagte Lady Alice lächelnd und strich Fanja leicht über den Handrücken. Fanja lächelte zurück und hob dann den Blick, um Jechiel anzusehen. Sie merkte, wie ratlos und wütend er war, und spürte, daß diese Salongesellschaft ihm ebenso fremd war wie ihr. Wäre es nach ihm gegangen, hätte er seine Geschäfte so schnell wie möglich erledigt und sich gleich danach aus dem Staub gemacht. Aber warum war er eigentlich so zornig? Glaubte er etwa, daß Sir Lawrence zu den Missionaren gehörte? Wohl kaum. Wenn er das angenommen hätte, wäre er gar nicht erst hergekommen. Also, was hatte er?

Fanja stand noch immer unter dem Eindruck der Freude, die das Klavierspiel ihr bereitet hatte. Ihre Finger waren steif und gefühllos geworden und hatten ihr zu Anfang nicht recht gehorcht. Sie hatte ein schlechtes Gewissen, weil sie sich in der Gesellschaft dieser Menschen so wohl fühlte. Der gepflegte Haushalt, die eleganten Kleider und die angeregte Unterhaltung gefielen ihr außerordentlich. Das Privatleben der Hausherrin ging sie nichts an. Sie war hier nur als Gast und freute sich sogar an den zierlichen Porzellantäßchen. Und warum auch nicht? Waren denn Armut und Entbehrungen ein Zweck an sich? Warum sollte sie ein bißchen Luxus nicht genießen?

«Wie kommt es, daß Sie Englisch sprechen?» fragte Lady Alice Fanja. «Lawrence hat mir erzählt, die gebildeten Leute in Rußland sprächen Französisch.»

«Meine älteren Schwestern sind nach Amerika ausgewandert, und ich wollte Englisch lernen, um mit ihnen und ihren Kindern korrespondieren zu können.»

Sir Lawrence nickte ihr anerkennend zu. «Ich hatte es sehr schwer in Rußland. Alle sprechen Deutsch oder Französisch. Wie alt sind Sie?»

«Man fragt eine Dame nicht nach ihrem Alter, Lawrence!»

«Siebzehn, Sir Lawrence.»

«Moment mal, wie alt war ich, als . . .»

«Lady Alice hat meiner Mutter einen Brief in deutscher Sprache geschrieben», fiel Imbar dem Minister ins Wort, «und da meine Mutter nur Jiddisch kann, übersetzte ihr unser

Schneider in Salotschow den Brief. Was der Schneider übersetzte, hörte sich so ähnlich an wie das Jiddisch von Salotschow, und meine Mutter war überzeugt, daß ich mich in guten Händen befände.»

«Die Massenauswanderung nach Amerika ist ein Unglück!» rief Sir Lawrence. «Ich verstehe eure Führer nicht! Wenn sie wenigstens einen Teil der Juden nach Palästina abzweigen würden! Ich weiß, daß die Führer der CHOWEWEJ ZION den KOL ISRAEL CHAWERIM-Verband in Paris und die AGUDAT ACHIM in London anflehen, wenigstens einen kleinen Teil der Juden, die Schutz vor Pogromen suchen, herzuschicken, aber die unterstützen ausgerechnet die Auswanderung nach Amerika. Warum nur?»

«Wir wollen unseren Boden verkaufen», sagte plötzlich Jechiel mit lauter und fester Stimme. Fanja mußte lachen und entschuldigte sich eiligst bei Lady Alice.

«Verzeihen Sie, daß wir beim Tee über Geschäfte sprechen, aber draußen wird es schon dunkel.»

Jechiel übergab Oliphant die Verkaufsurkunden.

«Dies ist unser Besitz in Jauni, Sir Lawrence. Insgesamt etwa hundertfünfzig Dunam.»

«Aber warum? Wo wollen Sie hin?»

«Herzli!» sagte Oliphant scherzend zu Imbar, «wären sie denn zu mir gekommen, wenn sie die Absicht hätten, den Ort zu verlassen? Jeder weiß, daß die Ansiedlung im Bezirk Gilead der Traum meines Lebens ist. Nein, sie wollen verkaufen und dort wohnen bleiben. Stimmt das?»

«Ja.»

«Ich habe gehört», sagte Sir Lawrence, «daß Juden aus Jerusalem sich in Um Labass angesiedelt haben, nachdem die früheren Siedler den Ort vor vier Jahren verlassen hatten. Hoffentlich wird der zweite Versuch – hier, wie auch dort – erfolgreicher sein als beim ersten Mal.»

«Rabbi Pines unterstützt sie», sagte Imbar.

«Die sitzen an der Quelle», sagte Jechiel. «Auch wir haben Rabbi Pines um Hilfe gebeten und keine erhalten.»

«Schauen Sie her, junger Mann», sagte Sir Lawrence zu Jechiel. «Ich kann Ihnen fünfundsiebzig Napoléons für Ihr Grundstück geben. Fünfzig jetzt und fünfundzwanzig, wenn der Verkaufsvertrag unterschrieben ist. Wer hat den Kaufvertrag unterschrieben?»

«Ich.»

Einen Augenblick lang hörte Fanja nicht, was gesprochen wurde. Es war, als sei sie taub. Vor Freude wurde ihr ganz schwindelig. Es würde wieder Brot im Hause sein. Sie würde nachts wieder schlafen können!

«Sie bleiben auf Ihrem Land», sagte der Minister, «Sie werden pflügen, säen und ernten. Mir ist es eine Ehre, zur Verwirklichung des Traumes der Wiederkehr nach Zion beizutragen. Sie fühlen sich sicherlich verlassen. Aber noch viele Geschlechter werden sich an euch erinnern, an die ersten jüdischen Bauern nach zweitausend Jahren!»

«Bitte, Lawrence, predige nicht», bat Lady Alice.

Fanja mußte sich beherrschen, um nicht zu lachen. Sogar in Jechiels Augen zeigte sich ein gefährliches Blitzen. Fanja fing den Blick auf, den Imbar der Hausherrin zuwarf: flehend, gequält und ... voller Liebe?

«Haben Sie Vieh?»

«Nein.»

«Kein Vieh?» wunderte sich der Minister. «Wie wollen Sie dann den Boden düngen?»

«Wenn es regnet, kaufen wir Schafdünger.»

Der Minister blickte Jechiel zögernd an. Ob er die Abmachung wohl bereute?

«Nach dem Gesetz sind Sie als Pächter verpflichtet, mir als Eigentümer des Bodens den *Kissam* zu erstatten, das heißt, mir einen Teil der Ernte abzugeben. Das verlange ich nicht. Trotzdem stelle ich eine Bedingung: Wenn Einwanderer kommen und sich in Gai Oni ansiedeln wollen und nicht genug Boden für sie da ist, müßt ihr ihnen einen Platz auf eurem Land zur Verfügung stellen. Vielleicht wird das gar nicht notwendig sein. Vielleicht kommen wirklich Juden aus Rumänien mit dicken Geldbeuteln. Trotzdem mißtraue ich ein wenig der Propaganda Ihres Freundes Elieser Rokach. Er war zu eifrig bemüht, den Juden weiszumachen, dies sei das Land, wo Milch und Honig fließt.»

«Der hat leicht reden — er sitzt in Rumänien», sagte Fanja.

«Er kann nicht hierher zurückkommen», erregte sich Jechiel.

«Auch dort bringt er Nutzen», beschwichtigte Imbar die beiden. «Zwar übertreibt er ein wenig, was die reichen Ernten und die Sicherheit in diesem Lande betrifft, aber die Juden werden trotzdem kommen – aus Rumänien, aus Bulgarien und aus der Türkei. Diejenigen Juden, die sich entschließen, ins Heilige Land zu kommen, tun das nicht wegen der Fleischtöpfe. Wißt ihr, welchen Namen ihr Schiff trägt? ‹Titus!›»

Imbar spürte, daß die gute Stimmung nachließ, und bat Fanja: «Komm, Fanjitschka, spiel uns noch etwas vor!»

Jechiels Zorn schien das Zimmer zu verdunkeln. Wie sehr er doch diesen Rokach verehrte! War sie etwa eifersüchtig? Warum sollte sie? In ihren Augen war Jechiel mehr wert als tausend Rokachs, die immer nur redeten und nichts taten.

«Bitte nicht. Ich kann nicht.»

«Lady Alice liebt Chopin.»

«Vielleicht wird die Dame diesmal selbst spielen», sagte Fanja.

«Nein! Nein! Ich habe geschworen...» Die Hausherrin atmete schwer, als hätte sie bereits zuviel gesagt.

«Also los, Fanja», rief Imbar mit lauter Stimme. «Gott hat den Vögeln Flügel gegeben, damit sie am Himmel fliegen können, und uns hat er Ohren gegeben, um dir zuzuhören! Chopin!»

Wieder öffnete Fanja den hölzernen Klavierdeckel, der ein dumpfes Geräusch von sich gab. Ihre steifen Finger bewegten sich schwerfällig von Taste zu Taste und gelangten schließlich zu den Impromptus von Chopin. Langsam löste sich die Steifheit, und die weichen, herzergreifenden Klänge füllten den Raum. Sie saß kerzengerade auf dem Schemel und hielt den Blick auf die Tasten gesenkt, ihre dichten Wimpern beschatteten die Lider. Als sie geendet hatte, war es vollkommen still im Zimmer. Dann ging das Echo der Klänge im allgemeinen Händeklatschen unter.

«Du könntest die Königin der Salons in Petersburg sein! In Wien! In Paris!» rief Imbar begeistert. «Wieviel Talent und guten Geschmack du doch hast, Fanja! Erlaube mir, den

Saum deines Kleides zu küssen, meine kleine Königin, Königin des Landes Naftali!»

Bevor sie noch richtig begriffen hatte, was sich abspielte, war er vor ihr niedergekniet und zog den Saum ihres Kleides an die Lippen. Einen Moment lang waren die Beduinenhosen über den von Staub und Erde schwarzen Fußsohlen zu sehen.

«Imbar! Imbar!» protestierte Fanja lachend und sprang auf. Auch Jechiel erhob sich sofort, empört über Imbars Benehmen.

«Sie sollten sich in Ihrem Alter nicht mehr so albern aufführen», sagte die Hausherrin lächelnd zu Imbar.

Jechiel ging auf Sir Lawrence Oliphant zu und reichte ihm feierlich die Hand.

«Vielen Dank, Sir Lawrence.»

«Danken Sie nicht mir. Ohne jüdische Siedler würden alle unsere Träume in Rauch aufgehen. Auf dem Boden, den mir Kolisker und Gorochowski verkauft haben, werde ich vier Familien ansiedeln. Zwei aus Rußland und zwei aus Safed. Im Bezirk Naftali, im Bezirk Moab und im Bezirk Gilead werden Juden wohnen. Das sind öde Gegenden, und ich hoffe, wenn die Türken erst einmal sehen, wie die Juden die Einöde zum Blühen bringen, werden sie ihnen unter der Schutzherrschaft des Sultans Autonomie gewähren. Davon werden wir alle nur profitieren.»

«Lawrence! Du hältst schon wieder Vorträge! Madame Siles», wandte sie sich an Fanja, «Sie sind eingeladen, bei mir zu spielen, wann immer Sie nach Haifa kommen. Wir sind zwar im Begriff, nach Daliat al Carmel zu ziehen, aber ich hoffe, daß Sie uns auch dort besuchen werden.»

«Danke. Es war wundervoll bei Ihnen.»

«Komm, mein Krapfen, gib deinem alten dummen Verehrer einen Kuß», sagte Imbar und hielt Fanja die Wange entgegen.

Als sie das Haus verlassen hatten, blickte Fanja sich neugierig um. Die Umgebung sah anders aus als die Wohnviertel, die sie bisher hier im Land angetroffen hatte. Sie merkte sich genau, aus was für Pfählen die Zäune gebaut waren, welche Form die doppelten Fensterläden aus Holz hatten und wo

Fichten angepflanzt worden waren. Die Häuser der deutschen Kolonie bestanden aus zwei Stockwerken, waren groß, geräumig und aus Stein gebaut. Blumengärten und Grünanlagen schmückten die ausgedehnten Höfe. Zwischen den Häusern verliefen gepflegte Wege, und auf dem Hang hatten die Templer Weinstöcke in geraden Reihen angepflanzt, die sich von dem Hintergrund des Berges, der mit Gestrüpp und Unkraut bewachsen war, abhoben.

«Diese Wagen sehen eigenartig aus», sagte Fanja.

«Es gibt hier eine Tischlerei, wo sie angefertigt werden.»

«Sie sind wahrscheinlich sehr bequem. Man kann eine Menge aufladen, ohne befürchten zu müssen, daß von der Ladung etwas herunterfällt.»

«Die Deutschen fahren darin Touristen von Haifa nach Jaffa. Jetzt können sie sich aussuchen, ob sie mit dem Schiff fahren wollen oder mit den Wagen der Templer.»

«Aber wie kommen sie durch die Stadttore?»

«Man hat die Tore verbreitert.»

«Speziell für die Wagen?»

«Die Mauern waren ohnehin schon recht baufällig.»

«Werden wir dann auch mit so einem Wagen nach Gai Oni fahren können?»

«Was hast du denn heute nur gehabt?» rief er plötzlich wütend und blieb vor ihr stehen. Einen Augenblick fürchtete sie, er würde ihr eine Ohrfeige versetzen.

«Was? Was denn?»

«Wir sind doch im Wagen von Adis gekommen.»

«Ich habe doch nur einen Wunsch geäußert. Ich weiß, womit wir gekommen sind.»

«Schäm dich!»

«Warum denn? Was habe ich denn getan?»

«Du hast dich benommen wie … Diese ganze Küsserei, und dieser besoffene Lüstling Imbar.» Jechiel spuckte den Namen aus wie etwas Unreines.

Fanja war so zornig, daß sie sich fürchtete, etwas zu sagen, aus Angst, es könnte Jechiel noch mehr verletzen. Eine Weile lief sie neben ihm her wie mit verschleierten Augen, ohne etwas zu sehen. Sie gingen jetzt durch schmale Gassen, zwischen niedrigen Häusern mit flachen Dächern, aus Stein oder

Schlamm gebaut. Fanjas nackte Füße streiften den Abfall, der überall lag, und sie ekelte sich vor der Berührung mit dem glitschigen Zeug. Ihre Kehle war wie zugeschnürt, als würde sie von einer unsichtbaren Hand gewürgt. Zahlreiche Menschen drängten sich in der engen, übelriechenden Gasse zwischen trachomkranken Kindern und Hunden, die im Dreck wühlten. Safed mit seinen schmutzigen Straßen wirkte im Vergleich mit diesem Viertel wie eine Ansammlung von Palästen. In einer der Nischen an der Wand saßen ein paar Männer auf niedrigen Holzschemeln, blickten müde von ihren Wasserpfeifen auf und musterten Jechiel und Fanja.

«Was ist das hier?» fragte Fanja.

«Chart al Jahud.»

«Werden wir hier übernachten?»

«Ja.»

Kurz darauf blieb Jechiel plötzlich stehen. «Oliphant hat viele Feinde», erklärte er. «Der Sultan Abdul Hamid glaubt, daß er von den Engländern geschickt ist, um die Türken aus dem Land zu drängen. Die Karmelitermönche, denen die meisten Ländereien in der Umgebung von Haifa gehören, hassen ihn, weil er die Templer unterstützt. Die Juden verdächtigen ihn, ein Missionar zu sein. Ich hasse ihn nicht, noch mißtraue ich ihm oder fürchte mich vor ihm. Er ist schon ein eigenartiger Kauz, das stimmt, aber ich denke, er meint es gut. Trotzdem wäre es besser, wenn wir niemandem erzählen, daß wir ihn besucht haben.»

Schweigend gingen sie weiter, bis sie an eine weitere Nische in der Mauer gelangten. Jechiel wandte sich an einen älteren dickleibigen Mann mit rotem Haar, der vor dem Eingang zu einem der kleinen Gewölbe saß. Der Mann trug einen gestreiften Kaftan mit breitem Gürtel und auf dem Kopf einen *Tarbusch*. Als er Jechiel erblickte, stand er auf und ging auf ihn zu. In der Nische standen Säcke mit Graupen, die nach Staub rochen. Jechiel und der rothaarige Mann umarmten sich mehrmals, und erst dann erinnerte sich Jechiel an Fanja, die hinter ihm stand.

«Fanja, dies ist Mussa Adis, ein Vetter zweiten Grades von mir. Mussa, dies ist meine Frau Fanja.»

Der Rothaarige lächelte sie freundlich an. «Meine herzlichen Glückwünsche, auch wenn sie zu spät kommen! Kommt, gehen wir zu mir nach Hause.»

«Nein, du bleibst im Geschäft. Wir können allein gehen», protestierte Jechiel.

Mussa Adis klatschte in die Hände. Ein Knabe kam aus dem Hof gelaufen und setzte sich vor den winzigen Laden.

Drei steile Steinstufen führten zu einem eisernen Tor mit einem vergitterten Fenster in der Mitte. Am Tor hing ein Klopfer, geformt wie eine Faust. Innen war ein kleiner viereckiger Hof zu sehen. Der Lärm der Straße war hinter den Mauern nicht mehr zu hören. Mussa öffnete eine der Türen und rief: «Alegra! Besuch!»

Im Zimmer herrschte kühle Dunkelheit. Wollteppiche bedeckten die Steinbänke. Zwiebel- und Knoblauchbüschel waren an den Fenstern und Türrahmen aufgehängt. Die Hausherrin, eine rundliche kleine Frau, saß am Fenster und nähte. Sie hielt einen türkischen Kaftan in der Hand, neben ihr auf einem Schemel lagen eine türkische Uniformhose und ein weißer Talar mit Goldstickerei, wie ihn die Scheichs trugen. Das werde ich auch tun! dachte Fanja voller Freude, die gleich darauf wieder gedämpft wurde: sie konnte ja nicht nähen. Und bis sie es lernen würde – wovon sollten sie sich ernähren? Und wie würde sie es lernen? Sie mußte eine andere Lösung finden. Aber was? Was? Vielleicht sollte sie Graupen verkaufen wie Mussa Adis? Nein, Handel war Männersache. Aber warum eigentlich? Diese Beschäftigung erschien ihr sogar noch einfacher als die Tätigkeit seiner Frau Alegra.

Alegra deckte den Tisch und servierte ihnen schwarze Linsensuppe, dick wie Brei und nach Knoblauch duftend. Während des Essens erzählte sie von ihren Söhnen und Enkeln. Sie berichtete von den alten Zeiten, als die Kinder klein gewesen waren und sie noch in Safed gelebt hatten, in Jechiels Elternhaus. Am *Lag Beomer*-Fest versammelte sich die ganze Familie in Miron, und am Laubhüttenfest fuhren sie alle nach Tiberias, im See baden. Jechiel hatte sehr an seinem Vater gehangen und war ihm nicht von der Seite gewichen, außer zum Ringkampf mit ihrem Sohn Amram. Die Brüder und Vettern der beiden teilten sich in zwei Lager, und jeder feuerte seinen Kämpfer zu größeren Leistungen an. Einmal, als die Kinder zehn Jahre alt waren und von einem solchen Familientreffen zurückkehrten, hatte Jechiel einen Riß übers ganze Gesicht und Amrams Fuß war gebrochen.

Jetzt war Fanja klar, woher Jechiel die tiefe Narbe auf der Wange hatte. Sie versuchte ihn sich als Kind vorzustellen, an der Hand seines Vaters. Aber Alegra erzählte von einem anderen Jechiel, von einer anderen Welt, an der sie nicht teilhatte. Scheinbar erzählte Alegra diese Geschichten, um sie der Familie näherzubringen, aber der Ton besagte ganz deutlich: Was hat eine Fremde wie du hier bei uns zu suchen? Doch Jechiels Nähe verlieh Fanja ein Gefühl der Sicherheit, und sie begann einzunicken. Die eintönige Stimme, die ohne Unterlaß erzählte, die heiße Suppe, die Erlebnisse des Tages – all das hatte sie erschöpft und schläfrig gemacht. Als sie die Augen aufschlug, blickte sie in das beleidigte Gesicht von Alegra.

«Sie ist eingeschlafen», sagte Jechiel.

«Kommt.» Alegra erhob sich. «Viel Platz haben wir nicht, aber zufällig ist das Zimmer von Amram gerade frei. Gestern ist er nach Akko gefahren, um Ware abzuholen, die aus Ismir angekommen ist. Manchmal, wenn wir Glück haben, ist kein Platz im Hafen von Akko, so daß die Schiffe bis nach Haifa kommen müssen. Immer diese Fahrten! Ich werde keine Ruhe haben, bis Amram wieder zurück ist. Hier», sagte sie zu Fanja. «Und morgen früh erzählst du mir ein bißchen von dir.»

Amrams Zimmer war lediglich eine steinerne Nische mit einer schmalen Öffnung an der Decke. Fanja beobachtete, wie die kleine dickliche Frau den Teppich von dem steinernen Bett abhob, die Matratze mit einem hellen Laken bezog, die Kissen ausklopfte und eine Decke über das Bett breitete. Jechiel kam mit einer Schüssel Wasser ins Zimmer, gefolgt von Mussa Adis, der ihm ein Stück Seife nachtrug. «Aus der deutschen Fabrik», erklärte er. «Die stellen eine ausgezeichnete Seife her, die auch nach Amerika ausgeführt wird. Das Wasser könnt ihr nachher auf die Straße schütten.»

Fanja stand wie versteinert da und blickte ihre beiden Gastgeber an, die, ohne es zu wissen, ihre Brautführer geworden waren. Was würde jetzt geschehen? Das einzige Bett war nicht sehr groß. Was sollten sie tun?

«Komm schlafen, Fanja», sagte Jechiel, nachdem Mussa und Alegra sich von ihnen verabschiedet hatten. Er blies die Lampe aus. Bunte Punkte tanzten vor ihren Augenlidern. Sie hörte, wie das Wasser in den eisernen Eimer gegossen wurde. Plötzlich spürte sie Jechiels Nähe und öffnete wieder die Augen. Er nahm ihr das Kopftuch ab, und das Haar fiel ihr in dicken Strähnen über die Schultern. Sie saß reglos da, während er ihr den Rock aufknöpfte, jede Berührung seiner Finger brannte auf ihrer Haut wie Feuer. Auf ihrem einsamen Lager in Gai Oni hatte sie sich nachts nach ihm gesehnt, und jetzt war sie vor Angst wie versteinert. «Wenn du es dir anders überlegst, sag mir Bescheid», hatte er damals zu ihr gesagt, als sie ihn abgewiesen hatte. Seitdem hatte sie sich dutzende Male gewünscht, bei ihm zu sein. Wenn sie ihm nur erklären könnte, daß sie nicht *ihn* abgewiesen hatte. Daß sie ihm von ihrer Vergangenheit erzählen mußte, bevor er sich ihr näherte. Damit er später nicht sagen konnte, sie hätte ihn betrogen. Aber die Worte waren ihr immer wieder in der Kehle steckengeblieben und nie ausgesprochen worden.

Sie spürte die sanfte Berührung seiner Finger auf der Haut, als er die Bänder ihrer Bluse löste, zart, wie das Streicheln von Schmetterlingsflügeln, und trotzdem brannte ihr Körper in der Erinnerung an «jene Hände», die sie unbarmherzig gestoßen und geschlagen hatten. Ich bin doch so müde, dachte sie, und habe solche Angst, mein Gott, hab Erbarmen, ich liebe ihn doch!

Tränen liefen ihr die Wangen hinunter, sie hielt sich an seinen Armen fest, stand auf und lehnte sich an ihn, am ganzen Körper zitternd.

«Bitte, Jechiel – nicht.»

«Ich weiß, daß dir Imbar lieber wäre! Aber dein Mann bin *ich*! Ich!»

Seine Lippen hafteten an ihrem Mund, fordernd, unerbittlich, mit seinen starken Händen drückte er sie an sich, und seine Finger krallten sich in ihrer Schulter fest.

«Nein!» Der Schrei entrang sich ihrer Kehle, während ihr

Herz flehte: Nicht so! Nicht im Zorn, bitte, ich bin schon genug getreten worden!

Er lockerte seinen Griff, hielt sie aber weiterhin fest. Fanja rührte sich nicht von der Stelle, die Knie schlotterten ihr, sie schmiegte sich an ihn und fürchtete sich gleichzeitig vor ihm, zitternd vor ungeahnter Leidenschaft. Jechiel strich ihr eine Haarsträhne aus dem Gesicht und bedeckte ihren Nacken mit wilden, zärtlichen Küssen. «Fanja! Fanja!» flüsterte er und streichelte ihren kräftigen jugendlichen Körper. Er war von einer Weichheit, die sie an ihm nicht kannte. So würde er sein, sagte sie sich, wenn er ein junger Mann ohne Sorgen wäre. Er hätte die Herzen aller jungen Mädchen in Petersburg gebrochen, mein schwarzer Prinz. Ein Schauer lief ihr den Rücken hinunter.

«Weinst du?» fragte er, als ihre Tränen auf seine Handflächen tropften.

«Ich ...» Sie wollte sagen: Ich weine vor Glück, Liebster, aber die Worte stauten sich in ihr und wollten nicht kommen, und Jechiel verstand ihre Tränen ganz anders. Plötzlich stieß er sie von sich, und bevor sie noch begriff, was er tat, ging er aus dem Zimmer, machte die Tür leise hinter sich zu und verschwand in der Nacht.

Sie wollte ihm nachrufen, unterließ es aber, um ihre Gastgeber im Nebenzimmer nicht zu wecken. Das kleine Zimmer war plötzlich leer und kalt. Die Nachtluft drang durch das gelbe Gitterfenster herein. Noch vor einer knappen Stunde war sie vor Müdigkeit fast eingeschlafen, aber jetzt fühlte sie sich hellwach. Ein Esel gab traurige Schreie von sich, und in der Ferne fluchte jemand. Die Gerüche der Straße stiegen ihr in die Nase, jene typische Mischung von Abwasser und orientalischen Gewürzen.

Wo war Jechiel? Warum kam er nicht zurück? Wollte er etwa zu dieser Nachtstunde die Gassen der Stadt durchstreifen? Zwar hatte sie von den guten Beziehungen gehört, die zwischen Moslems und Juden in Haifa herrschten, aber dreißig jüdische Familien waren nur eine kleine Minderheit im Vergleich zu sechshundert moslemischen Familien, die das Viertel bevölkerten. Und eine Minderheit ist nirgends ihres Lebens sicher. Vielleicht sollte sie Mussa Adis wecken und ihn bitten, Jechiel zu suchen? Sie schlug sich den Gedanken sofort wieder aus dem Kopf, als sie sich den wütenden Blick von Jechiel vorstellte.

Wie würde es weitergehen? Sie dachte daran, wie seine Lippen ihren Körper berührt hatten. Er hatte in ihr die alte Angst gespürt, die Angst, die sie nicht beherrschen konnte, er wußte nicht und begriff nicht, warum sie sich fürchtete. Er bildete sich ein, daß sie Imbar liebte. Wie konnte er nur so etwas denken! Stand ihre Liebe für Jechiel ihr nicht im Gesicht geschrieben? Sprach sie nicht aus jeder ihrer Bewegungen? Verrieten ihre Hände sie nicht, wenn sie eines seiner Hemden zusammenfaltete? Oder wenn sie ihm sein Essen vorsetzte? Sie liebte ihren Mann und hatte doch solche Angst! Einen Augenblick lang hatte es ausgesehen, als würden sie ihr Bett teilen, aber dieser Augenblick war vergangen, als sei er nie dagewesen.

Fanjas Herz war voller Traurigkeit, nicht nur für sich selbst und für Jechiel. Ihre Traurigkeit erstreckte sich auf alle Wesen, die sie liebte. Sie bemitleidete die drei barfüßigen Kinder, die wie die Wilden aufwuchsen und nichts als Not und Entbehrung kannten. Sie bemitleidete ihren alten Onkel, der sie auf ihrer verrückten Reise ins Heilige Land begleitet hatte und der ohne Verwandte oder Freunde allein in einer fremden, orientalischen Stadt zurückgeblieben war. Sie bemitleidete ihren Bruder, der sich in einer dunklen Hütte versteckte und vor Angst zitterte. Sie bemitleidete Riva Frumkin, ihre gute Nachbarin, die krank in ihrer Lehmhütte lag, mit gelbem Gesicht, und verzweifelt an alle Versprechen glaubte ... wie gern sie ihnen allen helfen würde: sie nähren, kleiden und heilen, sie in ihre Arme schließen und trösten!

Ich bin die unglücklichste Frau auf der ganzen Welt, dachte Fanja. Und was, wenn wieder ein Jahr Trockenheit über sie hereinbrechen würde? Was, wenn das Geld, das sie von Oliphant erhalten hatten, ausgegeben war? Morgen würde sie wieder an ihre Schwestern schreiben und sie bitten ... Ja, sie mußte sich etwas einfallen lassen, etwas, das ihr ein sicheres Einkommen versprach. Wenn sie nur eine Beschäftigung finden könnte, die sowohl ihr wie auch der Allgemeinheit Nutzen brächte, wenn sie mit etwas handeln würde, das die Menschen unweigerlich benötigten. Aber was konnte man dieser rückständigen, verschmutzten, kranken Bevölkerung schon verkaufen? Da erinnerte sie sich plötzlich an das Fläschchen mit der Medizin gegen Trachom. Das war es! Medikamente! Gegen Trachom, Malaria, Typhus, Ausschlag... Das Angebot der hiesigen Apotheker war knapp: Chinin gegen Malaria, Rizinusöl gegen alle Magen- und Darmkrankheiten, kalte Umschläge gegen Typhus. Andere Krankheiten waren in ihrem Register nicht aufgeführt. Sie würde sich von ihren Schwestern die Medikamente schicken lassen und später den Gewinn mit ihnen teilen. Medikamente nahmen nicht viel Platz weg, sie waren leicht zu transportieren, und der Absatz war gesichert. Nur die Beförderung mußte sie sich genau überlegen, damit ihre Pläne nicht daran scheiterten. Der türkischen Post würde sie ihre Waren unter keinen Umständen anvertrauen. Erst heute hatte sie auf dem Platz vor der Moschee gesehen, wie der Postbeamte die Briefe auf dem Pflaster ausbreitete und die Passanten sich ihre Briefe oder die ihrer Nachbarn heraussuchten. Als sie Jechiel fragte, warum der Beamte den Leuten erlaubte, die ganze Post, die ihnen nicht gehörte, durcheinanderzuwühlen, hatte er ihr geantwortet, der Beamte könne nicht lesen und schreiben. «Die meisten Dienstleistungen müssen die Einwohner selbst vollziehen», hatte er erklärt. «Die wenigen guten Schulen werden von Juden und Christen geleitet. Das Gesundheitswesen in der Stadt liegt in der Hand von Engländern, Deutschen und Juden. Wer daran interessiert ist, daß seine Postsendungen an ihrem Bestimmungsort ankommen, bedient sich der österreichischen, französischen oder russischen Post. Und das tun nicht nur die siebenhundert Ausländer hier in der Stadt, sondern auch die sechstausend Einheimischen.»

Als sie die Augen aufschlug, stand Jechiel vor dem Eimer und wusch sich das Gesicht. Das Zimmer war von blau-gelbem Morgenlicht erhellt, und von der anderen Seite der Mauer war Gackern und Wiehern zu hören. Wo mochte er geschlafen haben? Wenn sie nur den Mut aufbringen könnte, ihm zu sagen, daß er ihre Tränen falsch verstanden hatte. Wenn er ihr nur sein Gesicht zuwenden und ihre flehenden Augen sehen würde.

«Ich möchte Medikamente kaufen», sagte sie.

«Bist du krank?»

Fanja mußte lachen. Beim Klang ihres Lachens durchfuhr ein Zittern seinen Körper, er drehte sich zu ihr um, wandte sich aber sofort wieder ab.

«Ich will Medikamente kaufen, um damit zu handeln. Gegen Trachom, Malaria, Fieber, Darmkrankheiten.»

«Das Geld gehört auch dir.»

«Nein! Nein!» Sie sprang auf. Ihr Haar, das er gestern mit seinen Händen zerzaust hatte, fiel ihr auf die Schultern. «Wenn du etwas anderes kaufen möchtest... Ich wollte nur sichergehen, wegen der Trockenheit.»

«Wie du willst.»

«Aber erst kaufen wir Mehl und Saat, Jechiel?»

Jechiel blickte sie nicht an und antwortete auch nicht. Er verachtet mich, dachte sie, und mit Recht. Was bin ich denn schon für eine Ehefrau?

anja saß auf «ihrem» Hügel unter den großen Nuß-
bäumen und flocht einen Strick aus Stoffetzen. Es
wehte kein Wind. Die Hitze lag über der *Chirbe*,
schwer und stickig. Bella hielt das eine Ende des
Stricks in ihren kleinen Händen. Mosche und Jekutiel, der
Enkel von Isser und Riva Frumkin, veranstalteten einen
Wettbewerb im Steinewerfen mit den kleinen Brüdern von
Miriam Alhija. Miriam selbst wiegte Tamara auf ihrem Schoß
und schaute Fanja zu. Gestern hatte sie ein altes Laken in
Streifen gerissen, und jetzt flocht sie daraus einen langen
Zopf.

Als der Strick fertig war, steckte sie Mosche das eine Ende
in die Hand, ging mit dem anderen Ende ein Stück weiter und
begann daran zu ziehen, zuerst vorsichtig, dann stärker. Die
Kinder begriffen sofort den Sinn des Spiels und begannen
Mosche anzufeuern. Danach stellte sie die Kinder in zwei ungefähr gleich starken Gruppen auf, wobei sich jedes Kind an
den Hüften des Vordermannes festhielt. Lautes Gelächter ertönte jedesmal, wenn eine der beiden Gruppen umfiel.

Fanja ging zurück zu den Nußbäumen. Durch den aufge-
wirbelten Staub hindurch blickte sie auf die spielenden Kinder. Zwei Wochen waren vergangen, seit sie beschlossen
hatte, die Kinder mit Spielen und Unterricht zu beschäftigen.
Seitdem Mordechai Lejbls Familie Gai Oni verlassen hatte,
war in der Siedlung eine Atmosphäre von Hilflosigkeit und
Verzweiflung spürbar. Von siebzehn Familien, die sich vor
fünf Jahren in Gai Oni angesiedelt hatten, waren nur die Familien Frumkin, Siles, Klir und Schwarz übriggeblieben. Und
jetzt gab es überhaupt nur noch zwei jüdische Familien. Auch
die meisten Fellachen hatten das Dorf verlassen und waren zu
ihren Verwandten in den Hauran gezogen. Außer der Familie
Alhija wohnten nur noch drei Fellachenfamilien im Ort.

Was niemand für möglich gehalten hatte, war geschehen:
Auch dieses Jahr, nunmehr das dritte in Folge, herrschte

Trockenheit. Der Boden war so steinhart, daß er auch mit Ochsen nicht zu pflügen gewesen wäre. Hunger und Sorgen spiegelten sich in den Gesichtern der Einwohner. Das Geld von Oliphant war ausgegangen, und die Zeiten, in denen sie sich satt essen konnten, waren nur noch eine dumpfe Erinnerung. Jeden Tag wachte Fanja mit demselben Gedanken auf: Heute wird sich Jechiel entschließen, hier wegzugehen. Aber Jechiel sagte kein Wort. Es war, als hätte er beschlossen, mit diesem Stück Erde unterzugehen wie weiland Samson mit den Philistern.

Allmorgendlich bei Sonnenaufgang ging sie mit Miriam Alhija auf die Felder, Ähren sammeln. Wie Ruth, die Moabiterin, dachte Fanja, aber einen Boas werde ich nie haben. Wie im Traum ging sie über das Feld, suchte mit den Augen jede Ritze und jeden Erdhügel ab, bog die trockenen Disteln beiseite. Der Schweiß klebte an ihrem Körper, sie bückte sich, richtete sich wieder auf und rief sich jedesmal ins Gedächtnis zurück: Ich bin es – Fanja Mandelstamm.

Sie selbst konnte alles ertragen, nur wenn sie die Kinder anschaute, die großen Augen und die vor Schwäche zerfallenen Gesichtchen, brach ihr fast das Herz. Vielleicht war das der Grund, daß Fanja eines Tages beschloß, eine Art Schule zu eröffnen und ihnen wenigstens etwas geistige Nahrung zuzuführen. In einer der Schubladen im Hause fand sie ein Paket Spielkarten, bedruckt mit hebräischen Buchstaben. Aus diesen setzten sie Wörter zusammen und errechneten den Zahlenwert der verschiedenen Karten. Gleichzeitig lernten auch die Fellachenkinder die hebräischen Buchstaben – schaden konnte es nicht. Beim Spielen bildeten jetzt die Jungen eine Gruppe am Strick und die Mädchen die andere. Sie wurden vorwärts gezerrt, fielen um und hielten sich mit aller Kraft am Strick fest, doch die Jungen waren älter und stärker.

Jechiel war am Vortag nach Safed gefahren, um dort das Buch *Die Sprache der Wahrheit* von Rabbi Israel Back zu verkaufen. Dieses Buch hatte ihm Elieser Rokach geschenkt, es war Jechiels kostbarster Besitz, das erste Buch, das Israel Back in Palästina gedruckt hatte. Er hatte persönlich jeden Buchstaben geschnitten und gegossen. Das Buch wurde im ersten Jahr nach Rabbi Israels Ankunft in Palästina im Jahre 1832 veröffentlicht und trug die Aufschrift: *Obergaliläa, heilige Stadt, fertiggestellt unter der Regierung unseres Herrn des mächtigen Ministers Mohamad Ali Pascha.* Die Bücher des Verlegers aus Safed wurden überall im Ausland mit Begeisterung aufgekauft, und die Druckerei zog auch viele Touristen an, die das Wunder von Galiläa mit eigenen Augen sehen wollten. Die guten Zeiten währten acht Jahre. Als Mohamad Ali abgesetzt wurde, zerstörte man das Haus von Rabbi Israel Back, auch die Druckerei wurde vernichtet, aus Gebetsriemen machte man Zügel für Pferde, und von den kostbaren Büchern, den galiläischen Büchern, blieben nur noch Fetzen übrig, die im Winde verwehten. Wie durch ein Wunder waren einige Exemplare in den Händen der Familien Frumkin und Rokach geblieben.

Fanja, die gesehen hatte, wie schwer es Jechiel fiel, das Buch aus der Hand zu geben, versuchte ihn dazu zu bringen, es nicht zu verkaufen. «Das Leben der Kinder ist wichtiger», sagte er eigensinnig. Schließlich versprach er, das Buch nicht zu verkaufen, sondern es als Pfand bei Lea zu lassen, damit es wenigstens in der Familie blieb. Sobald die bestellten Medikamente endlich ankamen, konnte Fanja das Buch auslösen. Aber die Wochen vergingen, und von ihren Schwestern kam keine Nachricht. Es war, als seien sie von der ganzen Welt vergessen. Wir könnten alle sterben, ohne daß auch nur ein Mensch davon weiß, dachte Fanja.

Nachts lag sie wach und lauschte dem Heulen der Schakale, dem Rascheln von Raupen und Kriechtieren und dem Ächzen der Möbel, die sich in der Hitze verzogen, und dachte: Wenn ich jetzt nur in Jechiels Armen liegen könnte! Er ist mir so nahe und gleichzeitig so fern ...

Tage vergingen, ohne daß sie mit einem Menschen ein Wort wechselte. Ein sinnvolles Wort. Ein freundliches Wort. Manchmal holte sie irgendein Buch aus ihrem Kasten, aber ihr Magen knurrte, und die Buchstaben tanzten ihr vor den Augen in einem Geistertanz von Hunger und Einsamkeit. Manchmal stand sie im Hof und schaute zur Hütte hin. Wenn sie wenigstens mit ihrem Bruder sprechen könnte. Aber Lolik lebte sein geheimnisvolles Hüttenleben in der stummen Abgeschiedenheit des Verrückten. Hatte der Hunger seine

Kräfte aufgezehrt? Vielleicht würde die Zeit ihm Heilung bringen. Manchmal erinnerte sie sich an ihre Kindheit, an die Schule, an die große fröhliche Familie, an die Benzoebäume in den kleinen Straßen, an den Musikunterricht. All das erschien ihr jetzt wie ein längst vergangener Traum. War es Wirklichkeit gewesen? Oder hatte es all das nie gegeben?

Von Zeit zu Zeit warf Fanja einen Blick auf den Fußweg, wo Jechiel bald auftauchen würde. Von Maajan Abu Chalil – der Quelle von Abu Chalil – war nur ein Riß in der dunklen Erde übriggeblieben. Die Beerensträucher waren vertrocknet und hatten einem dichten Gestrüpp von Disteln, überwuchert von Spinnweben, Platz gemacht, das den Zugang zur Quelle erschwerte. Endlich bemerkte sie eine Bewegung weiter unten am Hang, aber es war nicht Jechiel. Es war Rivka, die sich mit ihrer müden Stute langsam und gemächlich den Berg hinaufschleppte. Sogleich fühlte sich Fanja irgendwie bedroht. Das Mädchen erweckte in ihr stets das Gefühl eines herannahenden Unglücks. Als sie auf kurze Entfernung herangekommen war, warf sie ihren Zopf über die Schulter und rief: «Mosche! Bella! Kommt eure Tante begrüßen!»

Sie hielt ein lilafarbenes Zuckerrohr in der Hand und zog ein Messer aus der Tasche, mit dem sie zwei Stückchen davon abschnitt und den beiden Kindern reichte. Aber die Kleinen steckten das Zuckerrohr nicht in den Mund; es war ihnen unangenehm vor den anderen Kindern. Fanjas Magen verkrampfte sich plötzlich, als hätte man sie mit der Faust hineingeschlagen, und das Wasser lief ihr im Mund zusammen. Dennoch war sie sehr stolz auf Mosche und Bella.

«Schneide doch den anderen Kindern auch Zuckerrohr ab», sagte sie.

«Das habe ich für Mosche und Bella mitgebracht», erwiderte Rivka. Ihr Blick wurde abweisend. «Was soll das? Bin ich denn verpflichtet, all diese Kinder zu versorgen? Und was ist das hier?» Sie riß einem der Kinder eine Karte aus der Hand, auf der der Buchstabe B aufgedruckt war.

«Ich bringe ihnen das Alphabet bei.»

«Mit den Karten von Rabbi Israel? Bist du wahnsinnig?»

«Was? Was denn?» stammelte Fanja. «Das habe ich nicht gewußt...»

«Du hast es nicht gewußt», höhnte Rivka zornig. «Was weißt du überhaupt?»

Sie nahm den Kindern die restlichen Karten weg, die sie ihr erschrocken hinhielten.

«Rabbi Israel hat diese Karten hier in Jauni für die Sammler nach der Ernte gedruckt. Die Backs hatten immer eine reichliche Ernte.» Sie warf Fanja einen vorwurfsvollen Blick zu, als sei sie schuld daran, daß der Regen ausblieb. «Wo hast du die Karten gefunden?»

«Zu Hause in einer Schublade.» Ein entschuldigender Tonfall lag in ihrer Stimme, und sie ärgerte sich über sich selbst. Rivka haßt mich, dachte sie, weil sie Jechiel liebt.

«Jechiel hat Mehl und auch Öl mitgebracht», fuhr Rivka fort. «Er ist zu Hause. Mosche! Bella! Wollt ihr auf der Stute reiten?» Dann sagte sie zu Fanja: «Ist dir nicht aufgefallen, daß nur sechs Karten da waren?»

«Ich dachte, die anderen seien verlorengegangen.»

«Nein. Es gab nur eine Karte für jeden Wochentag.»

«Schneide für alle Kinder Zuckerrohr», verlangte Fanja, aber ihre Stimme zitterte. Rivka antwortete ihr nicht. Sie hob Mosche und Bella auf den Rücken der Stute. Fanja fühlte, daß sie es jetzt mit Rivka nicht aufnehmen konnte. Warte nur, nahm sie sich insgeheim vor, mit dir werde ich noch abrechnen! Ob Rivka wohl Jechiel im Hause ihrer Schwester in Safed getroffen hatte, oder hatte sie ihn schon von Ejn Sejtim aus begleitet? Vielleicht war sie es, die zwischen ihm und ihrer Schwester vermittelte? Rivkas Familie in Ejn Sejtim hatte auch sehr unter der Trockenheit gelitten, und jetzt ließen sie sich von ihrer Tochter Lea unterstützen, die ihren Teil der *Chaluka* ausgezahlt bekam. Die Trockenheit war für die Juden in Safed ein Zeichen Gottes dafür, daß sie im Recht waren. Nicht zufällig war Jechiel im Morgengrauen aufgebrochen. Wie ein Dieb in der Nacht schlich er sich nach Safed hinein, um seine Not nicht öffentlich zeigen zu müssen und sich zum Gespött seiner Feinde zu machen.

Jechiel erwartete sie an der Haustür, sein dunkles Gesicht wirkte müde und leblos.

«Ich habe Lebensmittel mitgebracht.»

«Ja. Ist Rivka mit dir nach Safed gefahren?»

«Ihre Stute ... Warum hast du ihr die Karten gegeben? Ich will mich nicht von allen Familienandenken trennen.»

«Ich habe sie ihr nicht gegeben.»

«Hat sie sie dir mit Gewalt abgenommen? Und warum hast du den Kindern nicht erlaubt, von dem Zuckerrohr zu essen, das ich ihnen geschickt habe?»

Fanja antwortete nicht. Kochend vor Wut ging sie an Jechiel vorbei ins Haus. Auf dem Fußboden standen ein Sack Weizen, ein Kanister Öl, Zwiebeln, Oliven – ein Schatz! Sie beeilte sich, im *Tabun* Feuer anzuzünden, trug die Lebensmittel in die Vorratskammer, holte sich, was sie brauchte, und begann Teig zu kneten. Auf einmal waren ihre Kräfte zurückgekehrt. Jechiel kam herein und sah ihr zu.

«Du bist eine richtige Fellachenfrau geworden.» Kam es ihr nur so vor, oder glitt ein Lächeln über sein Gesicht? «Bist du böse?»

«Es waren noch andere Kinder dabei, die Hunger hatten», rief sie zornig. «Rivka hat mir nicht gesagt, daß das Zuckerrohr von dir war, und sie hat mir nicht erlaubt, es zu verteilen!»

«Schon gut, schon gut. Mosche und Bella werden es ihren Freunden bringen. Du wirst schnell wütend, Fanja.» Diesmal lächelte er wirklich. «Ich habe heute in Safed eine gute Nachricht gehört. Die dreißig Familien aus Rumänien sind schon unterwegs. Sie haben fast den ganzen Boden in Jauni gekauft. Zweitausendfünfhundert Dunam Ackerland, und außerdem noch Weideland.»

«Ackerland?»

«Die Trockenheit wird nicht ewig andauern.»

«Diesen Satz höre ich, seit ich hier angekommen bin.»

«Tut es dir leid?»

«Nein. Warum kommen sie ausgerechnet hierher?»

«Du weißt doch, Elieser Rokach hat sie überredet.»

«Und wann kommen sie an?»

«Noch vor Neujahr. Wer weiß, vielleicht wird der Traum von Rabbi Israel in Erfüllung gehen, und in Galiläa werden zweihundert jüdische Dörfer entstehen.» Fanja wurde von seiner Begeisterung angesteckt. Die Vorzeichen waren günstig: Es war Essen im Haus, und bald würden noch mehr Juden ankommen, noch nicht müde vom ständigen Kampf ums

Überleben, und ihnen einen Teil ihrer Last abnehmen. Kein Hunger mehr, keine Einsamkeit mehr! Sie würde ihnen zur Begrüßung ein großes Schild malen und den Kindern ein Lied beibringen, das sie zum Empfang singen würden. Vielleicht Imbars neuestes, *Hatikva*. Dafür gab es schon eine Melodie.

«Ich werde ein wenig Mehl aufheben und sie bei ihrer Ankunft mit Brot und Salz empfangen. Damit sie sehen, daß Bauern genügend Brot haben.» Sie lachte.

«Was hält dich eigentlich hier?» fragte Jechiel plötzlich.

Fanja war überrascht. Sie zögerte einen Moment und sagte dann: «Purer Trotz!»

Das Schicksal wollte es, daß die Juden, die aus Moineschti nach Gai Oni kamen, nicht mit Brot und Salz empfangen wurden. Fanja kam vom Sammeln auf dem Feld zurück, die Stofftasche um die Hüften gebunden und mit Tamara auf dem Arm, als sie von weitem Gesang hörte. Vor Aufregung versagten ihr die Beine fast den Dienst. Es war *Schir Hamaalot*, das Lieblingslied ihres Vaters. Er pflegte es am Sabbat nach dem Mittagessen zu singen, während er die Brotkrumen auflas, die auf der Tischdecke liegengeblieben waren. Und jetzt hörte sie das Lied in der Ferne, laut gesungen, klangvoll. Fanja begann in Richtung des Dorfes zu laufen, das Kind auf der Schulter.

Schon von weitem konnte sie sie erkennen: Juden. Viele Juden. Vielleicht hundert! Oder mehr! Nicht die Juden des Heiligen Landes, aus Tanger, aus Ismir oder aus Safed, sondern Juden von zu Hause. Fanja erschrak vor all dieser plötzlichen Freude – es war, als wären ihr Vater und ihre Mutter vom Himmel herabgestiegen, um die schwere Last von ihren jungen Schultern zu nehmen. Sie verschlang die Leute mit den Augen: die schwarzen Anzüge, die Wollkleider – offenbar war auch zu ihnen das Gerücht gedrungen, wollene Kleider hielten die Malaria fern . . .

Die Neuankömmlinge gingen zwischen den Häusern umher und blickten in die Höfe, ein paar waren schon oben auf dem Hügel. Fanja überlegte, wie das Dorf wohl auf die Neuankömmlinge wirkte, die ärmlichen Lehmhütten, die schwarzen Zelte der Hirten. Sie spürte den gleichen heißen Wind auf ihrer Haut wie diese Leute, der gleiche Staub füllte ihre Lungen. Die Neuen untersuchten alles und jedes, als gehörte es ihnen, und Fanja erinnerte sich daran, daß sie in der Tat den Grund und Boden gekauft hatten. Ihr Herz klopfte vor Angst, sie könnten wieder davonlaufen.

Vor ihrer Haustür begegnete sie zwei Frauen mit Kopftüchern, die vom Hof kamen. Fanja lächelte ihnen zu. Offenbar hatten sie die Tür zur Hütte nicht geöffnet, sonst wären sie vor Lolik davongelaufen wie ein paar aufgescheuchte Hühner.

«Wie die aussieht – Gott soll uns schützen!» sagte eine von den beiden zur anderen auf jiddisch und erwiderte Fanjas Lächeln.

«Menachem Mendel sagt, daß sich die Araber jetzt ihren Familien in Syrien anschließen werden.»

Die halten mich tatsächlich für eine Araberin! dachte Fanja und senkte den Kopf, um ihr Gesicht zu verbergen. Sie ging ins Haus und beschloß, den Mund zu halten. Wenn die beiden wüßten, daß sie eine Jüdin aus der Familie Mandelstamm vor sich hatten, würden sie sich schleunigst aus dem Staube machen. Trotz allem, was man sich über die rumänischen Juden erzählte, machten diese zwei Frauen einen rechtschaffenen Eindruck. Vielleicht konnte sich Fanja bei ihnen als Wäscherin oder Kindermädchen verdingen.

Rot vor Scham beschloß sie, ihre schmutzigen Kleider abzulegen. Immer wieder klang es ihr in den Ohren: «Wie die aussieht – Gott soll uns schützen!» Sie betrachtete sich im Spiegel, etwas, was sie seit Wochen nicht mehr getan hatte. Die beiden hatten ja recht! Und bestand sie nicht nur noch aus Haut und Knochen? Schmutzig und krank vor Hunger und Sorgen. Aber jetzt, da die Neuen hier waren, würde alles anders werden. Sie würden eine einzige große Familie bilden, sich gegenseitig helfen und ihren Brüdern in der Not beistehen. Daß ausgerechnet ich auf die Hilfe anderer angewiesen bin, dachte sie, ich – die ich in einem Hause aufgewachsen bin, wo immer nur *gegeben* wurde ... Wenn es nur bald regnen würde, damit die Neuen nicht das gleiche durchmachen mußten wie sie selbst. Juden waren ins Dorf gekommen, und von jetzt an, von jetzt an war es unmöglich, daß alles so weitergehen würde wie bisher.

Fanja schleppte eine Wanne mit Wasser ins Zimmer, und nachdem sie Türen und Fenster geschlossen hatte, zog sie eiligst die abgewetzten Beduinenhosen und das zerschlissene Kleid aus. Die Beduinenkleidung war ein Symbol für die Veränderung in ihrem Leben. Wie froh war sie gewesen, als sie anfing, diese Kleider zu tragen – richtig stolz! Und jetzt, zum erstenmal, zögerte sie. Denn mit dieser Wende in ihrem Leben hatte sie sich dem Lebensstandard der Fellachen angepaßt, hatte gelernt, genügsam zu sein. Es bestand kein wirklicher Kontakt zwischen den Fellachen in Jauni und den jüdischen Siedlern, doch immerhin lebten sie im selben Dorf, auf demselben Boden und hoben die Augen zum selben Himmel. Aber es gab einen großen Unterschied: Die jüdischen Siedler – oder wer von ihnen noch übrig war – hatten sich aus idealistischen Motiven hier angesiedelt und waren bereit, den Preis dafür zu zahlen. Während der größte Teil der Fellachen in den Hauran zog, um dort Arbeit zu finden, stemmten sie, Jechiel, Rivka und Isser, die Absätze in den Boden und beteten um ein Geschenk des Himmels. So wie der russische *Mujik* sein Dorf bei Frost und Trockenheit nicht verließ, würde auch sie es nicht tun.

Fanja erinnerte sich an die Diskussionen zwischen ihrem Onkel und ihrem Vater. Vater hatte recht gehabt. Welche Heuchelei lag doch in Tolstois Schuster, auf den immer ein Herrensitz wartete! Sie hatte viel mit Jechiel gemeinsam: den Eigensinn, mit der sie beide an der unergiebigen Scholle festhielten, das kompromißlose Leiden... Der Mörtel in der Hauswand glühte vor Hitze, und erst gestern hatte Jechiel einen Skorpion totgeschlagen, der sich unter Tamaras Wiege versteckt hatte, aber vor dem heutigen Tag hatte er sie noch kein einziges Mal gefragt, was sie eigentlich hier festhielt. Wie anders zum Beispiel Rivka war! Sie wundert sich, daß ich hierbleibe, dachte Fanja, aber über sich selbst wundert sie sich nicht, denn sie gehört diesem Ort an, und der Ort gehört ihr. So wird sich eines Tages auch Tamara fühlen: zugehörig. Ohne viel darüber nachzudenken. So wie der Fluß zu seinem Bett gehört.

Zum zweitenmal in diesem Jahr öffnete Fanja ihren Kasten. Sie nahm einen langen braunen Rock aus weichem Wollstoff heraus, einen Gürtel mit flacher Messingschnalle und eine weiße Bluse mit Puffärmeln. Sie fand auch ein Paar spitz zulaufende Sandaletten, die allerdings eher in den Ballsaal des Gymnasiums in Jelissavitgrad paßten als zu den Sandwegen in Jauni.

Genau wie beim ersten Mal sahen ihr die Kinder staunend zu, bezaubert von dem, was sie sahen. Fanja erinnerte sich an das, was Imbar ihnen damals erzählt hatte: Sie sei eine verkleidete Königin. Sie kämmte ihr langes Haar und flocht es zu einem Zopf, als plötzlich die Tür aufging und Licht ins Zimmer strömte.

«Fanja!» rief Jechiel. «Sie sind angekommen!»

Sie hatte fast erwartet, er würde ihr befehlen, ihre feinen Kleider wieder auszuziehen, aber er lächelte ihr bewundernd zu.

«Jechiel, zieh dir was anderes an. Wir wollen doch die Rumänen nicht verscheuchen.»

«Sehen wir denn so abschreckend aus? Kinder, geht hinaus. Vater zieht sich um.»

«In der Wanne ist sauberes Wasser, Jechiel.»

«Waschen soll ich mich auch?» Er schüttelte in gespieltem Entsetzen den Kopf. Dann umarmte er sie plötzlich und küßte sie auf die Lippen. Ihre Arme legten sich wie von selbst um seinen Hals. Sie zog ihn fest an sich. In ihr tobte ein Sturm.

«Isser hat gesagt, alle treffen sich in der Synagoge», ertönte die Stimme von Mosche, der hochrot wurde, als er Fanja und Jechiel in enger Umarmung sah. Jechiel machte sich von Fanja los.

«Gut. Wir kommen gleich.»

Fanja flocht weiter an ihrem Zopf und sah Jechiel zu, der sich über die Wanne beugte. Sie beobachtete das Spiel der Muskeln auf seinem Rücken, schaute zu, wie er die Arme in die Hemdsärmel steckte, wie er das Kinn nach oben und nach unten schob, um sich an den steifen Kragen zu gewöhnen. Nachdem er sich rasiert hatte, war die Narbe auf seiner Wange deutlich zu erkennen, und am Hals neben dem Ohr sah man drei braune Pünktchen, die ein Dreieck bildeten.

«Bist du jetzt zufrieden?»

«Jawohl, gnädiger Herr. Und Sie?»

«Ich auch, gnädige Frau.»

Von draußen drang der Lärm der vielen Menschen herein, die sich im Dorf aufhielten. Ganz neue Klänge in jiddischer und rumänischer Sprache, die Rufe von Müttern nach ihren Kindern, die Stimmen diskutierender Männer und das Geschrei von Säuglingen. Die Klänge jüdischen Lebens.

Fanja wand sich ihren dicken Zopf wie eine Krone um den Kopf. Jechiel blickte sie vergnügt an und drückte ihr zwei schmatzende Küsse auf die Wange und auf die Stirn, als sei sie ein kleines Mädchen. Plötzlich brach er in lautes Gelächter aus.

«Was ist denn?» drängte sie ihn. «Was ist los?»

«Isser hat mir erzählt, daß sich die Rumänen am Sabbat abends in Safed versammelt haben. Man verlangte von jedem einzelnen, zu erklären, welche Geldsumme er mitgebracht hatte –», er konnte einen Moment lang vor Lachen nicht weitersprechen. «Dabei kam heraus, daß die meisten von ihnen überhaupt nichts mitgebracht hatten und daß sie teilweise auf öffentliche Hilfsmittel angewiesen waren, um auch nur ein Stück Brot zum Essen zu haben!»

«Nein! Aber man hatte ihnen doch mitgeteilt, daß jede Familie zweitausend Goldfranken mitbringen solle, außer dem Grundstück, das sie hier erwerben mußten.»

Fanja blickte Jechiel erschrocken an. Er redete wie ein Betrunkener. Es war schwer zu erkennen, ob er lachte oder weinte.

«Stimmt! Aber unsere Juden sind ein hinterlistiges Volk! Jeder von ihnen hat sich ausgerechnet, wenn die anderen je zweitausend Franken mitbrächten, wäre es kein großes Unglück, wenn auch ein armer Schlucker mitfahren würde. Die anderen würden Mitleid haben und ihn wohl kaum verhungern lassen.»

«Und was wird jetzt geschehen, Jechiel?»

«Ihr Führer, Rabbi Mosche David, rauft sich vor Sorgen die Barthaare aus. Inzwischen hat die Generalversammlung beschlossen, eine gemeinsame Kasse für alle zu schaffen. Die Armen und die Reichen werden alle dort ihr Geld einzahlen.

Sie haben auch einen Ausschuß gewählt, der das Geld aufteilen und für verschiedene Zwecke verwenden wird, zum Häuserbau, zum Aufteilen des Bodens und für die Feldarbeit.»

«Und damit waren die Reichen einverstanden?»

«Eine gute Frage. Sechs Familien haben schon beschlossen, nach Rumänien zurückzukehren.»

«Aber warum denn zurückfahren? Sie können sich doch in Safed, in Jaffa oder in Jerusalem ansiedeln. Gai Oni ist doch nicht der einzige Ort in Palästina!»

«Übrigens, was Gai Oni betrifft: Sie wollen dem Dorf einen neuen Namen geben – ‹Rosch Pina›.»

Fanja blickte ihn verständnislos an.

«Was ist schlecht an dem Namen Gai Oni?»

«Und was ist schlecht an dem Namen Rosch Pina?»

«Gai Oni klingt schöner. Und warum den Namen ändern, wenn der Ort schon einen schönen hebräischen Namen hat?»

«Komm, Fanja, laß uns gehen. Du hast dich schön genug gemacht.»

Fanja starrte in die Ferne, ohne etwas zu sehen. Die vier Nußbäume waren stumme Zeugen all ihrer Erlebnisse in Gai Oni. Zeugen der vielen schweren Stunden und der wenigen glücklichen Momente, die ihr beschert waren. Auch nun, da sie sich entschlossen hatte, den Ort zu verlassen, war sie hierhergekommen. Gerade jetzt, wo der «Nachschub» angekommen war, machte sie sich davon. Ihr Entschluß war ganz plötzlich gekommen, aber weil es ein Entschluß war, hatte sie es sehr eilig. Sie mußte hier weg, und zwar sofort! Noch bevor Jechiel aus Damaskus zurückkam. Ihn wollte sie nicht sehen. Nicht, daß sie befürchtete, er würde sie aufhalten – dazu war er zu stolz. Sie fürchtete sich vor sich selbst, hatte Angst, daß ihr der Mut fehlen würde wegzugehen, nachdem sie ihn noch einmal zu Gesicht bekommen hatte. Sie wußte genau, daß sie nur dem Impuls ihrer Eifersucht folgte, aber das war kein Trost und gab ihr auch nicht die Kraft, ihren Entschluß zu ändern. Wie häßlich dieses Eifersuchtsgefühl war, kleinlich und verwirrend, verwandt mit Haß und Denunziation.

Fanja hatte geglaubt, daß mit der Ankunft der Rumänen endlich eine neue Zeit anbrechen würde. Doch die Neuankömmlinge waren entsetzt von dem, was sie sahen, und ohne auf die Gefühle der beiden ansässigen Familien Rücksicht zu nehmen, zögerten sie nicht, ihrer Enttäuschung Ausdruck zu geben. Sofort nach ihrer Ankunft verkündeten sie, unter keinen Umständen würde einer von ihnen mit Fellachen in Lehmhütten hausen und ihre Kinder der Gefahr von Trachom und Malaria aussetzen. Und überhaupt! Konnte man das hier als guten, fruchtbaren Boden bezeichnen? Es war eine wüste Einöde! Man hatte ihnen falsche Tatsachen vorgespiegelt! Das Vieh in Rumänien lebte unter besseren Bedingungen als die Dorfbewohner in Gai Oni!

Die Führer der Gruppe, Rabbi Mosche David Schub und Rabbi Mottel Katz, erbaten die Unterstützung der Ehrenpräsidenten des Bürgerausschusses von Safed, und gemeinsam machten sie ihren Einfluß auf die Neueinwanderer geltend und überzeugten sie, nicht zu den Fleischtöpfen von Moineschti zurückzukehren. Eigentlich konnte Fanja diesen Juden ihre lauten Klagen nicht verdenken. Als sie selbst hergekommen war, hatte sie unter einem Schock gelitten, der ihre Sinne abstumpfte und ihr so die Eingewöhnung leichter machte. Ein Land, wo Milch und Honig floß, hatte sie nicht erwartet. Sie hatte überhaupt nichts erwartet. Was um sie herum vorging, hatte sie kaum wahrgenommen. Mit dem schwachen Willen, der ihr noch geblieben war, hatte sie nur ein Ziel verfolgt: den Traum ihres Vaters zu verwirklichen. Es machte ihr nichts aus, ihren Körper mit Schwerstarbeit zu peinigen, ihn dafür zu bestrafen, daß er sie im Stich gelassen hatte, als er den Samen des betrunkenen *Mujik* aufnahm. Sie hatte überlebt, weil sie Tamara und Lolik hatte und weil sie keinen Gedanken an ihre Zukunft verschwendete. Sie war weder tapfer noch feige. Wenn es Brot gab, aß sie davon. Wenn es keines gab, sammelte sie die Ähren auf fremden Äkkern auf. Und wenn es keine Ähren gab, pflückte sie Malven. Anders die Juden aus Moineschti. Sie waren mit völlig falschen Vorstellungen hergekommen, und als sie von ihrem Traum erwachten, sahen sie sich der Wirklichkeit von Gai Oni gegenüber.

Riva Frumkin hatte sich bei Fanja eingehakt, und die beiden standen etwas abseits von den anderen Frauen, als sich die Gemeinde versammelt hatte, um zu entscheiden, ob sie hierbleiben oder nach Moineschti zurückkehren würden. An Rivas festem Griff merkte Fanja, wie aufgeregt ihre ältere Freundin war. Einer der Juden öffnete den Schrein mit den *Tora*rollen und schrie: «Juden! Alle die weich und feige sind, sollen es bekennen und erklären, daß sie das Land verlassen und zurückfahren nach –»

«Daß sie sich nicht vor denen schämen!» flüsterte Riva Fanja zu und deutete auf zwei Frauen, eine ältere und eine junge, die ebenfalls Arm in Arm dastanden.

«Wer sind sie?»

«Die Mutter von Rabbi Mosche David Schub und seine Frau. Ihr Töchterchen ist im Meer ertrunken, noch bevor er es gesehen hatte. Er hat seine Familie verlassen und ist hergekommen, um den Bürgern seiner Stadt eine neue Heimat zu schaffen. Und jetzt sieh sie dir an, die Leute!»

Fanja betrachtete prüfend die Gesichter um sie herum, ihr Blick wanderte von einem zum anderen: Bleibt er oder bleibt er nicht? Ihre Augen blieben an einem jungen Mädchen hängen, das ihr schon früher aufgefallen war. Es war blaß wie alle Einwohner von Safed, und die Angst vor der Zukunft war ihm anzusehen. Der Himmel verdunkelte sich und hüllte alles in ein beängstigendes Zwielicht.

Die Frau von Rabbi Zwi, von den Rumänen «der Kosak» genannt, schritt plötzlich nach vorn. «Juden!» schrie sie mit einer Stimme, die alle erzittern ließ. «Hier werden wir leben, und hier werden wir sterben. Wir werden dieses Land nicht verlassen!»

«Sie war die Anführerin der Gruppe, die zurückkehren wollte», flüsterte Riva, wobei sie Fanja im Zweifel ließ, ob sie lachte oder erleichtert aufatmete. Aber nach diesem Treueschwur von Frau Bendel brach das Chaos aus. Alle redeten auf einmal, schnitten sich gegenseitig das Wort ab, stellten sich in Gruppen zusammen und diskutierten. Tränen standen in den Augen von Rabbi Zwi, und er rief mit lauter Stimme: «Am Ort, wo reuige Sünder zusammenkommen …»

Zum Schluß blieben nur noch sechs Familien übrig, die

ihren Beschluß, nach Moineschti zurückzukehren, nicht aufgaben. Fanja wußte nicht recht, wen sie mehr bemitleiden sollte: diejenigen, die hierbleiben würden, oder die, die beschlossen hatten, das Land zu verlassen.

Auf einmal lag eine gewisse Feierlichkeit in der Luft. Man verkündete die Gründung der Siedlung «Rosch Pina», und Rabbi Mottel Katz, der Schwager von Rabbi Mosche David, sprach ein Dankgebet. Riva flüsterte «amen», und ein Hoffnungsschimmer leuchtete in ihren Augen auf, aber sie war zu erfahren, um sich optimistisch zu geben. Sie ist die wahre Heldin dieses Abends, dachte Fanja, und einem plötzlichen Impuls gehorchend, küßte sie ihre Freundin auf die Wange. Wie um dem Ganzen einen würdigen Abschluß zu geben, erschien plötzlich Lolik von irgendwoher und brüllte: «Juden! Es brennt!» Seine Hemdzipfel flatterten um seine weißen Beine. Fanja erschrak anfangs, aber die Begeisterung der Menschen schlug so hohe Wellen, daß sogar das Erscheinen von Lolik als gutes Omen angesehen wurde.

«Wer ist das?» fragte das blasse Mädchen, das sich inzwischen Fanja und Riva genähert hatte.

«Mein Bruder», erwiderte Fanja.

Das Mädchen war etwa in ihrem Alter. Es hatte schwarze glänzende Augen, eine frische Haut und eine hohe Stirn, wirkte ein wenig schüchtern und gleichzeitig keck, und Fanja fühlte, sie würden einander verstehen. Sogar das rumänische Jiddisch des Mädchens hatte einen gewissen Reiz. Zum erstenmal seit Monaten verspürte sie Sehnsucht nach etwas Freundschaft. Oft waren Tage und Wochen vergangen, in denen sie nur mit den Kindern ein paar Worte gesprochen hatte, oder mit einer Hirtin, die sie zufällig an der Wasserstelle getroffen hatte. Gewiß – Riva war gut und lieb, aber sie war vierzig Jahre älter als Fanja. Sie hätte gern jemanden in ihrem Alter gehabt, mit dem sie schwatzen, spazierengehen, herumalbern und unter den Olivenbäumen an der Quelle sitzen konnte, mit dem sie sich über Kinder unterhalten konnte, über Kleider, Nähen und Kochen und dem sie manchmal vielleicht auch ihr Herz ausschütten konnte...

«Bleibst du hier?» stellte Fanja die erste Frage, die ihr in den Sinn kam.

«Ja. Und du? Bist du hier geboren?»

«Nein!» Fanja mußte lachen. Ihr Lachen erregte Jechiels Aufmerksamkeit, und er sah neugierig zu ihr herüber. «Ich komme aus Rußland.»

«Und die Kinder?»

«Die Kleine ist mein Kind. Die anderen beiden sind die Kinder meines Mannes. Bist du verheiratet?»

«Ja.» Ihre schwarzen Augen leuchteten auf. «Einen Monat vor unserer Abreise haben wir geheiratet. Meine Eltern sind auch hier. Und meine Schwester mit ihrem Mann.»

«Bei wem wohnt ihr in Safed?»

«Bei Michel, dem Badewärter. Kennst du ihn?»

«Ja.»

«Er ist zwar Badewärter, aber das Haus ist trotzdem schmutzig.» Sie lächelte verschmitzt.

«Es ist schwer, in Safed Zimmer zu finden, erst recht für dreißig Familien auf einmal!»

«Mir und meinem Mann hat man ein besonderes Zimmer zugeteilt, weil wir jungverheiratet sind.» Ihr blasses Gesicht rötete sich. «Seit wir geheiratet haben, waren wir kaum allein, und bis man hier Häuser baut, werden Monate vergehen...»

«Ihr könnt bei uns wohnen, wenn ihr wollt.»

«Danke, wir warten lieber. Hier gibt es keinen *Minjan* und keine *Mikwe*... und mein Mann ist sehr strenggläubig.»

«Mein Mann meint, daß unser Urvater Abraham auch keinen *Minjan* gehabt hat. Und keine *Mikwe*. Aber bald wird alles vorhanden sein, ein *Minjan*, eine *Mikwe*, alles.»

«Welcher ist dein Mann?»

Fanja wies mit dem Kopf zu Jechiel hin, der mit Isser Frumkin und zwei der Rumänen zusammenstand. Sein steifer Kragen schien ihm immer noch Schwierigkeiten zu bereiten; von Zeit zu Zeit bewegte er den Hals hin und her, als wolle er ihn aus der Enge befreien. Er war größer als die meisten der Umstehenden, sein Rock hing ihm lose über den Schultern, was ihre Breite noch betonte, und auf seinem braungebrannten, wie aus Stein gemeißelten Gesicht lag ein Ausdruck von Aufmerksamkeit und Ernst. Fanja blickte ihre neue Freundin stolz an.

«Die Kleine sieht ihm gar nicht ähnlich», sagte das Mädchen und lächelte Tamara an.

«Nein.»

«Ist das deine Mutter?» Die junge Frau deutete auf Riva Frumkin.

Fanja schüttelte den Kopf und fragte: «Wo ist deine Schwester?»

«Meine Schwester ist in Haifa. Ihr Mann ist aus der Stadt Galaz. Zwanzig Familien aus Galaz sind mit uns auf dem Schiff gekommen und haben sich im letzten Moment entschlossen, sich an einem Ort namens Samarin anzusiedeln. Ihr Agent in Beirut, ein gewisser Frank, hat sich verpflichtet, das Dorf aufzukaufen. Aber bis das Geld aus Galaz ankommt, sitzen sie in Haifa herum und warten. Mutter macht sich große Sorgen. Sie hat Sehnsucht nach ihren Enkeln, nach ihrer Tochter und sogar nach ihrem Schwiegersohn. Wie lange, glaubst du, wird es dauern, bis das Geld ankommt?»

«Ich weiß nicht. Die Post ist manchmal Monate unterwegs. Es dauert mindestens drei Tage, bis der Kurier Beirut erreicht. Dann muß man auf ein Schiff warten, das nach Rumänien fährt und die Post mitnimmt. Von dort muß die Post wieder nach Beirut zurückgeschickt werden und dann nach Samarin. Und wenn die See stürmisch ist ... aber warum siedeln sie sich nicht hier an, in Gai Oni? Der Boden ist hier billig. Fünf Franken der Dunam. Und die Familie ist auch hier.»

«Mein Schwager möchte mit Leuten aus seiner Stadt zusammensein. Übrigens, ich heiße Helen Lea Josef, und meine Eltern» — sie deutete auf ein älteres Ehepaar — «heißen Moses.»

«Ich heiße Fanja Siles.»

«Ich hatte gedacht, daß es hier mehr Siedler gibt. Ist dein Mann einer der ersten Siedler?»

«Ja.»

«Vor denen habe ich großen Respekt. Rabbi Elieser hat uns von ihnen erzählt.»

«Mein Mann ist ein Vetter von Elieser.»

Die beiden jungen Frauen lächelten sich an. Fanja wußte selbst nicht, warum. Sie hatte nichts Komisches gesagt. Aber trotzdem war ihr zum Lachen zumute.

«Die Fellachen werden euch gern beim Häuserbau helfen», hörte Fanja Jechiels Stimme. Er klang erregt, und Fanja wandte sich zu ihm um.

«Nein! Wir werden unsere Häuser selber bauen», entgegnete einer der jungen Männer trotzig.

«Die Fellachen hungern wegen der Trockenheit», sagte Jechiel. «Und ihr werdet Unterstützung brauchen. Ihr könnt nicht alles allein bauen. Warum laßt ihr euch nicht helfen?»

«Sie werden ohnehin den Ort verlassen müssen. Das ist jetzt unser Boden. Und unser Dorf. Sie haben ja schon gezeigt, was sie können. Wir werden diesen Ort in einen blühenden Garten verwandeln.»

Ein Glück, daß wir auf Oliphants Grund und Boden sitzen, dachte Fanja. Dann kam ihr ein beängstigender Gedanke: Was würde geschehen, wenn die Rumänen Oliphant ein Angebot machten, seine Grundstücke in Gai Oni aufzukaufen? Nein! Oliphant würde Jechiel niemals von seinem Grund und Boden vertreiben.

Große Haufen von Erde und Steinen lagen vor dem Haus von Jechiel und Fanja. Rabbi Mosche David Schub hatte alles Nötige für den Bau vorbereitet. Die Bretter hatten seine Landsleute aus Rumänien mitgebracht. Man hatte tiefe Löcher für die Fundamente ausgehoben, und der Staub verbreitete sich überall im Hause der Familie Siles. Den ganzen Tag über ertönte der Lärm der Bauarbeiten, erst um vier Uhr nachmittags kehrten die Rumänen nach Safed zurück, und es wurde wieder ruhig im Dorf. So war es schon gestern und vorgestern gewesen.

«Warum bauen sie ausgerechnet hier?» fragte Fanja Jechiel. «Wozu diese Enge? Haben sie nicht Platz genug?»

«So ist es besser», erwiderte Jechiel. «Sie wollten ursprünglich eine Art europäischer Siedlung bauen, große Häuser, geräumige Höfe, hübsche Gärten und Abstand zwischen den Häusern, aber Isser und ich haben ihnen erklärt, daß es vorläufig besser ist, die Häuser im Dorf selbst zu errichten. Nach türkischem Gesetz kann man nur schwer dort draußen eine Baugenehmigung bekommen, also sollten sie zunächst einmal dort bauen, wo die Genehmigung bereits erteilt ist. Außerdem ist hier das Wasser, und je weiter man sich von der

Quelle entfernt, um so weniger Wasser gibt es. Auch die Leute in Safed haben ihnen zugeredet, ihre Häuser hier im Dorf zu bauen, um besser gegen Überfälle geschützt zu sein.»

«Endlich sind die Einwohner von Safed mal unserer Meinung! Es gibt noch Zeichen und Wunder!»

«Sie haben auch schon Vieh gekauft, Arbeitstiere und Milchkühe, das wir verpflegen müssen, bis sie hierherziehen.»

«Ich auch?»

«Sogar die Kinder. Wir müssen melken, weiden, tränken und mästen.»

«Und werden sie uns dafür bezahlen?»

«Selbstverständlich.»

«O Jechiel!» Fanja hatte vor Freude Tränen in den Augen.

«Sie haben auch schon Saat gekauft.»

«Und Regen? Haben sie den auch gekauft?»

«Jetzt wird sich alles ändern. Du wirst schon sehen.»

Doch ihre Hoffnungen waren nicht von langer Dauer. Schon am nächsten Tag kamen Soldaten ins Dorf, auf Befehl des Gouverneurs von Safed, mit schriftlicher Weisung des *Wali*, des Gouverneurs von Syrien und Palästina, die Bauarbeiten sofort zu unterbinden. Das Bauverbot kam als Folge einer Anweisung der Hohen Pforte in Konstantinopel, keine Baugenehmigungen mehr herauszugeben. Offenbar waren die Türken durch die große Zahl der Einwanderer, die in diesem Jahr ins Land gekommen waren, beunruhigt. Die meisten der Rumänen waren nun gezwungen, tatenlos in Safed herumzusitzen und den Rest ihrer Ersparnisse aufzuzehren. Bei zahlreichen Häusern hatte man mit dem Bau noch nicht begonnen, andere waren mitten im Bau, und die unfertigen Dächer ragten zum Himmel empor. Sogar diejenigen, deren Häuser bereits fertiggestellt waren, hatten Angst vor der Zukunft. Was, wenn die Baugenehmigungen niemals erteilt werden würden und man sie hier an diesem entlegenen Ort allein ließe, fern von ihren Angehörigen? Und wenn der Regen kam, wer würde ihnen beim Bestellen ihrer Felder helfen? Und warum hatte Rabbi Mosche David nicht von vorneherein für Baugenehmigungen gesorgt? Der unglückliche Rabbi Mosche David wurde für alles verantwortlich gemacht. Er allein war an allem schuld.

Da erinnerte sich ausgerechnet Fanja an Jacob Adis, von dem sie im Hause von Mussa und Alegra Adis gehört hatte.

«Ist der Sekretär des *Wali* nicht ein Verwandter von dir?» fragte sie Jechiel.

«Ja.»

«Vielleicht kann er die Härte dieses Beschlusses etwas mildern. Schließlich sitzen diese Einwanderer auf ihrem eigenen Grund und Boden, den sie mit gutem Geld erworben haben! Und was wollen sie schon? Ihr Brot aus dem Boden gewinnen! Und alle werden davon profitieren: sowohl die Fellachen als auch die Regierung.»

«Mich hast du überzeugt.»

«Jechiel! Das ist doch logisch.»

«Eben deshalb sollte man vielleicht andere Gründe anführen.»

Fanjas Worte leuchteten Rabbi Mosche David Schub ein, und schon am nächsten Tag fuhr er nach Safed, wo er von dem Ehrwürdigen Jakob Abu Chai, französischer Konsul in Safed, und dessen Bruder Jitzhaq Empfehlungsschreiben ausgehändigt bekam. Die Briefe waren an den *Chacham Baschi* gerichtet, den höchsten jüdischen Gelehrten in Damaskus, und an andere Würdenträger der städtischen Gemeinde. Als er die Empfehlungsschreiben hatte, wandte Rabbi Mosche David sich an Jechiel und bat, er möge ihn auf seiner Reise nach Damaskus begleiten und ihm bei seinem Treffen mit dem *Wali* als Dolmetscher und Berater dienen. Jechiel fuhr nach Ejn Sejtim, um bei seinen Angehörigen Briefe für Vetter Jacob Adis abzuholen und sie zu bitten, ihm wieder die Stute zu leihen.

Im Morgengrauen am nächsten Tag erschien Rivka in Rosch Pina, einen Hut auf dem Kopf und einen Koffer in der Hand.

«Wohin soll es denn gehen?» fragte Jechiel.

«Nach Damaskus», erwiderte sie und setzte sich auf den Wagen.

Er zögerte einen Moment und fragte dann: «Erwartet man dich dort?»

«Vater hat gesagt, ich soll dir helfen, Onkel Jacob zu überzeugen.»

Vater hat gesagt! Als ob der alte Trottel noch etwas zu sagen
hätte! Rivka, Lea und ihre Mutter hatten den Alten fest in der
Hand. Fanja wunderte sich über Rivkas Mutter, die ihrer
Tochter erlaubte, eine so weite und gefährliche Reise in Gesellschaft von zwei Männern anzutreten. Sie blickte Jechiel
an. Er schien verlegen. Die Stute und der Wagen gehörten
Rivka, und er konnte jetzt nicht mehr seinen Entschluß ändern, ohne ein Begleitfahrzeug zu reisen. Und was konnte sie
– Fanja – zu ihm sagen? Nimm sie nicht mit, weil ich eifersüchtig bin? Sie war tatsächlich eifersüchtig. Ihr Herz raste vor
Eifersucht. Aber er hätte doch wenigstens eine Ausrede erfinden können, hätte sagen können: «Du kannst nicht mit uns in
das Haus des Scheichs von Banias kommen», oder «ich muß
deinen guten Ruf wahren, Rivka», oder etwas Ähnliches...

Fanja wandte ihnen den Rücken zu und ging ins Haus. Sie
konnte den Anblick der beiden nicht ertragen, wie sie da zusammen auf dem kleinen Kutschbock saßen, dicht nebeneinander. Mit welchem Siegerblick hatte Rivka sie angeschaut!
Wie war es möglich, daß Jechiel nicht merkte, was sich hier
vor aller Augen abspielte? Oder fühlte er sich vielleicht ge-
schmeichelt, daß die zwei Hennen sich seinetwegen die
Augen auspickten? Und wer weiß, vielleicht hatten sie die gemeinsame Reise im vorhinein geplant?

Jechiel ging ins Haus, um sein Gepäck zu holen. Fanja hatte
ihm einen sauberen Anzug und Wegzehrung zurechtgelegt.
Jetzt konnten sie an den Jordanquellen oder am Fuße des
Hermon haltmachen, im Schatten der Bäume ein Tischtuch
ausbreiten und sich satt essen, begleitet vom Zwitschern der
Vögel. Jedenfalls würde er sie hier nicht mehr antreffen, wenn
er zurückkam, dachte sie wütend. Als er sich über sie beugte,
ihr einen Abschiedskuß zu geben, wandte sie den Kopf zur
Seite, und in seinen Augen lag wieder der dunkle, zornige
Blick.

Fanja blickte der Staubwolke nach, die sich langsam verzog, dann wandte sie sich um und erklomm den Hügel. Sie
setzte sich zwischen die Nußbäume und blickte hinunter ins
Tal. Scharen von Fliegen umschwirrten sie in grauen Wolken,

und sie pustete immer wieder, um sie sich aus dem Gesicht zu halten. Die Luft war heiß und feucht, der Schweiß lief ihr den Rücken herunter, und ihr Kleid dampfte vor Hitze.

In ihr reifte der Entschluß, das Dorf zu verlassen und sich einen anderen Wohnort zu suchen, weit, weit weg von Jechiel. Nach seiner Reise mit *ihr* konnte sie ihm nicht mehr ins Gesicht sehen. Vor aller Augen benahmen sich die beiden wie ein Liebespaar. Bitte! Sie würde sie nicht stören! Sie würde verschwinden, noch bevor Jechiel aus Damaskus zurückkam. Aber wohin? Wo konnte sie hin? Und wer, außer Jechiel, würde bereit sein, eine Frau bei sich aufzunehmen, die mit einem Baby und einem verrückten Bruder beladen war? Und sie selbst – war sie denn nicht verrückt? Wenn sie so, wie sie war, bei ihren Verwandten auftauchen würde, würde man «die arme Fanitschka» zweifellos für wahnsinnig erklären. Der Auferstehungstraum ihres Vaters hatte sich bei ihr in eine Art religiösen Wahnsinn verwandelt, dem sie ihre Jugend und ihr Leben opferte. Sie war fest entschlossen, den Weg, den sie eingeschlagen hatte, weiterzugehen. Aber nicht hier.

Sie versuchte sich zu erinnern, was sie über Ansiedlungen von Juden an anderen Orten gehört hatte. Keinesfalls wollte sie in der Stadt leben. Und lieber würde sie verhungern, als sich den Juden der *Chaluka* anzuschließen. Wenn sie Jauni durchgestanden hatte, würde sie es auch woanders aushalten. Sie wußte, daß fünf Familien nach Um Labass zurückgekehrt waren, daß in Jahud achtzehn Familien wohnten, und Isser hatte erzählt, daß Juden aus Nowopablowska über den Ankauf von Boden neben dem arabischen Dorf Akir verhandelten. Mit denen würde man wenigstens reden können. Auch in Mikwe Israel befand sich eine Gruppe junger russischer Juden – zum größten Teil Studenten –, die dem Bilu-Verband angehörten. Zwar sprach sie schon Hebräisch und Arabisch, aber Russisch war immerhin Russisch. Doch Hirsch, der Leiter der Gruppe, war äußerst strenggläubig und würde einer Frau, die ihren Mann verlassen hatte, nicht gestatten, sich ihnen anzuschließen. Dabei wollte sie doch so wenig für sich selbst! Eine Strohmatte, auf der sie sich niederlegen konnte, und ein Stück Land, um Tamara und Lolik zu ernähren. Oder vielleicht Rischon Lezion? Seit Juli gab es dort zehn wohlhabende und sechs arme Familien, die – so lautete das Gerücht – von Baron Rothschild in Paris unterstützt wurden. Nein! Nein! Niemals würde sie wohltätige Spenden annehmen. Nein, sie würde zu ihrem Onkel nach Jaffa fahren und dort bleiben, bis sie eine Lösung gefunden hatte.

Eine schmächtige Gestalt kam den Hügel herauf, mit beiden Händen den Saum ihres Kleides festhaltend. Helen Lea, das blasse Gesicht vor Anstrengung gerötet, ließ sich auf einem Stein neben Fanja nieder und schnaufte heftig.

«Was ist denn los mit dir, Fanja?» fragte Helen Lea, nachdem sie sich etwas erholt hatte.

«Schau dich doch mal um», sagte Fanja. «So sehen unsere Träume aus.»

«Ich liebe diese Bäume. Sie erinnern mich an die Landschaft in Rumänien.»

«Dies war die erste landwirtschaftliche Ansiedlung in Jauni. Wußtest du das? Nein? Warum sollte man euch auch so erschrecken! Die Araber nennen diesen Ort ‹Chan al Jahud›. Er gehört der Familie von Jechiel. Vor fünfzig Jahren hat der Bruder seines Großvaters diesen Hügel von dem ägyptischen General Ibrahim Pascha geschenkt bekommen.»

«Ich habe gesehen, wie du plötzlich davongelaufen bist, als sei jemand hinter dir her.»

«Er war ein jüdischer Drucker aus Berditschew, Landwirt und Arzt, und er hat hier blühende Dörfer errichtet. Dafür gibt es Zeugen! Minister Montefiore war bei ihm zu Besuch und begeistert von dem, was er sah. Er beschloß, innerhalb von fünfzig Jahren hier hundert bis zweihundert jüdische Siedlungen zu gründen. *Hundert bis zweihundert!* Er schrieb, alles, was der Boden hier benötigte, sei ein wenig Dünger, und schon würde er Früchte tragen!»

Fanja war sich der Ironie in ihrer Stimme bewußt, doch konnte sie ihre Gefühle nicht verbergen. Sie durfte diese junge Frau nicht entmutigen, die die Fleischtöpfe Rumäniens verlassen hatte und hergekommen war, um den Boden des Heiligen Landes zu befreien.*

* *Anm. d. Übers.:* «Befreiung des Bodens» – Ausdruck der zionistischen Bewegung für die Besiedlung Palästinas durch die Juden.

Beide schwiegen eine Zeitlang. Schade, dachte Fanja. Kaum habe ich eine Freundin gefunden, muß ich schon von ihr Abschied nehmen.

«Ich gehe weg von hier!»

«Was? Wann denn?» fragte Helen Lea erstaunt.

«Ich fahre zu meinem Onkel nach Jaffa.»

«Und wann kommst zu zurück?»

«Das weiß ich noch nicht.»

«Ist das wegen ... ihr? Weiß er es?»

Fanja erhob sich und vermied es, Helen Lea anzusehen. Bin ich denn so leicht zu durchschauen? dachte sie und begann zum Dorf zurückzugehen.

«Schade. Wir sind doch gerade erst angekommen.» In den schwarzen Augen von Helen Lea spiegelten sich Zuneigung und Kummer. Sie sagte schüchtern: «Hier gibt es überhaupt keine Mädchen meines Alters.»

«Was redest du? Hier sind doch die Töchter von Friedmann und Katz und Bergmann und Fischel und ...»

«Ja, ja, aber du bist ganz anders. Du bist ... etwas Besonderes.»

«Ich weiß nicht, was an mir Besonderes ist, und ich wünschte, ich wäre nichts ‹Besonderes›! Ich habe die Bestimmungen gelesen, die das Siedlerkomitee von Rosch Pina herausgegeben hat. Sämtliche Unterzeichneten sind Männer. Wer in hundert Jahren diese Bestimmungen liest, wird glauben, es habe hier überhaupt keine Frauen gegeben. Und gerade sie waren die wirklichen Heldinnen von Rosch Pina. Rosenfelds Frau, die sich im achten Monat ihrer Schwangerschaft auf die Reise machte, die alte Großmutter Jankowitz, Riva Frumkin – als ich hier ankam, war sie die einzige Jüdin unter den Fellachenfrauen. Ich hatte wirklich keine Freundin. Riva ist gut zu mir wie eine Mutter, aber sie ist so viele Jahre älter als ich, und außerdem ist sie mit Jechiel verwandt. Sowohl die Frumkins wie auch Jechiel sind so sehr von den Leuten der *Chaluka* verfolgt worden, daß Riva niemals etwas tun würde, was Jechiel unangenehm wäre. Sie betet den Boden an, auf den er tritt! Wenn ich mich bei ihr über ihn beschweren würde, würde sie mich zu überzeugen versuchen, ich sei selbst schuld.»

«Sie hat mich hier hinauf zu dir geschickt.»

«Riva?»

«Ja.» Helen Lea zögerte. «Sie sagte, sie sei schon alt, du bräuchtest mich ... und ich dich auch.» Sie lächelte verlegen. «Unsere Moineschter reden immer nur von der Befreiung des Bodens und von der nationalen Auferstehung. Es stimmt, das ist das Wichtigste, und es ist der Grund, warum wir hier sind, aber...» Helen Lea rang die Hände in gespielter Verzweiflung. Dann wurde sie wieder ernst und fragte: «Ist er es nicht wert, daß du um ihn kämpfst? Ich würde nicht so leicht auf ihn verzichten. Wenn ich überhaupt verzichten würde. Nein, nein, ich würde niemals auf ihn verzichten. Und was—»

«Ich will ihn nicht mehr sehen», sagte Fanja und beschleunigte ihre Schritte, den Kopf gesenkt.

Helen Lea schwieg betreten. Dann, vielleicht um Fanja auf andere Gedanken zu bringen, fragte sie:

«Wirst du auch in Haifa sein?»

«Ich werde auf dem Weg nach Jaffa dort Station machen.»

«Meine Schwester ist doch dort mit den Leuten aus Galaz. Ich werde dir ihre Anschrift geben, und wenn du irgend etwas brauchst, geh zu ihr. Bitte versprich es mir!»

«Ich verspreche es dir.»

Inzwischen waren die beiden bis zum Hause von Fanja gekommen. Fanja ging um das Gebäude herum und zur Hütte von Lolik. Wie, wußte sie nicht, aber sie mußte ihn mitnehmen. Helen Lea blieb ängstlich am Tor stehen und beobachtete aus sicherer Entfernung die Vorgänge im Hof. Im Inneren der Hütte war es dunkel.

«Lolik», rief Fanja, doch bevor sie noch einen einzigen Schritt getan hatte, sprang ihr Bruder ins Freie. Sie packte ihn mit beiden Händen am Hemdzipfel und rief flehend: «Ich bin es, Fanja!» Doch es gelang ihm, sich frei zu machen und auf seinen langen nackten Beinen davonzulaufen, wobei er wie gewöhnlich schrie: «Juden! Es brennt!» Fanja blickte ihm verzweifelt nach.

«Ich werde ihm sein Essen bringen», sagte Helen Lea.

«Danke. Ich danke dir. Er ißt ja so wenig! Ein Glas Wasser und eine Scheibe Brot genügen ihm. Ich gebe dir die Anschrift meines Onkels in Jaffa. Wenn hier etwas passiert – laß es mich wissen.»

«Warum, Fanja? Warum?»

Fanja antwortete nicht. Wie hätte man das, was sich in ihrem Inneren abspielte, mit Worten beschreiben sollen? Den Zorn, die Eifersucht, den Schmerz? Einen Moment lang war ihr danach zumute, es Lolik nachzumachen, in die Berge zu laufen und zu schreien, laut zu schreien.

Fanja erkannte das Haus von Mussa und Alegra an der «Hand», die an der Tür hing, und an den Knoblauchbündeln vor den Fenstern. Der Ismaelit schaffte ihren Kasten in die Wohnung, während Alegra alles, was er tat, mit ihren großen, anklagenden Augen verfolgte. Sie war nicht begeistert von dem Gast, der ihr plötzlich ins Haus geschneit war. Jechiel war schließlich ein Verwandter, und der Kasten war ein Zeichen dafür, daß das Mädchen ihn verlassen hatte.

Fanja war sehr müde von der langen Reise. Den ganzen Tag hatte sie auf dem Rücken eines Maultiers zugebracht, angebunden wie ein Gepäckstück. Obwohl sie wußte, daß er nach Damaskus gefahren war, kam sie sich vor wie auf der Flucht, und wenn nicht die Dunkelheit eingesetzt hätte und damit die Gefahr, von Räubern und wilden Tieren angefallen zu werden, hätte sie ihren Weg fortgesetzt.

Sie wurde auf dem Rücken des Maultiers hin und her geworfen wie eine kleine Jolle auf stürmischer See, während das Maultier immer wieder auf dem Geröll ausrutschte. Einmal verheddderte sie sich in einem Dornengestrüpp, das ihr die Wangen zerkratzte, und einmal glitt ihr Tamara fast aus dem Arm. Sie beneidete die Wächter, die auf ihren Pferden nebenher ritten und sich frei bewegen konnten. Wenn sie sich Geld beschaffen konnte, würde sie den Weg von Haifa nach Jaffa in einem der deutschen Wagen zurücklegen. Der Gedanke, noch weitere zwanzig Stunden auf dem Maultier sitzen zu müssen, ließ sie erschaudern. Nur ein einziges Mal hatten sie bei einem Drusendorf angehalten, um sich im Schatten eines Baumes auszuruhen. Einer der Begleiter holte aus dem Dorf Eier, Honig und Wasser, aber sie lehnte die ihr angebotene Nahrung ab, da sie ohnehin kein Geld hatte, dafür zu bezahlen. Ihre Reisegefährten aßen gemeinsam, teilten sich Brot und Tabak, ließen die Wasserbehälter von Mund zu Mund gehen und sprachen dann gemeinsam den Tischsegen.

Im Hause von Alegra und Mussa erwartete sie ein Brief von ihrer Schwester. Er lag dort schon zwei Wochen herum. Mussa hatte unter der ganzen Post, die man auf dem Platz vor der Moschee ausgeleert hatte, den Umschlag mit Fanjas Namen erkannt.

Fanja, geliebte Kleine, schrieb ihre Schwester Sonja, *ich habe Dir heute ein Paket mit Medikamenten geschickt. Ich wußte nicht genau, was Ihr dort in Palästina benötigt, und so habe ich folgende Medikamente mitgegeben: Silber- und Kupfersalz gegen Trachome, Aspirin gegen Fieber, Äther und Chloroform zur Betäubung (Zahnärzte verwenden es beim Zahnziehen, und es wird auch bei Operationen während der Entbindung angewendet. In Amerika ist es die große Mode, seit Königin Viktoria den Prinzen Leopold in der Narkose geboren hat), Chinin gegen Malaria, Spritzen und Stethoskope. Schreib uns, was Du sonst noch brauchst. Ich habe versucht, Dir die Vertretung von Park Davis zu besorgen, einem der größten Medikamentenhersteller, aber sie sagen, daß bei Euch der Markt zu klein ist und daß Transportschwierigkeiten den Versand erschweren würden. Nach längerem Briefwechsel sind wir dann die Repräsentanten der Firma hier in Woodbine geworden, und wir werden künftig alles liefern, was Du bestellst. Wie Du siehst, sind wir durch Dich in ein lohnendes Geschäft eingestiegen, das Zukunft hat. Sobald Du anfängst zu verdienen, kannst Du uns Geld schicken, aber mache Dir deshalb keine Sorgen. Übrigens findest Du in dem Paket auch fünf Petroleumlampen. Hier benutzt man immer mehr elektrischen Strom, und der Preis von Petroleumlampen ist gesunken. Wir haben alles gemeinsam gekauft, Lily und ich.*

Vor einem Monat haben Lily, Kalman Lejbl und ihre Kleinen uns verlassen und sind nach Boston gezogen, eine Stadt im Osten an der Atlantikküste. Du kennst ja Lily – sie hat dort bereits innige Freundschaft geschlossen mit einer Familie aus Litauen, den Walworojenskys, deren Sohn im gleichen Alter ist wie ihr Jankel (der jetzt übrigens Jack heißt). Wir haben schon zwei Briefe von ihnen erhalten, voll mit großen Plänen, aber ohne handfeste Tatsachen. Ich mache mir Sorgen um sie. Den Pioniergeist hat sie aufgegeben, sagt sie, «auf das Leben kommt es an». Als ob unser Leben kein Leben wäre! Wir schwimmen nicht

*im Geld, aber wir müssen auch keinen Hunger leiden. Unser
Land haben wir umsonst bekommen, und inzwischen beziehen
wir auch Unterstützung von* HIAS *und* KOL ISRAEL CHAWERIM.
*Man hat den Frauen Nähmaschinen ausgeteilt, und jetzt tragen
auch wir zum Unterhalt der Familie bei. Allerdings haben sich
ein paar Siedlungen schon aufgelöst – Sisly Island in Louisiana
und Siedlungen in Kansas und in New Jersey –, aber wir werden
durchhalten.*

*Meine geliebte Fanitschka! Ich schreibe Dir all diese Dinge,
nur um nicht das zu schreiben, was mich wirklich bedrückt. Vor
ein paar Tagen ist Lipa Judelewitz, der Metzger, hier angekommen, der Bruder unserer Nachbarin Zilla in Jelissavitgrad. Er
hat uns erzählt, was Du mitgemacht hast und was mit Lolik geschehen ist. Seitdem kann ich nicht aufhören zu weinen. Nachts
kann ich nicht schlafen, und am Tage ersticken mich die Tränen. Die ganze Zeit sehe ich Dein liebes Gesicht vor Augen. Wie
gern würde ich Deine Wangen streicheln, Dich so richtig verwöhnen und wiedergutmachen, was man Dir angetan hat,
meine Süße. Du bist doch noch ein Kind – meine Mina ist nur
drei Jahre jünger als Du. Wäre Dein Mann einverstanden, nach
Amerika auszuwandern? Hier bei uns haben Juden ja auch
landwirtschaftliche Siedlungen gegründet. Wir könnten Euch
die nötigen Papiere schicken. Wie glücklich wäre ich, wenn wir
wieder zusammensein könnten. Zwar muß man hier schwer arbeiten, aber wer arbeitet, der ißt auch. Wie ich höre, ist auch in
Palästina das Leben nicht leicht. Bitte – denke darüber nach,
mein Liebes.*

*Hier ist soweit alles in Ordnung, Gott sei Dank. In sechs
Wochen ist Chaimkes Bar Mitzwa, er lernt schon seinen Text
auswendig. Er hat eine Stimme wie eine Nachtigall. Wahrscheinlich hat er sein musikalisches Talent von den Mandelstamms geerbt, denn mein Josef ist ungefähr so musikalisch wie
ein Holzklotz. Unser armer Vater durfte das nicht mehr erleben.
Unsere Freudenfeste sind immer mit Schmerz vermengt. Wir
sind eben so ein Volk. Ich hatte Rückenschmerzen, und die Mä-
dels haben ein paar Tage lang den Haushalt geführt. Jetzt bin
ich Gott sei Dank gesund – das alte Maultier zieht wieder den
Karren.*

Wie geht es Schura? Was macht er? In seinem letzten Brief

schrieb er, er bekäme einen Posten bei einer hebräischen Zei-
tung. Er berichtete auch, Dein Mann sei ein Witwer spanischer
Abstammung mit zwei Kindern aus erster Ehe. Hast Du Dich an
die Gebräuche dieser Leute gewöhnt? Wie erträgst Du diese
schwere Last? Hast Du eine gute Hausgehilfin? Wirf sie ruhig
hinaus, bis Du eine wirklich gute findest. So habe ich es auch
gemacht. Beiliegend schicke ich Dir Mutters Pastetenrezepte,
und Lily hat mir versprochen, Dir das Rezept für Rosinenkuchen
zu schicken. Alles Gute! Schreibe mir einen langen Brief und
verheimliche nichts vor Deiner Dich liebenden Schwester Sonja.

Noch bevor sie den Brief zu Ende gelesen hatte, begann
Fanja zu weinen. Vergeblich versuchte sie ihre Tränen zu
unterdrücken, sie strömten ihr förmlich aus den Augen. Ein
einziges liebes und freundliches Wort genügte, um ihr das
Herz zu brechen. Voller Selbstmitleid schluchzte sie vor sich
hin, mit laufender Nase und schwellenden Augen, und konnte
nicht aufhören. Alegra schenkte ihr ein Glas Pfefferminztee
ein, den sie zwischen den Schluchzern zu trinken versuchte.
Sie war so in ihr Unglück vertieft, daß sie sich vor dieser fremden Frau überhaupt nicht schämte. Sie wußte, daß Alegra
nichts für sie übrig hatte, und war fast froh, daß sich die Fluten
gerade hier ergossen. Mitleid hätte sie nicht ertragen können.

Amram, der Sohn von Alegra und Mussa, kam nach Hause
und war erstaunt, diese Fremde hier am Tisch weinen zu sehen.

«Dies ist Fanja», erklärte ihm Alegra. «Die Frau von Jechiel.»

«Was ist denn passiert?»

«Sie hat einen Brief bekommen. Aus Amerika.»

Bei dieser Erklärung mußte Fanja lächeln. Sie wischte sich
die Tränen ab und entschuldigte sich immer wieder. Alegra
deckte den Tisch, und nachdem Fanja von der breiigen
schwarzen Linsensuppe gegessen hatte, die ihr noch vom vorigen Mal in Erinnerung war, fühlte sie ihre Kräfte zurückkehren. Es kam ihr der alberne Gedanke, daß sie Mosche und
Bella gern etwas von dieser Suppe abgegeben hätte. Sie weigerte sich, die anderen Gerichte anzurühren, die Alegra vor
sie hinstellte, und um ihren Gastgebern Peinlichkeit zu ersparen, erhob sie sich und ging in den Nebenraum, das Zimmer

von Amram. Dort legte sie sich aufs Sofa, lauschte dem Klirren der Bestecke und dachte an die kleinen Kinder in Rosch Pina, die hungern mußten. Die Pastetenrezepte ihrer Mutter! Du lieber Gott!

Fanja umarmte Tamara und drückte den kleinen Körper fest ans Herz. Tamara riß den Mund weit auf wie ein Vogeljunges im Nest. Das arme Kleine! Sonja hatte auch nicht ein einziges Mal ihren Namen erwähnt, als sei sie überhaupt nicht auf der Welt. Als würde man sich durch das bloße Nennen ihres Namens schon verunreinigen. Auch ohne den Schandfleck seiner Herkunft erwartete das Mädchen ein schweres Leben. Dieses Land würde sie nicht verhätscheln. Jechiel hatte ihr das Kostbarste geschenkt, was er ihr geben konnte: seinen Familiennamen. Und jetzt hatte sie auch den verloren. Nie hatte er nach dem leiblichen Vater von Tamara gefragt, nie von Fanja etwas verlangt, was sie ihm nicht freiwillig geben wollte. Er hätte von ihr verlangen können, sein Bett mit ihm zu teilen, und sie verstoßen können, wenn sie sich weigerte. Wie sollte er sich ihr Verhalten erklären?

Immer wieder versuchte Fanja, sich Jechiel aus dem Kopf zu schlagen – ohne Erfolg. Ob sie wollte oder nicht, sie hatte seine Gestalt vor Augen. Unaufhörlich dachte sie an ihn, versuchte, ihn zu verstehen, seine Gedanken nachzuvollziehen, seine Gefühle zu begreifen. Da er nur wenig redete, mußten seine Taten für ihn sprechen. Jetzt, wo sie sich von ihm losgerissen hatte, mußte sie zugeben, daß er ihr vom ersten Augenblick ihrer Ehe an freie Hand gelassen hatte, zu tun und lassen, was sie wollte. Nie hatte er ihr etwas befohlen oder sie gescholten, wenn sie etwas falsch gemacht hatte. Sie war doch nur ein junger Schößling gewesen, der in der neuen Erde Wurzeln schlagen wollte...

Am nächsten Morgen ging sie in Begleitung von Amram zur Moschee, um nachzusehen, ob ihr Paket schon angekommen war. Wie groß war ihre Freude, als sie auf einer der Holzkisten ihren Namen entdeckte! Wenn sie es gewagt hätte, wäre sie auf der Stelle nach Rosch Pina zurückgekehrt, ihren kleinen Kindern zu essen zu geben. Sie mußte sich ernsthaft ins Gedächtnis zurückrufen, daß sie auf dem Weg nach Süden war, nach Jaffa, und nicht nach Norden, wo Rosch Pina lag.

Dort war Jechiel, und zu ihm würde sie nicht zurückkehren! Sie kam sich vor wie der Strick aus Stoffresten, den sie für die Kinder geknüpft hatte. Das eine Ende zog sie zu Jechiel hin, das andere in umgekehrter Richtung. Und sie war in der Mitte, hin- und hergerissen. In dem Stimmengewirr auf dem Platz vor der Moschee hörte sie plötzlich eine bekannte Stimme, heiser und lebenslustig, eine Stimme, die nicht zu verkennen war.

«Imbar!»

Einen Moment lang blickte er die hochgewachsene Fellachenfrau mit dem roten Haar verwundert an, dann erkannte er sie, umarmte sie herzlich und küßte sie auf beide Wangen.

«Fanja Siles!» stellte er sie stolz dem elegant gekleideten Mann vor, dessen blasse Gesichtsfarbe davon zeugte, daß er neu im Land war. Er unterschied sich durch seine Kleidung von den meisten anderen Leuten um sie herum, die in Kaftane und breite Gürtel gekleidet waren. Sogar seine Schuhe waren wie durch ein Wunder in all dem Staub und Schmutz blitzblank geblieben.

«Eine Kolonistin aus Jauni bei Safed», sagte Imbar. «Haben Sie schon mal eine Fellachenfrau gesehen, die Masurkas von Chopin spielt?» fragte er den Fremden, und seine Augen blitzten.

«Ich habe doch die Impromptus gespielt! Ich erinnere mich noch genau. Du hast wahrscheinlich gar nicht zugehört. Dies ist der Dichter Naftali Herz Imbar, Sekretär des Ministers Oliphant», erklärte sie Amram, der entsetzt dabeistand. Sie wußte, daß er noch nie einen Mann und eine Frau gesehen hatte, die sich öffentlich küßten. «Und dies ist Amram Adis.»

«Wo kommst du her, Fanja, und wo fährst du hin?» fragte Imbar.

«Und du, Imbar? Wohin des Wegs? Und wie geht es Sir Lawrence? Und seiner Gattin? Wußtest du schon, daß neue Siedler in Jauni angekommen sind? Dreißig Familien aus Rumänien. Und das Dorf heißt jetzt Rosch Pina, wußtest du das?»

«Ja, ja, ein Teil von ihnen ist ja hier in Haifa!» Imbar lachte, als Fanja ihn mit Fragen überschüttete. «Sir Lawrence wird nächste Woche Rosch Pina besuchen, und er hat mir sogar gesagt, daß er sich darauf freut, dort die Königin des Bezirks Naftali anzutreffen. So nenne ich Fanja», erklärte er dem Fremden. «Es ist jetzt heiß bei euch.»

«Ja, sehr. Weißt du zufällig, wo diese Leute aus Galaz sich hier aufhalten? Ich habe Grüße auszurichten.»

Fanja sprach schnell, aus Angst, sie könnte wieder in Tränen ausbrechen. Wie sollte sie nur vor Imbar verheimlichen, daß sie Rosch Pina verließ, wo er doch so stolz auf sie war!

«Ja, natürlich. Die sitzen in der Herberge ‹Odessa› in *Ard al Jahud*, neben der Schule von KOL ISRAEL CHAWERIM. Komm doch mit, wir gehen gerade dorthin. Dies ist Herr Veneziani, der Repräsentant von Baron Hirsch und dem Verband KOL ISRAEL CHAWERIM. Er ist gleichzeitig der Gesandte von Baron Rothschild in Paris und bringt gute Nachrichten. Der Baron hat eingewilligt, Samarin zu unterstützen.»

«Haben sie sich schon dort angesiedelt?»

«Nein. Die Männer arbeiten dort die ganze Woche über, und am Sabbat kommen sie zu ihren Familien nach Haifa.»

«War der Herr schon in Samarin?» wandte Fanja sich an Veneziani.

«Ich komme aus Jerusalem.»

«Er hat sich dort mit den BILU-Leuten getroffen», rief Imbar begeistert.

«Wer sind diese BILU-Leute, und wo befinden sie sich?» fragte Amram.

«Dreizehn sitzen in Rischon Lezion und bewirtschaften dort den Boden, den sie von Levontin gepachtet haben», erklärte Herr Veneziani. «Sieben arbeiten in Mikwe Israel, verdienen eineinhalb Franken pro Tag und wohnen in einem Mietshaus in einer der Orangenplantagen. Drei sitzen in Jerusalem und lernen handwerkliche Berufe. Mit denen habe ich mich jetzt getroffen. Drei sind immer noch in Konstantinopel, aber ich habe gehört, daß zwei von ihnen bald hier eintreffen werden. Einer ist als Gesandter nach Europa gefahren, und einer erholt sich in Tiberias von einer Krankheit. Das sind alle BILU-Leute.»

In den Worten Venezianis lag ein herablassender Ton, und Fanja fragte sich, wie man mit so einem Menschen offen sprechen konnte, der sich mit Kälte umgab wie mit einem Panzer.

Plötzlich schämte sie sich ihrer Fellachenkleidung, und Sehnsucht nach Jechiel und den Kindern und nach all ihren Brüdern in Rosch Pina überkam sie. Um diese unwillkommenen Gedanken abzuschütteln, fragte sie Imbar:

«Wie geht es Ingenieur Schumacher?»

«Schlecht! Es ist ihm nicht gelungen, das Geld für seine Eisenbahn aufzutreiben.» Imbar richtete sich hinter dem Berg von Briefen auf und rief: «Ein Wunder ist geschehen – ich habe meine Post gefunden! Jetzt gehen wir zu den Rumänen. Möchtest du dich anschließen?»

«Ich komme auch mit», sagte Amram, und Fanja lachte verlegen. Sein Starrsinn war im Gegensatz zu Imbars Wärme und Herzlichkeit besonders auffällig.

«Sind Sie ein Verwandter von Jechiel Siles?» fragte Imbar mit verschmitztem Lächeln.

«Ja. Sein Vetter zweiten Grades.»

«Das hatte ich mir gedacht.»

Die Herberge «Odessa» befand sich im Osten der Stadt in einem neuen Viertel, das von den Moskauer Immigranten erbaut worden war. Diese hatten es sich zum Ziel gesetzt, etwas für den Fortschritt ihrer Brüder aus orientalischen Ländern zu tun. Der Bau des neuen Viertels wie auch die Einrichtung einer Schule des Verbandes KOL ISRAEL CHAWERIM im Jahre 1881 hatten zwar die Lebensbedingungen verbessert, aber die wohlhabenden Leute unter den Juden – sowohl Sephardim als auch Aschkenasim – wohnten weiterhin in der deutschen Kolonie oder im westlichen Viertel und kümmerten sich nicht um ihre notleidenden Glaubensgenossen.

In drei großen Zimmern der Herberge waren etwa fünfzig Frauen und Kinder auf engstem Raum zusammengepfercht, die meisten auf Strohmatten auf dem Fußboden, fiebernd und hungrig. Die Nachricht, die Veneziani überbrachte, löste bei den verwahrlosten Frauen unbändige Freude aus, als stünde die Erlösung vor der Tür. Noch eine Enttäuschung würden sie nicht überleben, dachte Fanja. Sie fragte nach der Schwester von Helen Lea. In einer Ecke lag eine Frau von etwa zweiundzwanzig Jahren mit gelblicher Gesichtsfarbe, klappernden Zähnen und vom Fieber geschüttelt. Fanja kniete sich neben sie und erzählte ihr von ihren Verwandten in Rosch Pina. Die Frau nickte schwach mit dem Kopf, schloß vor Erschöpfung immer wieder die Augen und wurde vom Schüttelfrost hin und her geworfen.

«Was sagt denn der Arzt?» fragte Fanja eine Frau, die neben ihr saß.

«Er verschreibt Chinin. Er hat allen Kranken hier Chinin verschrieben.»

«Und hilft das nicht?»

«Wir haben kein Chinin.»

Fanja öffnete ihre Kiste und nahm mit zitternden Händen eine Pappschachtel mit Chinintabletten heraus. Mit Hilfe der Frau verabreichte sie der Kranken einige Tabletten. Dann gab sie der Frau ein kleines Häufchen Tabletten, um sie unter den Kranken zu verteilen. Ihr war übel von der schlechten Luft und von dem Anblick der Schwester von Helen Lea, deren Gesicht die Farbe von saurer Milch angenommen hatte. Wohin sie auch blickte, lagen stöhnende Frauen, schweißgebadet und hilflos. Sie mußte an das Lieblingslied ihres Vaters, das Lied von den Einwanderern, und an die Freudentränen der Siedler von Rosch Pina denken. Es war herzzerreißend, die leidenden Kinder zu sehen, die Opfer eines zerbrochenen Traumes. Welche Hoffnungen hatte sie in dieses Land gesetzt, wo sie neue Wege für ein erneuertes Volk bahnen wollten. Aber jetzt erschien ihr das alles so verrückt! Der helle Wahnsinn! Wahnsinn!

«Laß uns von hier weggehen», sagte Amram. Er band die Kiste mit einer Schnur zu, als fürchtete er, Fanja würde den gesamten Inhalt an die Insassen der Herberge verteilen.

«Und da sagt man uns nach, wir seien ein kluges Volk», hörte sie aus dem Nebenzimmer Imbars erregte Stimme.

«Wir sind ein Volk, das überleben will», rief die Stimme von Veneziani. «Das ist das elementare Recht jedes Menschen, oder?»

«Ja! Ja! Aber Sie wissen doch besser als jeder andere, wieviel wir uns durch unsere eigene Dummheit kaputtmachen. Sehen Sie sich diese Frauen hier an! Vergrößern Sie dieses Bild, und dann haben Sie die zwölftausend Flüchtlinge in Brody. Zwölftausend! Nach dem zweiten Tausend hätten sie woandershin flüchten sollen. Aber nein! Alle nach Brody? Ich auch!»

«Dreitausend haben wir schon nach Rußland zurückgeschickt.»

«Und was ist mit dem Rest?»

«Achttausend haben wir unter den Gemeinden in Europa aufgeteilt, und die übrigen tausend warten darauf, daß ihre Verwandten in Amerika Fuß fassen, in ihrer neuen Heimat, dann werden sie zu ihnen ziehen. Wie dem auch sei, schon im Januar dieses Jahres war kein einziger von ihnen mehr in Brody.»

«Zurückgeschickt», «aufgeteilt»... Das war der richtige Chlestakow. In ihrem Elternhaus hatte man unerfahrenen Regierungsbeamten den Namen dieser Gogol-Figur angehängt. Sie gab Amram ein Zeichen, und sie verzogen sich auf die Straße. Draußen holte sie tief Atem, aber die heiße, feuchte Luft bot keine Erfrischung. Wo war der kühle, frische Wind ihrer Heimat! Die hohen Benzoebäume auf der Straße vor dem Haus, das Buchswäldchen, das vom Küchenfenster aus zu sehen war, die Eichhörnchen in den Tannen auf dem Hügel... Vergeblich suchten ihre Augen nach einem Fleckchen Grün, vergeblich sehnte sie sich nach dem Duft der Kiefern. Wäre sie Dichterin gewesen, hätte sie das Leid ihrer neuen Heimat ausdrücken und die Sterilität der Träume nach Erlösung beschreiben können.

Einen Moment lang hatte es das Schicksal gut mit ihr gemeint, als die Kiste mit den Medikamenten von ihrer Schwester angekommen war, und schon im nächsten Augenblick war sie gezwungen, einen Teil des Chinins umsonst abzugeben, an diese Leute hier. Das kostbare Chinin, dessen Erlös dazu bestimmt war, ihre Kinder zu ernähren! Sie war wütend, daß sie es getan hatte, wußte aber gleichzeitig, daß sie nicht anders hätte handeln können. Auch wenn sie darauf bestanden hätte, wäre es nicht möglich gewesen, das Geld für die Medikamente aufzutreiben. Und dieser Veneziani – lieber wäre sie gestorben, als ihn zu bitten, für die Medikamente zu zahlen. Sie tröstete sich mit dem Gedanken, daß Jechiel das gleiche getan hätte. Schon wieder Jechiel!

«Wohin?» fragte Amram.

Er hatte das breite, flache Gesicht und das rote Haar der Adis-Sippe, das auch die Köpfe von Mosche und Bella schmückte. Seine dünnen Beine wollten nicht recht zu dem grobschlächtigen Körper passen, den er offenbar von seiner Mutter geerbt hatte.

«Ich will mich erkundigen, wann einer der deutschen Wagen nach Jaffa fährt.»

«Ich werde dafür sorgen, daß man dir einen Platz freihält. Diese deutschen Wagen sind gut und sicher.»

«Danke, Amram.»

«Wohin willst du in Jaffa?»

«Zu meinem Onkel. Schura Alexander Mandelstamm.»

«Ist der neu hier?»

«Wir sind vor etwa einem Jahr zusammen hier angekommen.»

Sie hatte Angst, er würde auch nach den anderen fragen, nach ihrer Tochter, nach ihrem Bruder, nach Jechiel. Aber Amram stellte keine einzige Frage. Sie dachte daran, daß er sie seit dem frühen Morgen begleitete, ihre Kiste trug und sich um sie bemühte, ganz einfach und ohne Umstände, als täte er nur seine Pflicht. Ein braver Kerl, dachte sie. Zwar lächelte er nicht und gebrauchte keine höflichen Redewendungen, aber seine Taten sprachen eine deutliche Sprache. Jechiel ist ihm ähnlich. Er opfert sein Leben für eine Idee, an die er glaubt, fast ohne darüber zu sprechen. Schon wieder Jechiel! Sie mußte sich das abgewöhnen, wenn sie ihn aus ihrem Leben ausschließen wollte.

*D*er Ausrufer verkündete mit lauter Stimme, ein Kind sei verlorengegangen. Fanja blieb vor Schreck das Herz einen Moment lang stehen. Es war erst zwei Monate her, seit sie in Jaffa angekommen war, aber die arabische Sprache, wie sie von den Einwohnern gesprochen wurde, war ihr schon nicht mehr fremd.

Vorsichtig wich sie den Pfützen aus, bemüht, sich nicht zu beschmutzen. Der Regen, der vor zehn Tagen in Jaffa gefallen war, hatte Ströme von schwarzem Wasser hinterlassen, das sich zu einem ekligen Brei verdickt hatte. Die Menschen hier schütteten einfach alles auf die Straße, Exkremente, Waschwasser und Speisereste. Umsonst drohte ihnen der *Kawass* mit Strafen und Geldbußen. Ein paar Tage lang achtete man auf Sauberkeit, und danach war alles wieder wie früher.

Fanja fragte sich, ob wohl auch in Rosch Pina Pfützen standen oder ob das Wasser in die Bäche abgeflossen war, die sich jetzt über die Hänge ergossen ... Ob die Leute wohl schon mit dem Ackern begonnen hatten? Ob genügend Zugtiere zur Verfügung standen? Wann würde wohl die Aussaat beginnen? Fanja erinnerte sich an ihre Aufregung, als sie die Regentropfen aufs Dach hatte fallen hören. Mitten in der Nacht war sie von den ersten Tropfen geweckt worden, und dann war daraus das wundervolle Orchester eines prasselnden Regens entstanden, der auch am Morgen nicht nachließ und den ganzen Tag andauerte. Einen Augenblick lang glaubte sie sich wieder nach Rosch Pina versetzt, lachte, frohlockte und wusch sich in dem Wasser, das aus den Eimern des Himmels herabströmte.

Fanja hob den Saum ihres Kleides und beschleunigte ihre Schritte. Seit sie nach Jaffa gekommen war, hatte sie ihre Beduinenkleidung abgelegt und kleidete sich wieder europäisch. Die meisten der Juden von Jaffa, insgesamt etwa zweihundert Familien, stammten aus Mittelmeerländern, einige kamen aus Nordafrika und nur ganz wenige aus Europa, doch

alle kleideten sich wie Araber, trugen auch arabische Kopf-
bedeckungen und sprachen sogar unter sich Arabisch. Aber
Fanja hatte das Gefühl, daß die Zeit der Beduinenkleidung
vorüber war. Durch das Tragen dieser Kleidung hatte das
junge Stadtmädchen aus Rußland demonstrieren wollen, daß
es die Lebensweise des Nahen Ostens akzeptierte. Jetzt hatte
sie diese «Fahne» nicht mehr nötig. Sie wusch die Beduinen-
kleider und legte sie in den Kasten. Es war fraglich, ob sie sie
jemals wieder tragen würde.

Bella Rokach hatte mehrmals versucht, von ihr zu erfahren,
warum sie sich so gewandelt hatte, aber Fanja war einer Antwort ausgewichen. Jechiels Tante verhielt sich ihr gegenüber
wie eine wirkliche Verwandte. Sie schlug ihr sogar vor, mit Tamara zu ihr zu ziehen und bei ihr zu wohnen, aber Fanja wollte
jede Annäherung an Menschen, die Jechiel nahestanden,
möglichst vermeiden. In den ersten Tagen war sie noch ganz
verwirrt und glaubte überall Jechiel vor sich zu sehen. Kummer
und Eifersucht brannten in ihr, wenn sie sich erinnerte, wie
Jechiel mit Rivka nach Damaskus aufgebrochen war, das Mädchen mit einem Hut auf dem Kopf und den Zöpfen, die ihr über
den Rücken fielen wie zwei schwarze Schlangen.

Durch Bellas Vermittlung gelang es Fanja, zwei Petroleumlampen zu einem guten Preis an einen Händler namens Asriel
Levy zu verkaufen. Er wollte auch die Medikamente erwerben, aber sie entschied sich, sie vorläufig noch zu behalten.
Das Geld, das sie damit verdiente, ermöglichte es ihr, im
Hause ihres Onkels zu wohnen, ohne diesem zur Last zu fallen. Seit sich ihre Wege getrennt hatten, hatte der Onkel sich
unter den Juden von Jaffa eingelebt. Bella Rokach mochte ihn
gern, und Fanja hatte den Eindruck, daß sich zwischen den
beiden eine Freundschaft anbahnte.

Tamara hatte an Gewicht zugenommen, seit sie nach Jaffa
zurückgekommen waren, und hatte rote Bäckchen bekommen. Mehr als einmal mußte Fanja an Mosche und Bella denken, und ihr Herz krampfte sich zusammen. Einmal hatte sie
sogar daran gedacht, Bella vorzuschlagen, sie möge die Kinder nach Jaffa einladen, aber sie hatte befürchtet, Jechiel
würde erraten, wessen Idee es gewesen war. Sie konnte nicht
aufhören, an ihn zu denken. Jede hochgewachsene Männer-

gestalt, die vorbeiging, erinnerte sie an ihn, die Farbe eines Kaftans, die melodische Stimme eines Vorbeters. Auch die Nacht brachte ihr keine Ruhe, in ihren Träumen kam er zu ihr, nichts mehr stand zwischen ihnen, und der Schmerz des Erwachens war fast unerträglich. Ich habe mich in ihn verliebt! dachte sie überrascht.

Um sich von ihren Gedanken an ihn abzulenken, beschäftigte sie sich von früh bis spät. Sie schrubbte und scheuerte das Zimmer ihres Onkels, das am Fischmarkt lag, bis auch nicht ein Stäubchen mehr übrig war. Dann suchte sie die Apotheker und Kaufleute auf, um sich nach neuen Einkommensquellen umzusehen.

Im Hause von Bella lernte sie eines Tages den Geldwechsler Aharon Schlusch kennen, der ihr riet, mit dem Verkauf der übrigen Petroleumlampen noch bis Ende des Monats *Elul* zu warten. Dann würden die Beduinen aus der Negeb-Wüste kommen, die Taschen voller Geld, dem Erlös für ihre Ernte.

Als Fanja den Laden von Aharon Schlusch betrat, war sie zunächst überrascht. Auf den ersten Blick hätte man das Geschäft für ein kleines Zimmerchen halten können, in dem sich nichts abspielte, aber im Laufe der Zeit wurde ihr klar, daß sich hinter den ruhigen, fast schläfrig anmutenden Gesprächen, die dort mit orientalischer Ruhe geführt wurden, ein reger Handel verbarg. Obwohl sie eine Frau war und noch dazu europäisch gekleidet, kam Herr Schlusch ihr zu Hilfe. Er lehrte sie den Wert der verschiedenen Münzen, erklärte ihr, wann man kaufen und welche Währungen man abstoßen sollte. Sie ging hinunter in den Hafen, wo sie den Touristen ihr europäisches Geld gegen türkisches umtauschte, oder zum Getreidemarkt, um den Beduinen ihre Taler und Pfunde gegen türkische Goldmünzen oder Silberrials einzuwechseln. Ihr Onkel mochte diese Beschäftigung nicht. «Das riecht nach Diaspora», sagte er und rümpfte die Nase.

«Man muß doch essen», erwiderte sie.

Als ob seiner öffentlichen Tätigkeit kein Diaspora-Geruch anhaften würde, dachte Fanja insgeheim. Aber sie vermied es, mit ihm zu diskutieren. Seit sie nach Jaffa gekommen war, sprach sie nur wenig. Mit stummer Verbissenheit ernährte sie ihre kleine Familie. Die Maghrebiner und die Halabis hatten sich an den Anblick des jungen russischen Mädchens gewöhnt, das zwischen den Gewölben der Geldwechsler ein und aus ging oder am Stadttor mit den Beduinen feilschte.

Der einzige Ort, wo Fanja ein wenig zur Ruhe kam, war das Haus von Bella Rokach. In den Nachmittagsstunden pflegten die Damen der kleinen Gemeinde ihr einen Besuch abzustatten, und Fanja fühlte sich wohl unter den würdigen jüdischen Frauen mit den bleichen Gesichtern. Sie saßen auf bestickten Kissen, und die Dienerin brachte auf einem großen Silbertablett winzige Kaffeetäßchen, Süßigkeiten und Früchte. Die Gesellschaft der rundlichen Damen mit den feinen Manieren war ihr angenehm. Sie saß in ihrer Ecke, schwieg und ließ das Gespräch an sich vorüberplätschern. Hier lernte sie die Frau des dänischen Konsuls Reuven Robert Blattner kennen, auch Esther Amsaleg, die Frau des britischen Konsuls in Jaffa, Chaim Amsaleg, ebenso die Töchter von Josef Bey Moyal, dem persischen Konsul. Die Damen der Gemeinde betrachteten sie wie einen seltenen Vogel und wußten nicht recht, was sie von dieser jungen Frau halten sollten, die anscheinend allein mit ihrer kleinen Tochter und ihrem Onkel lebte, der ja bekanntlich Bella Rokach so gut gefiel.

Zu diesem Zeitpunkt waren schon aschkenasische Einwanderer aus verschiedenen europäischen Ländern in Jaffa angekommen, aber das waren unverheiratete junge Männer, für die Palästina eine Art Zwischenstation zwischen Leiden und Erlösung war. In der Regel blieben sie nicht in Jaffa, sondern zogen weiter nach Jerusalem oder in eine der neugegründeten landwirtschaftlichen Siedlungen. Wer von ihnen Glück hatte, brachte aus seiner fernen Heimat seine Mutter, Schwester oder Verlobte mit. Aber diese Fanja, die ja noch ein Knöspchen war, machte es den jungen Männern nach, die Imbar als «Pioniere» bezeichnete, nur daß sie im Gegensatz zu ihnen ihr Seelenheil nicht in der Landwirtschaft suchte.

Manchmal versuchte auch jemand Fanja zu helfen, wie zum Beispiel Hanna Luria, die Tochter von Aharon Schlusch, die sie besonders gern hatte. «Du und ich, wir haben etwas ge meinsam», sagte sie lächelnd zu Fanja. «Wir sind beide mit Männern aus Safed verheiratet, und in beiden Familien sind Sephardim und Aschkenasim vermischt, wenn auch dein Jechiel kein reiner Sepharde ist.»

Eines Tages nahm Hanna Luria sie mit in das kleine Geschäft ihres Mannes, der als «der französische Silberschmied» bekannt war. Fanja übergab ihm die kleinen Silbermünzen, die sie von den Beduinen bekommen hatte, und Alter Luria fertigte daraus ein hübsches Kettchen, das sie mit Gewinn ihrer Nachbarin Faida verkaufte. Im Anschluß an Faida erschien bei ihr eine Braut, dann eine Wöchnerin und schließlich sogar eine schwarze Hure. Fanja machte sich auf die Suche nach kleinen Münzen, die man zu Schmuck verarbeiten konnte, und am Stadttor packte sie oft jemand am Ärmel oder rief ihr nach. «*Saida*, Fanja!» und hielt ihr die Handfläche hin, mit blitzenden Münzen zum Verkauf oder zum Tausch.

Wenn die Damen nach Hause gegangen waren, setzte sich Fanja oft ans Klavier und spielte. Bella machte es sich in einem Sessel bequem und hörte ihr zu. Die Strahlen der sinkenden Sonne drangen durch das bunte Fensterglas ins Zimmer und fielen auf den rosa Marmorfußboden. Kurz vor Sonnenuntergang regte sich die Tante in ihrem Sessel und erinnerte sie daran, daß sie gehen mußte, bevor die Dunkelheit hereinbrach.

«Es wäre doch viel besser, wenn du bei mir wohnen würdest», sagte Bella eines Tages zu Fanja. «Das Haus ist groß und leer. Fünf Kinder haben wir hier großgezogen, mein seliger Mann und ich.»

«Vielen Dank, aber das geht nicht. Mein Onkel braucht mich.»

«Dein Onkel braucht keinen Menschen!» Bella lachte mit einem Anflug von Bitterkeit. «Das Schicksal des Volkes Israel und seine Zukunft lasten auf seinen Schultern. Gott behüte uns!»

«Und was ist daran schlecht?» fragte Fanja.

«Ich habe Angst vor den Gerechten. Das sind Fanatiker.»

«Onkel Schura ist kein Fanatiker. Und auch kein Gerechter.»

«Aber nur, weil er ein Schreibtischgeneral ist. Er schickt

Die mit Tränen säen ...

…werden mit Freuden ernten, heißt es im 126. Psalm. Dieses Wort mag auch Fanja Kraft gegeben haben, in Galiläa unter härtesten Bedingungen eine neue Existenz aufzubauen. Zu Hause in Rußland ist sie die behütete Tochter reicher Juden gewesen – bis die Pogrome begannen. Doch aller Reichtum nützt nichts, wenn er nicht gesichert ist.

andere in die Schlacht. Wo ist er eigentlich dieser Tage? Wohin ist er verschwunden?»

«Er sitzt Tag und Nacht mit Berliawski zusammen, und sie stellen die Statuten der BILU auf.»

«Siehst du? Ich habe recht gehabt! Aber ich freue mich, daß er nicht perfekt ist.»

Richtig! dachte Fanja. Er war so stolz auf mich, als ich nach Jauni fuhr. Und er selbst sitzt hier in Jaffa und bringt mit flammender Feder die Auferstehungsträume anderer zu Papier.

«Er ist schon zu alt.»

«Dein Onkel?» Bella Rokach lachte. «Er ist überhaupt nicht alt! Und du brauchst ihn nicht vor mir zu beschützen, ich mag ihn sehr. Was dich betrifft, wie lange willst du dich noch wegen Jechiel herumquälen? Weiche mir nicht aus!» rief sie, als Fanja Anstalten machte, aufzustehen und zu gehen. «Du liebst ihn doch! Jede Bewegung, die du machst, jeder deiner Blicke zeugt von Liebeskummer. Du brauchst es nicht zu leugnen. Mit Liebe geht man sparsam um, Fanja. Trotz allem, was die Lieder einem weismachen wollen, ist sie nicht jedem vergönnt, und nur zu leicht zerstört man sie. Es gibt nicht viele Männer wie Jechiel, Fanja, und er hat sämtlichen Mädchen in Jaffa das Herz gebrochen, als er vor einem Jahr hier bei mir wohnte. Er ist schön wie ein Prinz und klug wie König Salomo. Anständig – und störrisch! Einer von euch beiden wird nachgeben müssen, Fanja.»

«Ich will ihn nicht.»

«Warum nicht? Du liebst ihn doch.»

«Woher willst du wissen, daß er mich auch liebt?»

«Du weichst mir schon wieder aus! Die Liebe zeigt sich in allem, was du tust und sagst! Und deine großen leuchtenden Augen! Wenn ich ein Mann wäre, würdest du mir das Herz brechen. Du weißt gar nicht, wie schön du bist, Fanja. Willst du nicht in Jauni wohnen? Ist es das?»

«Nein. Ich will arbeiten. Ich habe sogar die Feldarbeit geliebt, als wir Steine wegräumen mußten. Ich habe geglaubt, daß jede Wunde und jeder Riß an meinen Händen das Kommen des Messias beschleunigt.» Plötzlich mußte sie lachen und wunderte sich über ihren eigenen Starrsinn. «Wenn er wenigstens die Kinder herschicken würde. Dort hungern sie.

An manchen Tagen ist einfach nichts Eßbares im Hause. Buchstäblich nichts.»

«Ich habe ihm geschrieben und ihm vorgeschlagen, die Kinder zu mir zu schicken. Das war noch vor dem Regen. Darauf hat er mir geantwortet: ‹Da wo ich bin, ist auch meine Familie›, oder irgend so einen heldenhaften Männerspruch. Ich verstehe euch nicht.» Sie wurde plötzlich zornig. «Alle Mädchen in Jaffa waren bereit, ihm bis ans Ende der Welt nachzulaufen, und er wollte keine, bis er dich traf und beschloß, du solltest ihm gehören. Er hat sich sehr beeilt, dich zu heiraten und dich von hier wegzuholen, damit niemand ein Auge auf dich werfen konnte. Was ist denn nur passiert? Was hat er dir denn getan?»

«Es gibt da . . . eine andere Frau.»

«Bei Jechiel? Das glaube ich nicht! Niemals! Das kann ich nicht glauben!»

Bella Rokach war so erschüttert, daß Fanja die Worte bedauerte, die ihr herausgerutscht waren. Aber sie konnte sie nicht mehr zurücknehmen.

«Lassen wir das jetzt. Es ist schon spät, die Sonne geht unter.» Fanja küßte Bella auf die Wange und verabschiedete sich eilig. Sie stieg die steile Treppe hinunter, ihre Schritte hallten von den Steinen wider. An der hohen Decke spiegelten sich die golddurchwirkten Meereswellen.

Das Gespräch mit Bella hatte sie erregt. Bellas Gefühlsausbruch hatte seinen Ursprung nicht zuletzt in der Abwesenheit von Onkel Schura. Hätte er ihre Zuneigung erwidert, wäre ihr der hochtrabende Vortrag über die Liebe erspart geblieben. In Zukunft würde sie weniger oft herkommen. Fanja war sich klar darüber, daß ihre Liebe zu Jechiel eine Wunde war, die nicht so bald heilen würde, doch hatte sie gehofft, die Wunde würde mit der Zeit nicht mehr schmerzen und sie würde lernen, mit den Narben zu leben. Jetzt war sie froh, ihr Töchterchen zu haben, ein Wesen, das auf sie angewiesen war. Manchmal kam es ihr vor, als sei Tamara diejenige, die auf ihre Mutter aufpaßte. Ihretwegen stand sie morgens auf, ihretwegen kochte sie Essen, und ihretwegen gab sie sich mit Geschäften ab, um Geld zu verdienen.

Von Zeit zu Zeit erreichten Fanja Nachrichten aus Jauni.

Ihr Onkel hatte in der Synagoge von Chaim Schmerling gehört, daß bei der ersten jüdischen Hochzeit ein Araber zu Tode gekommen war. Sämtliche Einwohner der Umgebung hatten sich versammelt, und als man Freudenschüsse abfeuerte, war ein arabischer Arbeiter von der Pistole eines der Juden getroffen und getötet worden. Darauf bewarfen die Araber die jüdischen Hochzeitsgäste mit Steinen, und das Fest wurde zur Trauerfeier. Der Rest des Geldes, das die Siedler noch hatten, ging bei dem Prozeß verloren. Sie mußten die Kosten für den Einsatz der türkischen Soldaten tragen, die das Dorf bewachten, ebenso mußten sie der Familie des Getöteten Schadenersatz zahlen, und schließlich blieb ihnen kein Pfennig Geld. Jemand erzählte, er hätte im *Magid* gelesen, daß man im Ausland Geld sammele, um Rosch Pina aus seiner Notlage zu befreien. «Hat es dort auch geregnet?» fragte Fanja ihren Onkel, doch er wußte keine Antwort.

Unten vom Hafen ertönte das Geschrei der Lastträger. Zwei barfüßige Knaben trieben mit lautem Geschrei ein abgemagertes Pferd zum Galopp an und wären fast mit Fanja zusammengestoßen, als sie unter dem dicken Mauervorsprung hindurchging. Seit sie nach Jaffa gekommen war, verspürte sie keine Furcht mehr. Es war ein furchtbares Durcheinander, und der Lärm war ohrenbetäubend, aber die Leute führten nichts Böses im Schilde. Dennoch ging sie nie aus, ohne ihre Pistole einzustecken. Sie war eine Frau mit Erfahrung und überließ nichts dem Zufall.

Sie durchquerte den kleinen Hof und ging zum Zimmer von Faida, um Tamara abzuholen. Die Kleine freute sich, als sie ihre Mutter sah. Fanja hielt sie an beiden Ärmchen, ließ sie selbst einige Schritte tun und zählte «eins, zwei... eins, zwei».

Die kleine Wohnung lag im Halbdunkel. Das wenige Licht hing wie ein milchiger Vorhang an der Fensterscheibe. Fanja nahm Tamara auf den Arm und blieb wie angewurzelt stehen. Auf einem Stuhl neben dem Fenster saß Jechiel.

«*Schalom*, Fanja.»

«*Schalom.*»

Der Schreck in ihrer Stimme ließ ein bitteres Lächeln um

seine Lippen spielen. Sie fühlte sich unbehaglich, als wäre sie in seine Privatsphäre eingedrungen.

«Seit wann bist du hier?»

«Seit etwa einer Stunde. Ich bin mit dem Schiff gekommen.»

«Aus Haifa?»

«Ja. Wir waren fünfundzwanzig Stunden auf See.»

Jechiel bückte sich, hob Tamara auf und setzte sie auf seinen Schoß.

«*Schalom*, du Hübsche», sagte er lächelnd zu der Kleinen.

«*Wir* waren auf See?» sagte Fanja tonlos. Sollte er es gewagt haben, sie mitzubringen? «Du ... und die Kinder?»

«Nein. Ich und die anderen Passagiere.»

«Wie geht es den Kindern?»

«Bella war krank.»

«Oh! Was hat ihr gefehlt?»

«Darmentzündung.»

«Die arme Kleine! Und wie geht es ihr jetzt? Ist sie wieder gesund?»

«Ja.»

«Und wer ... wo ist sie?»

«In Safed. Bei Lea. Zusammen mit Mosche.»

Fanja war froh, daß das Halbdunkel im Zimmer ihre Gesichtszüge nicht deutlich erkennen ließ, und bemühte sich, auch die Erregung in ihrer Stimme zu verbergen. Sie fühlte sich schuldig. Vielleicht hätte sie Bellas Krankheit verhindern können, wenn sie in Rosch Pina geblieben wäre. Ihr Herz blutete für die kleinen Kinder, und sie konnte Leas bittere Miene förmlich vor sich sehen.

«War deine Reise erfolgreich?»

Einen Moment lang glaubte Fanja, in Jechiels Augen einen gequälten Ausdruck zu erkennen, aber als sie sich ihm zuwandte, sah er sie nur ein wenig spöttisch an.

«In Damaskus? Ja, wir hatten Erfolg.» Er lächelte.

Plötzlich lachte er vor sich hin. «Mosche David hat dem *Wali* nochmals erklärt, daß die Siedler in Rosch Pina Einwanderer aus Rumänien sind, das sich früher unter türkischer Herrschaft befand, und daß es ihr Herzenswunsch ist, wieder unter der Herrschaft des gnädigen Sultans zu leben. Auf die

Bitte von Jacob Adis hin leitete der *Wali* das Gesuch an die Hohe Pforte in Konstantinopel weiter. Sechs Wochen saßen wir in Damaskus herum und warteten auf die Genehmigung.»

Sechs Wochen! Ihr Herz krampfte sich zusammen bei dem Gedanken, daß er und Rivka sechs Wochen zusammen in Damaskus gewesen waren.

«War Adis freundlich?»

«Freundlich? Er hat ehrlich vermittelt. Übrigens sieht er aus wie Mussa Adis. Genauso rot. Er und Mosche David Schub haben eine gemeinsame Sprache gefunden. Rabbi Mosche David spricht jiddisches Hebräisch, während Rabbi Jacob Damaszener Hebräisch spricht, aber sie konnten einander verstehen. Adis hat den *Wali* davon überzeugt, daß die Fellachen in Jauni bei Safed fleißige Bauern sind, die Galiläa fruchtbar machen und die Kasse des Sultans auffüllen werden. Vorläufig können wir allerdings nur eine Steuer auf die Steine erheben, die wir vom Feld geräumt haben. Als wir wieder in Rosch Pina waren, erschien dort der Gouverneur von Safed und verkündete den Einwohnern, daß die Genehmigung erteilt sei. Er schlug ihnen vor – weil sie ja die Türken so sehr ins Herz geschlossen hatten –, die türkische Staatsbürgerschaft anzunehmen. Über Nacht wurden sämtliche Einwohner von Rosch Pina türkische Staatsbürger. Die Baugenehmigung und die Gutherzigkeit des Gouverneurs haben uns viel Geld gekostet.»

«Habt ihr den Bau eingestellt?»

«Nein, wir bauen weiter. Aber nicht so, wie es ursprünglich geplant war. Zwei kleine Zimmer und ein Kuhstall, das ist alles.»

«Und du? Baust du auch?»

«Nein. Ich habe ja ein Dach über dem Kopf. Aber im Augenblick habe ich fünf Junggesellen bei mir wohnen.»

«Fünf!»

«Die Familienväter fahren nachts nach Safed zurück. Aber meine Gäste sind unverheiratet.»

«Und Mosche und Bella?»

«Die freuen sich darüber. Die Männer haben Sehnsucht nach ihren Familien und verwöhnen Mosche und Bella gehörig.»

«Und Lolik?»

«Man sieht ihn fast nie. Riva behauptet, wir sind alle verrückt und er nur ein wenig mehr als die anderen. Sie verpflegt ihn. Mach dir keine Sorgen.»

«Helen Lea hat mir versprochen, sich um ihn zu kümmern.»

«Sie läßt dich grüßen.»

«Ja? Und wie geht es ihr? Ich habe ihre Schwester in Haifa besucht. Sind die Frauen und Kinder schon nach Samarin umgezogen?»

Jechiel zögerte mit der Antwort. Er setzte Tamara ab und erhob sich, als wolle er auf sie zugehen.

«Es hat ein Unglück gegeben in ihrer Familie.»

«Was denn?!»

«Ihre Schwester.»

«Ist sie tot?»

Heißer Zorn packte Fanja. Sie dachte an die fiebernde Frau, die wie ein Stoffetzen auf der Strohmatte in der Herberge «Odessa» in Haifa gelegen hatte. Das Furchtbarste war die vollkommene Nutzlosigkeit ihres Todes! Schließlich war sie hergekommen, um ihr Leben zu sichern. Was war schon dieses Samarin, für das sie sich geopfert hatte? Ein Wort! Nichts als ein Name! Buchstaben, die sich in Luft auflösten! Wie gräßlich dieses Leben sein konnte!

«Bei uns hat es geregnet», sagte Jechiel, wie um sie zu beruhigen.

«Bei uns in Jaffa auch. Die ganze Nacht! Es hat geregnet und geregnet und geregnet! Habt ihr schon gepflügt?» Das Wunder war geschehen und sie war nicht dabeigewesen.

«Am Ende des Monats *Kislew* kam der erste Regen, und am zweiten *Tewet* haben wir mit dem Ackern begonnen.»

«Wie war das? Erzähl mal!»

«Wir haben uns alle auf dem Feld versammelt, Männer, Frauen und Kinder, so wie es geschrieben steht ‹Die mit Tränen säen, werden mit Jubel ernten› – weil wir alle vor Glück weinten. Den ganzen Tag sangen wir, weinten, hielten Reden und sprachen Segen. Rabbi Mosche David hielt eine Predigt über die Rückkehr nach Zion. Als wir vom Feld kamen, setzten wir uns mitten in der Siedlung an gedeckte Tische zum Essen, und wieder sangen wir Lieder und sprachen Segen. Es wurde beschlossen, künftig den zweiten *Tewet* als Gründungstag der Siedlung zu feiern.»

«Aber sie wurde doch schon früher gegründet. Seit wann besteht Gai Oni?»

«Seit dem Monat *Tamus*. Aber wir sprechen ja von Rosch Pina. Am selben Tag wurde in der Siedlung auch eine Hochzeit gefeiert.» Jechiel verstummte, und sein Gesicht verfinsterte sich.

«Ja, ich weiß. Und was ist mit dem jungen Mann, der geschossen hat?»

«Der ist noch im Gefängnis. Wir wollten Weinstöcke anpflanzen, Etrogen, Äpfel, Zitronen und fünfhundert Olivenbäume, aber nachdem wir der Familie des Erschossenen die Entschädigung gezahlt hatten, beliefen sich die Schulden der Siedlung auf vierzehntausend Franken.»

«Was heißt ‹wir haben gezahlt›? Du auch?»

Jechiel zuckte mit den Schultern. «Man erzählt sich, daß der Baron Rothschild in Paris Rosch Pina unter seine Schirmherrschaft nehmen wird.»

«Ja. Ich habe Chlestakow gesprochen ...» murmelte Fanja. «Wen?»

«Herrn Veneziani, den Repräsentanten des Barons. Bist du mit dieser Regelung zufrieden?»

«Nein. Ich bin nicht damit zufrieden. Ich hätte es vorgezogen, nicht von irgendeinem Wohltäter abhängig zu sein.»

Fanja lächelte im Dunkeln. Sie hatte sich gedacht, daß seine Antwort so ausfallen würde.

«Weißt du, wer sich an die Spitze der Verteidiger unseres Dorfes gestellt hat? Samir Alhija, unser Nachbar. Unsere Fellachen haben die Beduinen von Al Sangaria alarmiert und sich den Angreifern entgegengestellt, bis die Polizei ankam. Es waren mindestens zweihundert Angreifer, mit Steinen und Knüppeln bewaffnet und gefolgt von Frauen und schreienden Kindern.»

«Großer Gott!»

Fanja war so aufgeregt, daß sie überhaupt nicht merkte, wie er auf sie zukam, und der Atem stockte ihr, als sie plötzlich seine harten Hände auf ihrem Körper spürte. Er drehte sie um und drückte sie fest an sich. Sein Gesicht war ganz nah, sie hörte seinen keuchenden Atem, bevor seine Lippen die ihren suchten. Er ließ nicht von ihr ab, bis sie seine Zärtlichkeiten erwiderte und ihn nach dem ersten Schreck zitternd umarmte. Wellen der Scham überfluteten sie, doch ihr Körper sprach seine eigene Sprache und drückte all die Dinge aus, die nicht über ihre Lippen kommen wollten. Seine Finger durchwühlten ihre dichten roten Haare, während sein fordernder Mund ihren Hals liebkoste, ihre Augen küßte, über ihre seidige Haut strich und ihr Schauer über den Rücken jagte. Sie konnte keinen klaren Gedanken fassen und hatte nur einen Wunsch: alles, was sie trennte, niederzureißen und sich mit ihm zu vereinen.

Von draußen ertönten Stimmen. Die Tür öffnete sich, und im Türrahmen erschienen Onkel Schura und Jakob Berliawski. Sie waren derart in ihr Gespräch vertieft, daß sie die Anwesenheit der beiden jungen Leute nicht wahrnahmen. Plötzlich blieb der Onkel stehen, blickte sich um und rief: «Jechiel! Was soll das, Fanja? Warum steht ihr hier im Dunkeln?»

Fanja war froh, daß sie sich mit dem Anzünden der Lampe beschäftigen konnte. Sie fühlte, wie ihre Knie zitterten, und hatte Angst, auf den Stuhl zu steigen, um ein Streichholz an die Lampe zu halten.

«Schau mal her!» rief der Onkel, als hätte er etwas Besonderes entdeckt. «Mach die Augen auf, Berliawski, und betrachte diesen Mann: Er ist euch zuvorgekommen! Ein jüdischer Bauer aus Galiläa! Er und seine Kameraden waren *Jeschiwa*-Schüler in Safed und haben sich in dem arabischen Dorf Jauni angesiedelt, wo sie gemeinsam mit den Fellachen den Boden bestellen und ein Gemeinschaftsleben führen. Von Tolstoi haben sie noch nie etwas gehört, auch nicht von Robert Owen und noch nicht einmal von Perez Smolenskin. Stimmt das, Jechiel?»

Jechiel lächelte sein unergründliches Lächeln und sagte nichts.

«Du kannst dich ihnen anschließen, Onkel Schura.»

«In meinem Alter? Aber du kannst sicher sein, wenn ich vierzig Jahre jünger wäre, hätte ich es getan! Dies ist Fanjas Mann.»

«Wo liegt dieses Jauni?» fragte der Gast.

«Bei Safed. Und es hat jetzt einen neuen Namen: Rosch Pina.»

Der Onkel schüttelte den Kopf. «Dagegen protestiere ich in aller Form.»

«Tja, die Rumänen haben aus Gai Oni Rosch Pina gemacht», seufzte Jechiel. Er lächelte, und das Licht der Petroleumlampe spiegelte sich auf seinen weißen Zähnen wider.

«Juden! Als erstes müssen sie für alles einen Namen erfinden.»

Der Onkel blies verächtlich die Backen auf. «Auch die BILU-Leute nannten sich zuerst DIBU – eine Abkürzung für *daber bnai Israel wajissau,* ‹Sprich zum Hause Israel, auf daß sie fahren mögen›. Erst später änderten sie den Namen und nannten sich BILU, nach dem Spruch des Propheten Jesaja. Zuerst sollten wir etwas *tun,* dann *reden,* oder?»

«Jawohl», pflichtete der Gast ihm bei.

«Nu – hat es geregnet?» fragte der Onkel. «Fanja hat sich große Sorgen gemacht.»

«Es hat geregnet.»

Irgend etwas an Jechiels Antwort klang falsch, und der Onkel blickte ihn mißtrauisch an.

«Habt ihr gepflügt?»

«Ja.»

«Habt ihr auch gesät?»

«Nein.»

«Warum nicht?»

«Wir haben kein Geld. Wo kommen Sie her?» fragte Jechiel Berliawski.

«Aus Krakau», beeilte sich der Onkel, ihm zu antworten. «Dort ist die Wiege der Bewegung. In Krakau. Er war Tierarzt.»

«Nur Student der Tiermedizin.»

«Onkel Schura hilft Berliawski die Statuten der BILU-Organisation aufzustellen», erklärte ihm Fanja lächelnd.

«Entdecke ich da einen Anflug von Spott in deiner Stimme, junge Frau?» frage Schura. «Noch bevor du geboren warst, hatte ich reichliche Erfahrung im Aufstellen von Statuten. Schon 1863 habe ich mich am Aufstellen der Statuten für

Chewrat Mefize Haskala, der Gesellschaft für die Verbreitung von Gemeinbildung, beteiligt, und 1879 habe ich zu meinem großen Bedauern die *Narodnaja Wolja* beim Aufstellen ihrer Statuten beraten, nachdem ich zu der traurigen Überzeugung gekommen war, daß Schulbildung die Unterschiede zwischen Russen und Juden nicht vertuschen konnte. Ich bin ein erfahrener Jurist, der sich nützlich machen kann, obwohl du ja immer der Meinung bist, ich sei ein alter Trottel.»

Jechiel hörte ihm geduldig zu, wie einem Kind. Von Zeit zu Zeit warf er Berliawski einen neugierigen Blick zu. Fanja hatte den Eindruck, als betrachte er ihren Onkel mit nachsichtiger Herablassung, und sie mußte an die Worte von Bella Rokach denken, ihr Onkel sei nichts als ein Schreibtischgeneral. Plötzlich fiel ihr ein, daß Jechiel wahrscheinlich schon lange nichts Richtiges mehr gegessen hatte, und sie mußte an den ewigen Hunger denken, den sie in Jauni verspürt hatte. Sie legte eine Tischdecke auf und stellte Teegläser, frische Brotfladen, Käse und Datteln auf den Tisch.

«Sind Sie aus Rischon Lezion?» wandte Jechiel sich an Berliawski.

«Ja.»

«Wie viele seid ihr dort?»

«Auf dem Papier sechzehn. In Wirklichkeit nur dreizehn.»

«Als wir anfingen, waren wir siebzehn. Heute sind von der Gruppe aus Safed nur noch zwei Familien übrig.»

«Sieben von uns arbeiten immer noch in Mikwe Israel. Wir versuchen, auch sie nach Rischon Lezion zu bringen.»

«Wollen die Jungen denn nach Rischon Lezion übersiedeln?»

«Einige wollen es, aber die Bauern in Rischon Lezion sind nicht begeistert von der Idee. Sie behaupten, wir seien verdorben und hielten die religiösen Gesetze nicht ein.»

«Das hat man in Safed auch gesagt, als wir uns in Jauni ansiedelten. Sie befürchteten, die Juden in der Diaspora würden herausfinden, daß man in Palästina auch ohne die Beiträge der *Chaluka* leben kann.»

«Geld! Geld! Geld!» rief der Onkel mit lauter Stimme. «Das ist alles, was die Leute in Rischon Lezion im Kopf haben. Sie haben Angst, daß sie zu kurz kommen, wenn man die Unterstützung des Barons zwischen ihnen und den Bilu-Leuten aufteilt.»

«Ihr müßt einfach Erfolg haben, genauso wie wir in Rosch Pina Erfolg haben müssen.»

«Vielleicht ziehe ich nach Jerusalem.»

«Gefällt Ihnen Jerusalem besser als Rischon Lezion?»

«Ich weiß nicht. Rischon Lezion ist eine Zwischenlösung. Es ist nicht das, was wir uns vorgestellt hatten. Wir sind nur die Vorhut einer großen Einwanderungswelle, und ich weiß nicht, ob Rischon Lezion ein guter Ort ist.»

«Man darf den Boden nicht aufgeben. In Jerusalem werden euch die Fanatiker bei lebendigem Leibe auffressen.»

«Das sagt Elieser Rokach auch. Trotzdem fahre ich am *Pessach*fest nach Jerusalem. Hoffen wir, daß bis dahin noch mehr Kameraden aus Konstantinopel hier ankommen.»

«Was macht ihr in Rischon Lezion?» fragte Fanja.

«Wir arbeiten! Wir haben Straßen angelegt, einen Brunnen ausgehoben, Weinberge angepflanzt.»

«Und wie hoch ist euer Lohn?»

«Ein Franken pro Tag.»

«Unterstützt euch jemand?»

Berliawski machte ein enttäuschtes Gesicht. Er zögerte mit der Antwort und sagte dann: «Wir hatten gehofft, Herr Veneziani, der Gesandte des Barons, würde uns unter die Arme greifen, aber Hirsch hat unsere Hoffnungen zunichte gemacht...»

«Welch ein Volk sind wir doch! Mein Gott, welch ein Volk!» rief der Onkel. «Nur Kampf, Streit, Haß und Engstirnigkeit!»

«Man darf den Boden nicht aufgeben», wiederholte Jechiel eigensinnig. «Wie lange seid ihr schon im Lande?»

«Am neunzehnten *Tamus* war es ein Jahr.»

«Wir hatten eine nette Feier hier in Jaffa», sagte Fanja zu Jechiel. «Onkel Schura hat eine Rede gehalten.»

«Warst du auch da?»

Fanja nickte. «Ja, ich war auch dabei.»

«Möchtest du gerne dort leben, unter den Moskowitern?» fragte er sie.

«Frag Fanja nicht, was sie will», unterbrach ihn der Onkel. «Sonst wird sie den Himmel verlangen! Den Mond und die

Sterne! Hast du Jechiel schon von deinen Geschäften erzählt? Sie handelt mit Währungen. Wo wir Mandelstamms doch immer so stolz darauf waren, daß wir uns die Hände niemals mit Geld beschmutzt haben!»

«Ihr hattet auch genug zu essen, Onkel Schura.»

«Unser seliger Vater besaß eine Zuckerfabrik. Sechzig Arbeiter waren bei ihm angestellt. An Geld hat es nicht gefehlt, aber bei uns zu Hause wurde nie darüber gesprochen. Mein Bruder, Fanjas Vater, der nach Vaters Tod die Fabrik leitete, führte dort soziale Arbeitsbedingungen ein, wie es sie in Rußland nicht gab. Seit meiner Kindheit, erinnere ich mich, war unser Haus voll von Studenten, *Jeschiwa*-Schülern und angehenden Rabbinern. Nur uns schickte man auf allgemeine Schulen, damit uns die Liberalisierung, die Alexander II. eingeführt hatte, zugute kam, und wir waren froh, den Russen zu ähneln. Die Russifizierung war unser höchstes Ideal. Später studierte ich an der Hochschule für Rechtswissenschaften, ein Privileg, das die Juden in früheren Generationen nicht besaßen, und ich glaubte, es bestünde kein Unterschied zwischen mir und anderen Bürgern meines Standes. Fanjas Mutter, eine gläubige Jüdin, konnte Hunderte von russischen Liedern auswendig. Es kam uns vor, als sei der Messias gekommen! Die Diskriminierung, die Unterdrückung und die Hetze gegen die Juden sahen wir nicht und wollten sie nicht sehen. Bis dann vor neun Jahren, im Jahre 1873, ein Buch unter dem Titel *Tagebuch eines Schriftstellers* herauskam, verfaßt von meinem Lieblingsautor Dostojewski. Und dort las ich folgenden Satz: ‹Die Jüdchen saugen dem Volk das Blut aus, sie nähren sich von der Korrumpierung des Volkes und seiner Erniedrigung.› Dostojewski!!»

Die Stimme des Onkels wurde plötzlich schrill, als hätte man ihm ein Schwert ins Herz gestoßen. «Im Grunde war das ja nichts Neues. Schon früher hatte man über die Emanzipation der Russen von den Juden gesprochen. Aber Dostojewski! Ich wollte mich umbringen! Tatsächlich! Ich wollte mich umbringen! Alles sah so hoffnungslos aus. Später, nachdem ich mich beruhigt hatte, beschloß ich, wir Juden müßten der übrigen Welt beweisen, daß wir besser seien als die anderen. Ihr werdet mich fragen, warum wir besser sein müssen als die anderen. Heute bin ich der Meinung, daß die Welt sich ändern muß, nicht die Juden. Aber damals war ich anderer Ansicht. Mein Gehalt von der Eisenbahngesellschaft, wo ich als Rechtsberater angestellt war, überwies ich fast vollständig an die Gesellschaft zur Verbreitung der Schulbildung unter den Juden in Rußland. Hast du von dieser Gesellschaft schon gehört, Jechiel? Sie wurde vor zwanzig Jahren von reichen Preßburger Juden gegründet, die glaubten, durch Schulbildung die Unterschiede zwischen eineinhalb Millionen Juden und dem riesigen russischen Volk verwischen zu können, die glaubten, daß fortan nur Liebe und Freundschaft herrschen würden. Ha! Sogar die Revolutionäre von *Narodnaja Wolja*, der auch ein Dutzend Juden angehörten, machten sich einen Teil ihrer antisemitischen Ansichten zu eigen. Das war die gängige Münze. Das würde das Volk ohne weiteres schlucken, und damit würden sie es für sich gewinnen. Mit Antisemitismus!»

Er kramte mit zitternden Händen in einem großen Umschlag. Endlich fand er ein bestimmtes Schriftstück und fuhr mit dem Finger über die Zeilen, bis er die gesuchte Passage gefunden hatte: «Hier: Lejbl Meirowitsch, mein Freund und Kollege, der frühere Sekretär der Gesellschaft zur Verbreitung der Schulbildung, hat mir die Abschrift eines Flugblattes geschickt, das die *Narodnaja Wolja* im September 1881 in Krakau verteilt hatte – fünf Monate nach Ausbruch der Pogrome! Wir waren bereits auf dem Weg nach Palästina. Hast du dieses Flugblatt gesehen?» fragte er Berliawski, der bejahend nickte. «Also, hört euch das an! ‹Wer hat den Boden, die Wälder und die Gasthäuser an sich gerissen? Die Juden – die *Zhids*. Wen fleht der *Mujik* an, oft unter Tränen, man möge ihm erlauben, auf sein Stück Land zurückzukehren, dem Erbe seiner Väter? Die *Zhids!* Wo man hinkommt, sitzen die *Zhids*. Der *Zhid* beraubt und verspottet die Menschen, betrügt sie und saugt ihnen das Blut aus. Man kann in den Dörfern nicht länger leben – wegen der *Zhids*› . . . und so weiter, und so weiter. Und dann: ‹Erhebt euch, ehrliche Arbeiter! Lange genug haben die *Panjes* über uns geherrscht, die *Zhids* uns betrogen und die Offiziere der Polizei uns gequält.›

Versteht ihr jetzt? Die *Panjes*, die Polizisten und die *Zhids*, das sind die Feinde der ehrlichen Arbeiter. Und das wurde fünf Monate *nach* den Pogromen geschrieben! Nicht die Mörder klagt man an, sondern die Ermordeten! Und im ganzen großen Rußland hat sich nicht ein einziger anständiger Mensch als Fürsprecher für die hilflosen, unschuldigen Opfer gefunden. Ein Glück, daß ich nicht in Rußland bin, denn den, der dieses Flugblatt verfaßt hat, hätte ich erschossen. Jüdisches Blut ist sowohl für die Behörden wie auch für die Aufständischen freigegeben. Eine regelrechte Blutsbrüderschaft! Ja, man sagt, daß sich unter den Verschwörern auch eine Jüdin befand, eine Hessia Helfmann, und daß Alexander III. darin eine historische Rechtfertigung der Judenverfolgungen sah. Mein kleines Gehirn, mein *Zhid*-Gehirn, ist bereit, auch das zu verstehen. Aber die Aufständischen?»

«Antisemitismus ist für die nur ein Mittel, die Revolution zu propagieren», sagte Berliawski.

«Genau das! Mordet! Vergewaltigt! Raubt! Aus dem Chaos wird die Erlösung kommen!»

«Genug jetzt! Genug! Genug!» schrie Fanja und hielt sich die Ohren zu. Der Onkel schien aus einem Traum zu erwachen und starrte sie verwundert an, als wisse er nicht, wo sie plötzlich hergekommen sei.

Jechiel sprang auf und nahm sie in die Arme, sie verbarg ihr Gesicht an seiner Schulter.

«Verzeihung», murmelte der Onkel. «Wie bin ich eigentlich darauf gekommen?» Seine Wangen waren gerötet, und er sah verwirrt und verlegen aus. Berliawski lächelte und sagte:

«Du hast von Fanjas Geldgeschäften gesprochen und bist dann irgendwie beim Antisemitismus in Rußland angelangt.»

«Ah! Da besteht eine Verbindung! Ich bin kein so kompletter Trottel, wie ihr glaubt! Was ist, Fanitschka? Schämst du dich nicht? Diese junge Dame ist die tapferste Heldin, die ich jemals in meinem Leben die Ehre hatte, kennenzulernen. Warum weinst du?»

«Ich weine nicht.»

«Schon gut, mein Honigplätzchen. Alles, was ich sagen wollte, war, daß wir Mandelstamms, wie auch sehr viele an-

dere, trotz des schlechten Rufes, den man uns Juden angehängt hat, niemals mit Geld nur um des Geldes willen gehan-
delt haben.»

Fanja lächelte sarkastisch. «Mein Vater ist für diese Ehren-
haftigkeit reich belohnt worden.»

«Was machst du eigentlich?» fragte Jechiel neugierig.

«Ich kaufe und verkaufe Münzen. Außerdem bin ich Vertreterin einer amerikanischen Firma für Medikamente, Park
Davis, und meine Schwestern haben mir wieder ein Paket geschickt, noch ein paar Petroleumlampen.»

Jechiel merkte, daß sie nicht weiter über ihre Geschäfte
sprechen wollte.

«Wo übernachten Sie?» fragte er Berliawski.

«Bei Anton Ajub. Übrigens, es ist schon spät.» Er erhob
sich. «Und Sie?»

«Bei meiner Tante am Stadttor von Jaffa.»

«Du gehst mir jetzt nicht mitten in der Nacht zu Anton
Ajub», protestierte der Onkel. «Sein Haus steht in einer
Orangenplantage, die mindestens zwei Stunden von hier entfernt ist! Ihr bleibt hier! Wir legen Strohmatten auf den Fußboden, so haben wir Platz genug für alle.»

Berliawski lachte. «Ich fürchte, daß ich mit Flöhen behaftet
bin. In Rischon Lezion schlafen wir im selben Verschlag mit
unseren beiden Pferden und kämpfen die ganze Nacht mit
den Flöhen.»

«Da ist nichts zu machen. Die Geburtswehen unserer nationalen Befreiung. Bleib hier», bat der Onkel mit versöhn-
licher Stimme. «Du auch, Jechiel.»

«Meine Tante wird sehr böse sein, wenn sie erfährt, daß ich
in Jaffa war und nicht bei ihr übernachtet habe.»

«Deine Tante wird noch viel böser sein, wenn sie hört, daß
du dein Leben aufs Spiel gesetzt hast, um zu ihr zu kommen.
Wer läuft schon mitten in der Nacht in Jaffa herum? Und bei
deiner Tante wird das Tor gleich nach Sonnenuntergang geschlossen. Fanja, roll die Matten auf!»

«Sofort.»

Fanja räumte das Geschirr vom Tisch und ging in den Hof,
Wasser aus dem Brunnen zu holen. Wie würde es jetzt weitergehen? Es war klar, daß Jechiel nicht die Absicht gehabt hatte,

zu bleiben. Er hatte sich von Schura überreden lassen. Sie konnte ihre Erregung kaum meistern. Der Onkel hatte natürlich gemerkt, daß das Verhältnis zwischen ihnen gestört war, und trotzdem hatte er ihn praktisch gezwungen, hierzubleiben und mit ihr im selben Zimmer zu schlafen. Was würde jetzt geschehen? Früher oder später würden sie über die Zukunft sprechen müssen. War er deshalb hierher nach Jaffa gekommen? Wollte Rivka ihn etwa heiraten? Wollte er sie um die Scheidung bitten? Oder hatte er beschlossen, mit ihr hier in Jaffa zu wohnen? Nein, er würde niemals Rosch Pina verlassen! Jetzt, nach einem Zeitabstand von zwei Monaten, schien Rosch Pina – Jauni, wie sie es immer noch nannte – in weiter Ferne zu liegen, felsiges, ausgetrocknetes Land, wo das Leben schwer zu ertragen war. Wollte er sie bitten, mit ihm dorthin zurückzugehen?

«Wozu hast du dich entschlossen?»

Fanja erwachte aus ihren Träumereien und errötete. Jechiel blickte sie mit jenem überlegenen Lächeln an, das ihr stets das Gefühl gab, er mache sich über sie lustig. Sie war in Gedanken versunken gewesen und hatte ihn die ganze Zeit angestarrt, ohne es zu merken.

«Schreit sie immer noch in der Nacht?» fragte er den Onkel.

Schura lächelte. «Manchmal. Erschrick nicht», sagte er zu Berliawski, «Fanja leidet unter Alpträumen und schreit nachts.»

«Wo waren Sie während der Pogrome?»

«In Jelissavitgrad. Wann sind Sie ins Land gekommen?» Fanja versuchte, von seiner Frage abzulenken.

«Vor zwei Monaten.»

«Aus Krakau?»

«Nein, aus Kontantinopel.»

Es war Berliawski anzusehen, daß er von Fanjas Antwort erschüttert war. Sie wußte, er würde zwangsläufig über die zeitliche Nähe ihrer Einwanderung zu den Pogromen in ihrer Heimatstadt im Frühjahr 1881 nachdenken. Jeder wußte, daß dort die Unruhen begonnen hatten. Fast zwei Jahre waren seit diesem bitteren und stürmischen Tag vergangen. Sie wünschte sich von ganzem Herzen, dieses Kapitel ihres Lebens endlich abschließen zu können, aber die Wunden vernarbten nur langsam. Von Zeit zu Zeit gab es immer wieder Gerüchte über neue Pogrome, von denen Zehntausende von Juden betroffen waren, in Warschau, in Balta ...

Fanja breitete die Matten auf dem Fußboden aus und ging in ihr «Zimmer», das im Grunde nur eine Ecke des Raumes war, abgetrennt durch einen Vorhang. Sie legte sich neben Tamara, die im Schlaf stöhnte. Von der anderen Seite des Vorhangs hörte sie, wie die drei Männer ihre Gebete murmelten. Berliawski und sein großes Mundwerk! Ihr Herz klopfte heftig. Diesmal war sie gerade noch davongekommen. Eines Tages würde die Wahrheit ans Licht gelangen. Irgend jemand aus ihrer Heimatstadt würde hier ankommen und alles erzählen. Auf diese Weise hatten es auch ihre Schwestern erfahren. Wie lange konnte sie ihre Vergangenheit noch verheimlichen? Vielleicht wäre es sogar besser, alles aufzudecken und sich von diesem entsetzlichen Geheimnis frei zu machen.

Fanja lauschte den Geräuschen, die die Männer nebenan machten. Wie gern würde sie die Mauer des Schweigens, die zwischen ihr und Jechiel stand, niederreißen. Es war ein unmöglicher Zustand. Da lag er neben ihr, sie konnte die Hand ausstrecken und ihn berühren, und doch waren sie wie zwei Fremde. Sie würde ihre Ängste und ihren Stolz überwinden müssen, bevor es zu spät war. Tief im Inneren spürte sie, daß sein Herz immer noch ihr zugetan war. Hätte er sonst Rosch Pina zur Saatzeit verlassen? Obwohl sie gegangen war, hatte er seinen Stolz überwunden und war ihr hierhergefolgt. Gab es einen besseren Beweis für seine Absichten?

Die Erinnerung an die Vergewaltigung erfüllte sie immer noch mit Abscheu, doch inzwischen hatte ihre Liebe für Jechiel die Oberhand gewonnen, und sie träumte davon, diese Liebe zu verwirklichen. Wenn sie nur den Mut aufbringen könnte, den Mund aufzumachen und ihm ihr Verhalten zu erklären. Aber was sollte sie tun, wenn sie ihm ihr Geheimnis anvertraute und er sich voll Ekel von ihr zurückzog?

In der Nacht ertönte lautes Klopfen am Hoftor. Der Onkel, der an diese nächtlichen Störungen schon gewöhnt war, erhob sich, um zu öffnen. Fanja zog sich schnell ein Kleid über und zündete eine Kerze an. Als ihre Augen sich an die Dunkelheit gewöhnt hatten, konnte sie die Gestalt eines Mannes in türkischer Uniform ausmachen, offenbar einer der Beamten des Gouverneurs. Er zupfte nervös an seinem schwarzen Schnauzbart und berichtete, ein Mädchen sei an Malaria erkrankt. Fanja nannte den Preis für Chinintabletten. Der Mann drehte seine leeren Taschen um, doch auch als er zornig wurde, ließ sie sich nicht dazu bewegen, ihm die Medikamente umsonst zu geben.

«Ich komme gleich zurück», sagte er und eilte davon.

«Sein Kind ist doch krank», sagte Jechiel, der plötzlich hinter ihr aufgetaucht war.

«Ich verkaufe nichts auf Kredit.»

«Ein Notfall.»

«Der kommt wieder.»

«Er wird schon bezahlen, wenn er das Geld hat.»

«Ich bin kein Wohltätigkeitsinstitut.» Sie sah ihn zornig an. «Und ich will meinem Geld nicht nachlaufen.» Fanjas schwarze Augen leuchteten im Mondlicht, und ihr junger Körper, der im letzten Jahr zur vollen Reife gelangt war, spannte sich, als sie sich jetzt gegen Jechiel auflehnte.

«Streitereien bringen nichts», sagte der Onkel und legte die Hand beruhigend auf Jechiels Schulter. «Geh wieder schlafen.»

Von der Straße her hörte man jemanden im Laufschritt kommen. Der Türke war wieder da, außer Atem, und gab Fanja ihr Geld. Er bedankte sich überschwenglich, als sie ihm das Medikament aushändigte. Nachdem sie hinter ihm die Tür verschlossen hatte, warf sie Jechiel einen unsicheren Blick zu und verschwand dann hinter ihrem Vorhang. Sie legte das Geld in das Gehäuse der Petroleumlampe, das ihr als Kasse diente. Es machte ihr Spaß, das Häufchen Münzen zu betrachten, das sich in dem gläsernen Gefäß angesammelt hatte. Dieses Geld hatte sie selber verdient, mit ihrem Verstand, ihrem Fleiß, ihrer Geschicklichkeit! Sie fiel keinem zur Last und war auf keine Almosen angewiesen. Im Gegenteil! Sie war es, die ihren Onkel und ihr Töchterchen ernährte. Aber es tat ihr leid, daß sie keinen Menschen hatte, mit dem sie das Gefühl der Befriedigung über ihre geschäftlichen Erfolge teilen konnte.

Jetzt zum Beispiel wartete sie auf den Monat *Elul*, weil sie mit den Beduinen abgesprochen hatte, ihr Getreide aufzukaufen. Statt darauf zu warten, daß die Beduinen zu ihr kamen, würde sie zu ihnen fahren. Sie unterschied sich so sehr von ihnen, daß sie sie ohne großes Erstaunen so akzeptierten, wie sie war. Nur die Frauen von Jaffa mißtrauten ihr. Natürlich hatten auch sie schon Frauen gesehen, die durch Arbeit ihren Lebensunterhalt verdienten, wie zum Beispiel die Fellachenfrauen auf den Feldern. Oder arme Beduinenfrauen, die bei ihnen als Hausangestellte arbeiteten. Als sie eines Tages zu Bella Rokach ins Haus gekommen war, hatte sie gerade noch gehört, wie Nina Amsaleg zu ihr sagte: «Aber sie trifft sich ja auch allein mit Männern!»

«Sie sind anders als wir, diese Russen», entgegnete Bella Rokach. Dann erblickte sie Fanja, lief auf sie zu und überschüttete sie mit übertriebenen Freundlichkeiten. Fanja war hochrot geworden. Denen würde sie es zeigen! Wer waren schon diese Weiber, daß sie es wagten, über sie herzuziehen! Sie saßen sorgenfrei zu Hause herum, im Schutze ihrer Männer, ohne sich um ihren Lebensunterhalt kümmern zu müssen. Hunger, Verfolgung und Erniedrigung hatten sie nie gekannt. Wenn diese Frauen geahnt hätten, was sie schon alles durchgemacht hatte, hätten sie sich bestimmt von ihr zurückgezogen. Ihr Onkel hatte ihr den guten Rat gegeben, ihre Zunge zu zügeln. In ihrer Naivität hatte sie geglaubt, hier im Heiligen Land gäbe es nur gute und ehrliche Menschen, aber bald mußte sie einsehen, daß Menschen überall auf der Welt nur Menschen sind ...

Es war ihr besonders peinlich, daß Jechiel beim Verkauf der Medikamente dabeigewesen war. Gerade die Zeit in Jauni hatte sie gestärkt: der Gedanke an die hungrigen Kinder, die kranke Riva, die kahlen Felder, die nicht beackert werden konnten. Und er hielt sie jetzt sicher für hartherzig.

Tamara begann zu weinen und verstummte dann wieder. Fanja schreckte aus dem Schlaf hoch und lauschte der Stille um sie herum. Sie spürte, daß das Haus leer war. Als sie den Vorhang zur Seite zog, sah sie im Mondlicht, wie ihr Onkel barfuß ins Zimmer trat. Die Strohmatten waren aufgerollt, und Berliawski und Jechiel waren nicht zu sehen. Einen

Augenblick lang glaubte sie, alles nur geträumt zu haben. Was war hier los, mitten in der Nacht? Ihr Onkel stellte Teewasser auf, und was er sagte, erfüllte sie mit Furcht: Man hatte den kleinen Josef Elijahu, den Sohn von Aharon Schlusch, entführt. Das Kind war seit dem Mittag verschwunden, und sämtliche Männer von Jaffa, Juden und Nichtjuden, suchten nach ihm. Nachts waren sie von dem Geschrei des Stadtausrufers aufgewacht, der auf Befehl des *Kaimakam* die Nachricht verbreitet hatte. Jechiel und Berliawski hatten sich den Suchtrupps angeschlossen.

«Ich habe überhaupt nichts gehört», sagte Fanja erschrokken. Sie nahm Tamara aus dem Bett und drückte sie an sich. «Woher wißt ihr, daß er entführt worden ist? Vielleicht ist das Kind in irgendeinem Winkel eingeschlafen?»

«Jemand hat erzählt, er hätte den Jungen in Begleitung eines maghrebinischen Arabers gesehen, und Aharon Schlusch hat bestätigt, daß der Maghrebiner an diesem Tag bei ihm im Laden gewesen war.»

«Aber was will er mit dem Kind?»

«Man wird den Jungen finden. Mach dir keine Sorgen, Fanja. Die Soldaten des *Kaimakam* suchen die ganze Umgebung von Jaffa ab. Ich habe Jechiel und Jakob bis zum Serail begleitet. Dort hat man Jechiel ein Pferd gegeben, und er ist mit den Soldaten ausgezogen. Er hat mich gebeten, zurückzugehen und bei dir zu bleiben.»

«Und Berliawski?»

«Der kann nicht reiten. Er hat sich den Suchtrupps in der Stadt angeschlossen.»

Fanja spitzte die Ohren, denn es schien ihr, als höre sie von weitem Geheul und Geschrei. Ein Zittern lief durch ihren Körper. Sie legte ihre Wange auf Tamaras Köpfchen und streichelte das weiche Haar mit ihren Lippen. Dabei summte sie eine Strophe aus dem Hohenlied Salomons vor sich hin ... «Ich bin eine Blume des Scharongefildes, eine Lilie der Täler.»

«Wer ist bei der Familie?»

«Alle haben sich in der Synagoge verkrochen. Hörst du das Geheul? Rabbi Elijahu Mani spricht *Jom-Kippur*-Gebete.»

Fanja ging im Zimmer auf und ab, Tamara auf dem Arm.

Das Geheul ging ihr auf die Nerven. Im Geiste sah sie Jechiel, der an der Spitze einer Gruppe von Reitern in die Wüste hinausritt... Ach, wenn sie doch nur ein Mann gewesen wäre! Was, wenn er Räubern in die Hände fiel? Die waren schwer bewaffnet, Jechiel konnte verwundet werden. Warum hatte er sich nicht ihren Revolver ausgeliehen? Er wußte doch, daß sie ihn hatte. Fanja mußte sich plötzlich setzen. Ihr Körper verkrampfte sich, und ein Zittern durchlief sie. Das Zimmer war so kalt und still! Sie mußte an die kalten Nächte in Rosch Pina denken. Ob wohl Jechiel den Spalt über der Eingangstür verstopft hatte? Wenn er sie gebeten hätte, auch nur andeutungsweise, wäre sie ohne zu zögern mit ihm zurückgekehrt! Vom ersten Augenblick an hatten alle ihr zu verstehen gegeben, daß sie unerlaubt in Rachels Reich eingedrungen war. Es war ein voreiliger Entschluß gewesen, ihn zu heiraten. Aber er? Er war doch kein sechzehnjähriges Mädchen! Wenn er nur gesund zurückkäme! Sie würde ihm bis ans Ende der Welt folgen, wenn er sie nur wollte. Bedingungslos und ohne Zögern.

«Trink, Fanja.» Der Onkel reichte ihr ein Glas heißen Tee. Die einfache Geste ging ihr zu Herzen. Sie wärmte sich die Finger am Glas und trank den Tee in kleinen Schlucken, wobei sie versuchte, ihr Zittern zu unterdrücken.

«Du liebst ihn.»

Fanja nickte stumm. Wie alt ihr Onkel aussah! Jeden Tag lief er von einem Verein zum anderen, begeisterte sich, und dann kam er nach Hause und alterte dahin. Längst hatte sie aufgehört, den Geschichten über die revolutionären Verbände, denen er anzugehören vorgab, Glauben zu schenken. An sie glauben, ja. Aber aktiv mitwirken, das war nichts für ihn. Onkel Schura war nun mal kein Aktivist. Zwei Jahre waren sie nun im Lande, und er hatte immer noch keine Arbeit gefunden. Wenn sie nicht gewesen wäre, wäre er verhungert. Aber wenn sie nicht gewesen wäre, wäre er überhaupt nicht hergekommen. Nur ihretwegen hatte er Rußland verlassen, sein Haus und eine gute Stellung aufgegeben.

«Ich weiß nicht, wie ich dir helfen kann, Fanja. Du brauchst eine Frau. In deinem Alter lernen die Mädchen alles von ihrer

Mutter oder von der Tante, der Nachbarin. Vielleicht redest du mal mit Bella Rokach? Sie ist eine vernünftige Frau.»

«Nein, mach dir keine Sorgen, Onkel Schura.»

«Ich fühle mich schuldig. Ich war froh, daß du ein Dach über dem Kopf hattest. Einen Mann, der sich um dich kümmert. Ein Haus . . .»

«Er ist ein anständiger Kerl, Onkel Schura. Es dreht sich um mich. Ich brauche Zeit.»

«Zeit? Wofür?»

«Bitte!»

«Schon gut, schon gut.» Er klopfte ihr beruhigend auf die Hand und setzte sich dann neben sie. Eine Weile saßen sie wortlos nebeneinander und lauschten dem Geheul in der Ferne. Schließlich konnte Fanja die Untätigkeit nicht mehr aushalten und sprang auf.

«Wohin willst du?» fragte der Onkel.

«Die Wäscherin kommt bald. Ich muß ihr den Kessel fertigmachen.»

«Ob ich in die Synagoge gehen sollte? Du hast doch keine Angst, allein zu bleiben, Fanja?»

«Warum sollte ich Angst haben? Geh nur, mach dir keine Sorgen.»

Fanja war froh, etwas zu tun zu haben. Sie schöpfte Wasser aus dem Brunnen und machte Feuer. Bis das Wasser kochte, war die Wäscherin schon da. Die beiden Frauen setzten sich auf die Stufen und begannen die einzelnen Wäschestücke zu reiben.

Hier im Hof verging die Zeit wie im Fluge. Fanjas Hände waren beschäftigt, während ihre Ohren den Geräuschen auf der Straße lauschten und ihre Augen am Tor hingen. Gelegentlich ertönte ein Schrei, und sie unterbrach aufgeregt ihre Arbeit. Von Zeit zu Zeit ging sie ins Zimmer und blickte auf die Uhr, wobei sie regelmäßig feststellte, daß erst ein paar Minuten vergangen waren, seit sie das letzte Mal nachgesehen hatte. Die Wäscherin sah ihr schweigend zu. Wenn ihm etwas zugestoßen ist, sterbe ich! dachte Fanja und erschrak vor ihren eigenen Gefühlen.

Es wurde Mittag, und noch immer hatte sie keine Nachricht von Jechiel. Ihr Onkel hatte versprochen, zurückzukommen und ihr alles zu berichten, aber er war nicht erschienen. Ihre Nachbarin Esther Buschkila spielte jetzt mit Tamara. Fanja würde künftig sehr auf das Kind aufpassen müssen. In ihrer Kindheit hatte sie gehört, daß Zigeuner ein jüdisches Mädchen entführt hatten, und Loliks Entführung hatte die Familie jahrelang in Verzweiflung gestürzt. Ihr Vater hatte sich vorgestellt, er würde in Palästina als freier Jude ohne Angst leben können. Wer hätte gedacht, daß sich die Juden im Heiligen Land vor Aufständen und Entführungen fürchten mußten. Gab es denn auf der ganzen Welt keinen einzigen Ort, wo die Juden ohne Haß, ohne Verfolgungen und ohne Furcht leben konnten? Nur gut, daß ihr Vater die Verwirklichung seines Traumes nicht mehr erlebt hatte!

Fanja half der Wäscherin, die Wäsche auszuwringen. Die Wollkleider hatten sich voll Wasser gesogen, und die beiden Frauen hatten Mühe, sie aus dem Kessel zu ziehen. Fanja renkte sich fast die Arme aus, und der Schweiß rann ihr von der Stirn in die Augen. Plötzlich öffnete sich das Hoftor, Jechiel und Schura traten ein. Mit einer einzigen Bewegung warf sie die Wäsche zurück in den Kessel, sprang die Stufen hinunter und lief auf die Männer zu.

«Habt ihr ihn gefunden?»

«Ja.» Jechiels Gesicht war grau vor Erschöpfung, und seine schwarzen Augen lagen tief in den Höhlen.

«Lebt er?»

«Ja.»

«Gott sei Dank!»

Jechiel ging ins Haus, gefolgt von Fanja, und der Onkel berichtete, was sich zugetragen hatte. In der Tat hatte der besagte Maghrebiner den Knaben entführt. Israel Samhon, der Aufseher in der Orangenplantage des Ministers Montefiore, war ihnen zufällig in den Dünen begegnet und hatte das Kind gerettet. Aharon Schlusch konnte Gott für ein doppeltes Wunder danken: erstens, daß sich der Esel von Israel Samhon im Weg geirrt hatte, und zweitens, daß Samhon das Kind erkannt hatte.

«Esther Buschkila sagt, das Kind hätte eine grüne Ader zwischen den Augen, die Glück bringt. Das Kind sei entführt worden, um Glück zu bringen.»

«Dem Kind hat die Ader offenbar nicht viel Glück gebracht», bemerkte der Onkel.

«Vielleicht doch», meinte Jechiel.

Fanja sah ihn erstaunt an. War er tatsächlich so abergläubisch? Dann bemerkte sie, wie er sich auf die Lippen biß, und begriff, daß er sich über sie lustig machte.

«In der Synagoge habe ich gehört, daß Karl Marx gestorben ist», verkündete der Onkel.

«Wer? Daher das Geheul in der Synagoge!»

«Nicht hier.» Der Onkel hob in gespielter Verzweiflung die Augen zum Himmel. «In London.»

«War er ein Verwandter von uns?»

«Fanja! Das ist der Mann, der entdeckt hat, daß die ganze Geschichte nichts als ein Krieg zwischen Unterdrückern und Unterdrückten ist. Sein Motto war: ‹Die Proletarier haben nichts zu verlieren als ihre Ketten.› Merk dir das, Jechiel!»

«Ja, ja...» Jechiel nickte, doch er schien dem Onkel nicht richtig zuzuhören. Dieser merkte offensichtlich, daß es seinem Publikum an Aufmerksamkeit mangelte, denn er sagte: «Ich habe Bella versprochen, heute nachmittag zu ihr zu kommen. Und du, Jechiel, solltest dich lieber gleich schlafen legen. Du hast schon seit Stunden kein Auge zugetan.»

«Besucht er meine Tante öfter?» fragte Jechiel, nachdem der Onkel gegangen war.

«Ja. Fast täglich.»

«Und was erzählt man sich unter den Klatschmäulern? Werden sie heiraten?»

«Das weiß ich nicht.»

«Was bist du denn für eine Frau, Fanja, daß du so etwas nicht weißt?»

«Nun, sie ist frei und er auch.»

Fanja bot ihm das Bett des Onkels an und achtete darauf, ihm nicht zu nahe zu kommen. Als sie sich aufrichtete, stand er plötzlich dicht neben ihr. Sie wandte sich ihm zu, und er berührte sie sanft und küßte sie auf die Lippen. Wie von selbst legten sich ihre Arme um seinen Oberkörper, und sie erschrak. Er war so mager, daß es ihr das Herz zerriß. Doch bevor sie sich noch weitere Sorgen machen konnte, fanden seine warmen, weichen Lippen ihren Mund.

«Was ist denn das? Wo hast du deine scharfen Fingernägel gelassen?» fragte er und strich ihr die Haare aus dem Gesicht. Sie hob den Kopf und lächelte ihn an.

«Warum bist du davongelaufen? Nein, bleib hier. Ich weiß, daß es nicht wegen des schweren Lebens war. Davor fürchtest du dich nicht.»

Jetzt wußte sie mit Sicherheit, daß sie Jechiel haben wollte. Es war nicht mehr dieselbe unbestimmte Erwartung ohne Form und Namen, sondern ein fester, endgültiger Entschluß. Sie zögerte. Wie sollte sie mit ihm reden? Was sollte sie ihm sagen und was verschweigen? Und was würde sie tun, wenn sich zeigte, daß er trotz allem Rivka zur Frau nehmen wollte? Wo war nur ihr Stolz geblieben?

«Mut, Fanja!» sagte Jechiel lächelnd und setzte sie neben sich aufs Sofa. «Nu!»

Sie machte sich von ihm los und stellte sich vor ihn, vor Aufregung schwer atmend.

«Ich bin nicht davongelaufen. Ich habe dich verlassen, weil du mit Rivka nach Damaskus gefahren bist!»

Erstaunt riß er die Augen auf. Dann sah er sie lange Zeit schweigend an.

«Warst du eifersüchtig?» fragte er schließlich.

«Ja! Ich war eifersüchtig!»

Wie oft hatte sie sich die Szene vor Augen geführt, wie der kleine Wagen mit Jechiel und Rivka Rosch Pina verließ. Wie viele Male war sie von dem gleichen Gefühl der Hilflosigkeit, der Erniedrigung und Wut überwältigt worden wie an jenem Tag.

Jechiel packte sie an den Schultern, sein Gesicht ganz nahe an ihrem.

«Dann war dir das wichtig! Dann bin *ich* dir also wichtig!»

«Natürlich bist du mir wichtig. Du bist doch mein Mann!»

«Ha!» Jechiel ließ sie los, und sie lehnte sich an die Wand. Seine Reaktion verwirrte sie. Schließlich fragte sie ihn zögernd:

«Ist Rivka mit dir nach Damaskus gefahren?»

«Nein! Rivka ist nicht mit mir nach Damaskus gefahren! Wie kommst du nur auf die absurde Idee, ich würde sie mitnehmen?»

«Aber – sie kam doch mit einem Paket und einem Hut auf dem Kopf. Was sonst hätte ich annehmen sollen?»

«Und deshalb bist du davongelaufen? Weil du dachtest, ich sei mit Rivka gefahren?»

«Wohin seid ihr dann gefahren?»

«Nach Ejn Sejtim. Ich habe sie nach Ejn Sejtim zurückgebracht. Und danach sind Rabbi Mosche David Schub und ich nach Damaskus weitergefahren. O Fanja!»

Jechiel fing an zu lachen und streckte die Arme nach ihr aus.

«Endlich bist du eine richtige Frau, Fanja. Du bist eifersüchtig!»

Beschämt setzte sie sich zu ihm und kuschelte sich in seine Arme.

«Ist Rivka jeden Tag gekommen und hat sich um die Kinder gekümmert?» erkundigte sie sich.

«Ja.»

«Und...?»

«Und gar nichts. Vor drei Wochen hat sie sich mit Ischmael Nissan Amsaleg verlobt.»

«Dem Sohn des britischen Konsuls?»

«Nein. Es handelt sich um einen dicken Kaufmann aus Beirut. Du kannst auf ihrer Hochzeit tanzen.»

«Werden sie in Jauni wohnen?»

«Nein. In Beirut.»

«Seit ich nach Jauni kam, hat sie mir das Leben zur Hölle gemacht.»

«Warum hast du mir das nicht erzählt?»

Fanja zuckte mit den Schultern, und Jechiel küßte ihren Hals.

«Damit du dich besser fühlst, kann ich dir sagen, ich habe geglaubt, du wärest mir wegen Imbar davongelaufen.»

«Imbar? Der ist doch zehn Jahre älter als ich.»

«Und ich?»

«Aber dich...»

Sie verstummte mitten im Satz, aber Jechiel ließ nicht locker. Er schüttelte sie und drang in sie: «Was denn? Sag es doch!»

«Dich liebe ich.»

«Fanja!»

Die Stimme versagte ihr, als er ihren Namen rief. Sie schloß kurz die Augen, als sei plötzlich ein heller Sonnenstrahl durchs Dunkel gebrochen. Jechiel nahm sie in die Arme, und sie fühlte, wie die Leidenschaft für ihn ihre Sinne benebelte.

«Fanja, Fanja», stöhnte er, streichelte ihre glühende Haut und küßte ihren fiebernden Körper.

«Du weinst?»

«Vor Glück, du Dummkopf.»

«Ich hatte befürchtet, du würdest niemals mir gehören. Ich hatte solche Angst.»

Fanja erwachte wie aus einem Traum. Der Zauber war verflogen.

«Ich muß dir etwas erzählen.»

«Dann erzähl doch.» Jechiel drückte sie an sich. Ihr Gesicht lag an seiner Schulter, und sie atmete die heiße Dunkelheit seines Körpers ein. Wie sollte sie ihm sagen, was gesagt werden mußte? Wo sollte sie beginnen?

«Gestern abend hat mein Onkel von dem Pogrom erzählt, das sich bei uns in der Stadt abgespielt hat», flüsterte sie. Ihre Stimme war kaum hörbar. Sie kniff die Augen zu, um nichts zu sehen.

«Ja.»

«Meine Eltern ... wurden ermordet ... und ... und ...» Sie konnte die Tränen nicht mehr zurückhalten. Vergeblich versuchte sie, ihm alles zu sagen, aber die Worte wollten nicht kommen. Wieder umklammerte eine grobe Hand ihren Hals und drückte sie auf das breite Bett ihrer Eltern ... jener stinkende Männerkörper ... ihre Schreie, die sich mit den Schreien ihrer Eltern vermischten ...

«Mein Liebling ... meine Süße ... mein Schatz ...»

Durch das Geschrei hindurch hörte sie Jechiels Stimme und fühlte seine Hände, die ihr sanft die Tränen abwischten, und trotz des Aufruhrs in ihrem Inneren wußte sie, daß sie ihm *jetzt, in diesem Augenblick, alles erzählen mußte,* sonst würde sie es niemals können. Schließlich sagte sie mit zitternder Stimme, immer wieder unterbrochen von heftigem Schluchzen: «Tamara ... ist die Tochter eines russischen *Goi,* der... der... nicht einmal ich weiß, wer er ist... ich war noch nie verheiratet, außer mit dir...»

Es war wieder dunkel im Zimmer. Und kalt. Jechiel hielt sie noch immer an sich gedrückt.

«Wenn du mich jetzt nicht mehr willst, kann ich es verstehen», sagte sie nach einiger Zeit.

«Ich liebe dich, Fanja. Ich liebe dich, wie ich noch niemals eine Frau geliebt habe. Ich wußte, daß dir etwas Schreckliches zugestoßen war. Und ich habe abgewartet. Mein Leben war zerstört, als du mich verlassen hast.»

Sie wagte nicht, sich zu rühren. Sie hatte Angst vor dem Glück, das sie spürte. Plötzlich lächelte sie, wischte sich die Augen, stützte den Kopf auf die Handfläche und sah ihn an. Jetzt, wo sie die finstere Kluft der Vergangenheit überbrückt hatten, konnten sie wieder von vorn anfangen – als Mann und Frau.

Jechiel schaute sie an, und seine schwarzen Augen blitzten.

«Bist du böse?»

«Böse?»

«Mein Onkel hat mich beschworen, keiner Menschenseele von meiner Vergangenheit zu erzählen.»

«Ich bin eine Menschenseele.»

«Ich hatte befürchtet, daß du mich nicht mehr wollen würdest.»

«Ihr habt ja eine gute Meinung von mir.» Das alte spöttische Glitzern lag wieder in seinen Augen. «Warum hast du mich geheiratet?»

«Ich dachte, du bräuchtest eine Kinderpflegerin...»

«O Fanja, bist du wirklich so dumm?»

«Ich habe geglaubt, daß diese Ehe nur auf dem Papier existieren würde.»

«Hat dir denn noch niemand gesagt, wie schön du bist?»

«Nein. Erzähl mal.»

«Vom ersten Augenblick an, als ich dich in der Herberge von Mime Becker zu Gesicht bekam, war ich fest entschlossen, dich zur Frau zu nehmen. Nicht zur Kinderpflegerin!» Plötzlich begann er zu lachen und zog ihren jungen, begierigen Körper an sich.

Fanja konnte ihr Glück immer noch nicht fassen. Sie mu-

sterte ihn von oben bis unten mit einem völlig neuen Gefühl
der Nähe und Vertrautheit.

«Du hast drei Schönheitspünktchen hier am Hals.»

«Vom Großvater geerbt. Das Glückszeichen der Familie Siles.» Fanja fuhr mit dem Finger über die Narbe auf seiner
Wange.

«Jetzt erzähl du», sagte er.

«Was denn?»

«Von dir.»

«Da gibt es nichts zu erzählen.»

«Was für ein Kind warst du?»

«Ein Mädchen. Mit zu großen Füßen.»

«Was hast du gemacht? Was mochtest du gern?»

«Ich erinnere mich nicht. Es ist alles wie ausgelöscht.»

«Schade.»

«Es ist besser so.»

«Man darf nichts auslöschen.»

«Es ist besser so. Die Gegenwart ist wichtiger. Und die Zukunft.»

«Wem hast du geähnelt? Deinem Vater oder deiner Mutter?»

«Der Großmutter Dwosche.» Sie lachte. «Aber die Liebe
zur Musik habe ich von meinem Vater...»

Es war, als hätten sie verabredet, sich erst langsam an ihr
Glück zu gewöhnen. Ganz behutsam, vorsichtig und ohne
Hast ließen sie sich von der Strömung treiben.

Das Zimmer lag im Dunkeln, als Esther Buschkila Tamara
zurückbrachte. Fanja hatte plötzlich Mitleid mit ihrer Tochter, die auf die Welt gekommen war, ohne daß jemand sie gewollt hatte. Sie setzte sie aufs Bett neben Jechiel und zündete
die Lampe an. Lichtzungen flackerten über die Wände. Tamara klatschte mit ihren Händchen auf Jechiels Gesicht
herum und lachte jedesmal, wenn er den Kopf wegzog. Ihr Leben lang würde Fanja sich an dieses Bild erinnern.

«Übermorgen läuft ein Schiff nach Konstantinopel aus und
legt ein paar Stunden im Hafen von Akko an», sagte sie zu Jechiel.

«Ja? Woher weißt du das?» fragte er überrascht.

«Ich habe es im Hafen liegen sehen. Es ist repariert worden, und jetzt wird es mit Obst beladen. Wir könnten uns einschiffen—»

«Ich besteige nie wieder ein Schiff.»

«Angsthase!»

«Fünfundzwanzig Stunden hat man mich auf diesem Schiff durchgeschüttelt, bis es in Jaffa ankam, und die ganze Zeit haben die Passagiere gebrüllt wie am Spieß. Als wir endlich im Hafen von Jaffa angekommen waren und es schien, als würde das Schiff auf die Felsen auflaufen, teilten uns die Matrosen mit, sie würden uns nicht an Land lassen, wenn wir ihnen nicht mehr zahlten! Meinen letzten Pfennig habe ich diesen Aasgeiern überlassen!»

«Na gut, dann gehen wir eben zu Fuß.»

«Warum denn das?»

«Weil ich mir geschworen habe, nie wieder auf einem Pferdewagen zu fahren!»

Fanja saß auf ihrem Hügel im Schatten des Nußbaums und las. Ihr Onkel hatte ihr aus Jaffa den Roman *Anna Karenina* geschickt, der sie völlig verzauberte und in eine andere Welt versetzte. Das Eau de Cologne von Stefan Arakaditsch, die venezianischen Stickereien auf dem schwarzen Samtkleid von Anna...

Gerade hier draußen, wo niemand sie sah, war es besonders angenehm zu lesen. In den letzten Tagen hatte Jechiel sie des öfteren verlegen angelächelt. Die Frauen, die er kannte, lasen keine Bücher. Wenigstens nicht solche. Die wenigen unter ihnen, die lesen und schreiben konnten, pflegten in der Synagoge durch die Heilige Schrift zu «laufen», und zwar mit lauter Stimme, damit die anderen Frauen, die sich um sie drängten, die Worte, die sie mitbekamen, nachsprechen konnten. Und wenn sich – Gott behüte – jemand dazu verführen ließ, «weltliche» Literatur zu lesen, wußte ganz Safed sofort darüber Bescheid. So wie jener Uhrmacher, bei dem das Buch *Die Liebe zu Zion* von Mapu gefunden wurde und der daraufhin gezwungen war, die Stadt zu verlassen.

Auch abgesehen von ihrer Lektüre bezeichnete man Fanja häufig als «schamlos», weil sie sich die Haare nicht abschnitt und sie auch nicht verdeckte. Wenn Jechiel sie nicht so geliebt hätte, das wußte sie, hätte er ihr das Lesen verboten, aber so sagte er nichts, sondern musterte sie nur gelegentlich mit erstaunten Blicken.

Von Zeit zu Zeit hob sie die Augen vom Buch und blickte den Fußweg hinunter. Als sie vor zwei Jahren hergekommen war, hatte es hier auf dem Hügel noch keine Fußwege gegeben. Gelegentlich bahnten Tiere sich Pfade durch das Gestrüpp, die jedoch bald wieder überwachsen waren. Jetzt, da die Zahl der Siedler angewachsen war und dauernd Leute zu den Quellen und zurück gingen, zeichnete sich auf dem dunklen Boden ein heller, sandiger Fußweg ab. Unten, hinter der Biegung, neben den Baumkronen, waren die Dächer des Dorfes zu sehen, eingebettet in ein grünes Beet von Olivenbäumen und Himbeersträuchern. Davor lagen die schwarzen Dächer des arabischen Dorfes und dahinter die blendendweißen Vierecke der neuen Häuser. Die Häuserreihe entzog sich dem Blick an der Stelle, wo der Fußweg plötzlich in einer Versenkung hinter dem Hügel verschwand. Wenn sie nach unten blickte, kam es ihr vor, als taumelte sie betrunken den Fußweg entlang. Sie wartete auf die Staubwolke, die ihr Jechiels Ankunft verkünden würde. Bei Sonnenaufgang war er mit einer Abordnung von fünf Männern nach Safed aufgebrochen, um dort Rosch Pina im Streit um eine Wasserstelle vor Gericht zu vertreten.

«Wir werden zahlen müssen, ob wir nun gewinnen oder verlieren», stöhnte Riva Frumkin.

«Warum denn?» erregte sich Fanja. «Die Beduinen haben uns überfallen, und wir sollen dafür bezahlen? Wir haben das Wasserbecken gebaut. Das Wasser gehört uns!»

«Erwarte doch keine Vernunft und Gerechtigkeit. Auch wenn wir den Prozeß gewinnen, werden unsere letzten Pfennige bei der Versöhnungsfeier draufgehen. Was wird mit uns geschehen, Fanja? Auf mich kommt es nicht an, ich bin schon alt. Aber die Kinder und Enkel...»

Anna Karenina hätte zu keinem geeigneteren Zeitpunkt ankommen können. In den letzten zwei Wochen hatte Fanja unter Hunger und Erschöpfung gelitten. Manchmal fürchtete sie um das werdende Kind in ihrem Leib. Seit dem Vorfall mit den Beduinen an der Tränke bewachten die Siedler sämtliche Zugänge des Dorfes Tag und Nacht. Fanja hatte darauf bestanden, sich an der Wache zu beteiligen. Jechiel versuchte, sie von ihrem Vorhaben abzubringen – «Eine Frau! Und noch dazu schwanger!» –, doch sie sagte, sie würde niemandem ihre Pistole leihen, wenn man sie nicht am Wachdienst teilnehmen lasse.

Jeden Morgen bei Sonnenaufgang ging Jechiel zur Arbeit, und Fanja begleitete ihn den halben Weg zum Hügel hinauf. Bis vor zwei Wochen waren sie noch zusammen aufs Feld gegangen. Sie hatte nicht geglaubt, daß die Müdigkeit in ihren Gliedern sich jemals wieder geben würde oder die Risse an ihren Händen wieder heilen könnten. Der Schmerz schien sich für immer und ewig in ihren Muskeln eingenistet zu haben. Sogar der Trost, den sie in Jechiels Armen fand, war im Morgengrauen zu Ende.

Jechiel wollte sie davon abhalten, aufs Feld zu gehen, aber sie bestand darauf: «Wenn die Kinder gehen, gehe ich auch.» Als die Plackerei ihr wegen ihrer zunehmenden Leibesfülle immer schwerer fiel, arbeitete sie in der Gruppe der Kinder mit. Mosche und Bella hielten sich immer in einiger Entfernung von ihr, abgeschirmt durch die anderen Kinder, um deutlich zu machen, wie sehr sie es Fanja verübelten, daß sie sie verlassen hatte. Als sie aus Jaffa zurückgekommen war, hatte sie es einfach nicht fertiggebracht, sich bei den Kindern zu entschuldigen, nicht jetzt, wo die Freude in ihr brannte. Sie versuchte die Kinder auf andere Weise zu versöhnen, mit einem neuen Flicken oder einem russischen Wiegenlied, von dem sie allerdings kein Wort verstanden. Als bekannt wurde, daß sie schwanger war, hörten schließlich auch Mosche und Bella davon, und jetzt waren sie nicht mehr nur gekränkt, sondern auch peinlich berührt.

Fanja sammelte die kleineren Steine auf, die in der Erde eingebettet waren, und summte dazu das Lied «Ich bin die Blume des Scharongefildes», während Mosche, die Lippen nach der Art seines Vaters zusammengepreßt, die Steine an den Rand des Feldes schleppte, wo sich bereits ein riesiger Steinhaufen angesammelt hatte. Während der Pause setzte Bella sich neben sie und spielte mit ihren kleinen Fingern im Sand. Der Staub saß ihr in den Augenlidern und färbte ihre Haare weiß. Dies ist also die Kindheit, die meinem Baby bevorsteht, dachte Fanja. Dürfen wir überhaupt die Kindheit unserer Söhne und Töchter für unsere Visionen opfern? Sie hob den Kopf, um nach den anderen Kindern zu sehen, als sie plötzlich einen lauten Schrei hörte.

«Fanja! Weg da!» rief jemand. Als sie sich umdrehte, sah sie aus dem Augenwinkel einen riesigen Felsblock, der auf sie zurollte. Sie konnte gerade noch zur Seite springen und Rivas Enkel, den kleinen Jekutiel Frumkin, der neben ihr arbeitete, mit sich reißen. Ihre Ohren dröhnten von dem Geschrei um sie herum, und einen Moment lang blieb sie wie angewurzelt stehen. Plötzlich wurde ihr schwindelig, und als sie den Blick auf den heruntergefallenen Felsen richtete, sah sie eine eingeklemmte menschliche Hand und fiel in Ohnmacht.

Das Geschrei dauerte an, auch nachdem sie wieder zu Bewußtsein gekommen war. Eka Riva saß auf der Erde und hielt Fanjas Kopf in ihrem Schoß. Ihr dunkles Wollkleid strömte einen säuerlichen Schweißgeruch aus. Sie schlug Fanja auf die Wange und schimpfte: «Genug. Es ist schon genug!» Fanja hörte den Zorn in ihrer Stimme und konnte sich nicht erklären, warum sie so wütend war. Sie hörte, wie jemand angelaufen kam, dann erregte Stimmen. Jemand rief: «Pessach Lejbl! Wo ist Pessach Lejbl?» – «Hier bin ich», kam die Antwort. «Wo ist Moische?» – «Er kommt.»

Eka Riva bettete Fanjas Kopf in den Sand und ging auf die Gruppe zu. Zwischen den Beinen der Umstehenden erkannte Fanja in dem Mann, der unter dem Felsen eingeklemmt war, Reb David Buckscheschter. Sein Gesicht war blau angelaufen, und er gab beim Atmen seltsame Pfeiftöne von sich. Er schwebte offenbar zwischen Leben und Tod. Sie erhob sich, und plötzlich stand Jechiel neben ihr. Er wollte sie davon abhalten, sich den anderen anzuschließen, aber eine Kraft, die stärker war als sie, zog sie zu ihnen hin.

«Ihr sollt... weiter... dieses Feld bestellen... das sich so frech gegen uns auflehnt», sagte Reb David zu seinen Söhnen, die sich um ihn versammelt hatten. Seine Frau lag neben ihm auf dem Boden und begann zu weinen. Er tat noch einen tiefen Atemzug und rief mit letzter Kraft aus: «Mein Land!» Dann verstummte er.

Aus irgendeinem Grund wollte Fanja lachen. Sie mußte sich beherrschen, ein Lächeln zu unterdrücken. Dann fiel sie erneut in Ohnmacht. Als sie zu sich kam, lag ihr Kopf wieder im Schoß von Eka Riva. Jechiel half den anderen Männern, den Felsblock von Reb Davids Leiche herunterzuwälzen.

«Du hast hier nichts zu suchen», schimpfte Eka Riva. «Du störst hier nur! Was willst du eigentlich, dein ungeborenes Kind umbringen? Komm in Zukunft nicht mehr hierher!»

Die Arbeit auf dem «frechen Feld», wie man es von jetzt ab nannte, wurde schon am folgenden Morgen wiederaufgenommen. Nur daß Fanja nicht mehr dabei war.

Noch vor Anbruch der Dämmerung pflegte Reb Salman die

einzelnen Häuser abzugehen und die Einwohner zu wecken. Während Jechiel das Morgengebet sprach, bereitete Fanja sein Frühstück und packte ihm noch etwas zu essen ein. Danach begleitete sie ihn bis zum Hügel. Fanja war jedesmal ergriffen vom Anblick der Menschen, die sich hier noch vor Sonnenaufgang zusammenfanden und wie Schatten durch den bläulichen Morgendunst stapften, während es im Osten dämmerte. Ach, wenn sie doch nur malen könnte! An der Grenze des Feldes hielt sie an, wie vor einer unsichtbaren Barriere, und kehrte den anderen den Rücken zu.

Heute früh hatte die Angst sie gepackt. Es war fast kein Mehl mehr im Sack, und seit Wochen hatte sie keinen Pfennig mehr verdient. Wie würde es weitergehen? Woher sollte sie Essen für die Kinder nehmen? Bei ihrem Onkel in Jaffa lag noch ein Teil des Kaffees, den sie dort gekauft hatte, und schon vor Wochen hatte sie ihm geschrieben, er möge ihn verkaufen und ihr den Erlös schicken. Statt des Geldes hatte sie von ihm *Anna Karenina* bekommen. Zwar wußte sie, daß ihr Onkel Handel und Geldgeschäfte verachtete, aber er hätte aus ihrem Brief ersehen können, daß sie Geld brauchten. In ein, zwei Tagen würde kein Brot mehr im Hause sein. Sie erinnerte sich an die düsteren Tage, die sie mit ihrem Onkel in Konstantinopel verbracht hatte, als sie Tamara erwartete. Ihr Onkel hatte damals dafür gesorgt, daß sie genügend frisches Obst und Gemüse aß und Milch trank. Wovon sollte sie diesmal ihr Kind ernähren? Würde es gesund und kräftig zur Welt kommen, trotz ihres Hungers? Sie teilte diese Gedanken nicht mit Jechiel, doch von Zeit zu Zeit sah sie seine besorgten Blicke. Sein Schweigen wurde immer ausgedehnter und trotziger. Eigentlich unterschied er sich nicht wesentlich von den anderen Männern der Siedlung, mit einem Unterschied: Er lebte dieses Leben schon fünf Jahre lang, und seit dem Tod von Buckscheschter arbeiteten sie täglich an den großen Felsen, die zu einem Symbol geworden waren für die Hindernisse, die es noch zu beseitigen gab.

«Was geschieht, wenn sämtliche Steine weggeräumt sind?» fragte Fanja ihren Mann.

«Ich weiß nicht.»

«Wie wollt ihr säen, wenn ihr keine Saat habt? Ihr werdet eine Anleihe aufnehmen müssen.»

«Bei wem denn? Bitte – du bist doch die Geschäftsfrau in der Familie. Sag doch, wer uns noch Kredit geben würde.»

«Kapitän Goldschmidt vielleicht? Ich habe gehört, er sei zu Besuch bei *Jakob Abu Chai* in Safed.»

«Dem schulden wir schon hundert Pfund Sterling.»

«Wofür?»

«Er hat die Prozeßkosten bezahlt, als der Araber bei der Hochzeit von Rubinstein erschossen wurde.»

«Vielleicht irgend jemand in Safed?»

«Wer etwas geben konnte, hat es getan. Du vergißt, daß die meisten Einwohner von Safed uns hassen.»

«Nein, das vergesse ich nicht.» Plötzlich mußte sie lachen. «Jechiel, wir sind doch verrückt! Alle sind wir verrückt! Lolik ist der einzige normale Mensch in Rosch Pina! Wir sammeln die Steine vom Boden, um ihn für die Saat vorzubereiten, und das einzige, was uns fehlt, ist . . . Saat!»

«Nun gut, Madame Feuer und Schwefel, dann zeig mal, was du kannst! Finde eine Lösung!»

«Ich werde eine finden! Du wirst schon sehen! . . . Vielleicht lassen wir die Beduinen dafür zahlen, daß sie unser Wasser verbrauchen.»

«Heute waren sie auch wieder da.»

«Ja. Wir haben versucht, sie vom Trog zu vertreiben, aber sie haben keine Angst vor uns. Warum sollten sie auch vor einer schwangeren Frau und vier Kindern Angst haben? Was haben die eigentlich gemacht, bevor wir hier die Wasserstelle gebaut haben?»

«Sie sind hinunter an den Jordan gegangen.»

«Heute ist kaum noch Wasser für die Herden von Rosch Pina übriggeblieben.»

Der Segen von Rosch Pina sollte sich als sein Fluch erweisen. Es war die Fülle des vorhandenen Wassers gewesen, die Rabbi Mosche David Schub, auf der Suche nach einer neuen Heimat für die Juden seiner Stadt, für diesen Ort eingenommen hatte, und es war das gleiche Wasser, das ihnen jetzt das Leben verbitterte. Das Wasser floß aus drei verschiedenen Quellen in ein Becken hinein. Es strömte durch eine offene

Rinne und füllte eine Tränke neben dem Becken. In der trokkenen und heißen Jahreszeit begannen die Fellachen aus den umliegenden Dörfern und auch die Beduinen vom Stamm Al Sangaria ihre Herden an die Tränke von Rosch Pina zu bringen. Nachdem Fanja aufgehört hatte, auf dem Feld zu arbeiten, half sie den Kindern beim Hüten der Herden, doch bis sie zur Tränke kam, war kaum noch Wasser für die Rinder- und Schafherden der Siedlung übrig. Anfangs versuchte Fanja, die Eindringlinge zu vertreiben, doch es waren so viele, daß sie aufgab.

Jechiel, Rabbi Mosche David und Isser Frumkin gingen zum Scheich und erklärten ihm, welchen Schaden die Söhne seines Stammes der Siedlung zufügten. Der Scheich empfing sie in allen Ehren und versprach, gegen die faulen Hirten vorzugehen. Es wurden erhabene Worte gewechselt und feierliche Versprechen abgegeben, aber die Hirten stahlen auch weiterhin das Wasser.

Nachdem Fanja erklärt hatte, sie könne nicht länger für das Leben der Rinder und Schafe bürgen, stellten die Siedler an der Wasserstelle Wächter auf. Am nächsten Tag erschien der Scheich auf einer edlen Stute, mit einem Schwert um die Lenden und einem Gefolge von Kriegern zu Pferde und zu Fuß. Während die Einwohner von Rosch Pina noch mit dem Scheich und seinen Kriegern verhandelten, waren die Hirten schon an der Tränke. Ein Regen von Steinen ging auf die Wächter der Siedlung nieder, und der Kampf begann. Pessach Lejbl Buckscheschter, Menachem Grabowski und Schmuel Katz verstellten den Angreifern den Weg und kämpften tapfer, Knüppel um Knüppel, Stein um Stein, während die übrigen Männer von hinten angriffen. Die meisten der Siedler waren junge, kräftige und mutige Männer, sie hatten nichts gemeinsam mit jenen Juden, die von den Arabern spöttisch *aulad al mut*, Kinder des Todes, genannt wurden. Einer der Steine traf den Scheich am Kopf, und er fiel vom Pferd. Als die Beduinen sahen, was ihrem Stammesoberhaupt passiert war, flüchteten sie.

Die Nachricht von dem Sieg verbreitete sich schnell in den jüdischen Siedlungen. In ganz Galiläa erzählte man sich von den Heldentaten der drei Kämpfer Pessach, Menachem und

Schmuel. Die Siegesfreude wurde allerdings getrübt durch die Angst vor der Blutrache. Wochenlang mußten die Dorfbewohner ihre Siedlung Tag und Nacht bewachen, um sich vor der Rache der Al Sangaria zu schützen. Jechiels Gesicht war grau vor Erschöpfung. Vom Morgengrauen an arbeitete er auf dem Feld beim Wegräumen der Steine, und nachts hielt er Wache, Fanjas Pistole um die Hüfte geschnallt. Schließlich erklärte Fanja, sie würde ihm ihre Waffe nicht mehr leihen, wenn er sie nicht am Wachdienst teilnehmen lasse.

«Ich werde nur am Tag auf Wache gehen, nicht nachts.»

«Eine Frau tut keinen Wachdienst. Besonders keine schwangere Frau.»

«Wenn es mir bestimmt ist, daß mir etwas zustößt, passiert mir das auch zu Hause», sagte sie eigensinnig, und schließlich gab er nach. Die Einwohner von Rosch Pina waren entsetzt, aber da sie Fanja ohnehin eigentümlich fanden, betrachteten sie auch das als eine ihrer Verrücktheiten.

Helen Lea, die aus Samarin zu Besuch kam, versuchte ihr die Wachen auszureden.

«Ich bin jünger, gesünder und stärker als dein alter Vater», entgegnete Fanja. «Warum er und ich nicht? Ist sein Leben kostbarer als meins?»

«Du bist eine Frau, Fanja.»

«Na und? Die sprechen doch jeden Morgen ein Gebet, worin sie Gott danken, daß er sie als Mann und nicht als Frau geschaffen hat. Also ist mein Leben billiger als das ihre!»

«Wann kriegst du dein Kind?»

«In zwei Monaten.»

«Und was möchtest du haben, einen Jungen oder ein Mädchen?»

«Ich weiß nicht... Nach der Geburt, wenn ich wieder bei Kräften bin, komme ich dich in Samarin besuchen. Wie ist es dort? Gibt es Berge wie bei uns?»

Es dauerte nicht lange, bis die zwei jungen Frauen in ein Gespräch vertieft waren. Fanja genoß den Anblick ihrer Freundin: Sie war so schön mit ihren schwarzen brennenden Augen, ihrer frischen, olivenfarbenen Haut, ihrem Lachen und ihren klugen Augen. In Helen Lea hatte Fanja eine Freundin nach ihrem Herzen gefunden. Sie wußte, daß Lea sich wirklich Sorgen um sie machte und ihr nicht nur deshalb ins Gewissen redete, weil sie Fanjas Verhalten «unschicklich» fand.

Eine Staubwolke erhob sich über dem Fußweg. Fanja legte ein Blatt zwischen die Seiten von *Anna Karenina* und stand auf. Die Beine waren ihr vom langen Sitzen eingeschlafen, und ihr dicker Bauch machte den Abstieg den Hügel hinunter beschwerlich. Als sie in der Siedlung ankam, standen die fünf Reiter bereits am Eingang zum Hof der Synagoge. Fanja blieb stehen und sah Jechiel an. Seit ihrer Rückkehr aus Jaffa hatte jeder Tag sie einander nähergebracht. Ihr Herz war von Liebe für ihren Helden und Gatten erfüllt, und ein zufälliger Blick oder eine unbewußte Kopfbewegung steigerte dieses Gefühl noch.

Jechiel schaute sich um, und Fanja wartete lächelnd darauf, daß er sie unter den Umstehenden entdecken würde. Schon an seiner Kopfhaltung erkannte sie, daß das Urteil zugunsten von Rosch Pina ausgefallen war.

Aus allen Teilen der Siedlung strömten die Frauen und Kinder herbei, und die Männer kamen vom Feld angelaufen. Rabbi Mosche David, immer noch zu Pferd, teilte den Einwohnern mit, daß das Gericht in Safed die Juden freigesprochen hatte. Die Richter des Sultans hatten sie für unschuldig erklärt, weil sie sich nur gegen ihre Angreifer verteidigt hatten. «Sie haben gelernt, daß Juden imstande sind, sich zu verteidigen, und daß sie auch das Recht auf ihrer Seite haben», sagte Rabbi Mosche David.

Allgemeiner Jubel erhob sich, als Rabbi Mosche David geendet hatte. Einen Moment lang waren sämtliche Einwohner der Siedlung ein Herz und eine Seele und von Stolz erfüllt. Es war ihnen Gerechtigkeit widerfahren, und man hatte den Räubern eine Lektion erteilt. Alle sollten merken, daß man mit Juden nicht umspringen konnte, wie man wollte, daß ihr Leben nicht wertlos war. Waren sie nicht eigentlich deshalb hierhergekommen?

«Nachdem wir das Gerichtsgebäude verlassen hatten», fuhr Rabbi Mosche David fort, «einigten sich beide Parteien, eine *Sulcha*, eine Versöhnungsfeier, zu veranstalten und den Freundschaftsbund zwischen Juden und Arabern zu erneuern. Alle, die unter den Fellachen und den Beduinen Rang und Namen hatten, würden am kommenden Dienstag hier in der Siedlung eintreffen. Jechiel Siles wird uns beim Ausrichten der *Sulcha* beraten.»

Fanja mußte über die Ausdrucksweise von Rabbi Mosche David lächeln. Die Rumänen sprachen Jiddisch, das mit rumänischen Worten und Ausdrücken vermischt war, während die «Jaunis», die hier im Lande geboren waren, Arabisch, vermischt mit hebräischen und spanischen Wörtern, sprachen. Das Resultat war, daß Tamara sich in einer Mischung der verschiedenen Sprachen ausdrückte und sogar Bella und Mosche oft Schwierigkeiten hatten, sie zu verstehen.

Jechiel war inzwischen vom Pferd gestiegen und kam in Begleitung eines hünenhaften, nach russischer Mode gekleideten Mannes auf sie zu, der sich neugierig umsah.

«Fanja, dies ist Alexander Sussmann. Er wird eine Zeitlang bei uns wohnen.»

«Willkommen, Sascha», begrüßte Fanja ihn auf russisch und mußte über seine erstaunte Miene lachen.

Er mochte etwa dreiundzwanzig oder vierundzwanzig Jahre alt sein, und sein Gesicht hatte nicht den abgezehrten, verhärmten Ausdruck der meisten Neueinwanderer. Seine Wangen waren von der Sonne gerötet, in seinen blauen Augen lag ein Lachen. Sein lockiges Haar und sein Bart umrahmten das Gesicht wie ein goldener Heiligenschein. Er trug ein russisches Bauernhemd, das mit kleinen Kreuzchen bestickt war. Sie standen sich gegenüber und musterten einander, und Fanja wußte, daß auch ihre Erscheinung ihm seltsam erschien. Seit sie am Wachdienst teilnahm, hatte sie ihre Pistole um die Hüften geschnallt, die von Monat zu Monat voller wurden. Ihr Gesicht war eingefallen, als zehre ihr ungeborenes Kind mangels anderer Nahrung an ihrer Substanz. Die Haut spannte sich über ihrem Gesicht, und ihre Augen erschienen noch größer als sonst.

Während die Männer sich wuschen, dachte Fanja über den jungen Gast nach. Er sah aus wie ein Ringkämpfer, groß, breitschultrig und mit einem Kinn, als könne er mit den Zähnen Ketten zerbeißen. Wie war er nur hierhergekommen?

War er allein oder mit Familie? Wo hatte Jechiel ihn gefunden? Wie sie sich freute, einen Russen zu treffen! Zwar hatte sie ihre Heimat aus der Erinnerung verbannt, aber sie kehrte bei jeder Gelegenheit wieder. Ein Olivenbaum erinnerte sie an heimische Bäume, und der Morgentau auf den Felsen verwandelte sich in ihrer Fantasie in Schnee...

Als Jechiel und Sascha wiederkamen und sich an den Tisch setzten, bemerkte der Gast ihr Buch.

«Gehört das dir?» Er warf ihr einen neugierigen Blick zu. Die Männer, die Jechiel kannte, pflegten auf eine Frau keinen Blick zu verschwenden, und Fanja fühlte sich unbehaglich.

«Ja.»

«Hast du Tolstois Buch *Knabenjahre* gelesen? *Jugendzeit*?»

«Nein, das habe ich nicht gelesen. Aber dieses hier ist wundervoll! Einfach wundervoll!»

Es schien Fanja, als verberge der junge Mann ein Lächeln hinter seinen geschlossenen Lippen. Sie wollte ihn danach fragen, wagte es aber nicht. Vielleicht war das sein normaler Gesichtsausdruck, und er hatte gar nicht gelächelt. Dann würde sie sicher dumm und aufdringlich wirken.

«Woher hast du das Buch?» fragte er.

«Mein Onkel hat es mir aus Jaffa geschickt.»

«Ist dein Onkel Russe?»

«Natürlich ist er Russe! Was denn sonst?» Sie lachte.

Er deutete wieder auf das Buch. «Tolstoi mag keine Juden.»

«Wer mag sie schon? Mögen wir sie etwa?»

«Ja! Wir schon!»

«Ach – und die ganzen Streitigkeiten und Klüngel und Intrigen? Gott soll uns schützen!»

«Das bleibt in der Familie. Tolstoi mag nicht einmal das Alte Testament, weil es uns gehört. Über unsere nationalen Bestrebungen hat er auch schon ein Urteil abgegeben. Alle Völker haben das Recht auf Selbstbestimmung, nur die Juden nicht. Das hat er wörtlich gesagt! Seiner Meinung nach ist unsere nationale Wiederbelebung lediglich ein Zeichen von Verkommenheit. Unsere Führer strebten danach, das Volk zu betrügen, ihre Herrschsucht und ihre Gier nach mili-

tärischen Eroberungen zu befriedigen. Er hat mir nicht geglaubt, daß ich Jude bin. Wahrscheinlich glaubt er, alle Juden
haben einen Buckel und tragen Hörner.»

«Was? Hast du ihn kennengelernt? Wie denn?»

«Ich war auf seinem Gut in Polen. Ich habe einen Freund
begleitet, der seine Geschichten illustrieren wollte.»

«Bist du Maler?»

«Ich war es.»

«Nun, und dann? Was ist dann passiert?»

Sascha zuckte mit den Schultern. «Wir trafen uns im Hof.
Leonid Pasternak, mein Freund, wartete, bis der Alte an die
frische Luft kommen würde, und ich war bei ihm. Der Hof
war voller Kinder. Er selbst hat elf! Als er endlich herauskam,
erkundigte er sich nach meinem Vater und meiner Mutter und
meinen Vorfahren bis ins dritte Glied. Er wollte nicht glauben, daß ich Jude bin. Danach sprach er Hebräisch mit uns.»

«Tolstoi? Hebräisch? Das kann ich nicht glauben!»

«Wir haben auch nicht verstanden, was er sagte. Wir glaubten, er mache sich über uns lustig, und das hat ihn geärgert. Er
hat damals bei dem Rabbiner Minor Hebräisch gelernt. Leonid mußte ihn besänftigen, aber ich bin nicht mehr hineinge-
gangen. Dieses ganze Mißtrauen, dieser Ärger... Er war
schlechter Stimmung, weil er dauernd belästigt wurde.»

«Dein Onkel hat ähnliches erzählt über diesen anderen
Dichter...» mischte sich Jechiel ins Gespräch.

«Dostojewski.»

«Das russische Volk erhält offenbar seine Inspiration aus
olympischen Höhen.»

«Es braucht keine Inspiration», sagte Sascha bitter.

Fanja räumte die Teller vom Tisch. Seit einem Monat bestand ihre einzige Nahrung aus dünner Graupensuppe. Nach
der Mahlzeit leuchteten die Augen des Gastes auf, und seine
Lippen röteten sich. Fanja kannte diese «Symptome» bereits
und regte sich kaum noch darüber auf. Sie war froh, daß sich
an ihrem ärmlichen Tisch auch manchmal Menschen satt essen konnten, die noch hungriger waren als sie. Als sie zurück
ins Zimmer kam, fragte sie:

«Wo kommst du her, Sascha?»

«Aus Krakau.»

«Und seit wann bist du hier im Land?»

«Ich bin vor eineinhalb Jahren angekommen.»

«Allein?»

«Ja.»

«Und wo warst du bis jetzt?»

«In Jerusalem. Vorher habe ich drei Monate lang den englischen Pfarrer Tristram begleitet. Sein Maler war krank geworden, und ich habe ihn vertreten, bis er wieder gesund war. Ihr habt wahrscheinlich schon von ihm gehört.»

«Nein, das haben wir nicht. Wer ist denn das?»

«Ein englischer Sonderling, ein Naturforscher. Es wundert mich, daß er noch nicht bei euch war. Er ist schon zwanzig Jahre hier im Land und hat es der Länge und Breite nach durchquert. Er kennt jede Pflanze und jedes Tier. Ich war mit ihm am Toten Meer, als er dort einen Vogel entdeckte, der bisher nicht bekannt war. Er hat sich so darüber gefreut, als hätte er ihn persönlich geschaffen! Ich glaube nicht an die Naturliebe dieser Forscher.»

«Nein? Warum denn nicht?» lächelte Fanja.

«Sie töten Tiere und präparieren sie. Und die Pflanzen trocknen sie in einer Presse. Nein, ich mag sie nicht. Ich war froh, als sein Maler wieder gesund wurde, obwohl es eine gute Einnahmequelle war.»

«Er hat durch Elieser Rokach von uns gehört», erklärte Jechiel.

«Wo seid ihr euch begegnet?»

«Überhaupt nicht. Elieser Rokach korrespondiert mit Freunden von mir in Konstantinopel, und die haben uns die Abschriften seiner Briefe geschickt.»

«Wer ist ‹uns›?»

«Meine Freunde in Jerusalem.»

«Was hast du in Jerusalem gemacht?»

«Fanja!» empörte sich Jechiel. «Laß den Mann doch zufrieden!»

«Oh, Verzeihung, Sascha. Verzeih mir! Aber du kannst mich auch ausfragen, wenn du möchtest. Frag nur! Frag, soviel du willst!»

«Wo ist die Wasserstelle?»

Fanja lachte laut auf. Sie erhob sich, um Sascha den Brunnen zu zeigen, aber Jechiel legte ihr die Hand auf den Arm und hielt sie zurück.

«Die Kinder werden ihn hinbringen.»

Bella und Mosche waren von Sascha bezaubert und wetteiferten miteinander, ihm alles zu zeigen. «Herzensbrecher» nannte Fanja ihn im stillen und fragte sich, was ihn wohl nach Palästina gebracht hatte.

Als Fanja am nächsten Morgen aufwachte, war Sascha nicht im Hause. Auf dem Tisch lag ein Bogen Papier, auf dem die Kinder etwas skizziert hatten. Mosche berichtete, Sascha hätte zusammen mit Jechiel gebetet und danach den Weg nach Safed erfragt. Dann hätte er seinen Rucksack genommen und sei gegangen.

Plötzlich erschien das Haus leer. Fanja war überrascht über ihre eigene Enttäuschung. Für kurze Zeit hatte sie den Hunger und die Sorge um den nächsten Tag vergessen. Sascha hatte mit seiner guten Laune, seiner hünenhaften Gestalt und seinen blauen, lachenden Augen das ganze Haus erfüllt. Nichts schien ihm Sorgen zu bereiten, nur wenn er über Malerei sprach, wurde er ernst.

Er hatte ihnen erzählt, er gehöre einem Jerusalemer Verband mit dem Namen *«Schiwat hacharasch wehamasger»** an, der auch BILU-Leute zu seinen Mitgliedern zählte. Zu Anfang hatte der Verband nur drei Mitglieder gehabt, Jakob Schertok, Schimon Belkind und Daria Sirut, aber im Laufe der Zeit waren noch fünf weitere dazugekommen. Ziel und Zweck des Verbandes war es, verschiedene Handwerke zu erlernen: Tischlerei, Schleiferei, Eisenbearbeitung, Herstellung von Messern. Drei Helfer, Rabbi Jechiel Michel Pines, Ben Jehuda und Nissim Bachar, der Schulleiter von KOL ISRAEL CHAWERIM, nahmen sich unserer an. «Die BILU-Leute von Jerusalem sind anders als die in Rischon Lezion und Konstantinopel.»

«Auf welche Weise sind sie anders? Sind es nicht die gleichen Menschen?»

«Jerusalem hat eine besondere Atmosphäre. Die Stadt als

---

* Hebr.: «Heimkehr des Ackermanns und des Schlossers».

solche verändert die Menschen. Wir waren Freunde. Enge Freunde. Ohne den Zank und Streit, der überall herrscht. Auch die Persönlichkeit von Ben Jehuda beeinflußte uns. In seinem Haus aßen wir die einzige Mahlzeit des Tages. Daria Sirut wohnte im Hause der Familie Jehudas und bereitete unsere Mahlzeiten. Nicht selten teilte sie mit uns ihr kärgliches Essen.»

«Wovon lebt Ben Jehuda?»

«Er ist Lehrer in der Schule von KOL ISRAEL CHAWERIM. Heimlich! Der Verband ist gegen das Studium der hebräischen Sprache in seinen Schulen, aber der Leiter, Nissim Bachar, glaubt an die Zukunft des Hebräischen und hat heimlich Ben Jehuda in seinen Lehrkörper aufgenommen. Das ist auch uns zugute gekommen.»

«Ich habe Verwandte in Jerusalem», sagte Jechiel. «Die Familie Back.»

«Der Besitzer der Druckerei?» fragte Sascha. «Ich war zu Gast in seinem Hause.»

«Tatsächlich? Und wie geht es ihm?»

«Das weiß ich leider nicht. Er wußte nämlich nicht, daß ich sein Gast war. Ich hatte bei Ben Jehuda gewohnt, aber im Sommer nahm seine Frau zahlende Gäste auf, und ich mußte ausziehen. Geld für eine Herberge hatte ich nicht. Eines Tages, als ich in der Synagoge von Back betete, die sich in einem Zimmer seines Hauses befand, erhörte der Himmel meine Gebete. Durch ein Fenster sah ich den Eingang zum Keller, der früher als Getreidespeicher gedient hatte.»

Sascha sah sie verschmitzt an. «Eine Woche lang habe ich dort übernachtet. Aber dann erwischte mich eines Tages ein Verwandter von dir, Frumkin, der im Obergeschoß wohnte, und vertrieb mich. Ihr seht also, daß es eurer Familie häufiger vergönnt ist, mich unterzubringen.»

«Und wohin bist du dann gegangen?»

«Zurück zu Ben Jehuda. Er wohnt am dritten Tor im Hof von Fischel Nagid. Kennst du dich in Jerusalem aus?»

«Nein, ich stamme aus Safed.»

«Bist du dort geboren?»

«Ja.»

«Und wo kommt deine Familie her?»

«Von überall. Aus Marokko, Damaskus, Rußland, Palästina...»

«In Jerusalem habe ich viele nordafrikanische Juden kennengelernt. Ben Jehuda trägt einen spanischen Kaftan und einen Fes.» Sascha verzog das Gesicht. «Und Pines raucht Wasserpfeife.»

Fanja und Jechiel brachen in lautes Gelächter aus. Sascha brachte sie immer wieder zum Lachen. Zum Schluß lachten sie schon ohne Grund. Fanja dachte plötzlich, daß sie mit Jechiel niemals so lachen konnte. Wie gut tat ihr ein bißchen Ausgelassenheit, und dieser Bursche war wirklich nett.

«Auch wir werden mit unserem Sohn nur Hebräisch sprechen», sagte Jechiel.

«Und wenn es eine Tochter wird?»

«Es wird ein Sohn.»

«Gnade Gott dem armen Töchterchen», seufzte Fanja.

«Elieser Rokach ist doch ein Verwandter von Frumkin, nicht wahr?»

«Ja. Und hier im Nebenhaus wohnt Isser Frumkin, ein Vetter von ihm.»

«War er auch einer der ersten hier im Ort?»

«Ja.»

«Ich hatte geglaubt, es sei keiner der alten Pioniere mehr übrig. Aus den Briefen von Elieser Rokach hatte ich entnommen, daß Gai Oni mehr oder weniger aufgelöst worden war.»

«Es ist nicht aufgelöst worden! Im Gegenteil! Nachdem die Rumänen sich uns angeschlossen hatten, ist es zu neuem Leben erwacht und aus der Asche auferstanden wie ein Sandhuhn.»

«Sandhuhn?»

Fanja und Jechiel sahen Sascha verwundert an. Er war auf einmal sehr erregt. Das Lachen in seinem Gesicht war einem dunklen, drohenden Ausdruck gewichen. Dann nahm er sich wieder zusammen und begann schnell zu sprechen, um von seiner ironischen Bemerkung abzulenken.

«Elieser Rokach glaubte, daß wir, die Einwanderer aus Rußland, die Arbeit, die ihr begonnen habt, fortsetzen würden. In einem Brief an meine Freunde in Konstantinopel schrieb er, er sei zu dem Schluß gekommen, die hier geborenen Juden seien nicht fähig, Landwirtschaft zu betreiben, und er hoffe, daß die BILU-Leute damit fortfahren würden.»

«Die Einheimischen wollen nicht arbeiten?» rief Fanja wütend. «*Er* will nicht arbeiten! Er ist davongelaufen! Wir halten mit den Fingernägeln an diesem Boden fest! Wie kann er es wagen, so etwas zu behaupten?»

«Fanja, bitte», beschwichtigte Jechiel sie. «Er will doch das gleiche wie wir – das Land besiedeln, den Boden bestellen.»

«Ja, Jechiel hat recht», pflichtete Sascha ihm bei. «Aus demselben Grund war er gegen unsere Ansiedlung in Jerusalem. Er sagt, wir seien gekommen, um landwirtschaftliche Siedlungen zu gründen, und nicht, um bei den Fanatikern in Jerusalem herumzusitzen und auf Almosen aus dem Ausland zu warten. Das ist einer der Gründe, warum ich hergekommen bin. Ich wollte diesen Ort mit eigenen Augen sehen.»

«Du wirst sehr bald wieder davonlaufen. Genauso wie Elieser Rokach!» fauchte Fanja und hoffte innerlich, ihn so zu provozieren, daß er sich entschließen würde zu bleiben.

In der Abenddämmerung kam Fanja aus Loliks Hütte zurück und bemerkte eine große Gestalt, die aufs Haus zuging.

«Sascha!» rief sie erfreut.

Sascha öffnete seinen Ranzen und holte drei Orangen heraus sowie ein Stück Käse, einen Laib Brot und eine Handvoll Oliven und legte alles auf den Tisch.

Es stellte sich heraus, daß er in sämtlichen Dörfern und Zeltlagern der Umgebung gewesen war. In einer Molkerei bei Safed hatte er Milchkannen repariert, einem Bauern hatte er sein Pferd beschlagen, und für einen Scheich hatte er ein Bild seiner rassigen Stute gemalt.

Das Brot war frisch, der salzige Käse brachte die Süße der aromatischen Orangen noch mehr zur Geltung. Tamara saß auf Jechiels Schoß und kaute an einem Stück Brot, das sie mit beiden Händchen festhielt.

«Wir haben beschlossen, bei der *Sulcha* am Dienstag unsere arabischen Gäste mit Lammbraten, Reis und Kaffee zu bewirten», sagte Jechiel.

«Das muß ich malen», erklärte Sascha.

«Ihr habt beschlossen», Fanjas Gesicht war rot vor Wut. «Wer hat das beschlossen?»

«Wir alle.»

«Wann seid ihr denn zusammengekommen?»

«Heute früh in der Synagoge.»

«Und woher sollen wir das Geld nehmen?»

«Jeder gibt, was er kann.»

«Du machst Witze!»

«Nein.»

«Was er kann? Die Menschen hier haben doch seit Wochen nichts zu essen! Männer!»

Sascha lachte über die verächtliche Art, mit der sie das Wort «Männer» ausgesprochen hatte.

«Sie haben uns unser Wasser weggenommen, und jetzt müssen wir sie auch noch besänftigen! Welche Logik!»

«Wir haben den Prozeß gewonnen. Darauf kommt es an.»

«Weil wir im Recht waren. Schließlich haben wir die Richter nicht bestochen! Und jetzt werden wir dafür bestraft, daß wir im Recht waren! Ich werde mich an dieser Spendenaktion nicht beteiligen!»

«Soll etwa jeder seinen Teil beitragen und wir nicht?» fragte Jechiel verärgert.

«Wir können nicht säen, weil wir kein Geld für die Saat haben. Aber Geld genug, um diese Diebe mit Lammbraten zu füttern – das haben wir?»

Fanja ging wütend aus dem Zimmer und schlug die Tür hinter sich zu. Sie blieb einige Zeit im Hof, kam dann wieder zurück, öffnete eine der Schubladen und kramte darin herum, bis sie gefunden hatte, was sie suchte. Es war ein Fläschchen, das sie mit einem Knall auf den Tisch stellte.

«Hier! Das ist unsere Spende!»

«Was ist denn das?»

«Chinin. Ich hatte es für die Geburt aufbewahrt.»

«Was soll ich damit?»

«Verkauf es!»

«An wen?»

«An wen? An die Brüder Misrachi unten am Sumchi-See. An den Isbed-Stamm! An Rabbi Fischel Salomon! Fehlt es denn an Verrückten, die unbedingt in den Sümpfen leben müssen? Du wirst schon jemanden finden! Gibt es nicht genug Kranke?»

Jechiel rollte das Fläschchen zwischen den Fingern und sah Fanja verlegen an.

«Nur gut, daß mir mein Onkel nicht rechtzeitig das Geld für den Kaffee geschickt hat. Ich wäre vor Wut geplatzt.»

«Soll das heißen, daß du jetzt nicht wütend bist?» fragte Sascha, und alle drei brachen in ein befreiendes Gelächter aus.

«Ich hatte ihm vorgeschlagen, dir in den Hof nachzugehen», eröffnete ihr Sascha, «aber er befürchtete, du würdest ihm einen Eimer an den Kopf werfen. Gib her», sagte er zu Jechiel und nahm ihm das Fläschchen aus der Hand. «Ich werde es verkaufen.»

Am Tage der *Sulcha* erfuhr Fanja, daß die Frauen nicht bei ihren Männern sitzen durften.

«Soll das heißen, daß ihr euch zum Essen setzt, und wir müssen draußen stehen wie die Beduinenweiber, und wenn ihr euch satt gegessen habt, werft ihr uns die Reste zu?»

«Genau.»

«Warum sollen die sich nicht unseren Gebräuchen anpassen? Schließlich sind sie bei uns zu Gast.»

«So ist das eben.»

Am Morgen stieg Fanja auf den Hügel und nahm *Anna Karenina* mit. Die Kinder hatte sie mit den Männern fortgeschickt, damit auch sie ein paar Leckerbissen von der Festtafel ergattern würden. Der Rauch und der Geruch des gebratenen Fleisches erhob sich bis zur Hügelkuppe. Fanja lief das Wasser im Mund zusammen, und ihr Magen verkrampfte sich vor Hunger. Sie konnte sich nur schwer auf das Krocketspiel der Prinzessin Twerskaja und auf den Klatsch der Grafen und Prinzessinnen in Petersburg konzentrieren.

Seit Fanja begonnen hatte, dieses Buch zu lesen, weinte sie unaufhörlich, als sei ein innerer Damm gebrochen. Die Stute Frou-Frou, die wie ein Fisch zappelte, der Fleiß von Alexej Alexandrowitsch, die kurzen Beine von Madame Stahl – all das erinnerte sie an ihr Elternhaus, an ihre verlorene Kindheit, an die Lieder und die Musik, den köstlichen warmen Geruch der Pflaumenkonfitüre und den Piroggenteig, der im

Munde zerschmolz, an den Besuch der Näherin, als überall im Hause Stoffe und Garne und Bänder und Nähseide herumlagen. Und jetzt war es, als hätte ein Magier seinen Zauberstab erhoben und alles verschwinden lassen. Es gab keinen Wronski mehr, keine Tilly – nur noch die ausgetrocknete Erde, die in der Hitze aufplatzte, nur noch das Kind, das sie bald gebären würde, alles andere war unwesentlich und albern.

Eine riesenhafte blonde Gestalt kam mit langen Schritten den Fußweg herauf. Es war Sascha, dessen Haar und Bart in der Sonne glänzten. Fanja betrachtete ihn wohlgefällig. Er war so groß, und trotzdem wirkte er irgendwie hilflos, als hätte er sich noch nicht an seine breiten Schultern gewöhnt, als hätte er Angst vor seiner eigenen Kraft und seinen Ausmaßen.

«Nur mit Mühe konnte ich dem verstunkenen Scheich dieses Stück Braten aus dem Maul reißen ... oh, entschuldige, Fanja! Verzeihung!»

Fanja lachte herzlich. Dann verzehrte sie das in einen Brotfladen gewickelte Stück Lammbraten mit gutem Appetit.

Er sah sich um. «Ist dies hier dein Versteck?»

«Woher hast du gewußt, wo du mich findest?»

«Woher willst du wissen, daß ich dich gesucht habe?» fragte er, fügte aber, erschrocken über seine eigene Frechheit, rasch hinzu: «Die Kinder haben es mir gesagt. Schade, daß ich nichts zum Malen mitgebracht habe.»

«Haben die Kinder gegessen?»

«Ha! Die Frauen und Kinder standen vor der Festtafel und blickten alle, die aßen, vorwurfsvoll an. Ein Wunder, daß keiner von denen erstickt ist.»

«Bella? Mosche? Tamara?»

«Alle haben gegessen.»

«Bist du sicher?»

«Ganz sicher.»

Als sie nach Hause kam, sah sie schon von der Straße aus, wie Mosche die Hütte im Hof betrat. Die Tür war offen, und Fanja erwartete jeden Moment, daß Lolik mit lautem Geschrei herausstürzen würde. Nichts dergleichen geschah. Die Pappel, hinter der sie sich versteckte, war mit heißem Staub bedeckt, und die rauhe Borke hinterließ dünne Rillen auf

Fanjas feuchten Handflächen. Eine Minute später kam Mosche wieder aus der Hütte heraus, und Fanja sprang aus ihrem Versteck.

«Ist Lolik in der Hütte?» fragte sie.

«Ja.»

«Und läuft er nicht vor dir davon?»

«Nein.»

«Was hast du bei ihm gemacht?»

«Ich habe ihm einen Brotfladen gebracht.»

«Von der Festtafel?»

Mosche nickte und biß sich verlegen auf die Lippen. Fanja gab ihm einen schmatzenden Kuß auf die Wange, bevor er sich davonmachen konnte.

Wer glaubt, daß Rosch Pina schwere Zeiten durchmachte, dem sei gesagt, daß danach noch schwerere kamen, die die ersten Tage der Siedlung fast wie eine Wohltat erscheinen ließen. In keinem einzigen Haus war auch nur ein Pfennig Geld zu finden. Die Einwohner hatten ihre Bettwäsche und ihre Eheringe verkauft, um ihren Teil an der Finanzierung der *Sulcha* beisteuern zu können. Sie hatten auch nichts mehr, was sie als Bürgschaft für weitere Anleihen anbieten konnten.

Der Tag der Niederkunft rückte immer näher, und Fanja war vollkommen entkräftet. Auch Jechiel sprach fast kein Wort. Nachts legte Fanja ihren Kopf auf Jechiels Schulter und genoß es, wenn er ihr Haar streichelte. Sie waren verzweifelt vor Hunger und Hoffnungslosigkeit, vor Ahnungen, die sie nicht aussprachen.

Rabbi Mosche David Schub schrieb an die Juden von Moineschti und bat um Hilfe. Ebenso forderte er die anderen Siedler auf, sich mit Hilferufen an potentielle Spender zu wenden. Eine Abordnung der Bauern traf sich mit dem Gesandten von Baron Hirsch, doch dieser begnügte sich mit einer Spende von zweitausend Franken. Das genügte nicht einmal, um Maultiere zu mieten oder Getreide auszusäen, aber es war genug, um die Bauern von Rosch Pina zu beschämen, denn sie hatten diese Siedlung gegründet, um gerade nicht mehr auf Spenden und Almosen angewiesen zu sein.

Rabbi Mosche David entschloß sich, ins Ausland zu fahren, um Freunde der zionistischen Bewegung um Hilfe zu bitten und so die Siedlung vor dem Untergang zu retten. Als er zu ihnen kam, um sich zu verabschieden, übergab ihm Fanja Briefe an ihre Schwestern. Sie hatte ihnen noch immer nicht den Erlös vom Verkauf der Medikamente geschickt, und jetzt bat sie um die nächste Sendung...

«Oliphant hat dem Siedlerkomitee tausend Goldfranken geschickt», sagte Rabbi Mosche David zu Fanja, «und ich habe das Komitee angewiesen, für dich und das Baby zu sorgen. Leider werde ich selbst nicht hiersein, wenn es zur Welt kommt.»

«Oliphant!» Fanja schlug sich mit der Hand vor die Stirn. «Wie konnte ich das nur vergessen! Er wird eine der Parzellen in Rosch Pina kaufen!»

«An ihn verkaufen? Wen willst du denn von hier vertreiben?»

«Keiner wird vertrieben. Wir sitzen ja auf Grund und Boden, der offiziell Oliphant gehört. Das ist *Miri*-Boden, der ohnehin nicht vererbt werden kann. Die Frage der Eignerschaft ist nebensächlich. Wichtig ist nur, daß wir uns von diesem Boden ernähren. Wenn die Behörden erfahren, daß wir das Land drei Jahre lang nicht bearbeitet haben, verfällt es ohnehin der Regierung. Darum ist es durchaus kein Unglück, wenn wir Pächter von Oliphant sind. Er ist nicht wie die Effendis oder andere Landbesitzer, bisher hat er noch keinen Pfennig von uns verlangt. Er will nichts als den Bauern helfen. Der Verkauf findet nur auf dem Papier statt. Die Bauern bleiben auf ihrem Grund und Boden und kaufen Saatgut und Essen für ihre Kinder mit Oliphants Geld.»

«Vorausgesetzt, daß er wirklich kaufen will, Fanja», sagte Jechiel leise.

«Er wird schon wollen!»

«Oliphant ist ein Phantast!»

«Und wir vielleicht nicht? Er hat die gleichen Träume wie wir. Ich bin bereit, zu ihm zu fahren und mit ihm zu reden.»

«In deinem Zustand fährst du nirgendwohin!»

Fanja wollte schon aufbrausen und gegen Jechiels Befehlston protestieren, da fiel ihr Blick auf ihren dicken Bauch.

«Nein, ich fahre nicht.»

«Imbar nennt Fanja ‹Die Königin des Landes Naftali›», erklärte Jechiel, und ein Lächeln glitt über sein Gesicht. Fanja war erstaunt, daß er sich noch daran erinnerte.

«Dann ist es also beschlossen.» Jechiel stand auf. «Ich fahre morgen zu ihm.»

Am nächsten Tag, als Fanja mit den Schafherden und den Kindern zur Tränke ging, begannen die Wehen. Es war nicht wie beim ersten Mal, wo die Wehen allmählich angefangen und sich lange vorher angekündigt hatten. Diesmal bekam sie sofort starke Schmerzen. Erschrocken setzte sie sich neben die Tränke und schickte eines der Kinder los, um Riva Frumkin vom Feld zu holen. Es schien eine Ewigkeit zu dauern, bis plötzlich Sascha neben ihr auftauchte.

«Hat es begonnen?»

«Ja.»

«Komm, gehen wir nach Hause.»

Fanja erhob sich, aber schon nach ein paar Schritten spürte sie, wie ihr eine warme Flüssigkeit über die Beine strömte.

«Was ist denn?»

«Das Wasser kommt schon.»

«Komm, Honigplätzchen.» Bevor sie wußte, wie ihr geschah, hob er sie hoch und trug sie auf den Armen zum Haus. Fanja, betäubt vor Schreck und Schmerz, blickte in ein rosa Ohr, das unter einer Schirmmütze hervorschaute, und verspürte den Geruch eines Mannes, dessen Locken ihre Wange kitzelten. Sie war verwirrt, und alles erschien ihr unwirklich, seine Nähe, die seltsamen Gefühle, die er in ihr erweckte, die Worte, die er sprach... Als der Schmerz wiederkam, klammerte sie sich an seine Schultern, bis es vorüberging und sie ihren Griff wieder lockerte.

«Die Wehen werden häufiger. Gleich sind wir zu Hause», sagte er mit weicher, beruhigender Stimme. «Ich habe Feuer gemacht und Wasser aufgesetzt. Mosche ist zum Eingang des Dorfes gelaufen. Vielleicht ist Jechiel schon unterwegs. Bella holt die Nachbarin.»

«Setz mich ab.»

Fanja wollte nicht, daß Jechiel sie sah, während Sascha sie

in seinen Armen trug. Sascha gab nach, und sie hielten an, bis die Wehen wieder nachgelassen hatten.

«Wo ist Riva?»

«Sie kommt gleich. Mach dir keine Sorgen.»

Sascha fachte das Feuer an und holte aus dem Kasten ein altes Bettuch. Die Schmerzen wurden stärker, und Fanja mußte sich beherrschen, um nicht zu schreien. Ihr Kopf war schweißbedeckt. Sascha wischte ihr das Gesicht ab und sprach ihr beruhigend zu, wie einem kleinen kranken Mädchen, nannte sie Honigplätzchen, Küken, Entchen …

Die Kinder erschienen im Türrahmen, ihre kleinen Gesichter zutiefst erschrocken. Sascha ging zu ihnen hinaus und schickte sie auf Botengänge. Fanja hörte alles nur halb, fast ohnmächtig vor Schmerzen. Sie schluchzte auf.

«Schrei nur, Fanja, das macht es dir leichter. Ja, so. Ist dir jetzt besser? Nun – bald ist er da …»

«Sie.»

«Also sie.» Sascha lächelte. «Sie wird kupferrote Locken haben, so wie du … Pressen! Tief atmen! Entspannen … wieder pressen! …»

Trotz ihrer Schmerzen und ihrer betäubten Sinne wurde ihr klar, daß er genau wußte, was zu tun war. In einer der Pausen zwischen den Wehen blickte sie ihn verwundert an und fragte:

«Bist du Arzt, Sascha?»

«Nein. Aber – ich habe das schon mal gemacht … als meine Tochter geboren wurde.»

Fanja schloß die Augen. Sie hatte begriffen, daß er ihr einen kleinen Teil seines Leids enthüllt hatte, wie sich auch ihr Leid ihm offenbarte. Leid gegen Leid. Großer Gott! In was für eine Welt setzte sie dieses Kind!

Ihr Gedankengang brach ab. Die Wehen kamen jetzt immer häufiger, und der Schmerz zerriß ihren Leib. Sie schrie: «Jechiel!» Als die Wehen etwas nachließen, hörte sie Rivas Stimme: «Was schreist du nach Jechiel? Der kann dir jetzt nicht helfen. Schrei lieber nach Riva. Ich bin hier.»

«Wo ist Sascha?»

«Der steht draußen und malt Bilder auf die Tür. Die Kinder sind bei ihm.»

Die Kräfte verließen sie, und sie hörte auf zu kämpfen. Sie

stand auf einer Stufe mit der Kuh und dem Schaf – sie schrie, wenn es weh tat, und lag da wie ein nasser Lappen, wenn der Schmerz nachließ. Jemand wischte ihr die Stirn ab. Als sie die Augen wieder öffnete, stand Jechiel neben ihr, blaß und erschrocken. «Schau ihn nur an, wie er aussieht, dein Held», spottete Riva gutmütig und scheuchte ihn aus dem Zimmer. Ich wäre nicht hinausgegangen, dachte Fanja zwischen den Wehen. Als hätte Riva ihre Gedanken gelesen, sagte sie: «Wir brauchen ihn im Moment nicht.»

Sie spürte, wie etwas in ihr zerriß, und dann kam das Baby in einer warmen klebrigen Flüssigkeit. Auf einmal waren die Schmerzen verschwunden, es herrschte eine wundervolle Ruhe. Von draußen drangen betende Stimmen an ihr Ohr, und dann stand plötzlich Jechiel über ihr, immer noch blaß und erschrocken. Einen Augenblick lang fürchtete sie, er würde in Tränen ausbrechen.

«*Masel tow*, Fanja. Wir haben einen Sohn.»

«*Masel tow*, Jechiel.»

Am nächsten Tag berichtete er, seine Mission sei erfolgreich gewesen. Oliphant hatte sich bereit erklärt, zwei Parzellen Land in Rosch Pina zu kaufen. Alles war unterschrieben und besiegelt. Er hatte hundertfünfzig Napoléons für die Parzellen von Nachum Klisker und Jakob Gorochowski bezahlt, die sich über dreihundertneunundsechzig Dunam erstreckten. Dort würde er wahrscheinlich vier Familien ansiedeln.

«Oliphant will der Welt beweisen, daß Juden Landwirte sein können, wenn man ihnen nur die Gelegenheit dazu gibt. Er glaubt stärker an uns als wir selbst. Möchtest du unseren Sohn nach deinem seligen Vater benennen?»

«Nein.» Fanja wollte in ihrem Sohn nicht das Pogrom verewigen, in dem ihr Vater umgekommen war. Dieser Sohn sollte ein neuer Anfang sein, eine neue Welt, und sie würde ihm nicht einmal vom Schicksal ihrer Eltern erzählen, geschweige denn die Namen der Ermordeten in ihm weiterleben lassen ...

«Mosche ist nach meinem Großvater benannt. Diesen Sohn würde ich gern nach meinem Freund Elieser benennen.»

«Dieser Diaspora-Funktionär!»

«Fanja!»

«Wir werden einen hebräischen Namen finden. Aus der Bibel.»

«Vielleicht Naftali? Imbar nennt dich doch ‹Die Königin des Landes Naftali›.»

«Naftali...» Fanja ließ sich den Namen auf der Zunge zergehen. «Naftali Siles...»

«Endlich werden wir den Stuhl von Elijahu benutzen.»

Beide lächelten und erinnerten sich, wie die Juden in Safed sie mit Steinen beworfen hatten, als Fanja den Stuhl aus dem Haus von Elieser Rokach holen wollte.

«Auf diesem Stuhl wurde Schmuel Ben Nissan Back durch die *Brith Mila* in den Bund unseres Stammvaters Abraham aufgenommen. Nicht weit von dem Ort, wo du so gerne sitzt. Montefiore war der Pate und saß auf dem Stuhl. Alle Honoratioren von Safed waren erschienen, auch aus *Pekiin*, Baram und Ejn Sejtim...»

«Das Geld des hohen Herrn hatte offenbar große Anziehungskraft.»

«Sei nicht gemein, Fanja! Das waren einfache Juden. Bauern. Fromme Menschen. Sie haben großen Eindruck auf den Minister gemacht. Rabbi Israel nutzte diesen guten Eindruck und erläuterte ihm seinen Plan. Nach diesem Plan benötigte das Volk Israel nichts als Land, und schon würde Galiläa zum Leben erwachen. Bekanntlich ist der Boden hier sehr gut. Ein wenig Dünger, und schon blüht alles.» Jechiel fing an zu lachen. Er lachte so selten, daß sein Gesicht aufleuchtete, als hätte man ein Fenster geöffnet und die Sonne in ein dunkles Zimmer gelassen.

«Alles, was von dieser Begegnung übrig ist, ist unser Elijahu-Stuhl...»

«Dort werden wir die Beschneidungsfeier abhalten.»

«In der *Chirbe*?»

«Nein. Im *Chan*. Wir werden den Stuhl dort hinaufbringen und das Kind –»

«Fanja!»

«Warum denn nicht», drängte sie ihn. «Siehst du? Du weißt keinen Grund.»

«Verrückte Russin!»

«Wo ist Sascha?»

«Er ist gegangen.»

«Wann?»

«Gestern. Gleich nach der Geburt.»

«Komisch.»

«Tut es dir leid? Fanja?»

«Natürlich. Er hat doch so viel Freude ins Haus gebracht.»

Fanja wußte, daß Jechiel mit seiner Frage etwas anderes gemeint hatte. Warum war Sascha davongelaufen? Wovor hatte er sich erschrocken? Vor sich selbst? Vor der Frau, die ihm nach der Entbindung entgegentreten würde? Und sie? Sie brauchte Zeit, um sich über ihre eigenen Gefühle klarzuwerden.

Als sie zum erstenmal aufstand, entdeckte sie an der Eingangstür das Bild eines roten Sandhuhns in einer flammenden Wolke.

anja ritt den Weg zwischen Safed und Rosch Pina entlang. Die Stute von Rabbi Mottel kam nur langsam vorwärts und setzte ihre schlanken Beine vorsichtig zwischen den steilen Felsen auf. Von Zeit zu Zeit spitzte sie ihre kleinen Ohren, wenn sich ein paar Steine loslösten und den Abhang hinunterrollten. Sie war mit Paketen beladen, und Fanja gestattete ihr, das Tempo zu bestimmen. Sie war fest entschlossen, sich bald selbst ein Pferd zu kaufen. Zwar lieh ihr Rabbi Mottel gern seine Stute, aber sie wußte, daß sowohl er wie auch die anderen Einwohner der Siedlung mißtrauisch alles verfolgten, was sie tat, und es war ihr lieber, auf niemanden angewiesen zu sein. Jechiel sagte nichts, was ihre Geschäfte betraf, aber sie hatte den Eindruck, daß es ihm nicht gefiel.

Seit ihre Schwester die Vertretung des Medikamentenherstellers Park Davis übernommen hatte, waren schon drei Sendungen bei ihr angekommen. Bald würden sich die Leute daran gewöhnen, daß sie die Quelle für Medikamente in Galiläa war, und würden zu ihr kommen, so daß sie nicht mehr dauernd unterwegs sein mußte. Jedesmal, wenn sie nach Hause kam, fühlte sie sich, als sei sie mit knapper Not einem Unglück entronnen. Die Berge waren felsig, es gab keine richtigen Wege, und oft war ein Pfad, der gestern noch fest und sicher ausgesehen hatte, von Geröll verschüttet. Nicht selten erzählte man sich von Banditen und Raubtieren. Sie hatte schon gelernt, die Fährte eines Schakals und eines Wildschweins zu erkennen. Wenn sie den Blick hob, sah sie in einiger Entfernung ein ödes unbewohntes Tal, durchzogen von glitzernden Sumpfstreifen. Im Frühling waren die Berge mit Blumen bedeckt, im Winter waren sie mit tiefem Schlamm überzogen, und im Sommer war alles eine einzige ausgetrocknete Wildnis.

Auf einem Felsvorsprung hielt Fanja an. Der Berg fiel steil ab, und sie blickte hinunter über die weite Ebene. Sie wußte, daß der Ausblick aus der Höhe dem Tal etwas Majestätisches verlieh, das es nicht besaß, aber das verminderte nicht die Schönheit dieser Szene. Im Geiste stellte sie sich vor, sie sei die Prophetin Debora, die zuschaut, wie die Streitkräfte des Sisera zum Kischon ziehen oder wie Gideons dreihundert Mannen Midian überfielen.

Der Schrei eines Käuzchens erschreckte die Stute, sie glitt aus und stürzte. Fanja stieg ab und begann, sie zu entladen, um ihr das Aufstehen zu erleichtern. Plötzlich ertönte wildes Geschrei, und mehrere Reiter stürmten auf die Schlucht zu. Fanja war vor Schreck wie gelähmt. Doch dann zog sie die Pistole unter ihrem Kleid hervor und richtete sie auf die Angreifer. Ohne nachzudenken, begann sie um sich zu schießen, nur darauf bedacht, den Angriff abzuwehren. Das Pferd des vordersten Reiters wieherte laut, bäumte sich auf und warf seinen Reiter ab. Jetzt erkannte sie, daß es insgesamt drei Reiter waren. Das zweite Pferd rannte in das verwundete Pferd hinein und fiel auf die Seite. Fanja gab noch einen Schuß in die Luft ab, während sie ihre Stute auf die Beine zerrte.

Erst als die Banditen geflüchtet waren, begann sie am ganzen Körper zu zittern und klammerte sich an den Rücken der Stute. Wahrscheinlich waren es Räuber aus Tivon gewesen. Das Schreien des Käuzchens war offenbar ein Zeichen gewesen, um die Räuber darauf aufmerksam zu machen, daß sie sich auf dem Rückweg von Safed befand, mit Geld in der Tasche. Ob sie wohl das Pferd oder den Reiter getroffen hatte? Das Pferd war weitergaloppiert, also konnte es nicht schwer verletzt sein. Und wenn sie – Gott behüte – den Reiter getötet hatte? Dann würde man ihr die Schuld an seinem Tod geben. Sie kannte bereits die Denkweise des Ostens. Alles durfte nach Herzenslust überfallen und rauben – ganze Dörfer ernährten sich vom «Räuberhandwerk» –, aber wehe dem, der es wagte, sich zur Wehr zu setzen und Gleiches mit Gleichem zu vergelten! Sie durfte keinem erzählen, daß sie auf jemanden geschossen hatte. Wenn man ihr etwas vorwarf, würde sie es ableugnen. Sogar Jechiel würde sie ihr Geheimnis nicht offenbaren, damit er keinen Anteil an dem Verbrechen hatte.

Mühevoll sammelte sie Stück für Stück ihre Pakete auf und

lud sie auf den Rücken der Stute. Sie hatte sich so gefreut, als ihr der englische Arzt die Bücher gegeben hatte. So sehr, daß sie sich nicht klargemacht hatte, wie schwierig es sein würde, sie nach Rosch Pina zu transportieren. Bei Lea konnte sie die Bücher nicht lassen, weil kein Jude in Safed es wagen würde, «weltliche» Bücher in seinem Haus aufzubewahren, geschweige denn Bücher, die aus dem Hause eines Arztes und Missionars stammten.

Am Morgen, als sie nach Safed aufgebrochen war, hätte sie sich nicht träumen lassen, welchen Gewinn sie erzielen würde. Die Idee, das Haus des Arztes und Missionars zu betreten, war ihr gekommen, als sie zufällig dort vorbeikam und durch die offenen Fenster die Reihen von Büchern in den verglasten Bücherschränken erblickte. Seit Monaten hatte sie kein Buch mehr in die Hand genommen. *Anna Karenina* war nur noch eine nebelhafte Erinnerung, die sich mit dem Gedanken an ihre Schwangerschaft mischte.

Lange Zeit war nach der Geburt von Naftali vergangen, bis sie sich wieder stark genug fühlte, um zur Arbeit zu gehen. Debora, die Tochter von Rabbi Mottel, war täglich gekommen, um den Säugling und die anderen Kinder zu betreuen. Miriam Alhija war von Jauni heruntergekommen, um die groben Arbeiten zu verrichten. Seit ihrer Heirat mit Issa, dem Ölhändler, war sie oft im Hause Siles zu Besuch gewesen. Aber nachdem die Rumänen nach Rosch Pina gekommen waren, hatte man sehr bald die Methode der gemischten Einwohnerschaft, die von den Pionieren eingeführt worden war, abgeschafft. Die Rumänen wollten eine jüdische Siedlung und glaubten, Räuber und Banditen auch ohne die Hilfe ihrer Nachbarn, der Fellachen, vertreiben zu können. Jechiel war mit dieser Trennung nicht einverstanden und versuchte auf verschiedene Art die Verbindung mit seinen früheren Nachbarn aufrechtzuerhalten. Nachdem Naftali geboren war, holte er Miriam ins Haus. Sie trug Wasser, zündete das Feuer im Herd an und wusch die Wäsche. Erst nach Anbruch der Dunkelheit ging sie nach Hause.

Eine große Erschöpfung überkam Fanja. Ihre Familie zählte jetzt sechs Personen, und die Last wurde ihr zu schwer. Schließlich war sie doch erst ein neunzehnjähriges Mädchen!

Viele Mädchen in Rußland dachten in diesem Alter zum erstenmal an Heirat. Ein paar Wochen lang bewegte sie sich rein mechanisch. Morgens stand sie auf, um Naftali zu stillen, dann legte sie sich gleich wieder hin. Sie wollte nichts als schlafen und nochmals schlafen und nie wieder aufwachen.

Aber schließlich siegten die Kräfte der Natur. Eines Tages stand sie auf, strich sich eine Scheibe Brot mit Olivenöl und ging in den Hof, wo sie aus einem der Beete Radieschen zupfte und ihr Brot damit belegte. Der Geschmack des warmen Brotes belebte sie und schien ihr die Augen zu öffnen. Sie staunte über die Beete und lobte Bella und Mosche, die kleinen Gärtner, die sie angelegt hatten. Ihre Augen strahlten vor Stolz, als sie die Kinder umarmte. Mosche war inzwischen ein Junge von neun Jahren. Verlegen befreite er sich aus ihrer Umarmung und sah sie mit hochrotem Kopf an. Er hatte die gleichen schlaksigen Gliedmaßen wie sein Vater, die gleichen glänzenden Augen und die gleiche vornehme Zurückhaltung. Bella war weicher und rundlicher, sowohl im Äußeren wie in ihrer Art. Sie erwiderte Fanjas Umarmung und schlang die Arme um ihre Hüften. Plötzlich sah Fanja den blauen Himmel, aus der Ferne blickte der Hermon auf sie herab. Auf seiner Kuppe leuchteten weiße Flecken. In ihrer Heimat wäre so etwas wie der Hermon nur ein unbedeutender Hügel gewesen, aber hier wurde er allgemein bewundert.

Ein kleines Glöckchen läutete, als Fanja die eiserne Pforte vor dem Haus des englischen Arztes öffnete. Die Juden von Safed boykottierten diesen Mann nicht nur, sondern spuckten nach allen Seiten aus und murmelten gewisse Beschwörungen, um sicherzugehen, daß kein böser Zauber sie befallen würde. Doktor Bartlett wußte genau, welchen Mut sie bewies, indem sie zu ihm ins Haus kam. Er empfing Fanja mit säuerlichem Lächeln und war höchst erstaunt, als er erfuhr, daß sie als Vertreterin einer amerikanischen Medikamentenfirma gekommen sei. Weibliche Händler waren nichts Außergewöhnliches in Safed, solange sie in kleinen, finsteren Gewölben saßen, zu denen man nur gelangte, nachdem man eine Reihe Abwasserströme übersprungen hatte, wenn man nicht vorher schon hineingerutscht war. Ein paar Frauen saßen auch auf dem

Markt, eine neben der anderen, wie Vögel auf einem Ast. Allein gingen sie nirgends hin und mischten sich niemals unter die Männer.

«Sind Sie neu in Safed?» fragte der Arzt.

«Ich bin aus Rosch Pina. Wie ich sehe, haben Sie hier eine schöne Bibliothek. Darf ich sie mir mal anschauen?»

«Bitte sehr. Aber es sind englische Bücher.»

«Jane Austen – *Emma*», las Fanja laut vor und sah ihren verwunderten Gastgeber strahlend an. «Und Dickens mag ich auch sehr gern», erklärte sie mit leuchtenden Augen. «*David Copperfield* habe ich dreimal gelesen. Aber Jane Austen liebe ich am meisten. *Stolz und Vorurteil* hat mir besonders gefallen.»

«Das ist eine beängstigende Geschichte.»

«Natürlich! Ich liebe beängstigende Geschichten!... *Ivanhoe!*» Sie fuhr mit dem Finger über die Lederbände. «Wraskin... nein, den mag ich nicht. Was für ein Schatz!... Oh, Verzeihung, Verzeihung!» Plötzlich war sie verlegen. «Ich bin ja nicht wegen der Bücher zu Ihnen gekommen...»

«Das macht doch nichts», sagte er lächelnd. «Ich habe seit langem nicht mehr Englisch gesprochen. Noch dazu über Bücher.»

«Nein, nein. Ich stehle Ihnen Ihre Zeit.»

Sie entnahm ihrer Tasche eine Anzahl Fläschchen und Schachteln und stellte sie auf dem Tisch auf. Leider mußte sie erfahren, daß er keine Medikamente benötigte, da er in wenigen Wochen Safed verlassen würde.

«Tatsächlich? Warum denn?»

«Wenn ich Moslems behandeln würde, würden die Behörden mich ins Gefängnis stecken. Und die Juden kommen nicht zu mir. Seit drei Jahren sitze ich hier in Safed, und in der ganzen Zeit sind drei Juden zu mir gekommen. Von fünftausend! Wissen Sie was? Ich will gar nicht, daß sie kommen. Ich werde nie diesen armen Kerl vergessen, der zu mir kam und der nachher von seiner Frau und seiner Familie verstoßen wurde und seinen Lebensunterhalt verlor, bis er sich zum Schluß erhängte.»

«Und wohin wollen Sie gehen?»

«Nach Jerusalem. Ans englische Krankenhaus. Ich mache

mir nichts vor», wieder lächelte er säuerlich – «eure Rabbiner werden um das Krankenhaus herum Wächter aufstellen, und sie werden sich weigern, einen Juden zu bestatten, der im englischen Krankenhaus gestorben ist. Aber dort werde ich wenigstens Gesprächspartner finden. Waren Sie schon einmal in Jerusalem?»

«Nein.»

«Man sagt, daß die Stadt sich entwickelt. Außerhalb der Altstadt sind mehrere neue Viertel gebaut worden.»

«Ich habe einen Freund in Jerusalem.»

«Einen Russen?»

«Ja.» Fanja lächelte. «Einen Maler. Er lernt dort das Schmiedehandwerk.»

«Aha, einer von den Neuen. Ich garantiere Ihnen, daß er der einzige Maler unter den fünfundzwanzigtausend Jerusalemer Juden ist.»

Fanja lachte. «Ja. Dessen bin ich sicher.» Danach stellte sie die Frage, die sie am meisten beschäftigte: «Was wollen Sie mit den Büchern machen? Wären Sie bereit, mir einige davon zu verkaufen?»

Eine Stunde später verließ sie das Haus, und der *Kawass* trug ihr zwei volle Säcke mit Büchern nach, eine Auslese englischer Literatur. Im Austausch schenkte sie ihm ein Stethoskop und eine kleine Arzneiwaage. Wenn er es zugelassen hätte, hätte sie ihm auch die Medikamente dagelassen, aber er weigerte sich entschieden, sie anzunehmen, er habe ohnehin nicht gewußt, wie er die Bücher von Safed nach Jerusalem transportieren sollte. Bis zum Hoftor begleitete er sie, aber keinen Schritt weiter.

Draußen empfing sie das Geschrei der Marktfrauen auf dem Getreide- und dem Gemüsemarkt. Eine alte Frau, die am Eingang ihres Hauses saß und strickte, fiel plötzlich über sie her und zerkratzte ihr den Arm mit einer Stricknadel. Fanja trieb ihre Stute mit ein paar Schlägen auf die Flanke an, blind vor Wut. Wie sehr sie dieses Safed haßte! Sie haßte die mit Abwässern überschwemmten Straßen, und sie haßte die Einwohner seit dem Tag, wo man sie mit Steinen beworfen hatte. Wenn sie wenigstens ihren Gefühlen Luft machen könnte! Aber bei wem? Helen Lea war in Samarin, und Jechiel schätzte ihre Geschäfte ohnehin nicht, er machte sich Sorgen wegen ihrer häufigen Reisen nach Safed, Haifa und Tiberias.

Fanja war dabei, Weizen zu sieben. Neben ihr saßen drei kleine Mädchen und lasen in einem Buch – Esther, die Enkelin von Riva Frumkin, Malka, die späte Tochter von Rabbi Mottels Eltern, und Bella. Tamara lehnte sich an Fanja und legte ihr den Kopf in den Schoß. Bella las laut aus dem Märchenbuch von Bendetson vor:

«Der Rabe sah, daß der Adler dreißig Tage lang auf seinen Eiern brütete, und sagte: Jetzt weiß ich, warum seine Jungen so gut sehen können und stärker sind als jeder andere Vogel am Himmel. Ich werde versuchen, es ihm gleichzutun...»

Vergebens versuchte Fanja, sich zu konzentrieren. Sie war zu wütend. Das Bücherpaket auf dem Bett war ein stummer Zeuge des Überfalls der Räuber und dessen, was sich anschließend abgespielt hatte. Ihre Freude über die Bücher war mit dem Rauch ihrer Pistole verflogen. Sie versuchte, ihre Erregung zu verbergen und so zu tun, als sei nichts geschehen, aber was Bella vorlas, erschien ihr unwirklich. Sie las die russische Übersetzung neben dem hebräischen Text und verglich dann einzelne Wörter mit dem Mandelstamm-Wörterbuch. Doch immer noch war sie mit ihren Gedanken nicht bei der Sache. Manche Geschichten waren ihr noch aus ihrer fernen Kindheit in Erinnerung, Erzählungen von Krylow oder Lessing, aber sie konnte die Worte nicht miteinander verbinden. Sogar die drei Mädchen erschienen ihr plötzlich unwirklich, wie diese ganze Zusammenkunft...

Als Mosche begann, die *Talmud*-Schule zu besuchen, hatte Fanja sich um Bella und die anderen Mädchen Gedanken gemacht. Waren sie dazu verurteilt, Analphabetinnen zu bleiben wie die anderen Frauen in Safed? Das würde sie nicht zulassen! Sie teilte ihren Nachbarinnen mit, daß sie in den Mittagsstunden eine Unterrichtsklasse für Mädchen abhalten würde. Dann durchsuchte sie ihren Kasten und holte das Buch von Bendetson heraus. Dieses Buch war 1872 in Warschau veröffentlicht worden, in ihre Heimatstadt und von dort nach Rosch Pina gelangt.

Fanja hatte angenommen, daß sämtliche Mädchen von Rosch Pina ihrem Unterricht zuströmen würden, aber es kamen nur Esther Frumkin und Malka Bernstein. Die dreijährige Tamara lief zwischen ihnen herum, schnappte hier und da ein Wort auf, das sie wiederholte, zupfte ihre Mutter am Rock oder steckte einen Finger zwischen die Seiten. Ihre Schönheit war Fanja direkt peinlich. Ihr Haar sah aus wie eine goldene Krone, dunkle Wimpern beschatteten ihre blauen Augen. Unwillkürlich mußte Fanja an den Mann denken, der ihr Vater war. Sie hatte ihn nicht gesehen, hatte nur in Verzweiflung und Panik in der Dunkelheit geschrien, aber irgendwie hatte sie den Eindruck gewonnen, daß er jung und stark war. Ob Tamara ihm wohl ähnlich sah? Bei dem Gedanken an ihn begann sie am ganzen Leib zu zittern. Wenn ihr etwas zustoßen sollte, war die Kleine ganz allein auf der Welt, ohne Vater, ohne Mutter.

«Setz dich zu Miriam», sagte Fanja zu Tamara. Miriam liebte es, die Unterrichtsstunden zu beobachten. Jetzt saß sie an der Seite und wiegte Naftali auf den Knien. Bald würden die jungen Frauen hier eintreffen, die Mütter und großen Schwestern der Mädchen. Wenn sie mit der Hausarbeit fertig waren und bevor es Zeit war für ihren Abendspaziergang auf dem «Boulevard», wie sie die obere Dorfstraße nannten, pflegten sie mit ihrem Strickzeug und Nähzeug hierherzukommen und die *Chawazelet* zu lesen. Israel Dow Frumkin, Redakteur der *Chawazelet* in Jerusalem, schickte regelmäßig eine Ausgabe der Zeitung an Isser Frumkin, und wenn der sie ausgelesen hatte, gab er sie weiter an Jechiel.

Manchmal dauerte es Wochen, bis die Zeitung zu Jechiel und Fanja ins Haus kam, aber das schmälerte in keiner Weise die Freude der Frauen an der Lektüre. Es war eine Art Entschädigung für das Lernverbot, das man über sie verhängt hatte. Die Männer studierten die Heilige Schrift und andere religiöse Werke. Die Wissensdurstigen unter ihnen saßen bis spät in die Nacht und lasen und lernten noch nach einem schweren und ermüdenden Arbeitstag. Die weniger Lerneifrigen begnügten sich mit ein paar Psalmen, aber es gab keinen Mann, der nicht wenigstens etwas studiert hätte. Nur die Frauen lernten nichts. Das Lernen, das den Knaben vom dritten Lebensjahr an zur Pflicht gemacht wurde, war den Mädchen verweigert. Fanja verspürte eine tiefe Befriedigung über den Fortschritt ihrer Schülerinnen. Sie hatten ohne Schwierigkeiten die Buchstaben des Alphabets erlernt und lasen fleißig und mit Freude. Dabei hatte Bella sehr viel mehr Freude am Lernen als Mosche.

Doch heute schlich die Zeit nur so dahin. Fanja hatte den Unterricht absichtlich nicht abgesagt, das Ritual mit den drei Mädchen wirkte beruhigend auf sie. Doch lauschte sie den Geräuschen von draußen. Von Zeit zu Zeit erschien es ihr, als höre sie Hufschläge, das Gebrüll von Polizisten und das Schreien der Bluträcher. Sollte sie die Kinder lieber fortschaffen? Seit dem Pogrom war sie fest entschlossen, sich zu verteidigen, wenn man sie überfiel. Sie hatte fast so etwas erwartet. Aber jetzt, wo es geschehen war, zitterte sie vor Angst. Es ging ja nicht nur um ihr Leben, sondern um das der kleinen Kinder.

Fanja entfernte ein paar Sandkörner aus dem Weizen und warf sie mit einer raschen Handbewegung über die Schulter. Ihre Handbewegung ähnelte denen der jungen Frauen, die strickten und nähten. Eine von ihnen las laut aus der *Chawazelet* vor:

«7. Cheschwan 1885. Obwohl wir unsere Leser nicht gern mit entsetzlichen Nachrichten erschrecken, müssen wir ihnen diesmal mitteilen, daß in nicht allzu langer Zeit wieder Chaos in der ganzen Welt ausbrechen wird. Wenn die Antisemiten vernehmen, daß das Ende aller Lebewesen bevorsteht, werden sie vielleicht davon absehen, dem Volk Israel Böses anzutun, das mag uns zum Trost gereichen.»

Es wurde still im Zimmer. Die jungen Frauen versuchten, das Entsetzliche zu erfassen. Nur Fanja lachte plötzlich laut auf: «In meinem Elternhaus pflegte man zu sagen: ‹Wie gut, daß das Haus abbrennt. Dann werden wenigstens die Wanzen verbrennen.› Das ist die gleiche Logik.»

Unvermittelt hörte sie auf zu lachen. Jechiel stand in der Tür. Die jungen Frauen standen eiligst auf und verabschiedeten sich. Da er früher als gewöhnlich heimgekommen war, vermuteten sie, daß sich etwas Ungewöhnliches ereignet hatte. Obwohl sein plötzliches Erscheinen ihr Furcht einflößte, war sie doch stolz auf ihn, wenn sie ihn mit den Augen ihrer Freundinnen betrachtete.

«Gib mir deine Pistole», sagte er, als die letzte der Frauen gegangen war.

«Was? Warum denn?»

«Gib sie her!»

«Was ist denn passiert?»

«Fanja!»

Nachdem sie ihm die Waffe gegeben hatte, blickte er in den Lauf, zögerte einen Moment, roch daran und ging aus dem Zimmer. Durchs Fenster beobachtete Fanja, wie er in Loliks Hütte ging. Lolik fürchtete sich nicht vor ihm, wie er auch vor den Kindern keine Angst hatte. Trotz seiner Unzurechnungsfähigkeit hatte er begriffen, daß sie Familienmitglieder waren. Als Jechiel eine Minute später zurückkam, fragte er sie:

«Warst du heute in Safed?»

«Ja.»

«Wer hat dich dort gesehen?»

«Wer nicht? Alle haben mich gesehen. Warum fragst du?»

«Man hat einen Araber aus Tivon nach Safed ins Krankenhaus gebracht. Einer seiner Freunde berichtete, eine Frau hätte ihn auf dem Weg zwischen Rosch Pina und Safed angeschossen.»

«Oi!»

«Du sagst es – oi!»

«Sie haben mich überfallen! Und was sagt man? Wie ist sein Zustand?»

«Das werden wir morgen erfahren. Heute nacht bringe ich dich nach Beirut. Zu Rivka.»

«Nein!»

«Wenn wir erst mal wissen, wie es dem Verwundeten geht, sehen wir weiter.»

«Ich laufe nicht davon», sagte sie trotzig. «Dies ist mein letztes Zuhause, Jechiel.»

Er blickte sie kurz an, und die Härte in seinen Augen verschwand. Dann sagte er leise, fast flehentlich:

«Sie werden kommen, Fanja. Es gibt nicht viele Frauen, die allein auf einem Pferd zwischen Safed und Rosch Pina umherreiten.»

«Sie müssen erst mal beweisen, daß ich es war.»

«Das wird nicht schwer zu beweisen sein.»

«Sie waren zu dritt, und ich war allein. Wer wird ihnen glauben, daß eine Frau allein drei bewaffnete Männer angegriffen hat?»

«Wovon redest du, Fanja? Von Gerechtigkeit? Wo lebst du denn?»

«Du läufst ja auch nicht weg.»

«Es ist schade um die Zeit. Wenn dir dein Leben nichts bedeutet, denk wenigstens an Tamara und Talli.»

Fanja spürte ein Würgen im Hals. Sich selbst hatte er nicht genannt unter denen, die ihr lieb waren. Auch nicht Mosche und Bella. Hielt er ihre Beziehung denn immer noch für eine Scheinehe? Wie lange würde er noch so denken?

«Na gut», seufzte sie. «Aber zu Rivka gehe ich nicht.»

«Bei Lea wird man nach dir suchen. Jeder weiß, daß wir verwandt sind.»

«Dann gehe ich nach Jessod Hamaala.»

«Nein!»

«Da kommen sie nicht hin.»

Die vergiftete Atmosphäre von Jessod Hamaala war allseits gefürchtet. Wer den Mut hatte, auch nur einmal in der Nähe der Hulesümpfe zu übernachten, litt danach ein ganzes Jahr lang unter Malariafieber.

«Deine Freunde, die Brüder Misrachi, werden auf mich aufpassen.»

«Vor Malaria können sie dich auch nicht schützen.»

«Ich gehe nicht ohne meine Pistole.»

«Bitte, Fanja, ich komme mit dir.»

«Ich werde nicht mit leeren Händen dastehen, wenn man mich überfällt.»

Jechiel wollte noch etwas sagen, schien es sich aber anders zu überlegen. Er ging zur Hütte im Hof und kam mit der Pistole in der Hand zurück. Inzwischen hatte Fanja ihr Fellachengewand aus dem Kasten geholt, das sie seit über einem Jahr nicht mehr getragen hatte. Die Hosen waren am Bauch und um die Hüften etwas zu eng geworden. Einige Monate waren seit ihrer Niederkunft vergangen, und ihr Körper hatte seine früheren Maße noch nicht wieder angenommen.

Bei Anbruch der Dunkelheit brachen sie in Richtung Jessod Hamaala auf, das Jechiel immer noch «Isbed» nannte, nach dem Beduinenstamm, der sich dort zeitweilig aufhielt.

«Hast du Chinin geschluckt?»

Fanja mußte lächeln.

«Liebst du mich, Jechiel?»

Jechiel hielt so abrupt an, daß sie mit ihm zusammenprallte. Er umarmte sie, und sie lachte, schwer atmend von dem schnellen Gehen.

«Du bist doch meine Frau!»

«Es gibt viele Männer, die ihre Ehefrauen nicht lieben.»

«Warum fragst du mich plötzlich danach?»

«Jetzt hast du mich schon viermal gefragt, ob ich Chinin genommen habe.»

«Ich will nicht, daß du krank wirst.»

Aus seinem Ton hörte sie ein Lächeln heraus. Sterne erleuchteten den Himmel, und sie bemühten sich, auf der dunklen Seite des Berges zu gehen, wo sie vor spähenden Augen verborgen waren.

«All das ist schon einmal passiert...» flüsterte Jechiel.

«Was?»

«Nach der Blutverleumdung in Damaskus im Jahre 1840 versuchte eine Gruppe von Flegeln in das jüdische Viertel einzudringen. Mein Großvater, Mussa Siles, tötete einen der Aufrührer und flüchtete aus Angst vor der Blutrache bis nach Jauni. Nach ihm kamen noch mehr Flüchtlinge aus Damaskus in Jauni an. Die Wohlhabenden unter ihnen kauften Land, und die Armen pachteten den Boden und zahlten *Kissam*. Einige Familien gründeten eine Molkerei und stellten einen Käse her, der in ganz Galiläa berühmt wurde. Die Beduinen begannen Jauni zu überfallen und Rinder und Schafe zu rauben, und bei einem dieser Überfälle wurde der Sohn des Scheichs getötet. Wieder war Mussa Siles gezwungen zu fliehen. Er und die meisten der anderen Siedler zogen nach Sidon. Es kommt mir vor wie ein Ritual, das sich immer wiederholt.»

«Was wird die Zukunft bringen, Jechiel? Was wird die Zukunft bringen?»

«Als ich von Safed nach Jauni zog, beschloß ich, niemals hier wegzugehen. Was die Zukunft bringen wird? Ich weiß es nicht.»

«Aber wir sind doch für unsere Kinder verantwortlich. Jechiel. Wir können unser Leben aufs Spiel setzen, aber doch nicht ihres!»

«Ich kann nur mein Bestes geben. Das ist alles. Mehr kann ich nicht tun.»

«Ich hoffe, daß der verwundete Bandit nicht tot ist. Soweit ich erkennen konnte, war nur das Pferd verletzt und nicht der Reiter. Aber es ging alles so schnell!»

Ihre Hosen schützten sie vor den stacheligen Sträuchern. Von Zeit zu Zeit stolperte sie über einen Stein oder rutschte in ein Erdloch. Manchmal glaubte sie Schlangen zu sehen, die sie aus ihrer Ruhe aufgestört hatte. Plötzlich lag ein Geruch von Fäulnis in der Luft, und eine Kaktushecke, überwuchert von Dornensträuchern, versperrte ihnen den Weg. Während sie noch nach einer Öffnung in der Hecke suchten, kam ihnen eine Meute bellender Hunde entgegengestürzt. Fanja und Jechiel blieben stehen und sahen besorgt auf das Zeltlager hin, das in einiger Entfernung zu sehen war. Im Mondlicht konnte man silberne Wasserflächen erkennen.

»Das sind die Sümpfe», flüsterte Jechiel. «Geh auf keinen Fall nahe heran, wenn du es vermeiden kannst. Und trink auch das Wasser nicht.»

«Und der Isbed-Stamm? Wie kann der denn existieren?»

«Die weiden ihr Vieh und ihre Kamele auch nur ein paar Tage im Jahr hier unten, dann machen sie, daß sie wegkommen. Fanja, wir können immer noch umkehren. In Jaffa oder in Beirut bist du sicherer aufgehoben.»

«Ich habe keine Angst, Jechiel.»

Auf einmal erschien eine menschliche Gestalt in einer Öffnung in der Hecke, die sie vorher nicht bemerkt hatten.

«Wer ist da?»

«Jechiel Siles aus Rosch Pina.»

«Jechiel! Ich bin es, Schlomo Misrachi.»

Die beiden Männer umarmten sich in der Dunkelheit.

«Fanja, dies ist Chacham Schlomo *Misrachi*. Er und sein Bruder Schaul bestellen hier das Land der Familie Abu. Schlomo, dies ist meine Frau Fanja. Sie muß sich eine Weile hier verstecken.»

«Ich verbürge mich mit meinem Kopf für sie. Ich bringe dich zu den Frauen und Kindern.»

«Kinder!» rief Jechiel erschrocken. «Seit wann?»

«Es sind neue Siedler angekommen. Aus Meseritz. Auch ich habe meine Frau und die Kinder hergebracht. Der Herr im Himmel wird mir beistehen. Wenn man sich nach dir erkundigt», sagte er und zwinkerte Fanja zu, «sagen wir, daß du auch aus Meseritz kommst.»

Er sprach im Dialekt der Sephardim von Safed. In seiner Stimme klang das gleiche unerschütterliche Zielbewußtsein mit, das sie so gut kannte. Ein Zittern durchlief ihren Körper. Alles Verrückte! Ich genauso wie ihr! Mütterchen im Himmel! Siehst du, was aus deiner kleinen Fanja geworden ist? Aus deinem verwöhnten Töchterchen, dem du ein blaues Samtkleidchen genäht hast, das Klavier spielte und jeden Morgen zu spät in die Schule kam? Was habe ich hier in dieser Einöde zu suchen, wo ich vor der Blutrache der Beduinen flüchten muß und in den Sümpfen versinke?

«Was hast du gesagt?» fragte Jechiel.

«Wer wird auf die Kinder aufpassen?»

«Mach dir darum keine Sorgen», er drückte ihren Arm.

«Was wirst du den Leuten erzählen?»

«Du bist nach Haifa gefahren, Medikamente verkaufen.»

«Mosche kann Lolik zu essen geben. Vor ihm hat er keine Angst.»

«Ich weiß.»

Die Frauen und die Kinder schliefen in dem einzigen Steinbau, den es gab. Es war ein großes Lagerhaus ohne Fenster, und weil die Siedler von Jessod Hamaala von den Behörden keine Baulizenz erhalten hatten, waren sie gezwungen, auch das Vieh dort unterzubringen. Der Gestank, der in der Luft lag, war unerträglich. Fanja sagte zu Chacham Schlomo, daß sie es vorziehen würde, in einem der Zelte zu übernachten, und daraufhin brachte er sie in das Zelt, wo seine Familie wohnte. Sie legte sich zwischen die Kinder. Die Nacht war kalt, Fanja wickelte sich fröstelnd in ihren großen Wollschal. Der Chor der Schakale verstärkte noch das Gefühl der Kälte und der Einsamkeit. Von der anderen Seite der Zeltplane hörte sie das im Flüsterton geführte Gespräch zwischen Jechiel und Schlomo Misrachi:

«Wo schläfst du, Chacham Schlomo?»

«Da drüben. Wir hatten noch mehr Zelte, aber die sind verbrannt.»

«Wann fangt ihr an zu bauen?»

«Bald.»

«Kein Geld?»

«Kein Geld. Ende vorigen Jahres hat einer unserer Arbeiter Selbstmord begangen, und die Türken waren überzeugt, wir hätten ihn umgebracht. Fast sämtliche Einwohner wurden verhaftet. Wenn Jakob Abu Chai nicht gewesen wäre, säßen wir noch alle im Gefängnis. Die Freilassung hat sehr viel Geld gekostet. Wir mußten unsere letzten Pfennige zusammenkratzen. Jakob Abu Chai bestach die Beamten mit jeweils fünfundsechzig Dinar. Oliphant schickte uns fünfzig Napoléons . . .»

«Wie viele seid ihr hier?»

«Heute? Acht Bauern. Insgesamt siebenunddreißig Leute, Männer, Frauen und Kinder.»

«Wie viele sind aus Meseritz gekommen?»

«Zweiundzwanzig. Die meisten von ihnen leben in Safed. Hier sind die Lebensbedingungen sehr schwer. Wie du selbst sehen kannst, glauben die Menschen nicht an die Zukunft.»

«Und du?»

«Ich war schon hier, als nur mein Bruder und ich hier lebten. Soll ich jetzt davonlaufen? Ein neuer Arbeiter ist zu uns gekommen, Reb Israel Aschkenasi, der lernt bei den Beduinen die Herstellung von Zelten, und Reb Fischel Salomon hier —»

«Und die Pflanzungen?»

«Die Pflanzungen», Chacham Schlomo seufzte. «Die Meseritzer kauften von den Brüdern Abu zweitausendvierhundert Dunam Land und zahlten dafür fünfhundertundfünfzig Napoléons. Und dann fingen sie voller Begeisterung mit dem Anbau an. Aber wenn die Brüder Abu nicht gewesen wären, hätte sich alles in Rauch aufgelöst. Sie waren es, die die Ochsen zur Verfügung stellten, den Pflug und das Saatgut, aber man kann den Boden nicht zwingen, eine Ernte herzugeben. Und wie geht es bei dir, Jechiel?»

«Mir ist ein Sohn geboren worden.»

«*Masel tow!* Wie viele Kinder hast du jetzt?»

«Vier.»

«Mögen sie gedeihen.»

«Paß gut auf meine Frau auf, Chacham Schlomo.»

«Verläßt du uns wieder?»

«Ja.»

«Mitten in der Nacht? Warte doch bis zum Morgen!»

«Nein, ich muß zurück.»

«Gott mit dir, Jechiel.»

«*Inschallah!* Ich komme morgen nacht zurück. Wenn nicht früher.»

Fanja lauschte, konnte aber die sich entfernenden Schritte von Jechiel nicht hören. Sie lag auf dem harten Erdboden, starrte in die Dunkelheit und lauschte dem Husten und den Atemzügen der Kinder. Sie hatte sich mit ihrem Wollschal zugedeckt – auch den Kopf, um sich vor den Mücken zu schützen, die in einer Wolke über den Zelten schwebten. Sie war sehr erschöpft, und schließlich schlief sie ein.

Sie wußte nicht, wie lange sie geschlafen hatte, als sie von lautem Weinen und Wehgeschrei geweckt wurde. Bei dem düsteren Schein mehrerer Öllampen konnte sie schattenhafte Gestalten ausmachen, die draußen hin und her liefen. Die Dunkelheit war jetzt weniger dicht, eher ein metallisches Grau, aber sie fror am ganzen Körper.

«Was ist geschehen?» fragte sie eine Frau, die an ihrem Zelt vorbeiging.

«Es ist die Frau von Schabtai Lickermann.»

«Kommt sie nieder?»

Die Frau blieb stehen und warf Fanja einen verwunderten Blick zu. «Wer bist du?»

«Ich bin zu Besuch bei Chacham Schlomo.»

«Russin?»

«Was hat denn die Frau von Reb Schabtai?»

«Malaria, die teuflische Krankheit. Sie liegt im Sterben.»

«Ich habe Chinin. Wo ist sie?»

Ein rötlicher Glanz vermischte sich mit dem Dunst der anbrechenden Dämmerung. Im Lagerhaus lag röchelnd eine ausgemergelte junge Frau. Von Zeit zu Zeit zuckte sie am ganzen Körper, wie ein Fisch auf dem Trockenen. Um sie herum saßen einige Männer und Frauen, hilflose Angst in den Augen. Ganz offensichtlich konnte ihr nicht mehr geholfen werden. Fanja drehte sich auf dem Absatz herum und ging ins Zelt zurück.

Plötzlich zerriß ein furchtbarer Schrei die Stille. Die Kinder im Zelt erwachten und starrten erschrocken die fremde Frau an, die neben ihnen lag. Ihr Blick war auf das Zeltdach gerichtet. Die Mühe erschien ihr so groß und der Preis so hoch! Für Jechiel waren solche Opfer der Preis, den man für die Erlösung bezahlen mußte. «In Schmerzen sollst du dein Kind gebären» schien hier eine Art nationaler Wahlspruch zu sein. Nun, sie verzichtete auf die Schmerzen und den Kummer! Sie wollte leben! Ihre Geschäfte mit Medikamenten ermöglichten es ihr, oberhalb der Hungergrenze zu existieren, und das war nur der Anfang. Die ersten zwei Lieferungen waren bereits bezahlt, in Kürze würde sie die dritte bezahlen. Auch das gehörte zur Erlösung des Heiligen Landes.

Im Osten zeigte sich die Morgensonne über dem Jordan. Aus den grünen Sümpfen stiegen Dämpfe auf. Fanja war schweißgebadet. Die Hitze und die Feuchtigkeit erschwerten das Atmen. Sie hatte Angst, die vergiftete Luft einzuatmen. Durch die Öffnung im Zelt konnte sie das Geschehen verfolgen. Die Tote, in eine Decke gehüllt, wurde auf ein Kamel geladen. Ein kleiner Zug von wehklagenden Männern und Frauen gaben ihr das Geleit bis vor das Zeltlager.

«Wir müssen doch nicht gerade hier leben, in diesen verfluchten Sümpfen», schimpfte eine der Frauen.

«Es ist eine heilige Pflicht. Der Stein aus der Mauer schreit auf!»

Fanja erkannte die Stimme von Chacham Schlomo.

«Was für ein Stein?» fragte sie.

«Wir haben einen Stein mit hebräischen Buchstaben gefunden, die ein hebräischer Bauer vor zweitausend Jahren eingemeißelt hat. Sag, wer bist du eigentlich?»

«Die Frau von Jechiel Siles.»

Verwundert betrachtete Chacham Schlomo die kräftige junge Frau in Beduinenkleidern. Fanja war längst an den Eindruck gewöhnt, den ihre Erscheinung auf die Leute machte.

»Wohin hat man die Verstorbene gebracht?»

«Nach Safed.»

«Auf dem Kamel?»

«Wir haben hier keinen Friedhof.»

«Und was ist das hier?» fragte die andere Frau mit einer ausschweifenden Armbewegung, die die ganze Umgebung einschloß. «Kein Friedhof?»

«Hier werden irgendwann Häuser und Weinberge stehen. Und auch ein Friedhof.»

«Um welchen Preis?»

«Als wir vor dreizehn Jahren herkamen, mein Bruder und ich, wollten wir nur eines: einen Altar zu Ehren König Davids errichten. Und der Himmel gab uns ein Zeichen, daß unsere Gabe willkommen war. Dieser Stein, den wir fanden, war eine Nachricht, überliefert von einem Geschlecht zum nächsten.»

«Mein Schwager hat sich von hier nach Australien geflüchtet», sagte die Frau zu Fanja, ihr Gesicht blaß und verängstigt. «Er fleht uns an, wir sollen zu ihm kommen. Und wir werden kommen. Ich werde nicht warten, bis die Malaria mich umbringt. ‹Eine Nachricht von einem Geschlecht zum nächsten› – wirklich!»

«Auf dem Stein steht in Althebräisch *Jadkar lataw man damatitbi*», sagte Chacham Schlomo, «das heißt: ‹Wer sich hier ansiedelt, wird in guter Erinnerung bleiben.›»

Fanja fragte sich, ob er damit der Frau Mut machen wollte oder sich selbst. Rosch Pina erschien ihr als eine reiche und fröhliche Metropole im Vergleich mit Jessod Hamaala.

Als der Tag anbrach, fand man noch eine Malariakranke. Eines der Mädchen im Zelt begann zu fiebern. Seine Mutter saß neben ihm, bewegte den Oberkörper vorwärts und rückwärts wie beim Gebet und massierte den kleinen Körper, der in eine Decke gehüllt war. Die feuchte Luft lag schwer über dem Tal, dem Mädchen klapperten vor Kälte die Zähne.

Fanja machte sich auf den Weg. Sie passierte die Öffnung in der Kaktushecke, zerkratzte sich an den Stacheln und stolperte über die Steine. Ihre Schritte wurden immer länger, und bald bewegte sie sich im Laufschritt vorwärts. Ihr einziger Gedanke war, sich von hier zu entfernen. Nach Hause! Zu ihrem Mann und ihren Kindern, nur weg von diesen verseuchten Dämpfen! Sie stieg den Berg hinauf, weil dort oben nach ihren Berechnungen Rosch Pina liegen mußte. Es zog sie fort von hier, und sie wandte sich nicht einmal um nach diesen Unglücklichen und Verrückten, die ihr Leben den Sümpfen opferten. Diese verfluchte Malaria würde sie alle töten, einen nach dem anderen – die verzweifelten Frauen und die unschuldigen Kinder, die fanatischen Alten und die störrischen Männer, aber sie würde nicht unter ihnen sein. Sie verlangsamte ihren Schritt nicht und war nur von einem Gedanken beherrscht: nach Hause!

Nach etwa zwei Stunden Weg in südlicher Richtung erblickte sie im Westen die kleinen Häuser von Rosch Pina auf einer der Hügelketten. Sie stolperte mehrmals und atmete schwer, bis sie schließlich zu Boden fiel und mit ausgestreckten Gliedern liegenblieb. Als sie die Augen öffnete, sah sie über sich den blauen Himmel mit ein paar Lämmerwölkchen. Plötzlich war sie von einer herrlichen Ruhe erfüllt und konnte nicht begreifen, warum sie noch vor kurzem so verschreckt gewesen war. Wohin rannte sie so schnell? Und wozu? Woher nahm dieser Trieb, der sie nach Hause führte, seine unwiderstehliche Kraft? Ja, sie hatte von den Störchen gehört, die zu ihren Nestern in Europa zurückkehrten, nachdem sie Afrika durchstreift hatten, von Hunden, die Hunderte von Meilen zurücklegten, um zu ihrem Herrn zurückzukommen, von Menschen, die man in Strafkolonien verschickt hatte und die Höllenqualen auf sich nahmen, nur um in die elenden vier Wände, die sie ihr Zuhause nannten, zurückzukehren. Und was war ihr Zuhause? Waren es nicht nur vier elende Wände? Vier Wände und ein Mann.

Wie eigenartig war das Gefühl, das sie mit Jechiel verband! Sie hatte ihn geheiratet, weil er ihr ein Dach über dem Kopf geboten hatte, und jetzt liebte sie ihn mehr als irgendeinen Menschen auf der Welt. Ob sie wohl jeden Mann, den sie geheiratet hätte, so hätte lieben können? Auch wenn sie die

Möglichkeit einer Auswahl gehabt hätte, hätte sie zwangsläufig ihren Liebhaber aus einem sehr beschränkten Kreis von Menschen auswählen müssen. Wie viele Männer hätte sie schon zwischen ihrem sechzehnten und zwanzigsten Lebensjahr kennenlernen können? Schüler, Nachbarn, Söhne von Bekannten... das wäre nur zum Schein eine freie Auswahl gewesen! Die Notwendigkeit zu lieben und die Fähigkeit zu lieben sind ausschlaggebender als die Vorzüge des Geliebten, dachte Fanja. Der Nestbau für die Familie ist offenbar einer der vielen unverständlichen Triebe, die eine Frau dazu bewegen, sich einen Gefährten zu suchen.

Was für seltsame Gedanken ihr im Kopf herumspukten! Sie erinnerte sich an einen langen Brief, den sie am letzten *Pessach*-Fest in Jelissavitgrad an eine Freundin geschrieben hatte. *Ein Gedanke macht mir Sorgen*, hatte sie geschrieben. *Wer bin ich? Alles um mich herum erscheint mir so überflüssig, so nebensächlich, so ziellos. Ist es uns denn beschieden, die Lebensweise, die unsere Eltern uns vorgezeichnet haben, nachzuahmen, ohne sie ändern zu können und ohne die Möglichkeit, dem Leben unseren eigenen Stempel aufzudrücken?* Wie teuer war ihr jetzt die Erinnerung an jenes «nebensächliche und ziellose Leben»! Und wie sie darum gekämpft hatte! Nur ein dünner Faden verband die junge Frau hier in den Bergen von Galiläa mit dem verwöhnten Fratz von einst, der sich über das Leben den Kopf zerbrach.

Sie hatte Glück, daß Jechiel anders war als die Menschen ihrer Umgebung. Obwohl er sie für ein Stück Brot und ein Dach über dem Kopf «gekauft» hatte, betrachtete er sie als freien Menschen. Sie wußte, daß man sie beide als ein paar seltsame Vögel ansah, und in der Tat war sie seit ihrer Ankunft in Palästina keinem einzigen Ehepaar begegnet, dessen Verhältnis auch nur im entferntesten dem ihren ähnelte. Da Jechiel ein Mann von festen Prinzipien war, nahm sie an, daß auch sein Verhalten ihr gegenüber kein Zufall war.

Plötzlich glaubte Fanja, hinter sich das Geräusch rollender Steine zu hören. Es war so behaglich, hier zu liegen und einfach irgendwelchen Gedanken nachzuhängen; sie hatte keine Lust, auch nur ein Glied zu rühren. Trotzdem stützte sie den Kopf auf die Handfläche und blickte in die Richtung, aus der das Geräusch gekommen war. Wie öde diese Gegend war! In einer Senke zwischen den Hügeln sah sie ein paar schwarze Beduinenzelte. Die Schafe und Ziegen der Beduinen hatten das spärliche Weideland schon kahlgefressen. Der Geneza-reth-See und der Sumchi-See reflektierten das Sonnenlicht, und die Wasseroberfläche glänzte wie blankes Metall. Dahin-ter lagen die dunklen Berge von Gilead.

Die Umgebung erwachte langsam zum Leben: Heuschrek-ken hüpften auf dem Sand herum, eine Eidechse reckte den Kopf hoch, Krähen flatterten über sie hinweg, eine große Wildkatze erschien plötzlich und blieb vor ihr stehen, nicht weniger verwundert als sie selbst. Sie dachte an Mosches Schildkröte, die schon zwei Jahre bei ihnen im Haus lebte, und dann erinnerte sie sich an den eigentlichen Grund, warum sie Rosch Pina verlassen hatte. Was, wenn sie diesen Araber tatsächlich angeschossen hatte und er seinen Verlet-zungen erlegen war? Mit ihrer Rückkehr nach Rosch Pina würde sie sämtliche Einwohner gefährden! Nein, bei Tages-licht durfte sie nicht nach Hause kommen!

Fanja blieb eine Zeitlang still sitzen und überlegte, als plötzlich auf dem Hügel vor ihr Lejbl, der Postbote, erschien. Er hielt seinen Postsack an den Bauch gedrückt, während sein Esel langsam und vorsichtig den Abhang hinunterkletterte. Als er an ihr vorbeikam, rief sie ihm zu: «Schalom, Reb Lejbl!» Er erschrak so, daß er fast vom Esel fiel.

«Fanja Siles! Was machen Sie denn hier? Ich dachte schon, man will mich ausrauben!»

Fanja lächelte. «Was gibt es bei Ihnen schon zu rauben, Reb Lejbl?» Sie freute sich über die Begegnung mit dem Postbo-ten. Wenn es ihr nicht peinlich gewesen wäre, hätte sie ihn eingeladen, sich auf einen Plausch zu ihr zu setzen. «Wo kom-men Sie her?»

«Aus Safed. Und ich bin auf dem Weg zu den Verrückten da unten. In Safed wird gerade die Frau von Reb Schabtai Lik-kermann begraben, Gott hab sie selig. Sie war noch so jung.»

«Sie hätten dem Trauerzug doch gleich die Post mitgeben können.»

«Ja? Und was ist mit dem anderen Verrückten in Schoscha-nat Hajarden?»

244

«Sitzt der noch immer da?»

«Und nicht allein. Sein Sohn ist aus Amerika gekommen, und Abuhaw aus Safed hat sich ihnen angeschlossen. Ich habe für ihn einen Brief von seiner Schwester. Man erzählt sich, daß er mal sehr reich war, dieser Lubowski, daß er in Rußland ein großes Gut besaß und Ländereien und Wälder. Ich habe ihn voriges Jahr kennengelernt, als er zum erstenmal nach Palästina kam. Dann ist er nach Amerika gefahren, um seine beiden Söhne herzubringen, aber nur einer ist mitgekommen. Kennen Sie die Leute?»

«Nein.»

«Sie freuen sich immer, wenn ich komme. Wenn der Lieblingssohn in Amerika nur sehen könnte, wie sein Vater mit seinem Blut den Boden tränkt!»

«Warum bleiben die denn dort, Reb Lejbl?»

«Warum? Warum sitzen Sie in Rosch Pina? Warum hat sich Jechiel Siles in Rosch Pina angesiedelt? Die Leute glauben, was im Buch der Bücher geschrieben steht, aber was sie mit eigenen Augen sehen, glauben sie nicht. Sie sehen Dornen und Disteln und bilden sich ein, es wären die Weinberge von Batar. Schmuel Abu hat Mordechai Lubowski das Land abgetreten, als wäre es ein Goldschatz. Und wenn Sie sie heute sehen könnten – einsam, hungrig! Ich weiß nicht, wo sie die Kraft hernehmen. Aber was geht es mich an. Ich habe noch ein paar Stunden Ritt auf dem Esel vor mir. Woher kommen Sie, und wohin gehen Sie?»

«Ich war in Jessod. Gibt es in Safed Neuigkeiten?»

«Neuigkeiten? Was für Neuigkeiten? Ach ja – der Apotheker wird seine Apotheke wieder aufmachen. Mit wessen Geld, werden Sie fragen, wo doch die Gemeinde keine Gelder mehr für die Apotheke hergibt – nun, mit dem Geld von Utschert, dem Getauften! Dieser Verbrecher wird jetzt für die Gesundheit der Juden von Safed verantwortlich sein! Wo sind die Knüppel, frage ich, wo sind die Fäuste und die Steine? Die Ukrainer, die Litauer und die Rumänen schlagen sich wegen jedem Blödsinn die Zähne ein, das brauche ich Ihnen nicht zu erzählen, und auf einmal sind sie alle sanfte Schafe geworden. Das Geld hat sie zum Schweigen gebracht. Was werden Sie jetzt mit Ihren Medikamenten machen?»

«Da mache ich mir keine Sorgen.»

«Ich habe Ihnen einen Brief gebracht.»

«Wirklich?» Fanja sprang auf. «Von wem denn?»

«Von Ihrem Onkel in Jaffa.»

«Und was schreibt er?»

Lejbl lachte. Unter den Einwohnern von Safed kursierte folgende Geschichte: Aakil und seine Banditen überfielen eines Tages Lejbl und raubten ihm seinen Postsack. Der arme Lejbl wurde bewußtlos ins Krankenhaus eingeliefert, und als er wieder zu sich kam, schlug er die Augen auf und sagte: «Richtet Reb Arie Babis aus, daß sein Bruder nächste Woche aus Damaskus kommt.»

Da er bis jetzt noch nichts von einem verwundeten Araber erzählt hatte, nahm Fanja an, daß er nicht tödlich verletzt war.

«Also, ich muß jetzt weiter, Frau Siles.»

«*Schalom*, Reb Lejbl. Passen Sie auf sich auf.»

Als der Tag sich seinem Ende näherte, kam Fanja nach Hause, wo sie Riva Frumkin vorfand, die am Tisch stand und Wäsche zusammenlegte. Talli lag neben ihr, seinen Lieblingsknochen in der Hand, an dem er mit seinem zahnlosen Gaumen kaute.

«Was machst du denn hier?» fragte Riva verwundert.

«Ich bin zurückgekommen. Wo ist Jechiel?»

«Er ist mit den Kindern zur Mühle gegangen.»

Die gute Riva! Ihr Gesicht war schmal geworden und hatte eine grünliche Farbe angenommen.

«Bist du gesund, Riva?»

«Ja.»

«Du siehst aber nicht so aus.»

«Wenn du dich schon umschaust, wie alles aussieht, dann solltest du dich lieber um deinen Haushalt kümmern.» Es war das erste Mal, daß Riva sich verärgert zeigte.

«Ich kümmere mich um meinen Haushalt!»

«Du treibst dich viel zuviel herum!»

«Jechiel hat mich gezwungen zu fliehen!»

«Du bist doch kein kleines Kind. Du bist eine erwachsene Frau. Eine Mutter. Jechiel bricht bald zusammen vor Müdig-

keit. Er ist einsam und unglücklich. Aus dir ist eine Zigeunerin geworden.»

«Er ist nicht unglücklich!»

«Was für einen Haushalt führst du eigentlich? Verdient
dein Mann denn kein richtiges Zuhause?»

«Und ich? Verdiene ich denn kein richtiges Zuhause?»

«Dann schaffe dir eins!»

«Womit, Riva? Wovon redest du? Dir brauche ich doch
nichts vorzumachen! Woher soll es denn kommen? Wir haben
kaum genug zu essen, um am Leben zu bleiben! Und auch das
nur, weil ich mich ‹herumtreibe›, wie du sagst! Das weißt du
doch!»

«Du hast hierzusein und auf ihn zu warten, wenn er von der
Arbeit kommt. Du bist seine Frau.»

«Er geht vor Tagesanbruch aus dem Haus, kommt lange
nach Anbruch der Dunkelheit todmüde zurück und legt sich
sofort schlafen, um am nächsten Tag das Ganze von vorn zu
beginnen. Auf wen soll ich denn warten? Ich versuche mit allen Mitteln, zusätzliche Einkommensquellen zu finden, um es
Jechiel leichter zu machen. Wir fehlen den Männern nicht,
Riva. Alles, woran sie denken können, ist die Erschließung
des Bodens. Sonst ist ihnen alles gleich.»

«Bist du böse auf ihn?»

«Nein.»

«Dann sprich mit ihm.»

«Wann denn? Ich habe dir doch gesagt, er kommt todmüde
nach Hause und schläft sofort ein.»

«Wenn du die Wahl hättest, würdest du ihn verlassen?»

«Nein.»

Riva holte tief Atem und strich Fanja über den Arm. Die faltige alte Hand war ein wenig feucht.

«Du bist ein braves Mädchen, Fanja. Er ist wie eine starke
Eiche – klug, ehrlich, bescheiden. Er hat ein bißchen Glück
verdient.»

Fanja wollte schreien: Und ich? Und ich? Aber sie schwieg.
Ihr Zorn verflog allmählich.

«Wenn er nicht so schwer arbeiten würde – was hättet ihr
dann gemacht?»

Fanja zögerte mit der Antwort. Der Zorn verschwand aus

ihren Augen, und sie sagte träumerisch: «Ich fürchte mich nicht vor schwerer Arbeit, Riva. Aber wenn ich die Wahl hätte, würden wir weniger arbeiten, alle beide. Damit wir ganz einfach mehr Zeit und Kraft für andere Dinge hätten. Dinge, die für meine Begriffe nicht weniger wichtig sind als das Essen. Wir würden Bücher lesen, Freunde zu uns einladen oder besuchen und gute Gespräche führen. Ich würde wieder Klavier spielen, und wer weiß, eines Tages würden wir uns hübsch anziehen und kurze Spazierfahrten in einer Kutsche machen. Herr und Frau Siles...»

Fanja lächelte. Wie albern das alles klang, wenn man es laut sagte. Als sie den Kopf umwandte, sah sie Jechiel, der im Türrahmen stand und ihr zuhörte. Sie fragte sich, wieviel er gehört hatte.

«Ich beschwere mich nicht», versicherte sie rasch. «Aber du hast dir ja auch diese Notlage nicht ausgesucht, weil sie dir so gut gefällt.»

Jechiel schüttelte den Kopf. «Natürlich nicht. Was machst du denn hier?»

«Ich gehe jetzt», sagte Riva Frumkin und warf Talli einen Kuß zu. «Ach ja, ehe ich es vergesse: Lejbl hat dir einen Brief gebracht.» Sie gab Fanja den Umschlag.

Kaum hatte Riva das Haus verlassen, stellte Jechiel Fanja zur Rede: «Ist das eine neue Sitte», fragte er zornig, «daß man sich bei den Nachbarinnen über den Ehemann beschwert?»

«Ich habe mich nicht beschwert! Riva fragte nur, wie wir leben würden, wenn wir die Wahl hätten.»

«Dann würdest du nicht mit mir leben.»

Fanja wollte antworten, überlegte es sich dann aber anders. Eine Welle der Wut und Erniedrigung überflutete sie, und sie traute ihrer Stimme nicht. Jetzt hatte Jechiel zugegeben, was sie die ganze Zeit vermutet hatte, vom ersten Moment an! Trotz allem hatte sie manchmal geglaubt, sie könne ein Ersatz für seine verlorene Liebe sein, aber jetzt war ihr klar, daß sie niemals den Platz der toten Rachel einnehmen konnte. Das hatte ihr auch Rivka ganz deutlich zu verstehen gegeben. Man konnte die Vergangenheit nicht auslöschen. Ob wir es wollen oder nicht, sie verfolgt uns überall.

Offenbar war Jechiel über seine eigenen Worte erschrokken, denn er begann jetzt, schnell über andere Dinge zu sprechen.

«Ich war in Safed und habe Doktor Blidin gebeten, ins Krankenhaus zu gehen und sich nach dem Zustand dieses Arabers zu erkundigen. Bis der Doktor hinkam, war der Mann schon entlassen. Er hatte lediglich einen Streifschuß an der Fußsohle, das war alles. Man hat ihn verbunden und über Nacht dabehalten. Am nächsten Morgen haben ihn seine Verwandten abgeholt. Dem Arzt hat er erzählt, er sei verletzt worden, als ihn ein Dutzend bewaffnete Räuber überfielen.»

Fanja lächelte nicht. Seine Worte schmerzten sie immer noch. Nur ein Gedanke ging ihr im Kopf herum: Wenn er die Wahl hätte, würde er nicht mit ihr leben. Er hatte es selbst gesagt. Das würde er niemals leugnen können. Und sie dummes Ding hatte ihm geglaubt, als er sagte, er liebe sie.

Eine Zeitlang betrachtete sie den Brief ihres Onkels, ohne etwas zu erkennen außer schwarzen Tintenflecken. Endlich gelang es ihr, sich zu konzentrieren und das Geschriebene zu entziffern.

«Jechiel!» rief sie aus und vergaß ganz ihren Zorn. «Mein Onkel heiratet deine Tante!»

«*Masel tow!*»

«Er lädt uns zur Hochzeit ein.»

«Wann ist das?»

«Ungefähr in drei Wochen.»

«Genau zur Zeit, wo gepflügt wird.»

«Gepflügt!»

«Ich bin Landwirt, Fanja.»

«Du hast doch nicht einmal Saatgut!»

«Doch. Und Ochsen und auch einen Pflug. Nein, nein, ich bin nicht verrückt geworden! Ein Wunder ist geschehen, Fanja. Ein Gesandter von Baron Benjamin Rothschild war hier, ein Mann namens Elijahu Scheid, und er hat beschlossen, uns zu helfen.»

«Der Prophet Elijahu!»

«Zehn Franken monatlich zahlt er pro Kopf, neun Monate lang. Außerdem hilft er uns, die Häuser fertigzustellen, die Ställe und die Höfe, und er wird sogar die Wassergräben reparieren lassen. Und wir werden eine Synagoge bauen und eine Schule...»

«Jechiel! Ich habe Angst. Das ist zu schön, um wahr zu sein.»

Jechiel lächelte. «Jeder Siedler bekommt einen Ochsen, eine Kuh, ein Pferd, einen Esel, Futtergetreide und einen Pflug. Für Viehfutter bekommen wir viertausend Franken, bis wir die Ernte einbringen, tausendzweihundert Franken für Obstbäume, und außerdem zahlt er die Schulden der Siedlung. Wer weiß, Frau Siles, vielleicht werden wir doch noch mal in einer Kutsche spazierenfahren.»

Statt sich zu freuen, erschrak sie. Die Zukunft sah zu rosig aus, und sie fürchtete, daß sie mit einer weiteren Enttäuschung nicht fertig werden würden.

«Wir müssen zur Hochzeit fahren.»

«Fahr du allein.»

«Sie haben uns beide eingeladen! Das geht dich doch auch etwas an, so eine Doppelverbindung unserer Familien. Freust du dich, Jechiel?»

«Worüber?»

«Über die Hochzeit natürlich!»

«Ich weiß nicht recht. Diese Mischehen sind nicht immer glücklich. Moskowiter und Maghrebiner...»

Meinte er etwa ihre Ehe? Sie blickte ihn mißtrauisch an. Sein Gesicht war ausdruckslos, aber sie glaubte in seinen Augen einen Funken von Humor zu entdecken.

«Machst du dich über mich lustig?»

«Aber nicht doch, meine Schöne!» Er brach in schallendes Gelächter aus, packte sie um die Hüfte und schwenkte sie durch die Luft wie eines der Kinder.

F anja war von den vielen Menschen um sie herum wie betäubt. Sie bemühte sich, ruhig zu atmen, und redete sich ein, daß sie trotz ihrer hochgewachsenen Statur in der Menge nicht auffallen würde. Ein festlicher Zopf umrahmte ihr frischgewaschenes Gesicht. Wann war sie zum letztenmal auf einem Fest gewesen? Mit dreizehn Jahren? Genau wie heute, mit dem gleichen Zopf, frischgewaschen und verwirrt, nur daß sie sich damals im Kreise ihrer Freundinnen befunden hatte, einer kleinen Gruppe junger Hennen, jeden Moment bereit, in erschrecktes Gackern auszubrechen. Und jetzt saß sie hier in Jaffa zusammen mit anderen Frauen auf der mit Kissen gepolsterten Steinbank, während die letzten Sonnenstrahlen sich auf ihren feinen Kopftüchern und golddurchwirkten Hauben fingen. Wie es schien, war sie als einzige allein gekommen. Alle anderen waren in kleinen Gruppen erschienen und unterhielten sich mit gedämpfter Stimme. Hätte sie nur ihre ursprüngliche Absicht ausgeführt und wäre gleich nach der Trauung nach Rosch Pina zurückgefahren. Aber ihr Onkel und dessen Frau hatten sie inständig gebeten, zur Hochzeitsfeier zu bleiben. «Du bist meine letzte Blutsverwandte», hatte ihr Onkel gesagt, und sie hatte nachgegeben.

«Elijahu Hanawi… Elijahu Hatischbi… Elijahu Hagiladi…» sangen die Männer am Tisch mit vor Inbrunst halb geschlossenen Augen – ein Lied auf den Propheten und Wohltäter Elias. Dabei bewegten sie den Oberkörper wie im Gebet und lasen mit den Fingern Weißbrotkrümel auf, die auf der Tischdecke liegengeblieben waren. Das gleißende Licht vom Meer spiegelte sich in den Fensterscheiben. Die Frauen neben ihr summten die Melodie leise mit. Sie kannte die meisten von ihnen. Es waren die Damen Blattner, Amsaleg und Luria sowie Töchter der Familien Mojal und Schlusch. Fanja war ihnen im Hause von Bella Rokach-Mandelstamm begegnet und am Sabbatmorgen im Garten von Baron Ustinov.

Manche der Melodien waren Fanja noch aus ihrem Elternhaus in Erinnerung. Wahrscheinlich hatte Schimon Rokach
sie aus dem Hause seiner Schwiegermutter in Brisk mitgebracht. Unwillkürlich zogen die Erinnerungen an ihrem gei-
stigen Auge vorbei wie schwarze Zugvögel. Auf dem Tisch lag
ein großes Weißbrot, Weinflaschen standen vor ihr und Plat-
ten mit feuchtglänzenden Heringen. Vielleicht erinnerten
diese Fische sie ganz besonders an ihr Elternhaus. Seit sie ins
Land gekommen war, hatte sie keinen Hering mehr gesehen.

Fanja fragte sich, ob ihre Schwestern wohl immer noch die
alten Lieder der Familie sangen, die eine in Woodbine, die
andere in Boston. Wieder flüchtete sie sich in die Erinnerung
an Dinge, die unwiderruflich verloren waren. Der Schutzpan-
zer, mit dem sie sich umgeben hatte, war dünn, das merkte sie
immer wieder. Nachts im Schlaf erschienen die silbrigen
Bäume vor ihren Augen, ein Floß auf dem breiten Strom, die
Kirschen im Korb, Gerüche und der Geschmack der
Früchte ... In Rosch Pina waren all diese Erinnerungen von
der Müdigkeit, dem Hunger und dem Druck der schweren
Arbeit erstickt worden, aber hier in Jaffa lebten sie wieder auf.

Zwei Wochen war sie schon hier, und es würde mindestens
noch eine Woche dauern, bis sie nach Rosch Pina zurückfuhr,
denn am Morgen hatte sie leichtsinnigerweise Imbar versprochen, mit ihm nach Gedera zu fahren. Eigentlich war es kein
Leichtsinn gewesen, eher eine Versöhnungsgeste, ein Bonbon, um ihn seine bittere Enttäuschung vergessen zu lassen.
Fanja seufzte. Nie, niemals würde sie ein stilles, aristokrati-
sches Mädchen sein, wie Warinka in *Anna Karenina*. Stets
klopfte ihr Herz unruhig, ihr Geist war mit sich selbst nicht im
reinen, und sie faßte voreilig Entschlüsse, die nicht mehr
rückgängig zu machen waren. Schließlich konnte sie Imbar
jetzt schlecht sagen, sie würde morgen nicht mit ihm nach Gedera fahren!

Sie hatten sich im Garten von Baron Ustinov getroffen, wo
sie mit ihrem Onkel und ihrer neuen Tante spazierengegangen war. Die ganze Woche über war es in Jaffa drückend heiß
gewesen, und Fanja war überall herumgelaufen, hatte Medikamente und Münzen eingekauft und an den Mann gebracht,
ohne ihr Ansehen oder ihre Kräfte zu schonen. Jeden Abend

hatte sie dann weitere Münzen in ihre Börse gesteckt, die zusehends praller wurde. Sie liebte sie – ja, liebte sie –, all diese Piaster, Schillinge, Rials und Medaillen! Wenn sie die mißtrauischen Blicke der braven Juden und Jüdinnen auf sich ruhen fühlte, wog sie heimlich das schwere heiße Päckchen auf ihrer Handfläche. Es machte ihr Spaß, mit den Beduinen und den Geldwechslern zu feilschen, sie wußte instinktiv, was sie kaufen und was sie verkaufen sollte, und sie hatte bereits genug Geld in der Tasche, um Saat und Dünger zu kaufen, Kleidung für die Kinder und sogar Schuhe für Jechiel. Vielleicht tat es ihr deshalb nicht leid, als ihr Onkel sie bat, noch eine Woche in Jaffa zu bleiben und an dem Hochzeitsfest teilzunehmen, das im Hause von Schimon Rokach ausgerichtet wurde.

Am Morgen waren sie im Garten des Barons spazierengegangen wie eine richtige Familie. Bella und Schura waren für die Kinder wie Großeltern. Tamara und Talli liebten es, die Papageien in ihrem Käfig zu betrachten und den Affen Futter zuzuwerfen, während Fanja dem Klavierspiel des Barons lauschte und heimlich Pläne schmiedete, wie sie ins Haus und an sein Klavier gelangen konnte.

«Fanja Siles!»

Sie wandte sich um und entdeckte unmittelbar neben sich, herausgeputzt wie einer der Papageien im Käfig, ihren lieben Freund Naftali Herz Imbar. Um den Hals hatte er eine schwarze Fliege geschlungen, und eine zusammengerollte Zeitung ragte ihm schräg aus der Tasche.

«Was machst du hier in Jaffa?»

«Das gleiche wie du!»

«Weihst du etwa auch eine Bibliothek ein?» fragte er lachend. «Elieser Rokach hat mich eingeladen, die neue Bibliothek einzuweihen. Und du? Verteilst du immer noch Chinintabletten?»

Sie lachte auch. «Ja.»

«Ich habe gestern das neue Krankenhaus von Doktor Stein besucht.»

«Das hat auch Elieser Rokach gegründet», mischte sich Bella Rokach-Mandelstamm ins Gespräch.

Nachdem sie sich gegenseitig vorgestellt hatten, wandte

Imbar sich an Fanja: «Kommst du heute zum *Melawe Malka?*»

«Sie drückt sich davor», beschwerte sich ihr Onkel.

«Wahrscheinlich ist sie geizig», entgegnete Imbar.

«Wie kommst du darauf?» fragte Fanja, neugierig lächelnd.

«Weil man dort Geld für wohltätige Zwecke spendet. Was hast du geglaubt? Daß man dort zur Ehre Gottes hingeht. Ach, Juden, Juden! Sogar den Tischsegen verkaufen sie für Geld!»

«Ich darf ohnehin nicht in der Öffentlichkeit beten.»

«Aber spenden darfst du.»

«Gut, ich komme.»

«Ah – und hier naht in seiner ganzen Schönheit der ehrenwerte Nissim Bechor Alchadif, Künstler der Blumen. Alchadif, diese junge Dame hier kommt aus Galiläa. Aus Rosch Pina.»

«Man hat mich nach Mej Marom eingeladen», erzählte der Gärtner des Barons Ustinov.

Fanja nickte. «Heute heißt der Ort Jessod Hamaala. Ich war schon dort.»

Nissim Bechor Alchadif musterte sie unauffällig. Er trug Sabbatkleidung: einen grünseidenen Kaftan mit einem breiten Stoffgürtel und auf dem Kopf einen roten Fes.

«Wie ist es im Kikar? Ist das Land fruchtbar? Ich wollte hinfahren, aber die Blumen...»

«Alchadif war Schüler in Mikwe Israel», brüstete sich Imbar.

«Ist Hirsch immer noch der Leiter dort?» mischte sich der Onkel ins Gespräch.

«Selbstverständlich!»

«Mein Freund Berliawski hat mir erzählt, Hirsch hätte ihn und seine Kollegen, die BILU-Leute, zum Auswandern gezwungen.»

«Ihn gezwungen!» schnaufte Imbar verächtlich.

«Sie haben gehungert, und das hat er sich zunutze gemacht.»

«Und sie?» Imbar deutete auf Fanja. «Hat sie vielleicht nicht gehungert? Erzähl deinem Onkel ruhig mal davon!»

Fanja zuckte verlegen mit den Schultern. «Sie haben sich

schriftlich verpflichtet, nach Amerika zu fahren und niemals nach Palästina zurückzukommen. Schriftlich!» rief Imbar wütend.

«Diese Verpflichtung hat Hirsch auf betrügerische Weise aus ihnen herausgepreßt. Sie wollen zurückkommen, sie flehen darum!»

«Auf betrügerische Weise? Versuchen Sie doch mal, so eine Verpflichtung von Fanja zu bekommen! Pfui! Das wird einen guten Eindruck auf die Chowewej Zion in der ganzen Welt machen! Große Worte, das ist alles! Nichts als große Worte!»

«Aus großen Worten, mein Herr, sind neue Gesellschaften entstanden. Große Worte haben Kontinente erobert! Und was haben Sie als Dichter gegen große Worte?»

«Kennen Sie die Bilu-Leute denn?» fragte die Tante Imbar.

«Ich muß sie erst kennenlernen.»

«Schura hat Berliawski geholfen, die Statuten von Bilu zusammenzustellen», sagte Bella ehrerbietig. «Und mein Verwandter, Elieser Rokach, besorgt ihnen Baugenehmigungen.»

«Baugenehmigungen? Für Luftschlösser!»

«Ich kann das nicht länger hören!» schrie der Onkel und hielt sich die Ohren zu. «Es sind wahre Märtyrer, Zwi Horwitz... und... und... Zuckermann... sie haben in einer Höhle gehaust...» Er war so erregt, daß er keine vollständigen Sätze formulieren konnte. Vergeblich zupfte Bella ihn am Ärmel. Er riß sich mit Gewalt von ihr los.

«Ich habe die Statuten gelesen, die Sie zusammengestellt haben», Imbar ließ nicht locker. «Was ist von all den großartigen Ideen übriggeblieben? Nichts! Man sucht Geldgeber! Unterstützung! Genau wie die Leute der Chaluka.»

«Nichts ist übriggeblieben, sagen Sie?» rief der Onkel mit heiserer Stimme. «Das Land Israels, ist das nichts? Landwirtschaft, ist das nichts? Gemeinschaftsleben, ist das nichts? Sind diese drei Dinge dem Herrn Versedichter aus Slotschow nicht wichtig genug?»

Bläuliche Adern schwollen auf Schuras Stirn an, und Bella zog ihn mit Gewalt zur Seite, da sie fürchtete, es würde zu Handgreiflichkeiten kommen. Fanja zog Imbar auf die andere Seite und, um ihn zu beruhigen, sagte sie das erste, was ihr in den Sinn kam: «Ich fahre mit dir nach Gedera. Da werden wir alles mit eigenen Augen sehen. Was meinst du dazu?»

Imbar zog die zusammengerollte Zeitung aus der Tasche und schlug sich damit nervös gegen die Beine, bis er sich einigermaßen beruhigt hatte. Er drehte den Mandelstamms den Rücken zu, blickte Fanja eine Zeitlang an, ohne sie zu sehen, und dann lächelte er plötzlich. «Du bist eine Zigeunerin, Fanja!»

«Jetzt kannst du mich beschimpfen.»

«Du bist mir sicher böse!»

«Nein! Gott behüte! Wer bin ich schon, daß ich dir böse sein sollte!» Fanja war erschrocken. «Es ist nur schade, daß ... Ich meine, diese ganze Aufregung.»

«Sie wollten eine Siedlung gründen, und das haben sie auch getan», belehrte Alchadif sie. «Neun Mann.»

«Besser neun Handbreit und steht fest als hundert Amot und fällt um», bemerkte Imbar. Die beiden Männer blickten sich an, ein zufriedenes Lächeln in den Augen.

«Ich habe deine Tante gehörig erschreckt.»

«Sie ist eine gute Frau.»

«Eine Händlerin! Krämerseele! Hockt auf ihrer Ware und verteidigt sie gegen den Rest der Welt.»

«Und was ist daran schlecht?»

«Und du, mein geliebtes Gazellchen, warum machst du es ihr nicht nach, wenn nichts Schlechtes daran ist? Siehst du – darauf weißt du keine Antwort. Nun ja, vielleicht hätten sich die beiden Böcke ein wenig geschlagen. Na und? Wo ist übrigens dein Mann? Auch in Jaffa?»

«Nein. Der ist in Rosch Pina. Beim Dreschen.»

«Siehst du? Das ist der Unterschied! Parolen. Manifeste! Der Dichter besingt seine geliebte Heimat, und der Bauer drischt! Alle schönen Reden sind nichts wert ohne einen Jechiel. Denn was ist ein Priester ohne Volk? Und wie heißt dein Kleiner?»

«Naftali. Nach dem Gebiet Naftali. Ich nenne ihn Talli.»

«Talli, Talli, Talli!» Imbar kitzelte den Kleinen und schämte sich gleich darauf seiner Albernheit.

«Mich hat meine Mutter immer Herzli genannt.» Er sah sie an. «Also sehen wir uns beim *Melawe Malka*?»

«Ich habe es ja versprochen.»

«Und fährst du wirklich mit mir nach Gedera? Das hast du auch versprochen.»

«Stimmt.»

«Spielst du eigentlich noch Chopin?»

«Nein.»

«Schade!»

Er ging eilig davon, so schnell, daß die Blumen auf den kleinen Beeten im Luftzug zitterten.

«Teurer Freund, barmherziger Vater...»

Schimon Rokach wiegte seinen kleinen Sohn in den Armen und sang ihm inbrünstig vor. Die Frau, die neben Fanja saß, hörte nicht auf zu reden. Seit sie herausgefunden hatte, daß Fanja Englisch verstand, hatte sie sich an sie gehängt. Von Zeit zu Zeit öffnete einer der Männer verwundert die Augen, und Fanja erwiderte seinen Blick mit gespielter Unschuld und dachte: Reden Sie, reden Sie nur, meine Dame. Wenigstens dieses Recht wird man uns nicht nehmen! Rachel Rokach kam herein, in beiden Händen Schalen voller Rosinen und Mandeln. Vielleicht wollte sie damit ihrem Gast den Mund stopfen.

«Vier Jahre bin ich jetzt im Land und habe noch keine einzige Salzmandel gesehen», sagte Fanja leise.

«Nur Serach Barnett war imstande, an so etwas zu denken», sagte Rachel lächelnd zu der Dame. «Zwanzig Fässer Salzmandeln hat er aus London mitgebracht.»

«Nach Jaffa?»

«Ja. Geh mal in den Laden des Armeniers.»

Fanja und Frau Barnett folgten Rachel und traten ans Fenster. Die Lichter des Leuchtturms waren bereits angezündet und wetteiferten mit den letzten Strahlen des Tageslichts. Das Meer hatte sich schwarz gefärbt, aber in den Fenstern des Franziskanerklosters spiegelte sich noch der Sonnenuntergang. Von unten ertönten die Klänge einer Beduinenflöte.

«Ich werde schon seekrank, wenn ich nur diese Segel betrachte», klagte Frau Barnett. «Auf unserer letzten Reise war es so stürmisch, daß das Schiff nach Beirut zurückfuhr. Viermal sind wir schon hin- und zurückgefahren. Viermal!»

«Sind Sie schon lange in Jaffa?» fragte Fanja Frau Barnett.

«Nein. Bis jetzt haben wir in Petach Tikwa gewohnt. Wenn man das ‹wohnen› nennen kann! Noch nicht einmal das Vieh hätte ich in diesen elenden Hütten untergebracht! Aber wie ich höre, ist Ihre Lage in Rosch Pina auch nicht besser. Und Sie sind schon vor uns angekommen.»

«Ich nicht. Ich bin erst vor vier Jahren gekommen.»

«Erst so spät! Jedes Jahr hier im Lande bin ich zehn Jahre älter geworden. Ich bin ja nicht mehr so jung wie Sie. Und Serach ist schon fünfzig. Ich habe keine Kraft mehr für Neuanfänge . . . In London verdient er Geld, und dann kommt er hierher und verliert es! Ich habe die Scheidung von ihm verlangt.»

«Oh, das wußte ich nicht!» Rachel Rokach riß vor Schreck die Augen auf.

«Ich bin doch noch hier, oder nicht? Nicht einmal die Scheidung kann ich bekommen. Der Rabbiner Salant hat mir recht gegeben, aber eine Scheidung hat er dennoch nicht genehmigt. Verlaß dich auf Serach. Wenn er sich von mir scheiden lassen wollte, würde er sich durch nichts aufhalten lassen. Aber jetzt will er nicht. Ich habe dem Rabbiner erklärt, Serach sei verrückt geworden, und der Rabbiner hat mir zugestimmt. Und Serach hat sich gefreut. ‹Wenn ich verrückt bin›, hat er zu dem Rabbiner gesagt, ‹dann ist ein Scheidungsbrief von mir ohnehin nicht rechtskräftig!› Ihr lacht? Mir kommt das überhaupt nicht komisch vor! ‹Was für ein Rabbiner sind Sie überhaupt?› hat Serach Rabbi Salant angefahren. ‹Der Rabbiner Meschkelow hat durch eine Seuche seine ganze Familie verloren, seine Eltern, seine Frau, seine Söhne, Töchter und Schwiegersöhne, und er hat trotzdem das Land Israels nicht verlassen! Das ist der wahre Glaube.› Und darauf brachen sie beide – Serach und Rabbi Salant – in Tränen aus. Dann fielen sie sich in die Arme, und mich vergaßen sie!»

Rachel Rokach und Fanja mußten beide laut lachen. Die Männer öffneten die Augen und blickten verwundert zu ihnen hin. Durch die offene Eingangstür kamen weitere Gäste herein: Imbar, Elieser Rokach und Doktor Stein. Die Augen aller Anwesenden leuchteten auf, als hätten die drei eine gute Nachricht gebracht. Elieser bewegte sich unter den Gästen wie ein Bräutigam.

«Haben wir uns verspätet? Ist der Tischsegen schon verkauft?» fragte er.

«Nein, noch nicht.»

«Für was spendet man heute?»

«Für Ihr Krankenhaus!»

Fanja hob den Kopf. Vielleicht konnte sie Medikamente an dieses Krankenhaus verkaufen. Eliesers Blick fiel auf sie, und sie merkte, daß er sich zu erinnern suchte, wer sie war. Seit jener Nacht in Gai Oni waren sie sich nicht mehr begegnet. Wegen des «Stuhls von Elijahu», den er ihr geschenkt hatte, war sie mit Steinen beworfen worden, und seinetwegen hatte Jechiel sie zum erstenmal in die Arme genommen. Seine Bewegungen, seine begeisterten Blicke und seine Stimme hatten etwas Hektisches. Wie alt mochte er wohl sein? Dreißig? Er trug einen Anzug im europäischen Stil, die Bänder seiner schwarzen Krawatte hingen unter den gestärkten dreieckigen Kragenspitzen heraus. Plötzlich lachte er auf, und sie hörte, wie er sagte:

«Eine gute Tat, die gleichzeitig eine Verfehlung ist, weil der arme Stein unbedingt Landwirt sein möchte. ‹Doktor Stein›, hat Monsieur Hirsch zu ihm gesagt, ‹jeder Arzt kann Landwirt werden, aber nicht jeder Landwirt kann ein Arzt sein.›»

«Noch ein Verrückter», flüsterte Frau Barnett und verzog verächtlich den Mund.

«Hirsch hätte mich nicht umstimmen können, und auch meinen Freunden wäre es nicht gelungen», sagte der Arzt, «wenn Hirsch nicht den BILU-Leuten mitgeteilt hätte, er würde ihnen ab Sommer 1884 auf Weisung der KOL ISRAEL CHAWERIM in Paris keine Arbeit mehr in Mikwe Israel zuteilen. Was konnte ich schon tun?»

«Und was ist mit den übrigen Kameraden?»

«Ich habe Herzenstein hier in Jaffa getroffen. Er eröffnet eine Handelsfirma für Holz. Einige unserer Kameraden werden in der Jerusalemer Niederlassung seiner Firma arbeiten. Harkabi, Oser Dow Lifschitz und Schertok.»

«Sind das alles BILU-Leute?» fragte Fanja.

«Ja.»

Die Anwesenden hoben die Köpfe, um die Frau anzusehen, die sich hier in Männergespräche einmischte. Das war ihnen fremd und ungewohnt. Mißtrauen und Haß begleiteten die junge Frau, die allein überall hinging, ihre kleine Familie ernährte wie ein Mann und sich vor Türken und Beduinen nicht fürchtete. Sie spürte, wie wieder einmal die verhaßte Schamröte ihr Gesicht und ihren Hals überzog, aber sie hielt die Augen fest auf Elieser Rokach gerichtet, der die Augen zusammenkniff und sich vergeblich zu erinnern versuchte, woher er sie kannte. Die Frau, die neben Fanja saß, rückte von ihr ab, um den Abstand zwischen sich und ihrer Nachbarin zu vergrößern.

«Wie meinten Sie das, Elieser, daß die Einwanderer aus Europa keine Lust hätten, in der Landwirtschaft zu arbeiten?» Ihre Stimme war zu laut und zu unsicher, und die Stille lastete schwer auf dem ganzen Raum. «Und wir Einwohner von Gai Oni waren so naiv zu glauben, daß nur wir alten Siedler unfähig sind, in der Landwirtschaft zu arbeiten, denn wir sind ja faul und träge.»

Seine Augenlider weiteten sich, und sie wußte, daß er sich jetzt an sie erinnerte.

«Haben Sie das nicht in einem Ihrer Briefe an die Bilu-Leute in Konstantinopel geschrieben? Daß die Siedler von Gai Oni, um die Sie sich solche Mühe gegeben hatten, ganz einfach nicht arbeiten wollten?»

«Nein! Aber nein!»

«Sie haben geschrieben, daß die hier geborenen Juden sich nicht für die Landwirtschaft eignen, daß Sie Ihre ganze Hoffnung in die Einwanderer aus dem Ausland setzen, ganz besonders in die Bilu-Leute, und jetzt haben auch die Ihre Erwartungen enttäuscht!»

«Jechiel allein ist von siebzehn Familien übriggeblieben!»

«Und Sie sind als erster weggelaufen, Elieser Rokach!»

«Man hat einen Anschlag auf mein Leben verübt.»

«Und Jechiels Leben? Ist das vielleicht bei Lloyds versichert? Aber das macht nichts, Elieser Rokach. Es werden sich noch Bauern finden, die Ihrer würdig sind.»

«Und ich soll nicht an die Bilu-Leute glauben? Wo haben Sie das her? Ist das alles, was Sie hier in Jaffa zu tun haben? Gerüchte verbreiten? Ich ... ich ...» Elieser Rokach schwenkte die Arme in der Luft, sein Blick wanderte von einem zum anderen. «Sie sind nach Palästina gekommen, um in der Landwirtschaft zu arbeiten, nicht, um hier Geschäfte zu eröffnen! Ich weiß, ich weiß, Sie glauben alle, daß ich nur Zank und Streit anzetteln will. Sie verstehen nicht, worum es geht! Die Fanatiker in Jerusalem haben sogar den Minister Montefiore überredet, ihnen Geldspenden zuzuschanzen! Nichts wird gelingen, solange es noch Menschen unter uns gibt, die von Almosen und Zuwendungen leben! Nur die Akkerfurche wird unsere Rettung sein!»

«Bravo!» Fanja klatschte in die Hände. «Während der großen Trockenheit hat sich Jechiel vier Jahre lang um seinen Boden gekümmert. Wo waren Sie während dieser vier Jahre, Elieser?»

Alle begannen gleichzeitig zu reden und empörten sich über die Frechheit der jungen Frau.

«Fanja», redete Bella Rokach-Mandelstamm ihr zu und legte ihr beschwörend die Hand auf den Arm. «Elieser hat für die Idee der Ansiedlung in Palästina zehn Jahre seines Lebens hergegeben ...»

«Ist es das, was sie wollen?» rief Elieser. «Mein Leben? Solange mein Blut nicht vergossen wird, werden *sie* mir keine Ruhe lassen.»

«Wer sind ‹sie›?»

«Die Leute der *Chaluka*. Die Gemeindevorsteher. Alle, auf die die Hungerleider angewiesen sind.»

«So viel Haß», seufzte Frau Barnett und zog Fanja am Kleid auf den Platz neben sich. «Meine Mutter pflegte immer zu sagen, daß der Haß das jüdische Volk vereint. Wie viele gibt es denn überhaupt von diesen BILU-Leuten?»

«In Gedera sind es sechs Männer und eine Frau», sagte Doktor Stein.

«Wessen Frau ist sie?»

«Nach den BILU-Statuten», erklärte Onkel Schura, «darf ein BILU-Mitglied nicht heiraten.»

«Nicht heiraten?» wunderte sich Frau Barnett. «Aber das gebietet doch die *Tora* als heilige Pflicht.»

«Und die Erschließung des Heiligen Landes ist ebenfalls

eine heilige Pflicht, die uns die *Tora* auferlegt», sagte der Onkel voller Stolz. «Diese heiligen Menschen haben beschlossen, für ihre Mitmenschen zu arbeiten und nicht für sich selbst, solange die Öffentlichkeit auf ihr Opfer angewiesen ist.»

«Ihr Opfer!» Elieser Rokach konnte sich nicht beherrschen und wiederholte das Wort mit spöttischer Stimme. Fanja kam zu dem Schluß, daß an diesen BILU-Leuten doch etwas sein müßte, wenn Elieser sie so haßte. Vielleicht war es gut, daß sie mit Imbar verabredet hatte, Gedera zu besuchen. Wann würde sie jemals wieder Gelegenheit haben, die BILU-Leute mit eigenen Augen zu sehen? Ihr Blick wanderte im Zimmer umher und blieb auf Imbar haften, der sie amüsiert musterte.

«Ihr Opfer! Ja, ihr Opfer!» rief der Onkel erregt. «Seit drei Jahren ziehen sie im ganzen Land herum wie Zigeuner, trinken unreines Wasser und schlafen zu zehnt in einem kleinen Zimmer, und jedes Lästermaul findet etwas an ihnen auszusetzen, weil sie keine Bärte tragen wie die Leute in Petach Tikwa und Jessod Hamaala!»

«David Gutmann hat mir erzählt, daß er in Jahud war», wandte sich Serach Barnett an Elieser Rokach.

«Ja. Ich war mit Wissotzki dort.»

«Haben Sie ihnen Geld mitgebracht?»

«Für die ist immer Geld da!» empörte sich der Onkel.

«Das stimmt nicht!» rief Elieser Rokach wütend. «Im Gegensatz zu den BILU-Leuten haben die Siedler in Petach Tikwa keine Hilfe aus öffentlichen Geldern erhalten. Dabei sind diese Männer Familienväter und keine Junggesellen! Und es sind viel mehr als in Gedera. Ihre einzige Sünde besteht darin, daß sie keine Politik betreiben. Sie bestellen ihren Boden und fürchten Gott.»

«Hat Rosch Pina Geld bekommen?» erkundigte sich Fanja bei Elieser.

«Nein. Rosch Pina nicht.»

«Und warum nicht? Auch dort bestellt man den Boden und fürchtet Gott.»

«Fanja, was ist denn los mit dir?» Bella Rokach konnte nicht länger an sich halten. Fanja erinnerte sich daran, daß sie hergekommen waren, um die Hochzeit von Bella und Onkel

Schura zu feiern, und setzte sich errötend und verwirrt auf ihren Platz. Sie würde nie mehr mit Elieser Rokach sprechen, weder im Guten noch im Bösen. Wie konnte er es wagen, seine Freunde zu verraten, statt ihnen zu helfen! Sie waren es doch, die seinen Traum verwirklichten! Nein, nie wieder würde sie ein Wort zu ihm sprechen. Trotzdem mußte sie sich selbst gegenüber zugeben, daß er einen gewissen persönlichen Charme besaß. Aber da war noch etwas, das sie störte. Sein Verhalten erinnerte sie immer mehr an ihren Nachbarn Jakob Buschkila, und sie fragte sich, ob vielleicht auch Elieser der syrischen Wasserpfeife verfallen war...

«Meine Herren, laßt uns den Segen sprechen!» rief mit lauter Stimme ein gewisser Landa, der am meisten für den Tischsegen gespendet hatte. Dumpfes Murmeln erfüllte den Raum. Fanja wandte den Anwesenden den Rücken zu und stellte sich wieder ans Fenster, wo das Summen der betenden Stimmen hinter ihr sie einhüllte wie in eine Wolke. Das Haus der Familie Schlusch stand auf einem Hügel neben dem Stadttor. Das Meer strömte in die Bucht ein und wiegte die einlaufenden Schiffe in seinem Schoß. Es schien ihr, als könne sie das Knarren der Segel hören, die sich wie weiße Flügel bewegten.

Fanja versuchte, sich zu beruhigen. Sie spürte die Feindseligkeit, die ihr entgegenschlug. Dabei ärgerte sie sich weniger über die Diskussion mit Elieser als über die zufällige Bemerkung des Arztes: ‹Neun BILU-Leute in Gedera und eine Frau!› Als ob die Frau kein Mensch wäre! Neun Menschen und noch etwas dazu, eine Ziege, ein Maultier, eine Frau. Und diese Frau war gewiß stärker als ihre Kameraden, denn sie benötigte größere geistige und körperliche Kräfte als die Männer, um als einzelne mit ihnen leben zu können. Und wer war es, der diese Bemerkung gemacht hatte? Ein aufgeklärter, gebildeter Mann, der in Leipzig studiert hatte. Ein Idealist!

Immer wieder kam Fanja in letzter Zeit die Erniedrigung zum Bewußtsein, der sie ausgesetzt war. Es schien ihr, als würde man nur auf dem Markt ihre Erfolge anerkennen. Ihr Onkel, der sich für einen fortschrittlichen Menschen hielt, hatte angedeutet, sie solle sich doch lieber um ihren Mann kümmern, und sogar hier, in dieser aufgeklärten Gesellschaft, waren alle peinlich berührt gewesen, als sie den Mund aufgemacht und sich am Gespräch beteiligt hatte, als wäre sie ein Kind, das sich in die Gespräche der Erwachsenen einmischte. Am liebsten wäre sie auf den Tisch gestiegen und hätte mit lautem Geschrei ihren Gefühlen Luft gemacht. Aber so etwas hätte die anderen nur in ihrer Überzeugung bestärkt, eine Frau gehöre in die Küche. Dagegen war Jechiel wirklich großherzig. Ohne viele Worte zu verlieren, respektierte er ihr Recht, so zu leben, wie sie es wünschte. Je länger sie ihn kannte und die Welt, in der er aufgewachsen war, um so mehr hatte sie ihn schätzen gelernt.

*«Hamwdil bein kodesch lechol...»**

Schimon zündete die Kerze an, die den Übergang vom Sabbat zum Alltag markierte. Der Diener brachte ein Tablett mit Kaffeetassen und kleinen Tellern mit Gebäck, dem ein leichter Duft von Rosenwasser anhaftete. Eine ruhige, heimische Stimmung verbreitete sich im Hause von Rachel Rokach. Nur ich hetze hektisch von einem Ort zum anderen, dachte Fanja. Meine Familie fällt auseinander, mein Mann hat keine Ehefrau, seine Kinder haben keine Mutter, sein Heim ist kein Heim, und seine Ehe ist keine Ehe...

«Schimon schätzt Jechiel sehr», unterbrach Rachel Fanjas Gedanken. «Er sagte, wenn Jechiel sich nicht der Landwirtschaft zugewandt hätte, wäre er ein großer Rabbiner und *Tora*-Gelehrter geworden. Seine Familie hatte alle ihre Hoffnungen auf ihn gesetzt.»

Der Diener brachte Wasserpfeifen. Herr Landa zog eine silberne Dose aus der Tasche und bot den Männern Tabak an. Fanja erinnerte sich, daß Jechiel ihr erzählt hatte, er hätte in Jaffa einige Tage in der Tabakfabrik von Herrn Landa gearbeitet. Neugierig betrachtete sie den Mann und stellte fest, daß er nichts von Jechiel an sich hatte.

«Wieviel haben Sie für diesen Tabak bezahlt?» erkundigte sich Herr Landa bei Schimon.

«Ich habe eine größere Menge gekauft und weniger bezahlt. Fünf Franken für eine halbe Oka. Persischer Tabak.»

«Den kann man am Sabbatausgang rauchen.»

«Warum gerade am Sabbatausgang?»

---

* *Anm. d. Übers.:* Lied, das zum Ausklang des Sabbat gesungen wird.

«Die Perser tun Belladonna in ihren Tabak. Sind Sie nach dem Rauchen nicht schläfrig geworden?»

«Hm ... könnte sein ...»

«Bald werden Sie alle nur noch Zigaretten rauchen.»

«Werden Sie die etwa kostenlos verteilen?»

«Nein. Aber die Tabaksteuer steigt von Tag zu Tag.»

«Und wie geht es Schmerling? Ist die Teilhaberschaft zwischen Ihnen zustande gekommen?»

«Ja. Er entschließt sich schnell, immer für neue Ideen zu haben. Wir haben jetzt eine Filiale in Nablus eröffnet.»

«Und wer arbeitet dort? Juden?»

«Selbstverständlich Juden! Wir haben zwanzig Familien aus Jerusalem dort hingebracht. Feiwel Kahanow leitet die Fabrik, und auch die Angestellten sind sämtlich Juden.»

«Haben Sie denn in Nablus keine Juden gefunden, daß Sie sie aus Jerusalem holen mußten?» fragte Elieser Rokach ungehalten.

»Bei mir dürfen Sie sich nicht beschweren», erwiderte Landa. «Wir ernähren hundert jüdische Familien. Benötigen die Juden aus Jerusalem etwa keinen Schächter? Keinen Schneider? Keinen Müller? Die können alle dort ein gutes Auskommen haben. Mehr noch – der Boden dort in den Bergen eignet sich zum Anpflanzen von Tabak, und möglicherweise werden wir das später auch tun. Die Firma Regie Ottomane beabsichtigt, neue Filialen zu eröffnen, und ich habe Schmerling vorgeschlagen, die Handelslizenz für Tabak in Samaria und Galiläa zu erwerben. Ein wenig Leichtsinn ist im Geschäft manchmal angebracht.»

Plötzlich erschien es Fanja, als spräche nur Herr Landa. Alle anderen Stimmen erloschen im Hintergrund. Fieberhaft dachte sie daran, wie sie sich an den Tabakgeschäften in Galiläa beteiligen konnte. Sie hatte bereits genügend Geld, um an eine Teilhaberschaft zu denken. Warum nicht? Was sollte sie daran hindern? Zwar war die Bevölkerung von Jerusalem doppelt so groß wie die von Safed, aber in der Nähe von Safed lagen Tiberias, Zur, Zidon und die neuen Siedlungen. Sie konnte bequem den Tabak zusammen mit ihren Medikamenten vermarkten, sie war ja ohnehin unterwegs.

Über die Köpfe der anderen Gäste hinweg begegneten ihre

Augen dem schelmischen Blick von Imbar. Dieser Mann konnte ihre Gedanken lesen, daran bestand kein Zweifel! Sie war plötzlich verwirrt, als hätte man sie bei einem Diebstahl erwischt. War denn so etwas möglich? Bei einem ihrer «Damenkränzchen» in Rosch Pina hatten sie in der *Chawazelet* einen Artikel über einen jüdischen Arzt aus Galizien gelesen, der in Wien lebte und Versuche auf dem Gebiet der Hypnose und Hysterie anstellte, um zu beweisen, daß die Ausstrahlungen des Geistes ihren Ursprung tatsächlich im Geist und nicht im Gehirn haben, wie man bis jetzt angenommen hatte. ‹Können wir die Eigenschaften der Seele genauso erlernen, wie wir bis jetzt die Anatomie des Körpers erlernt haben?› hatte der Autor des Artikels gefragt, und Fanja und ihre Freundinnen hatten lange darüber diskutiert. Jetzt, als sie den allwissenden Augen von Imbar begegnete, mußte sie wieder an diesen Artikel denken. Konnte ein Mensch tatsächlich die Gedanken eines anderen Menschen lesen? In sein Herz hineintauchen, ohne zu versinken? Sie dachte an den blinden Beduinendichter, dem sie in einem Kaffeehaus am Markt begegnet war. Er hatte eine Hand an die Schläfe gehalten, als lausche er weit entfernten Stimmen, und hatte mit heiserer Singsangstimme Beschwörungen gemurmelt, bis plötzlich ein großer, kräftiger Mann bewußtlos zu seinen Füßen niederfiel. Alle schrieben dem Dichter übernatürliche Kräfte zu und sagten, er hätte das furchtbare Geheimnis des Ohnmächtigen entdeckt.

«Nu, Fanja, wo wird deiner Meinung nach die erste Tabakhandlung in Galiläa eröffnet werden?» fragte Imbar mit lauter Stimme.

«In Safed.»

Beide standen jetzt in unmittelbarer Nähe von Herrn Landa und sprachen in gedämpftem Ton.

«Aber Akko hat einen Hafen.»

«Ja. Aber wie viele Juden wohnen schon in Akko? Hundert? Hundertfünfzig? Von Safed aus kann man leicht überall hinkommen, in den Libanon, nach Transjordanien.»

«Sind Sie aus Safed?» fragte Herr Landa.

«Nein. Aus Rosch Pina.»

«Die Juden in Safed rauchen keine Zigaretten.»

«Aber in Nablus rauchen sie? Und in Jaffa? Wenn in Safed erst mal eine Tabakhandlung eröffnet wird, werden sich unter zwölftausend Einwohnern schon genügend Käufer finden.»

«Gemach, gemach, Fanja. Du wirst am Ende noch Herrn Landa erschrecken.»

«Ich bin nicht so leicht zu erschrecken. Ich glaube an Zigaretten. Kennen Sie jemanden in Galiläa, der dafür geeignet wäre?»

«Ja.»

«Wer ist denn das?»

«Ich.»

Bemüht, ein listiges Lächeln zu verbergen, ging Herr Landa auf eine entlegene Ecke des Zimmers zu. Fanja und Imbar folgten ihm.

«Wenn Sie die Tabakpacht in Galiläa übernehmen, müßten Sie sich verpflichten, eine bestimmte Menge abzusetzen. Und was wäre, wenn Sie diese Verpflichtung nicht einhalten könnten? Können Sie mir finanzielle Sicherheiten geben?»

«Ja.»

«Regie Ottomane verhängt Geldbußen, wenn jemand seinen Verpflichtungen nicht nachkommt. Bis jetzt ist das nicht vorgekommen, weil ich Einkauf und Vertrieb selbst beaufsichtige. Ein Grieche in Damaskus hat der Firma seine Dienste im Norden angeboten, und jetzt muß die Firma zwischen ihm und uns wählen ...»

«Ich werde mich mit meinem Mann beraten und Ihnen dann eine verbindliche Antwort geben.»

«Wann?»

«In zwei Wochen.»

«Schicken Sie mir die Antwort mit *Messager Maritime*?»

«Nein. Deren Schiffe legen nicht im Norden des Landes an. Ich schicke die Antwort mit der österreichischen Post.»

«In Ordnung, Madame ...?»

«Siles. Fanja Siles. Ich bin mit dem Vetter von Schimon und Elieser verheiratet.»

‹Ich werde mich mit meinem Mann beraten› – die Worte waren ihr wie von selbst herausgeschlüpft. Als ob sie Herrn Landa versichern wollte, daß sie zu den jüdischen Siedlern gehörte, einen Ehemann hatte und daß man sich daher auf sie verlassen konnte. Doch als sie die Worte ausgesprochen hatte, hob sich ihre Stimmung. Das Kerzenlicht füllte den Raum mit gemütlicher Wärme, und der Duft von Kaffee und Rosen verbreitete sich. Fanja fühlte, daß sie endlich erreicht hatte, was sie wollte. Und in wenigen Tagen würde sie wieder in Rosch Pina sein und Jechiel im Arm halten!

«Er war einer der Gerechten ...»

Die Gesichter der Singenden drückten wehmütige Sehnsucht aus. Sie waren nicht länger eine Gruppe einzelner Gäste, sondern eine große Familie, die gemeinsam ein Stück Wegs zurückgelegt hatte. Gemeinsam hatten sie gestritten, sich gemeinsam gefreut, gemeinsame Sehnsüchte gehabt. Fanja lächelte Bella zu, die ihr Lächeln warm erwiderte. Sogar Frau Barnett erschien ihr nicht länger als Nervensäge, sondern war lediglich eine verstörte Frau, die einen Irrtum begangen hatte: Aus ihrem Pelzhändler war ein Bauer geworden, der seine Felder bestellte. Fanja spürte, daß jemand sie beobachtete, und als sie sich umwandte, sah sie, daß Elieser sie betrachtete. Sie erwiderte seinen Blick und sagte sich im stillen, daß Jechiel die Träume von Elieser verwirklichte. Elieser redete, Jechiel tat etwas. Offenbar war Jechiel der einzige in dieser Gruppe von Idealisten, der konsequent ausführte, was er sich vorgenommen hatte. «Aufsteiger» hatten ihn Alegra Adis und Rachel Rokach genannt. Und das stimmte – er stand über allen, die ihn umgaben.

Sobald ich wieder zu Hause bin, nahm Fanja sich vor, werde ich unsere Nachbarn zum Sabbatausklang einladen, Wein auf den Tisch stellen, und wir werden alle zusammen singen ...

Sie seufzte. Hätte sie nur nicht Imbar versprochen, mit ihm nach Gedera zu fahren!

Der Rücken des Pferdes war schweißnaß. Fanja beschloß anzuhalten und ihm etwas Ruhe zu gönnen. Obwohl das Pferd den Namen ‹Saar›, das hebräische Wort für ‹Sturm›, trug, war ihm fast der Atem ausgegangen. Wie schade, daß Jechiel und die Kinder es zum erstenmal in diesem erschöpften Zustand sehen würden.

Nur wenige Stunden lagen zwischen ihrem Entschluß, ein Pferd zu kaufen, und dem Moment, als sie das Tier in den Hof ihres Onkels führte.

«Du bist doch kein Kind mehr, Fanja!» rief Schura aus. «So benehmen sich nur Kinder! Man beschließt, sich ein Pferd anzuschaffen, und dann läuft man gleich los und kauft eines! Und von nun an wirst du wohl die ganze Zeit unterwegs sein ...»

«Er ist doch wunderschön, nicht wahr?» sagte sie und streichelte Saars Mähne. Sie besaß ein eigenes Pferd mit braunen Flecken auf den rosigen Nüstern. Von jetzt an würde sie nicht länger auf den guten Willen von Kutschern angewiesen sein. Sie umarmte ihren Onkel, küßte ihn und forderte: «Sag, daß er hübsch ist! Los, sag es!» Und sie ließ nicht locker, bis er zugab, ja, das Pferd sei schön und ein guter Kauf.

Eigentlich war es die Frau ihres Onkels gewesen, die, ohne es zu wollen, den Anstoß zum Kauf eines Pferdes gegeben hatte. Sie hatte Fanja gebeten, sie zum Laden von Asriel Levy zu begleiten, wo gerade gußeiserne Öfen aus Marseille angekommen waren. Fanja war der Meinung, daß ihr alter *Tabun* ausgedient hatte, und entschloß sich an Ort und Stelle, einen neuen Ofen zu kaufen. Nur einen? Drei würde sie kaufen! Der Profit aus dem Verkauf der beiden anderen würde den Kaufpreis ihres eigenen Ofens decken. «Du bist eine gute Geschäftsfrau, Fanja», sagte Bella Mandelstamm lachend, und Fanja dachte: Du würdest nichts zu lachen haben, wenn du nicht immer von Männern – tot oder lebendig – ernährt worden wärst ...

Als die Öfen bereits im Hof standen, stellte sich die Frage, wie man sie nach Rosch Pina transportieren würde. Fanja hätte sie mit einem Schiff der österreichisch-ungarischen Lloyds-Linie oder mit dem italienischen Postdampfer schicken können, aber diese Schiffe fuhren von Jaffa nach Beirut, und bis man die Öfen von dort auf Pferdefuhrwerken an ihren Bestimmungsort gebracht hatte... Wenn nur endlich die geplante Eisenbahnstrecke gebaut würde! Zwei Jahre war es schon her, seit Oliphant ihnen berichtet hatte – sie hatte es selbst gehört –, daß die Herren Sursuk, Gott sei gelobt, den Auftrag für die Konstruktion einer Eisenbahnlinie erhalten und der Ingenieur Schumacher und seine Assistenten die Pläne fertiggestellt hatten. Man hatte geglaubt, schon in wenigen Tagen mit der Arbeit beginnen zu können. Aber wie es nun mal im Orient so ist, das hatte sie ja aus eigener bitterer Erfahrung gelernt, stellen sich auch den besten Plänen große Hindernisse entgegen. Da war immer noch ein *Firman*, das man beschaffen mußte, und noch ein Bakschisch, das zu zahlen war.

Fanja versank in Gedanken über die Fäden, die das Beamtentum spann, bis man an Händen und Füßen gebunden war wie ein Golem im Dunkeln. Doch dann brach erneut der Widerspruchsgeist hervor, der sie in letzter Zeit beflügelte und durch den sie auch auf die Idee mit dem Pferd gekommen war. Wenn sie ein eigenes Pferd hätte, würde sie von keinem Schiff und keiner Bahn abhängig sein. Sie allein wäre die Herrin ihres Schicksals! Hurra!

Die Kutscher von Jaffa machten sie mit einem Händler bekannt, der Pferde aus der syrischen Wüste importierte. Ihre letzten Münzen verteilte sie unter den Fuhrleuten – und auch das bereitete ihr Freude! Seit langem hatte sie sich nicht mehr so gefreut wie über ihr Pferd. Es verlieh ihr ein Gefühl der Freiheit und Selbständigkeit. Im Geiste sah sie sich über die Berge und durch die Täler von Galiläa galoppieren und an der Quelle absteigen. Gelegentliche Zweifel unterdrückte sie sofort, denn jetzt, da sie die Lizenz für den Tabakvertrieb in Galiläa hatte, würde sie sehr viel herumreisen müssen, wofür ein eigenes Pferd praktisch unerläßlich war!

Saar knabberte an ein paar Gräsern und hob von Zeit zu

Zeit den Kopf, um sie mit seinen großen feuchten Augen an-
zuschauen. Tamara rupfte Gräser aus und hielt sie ihm hin.
Sie erschrak zunächst, als er die Oberlippe hochzog und seine
Zähne entblößte, aber als er dann mit der Zunge ihre kleine
Hand ableckte, mußte sie lachen.

Was für Menschenkinder sind das, die ich aufziehe? überlegte sie. Welche Begebenheiten aus meiner Vergangenheit
beeinflussen ihre Seele und ihren Körper? Und was wird von
mir übrigbleiben, wenn ich einmal nicht mehr bin? Sie wechselte Tallis Windeln und gab ihm eine Scheibe trockenes Brot
in die Hand. Seine Augen, die bei seiner Geburt hellblau gewesen waren, hatten inzwischen die dunkle Farbe von Jechiels Augen angenommen.

Jetzt waren sie schon einen Monat von zu Hause fort, und
Jechiel hatte sie noch nicht ein einziges Mal besucht. Offenbar
war sein Starrsinn größer als seine Sehnsucht.

Den gleichen Starrsinn besaßen die Menschen, denen sie in
Gedera begegnet war, und obwohl die Begegnungen sie be-
drückten, waren sie auch aufregend. Als sie sich Imbar angeschlossen hatte, wußte sie im Grunde nicht, was sie erwartete.
Doktor Stein mußte in Jaffa bleiben, und so beschlossen sie,
die Dienste des Fuhrmanns Simcha in Anspruch zu nehmen.
Auf unebenen Wegen gingen sie auf dem ausgetrockneten
Boden hinter dem Wagen her, unsicher, ob Simcha überhaupt
wußte, wohin er sie führte. Im Westen hinter den Sanddünen
lag das große Meer, und manchmal, wenn sie rasteten, spürten sie eine leichte Brise im Gesicht.

«Du hast dich verpflichtet, uns nach Gedera zu bringen!»
herrschte Imbar ihn zornig an.

«Stimmt. Und das tue ich auch!» Der Fuhrmann sang vor
sich hin, unbeeindruckt von Imbars Zorn. Kein Grund zur
Aufregung. Sollte er sein Pferd etwa zu Tode schinden? Das
Pferd war auch müde! Und so gingen sie hinter dem Wagen
her, bis sie zu dem arabischen Dorf Katara gelangten. Es war
den Blicken der Fellachen anzusehen, daß sie von ihren
neuen Nachbarn nicht gerade begeistert waren. Von einer
neuen Siedlung war nichts zu sehen. Kein Beet, kein Pfad.
Endlich entdeckten sie eine kleine Holzhütte, neben der zwei
junge Männer mit Spaten eine Grube aushoben.

«Gott im Himmel», flüsterte Imbar, «seit zwei Jahren höre ich nichts als BILU, BILU – und das ist alles?»

Die beiden jungen Männer unterbrachen ihre Arbeit und betrachteten die seltsame Gruppe: der Fuhrmann aus Jaffa, dessen grauer Vollbart ihm fast bis zum Gürtel seines Kaftans reichte, der europäisch gekleidete Mann mit dem verträumten Blick und die junge Frau mit dem kastanienroten Haar im Beduinengewand.

«Ist dies hier Gedera?» fragte Imbar.

«Ja. Herzlich willkommen.»

«Dank für eure Gastfreundschaft. Dies hier ist Fanja Siles aus Rosch Pina, dies ist Simcha, ein betrügerischer Fuhrmann aus Jaffa, und ich bin Naftali Herz Imbar aus Haifa.»

Einer der beiden Männer richtete sich plötzlich auf, hob den Finger wie einen Dirigentenstab und deklamierte eines von Imbars Liedern:

«Brechet die Steine aus dem Hang
mit frohen Liedern und Gesang,
möget ihr Edelsteine finden
und den Aufbau von Rosch Pina verkünden!
Löschet aus die alte Schande,
die uns verhöhnt als faule Bande,
und zeigt den Völkern weit und breit:
Zur Arbeit sind wir stets bereit!»

«Ist *er* das?» fragte der andere und riß die Augen auf. «Jeden Morgen weckt er uns mit Ihrem Lied, Herr Imbar. Er heißt Horowitz, und ich heiße Leibowitz. Wenn Sie hinauf zum Weinberg gehen, können Sie hören, wie unsere Kameraden Ihre *Hatikva* singen.»

Fanja kannte nur zu gut diese Augen, in denen sich Hunger und Ideale widerspiegelten. Warum hatten diese armen Teufel mit den leeren Taschen, die nur den Himmel als Dach über dem Kopf hatten, beschlossen, ausgerechnet Weinberge zu pflanzen, die erst nach Jahren Frucht trugen? Was würden sie bis dahin anfangen? Ob sie wohl die gleichen Schwierigkeiten hatten wie die Siedler in Jauni – kein Geld für Saatgut und Arbeitsgerät? Wenn es nicht so wäre, würden die beiden Männer hier keine Grube ausheben.

«Die Öffnung ist zu weit», sagte Fanja.

«Das wird ein Backofen.»

«Ja. Und die Öffnung ist zu weit.»

Sie half den beiden Männern, das Ofenloch abzustecken und den Platz für die Trennwand zwischen dem Brennmaterial und den Lebensmitteln zu bestimmen.

«Bis jetzt haben wir unser Brot immer aus Rischon Lezion geholt. Nun haben wir beschlossen, uns unseren eigenen *Tabun* zu bauen.»

«Sie waren doch in Mikwe. Ich erinnere mich an Sie», sagte Imbar zu Horowitz. «Er war so fleißig, daß Hirsch ihn zurückholen mußte, nachdem er alle BILU-Leute entlassen hatte. Stimmt das? Das waren Sie doch, oder?»

Horowitz lächelte bescheiden. «Ja.»

«Sind Sie Litauer?» erkundigte sich Fanja bei Leibowitz.

«Ja, und Sie?»

«Ich bin aus Jelissavitgrad.»

«Wann sind Sie eingewandert?» kam die unvermeidliche Frage.

«1882. Und wie lange sind Sie schon im Land?»

«Zwei Jahre.»

«Wo gibt es hier Wasser für mein Pferd?» wollte Simcha wissen. «Ich komme schon allein zurecht, aber ihr könnt mir beim Abladen helfen.»

Die Männer trugen den Sack Mehl, den Fanja und Imbar als Geschenk mitgebracht hatten, in die Baracke. Ein Windstoß pfiff zwischen Tür und Fenster hindurch. Der Fußboden war mit trockenem Schlamm bedeckt, und der faule Geruch von Armut hing überall in der Luft. Der ganze Holzbau war fünf Quadratmeter groß, und von einer Wand zur anderen hatte man Holzbänke aufgestellt, die den Männern als Betten dienten. Mitten im Zimmer stand ein runder Tisch, und zwischen ihm und den «Betten» blieb nur ein schmaler Durchgang.

Welch ein Elend! dachte Fanja und fragte sich, ob auch ihr Haus in Rosch Pina auf Fremde einen solchen Eindruck machte. Das Wasser im Tonkrug war mit einem grünlichen Schleim überzogen, und obwohl ihre Gastgeber ihr versicherten, sie hätten es gefiltert, hatte sie Angst, davon zu trinken.

«Haben Sie denn hier keinen Brunnen?»

«Nein.»

«Und woher kommt dieses Wasser?»

«Wir haben ein Abkommen mit den Arabern in Katara, daß sie uns Wasser aus ihrem Brunnen verkaufen, doch wir wußten nicht, daß sie im Winter kein Wasser schöpfen, sondern das Wasser aus den Wadis verwenden, und wir sind gezwungen, es genauso zu machen. Wissotzki hat uns zweitausend Rubel versprochen für den Bau eines Brunnens von den Geldern, die die Chowewej Zion gesammelt hat, aber bis jetzt haben wir noch keine Baugenehmigung. Wir hoffen, daß Abraham Mojal uns noch vor Beginn des Sommers eine Baugenehmigung beschafft.»

Leibowitz lächelte bitter. «Inzwischen haben uns die Araber aus Katara mitgeteilt, sie würden uns kein Wasser mehr verkaufen. Sie nutzen jede Gelegenheit, uns eins auszuwischen, seit sie herausgefunden haben, daß wir noch ärmer sind als sie. Von der Solidarität der arbeitenden Klasse haben sie noch nie etwas gehört.»

«Können wir den Weinberg besichtigen?» fragte Imbar.

«Geh du», sagte Horowitz zu seinem Kameraden. «Ich werde inzwischen hier weitermachen. Wir haben gerade Wach- und Küchendienst, und da haben wir beschlossen, diesen *Tabun* zu graben.»

«Ich kann ja allein gehen.»

«Sehen Sie diese zwei Hügel da drüben? Den kleineren von den beiden haben wir ‹Mosesberg› benannt, nach dem Minister Montefiore, und den größeren ‹Judithberg›, nach seiner Frau. Ein Fachmann aus Mikwe hat uns hier besucht, ein Ungar namens Kasioni, und er hat angeordnet, den Judithberg zum Pflanzen vorzubereiten. Dort finden Sie unsere Männer.»

«Wie viele sind es denn?»

«Sieben. Und das reicht auch», beeilte er sich hinzuzufügen, «wir besitzen nämlich insgesamt nur zehn Hacken, zwei Heugabeln und einen Esel.»

Fanja und Leibowitz gingen mit dem Esel nach Katara, wo sie einen großen Sack Kohle kauften, und den ganzen Weg gebärdete sich der junge Mann wie verrückt vor Freude, sang russische und chassidische Lieder und stellte ihr tausend

Fragen über Rosch Pina und Jaffa. «Seit zwei Tagen arbeiten wir an diesem Ofen, und die ganze Zeit über habe ich mich im stillen gefragt: Na schön, dann werden wir einen Ofen haben. Und was werden wir darin backen? Unsere letzten dreißig Mejidas haben wir in diesen Esel investiert, den wir in Jaffa gekauft haben – wir Esel! Und jetzt haben wir einen Ofen und Kohlen und auch Mehl, um Brot zu backen, und wenn die Burschen vom Weinberg zurückkommen, sehen sie nicht nur den Rauch aus dem neuen *Tabun* aufsteigen, sondern riechen schon von weitem das frischgebackene Brot!»

«Warum habt ihr ausgerechnet einen Weinberg gepflanzt?»

«Wir hatten kein Saatgut und auch kein Geld für einen Pflug.»

«Und Zugtiere?»

«Wir sind hier neun Ochsen, bereit, uns vor den Pflug spannen zu lassen – wenn wir einen hätten!»

«In Rosch Pina haben wir nach den Beduinen die Ähren von den Feldern gelesen, wie Ruth und Naomi. Aber wir hatten keine jahrelange Vorbereitung hinter uns und die Hilfe der CHOWEWEJ ZION auf der ganzen Welt im Rücken. Was ist denn schiefgegangen?»

«So ziemlich alles, glaube ich.»

Eine Weile gingen sie schweigend hinter dem Esel her. Dann fragte Fanja: «Und was macht ihr, wenn euch das Mehl ausgegangen ist?»

«Das weiß ich nicht.»

«Habt ihr nichts unternommen?»

«Wir haben im *Hamliz* einen Brief veröffentlicht, in dem wir die CHOWEWEJ ZION um Unterstützung bitten, bis zur ersten Weinlese.»

«Und ihr habt keine Antwort bekommen.»

«Richtig.»

«Wieviel Boden habt ihr?»

«Dreitausend Dunam.»

«Und keine Pflüge, kein Saatgut und keine Zugtiere ... Eine alte Geschichte, die ich sehr gut kenne. Wovon lebt ihr?»

«Pines schickt jedem von uns dreißig Franken. Und Sie haben ja gesehen, wie wir leben. Man hat Pines telegrafisch aus Warschau mitgeteilt, die CHOWEWEJ ZION hätte uns neunhundert Rubel zum Kauf von Saatgut überwiesen.»

«Und was ist mit Unterkünften und Verpflegung? Euer Weinberg wird doch erst in drei Jahren Frucht tragen.»

«Sie werden noch weitere siebenhundert Rubel schicken.»

«Und inzwischen?»

«Im schlimmsten Fall nehmen wir auf diese Summe eine Anleihe auf.»

«Ihr habt so oft erklärt, ihr wäret bereit, euch für eure heiligen Ziele zu opfern, daß das jüdische Volk euch jetzt auf die Probe stellen will», scherzte Fanja, doch als er nicht lächelte, wurde sie wieder ernst und fragte ihn: «Warum hat man das Geld nicht direkt an euch geschickt?»

«Es ist besser so. Voriges Jahr hat man das Geld an uns geschickt. Darauf schrieb Ossowitzky einen Artikel, der im *Hamliz* abgedruckt wurde, wir hätten uns mit Brathähnchen vollgestopft und mit Wein vollaufen lassen, und nächtelang hätten wir getanzt und hurra geschrien. Und dann schrieb er noch – und das hat uns am meisten geschmerzt –, zur gleichen Zeit sei der Weizen auf unseren Feldern abgebrannt. Nein, es ist besser, wenn das Geld an Pines geht.»

«Ich habe mal einen der BILU-Leute kennengelernt, Sascha Sussmann.»

«Sascha! Natürlich. Der Maler! Was macht er jetzt?»

«Ich weiß nicht. Vor etwa einem halben Jahr hat er uns in Rosch Pina besucht.»

«Er war ja kein richtiger BILU-Mann. Er ist schon vor uns ins Land gekommen und hat dann bei irgendeinem Engländer gearbeitet.»

«Tristram.»

«Genau. Er malte Früchte und Insekten. Ich habe ein paar von seinen Bildern gesehen. Dann ist er nach Jerusalem gezogen und hat sich einer Handwerkergruppe angeschlossen. Woher kennen Sie ihn?»

«Ich sagte Ihnen ja – er war in Rosch Pina.»

«Und Sie wissen nicht, wo er sich heute aufhält?»

«Nein, ich weiß es nicht.»

«Seine Frau und sein kleines Töchterchen sind bei dem Pogrom von 1881 ermordet worden.»

Fanja spürte, wie ihr schwindelig wurde. Tränen brannten ihr in den Augen, sie mußte gegen plötzlichen Brechreiz ankämpfen. Nach ein paar Minuten fing sie sich wieder und ging zurück zu Dow Leibowitz, der geduldig auf sie wartete und dem Esel auf den Rücken klopfte.

Zwi Horowitz und Dow Leibowitz erwarteten die Heimkehr ihrer Kameraden von der Feldarbeit ebenso ungeduldig, wie weiland Schulamith auf ihren Geliebten gewartet haben mochte. Immer wieder betrachteten sie den Rauch, der aus dem *Tabun* aufstieg, und konnten kaum an das Wunder glauben, das geschehen war. Sie hatten ein weißes Leintuch über den Tisch gebreitet und den Winzern mitgeteilt, es gebe heute Gänsebraten in Preiselbeersauce. Sie erzählten Fanja und Imbar, daß sie jeden Abend in ihrer Fantasie ein Festmahl abhielten, und der diensthabende Koch hatte die Aufgabe, es «anzurichten».

Zu ihrer Überraschung sah Fanja unter den zurückkehrenden Feldarbeitern auch eine Frau. Darja Sirut war ein hübsches Mädchen mit schwarzen Augen und einem Zopf. Imbar nahm sie beim Arm, und es war ihr anzusehen, daß ihr diese Freiheit peinlich war. Ihr Gesicht kam Fanja irgendwie bekannt vor, aber sie schlug sich diesen Gedanken gleich wieder aus dem Kopf. Woher sollte sie das Mädchen kennen?

«Mir ist ein Knopf abgerissen», sagte Chasanow, und Darja versprach, ihn nach dem Abendessen anzunähen. Nachdem der Tisch abgeräumt und der Tischsegen gesprochen war, legte Darja einen ganzen Haufen Wäsche neben sich auf die Bank und begann zu nähen, wobei sie den Gesprächen der anderen zuhörte. Fanja blickte sie immer wieder an und versuchte sich zu erinnern, wer sie war und wo sie sie schon einmal gesehen hatte. Ein unerklärliches Gefühl des Schreckens überkam sie. Sie bemühte sich, ihre Gedanken von Darja abzulenken und dem Gespräch der Männer zu lauschen. Diese waren von einer fieberhaften Begeisterung befallen und versuchten, ihre Zweifel und Ängste unter lauten, erregten Reden zu verbergen. Dann wurde es plötzlich still, als hätten sie alle Luft in ihren Lungen aufgebraucht. Erschreckt durch die plötzliche Stille, begannen alle auf einmal erneut zu reden und zu lachen, nur um danach wieder verlegen zu schweigen, weil es eigentlich nichts zu lachen gab.

Fanja mußte plötzlich an das erste Fest denken, an dem sie als Kind teilgenommen hatte. Es war die Geburtstagsfeier einer Mitschülerin gewesen. Fanja hatte ein Paar neue Schuhe getragen, die der italienische Schuhmacher in der Stadt für sie angefertigt hatte. Die Mädchen hatten sich in einer Ecke des Raumes zusammengedrängt und schnatterten und lachten unaufhörlich. Ihnen gegenüber standen die Jungen an dem Tisch, wo es Limonade gab, und warfen ihnen heimliche Blicke zu, was die Wellen des Gelächters noch verstärkte. Es war ein ganz feiner Faden, so dünn wie eine Spinnwebe, und wenn sie ihn nicht abreißen ließ, würde vielleicht die Erinnerung zurückkehren, die sie nicht zur Ruhe kommen ließ ...

Als das Fest zu Ende ging, war es schon Abend. Ihre Schwester Lily kam mit ihrem Verlobten Kalman Lejbl, um sie nach Hause zu bringen. Während sie noch in der Diele standen, sich Mäntel und Handschuhe anzogen und die Hüte aufsetzten, kamen ein Junge und ein Mädchen von etwa achtzehn Jahren aus der Wohnung. Sie gingen rasch an ihnen vorbei auf die Straße. Kalman Lejbl flüsterte ihnen aufgeregt zu, das sei Dina Wolf von der *Narodnaja Wolja*, der revolutionären Geheimorganisation, die den Zaren stürzen wollte. Dina Wolf war schon vor einem Jahr in den Untergrund gegangen, und die Behörden hatten einen Preis auf ihren Kopf ausgesetzt. Wie konnte man es nur wagen, sie in ein Haus zu lassen, das voller Kinder war? Wenn man sie faßte, würde man nicht nur sie an die Wand stellen, sondern auch alle Anwesenden schwer bestrafen!

«Vorsicht, das Kind!» warnte Lily ihren Verlobten, und Fanja tat, als hätte sie nichts gehört. Viele Monate später, nachdem die *Narodnaja Wolja* den Zaren Alexander II. ermordet hatte und in der Stadt Pogrome ausbrachen, nahm man sich als erstes das Haus der Familie Wolf vor. Am 27. April 1881 brannten die Angreifer das Haus mit all seinen Bewohnern nieder. Etwa zwei Wochen später, als die fünfzehnjährige Fanja, die dem Massaker wie durch ein Wunder entronnen war und noch im Hause ihrer Nachbarin lag, hörte sie zufällig, wie jene Nachbarin im Flüsterton jemanden dazu drängte, das Haus und die Stadt sofort zu verlassen.

«Du hast deine Mission erfüllt», flüsterte die Nachbarin, ihre Stimme heiser vor Angst und Zorn. «All das Blut, das geflossen ist, lastet auf deiner Seele! Komm nur. Komm, sieh dir das Mädchen an, das drüben im Zimmer liegt! Ein betrunkener Kosak hat sie vergewaltigt, während seine Kameraden ihre Eltern abschlachteten!» Und dann stand Dina Wolf in Fanjas Zimmertür, eine Schulter auf unnatürliche Art hochgezogen – vielleicht, weil die Nachbarin sie am Arm zog – und das bleiche Gesicht geduckt wie ein gefangener Vogel.

Das war sie! Dina Wolf! Fanja sah auf und betrachtete Darja Sirut. War sie es wirklich? Fanja hatte sie nur zweimal flüchtig gesehen. Konnte sie ihrem Gedächtnis trauen? Und wenn auch nur der leiseste Zweifel bestand, würde die andere sich an sie erinnern? Wer konnte sagen, wie lange sie dort im Hause der Nachbarin in der Tür gestanden und sie betrachtet hatte. Jene Tage waren ihr nur noch unklar in Erinnerung.

Wenn diese Frau wirklich Dina Wolf war, konnte sie Fanjas Vergangenheit enthüllen und die Wahrheit über Tamara. Großer Gott, warum war sie nur hergekommen! Würde diese Freiheitskämpferin in der Frau im Beduinenkleid mit dem Damaszener Kopftuch das Mädchen erkennen, das sie vor vier Jahren gesehen hatte? Nein! Unmöglich!

«Wer hat heute abend den Vorsitz?» fragte Chasanow.

«Ich», meldete sich Zuckermann.

Fanja spitzte die Ohren. Man erklärte ihr, daß jeden Abend ein anderer Vorsitzender für die Versammlung gewählt wurde, damit keiner von ihnen über die anderen bestimmen konnte. Insgesamt sind es neun Leute, dachte sie betrübt, und sie gebärden sich wie Funktionäre.

«Was ist auf der Tagesordnung?» fragte Eisik. «Ich möchte ein paar Briefe schreiben. Können Sie die für mich abschikken?» wandte er sich an Fanja.

«Natürlich.»

«Du kannst deine Briefe schon jetzt schreiben», sagte Zuckermann, worauf alle in lautes Gelächter ausbrachen.

«Eisik hat heute die Nachtwache», erklärte einer der Jungen den Gästen, «darum ist er daran interessiert, daß die Versammlung möglichst lange dauert, damit wir ihm Gesellschaft leisten und er nicht so lange allein Wache schieben muß. Zuckermann hat dagegen morgen Wachdienst, und darum will er heute früh zu Bett gehen und auf Vorrat schlafen, um morgen abend frisch zu sein.»

«Erster Punkt der Tagesordnung», sagte Zuckermann mit erhobener Stimme, «ist die Forderung der CHOWEWEJ ZION in Warschau, zu erfahren, wieviel Geld jeder einzelne Bauer benötigt.»

«Geld! Geld! Geld!» jemand schlug mit der Faust auf den Tisch und rief: »Früher dachte ich einmal, daß die Reichen immer nur Geld im Kopf haben, aber jetzt sehe ich, daß die Armen sie noch übertreffen.»

«Habt ihr denn eure Partnerschaft aufgelöst?» erkundigte sich Imbar.

«Nein. Sie sehen ja – wir wohnen zusammen, kochen und waschen gemeinsam, stehen gemeinsam Wache und arbeiten im Weinberg. Auf dem Judithberg haben wir schon viertausend Weinstöcke gepflanzt. Wenn wir die Pflanzungen beendet haben, teilen wir das Land unter uns auf, und jeder bearbeitet seinen eigenen Boden.»

«Und was geschieht mit dem restlichen Land?»

«Das haben wir an unsere Nachbarn in Katara verpachtet. Und jetzt setzen sie uns zu, als wären sie die Eigentümer.»

«Was für eine Abrechnung sollen wir denn nach Warschau schicken?» fragte Fuchs. «Eine Rechnung für die Häuser, die nicht gebaut worden sind? Für das Saatgut, das nicht gekauft wurde? Für den Brunnen, der nicht gebohrt wurde? Eine Abrechnung? Dort sitzt eine Bande von Krämerseelen und Hausierern und setzt unsere Ideale in Kleingeld um!»

«Sie haben ein Recht zu erfahren, was mit ihrem Geld geschieht», rief einer der Männer verärgert.

«Es ist nicht ihr Geld! Es ist unser Geld! Diese Verbände in Odessa und Warschau sind allein für uns gegründet worden. Abrechnung! Danach halten sie eine Versammlung ab, schicken uns noch einen Brief und schreiben noch einen Zeitungsartikel. Wie lange soll das noch so weitergehen? Bis wir verhungert sind?»

«Wir sind noch nicht am Verhungern!» empörte sich Zuk-kermann.

«Wirklich nicht? Während die herumsaßen und darüber berieten, wen sie herschicken sollten, um die Situation der Siedlungen zu überprüfen, sind uns drei Säuglinge gestorben! Und wer soll unsere Probleme lösen? Der ehrenwerte Tee-Baron Klonimus Seew Wissotzki!»

«Und was hast du gegen ihn? Warum nicht?» rief Zucker-mann und sprang erregt auf. «Ich mag diesen blinden Haß nicht!»

«Das ist kein blinder Haß! Er hängt mit den Tatsachen zu-sammen. Ich glaube nicht, daß Wissotzki auch nur das gering-ste für uns tun wird!»

«Doch! Er wird mit eigenen Augen unsere Lage sehen und etwas unternehmen.»

«Ihm vertraue ich ja noch irgendwie, aber nicht Elieser Rokach.»

«Was hat der damit zu tun?» fragte Fanja.

«Rokach ist der Sekretär von Wissotzki. Wissotzki ist schon alt – so an die sechzig – und hat sich einen jungen Sekretär genommen, der alle Voraussetzungen mitbringt: Er kennt das Land, spricht Arabisch und ist ein überzeugter Chowewej Zion-Mann. Es gibt nur einen Haken: Rokach hat sich in den Kopf gesetzt, Führer des Bilu-Verbandes zu werden. Aber der Bilu-Verband will keine Führer. Wir sind nicht dazu da, um Elieser Rokach oder wem immer einen Ehrenposten zu ver-schaffen. Und jetzt wird dieser Mann, der uns haßt, weil wir seinen Vorschlag abgelehnt haben, auch noch der Sekretär von Wissotzki. Ich, Genossen, erhoffe mir nicht das geringste von Wissotzkis Besuch. Nichts!»

«Meine Bilu-Brüder!» Imbar war aufgesprungen. Seine Wangen waren gerötet, seine Augen glänzten, und die Binde um seinen Hals hatte sich zur Seite verschoben. «Schimon Bar Itzhak hat gesagt: ‹Die einen kämpfen mit Schwertern, die an-deren mit Speeren, und wir kämpfen im Namen Gottes, des Herrn der Welt!› – Laßt ab von Rokach und von Wissotzki! Gedera ist die Antwort des jüdischen Volkes auf Warschau, Balta und Wolnischni-Nowgorod! Neun kamen aus den Wol-ken hervor und sprengten den Kreis, in dem sechzigtausend unserer Glaubensgenossen gefangen waren! Auch ich habe die Lügengeschichten gelesen, die in den Zeitungen standen: ‹Ein Berg, der eine Maus gebar›, schrieben sie. Von einem Heer von fünfhundert Makkabäern sind neun junge Leute übriggeblieben, erschöpft, verzweifelt und bettelarm. Schweigt und laßt eure Taten sprechen! Seht einmal, wie viele heilige Pflichten ihr bereits ausgeführt habt: die Einwanderung ins Heilige Land, die Besiedlung des Landes und die Zusammenführung der Versprengten.»

Imbar schwieg einen Moment und fuhr dann fort: «Natürlich habt ihr auch Fehler gemacht. Ihr seid ja nicht mit einer Hacke in der Hand geboren. Nur wer nichts tut, begeht keine Fehler. Seid stolz auf eure Fehler! Seid stolz auf eure Mißerfolge! Mit all diesen Fehlern und Mißerfolgen sind im Gelobten Land innerhalb von drei Jahren sieben neue Siedlungen entstanden. Auch Gedera ist entstanden, und neun junge BILU-Leute leben hier und bearbeiten zehn Parzellen. ‹Laßt eure Herzen nicht schwach werden, fürchtet euch nicht und verlieret nicht die Geduld.› Ich wünsche euch, daß ihr so werdet wie jenes Fabeltier, das durch seinen Nabel mit der Erde verbunden ist und aus ihr seine Kraft schöpft – euer ganzes Leben lang. Aus diesem Grundstein wird des Großkönigs Festung entstehen! Das Lied des Aufstiegs!»

Simcha und die jungen Männer stimmten in Imbars Gesang ein. Darja legte den Strumpf, den sie gerade stopfte, in den Schoß und blickte zum Fenster hinaus. Die Sonne ging hinter den fernen Hügeln unter, der Esel begann zu schreien, und von weitem antworteten ihm die Hunde von Katara mit lautem Geheul. Die Landschaft draußen war öde. Niedrige Sträucher, die aussahen wie Narzissengewächse, sprossen auf den gelben Hügeln. In der Ferne zog eine Herde von etwa hundert Kamelen vorbei.

«Die Beduinen bringen ihre Herden in den Hauran zurück», sagte einer. Fanjas Blick begegnete einen Moment lang dem von Darja, und beide wandten sofort den Kopf ab. Ob sie mich wohl erkannt hat? dachte Fanja. Was soll ich nur tun, wenn sie sich wirklich an mich erinnert? Wie kam es, daß sie noch nie etwas von diesem Mädchen gehört hatte, das hier allein unter all den Männern lebte? Über die BILU-Leute hatte sie die verschiedensten Gerüchte gehört – es seien «Nihilisten», die ihre religiösen Pflichten nicht ernst nähmen, sie verpraßten öffentliche Gelder und ähnliches Gerede, aber noch nie hatte sie auch nur andeutungsweise von einem Mädchen gehört, das sich bei ihnen aufhielt. Wahrscheinlich mußte sie, was ihre Lebensweise betraf, sehr strenge Maßstäbe anlegen, um sich keinem bösen Gerede auszusetzen. Ob sie wohl in einen dieser Männer verliebt war? Oder die Männer in sie?

Einige der Männer richteten sich zur Nachtruhe ein. Es war so eng im Zimmer, daß manche von ihnen ganz einfach die Beine hochlegten und sich auf der Bank ausstreckten. Wer hinausgehen wollte, streifte die Körper seiner Kameraden und zwängte sich zwischen den Bänken und dem Tisch hindurch.

«Fanja ist mit Elieser Rokach verwandt», hörte sie Imbar sagen.

«Wie denn das?»

«Sie ist mit seinem Vetter verheiratet.»

«Und was sagt Rokach? Über Gedera, meine ich.»

«Gar nichts. Er ist damit beschäftigt, eine Bibliothek für das Krankenhaus in Jaffa zusammenzustellen. Ich habe die Bibliothek eingeweiht, und euer Freund Mark Stein ist der Krankenhausarzt.»

«Mark Stein! Dieser Elieser Rokach sucht sich ja nette Partner aus! Mark Stein!» Leibowitz spie den Namen aus, als wollte er sagen: Noch ein Verräter!

Eisik, der schon seit einer Stunde Briefe geschrieben hatte, übergab Fanja zwei Briefumschläge, die sie in Jaffa abschicken sollte. Dann nahm er sein Gewehr, rief den Hund zu sich und ging hinaus. Kurz darauf hörte man ihn singen:

> «Rauscht ihr Wellen
> wie surrende Räder
> mitten im Meer…»

«Man hört das Rauschen des Meeres», sagte Imbar und lauschte mit zur Seite geneigtem Kopf dem Gesang des Wächters. «Komm, Simcha, laß uns auf dem Wagen schlafen.» Der Dichter und der Fuhrmann gingen hinaus, und Fanja wandte sich an Darja:

«Wo schlafen Sie?»

«Im Schuppen, wo der Esel steht.»

Fanja folgte Darja hinaus und legte sich auf einen Strohhaufen. Der «Schuppen» bestand aus einem Dach und zwei Seitenwänden, die an die Baracke anschlossen. Es war eine helle Mondnacht, die Sterne glitzerten am Himmel. Der Esel atmete ruhig und regelmäßig und strahlte Wärme aus.

«Wo kommen Sie her?» fragte Darja leise. Fanja antwortete nicht und stellte sich schlafend. Der Wächter ging auf und ab und sang mit lauter Stimme:

> «Ich dachte, eines Tages würde ich eine Dame sein,
> von Gott mit Schönheit gesegnet,
> doch ich bin nur ein schwarzes Mädchen,
> und mein Geliebter hat mich verlassen.»

Verrückte! dachte Fanja. All diese Leute hier, und auch ich! Wir alle! Vollkommen verrückt! Gleich morgen früh würde sie abfahren. Mit diesen Traumtänzern wollte sie nichts zu tun haben. Einen Verrückten hatte sie selbst zu Hause.

Mit welcher Hingabe Eisik seine Briefe geschrieben hatte! Wie jemand, der befürchtet, von anderen vergessen zu werden. Und trotzdem war es ihnen anzusehen, daß sie nicht davonlaufen würden. An die Disteln würden sie sich klammern, Unkraut essen, verseuchtes Wasser trinken und zusammen mit ihrem Land leben und sterben. In Jaffa war sie den Funktionären begegnet, den Männern mit den großen Worten, die aus ganz anderem Holz geschnitzt waren.

Und sie selbst? Trieb sie sich nicht herum wie eine Zigeunerin? Jechiel hatte sein Haus und sein Brot mit ihr geteilt, und sie hatte ihn verlassen. Den Mann, den sie über alles liebte! Immer wieder ertönte das Lied des Wächters, immer die gleiche Strophe – wahrscheinlich die einzige, die er kannte. «Ich dachte, eines Tages würde ich eine Dame sein . . .» Darja murmelte etwas im Schlaf, und der Esel antwortete ihr mit leisem Schrei. Auch er war einsam, der arme Kerl. Wie einsam die Menschen waren! Sie hatte Mitleid mit ihnen.

Auf einmal schämte sie sich und hatte plötzlich das dringende Bedürfnis, sofort zu Jechiel zurückzufahren und seine Last mit ihm zu teilen. Seine Bescheidenheit ließ ihn in ihren Augen noch liebenswerter erscheinen. Hier in dieser Gruppe stützten die einzelnen Mitglieder einander, doch Jechiel mußte die ganze Last allein tragen, sogar seine Frau hatte ihn verlassen. Fanjas Atem ging schneller, sie fürchtete, Darja aufzuwecken. Wenn es doch endlich Tag werden würde! Sie erhob sich leise und ging hinaus.

«Wer ist dort?»

«Ich bin es, Fanja.»

«Ist etwas passiert?»

«Nein. Nein. Darf ich Sie einen Moment begleiten?»

«Bitte!»

Eine Zeitlang gingen sie wortlos nebeneinanderher. Die Nacht war kalt, und Fanja legte sich die Arme um den Oberkörper.

«Dort drüben ist Jawneh», sagte Eisik und deutete auf einen Hügel, der in einiger Entfernung im blauen Mondlicht vor ihnen lag. Danach zeigte er auf einen anderen Hügel. «Dort werden wir unsere Häuser bauen. Hier schauen uns die Fellachen von Katara direkt in den Mund, aber von dort aus können wir das Meer sehen und die Berge von Judäa und Jiwneh.»

«Auch in Jauni haben wir zuerst unsere Häuser ganz nah bei denen der Fellachen gebaut. Die ersten Siedler glaubten, das würde die nachbarlichen Beziehungen verbessern.»

«Ja, wie bei Kain und Abel.»

«Wo kommen Sie her, Eisik?»

«Aus Cherson.»

«Haben Sie auch früher in Mikwe gearbeitet?»

«Wo habe ich nicht gearbeitet? Auf der Arbeitssuche bin ich bis nach Alexandria gekommen. Sie glauben wohl, daß wir alle verrückt sind, was?»

«Nicht verrückter als ich. Jeder, der in dieses Land kommt, ist ein wenig verrückt. Meinen Sie nicht?»

«Vielleicht.»

Plötzlich stolperte sie und stürzte zu Boden. Mit Händen und Füßen tastete sie zwischen Bausteinen und Brettern herum, während Eisik sie am Kleid packte und versuchte, sie wieder auf die Beine zu ziehen. Schließlich gelang es ihr aufzustehen, obwohl sie immer noch torkelte wie betrunken. Doch plötzlich gab Eisik eine Art grunzenden Ton von sich und umarmte sie mit aller Kraft. Sie war zu Tode erschrocken,

285

schrie innerlich auf, war aber darauf bedacht, keinen Lärm zu machen. Er war kleiner als sie, und sein großer Kopf war an ihren Hals gedrückt. «Bitte! Lassen Sie mich los!» flehte sie im Flüsterton und schlug mit den Fäusten auf ihn ein. Endlich ließ er schwer atmend von ihr ab. Einen Moment lang blieb sie still stehen, atmete tief durch und versuchte, ihr wild klopfendes Herz zu beruhigen. Danach begann sie, sich vorsichtig aus dem Haufen Baumaterial zu befreien. Eisik räusperte sich ein paarmal, als wolle er etwas sagen, gab aber nur einen Seufzer von sich.

«Dies hier sind unsere Häuser», sagte er schließlich. Er deutete auf einen Stapel Dachziegel und versetzte ihm einen Tritt. «Die Baugenehmigung ist abgelaufen, und bis wir eine neue bekommen, ist das Holz verfault, die Dachziegel sind zersprungen, und wir alle werden verfault und zersprungen sein.»

«Die Leute mögen euch nicht besonders.»

«Die Leute? Wer ist das? Sie?»

«Ich auch.»

«Elieser Rokach»

«Ja, er auch.»

«Er haßt uns, weil wir Pines zum Präsidenten des BILU-Verbandes gewählt haben», sagte Eisik wutschnaubend. «Wir brauchen keine Administratoren! Dieses ganze Funktionärssystem ist eine Krankheit.»

«Man legt euch zur Last, daß ihr die religiösen Gebote nicht einhaltet.»

«Ist das alles? Hirsch hat uns aus Mikwe vertrieben, weil wir, wie er sagt, faul und frech sind und die Araber hassen. Er wollte uns auch aus dem Land vertreiben und war sogar bereit, uns die Überfahrt nach Amerika zu bezahlen. Zweitausend Franken wollte er dafür ausgeben! Levontin war gegen uns, weil er Hirsch unterstützte, genau wie Erlanger, der behauptete, wir hätten nichts zu bieten. Die sangen alle dasselbe Lied. Auch Digur – den hätte ich fast vergessen – behauptete, daß wir die Unterstützungsgelder kassierten und nicht arbeiteten. Die Gemeindevorsteher von Rischon Lezion wollten uns nicht haben, weil wir die religiösen Gebote nicht einhielten. Die Leute in Petach Tikwa dagegen sagen, daß es keinen

Sinn hat, Junggesellen zu unterstützen, solange es Familien gibt, die Hilfe benötigen. David Gutmann machte den Vorschlag, uns unseren Grund und Boden wegzunehmen und uns auf Siedlungen zu verteilen, die bereits bestehen. Ludwig Samenhoff schrieb, wir seien kleinliche Wichtigtuer, die sich durch ihre Streitereien, ihr Denunziantentum und ihre Intrigen selbst zerstörten, und der einzige Unterschied zwischen uns und den Leuten der *Chaluka* sei der, daß die den *Talmud* studieren, während wir lediglich Briefe schrieben. Und Wissotzki sagt, daß er uns nicht unterstützen will, weil wir keine Studenten sind! Wer noch? Wen habe ich ausgelassen?»

Fanja begann zu lachen.

«Danke, Fanja.»

«Wofür?»

«Daß Sie gelacht haben. Kommen Sie, ich muß Wasser aufsetzen. Bald müssen alle aufstehen und zur Arbeit gehen.»

Als sie sich umdrehte, um in den Schuppen zu gehen, berührte er ihren Arm.

«Mit meinem hungrigen Magen kann ich leben», flüsterte er. «Aber meine Seele hungert. Dort drüben liegt Jerusalem...» Er deutete auf die Berge im Osten, die von einem goldenen Faden umgeben waren.

Als sie ihm ihren Blick wieder zuwandte, sah sie, daß er Darja betrachtete, die im tiefen Schlaf im Stroh lag. Nachdem er gegangen war, bückte sie sich, um ihren Schal aufzuheben.

«Sie haben ja nicht viel Zeit verschwendet», flüsterte Darja ihr zu. «Sie brauchen mich gar nicht so anzuschauen. Ich werde Imbar nichts erzählen. Ich bin keine Denunziantin.»

«Wovon reden Sie eigentlich?» fragte Fanja, die vermutete, daß sie gesehen hatte, wie Eisik sie umarmte. War sie etwa in Eisik verliebt? War sie deshalb hier? Und er? Und was meinte sie, wenn sie sagte, sei sei keine Denunziantin? Glaubte sie etwa, daß sie und Imbar... Mein Gott!

«Ich habe euch gesehen.»

«Nichts haben Sie gesehen. Ich bin hingefallen, und er hat mir beim Aufstehen geholfen.»

«Ich habe doch gesagt, daß ich Imbar nichts erzählen werde», flüsterte Darja nochmals, wobei sie jedes Wort betonte.

Sie blickte Fanja aus zusammengekniffenen Augen verächtlich an.

«Ich habe einen Ehemann!» Fanjas Stimme war laut und kreischend, sie wußte, daß sie sich lächerlich machte. «Imbar ist mein Freund. Er ist ein prachtvoller Mensch. Aber ich habe einen Mann. Und ein Zuhause. Und Kinder. Und heute fahre ich zurück nach Rosch Pina!»

Fanja war außer sich vor Scham und Wut. Da Darja nichts weiter sagte, wandte sie sich von ihr ab und verließ den Schuppen. Sie versuchte sich an ihre erste Begegnung mit diesen Leuten zu erinnern. Wie man sie angesehen hatte, was sie gesagt hatten. Das Lächeln, die Freundlichkeit. War das alles nur vorgetäuscht? Und dachten sie wirklich, sie sei die Geliebte von Imbar? Großer Gott! Mit welcher Freude war sie hergekommen! Mit wieviel Wärme und Freundschaft hatte sie beim Backen der Brotfladen im *Tabun* geholfen! Mit wieviel Anteilnahme hatte sie gestern abend den Männern zugehört! Und die ganze Zeit über hatten anscheinend alle geglaubt, sie hätte eine heimliche Liebesreise unternommen!

Sie erinnerte sich an das Kapitel in *Anna Karenina*, als Wronski und Anna in ein kleines Städtchen in Italien fuhren und dort mit Golinitschow zusammentrafen. Auch die Leute hier sagten sich wahrscheinlich im stillen: Was ist das doch für eine nette fröhliche junge Frau, die ihren Mann und ihre Kinder verlassen und sich diesem charmanten Lüstling Imbar angeschlossen hat!

Wie konnte sie ihnen nur klarmachen, daß sie sich irrten? Was konnte sie sagen? Alles sah auf einmal so furchtbar häßlich aus! Diese Baracke! Die Einsamkeit! Die Armut! Was dachte man nur von ihr?

Fanja blickte immer wieder zu Talli hin, der zwischen den Paketen und Heizöfen lag, und betrachtete seine Gesichtszüge. Der Wagen holperte über Löcher und lose Steine hinweg, doch Fanja hielt die Zügel fest in der Hand. Tallis schwarze Augen standen ein wenig schräg, wie die von Jechiel, sein Gesicht wirkte hell und glänzend. Sein roter, feuchter Mund war ziemlich breit, und wenn er lachte oder weinte, erschien ein kleines Grübchen auf seinem Kinn. Sie hätte ihn schrecklich gern in die Arme genommen, befürchtete aber, er würde anfangen zu weinen, wenn sie ihn später zurücklegte.

Tamara lief die ganze Zeit um den Wagen herum, pflückte Blumen, jagte Schmetterlinge, warf mal einen Stein den Berg hinunter und schwatzte unaufhörlich. Ihre Schönheit erinnerte Fanja an den Mann, der ihr Vater war.

Fanja war Jechiel unendlich dankbar für die Selbstverständlichkeit, mit der er Tamara als Familienmitglied aufgenommen hatte. Nie hatte er die Umstände ihrer Geburt erwähnt. Sie fragte sich, ob er sich überhaupt noch daran erinnerte. Wenn ich doch nur seine erste Frau wäre, dachte sie, und er mein erster Mann. Aber wenn jener schwarze Tag in Jelissavitgrad nicht gewesen wäre, wäre sie überhaupt nicht hergekommen. Dann wäre Palästina auch weiterhin ein undeutlicher Begriff geblieben, der nur in den Gebeten ihres Vaters existierte.

Manchmal vergingen Wochen, ohne daß sie an das Unglück in ihrer Vergangenheit dachte, und dann brachen wieder die Erinnerungen hervor wie Lava aus einem Vulkan und vermittelten ihr den Eindruck, ihr «normales» Leben sei nur eine Illusion. Sie lebte sozusagen auf Bewährung. Es war ein Leben auf Zeit, als erwarte sie den Ausbruch einer Krankheit, und sie wunderte sich über die Menschen, die gar nicht spürten, daß unter der heilen Haut das Fleisch zerrissen war. Aber vielleicht waren auch sie nicht anders, machten nach außen hin den Eindruck, als wären sie gesund und munter, aber innen sah es katastrophal aus!

Daher kam der Wunsch, Jechiel etwas zu «geben», dachte sie plötzlich. Sie wollte ihn entschädigen. Nein, das stimmte nicht ganz. Sie hatte schon immer gern Geschenke gemacht, auch in ihrer Kindheit. Sie waren eine schenkfreudige Familie gewesen, sowohl die Eltern wie auch ihre Schwestern. Überall im Haus lagen Packpapier, Sägespäne, Schnüre und Bänder, und jeder wollte den anderen überraschen.

Heute kehrte sie mit vollen Händen nach Rosch Pina zurück. Zwar hatte sie nicht mehr viel Bargeld übrig, aber sie brachte ein Pferd und einen Wagen nach Hause, Heizöfen, eine Lizenz zum Vertrieb von Regie-Tabak in Galiläa – zusätzlich zu der Lizenz für Medikamente der Firma Park Davis –

und zwei Weinstöcke, die sie in Gedera bekommen hatte. Sie würde sie gleich nach dem ersten Regen einpflanzen und Jechiel bitten, im Hof eine Hütte zu bauen. Die Weinstöcke würden sich an der Hütte hochranken; im Sommer würden sie dort im Schatten sitzen, die Hand ausstrecken und sich die köstlichen Trauben schmecken lassen.

Fanja spürte, wie sehr sie dieses Galiläa liebte, die grünen Flächen auf den Bergen, die Blumen und das Zwitschern der Vögel. Es war eine Erholung nach der Hitze und Trockenheit im Flachland. Je näher sie Rosch Pina kam, desto größer wurde ihre Erregung. Wenn sie nur lernen könnte, ihre Gefühle zu verbergen – sie benahm sich wie eine Braut, die ihren Bräutigam traf!

Von weitem sah sie ein paar Häuser, die sich im Bau befanden. In der Nähe von Ejn Abu Chalil begegnete sie Josef Friedmann, einem der Leute aus Moineschti, einem anderen Mann, den sie nicht kannte, und Lejbl Zifris. Jechiel mochte Lejbl, den er seit seiner Kindheit kannte, besonders gern. Er stammte aus Safed, trug einen Kaftan mit breitem Gürtel und hatte gekräuselte Schläfenlocken, wie es in Safed üblich war. Die ganze Woche über arbeitete Lejbl für geringen Lohn in Rosch Pina. Um Mitternacht erhob er sich zum *Tikun Chazot*-Gebet, und zum Sabbat fuhr er nach Safed zu seiner Familie.

«Hier, mein Junge, dies ist deine Hauswirtin Fanja Siles», stellte Josef Friedmann sie seinem Begleiter vor.

«Seine Hauswirtin?» wiederholte Fanja verblüfft.

«Genau», erwiderte Friedmann lachend. «Du bist seine Hauswirtin. Er wohnt nämlich bei dir im Hause.»

Der junge Mann war sichtlich verlegen. «Ich ... das heißt ... Jechiel ...»

Fanja beruhigte ihren Gast und überlegte, wo sie ihn unterbringen sollte. In der Hütte? In der Küche? Sie hatte sich so darauf gefreut, mit Jechiel allein zu sein.

«Der Baron hat ihn und seine Kameraden hergeschickt, um in Rosch Pina Landwirtschaft zu lernen. Im Laufe der Zeit werden sie, so Gott will, die Funktionäre ablösen, die uns bis zum Überdruß auf der Nase herumtanzen.»

Der junge Mann warf Fanja einen neugierigen Blick zu. «Ich soll Sie von der Frau des Gaststättenbesitzers Chaim

Becker in Jaffa grüßen. Als sie hörte, daß ich nach Rosch Pina fahre . . .»

«Oh, danke!» Fanjas Wangen röteten sich vor Freude, als sie an diese brave Frau dachte. Vier Jahre waren vergangen, seit sie in Jaffa angekommen war, und dennoch hatte sie sie nicht vergessen. Dabei war Fanja unlängst zwei Monate in Jaffa gewesen und hatte Mime Becker nicht ein einziges Mal besucht!

Ihre Augen wanderten den Hügel hinauf und suchten die vier Nußbäume in Chirbet al Jehud. Sie sehnte sich danach, dort hinaufzusteigen und in der kühlen Brise unter den Bäumen zu sitzen, mit einem Buch in der Hand . . .

«Und was gibt es Neues?» erkundigte sie sich.

«Rabbi David Schub hat eine Schule eröffnet. Hast du schon davon gehört?»

«Nein!»

«Er lehrt die Kinder Hebräisch in hebräischer Sprache. Nicht nur die heiligen Schriften auf hebräisch, sondern auch Geschichte, Geographie und Botanik. Allerdings hatte er keine Lehrbücher und hat sich ein paar von den Büchern, die bei dir im Hause waren, ausgeborgt. Du bist doch nicht böse darüber, Fanja?»

«Nein, nein! Natürlich nicht! Und was gibt es noch? Wie ich sehe, wird gebaut.»

«Hier.» Lejbl holte aus Friedmanns Wagen eine Frucht, die aussah wie eine große Zitrone. «Unsere Etrogen fahren nach Australien! Herr Frank, unser Kommissionär in Beirut, hat einen Einkäufer in Australien gefunden. Ich schicke ihm fünfhundert Etrogen!»

«Und was gibt es sonst noch?» fragte Fanja begeistert.

«Wir pflanzen eine neue Frucht an, ein Mittelding zwischen Zitrone und Orange.»

«Und was noch?»

«Riva ist krank.»

«Oi!»

«Es geht ihr schon länger nicht so gut. Ich wollte es dir eigentlich nicht sagen, aber es ist mir doch herausgerutscht.»

Die Siedlung lag jetzt vor ihren Augen. Die neuen Häuser standen auf einem Hügel, waren größer als die der ersten Siedler und von leuchtendem Weiß. Die Pappel begrenzte die Reihe der niedrigen grauen Häuschen und ließ ihr eigenes, das direkt daneben stand, besonders klein erscheinen. Jechiel erschien am Hoftor und kam mit langen Schritten auf sie zu, begleitet von Mosche und Bella. Bella stürmte ihr entgegen und legte ihre dünnen Ärmchen um Fanjas Hüfte. Gleich darauf kletterte sie auf den Wagen, um Talli anzuschauen. Sie und auch Mosche waren barfuß, wie alle Kinder in Rosch Pina, Juden wie Araber, und ihre geflickte Kleidung war an vielen Stellen wieder zerrissen.

«Mosche, bring bitte das Pferd in den Hof», sagte Fanja zu dem Jungen, der verlegen lächelnd neben ihr stand. Seine schwarzen Augen blitzten vor Freude auf, als sie ihm die Zügel in die Hand drückte. Als seine kühlen Finger ihre Hand berührten, bückte sie sich und gab ihm einen Kuß auf die Wange, bevor er sich ihr entziehen konnte.

Wie gut Jechiel aussah! Die Schöße seiner kurzen Jacke wehten mit jedem Schritt, den er tat, und um seine Lippen spielte das bekannte spöttische Lächeln. Als er die Hand nach ihr ausstreckte und sie begrüßte, legte sie ihre Wange auf seine Handfläche. Er zögerte einen Augenblick, entsann sich dann, daß sie mitten im Hof standen, und zog seine Hand wieder zurück.

«Talli», sagte Fanja und deutete auf das Baby im Wagen. Jechiel blickte sein Kind an, und ein leises Zucken um die Mundwinkel verriet, was in ihm vorging. Fanja wußte genau, wie ihm zumute war, welche Welle von Gefühlen ihn überflutete. Wenn sie diesen Augenblick, der ihnen allein gehörte, nur aufhalten und genießen könnten! Sie, Jechiel und das Kind. Jechiel nahm Talli aus dem Kasten, in dem er lag, und der Kleine verzog den Mund zu einem Weinen, hörte aber sofort wieder auf, als er die große warme Hand seines Vaters im Nacken spürte, und lehnte den Kopf an Jechiels Kinn.

«Saida, Fanja!» rief Miriam Alhija, die mit einem Wasserkanister auf dem Kopf vorbeikam, ihr lachend zu.

In dem kleinen Garten der Familie Alhija waren jetzt Beete

mit Zwiebeln und Radieschen angelegt, fast wie bei den Siles. Jechiel hatte seine Samen mit ihnen geteilt.

«Mosche und Bella schlafen bei den Nachbarn», sagte Jechiel. «Wir haben Gäste im Haus.»

«Wen denn?»

«Rivka und ihren Mann. Und ihr Baby.»

Rivka! Schon wieder! Also deshalb war er ihr entgegengelaufen, damit Rivka nicht Zeugin ihrer Begegnung würde! Urplötzlich erwachte wieder ihr alter Haß. Sie sitzt bei mir im Haus, während ich von einem Ort zum anderen haste und keine Ruhe finde, dachte Fanja wütend. Wer weiß, seit wann sie schon hier ist.

«Und zwei junge Männer sind auch da.»

«Einem von ihnen bin ich begegnet. Warum sind sie gerade bei uns?»

«Sie sind von Chowewej Zion geschickt worden, um bei uns Landwirtschaft zu lernen.»

«Das verstehe ich ja. Aber warum wohnen sie bei uns?»

«Es sind insgesamt sechs von ihnen in Rosch Pina angekommen, nur zwei von ihnen wohnen bei uns. Wir hatten Platz. Das heißt, bevor Rivka und ihre Familie hier ankamen.»

«Und Lolik?»

«Gestern, als die Gäste kamen, ist er davongelaufen. Aber nachts kam er zurück.»

«Ist Rivka schon lange hier?»

«Seit gestern.»

Jetzt bemerkte sie das Sandhuhn, das Sascha auf die Eingangstür gemalt hatte. Die feurigen Wolken wiesen Sprünge auf, und die Flügel waren geplatzt.

Fanja hatte den Eindruck, daß Jechiel sie absichtlich aufhielt. Sie blickte ihn fragend an.

«Riva ...»

«Was ist mit ihr?»

«Sie liegt im Sterben.»

«Ich habe so etwas gehört», sagte Fanja leise.

«Ihretwegen ist Rivka bei uns.»

Rivka saß im Wohnzimmer mit einem großen Baby auf dem Schoß – groß im Vergleich zu ihr. Sie hatte ein glitzerndes Seidentuch ums Haar geschlungen, bestickt mit kleinen Perlen, die im Sonnenlicht aufblitzten. Fanja sah verwundert Rivkas Mann an. Er war ein großer, fleischiger Kerl mit aufgedunsenem, rötlichem Gesicht und krummen Beinen, die aussahen wie zwei dicke Haken. Seine Miene wirkte selbstsicher, sogar ein wenig starrsinnig. Er stand am Fenster, und das Licht schien um ihn herum, als wolle es seiner Aggressivität ausweichen.

«Fanja, dies ist Ismael Nissan Amsaleg, Rivkas Ehemann», stellte Jechiel ihn vor.

«Ihr habt mir gar nicht erzählt, wie schön sie ist!» dröhnte Amsaleg. «Wenn sie meine Frau wäre, würde ich ihr nicht erlauben, aus dem Haus zu gehen. Die Scheichs werden sie entführen, Jechiel!»

Verlegen wandte sich Fanja dem Baby auf Rivkas Schoß zu. Fanja mochte Kinder, aber dieses Baby sah seinem Vater derart ähnlich, daß es ihr schwerfiel, nett zu ihm zu sein.

«Sind der Herr ein Verwandter von Chaim Amsaleg, dem englischen Konsul in Jaffa?» fragte sie.

«Nein! Der kommt aus Gibraltar, und meine Familie stammt aus Marokko.»

«Wie geht es Bella?» fragte Rivka. «Meine Tante, Bella Rokach, hat Fanjas Onkel geheiratet», erklärte sie ihrem Mann.

Rivka hatte sich noch nicht damit abgefunden, daß Fanja, diese heimatlose Moskowiterin, ihren geliebten Vetter geheiratet hatte, und schon kam auch noch Fanjas Onkel und nahm ihre Tante zur Frau!

«Ich würde nicht in Jaffa wohnen, wenn man mir Geld dafür zahlte», erklärte Ismael Nissan Amsaleg. «Die Straßen sind voll mit Abwässern.»

«Auch Schimon Rokach hat eine Moskowiterin geheiratet», fuhr Rivka unbeirrt fort.

«Ich habe Elieser getroffen», wandte sich Fanja an Jechiel. «Er ist nach Palästina zurückgekommen, als Sekretär eines reichen Russen namens Wissotzki, der von den Chowewej Zion hergeschickt wurde, um die Situation der Siedlungen zu überprüfen.»

«Ja, ich weiß.»

«War er schon hier?»

«Nein. Er war müde und ist in Haifa geblieben. Er hat Pines als Vertretung hergeschickt.»

«Und was macht Elieser?» fragte Rivka.

«Er und Schimon haben einen Verband unter dem Namen Bnei Zion* gegründet, dessen Ziel es ist, den Armen zu helfen, und noch eine separate Vereinigung Esrat Israel** zur Unterstützung der Notleidenden in Jaffa. Außerdem hat er eine Bibliothek eröffnet und ein Krankenhaus für Neueinwanderer.»

Jechiel streckte die Hände aus, als wollte er sagen: Da habt ihr es: ein Kerl wie keiner! Fanja biß sich auf die Lippen. Die Erinnerung an ihre letzte Begegnung mit Elieser war mit Imbar und ihrer gemeinsamen Fahrt nach Gedera verbunden. Sie fühlte, wie ihr die Schamröte ins Gesicht stieg. Die Kränkung, die Darja Sirut ihr zugefügt hatte, schmerzte noch immer, und sie betete im stillen, daß Jechiel nie davon erfahren würde.

«Ich habe eine Lizenz für den Vertrieb von Tabak bekommen», verkündete sie. «Glauben Sie, daß ich Tabak auch in den Libanon exportieren könnte?» Diese Frage war an Amsaleg gerichtet.

«Das weiß ich nicht. Ich handle nicht mit Tabak. Möchten Sie, daß ich mich erkundige?»

«Ja, bitte.»

«Eine Tabaklizenz!» Amsaleg lachte und schlug Jechiel aufs Knie. «Die Frau wird Sie noch unglücklich machen! Wie sagen die Deutschen: ‹Kinder, Küche, Kirche›. Dort ist der Platz einer Frau! Tabak – also wirklich!»

«Ismael hat ein Heft mit Zigarettenpapier gekauft, auf dem ein deutsches Lied abgedruckt ist», sagte Rivka, um das Thema zu wechseln.

«Herzenstein in Jaffa hat auf seinem Tabakpapier das Lied *Mischmar Hajarden* von Imbar abgedruckt», erzählte Fanja.

«Auf hebräisch?» kam wieder ein Aufschrei von Amsaleg. Fanja beschloß, Rivka fortan vieles zu verzeihen, weil sie mit diesem Esel geschlagen war.

«Ich würde nie Zigarettenpapier kaufen, das mit einem he-

* Hebr.: «Söhne Zions»
** Hebr.: «Hilfe für Israel»

bräischen Lied bedruckt ist! Hebräische Buchstaben verbrennen? Gott behüte! Dieses Jahr habe ich angefangen, Öl nach Polen und Rumänien zu exportieren. Der *Messager Maritime* verkehrt jetzt zwischen dem Mittelmeer und dem Schwarzen Meer. Auf den Fässern steht in hebräischen Buchstaben die Inschrift *koscher*. Aber Fässer verbrennt man nicht.»

«Wohnt das jungvermählte Paar immer noch in Bellas Wohnung?» fragte Rivka.

«Ja. Allerdings erwägen sie im Moment, in ein anderes Wohnviertel zu ziehen.»

«In Bellas Haus geht es ihnen doch nicht schlecht, oder?»

Fanja nickte. «Bis jetzt ist das alles nur Gerede. Elieser und Schimon Rokach sprechen davon, in Jaffa ein neues, rein jüdisches Wohnviertel zu gründen, ähnlich wie die neuen Viertel, die man in Jerusalem gebaut hat.»

«Wenn Elieser davon spricht, wird das neue Viertel auch gebaut werden», sagte Rivka lächelnd.

«Wie auch immer, zwei Mieter haben sie schon. Bella hat ihr Einverständnis erklärt, weil sie mit allem einverstanden ist, was den Namen Rokach trägt, und der Onkel ist einverstanden, weil er das Ganze für eine revolutionäre Idee hält. Würdest du gern in einem solchen Viertel wohnen?» wandte Fanja sich an Jechiel.

Jechiel zog die Augenbrauen hoch. «Eine Stunde ist sie wieder zu Hause, und schon ist die Rede von einem neuen Wohnviertel. Wenn ich gewußt hätte, daß du kommst, hätte ich dir einen Triumphbogen gebaut!»

«Warum denn? Was habe ich denn gesagt?»

«Du bist doch eben erst angekommen – und schon willst du wieder herumziehen?»

«Ich will nicht herumziehen. Ich habe doch nur gefragt.»

«Dann frage nicht! Seit wann fragst du mich überhaupt etwas? Wenn du in dem neuen Viertel wohnen willst – ich halte dich nicht auf.»

Fanja ging ins Nebenzimmer. Die Kehle war ihr wie zugeschnürt, ihre Augen füllten sich mit Tränen. Immer wieder sagte sie sich: Nicht weinen, nur nicht weinen! Aus dem Wohnzimmer hörte sie Rivkas Stimme: «Ich wäre sogar gern in das neue Wohnviertel gezogen.»

«Geht es dir denn in Beirut so schlecht?» erhob Ismael seine Stimme.

«Durchaus nicht schlecht, Gott behüte. Aber in Jaffa sind meine Verwandten.»

«Und in Beirut ist *meine* Familie!»

Fanja stand immer noch im Nebenzimmer und starrte aus dem Fenster, als Jechiel in die Tür trat. «Komm», sagte er, «gehen wir hinüber zu Riva.»

Rivas Augen waren groß und glänzend. Ihre Lider schienen sich verkleinert zu haben. Ihre Haut wirkte feucht und glatt wie Elfenbein, nur zwei rote Punkte hoben sich auf ihren Wangen ab, als hätte ein Maler sie mit der Spitze seines Pinsels berührt. Sie lächelte Fanja zu, ihr Blick war gleichzeitig gekränkt und entschuldigend. Fanja setzte sich neben das Bett und berührte Rivas schwammige, kühle Hand. Offensichtlich fiel es ihr schwer, sich zur Seite zu drehen. Am Hinterkopf hatte sie von der langen Bettlägerigkeit eine kahle Stelle.

Isser bat Jechiel, sich neben Fanja zu setzen, damit Riva nicht gezwungen war, den Kopf zu wenden.

«Die Kinder?» fragte Riva, und es war ihr anzusehen, daß sie ihre ganze Kraft zusammennehmen mußte, um diese zwei Worte mit brüchiger Stimme herauszubekommen.

«Sie sind hier. Sie sind mit mir zurückgekommen. Morgen werde ich sie zu dir bringen.»

Riva lächelte und schloß die Augen. Fanja und Jechiel saßen auf dem einzigen Stuhl im Zimmer neben dem Bett. Isser saß auf einem kleinen Sofa, das mit einem alten Teppich bedeckt war. Hier hatte er geschlafen, seit seine Frau erkrankt war. Er schien sehr müde zu sein und rieb sich von Zeit zu Zeit die Augen.

«Geh ins andere Zimmer und schlaf ein wenig», flüsterte Fanja ihm zu. «Geh, geh nur», drängte sie ihn, als er zögerte. Es war Isser anzusehen, daß es ihn erleichterte, wenn jemand ihm sagte, was er tun solle. Riva gab ein leises Stöhnen von sich. Der Anblick ihres elfenbeinernen Gesichts war gleichzeitig schön und schrecklich, und Fanja konnte den Blick nicht abwenden.

«Doktor Blidin gibt ihr Morphium», flüsterte Jechiel. Sie saßen gemeinsam auf dem einen Stuhl, unbequem, aber behaglich, und lauschten Rivas Atemzügen. Jetzt waren sie endlich allein, und Fanja versuchte sich zu erinnern, was sie ihm alles erzählen wollte, aber nichts davon fiel ihr ein. Mit einem Teil seines Körpers lehnte er sich an sie, und sie spürte die weiche Wärme dort, wo er sie berührte. Sie legte den Arm um ihn, als wollte sie ihn stützen. Wenn dieser Augenblick doch ewig dauern könnte, dachte sie, schmiegte sich an ihn und küßte ihn auf die Stelle zwischen Kragen und Nacken, die einzige Stelle, wo seine Haut unbedeckt war. Ein Schaudern durchfuhr Jechiels Körper. Er stand auf und zog sie hinüber zu dem kleinen Sofa von Isser. Sie lehnten sich mit dem Rükken an die kalte Wand und blickten hinüber zu Riva. Das Zimmer war klein und niedrig, fast so wie die Zimmer in ihrem eigenen Haus.

«Warum hast du mich in Jaffa nicht besucht?» fragte sie flüsternd.

«Warum bist du weggegangen?»

«Ich habe auf dich gewartet.»

«Bleibst du jetzt hier?»

«Ich liebe dich, Jechiel.»

«Gehst du deshalb immer wieder weg?»

«Ja.»

«Verlaß mich nicht.»

«Nein, ich werde dich nicht verlassen.»

«Versprichst du mir das?»

«Ja.»

Fanja hätte am liebsten laut gejubelt vor Glück. Jechiel blickte sie belustigt an, als wolle er sagen: Was mache ich nur mit soviel Freude?

«Jechiel?» In der Tür stand ein hagerer junger Mann mit einem Gewehr über der Schulter. Er schreckte zurück, als er die beiden so dicht nebeneinander auf dem Sofa sitzen sah.

«Verzeihung... Ich wollte nur den Spaten...»

«Ich habe ihn unter die Bretter gelegt. Dies ist meine Frau, Jehoschua. Fanja, dies ist Jehoschua Ben Arie. Er ist vor drei Monaten aus Rumänien gekommen.»

«Ja... also... Ich muß jetzt auf Wache.»

Errötend und verlegen ging er hinaus. Fanja und Jechiel lächelten sich an. Jechiel küßte sie sanft auf den Mund. Dann richtete er sich unvermittelt auf, als sei ihm zu Bewußtsein gekommen, wo sie sich befanden. Fanja merkte, wie ihr Glücksgefühl ein wenig gedämpft wurde. Warum hatte er ihr nicht auch gesagt, daß er sie liebte?

«Wozu brauchst du seinen Spaten?» fragte sie

«Es ist ja mein Spaten. Dieser arme Kerl! Als er herkam, war er entsetzt über das Verhalten unseres Funktionärs, Monsieur Oschri, und schrieb einen Beschwerdebrief an Erlanger. Er wußte nicht, daß bei denen eine Hand die andere wäscht. Erlanger schickte eine Abschrift der Beschwerde an Oschri, und seitdem muß der Junge bei Tag Ställe ausmisten und bei Nacht Wache schieben. Aber das ist noch nicht alles. Als er ins Land kam, sagte er zu Erlanger, er würde sich mit seinen eigenen Händen ein Haus bauen. Er bat nur um Baumaterial. Man sagte ihm: ‹Jetzt verwirkliche mal das, was du versprochen hast!› Sie wußten, daß er keine Ahnung hatte, wie man ein Haus baut. Nicht genug, daß er den ganzen Tag Ställe ausmistet und nachts Wache steht für zwei elende Bischliks pro Tag – jetzt muß er sich auch noch ein Haus bauen. Der Junge war schon ganz verzweifelt und wollte die Siedlung verlassen, deshalb beschlossen wir, ihm zu helfen. Jeder von uns steuert ein oder zwei Arbeitstage bei, bis das Haus fertig ist.»

«Ich habe gesehen, daß an den Häusern der Moineschti-Leute Höfe und Gärten angelegt sind. Wie in Europa.»

«Das ist richtig.»

Zu gerne hätte sie ihn gefragt: «Und was ist mit uns?», aber sie wußte, wenn auch nur die leiseste Aussicht auf ein neues Haus bestünde, hätte er es ihr erzählt. Einen Moment lang huschte ein Schatten über sein Gesicht.

«Was ist denn?» fragte sie.

«Du bist anders als alle anderen Frauen.»

«Jede Frau ist anders als alle anderen Frauen. Warum?»

«Jede andere Frau hätte längst gefragt: ‹Und was ist mit unserem Haus, Jechiel?›»

«Du hast dich nie verpflichtet, mir ein neues Haus zu bauen.»

«Siehst du? Da bist du eben anders. Hättest du kein neues Haus gewollt?»

«Aber natürlich!»

«Oschri würde mir nie im Leben ein neues Haus genehmigen. Und ich werde ihn auch nie darum bitten. Die Hand, die Gaben austeilt, erwartet, daß man sie küßt. Dieses ganze System ekelt mich an!»

«Dann bauen wir uns eben selbst ein Haus! Von unserem eigenen Geld!»

Jechiel senkte den Kopf und blickte auf seine Handflächen herunter. Fanja bemerkte, daß er eine Menge graue Haare hatte, die ihr bisher nicht aufgefallen waren.

«War jemand hier?» erkundigte sich Isser, der in der Tür stand und sich immer wieder die müden Augen rieb. Er entschuldigte sich, daß er ihre Zeit übermäßig in Anspruch genommen hatte, gerade jetzt, wo sie endlich wieder zusammen waren. «Ich bin ein Egoist», sagte er, «Riva an meiner Stelle hätte es nicht gestattet!»

Als Fanja und Jechiel nach Hause kamen, fanden sie dort die beiden jungen Männer vor, die ihre Arbeit beendet und sogar Zeit gefunden hatten, sich zu waschen, bevor sie sich an den Tisch setzten. Rivka hatte ein weißes Tischtuch aufgelegt und das Brot, das Fanja aus Jaffa mitgebracht hatte, auf den Tisch gestellt, dazu Oliven, weichgekochte Eier und Käse. Sie führt sich in meinem Hause auf, als sei sie die Hausherrin, dachte Fanja.

«Der Käse ist von meinen Eltern in Ejn Sejtim», erklärte Rivka. «Und die Feigen haben wir aus Beirut mitgebracht. So gute Feigen wie in Beirut gibt es nirgends!»

Ob sie wohl immer noch in Jechiel verliebt war? Und ihr Mann? Merkte der denn gar nichts? Was versprach sie sich eigentlich von diesem Zirkus, den sie aufführte? Hegte sie die geheime Hoffnung, Fanja würde eines Tages auf Nimmerwiedersehen verschwinden und sie könnte dann herkommen und ihren Platz einnehmen?

«Gerschon! Michel! Ihr habt eure Hauswirtin noch gar nicht kennengelernt!»

Seitdem sie und Jechiel zusammen auf dem Stuhl neben Rivas Bett gesessen hatten, war zwischen ihnen etwas geschehen. Seine Augen folgten ihr überallhin, alles an ihr schien ihm Freude zu bereiten. Auch jetzt saßen sie dicht nebeneinander.

Mosche und Bella hatten Tamara in die Mitte genommen und bemutterten sie wie zwei Glucken. Von Zeit zu Zeit kratzten die beiden Kinder die Mückenstiche auf ihren Gesichtern und Armen. An Bellas Augen waren noch Narben vom Trachom zurückgeblieben.

«In einem Haus, in dem eine solche Frau wohnt, bringt man doch keine jungen Männer unter!» rief Ismael und drohte Jechiel mit seinem dicken Zeigefinger. Er lachte dröhnend, und Fanja befürchtete schon, daß ihm das Brot, der Käse und die Oliven, die er gerade verschlang, wieder aus dem Mund rutschen würden.

«Wo kommt ihr her?» fragte Fanja die beiden Jungen.

«Der Baron Rothschild hat sie Ihnen zum Geschenk gemacht», rief Ismael kauend und stopfte sich mit den Fingern immer mehr Essen in den Mund.

«Möchtest du Kaffee, Ismael?» fragte ihn Rivka.

«Mmmmm», brummte er mit vollem Mund, ohne sich von seiner Frau ablenken zu lassen. Fanja vermied es, Rivka anzublicken. Unwillkürlich stellte sie sich vor, wie diese dicken Finger über den Körper der jungen Frau strichen.

«Diese Jungen sind der Beweis dafür, daß ein einziger Kaufmann auch dort Erfolg hat, wo hundert Funktionäre versagen.» Mit seinem von Käseresten verschmierten Zeigefinger deutete Ismael auf die beiden jungen Männer. «Auf der Konferenz von Kattowitz hat man geredet und noch mal geredet, und nichts ist dabei herausgekommen! Bis dann ein Lederhändler aus Berlin ... wie hieß er noch, Rivka?»

«Simmel.»

«Simmel! Bis dieser Simmel dann zum Baron Rothschild fuhr und ihn überredete. Wenn dieser Simmel nicht gewesen wäre, würdet ihr jetzt nicht hier sitzen! Ein Kaufmann überlegt sich genau, was er tun muß. Er handelt nicht übereilt und impulsiv wie diese Funktionäre. Er wartet den richtigen Moment ab. Als dann der Verband KOL ISRAEL CHAWERIM sein fünfundzwanzigjähriges Bestehen feierte, überbrachte er dem Baron Rothschild Grüße im Namen der CHOWEWEJ ZION, und erst dann, als das Brot sozusagen schon mit Olivenöl bestrichen war, präsentierte er die Rechnung. So eine Sprache versteht Baron Rothschild!»

«Hat Rothschild euch hergeschickt?» fragte Fanja einen der beiden Jungen.

«Ja. Die Chowewej Zion hat sechs junge Leute ausgewählt, die hier die Landwirtschaft erlernen sollen, und Rothschild hat unsere Reise bezahlt. Man will uns später als Lehrer für andere junge Leute einsetzen.»

«Irgend jemand hat nach Ihnen gefragt, aber ich habe vergessen, wer es war», sagte Ismael zu Fanja und sah seine Frau fragend an.

«Wann war das?» fragte Rivka.

«In Beirut. Irgend jemand... wer kann es nur gewesen sein? Wen kennen Sie in Beirut?»

«Niemanden.»

«Na, Sie kennen doch zum Beispiel mich!» Lachend schlug er mit der Hand auf den Tisch. Tamara erschrak, und die anderen Kinder, die die geräuschvolle Art des «Onkels» schon gewöhnt waren, unterdrückten ihr Lachen. «Kommen Sie im Sommer zu uns», sagte Ismael zu Fanja, als wäre er allein mit ihr. «Wenn hier alles glüht, ist es bei uns so kühl wie in den Tiroler Alpen. Stimmt's, Rivka?»

«Ja, das stimmt.»

«Sie können mit dem Postdampfer von *Messager Maritime* fahren. Er legt jeden Montag in Jaffa ab und kommt genau zwölf Stunden später in Beirut an. Ein Haus wie das unsere haben Sie noch nie im Leben gesehen, das kann ich Ihnen versprechen!»

Fanja stand auf und wandte sich an Jechiel und die beiden jungen Männer.

«Helft mir doch bitte, die Öfen ins Haus zu tragen. In Jaffa waren Heizöfen aus Marseille angekommen, ich habe einen für mich gekauft und noch zwei zum Weiterverkauf. Sehen Sie, Ismael, gerade hier in Rosch Pina wird es nun etwas geben, was in Beirut ganz gewiß nicht vorhanden ist.»

Nachdem man die Öfen in die Küche gebracht hatte, versammelten sich alle um sie herum und staunten über die Wunder der Technik.

«Möchtest du auch so einen Ofen haben, Rivka?» fragte Ismael.

«Ja.»

Und auf diese Weise war der Verkauf des ersten Heizofens ohne jede Mühe abgeschlossen. Jechiel war im Hof geblieben und hatte Saar gefüttert und getränkt. Als er in die Küche zurückkam, fragte er Fanja: «Wem gehören das Pferd und der Wagen?»

«Uns.»

Sie erschrak über die Veränderung, die mit Jechiel vor sich ging. Sein Gesicht verzerrte sich vor Wut. Wenn nur all diese Menschen nicht hiergewesen wären! Die Küche erschien ihr auf einmal sehr eng.

«Wir haben ein Pferd, Fanja», flüsterte er mit erstickter Stimme. «Der rettende Engel Elijahu Scheid ist nach Rosch Pina gekommen und hat uns Pferde gegeben. Und Stallungen. Und Funktionäre, die jeden Abend Futter austeilen an diejenigen, die ihren Rücken vor ihnen beugen, und Juden wie Ben Arie und Segal, die ihnen die Ställe ausmisten.»

«Aber... dann ist es doch gut, daß wir ein eigenes Pferd haben und nicht auf die Gnade des Barons angewiesen sind», stammelte Fanja.

«Ich will ackern und säen ... ich brauche keine Stallungen!» brüllte er plötzlich. Alle erschraken, und Tamara begann zu weinen. «Deshalb bin ich nicht aus Safed weggezogen!»

«Aber Jechiel», suchte Fanja ihn zu beschwichtigen, «ich habe dieses Pferd mit meiner Hände Arbeit verdient! Niemand hat es mir geschenkt! Es hat auch nicht viel gekostet – sechs Imperials insgesamt. Und es ist ein gutes Pferd. Die Strecke Jaffa–Rosch Pina hat es in fünf Tagen geschafft. Es kann dir auch bei der Arbeit helfen ...»

«All dieser Luxus ist ein Unglück!» schrie Jechiel. «Dadurch sind wir alle abhängig geworden! Die Leute haben aufgehört zu arbeiten. Wozu auch arbeiten? Der Baron zahlt ohnehin. Wer höflich zu dem Angestellten des Barons ist, bekommt ein Pferd. Wer ihm die Schuhe putzt, bekommt ein Haus ...»

«Der Baron hat aber auch die gesamten Schulden von Rosch Pina bezahlt!» ertönte plötzlich Ismaels laute Stimme. «Vierzehntausend Franken!»

«Diese elsässischen Vampire werden uns das Blut aussaugen, bis von den Siedlungen nichts mehr übrig ist!»

«Jechiel!» Wenn sie nur wüßte, wie sie ihn beruhigen konnte. Sie fühlte, daß er nicht ihr zürnte, aber sie hatte ihn noch nie so wütend gesehen.

«Worauf gründet sich denn Oschris Macht? Auf die Sucht der Bauern nach Bequemlichkeit! Was sind wir doch für ein Volk? Daher hat die *Chaluka*, die ‹Teilung›, ihren Namen. Sie hat das Volk in zwei Lager gespalten: die Schnorrer einerseits und die Verantwortlichen, die Gelder unterschlagen, andererseits. Und was haben wir hier in Rosch Pina? Eine neue Version der *Chaluka*! Rivka!» schrie er plötzlich mit funkelnden Augen. «Du erinnerst dich noch! Du erinnerst dich gewiß, wie die Fellachen hier in Jauni lebten! Wenn es keine Ernte gab, wurden sie Pächter auf ihrem eigenen Grund und Boden, zahlten dem Eigentümer *Kissam* und aßen, was übrigblieb. Wenn nichts übrigblieb, zogen sie bis nach dem Regen in den Hauran —»

«Ihr habt doch Rokach und Pines im Ausland überall herumgeschickt, damit sie euch retten!» rief Ismael verärgert. «Wen habt ihr nicht alarmiert? Ich habe die Artikel von Rabbi Israel Teller im *Hamagid* gelesen, die Artikel im *Jesreel*, im *Haschachar* und in der *Chawazelet*, und alle hatten nur ein Thema: Geld, Geld, Geld! Geld für Jauni! Geld für die Ansiedlung in Palästina! Nun, man hat euch geholfen, aber alles hat seinen Preis! Habe ich etwa keine Gelder gespendet? Doch, ich habe Spenden geschickt! Und warum fallen Sie jetzt über Fanja her? Was hat sie Ihnen denn angetan?» Ismael, der Retter in der Not, legte seinen Arm um Fanjas Schulter, doch sie machte sich gewaltsam von ihm los. Seine Berührung brannte ihr auf der Haut.

«Wenn man Geld hat», erwiderte Jechiel wütend, «kauft man Land und keine Kutsche für die Dame! Der Dunam Land kostet heute fünf Franken. Morgen steigt der Preis auf zehn Franken, und übermorgen kann man überhaupt kein Land mehr bekommen!»

Jechiel ging hinaus und warf die Tür hinter sich zu. Fanja begann den Tisch abzuräumen. Die Kränkung tat ihr weh. Jechiel hatte sie vor allen Leuten angeschrien. Vor Rivka! Je-

chiel, der sonst so wenig sprach, der nie die Stimme erhob –
und das schon am ersten Tag ihrer Rückkehr. Es gab nur eine
Möglichkeit, den vielen Menschen, die sich bei ihr im Haus
breitgemacht hatten, zu entkommen: sie würde einfach schlafen gehen. Fünfzig Tage war sie unterwegs gewesen und einfach zu müde, um über alles nachzudenken, was über sie
hereingebrochen war, seit sie die Schwelle ihres Hauses überschritten hatte.

Fanja legte sich auf ihre Matratze zwischen Talli und Tamara, und die regelmäßigen Atemzüge der Kinder schläferten
sie schließlich ein.

Als Fanja am nächsten Morgen erwachte, wurde ihr klar, daß sie auf der Matratze geschlafen hatte, die Jechiel für Ismael, Rivka und ihr Kind vorgesehen hatte. Da es sonst kein Bettzeug im Hause gab, waren sie gezwungen gewesen, auf Strohmatten zu schlafen. Allerdings hatte das auch sein Gutes, denn schon am nächsten Tag verabschiedeten sich die Amsalegs, zogen nach Ejn Sejtim und kamen erst zur Beerdigung von Riva wieder.

«Das Heilige Land fordert seine Opfer», sagte Rabbi Mottel in seiner Grabrede für Riva Frumkin, die Tochter von Schlomo Salman. Michel und Gerschon schütteten das frische Grab mit Erde zu. Ismael schob seinen Arm unter den von Isser, der mit müden Augen ins Leere starrte. Er trug einen schwarzen europäischen Anzug und einen steifen Hut, und Fanja vermutete, daß diese Kleidungsstücke noch von seiner Hochzeit stammten.

Drei Tage waren vergangen, seit Riva das Zeitliche gesegnet hatte, und bis jetzt hatte man sie noch nicht begraben können. Auch nachdem sie ihren Geist aufgegeben hatte, war ihr zermarterter Körper nicht zur Ruhe gekommen. Das Rabbinatsgericht in Safed hatte sich gegen eine Bestattung in Rosch Pina ausgesprochen, während Isser sich weigerte, die Beerdigung in Safed stattfinden zu lassen. Der Vorsitzende des Rabbinatsgerichts hatte sich nicht geschämt, Isser gegenüber seine Zweifel zu äußern, daß Rosch Pina noch lange existieren würde. Bald, so meinte er, werde die Ortschaft wieder zu einer Einöde werden, und die jüdischen Gräber würden verfallen.

«Ich verstehe diese Leute nicht», rief Fanja empört.

«Was gibt es da zu verstehen?» entgegnete Ismael. «Die Rabbiner von Safed wollen die Einwohner von Rosch Pina von sich abhängig machen.»

Nachdem Riva zwei Tage lang unbeerdigt auf ihrem Bett

gelegen hatte, kam Rabbi Mottel Katz zu Isser ins Haus und teilte ihm mit, jeder Ort im Heiligen Land sei heilige Erde, er habe ein Grundstück in Rosch Pina zum Friedhof bestimmt, und die Bestattung werde am nächsten Mittag stattfinden.

Es wehte ein kalter Wind, der die Kaftane der Männer aufblähte und die Kopftücher der Frauen in Unordnung brachte. Fanjas Blick war auf die dunkle Erde gerichtet, die sich über dem einzelnen kleinen Grab wölbte. Der Singsang der Gebete erreichte ihr Ohr wie aus weiter Ferne. Rivas Körper wirkte so klein wie der eines Kindes.

Riva war für sie wie eine zweite Mutter gewesen, zu einer Zeit, in der sie eine Mutter brauchte. Fanja versuchte sich vorzustellen, wie sie selbst vor vier Jahren ausgesehen hatte, als sie hergekommen war. Ob ihre seelischen Wunden sichtbar gewesen waren? Jechiel hatte sie aufgelesen wie eine herrenlose Katze, ohne viel zu fragen. Ob Riva wohl erraten hatte, was geschehen war?

Der Ostwind heulte klagend. Isser bückte sich plötzlich und schlug die Hände vors Gesicht. Fanja blickte zum Himmel auf. Falls es regnete, würde das Wasser durch einen Spalt in der Decke in die Fabrik eindringen, die sie in Safed gemietet hatte. Das Gebäude, ein ehemaliges Wohnhaus, hatte dicke Wände und war aus Quadersteinen erbaut, doch so stabil es auch aussah, der Wind pfiff durch einen Spalt im Dach. Der Hauseigentümer behauptete, das Gebäude hätte, wie alle Häuser in Safed, kein tiefes Fundament. So sei der Spalt im Dach entstanden, und es sei kein Problem, ihn auszubessern. Aber bisher war Fanja noch nicht dazu gekommen, und jetzt befürchtete sie, der Regen würde eindringen und den dort gespeicherten Tabak durchnässen. Überhaupt – wie sollte sie das Haus im Winter heizen? In Rosch Pina gab es in jedem Haus einen kupfernen Ofen, den *Mangel*, der mit Holzkohlen beheizt wurde, aber wenn sie einen solchen Ofen in die Fabrik stellte, bestand die Gefahr, daß der Tabak Feuer fing, Gott behüte!

Die Tage wurden immer kürzer, und sie hatte eine Petroleumlampe gekauft, damit die Angestellten bis vier Uhr nachmittags arbeiten konnten. In allen anderen Werkstätten, Geschäften und Badehäusern in Safed verriegelte man Türen und Fensterläden eine halbe Stunde nach Sonnenuntergang. Die Dunkelheit auf den Straßen trieb die Menschen in ihre Häuser, denn was hatten sie um diese Zeit noch auf der Straße zu suchen?

Diebe, Aussätzige, tollwütige Hunde – seitdem sie ihre Fabrik eröffnet hatte, lebte sie in ständiger Angst. Der Lebensunterhalt von vier Familien hing von ihr ab. Um sich selbst machte sie sich keine Sorgen. Sie wußte, daß sie praktisch alles aushalten konnte. Aber was würde geschehen, wenn zum Beispiel einer der Arbeiter vergaß, die Petroleumlampe zu löschen? Jechiel hatte ihr geraten, dem Boten, der in unmittelbarer Nähe der Fabrik wohnte, eine halbe Mejida zu zahlen, um jeden Abend die Lampe auszumachen. Fanja fürchtete sich vor dem Boten wegen seiner abgehackten Finger, aber sie folgte Jechiels Rat. Einige Tage später sagte ihr Rabbi Mottel, sie hätte ein gutes Werk getan, weil der Mann hungerte.

«Was hat er nur mit seiner Hand gemacht?» fragte Fanja.

«Hat Jechiel Ihnen das nicht erzählt?»

«Nein.»

«Der Rabbiner hat den Boten nach Beirut geschickt, um die Gelder für die *Chaluka* abzuholen, die aus Amsterdam angekommen waren. In Kasmija überfiel ihn ein Araber und wollte das Geld rauben. Der Bote hielt die Tasche mit aller Kraft fest, worauf der Araber ihm die Finger abhackte und mit dem Geld flüchtete.»

«Oi!»

«Schließlich wurde der Räuber gefaßt und erhielt eine gebührende Strafe.»

«Und zwar?»

«Man hat ihm die Finger abgehackt. Wie kommt es, daß Jechiel Ihnen das nicht erzählt hat? Wollte er Sie schonen? Vermutlich befürchtet der Bote jetzt, daß die Elektrizität sein Einkommen schmälern wird.»

«Wieso das?»

«In der französischen Herberge in Jerusalem hat man elektrisches Licht installiert. Das funktioniert ohne Petroleum, ohne Holz und ohne Kohle.»

«Wie denn sonst?»

«Das Brennmaterial wird durch Metalldrähte geleitet. Auch Feuer gibt es keines.»

Fanja beschloß im stillen, in ihrer Fabrik ebenfalls elektrische Beleuchtung zu installieren, falls die Geschäfte gut gehen sollten. Für den Boten würde sie schon eine andere Beschäftigung finden.

Leider warf das Geschäft noch keinen Gewinn ab. Die Ausgaben waren größer, als sie sich vorgestellt hatte: die Miete für das Gebäude, die Kommission für Herrn Landa und seine Teilhaber, der Lohn für die Eseltreiber, die den Tabak aus Nablus und Jaffa nach Safed transportierten, und die Gehälter von vier Arbeitern. Oft erwachte sie mitten in der Nacht, schweißgebadet vor Angst. Wozu hatte sie das nötig gehabt? Mit Sehnsucht erinnerte sie sich an die Zeiten, wo sie zusammen mit den Fellachen von Jauni Ähren gesammelt hatte, um ihren Hunger zu stillen. Sie war stolz auf diese Zeit.

Fanja blickte hinüber zu Jechiel, der hinter Rabbi David Schub und seinem Schwager, Rabbi Mottel Katz, stand – und neben den Eltern von Rivka. Sie sahen wohl immer noch den Schwiegersohn in ihm. Schließlich floß im Blut seiner Kinder auch das Blut ihrer Tochter Rachel. Jetzt stand er in gebückter Haltung, die Hände über dem Bauch verschränkt, als mache er sich Sorgen. Sein Gesicht wirkte müde, und die schmalen, schrägstehenden Augen lagen tief in ihren Höhlen. Großer Gott, laß meine Unternehmen gelingen, betete Fanja im stillen.

Wie sehr sie sich danach sehnte, die Last, die auf seinen Schultern lag, zu erleichtern! Die schweren Jahre hatten bei ihm an Leib und Seele deutliche Anzeichen hinterlassen. Er war der erste unter den Siedlern in Jauni gewesen, und der letzte, der aus der Entwicklung der Ortschaft Vorteile zog. Sie fragte sich, wie lange er noch so weitermachen konnte, und war entsetzt über ihre eigenen Gedanken.

Jechiel schien ihre Blicke zu spüren, denn er hob den Kopf und sah zu ihr hinüber. Sein Blick ruhte auf ihr, und sein Gesichtsausdruck wurde weicher. Er braucht mich, sagte sie sich und dachte über ihre unterschiedlichen Temperamente nach. Sie schöpfte Kraft und Energie aus den Schwierigkeiten, die sich vor ihr auftürmten, während er sich völlig aufrieb. Nicht der Hunger und nicht die schwere Arbeit hatten ihn mürbe gemacht, sondern die Erniedrigung, von Funktionären abhängig zu sein. Er haßte diese Leute und das System, das ihre Existenz möglich machte.

Monsieur Itzhak Oschri hatte gerade eine neue Weisung veröffentlicht. Jeder Bauer hatte sich täglich bei ihm einzufinden, bereit, jede Aufgabe zu übernehmen, die Seine Hoheit, der Funktionär, ihm übertragen würde. Jechiel erklärte daraufhin, er zähle sich nicht zu Oschris Bediensteten. Die anderen Bauern zürnten Jechiel, weil er sich von der befohlenen Tätigkeit ausschloß, aber sie verstummten, als Oschri aufhörte, Jechiel die monatliche Unterstützung von zehn Franken auszuzahlen, und ihm auch die Futterzuteilung für sein Pferd verweigerte.

Zwischen Jechiel und den anderen Bauern tat sich eine Kluft auf, als könnten sie ihm nicht verzeihen, daß er störrischer war als sie, und als fürchteten sie, man könne sie auch nur der geringsten Unbotmäßigkeit verdächtigen. Und Jechiel – statt traurig darüber zu sein – freute sich.

«Vertreiben kann er mich nicht», erklärte er Fanja. «Wir haben unser Land von Oliphant gepachtet und nicht von dem Baron.»

Er hob im Hof Löcher aus für die Fundamente einer Hütte. Nach dem Regen pflanzten sie an zwei Ecken des Hauses die Weinstöcke, die Fanja aus Gedera mitgebracht hatte. Und jetzt fertigte Jechiel aus dicken Ästen, die Mosche und Bella für diesen Zweck gesammelt hatten, Stützen für die Weinstöcke an, obwohl es noch zwei Jahre dauern würde, bis die Weinstöcke Stützen benötigten. Vielleicht wollte er auf seine Art damit ausdrücken, daß er diesem Boden vertraute.

Doch der Boden ernährte sie nicht. Wenn nicht die Zwiebel- und Radieschenbeete gewesen wären und Fanjas Geschäftssinn, hätten sie hungern müssen.

Jeden Tag, wenn Fanja nachmittags aus Safed zurückkam, sah sie die Bauern in einer langen Reihe vor dem Getreidespeicher anstehen, um ihre Futterration in Empfang zu nehmen, und innerlich segnete sie Jechiel. Oschri hatte sich eine hübsche Methode ausgedacht, um die Bauern zu demütigen. Statt ihnen ihre Futterration einmal im Monat zuzuteilen, hatte er einen Getreidespeicher angelegt und beschäftigte einen Angestellten, bei dem sich jeder Bauer seine tägliche Ration abholen mußte. Ismael meinte, dies sei eine gute Methode, die Abrechnungen zu fälschen und auf betrügerische Weise Geld zu verdienen, während Jechiel bedauerte, daß die Mäuse einen guten Teil der Getreidekörner fraßen.

Jehoschua, der älteste Sohn von Riva, sprach *Kadisch*, das Totengebet. Plötzlich hob einer der Anwesenden den Blick von dem kleinen Grab und stieß einen lauten Schrei aus. Alle sahen auf und starrten entsetzt auf die Katastrophe, die sich vor ihren Augen abspielte: Die Felder brannten lichterloh, und die Flammen schlugen hoch und höher. Einen Augenblick standen alle wie versteinert, dann begannen sie in Richtung des Feuers zu laufen, so schnell ihre Beine sie trugen – jung und alt, Frauen und Kinder, alle liefen wie verrückt durcheinander. Nur wenige blieben am Grab stehen, und Isser blickte zum Feuer hin, als verstünde er nicht, was geschehen war.

«Deine gottselige Mutter fährt in einer feurigen Kutsche zum Himmel», sagte er zu seinem Sohn.

Plötzlich tauchten schreiend und kreischend die Araber von Jauni auf, und Leute liefen mit Hacken, Spaten und Eimern in den Händen aufs Feld. Fanja blieb neben Isser und seinem Sohn stehen. Von weitem hörte sie die verzweifelten Schreie der Eigentümer des brennenden Feldes, die zusehen mußten, wie die Arbeit eines ganzen Jahres vor ihren Augen in Flammen aufging. Der Himmel war voller Funken, und Brandgeruch verbreitete sich in der Luft.

Plötzlich rannte Lolik an ihnen vorbei und schrie: «Juden! Es brennt! Feuer!» Fanja verließ die Reihe der Trauergäste und lief auf ihren Bruder zu. «Lolik!» rief sie und versuchte ihn aufzuhalten. Er war aber leichtfüßiger als sie und lief wie eine flüchtende Gazelle direkt auf das Feuer zu, seine verrückten Schreie vermischten sich mit dem Geschrei der Bauern, die die Flammen mit Schlägen zu ersticken suchten. Von weitem sah sie, wie Lolik in die Feuersbrunst hineinlief und von ihr verschlungen wurde. Als sie endlich an den Rand des brennenden Feldes kam, packte Jechiel sie und hielt sie mit eisernem Griff fest. Sie wehrte sich verzweifelt, bis ihre Kehle vom Weinen und Schreien wie zugeschnürt war.

Dann lag ihr Bruder Lolik vor ihr am Boden wie ein verkohlter Baumstamm. Sie wagte nicht, ihn zu berühren. Einen Moment lang schlug er die Augen auf und schien sie zu erkennen. Dann durchfuhr ihn ein Zucken, und er blieb regungslos liegen.

Fanja saß *Schiwa* im Hause von Isser. Die Trauer der beiden Familien wurde zur gemeinsamen Trauer des ganzen Dorfes. Die Arbeit eines ganzen Jahres war in einer Stunde vernichtet worden, und keiner wußte, wie das Feuer entstanden war.

Die gesamte Bevölkerung von Rosch Pina drängte sich in einem einzigen kleinen Raum zusammen wie eine Herde verschreckter Ziegen. Die verschiedensten Vermutungen über die Ursache des Feuers wurden angestellt, und immer wieder erzählte man sich, wie der Brand entdeckt worden war, als könne man durch die Wiedererweckung dieses Augenblicks der Ursache des Feuers näherkommen. Die Menschen beteten für die Seelen von Riva und Lolik und gleichzeitig auch für sich selbst, sie baten Gott um die Kraft, alle Schicksalsschläge auszuhalten. *Was wird nun werden?* fragten sie immer wieder. *Was wird nun werden?* Ihre ganze Hoffnung war das Getreide gewesen, das auf den Feldern verkohlt war. Auf dem neuen Friedhof hatte man ein zweites Grab ausgehoben, und alle Einwohner von Rosch Pina, groß und klein, erwiesen Lolik die letzte Ehre.

Fanja dachte voll Liebe über ihren Bruder nach, über sein bitteres Leben, das wie ein versprühter Funke erloschen war. Er war die einzige Verbindung zu ihren verstorbenen Eltern gewesen. Vielleicht hatte sie deshalb so sehr an ihm gehangen und auf ein Wunder gewartet. Jetzt war ihr bewußt geworden, daß sie es war, die sich an ihn geklammert hatte, nicht umgekehrt. Hatte er überhaupt gewußt, wo er sich befand? Wer sie war? Mit seinem Tod war wieder eine Verbindung mit ihrer Vergangenheit abgerissen.

Würde sie jemals verstehen, warum diese Dinge sich ereigneten? Ob das alles nur Teil einer größeren Konstellation war? Teil eines Systems, das von Vernunft beherrscht wurde? Manchmal spürte sie die fragenden Blicke von Mosche. Es war, als erwarte er eine Erklärung von ihr. Wenn ich ihm doch nur eine geben könnte, dachte sie. Und wenn mir einmal jemand alles erklären würde! Jetzt war Lolik zu einem Bindeglied zwischen ihr und Mosche geworden. Ein verbotenes, unausgesprochenes Bindeglied, ein momentanes Aufblitzen, über dessen Bedeutung sie sich nicht klar war.

Wie aus weiter Ferne hörte sie das Murmeln der vielen Menschen, die sich von früh bis spät im Haus aufhielten. Wenn Jechiel ins Zimmer trat, verstummten alle, als fürchteten sie, er könnte sie hören. Das Mißtrauen, das sie von ihm trennte, wuchs. Sie konnten ihm nicht verzeihen, daß er sich nicht zu den Almosenempfängern zählte und lieber hungern würde, als zu betteln. Alle anderen waren bereits in größere und schönere Häuser gezogen, die sie sich vom Geld des Barons gebaut hatten. Alle anderen erhielten ihre monatlichen Bezüge, die Mädchen trugen hübsche Kleider, und die Frauen hatten längst ihren Schmuck vom Pfandleiher zurückgeholt.

Fanja sah ein, daß sie diese vom Schicksal geschlagenen Menschen nicht verurteilen durfte, aber es schmerzte sie, wie sie sich Jechiel gegenüber verhielten. Sieben lange Jahre hatte er sein Land bewirtschaftet und sein Herzblut vergossen. Man hätte denken sollen, daß er zumindest etwas mehr Entgegenkommen und Freundlichkeit verdiente.

Nachmittags waren Fanja und Isser allein geblieben. Talli war in seiner Wiege eingeschlafen, und Tamara schlief auf dem kleinen Sofa. Bald würden die Leute vom Feld zurückkommen und sich zur *Mincha*, zum Nachmittagsgebet, versammeln. Beide schwiegen und hingen ihren Gedanken nach, müde vom Trauern und von den vielen Menschen, die von früh bis spät ins Haus strömten.

Plötzlich kam ein kleiner schwarzer Vogel durch das offene Fenster geflogen. Er flatterte durchs Zimmer, ließ sich dann auf der Lampe nieder, blickte sich um und zwitscherte fröhlich. Fanja stockte der Atem. Ein seltsamer Gedanke befiel sie: Das mußte Lolik sein! Dann flog der Vogel wieder hinaus, und sein Zwitschern verhallte im Wind.

Isser erhob sich und zündete die Kerze an. Er blickte Fanja an, und ein geheimnisvolles Lächeln lag auf seinem Gesicht.

Das Lächeln erschreckte sie. Ob er wohl den gleichen Gedanken gehabt hatte wie sie? Es war wohl kein Zufall, daß er gerade in diesem Augenblick die Gedenkkerze anzündete. Eine seltsame und beängstigende Atmosphäre verbreitete sich im Zimmer.

Plötzlich hatte Fanja den unwiderstehlichen Drang, etwas zu tun. Arbeiten! Schuften! Den Trauerschal ablegen! Seit vier Tagen war sie nicht in ihrer Fabrik in Safed gewesen. Wer konnte wissen, was dort geschah? Hatten die Arbeiter den losen Tabak gebündelt? Waren neue Transporte angekommen? Hatten sich Kunden gemeldet? Und wer garantierte ihr, daß die Arbeiter nicht ein paar Bündel Tabak gestohlen hatten? Dann würde auch ihr kleiner Profit nicht ausreichen, die Ware zu bezahlen.

Am Tag nach Ende der Totenwache fuhr Fanja nach Safed. Wie sie vermutet hatte, war eine neue Sendung Tabak aus Jaffa angekommen. Von dem vorrätigen Tabak waren insgesamt drei Büschel verkauft worden. Seit sie im Tabakhandel tätig war, hatte sie sich angewöhnt, Raucher zu beobachten, um zu sehen, ob sie Regie rauchten. Von nun an teilte sie die Welt in zwei Lager: Menschen, die «ihren» Tabak rauchten, und solche, die es nicht taten. Sehr bald wurde ihr klar, daß die Araber den von den Drusen angepflanzten Tabak bevorzugten. Fast hätte sie selbst angefangen zu rauchen, wenn sie keine Angst gehabt hätte, man würde sie mit Steinen bewerfen.

Das Geld, das sie von Ismael für den Ofen bekommen hatte, war längst ausgegeben, und sie sah sich gezwungen, bei Reb Elje, dem Geldverleiher und Vorsteher der Wilnaer Gemeinde in Safed, eine Anleihe aufzunehmen, um ihre Arbeiter bezahlen zu können. Nach zwei Monaten mußte sie drei ihrer Arbeiter entlassen, und es blieb nur Bezalel Ben Moreno, der Junge, der sie seinerzeit vor den Steinwerfern gerettet hatte. Nachts schlief er in der Fabrik, und so halfen sie sich gegenseitig: er hatte ein Dach über dem Kopf und sie einen treuen Wächter.

Dem Boten mit den abgehackten Fingern zahlte sie weiterhin eine halbe Mejida, obwohl sie ihn nicht länger benötigte. Als nach einiger Zeit immer noch keine Käufer erschienen, begann sie zu befürchten, der Tabak würde anfaulen. Mit jedem Tag wuchsen ihre Schulden bei Reb Elje, und sie wagte nicht, Jechiel zu sagen, daß sie nichts verdiente, sondern von Tag zu Tag tiefer im Morast versank.

Schließlich bepackte sie Saar mit acht Büscheln Tabak und schickte Bezalel nach Beirut mit einem Brief, den er bei Herrn Ismael Nissan Amsaleg abgeben sollte. In dem Brief bat sie Ismael, in Beirut einen Vertreter für sie aufzutreiben, der ihren Tabak im Libanon verkaufen würde. Nach zwei Wochen kam Bezalel zurück und übergab ihr drei Säckchen Geld. Ismael schrieb ihr, es sei ihm nicht gelungen, einen geeigneten Mann für den Vertrieb von Tabak zu finden, da alle großen Firmen ihre eigenen Vertreter hätten und auch Regie im Libanon durch Herrn Frank vertreten sei. Auch bat er sie, ihm keine weiteren Tabaksendungen zukommen zu lassen. Die Büschel, die sie ihm geschickt hatte, lägen noch bei ihm im Lagerhaus, und er wüßte nicht, ob er sie überhaupt loswerden könne. Er riet ihr, so schnell wie möglich mit dem Tabakhandel aufzuhören, und deutete «taktvoll» an, daß das Geld, das er ihr geschickt hatte, praktisch ein Almosen sei. Vielleicht hatte er von Bezalel Ben Moreno erfahren, in welcher Notlage sie sich befand.

Der Gedanke, daß sie von nun ab Ismael zu Dank verpflichtet war, erschien Fanja schrecklich. Sobald es ihr etwas besser ging, würde sie ihm das Geld bis zum letzten Pfennig zurückzahlen!

Den größten Teil des Geldes, das sie von Ismael bekommen hatte, schickte sie unverzüglich an Herrn Landa, um die Ware, die sie bereits erhalten hatte, zu bezahlen. Auf Ismaels Rat schrieb sie an Landa, daß sie nicht länger als Vertreterin für seine Firma tätig sein wolle, weil sich der Regie-Tabak in Galiläa nicht absetzen ließ. Landas Antwort versetzte ihr einen Schock. Sie hatte vergessen, daß sie sich vertraglich verpflichtet hatte, eine Geldbuße zu zahlen, falls es ihr nicht gelang, den Tabak zu verkaufen. Jetzt forderte Herr Landa die Zahlung dieser Buße. Nicht genug, daß ihre Tabakvorräte im Lagerhaus verdarben, jetzt sollte sie auch noch die Firma Regie entschädigen!

Fanja war wütend auf sich selbst. Begierig hatte sie die

Gelegenheit ergriffen, als Vertreterin für die Firma zu arbeiten, ohne zunächst einmal den Markt zu überprüfen. Wann würde sie endlich erwachsen werden? Schließlich hatte sie die Zwanzig überschritten, und ihre Mißerfolge schadeten nicht nur ihr selbst, sondern wirkten sich auch auf ihre Familie aus. Wie sehr hatte sie sich gefreut, Landa und seine Firma geangelt zu haben, und erst jetzt wurde ihr klar, daß es umgekehrt war und sie auf den Köder hereingefallen war, den er ausgeworfen hatte. Hätte denn ein erfahrener Kaufmann wie er jemandem eine Lizenz erteilt, ohne sich genauestens über ihn zu erkundigen? Niemals! Sie war ganz einfach naiv gewesen, und das hatte Landa ausgenutzt. Er hatte bei diesem Geschäft nicht einen einzigen Bischlik verloren. Sie allein hatte das Risiko getragen.

Fanja wußte vor Sorgen nicht, wo ihr der Kopf stand. Sie lief aufs Feld, um sich mit Jechiel zu beraten. Aber dort fand sie ihn nicht. Nur zwei Bauern standen in dem verbrannten Getreide und siebten die Reste. Spreu und Saatstaub wirbelten durch die Luft, und ihre beiden Hausgäste Gerschon und Michel füllten die ausgesiebten Körner in Säcke. Als sie nach Jechiel fragte, blickten die beiden sie verwundert an und sagten: «Aber Jechiel ist doch in Jessod Hamaala!»

«Was? Seit wann denn?»

Die jungen Männer schwiegen verlegen. Wenn Jechiel es nicht für nötig befunden hatte, seiner Frau Bescheid zu sagen, warum sollten sie es tun?

«Wo sind denn die anderen Bauern?»

Wieder zuckten sie verlegen mit den Schultern.

«Wir sind ja nur bezahlte Arbeitskräfte», sagte Michel.

«Und Junggesellen», fügte Gerschon hinzu.

«Ich verstehe nicht.»

Schließlich erfuhr sie folgendes: Einige Tage nach Ende der Trauerwoche war die Reihe an Isser gekommen, Seiner Hoheit Monsieur Oschri zu Diensten zu sein. Statt sich jedoch bei dem Funktionär zu melden, war Isser wie gewöhnlich aufs Feld gegangen. Zur Strafe hatte Oschri ihm die Hälfte seiner Bezüge gestrichen, doch Isser hatte gemeint: «Von mir aus kann er mich aushungern. Ich diene nur Gott und arbeite nur in der Landwirtschaft. Ich war schon vor Herrn Oschri hier und werde auch nach ihm noch hiersein. Glücklicherweise bin ich von einem Oschri nicht abhängig.»

Auch andere Bauern faßten Mut und nahmen sich ein Beispiel an Isser. Plötzlich schämten sie sich, daß sie bereit gewesen waren, ihre Freiheit und ihren Stolz für ein Gericht Linsen zu verkaufen. Der Funktionär des Barons zieh sie der Meuterei und kürzte ihnen ihre Bezüge. Einigen von ihnen zahlte er die monatliche Unterstützung nicht mehr aus, so daß sie gezwungen waren, ihre Kleider zu verkaufen, um Brot für ihre Kinder zu haben.

Rabbi Mosche David Schub, der Gemeindevorsteher, schickte einen Beschwerdebrief an Herrn Scheid, aber da der Baron Anweisungen gegeben hatte, die «Disziplin» in den Siedlungen aufrechtzuerhalten, antwortete Scheid telegrafisch, Schub möge seinen Einfluß geltend machen, damit die Bauern dem Funktionär gehorchten. Inzwischen hatte Oschri zwei der Siedler bestochen, und diese sagten aus, die Faulenzer von Rosch Pina hätten Oschri verleumdet. Oschri selbst behauptete, die Bauern hätten ihn geschlagen. Wormesser, der Verantwortliche für die Siedlungen, verlangte von den Bauern, sich bei Oschri zu entschuldigen. Solange sie das nicht täten, würden sie kein Geld bekommen. Als die Bauern das hörten, machten sie sich auf, um woanders Arbeit zu suchen.

«Wie kommt es, daß ich davon nichts weiß?» wunderte sich Fanja.

«Das verstehe ich nicht», murmelte Gerschon.

«Ich schäme mich so! Ich war vollkommen mit meinen eigenen Problemen beschäftigt! Und was jetzt?»

«Ich habe da etwas läuten hören ...»

«Was denn?»

«Man tuschelt im Dorf ...»

«Ich werde bestimmt nichts ausplaudern.»

«Man erzählt sich, daß Mosche David und sein Schwager Mottel Katz sich in Safed mit Rabbi Jechiel Michel Pines getroffen haben, und der hat ihnen geraten, sich zu entschuldigen. Dann würde er dafür sorgen, daß man Oschri entläßt und durch einen anderen Leiter ersetzt.»

«Und wenn man ihn nicht entläßt?»

«Man wird ihn entlassen!»

Jetzt erinnerte sie sich an etwas, was sie in Safed gehört hatte. Der Inhaber des Lebensmittelgeschäfts hatte in seinem gewohnten Jargon, einem Gemisch aus Arabisch und Jiddisch, zu ihr gesagt: «Können Sie bis zur Ernte nicht noch durchhalten?» Und Reb Elje, der Geldverleiher, hatte eine Warnung ausgesprochen, die sie damals nicht verstanden hatte: «Die Zinsen sind jetzt niedrig, Madame Siles, aber das ist nur zeitweilig. Sobald man wieder Unterstützung zahlt, heben wir die Zinsen an.» Sie hatte also indirekt von der Notlage in Rosch Pina profitiert! Wie kam es nur, daß sie von all dem, was vor ihrer Nase geschah, nichts gemerkt hatte?

«Weiß man das in Safed?»

«Alle wissen davon.»

«Bei wem arbeitet Jechiel?»

Die jungen Männer zuckten mit den Schultern. Vielleicht wußten sie es wirklich nicht, oder sie wollten ihr nichts sagen, was Jechiel ihr nicht von sich aus erzählt hatte. Sie sah die beiden Bauern an, die die restlichen Körner zusammenharkten, mit grimmiger Miene, die Lippen in bitterer Entschlossenheit zusammengepreßt. Fanja konnte ihnen nicht böse sein.

«Und was ist mit denen da?» fragte Fanja die beiden Männer mit einer Kopfbewegung zu den zwei Bauern hin.

«Das sind die beiden, die ihre Verfehlung eingestanden und um Verzeihung gebeten haben.»

Arme, elende Verräter! Entmutigt machte Fanja sich auf den Nachhauseweg, schweren Herzens und mit schleppenden Schritten. Was Jechiel alles erlitten haben mußte, und sie hatte nichts davon gemerkt! Wie war das nur möglich? Wie konnte es nur so weit mit ihr kommen, daß sie nicht mehr wußte, was mit ihm los war? Und was mußte er von ihr denken? Hatte er sie absichtlich in Unwissenheit gelassen, oder war er gekränkt?

Gegen Abend kam Jechiel todmüde nach Hause. Fanja bereitete ihm eine Wanne mit heißem Wasser, und während er badete, richtete sie ihm sein Abendessen. Nachdem er gegessen hatte, fragte sie ihn:

«Seit wann arbeitest du in Jessod Hamaala?»

«Seit einer Woche.»

«Und warum hast du mir nichts davon erzählt?»

«Du hast mich ja nicht gefragt.»

«Ich habe dich nicht gefragt! Wie hätte ich dich fragen können, wo ich doch von nichts wußte!» Trotz ihrer guten Vorsätze wurde sie wütend. «Ganz Rosch Pina weiß, daß mein Mann in Jessod Hamaala arbeitet, nur ich nicht! Ich habe auf den Feldern überall nach dir gesucht.»

«Ich wollte dir keine Sorgen machen.»

«Was haben die Leute wohl von uns gedacht?»

«Es interessiert mich nicht, was die Leute sich gedacht haben.»

«Interessiert es dich auch nicht, was ich von dir denke?»

«Was denkst du denn, Fanja?»

«Ich denke, daß es dumm und häßlich ist, wenn eine ganze Siedlung – einschließlich Kindern und alten Leuten – hungert, und das nur wegen der Eitelkeit eines herzlosen Funktionärs!»

«Hast du einen besseren Vorschlag?»

«Entschuldigt euch bei ihm.»

«Niemals!»

«Du verstehst nicht, Jechiel! Glaubst du etwa, daß er sich die Haare ausrauft und schreit: ‹Um Gottes willen, man lehnt sich gegen mich auf!›? Nein! Er feiert seinen Sieg! Er kann sich gar nicht anders verhalten. Er handelt nach den Prinzipien des Barons!»

«Auch ich habe Prinzipien.»

«Aber zu welchem Preis?»

«Unser Traum ist groß. Die Menschen sind klein. Sie werden die Befreiung unseres Landes nicht dadurch herbeiführen, daß sie ihre Ehre mit Füßen treten.»

«Oschri ist stärker als ihr.»

«Aber der Traum ist stärker als er. Die Oschris werden kommen und gehen, aber wir werden bleiben. Wir sind in Jauni geblieben, nachdem die anderen es verlassen haben, und auch nach der Dürre. Was haben wir mit diesem elenden Sklaven zu schaffen? Unseren Lebensunterhalt beziehen wir nicht von ihm!»

«Doch! Gerade von ihm!»

«Warum hast du solche Angst vor ihm, Fanja? Seit wann fürchtest du dich? Ohne sein Zutun haben wir hier bereits vierzig Familien statt der vier, die vor vier Jahren hier waren, und tausendzweihundertfünfzig Dunam Land.»

«Na eben, also habe ich recht. All diese Erfolge wiegen mehr als die Dummheit und Bosheit von Monsieur Oschri! Er kann euch doch nicht aus euren Häusern und von euren Feldern vertreiben. Schau dich doch mal an, wie du aussiehst, Jechiel. Du hättest mir wenigstens erzählen können —»

«Du hast mir ja auch nicht erzählt, daß sich der Tabak nicht verkauft.»

«Woher weißt du das?» fragte sie erstaunt.

«Von der Familie Adis. Ismael hat Rivka erzählt, daß du ihm Tabak zum Verkauf geschickt hast, und die hat es ihren Eltern geschrieben. Siehst du, Ismael hast du es gesagt und mir nicht.»

«Genau deshalb habe ich dich doch auf den Feldern gesucht, um es dir zu erzählen! Ach, Jechiel! Herr Landa verlangt, ich soll für den Tabak zahlen, den ich nicht verkauft habe! In meiner Dummheit hatte ich mich zu einer Geldbuße verpflichtet.»

«Verkauf den Tabak. Stoß ihn ab.»

«Es kommen keine Käufer!»

«Die werden schon kommen.»

«Nein! Keiner kommt! Ich habe alles versucht!» Fanja fiel ihm an die Brust wie ein kleines Mädchen. Nachdem sie sich ein wenig beruhigt hatte, hörte sie seine keuchenden, schnellen Atemzüge. Erschrocken blickte sie ihn an. Er hatte die Augen geschlossen, und Schweißperlen bedeckten seine Stirn.

«Jechiel, du bist krank!»

«Nein, nein — nur müde.»

«Was tust du in Jessod Hamaala?»

«Ich arbeite bei Fischel Salomon. Wir bereiten den Boden für Pflanzungen vor.»

«Und wieviel zahlt er dir?»

«Einen Franken pro Tag.»

«Dafür, daß du vom Morgengrauen bis in die Nacht schuftest? Da hat Fischel Salomon ein gutes Geschäft gemacht.

Umsonst kannst du auch in Rosch Pina arbeiten! Das ist doch der Lohn eines Fellachen!»

«Und inwiefern bin ich besser als ein Fellache? Bei Fischel hätte ich auch umsonst gearbeitet. Schade, daß du ihn nicht bei der Arbeit sehen kannst – diese absolute Hingabe! Die Priester und die Leviten, die in alten Zeiten die Bundeslade in den Tempel trugen, haben dabei keinen so heiligen Eifer an den Tag gelegt wie er.»

Fanja seufzte. Es hatte keinen Sinn, Jechiel würde sich niemals überzeugen lassen.

«Die Bauern dort benötigen eine Anleihe, um Maultiere und Pflüge zu kaufen und ihre Steuern an die Regierung zu zahlen», fuhr er fort. «Sie wollen ihr Land auf den Namen des Barons überschreiben lassen als Sicherheit für frühere und künftige Anleihen. Aber Fischel ist nicht bereit, das zu unterschreiben. Er will keine Anleihe. ‹Ich arbeite und ernähre mich von der Scholle›, sagt er. Um sich jedoch nicht auszuschließen, ist er einverstanden, mit seinem Besitz zu bürgen. Mit seinem Besitz – aber nicht mit seinem Land.»

«Genügen dir nicht die Streitereien in Rosch Pina? Mußt du dich auch in die von Jessod Hamaala einmischen? Was wollen sie eigentlich dort anpflanzen?»

«Blumen. Der Baron hat einen französischen Agronomen hingeschickt, und der hat gesagt, der Ort eigne sich zur Herstellung von Parfüm.»

«In Jaffa habe ich den Gärtner des Barons Ustinov kennengelernt, und der hat mich über Jessod Hamaala ausgefragt.»

«Den habe ich auch getroffen. Nissim Bechor Alchadif. Er war einer der Begleiter des Agronomen.» Jechiel stand auf und streckte sich vorsichtig, wie jemand, dem alle Muskeln weh tun. «Fischel hat geschworen, wenn er den ersten Baum auf seinem eigenen Land gepflanzt hat, pilgert er nach Jerusalem, um dem Herrgott an der Klagemauer dafür zu danken. Vielleicht fahre ich mit. Aber jetzt gehen wir schlafen, Fanja.»

«Wann mußt du aufstehen?»

«Noch vor Sonnenaufgang. Mach dir keine Sorgen», bat er, als er ihren bekümmerten Gesichtsausdruck sah.

«Ich mache mir aber doch Sorgen.»

«Sieh zu, daß du deine Fabrik los wirst.»

«Das werde ich tun.»

Leicht gesagt! Wer würde schon den angeschimmelten Tabak kaufen? Und woher würde sie das Geld für Landa nehmen, wenn sie den Tabak nicht verkaufen konnte? Während Fanja wach auf ihrem Bett lag, schwirrten ihr die Gedanken im Kopf herum wie Bienen in einem Bienenstock. Plötzlich glaubte sie, Jechiel im Schlaf ächzen zu hören. Sie lauschte und hielt den Atem an, aber gleich darauf atmete er wieder normal und regelmäßig. Sie schwor sich, sie würde sich nie, nie wieder auf Geschäfte einlassen! Sie würde waschen, kochen, nähen, Kinder großziehen und eine treue Ehefrau und vorbildliche Mutter sein. So wie Ismael ihr in seiner groben Art geraten hatte: Kinder, Küche, Kirche. Obwohl Rivka nicht gerade den Eindruck machte, als sei sie restlos glücklich ...

Das Verwaltungsgebäude erhob sich auf einer Hügelkuppe wie eine französische Ritterburg. Es geschah nicht oft, daß die Einwohner von Rosch Pina sich dorthin begaben. Der hohe Bau war von Gartenanlagen umgeben, und sogar ein Springbrunnen versprühte sein Wasser zu Füßen der breiten Terrasse, die einen Ausblick auf das Tal im Osten bot. Mehrmals im Jahr war «Klein-Versailles» der Schauplatz von Festlichkeiten, wenn die Spitzenfunktionäre der Verwaltung hier eintrafen, in Kutschen mit ihrer Dienerschaft, Begleitern und Begleiterinnen. Die Siedler von Rosch Pina wie auch die aus anderen Siedlungen bemühten sich, den Gästen zu Diensten zu sein und sich in ein möglichst gutes Licht zu rücken.

Mohamed, der Lieblingskutscher von Scheid, öffnete ihr die Tür. Fanja zögerte. Scheid war also auch zu Besuch gekommen. Der Kutscher musterte Fanja mit einem geringschätzigen, wissenden Blick, der Fanja erschaudern ließ. Fast wäre sie davongelaufen, aber gleich darauf hatte sie sich wieder in der Gewalt. Auf ihre Frage, ob die Dame des Hauses anwesend sei, nickte er kurz und verschwand. Fanja trat ins Vorzimmer. Wenn Scheid im Ort war, war es besser, wenn niemand sie hier sah. Sonst wäre ihr guter Name nicht mehr zu retten gewesen.

An der Wand des Vorzimmers hing ein großer Spiegel im vergoldeten Rahmen. Jahre schienen vergangen zu sein, seit sie sich zum letztenmal von Kopf bis Fuß in einem Spiegel betrachtet hatte. Was sie sah, bereitete ihr Freude. Trotz ihrer zwei Kinder sah sie immer noch gut aus. Ihre frische Haut war sonnengebräunt, und die Augen blitzten lebhaft in ihrem zarten Gesicht. Erschrocken wandte sie sich um, als hätte man sie bei etwas Unrechtem erwischt. Durch die halboffene Tür konnte sie in einen großen Salon hineinsehen, der mit zahlreichen Teppichen ausgelegt war. Die Sessel waren mit gelber Seide bezogen. Sämtliche Kolonisten im Lande hätte man von den Geldern ernähren können, die die Herren Funktionäre für ihre Paläste, ihre Stallungen und ihre Dienerschaft verschwendeten, dachte Fanja wütend.

Aus dem Inneren des Hauses ertönten Stimmen und auch das Klappern von Geschirr. Vielleicht wäre es besser, erst mal in die Küche zu gehen und mit der Köchin zu sprechen, bevor sie an Frau Oschri herantrat.

Elijahu Scheid kam aus dem kleinen Salon und bat sie einzutreten. Fanja zögerte. Zwar hatte dieser Mann Rosch Pina vor dem Untergang gerettet, aber was Frauen betraf, war sein Ruf nicht der beste.

«Ich hätte gern die Dame des Hauses gesprochen», sagte Fanja.

«Sie kommt sofort.» Ein zögerndes Lächeln spielte um seine Lippen, als er sie mit einer Handbewegung einlud, Platz zu nehmen. Fanja tat, als hätte sie seine einladende Bewegung nicht verstanden, und wandte ihren Blick dem großen Fenster zu. Es war von schweren Brokatvorhängen verdeckt, und sie versuchte sich den Ausblick vorzustellen, der sich von diesem Fenster bot.

«Sind es Frauengeschäfte, die Sie besprechen wollen?»

«Ja. Ich möchte ihr etwas zum Kauf anbieten.»

«Für das Haus?»

«Einen Küchenofen.»

«Einen solchen Kauf muß ich ohnehin genehmigen. Sprechen Sie.»

«Ich habe in Jaffa bei Monsieur Levy einen neuen Ofen erstanden, der in Marseille hergestellt ist. Für die Qualität kann ich mich verbürgen, ich benutze einen solchen Ofen. Und ich dachte –»

«Wer ist Ihr Mann?»

«Jechiel Siles.»

«Das ist keiner von den Moineschti-Leuten?»

«Nein.»

«Woher kommt er denn?»

«Aus Safed. Er ist einer der Kolonisten, die sich hier 1878 angesiedelt haben.»

«Und wer ernährt ihn?»

«Er ernährt sich selbst.»

«Also ein stolzer Bauer. Mein Respekt.»

Fanja wollte schon etwas Scharfes erwidern, unterließ es aber. Sie war nicht hergekommen, um sich zu streiten.

Scheid trat ans Fenster und zog die Brokatvorhänge zurück. Er winkte ihr, näher zu treten.

Sie trat neben ihn und blickte aus dem Fenster. Trockene Blätter wehten über die mit roten Ziegeln gepflasterte Terrasse. Das schwarze Eisengitter hatte schon Rost angesetzt. Die Beete im Garten waren mit Rosenstöcken bepflanzt. In einiger Entfernung konnte man eine Herde schwarzer Ziegen sehen, die in die Schlucht hinunterstieg. Im Nordosten erhob sich der schneebedeckte Hermon-Berg. Und im Osten, im Tal, glitzerte der Sumchi-See. Dort, in dieser silbrigen Senke, befand sich jetzt Jechiel. Sie erinnerte sich an das, was er ihr gesagt hatte: ‹Oschris werden kommen und gehen, aber wir werden bleiben.›

Scheids rechte Hand lag auf ihrer Schulter, während er mit der linken auf die Landschaft wies, die sich zu Füßen des Hügels erstreckte. «All dieses Land, die Ländereien von Rosch Pina, hat der Baron aufgekauft. Sie brauchen gar nicht erst zu protestieren. Trotz allem ernährt euch jemand. Zu eurem Glück verlangt dieser Jemand keine Gegenleistung außer einer: Ihr sollt arbeiten! Seine Brüder lachen ihn aus. Das hat er mir selbst erzählt! Warum sollten die Bauern auch arbeiten, wenn der Baron ohnehin alles bezahlt?»

Fanja konnte sich nicht entscheiden, ob sie jetzt mit stolz erhobenem Kopf – und leeren Taschen – das Haus verlassen sollte oder ob sie ihren Zorn unterdrücken und – vielleicht – mit Geld in der Tasche nach Hause gehen sollte.

«Möchten Sie eine Tasse Tee?»

«Nein danke. Ich bin nur wegen des Ofens gekommen.»

Scheid schmatzte mit den Lippen, als lutschte er an einem Bonbon, und festigte seinen Griff an ihrer Schulter. Sein Gesicht sah aus wie von weißem Wachstuch überzogen.

«Bitte, Herr Scheid.» Sie machte sich von ihm los. «Wenn Sie den Ofen kaufen wollen ...»

«Was soll er denn kosten?»

Fanja nannte eine Summe in der Höhe des Bußgeldes, das sie für den Tabak zahlen sollte. Ohne ein Wort zog Scheid seine Brieftasche heraus und zählte ihr sechs Imperials auf die Hand.

«Wollen Sie ihn denn nicht erst sehen? Oder sollte vielleicht die Köchin einen Blick darauf werfen?»

«Sie haben ein ehrliches Gesicht.»

Fanja lachte vor freudiger Erregung über die Münzen in ihrer Hand. «Heute nachmittag schicke ich Ihnen den Ofen.»

«Nu! Endlich lachen Sie. Sie sind bildschön! Schon seit langem wollte ich Sie mal kennenlernen. Die Fellachenfrau, die Chopin spielt. Das sind doch Sie, oder?»

«Hat Imbar Ihnen von mir erzählt? Ich spiele schon lange nicht mehr.»

Scheid nahm ihre Hand und führte sie in den großen Salon. Dort standen Stühle und Tische mit geschwungenen Beinen, Schränke aus Rohrgeflecht und handgeschnitzte Säulen. Die Möbel waren vermutlich aus Beirut importiert, vielleicht sogar aus dem Elsaß. In der Ecke des Raumes stand ein schwarzes Klavier.

«Spielen Sie», bat er sie lächelnd.

«Ich habe vielleicht noch einiges im Kopf, Herr Scheid», sie lächelte zaghaft, «aber ob die Finger es noch können ...» Während sie sprach, zitterte sie plötzlich ein wenig, wie ein Wassertropfen im Sonnenlicht. Ohne es eigentlich zu wollen, ging sie zum Klavier und öffnete den Deckel über der Tastatur. Das Klopfen von Holz auf Holz hallte durch den Raum. Fanja berührte die Tasten und spürte ihre weiße Glätte in den Fingerspitzen. Sie bebte am ganzen Körper, als der erste Ton erklang und danach ein weicher Akkord. Scheid hatte sie völlig vergessen, als sie zu spielen begann – zunächst langsam und zögernd, dann die Barkarole. Der Raum füllte sich mit goldgelben Tönen, wie die Farbe der schweren Brokatvorhänge.

«Großer Gott!» flüsterte Scheid, als sie geendet hatte. «Was tun Sie hier in diesem gottverlassenen Nest? Sie verschwenden Ihre Jugend, Ihre Schönheit, Ihr Talent!»

Fanja lächelte verlegen.

«Daß der arme Tschaikowsky Sie nicht mehr hat spielen hören!»

«Ist er denn tot?» fragte sie erregt.

«Aber sicher! Wußten Sie das nicht? Schon vor einigen Jahren ist er an der Cholera gestorben.»

«Oi.» Fanja erinnerte sich an ihre Klavierlehrerin, die Tschaikowsky über alles verehrt hatte. Jetzt würde sie niemals erfahren, ob die Lehrerin wirklich jene Nadjeschda von Meck, die Gönnerin Tschaikowskys, gewesen war. Als man Fanja zum erstenmal zum Klavierunterricht gebracht hatte, war ihr die schwarzhaarige Frau mit den großen Zähnen und den vielen Sommersprossen vorgekommen wie eine richtige Hexe, doch schon nach kurzer Zeit erkannte sie ihre wirkliche Schönheit. Ihr Klavierspiel bezauberte das kleine Mädchen. Ihre Hingabe zur Musik und der intime Ton, in dem sie von den Komponisten, die sie verehrte, erzählte, verwandelten die Hexe in eine Königin. Eine Königin der Musik.

«Würden Sie gern als Musiklehrerin in der Schule tätig sein?» fragte Herr Scheid.

«Aber diese Finger...», Fanja sah ihn erstaunt an und betrachtete dann ihre Knöchel.

«Uns fehlt eine Musiklehrerin an der Schule. Nein! Geben Sie mir jetzt keine endgültige Antwort. Bis die Schule in Betrieb ist, können Sie sich auf Ihre Aufgabe vorbereiten. Die Musikakademie in Paris gehört zu den besten der Welt.»

«Paris!»

«Und inzwischen können Sie Ihren Tschaikowsky genießen, *Eugen Onegin* in der Oper hören und das neue Ballett *Dornröschen* sehen.»

«Ich habe vier Kinder, Herr Scheid.»

«Vier eigene Kinder? Wie alt sind Sie denn?»

«Zwanzig. Zwei habe ich selbst zur Welt gebracht, aber alle vier sind meine Kinder.»

«Und ich habe sechzig Kinder, Madame. Rosch Pina ist mein Kind. Bis zum Ende des Jahrhunderts wird es hier mindestens hundert Schulkinder geben. Ich weiß sehr gut, daß man mich als eine Art reißenden Wolf ansieht, aber Sie werden verstehen, das bedeutet nur, daß ich Menschenkenntnis besitze und Menschen richtig einschätzen kann. Sie wissen ja selbst nicht, meine Liebe, wer Sie sind und was Sie sind. Kommen Sie einmal her.»

Fanja trat neben ihn ans Fenster. Er kniff die Augen zusammen und blickte sie konzentriert an.

«Ich habe in Paris Medizin studiert…» murmelte er, als hätte er eine seltene Krankheit an ihr entdeckt. «Gestatten Sie?» Er blickte ihr in die Augen und schob ihr das Haar aus dem Nacken. Seine Finger streichelten ihren Hals. Dann drückte er sein Ohr an ihr Herz. Als sie erschrocken zurücksprang, schlang er die Arme um sie. In Panik versuchte sie sich loszureißen, aber der Kampf mit ihr schien seinen Jagdinstinkt nur noch stärker herauszufordern. Er drückte sie mit erstaunlicher Kraft an sich, murmelte Koseworte auf französisch, den Mund an ihrem Busen. Fanja war halb betäubt – Schreie aus ferner Vergangenheit hallten in ihren Ohren wider. Panische Angst stieg in ihr auf, und sie fürchtete, sie würde anfangen zu schreien. Nicht schreien, nur nicht schreien, die Lippen zusammenpressen und so schnell und still wie möglich verschwinden, sagte sie sich, während sie seine Finger wie Blutegel auf ihrer Haut spürte. Als es ihr endlich gelang, sich loszumachen und zur Tür zu laufen, war diese verschlossen. Fanja blickte Scheid voller Ekel an.

«Komm, mein wildes Kätzchen, komm her…» Er streckte die Hände nach ihr aus und entblößte seine gelblichen Zähne zu einem widerwärtigen Grinsen.

«Machen Sie die Tür auf!»

«Bitte… hab doch keine Angst! Du bist so wunderschön…»

Fanja zog ihre Pistole und richtete sie am ganzen Körper zitternd auf Scheid.

«Öffnen Sie sofort die Tür!»

Als Scheid die Pistole sah, brach er in lautes Gelächter aus und faßte sich mit beiden Händen an den Kopf. Fanja mußte an sich halten, ihn nicht niederzuschießen. Statt dessen schoß sie das Schloß aus der Tür und lief hinaus. Der Schuß hallte ihr noch immer in den Ohren, als sie den Hof erreichte. Sie verbarg die Pistole unter ihrem Kleid und verlangsamte ihren Schritt. Nur langsam, befahl sie ihrem wild klopfenden Herzen. Wenn sie im Laufschritt hier herauskam, würden alle bösen Zungen in Rosch Pina in Bewegung geraten. Sie spitzte die Ohren, um sicher zu sein, daß niemand sie verfolgte, und machte sich gemessenen Schrittes auf den Nachhauseweg, wobei sie im stillen betete, daß sie unterwegs nicht ohnmächtig werden würde.

«Fanja!»

Fanja blieb erschrocken stehen und blickte wie durch einen Nebel die junge Frau an, die sie beim Namen gerufen hatte. Nachdem der Nebel sich verzogen hatte, fiel sie Helen Lea um den Hals.

«Fanja, was ist los mit dir?»

«Wieso? Was denn?»

«Du hast mich angeschaut, als ob du mich nicht erkennst. Fanja! Du hast mich gar nicht gesehen.»

«Nichts ... Es ist gar nichts.»

«Ist etwas passiert? Mit Jechiel?»

«Nein ... nein ...»

Aber dann brach plötzlich der Damm, und sie fing an zu weinen. Die Tränen stürzten ihr aus den Augen wie ein Wasserfall. Helen Lea nahm sie am Arm, und gemeinsam gingen sie hinauf auf den Hügel. Dort setzten sie sich auf den Felsen im Schatten der großen Nußbäume. Fanja berichtete Helen Lea alles, was sich ereignet hatte. Sie erzählte ihr von dem verbrannten Getreide, von Riva Frumkin, die an Malaria gestorben war, von Loliks Tod im Feuer, von ihrem Tabakgeschäft, das sich in Rauch aufgelöst hatte, von den hungernden Bauern, von Jechiel, der in Jessod Hamaala arbeitete, und schließlich auch von Scheid. Als Fanja von der Schießerei berichtete, warf Helen Lea den Kopf zurück und kugelte sich vor Lachen. Die Lachtränen liefen ihr über die Wangen, und schließlich stimmte auch Fanja in ihr Gelächter ein.

«Du hättest nicht zu ihm gehen sollen, Fanja.»

«Ich bin nicht zu ihm gegangen. Ich wußte gar nicht, daß er dort ist.»

«Auch uns ‹hilft› er», sagte Helen Lea lächelnd. «Dank der Tochter von Mendel Schindler — erinnerst du dich an sie? — unterstützt er uns jetzt beim Bau unserer Synagoge. Frania Dajtsch hat er zu einem Seminar nach Paris geschickt, und jetzt verheiratet er sie mit einem der Bauern.»

«Mir hat er auch vorgeschlagen, in Paris zu studieren.»

Die beiden Frauen bogen sich wieder vor Lachen.

«Hast du das Geld?» fragte Helen Lea.

Fanja holte ihre sechs Imperials aus der Tasche.

«Die werde ich verbrennen!»

«Bloß nicht! Geschäft ist Geschäft. Du hast ihm einen Ofen verkauft und den Gegenwert erhalten. Versprich mir, daß du das Geld nicht verbrennst, Fanja! Versprich es mir!»

«Es ist besudeltes Geld!»

«Der Mann wird seinen Ofen verlangen. Schließlich hat er dafür bezahlt. Und du wirst kein Geld haben. Wie willst du Herrn Landa bezahlen?»

«Oi!»

«Und was wird jetzt?»

«Da kann ich das Geld ja nicht verbrennen!»

Masel tow! Helen Lea musterte sie lächelnd mit fragendem Blick.

«Was soll ich nur Jechiel sagen?»

«Willst du ihm etwa von deinem ... Besuch bei Scheid erzählen?»

«Auf keinen Fall.»

«Endlich wirst du erwachsen. Er hat ohnehin genug Sorgen.»

«Was machst du eigentlich hier, Helen Lea?»

«Guten Morgen, Fanja! Hast du endlich bemerkt, daß ich da bin?» Helen Lea wischte sich die Lachtränen aus den schwarzen Augen. Fanja freute sich maßlos, sie wiederzusehen. Wenn sie sich nicht geniert hätte, hätte sie Helen Lea umarmt und abgeküßt.

«Ich will meine Eltern nach Samarin bringen.»

«Und sind sie damit einverstanden?»

«Ich werde sie schon überreden! Ich bin nicht einverstanden, daß sie noch länger hier wohnen bleiben! Papa ist Gott sei Dank gesund, aber er ist schon dreiundfünfzig. Heute war er gezwungen, nach Safed zu gehen und Matitjahu Sasson zu bitten, ihm Futter auf Pump zu geben. ‹Ich kann hungern, aber mein Esel muß essen›, hat er gesagt. Monsieur Oschri war ja bei uns in Samarin, bevor er herkam, und ich weiß genau, wer er ist und was er ist. Ein Knecht, den man zum König gemacht hat! Man hat uns erzählt, er hätte den Bauern von Rosch Pina die Unterstützung gestrichen. Wie lange geht das schon so?»

«Fast drei Monate.»

«Bei uns kann mein Vater arbeiten. Das ist ja alles, was er will – arbeiten. Wenn die Feldarbeit zu schwer für ihn ist, kann er etwas anderes tun. Wir haben Gott sei Dank schon ein Haus.»

«Meinen Glückwunsch, Helen Lea!»

«Danke, danke. Die Männer gehen morgens aufs Feld, und im Dorf bleiben nur die deutschen Baumeister. Ich würde mich sehr freuen, wenn meine Eltern bei mir wären. Wann kommst du mich besuchen, Fanja?»

«Sobald ich kann. Ich möchte sehr gerne kommen. Weißt du schon, daß ich ein Pferd und einen Wagen gekauft habe? Mein eigenes Pferd!»

«Unseres.»

Fanja blickte sie fragend an. Helen Lea lächelte und erklärte: «Eine Ehefrau sagt nicht ‹meins›, sondern ‹unseres›. *Wir* haben gekauft, *wir* haben gebaut, *wir* wollten, *wir* dachten, *wir* glaubten ...»

Fanja nickte. «*Wir* haben verstanden.»

Helen Lea erzählte Fanja von Samarin, das jetzt Sichron Jacow hieß, seit der Baron es übernommen hatte. Helen Lea war eine der wenigen Frauen gewesen, die sich zusammen mit ihren Ehemännern in Sichron Jacow angesiedelt hatten. Die meisten Frauen und Kinder wohnten in Haifa in der Herberge «Odessa». Die Männer pflegten drei Wochen lang zu arbeiten und dann eine Woche bei ihren Familien zu verbringen. Da die türkische Regierung ihnen die Baugenehmigung verweigerte und der Winter kalt war, wohnten sie in kleinen arabischen Hütten, die sie auf ihrem Land vorgefunden hatten.

«Wegen einer Ziege habe ich jetzt ein Haus», sagte Helen Lea lachend.

«Wie denn das?»

«Eines Tages erschienen bei uns arabische Hirten und verlangten, wir sollten sie bei uns in den Hütten schlafen lassen», berichtete Helen Lea. «Sie zahlten dreihundert Franken Pacht für die Weidegründe von Samarin im Winter. Die armen Kerle froren genau wie wir. Sie behaupteten, die Hütten seien in der Pacht eingeschlossen. Man gab ihnen schließlich ihr Geld zurück, nur um sie loszuwerden. Aber bis dahin schliefen sie zusammen mit uns in den Hütten. Es waren kleine, enge Lehmhütten mit einem einzigen Eingang. Einer der Hirten brachte sogar seine Ziege mit in die Hütte, aber das war zuviel. Ich teilte Dowidl mit, ich würde unter keinen Umständen mit einer Ziege schlafen, nahm meine Decke und legte mich draußen unter freiem Himmel hin. Dowidl bat mich zurückzukommen, aber ich weigerte mich. In der Nacht regnete es, und am Morgen hatte ich Fieber und hustete. Darauf ging Dowidl zu Wormesser, unserem Funktionär, und drohte ihm, wir würden alle den Ort verlassen, wenn man keine Häuser baute. Das konnten nicht einmal die Funktionäre des Barons riskieren. Was würden sie ohne uns anfangen? Und so habe ich dank der Ziege eines arabischen Hirten heute ein Haus.»

Helen Leas Erzählung war so lebendig, ihr Lachen so ansteckend, daß Fanja die Episode mit Scheid bald vergessen hatte.

Auf dem schmalen Pfad, der zum Hügel hinaufführte, war eine kleine Gestalt zu sehen. Fanja machte ein besorgtes Gesicht, als sie Mosche erkannte. Der Junge hätte in der Schule sein sollen. Der Schulleiter, Rabbi Mosche David Schub, hätte ihn nicht vom Unterricht befreit, wenn nicht ein guter Grund dafür vorläge. Seinen Augen war der Schreck anzusehen, und sein keuchender Atem erschwerte ihm das Sprechen.

«Lejbl, der Postbote, ist aus Jessod Hamaala gekommen und läßt dir ausrichten, du möchtest den Papa abholen.»

«Wo ist Lejbl?»

«Auf dem Weg nach Safed.»

«Und was hat er sonst noch gesagt?»

«Das ist alles. Schaul Misrachi hat ihn gebeten, es dir auszurichten.»

«Was hat denn dein Vater, Moischele?» fragte Helen Lea. «Hat Lejbl das nicht gesagt?»

«Malaria.»

Fanja lief rasch den Pfad hinunter, gefolgt von Helen Lea und Mosche.

«Ich bleibe bei den Kindern, Fanja. Mach dir keine Sorgen», hörte sie die Stimme der Freundin hinter sich. Fanja nickte nur kurz. Kalte Dunkelheit umgab sie, als sei sie in einen Brunnen gefallen, als hätte Jechiel sie betrogen und verlassen. Er war doch der Starke, der Tapfere! Wenn ihm etwas passierte... weiter konnte sie gar nicht denken.

Wenn ihm etwas passierte... Immer wieder gingen ihr diese Worte im Kopf herum, während der kleine Wagen den steilen Weg in Richtung Jessod Hamaala hinunterpolterte. Sie trieb Saar nicht an, damit er nicht ausrutschte und sich verletzte. Sie brauchte ihn jetzt mehr denn je. Sie dachte an Jechiels unruhigen Schlaf, seinen gebeugten Rücken, sein erschöpftes Gesicht. Sie hätte wissen müssen, daß er krank war. Gott im Himmel, wenn ihm etwas passierte...»

Nur selten hatte sie über ihr gemeinsames Leben nachgedacht, und jetzt, von Sorgen gepeinigt, sah sie dieses Leben deutlich vor Augen. Er hatte ihr alle Freiheit gelassen. Sie war frei gewesen, ihre Geschäfte zu tätigen, umherzureisen, tagelang abwesend zu sein. Er hatte ihr Recht respektiert, ein eigenes Leben zu führen, das anders war als das seine. Keine der Frauen, die sie kannte, nicht einmal Helen Lea, führte ein solches Leben. Niemals hatte Jechiel auch nur angedeutet, daß er es war, der ihr diese Freiheit gewährte, oder daß sie sich ungebührlich aufführte. Sie war ein Teil jener neuen Gesellschaft, die er schaffen wollte. Ob er wohl auch darin ein Opfer sah, das er bringen mußte?

Es ging ihr nicht aus dem Sinn, daß sie ihm vielleicht keine treue Partnerin gewesen war bei seiner schweren Arbeit und einem Leben voller Armut und Enttäuschung.

Von jeher hatten seine Freunde und Bekannten ihn «Wunderkind» genannt. Wenn er nur gewollt hätte, er hätte es sich leichter machen können. Er hätte sich eine Zukunft schaffen können, die er sich Tag für Tag, Stein für Stein aufbaute. Und sie, statt ihm dabei zu helfen, war wie ein leichtsinniger Spatz von einem Ort zum anderen geflattert!

Es fing an zu regnen. Je tiefer sie ins Tal kam, um so stärker wurde der Regen. Hinter der Regenwand kam der See in Sicht. Die Radspuren auf dem Weg füllten sich mit Wasser und erschwerten Saar das Vorwärtskommen.

Am Eingang von Jessod Hamaala begegnete sie Reb Fischel Salomon, der mit einem Ochsengespann vom Feld zurückkam. Auf den Schultern trug er einen arabischen Pflug, und beim Gehen spreizte er die Beine wie eine Ente wegen der dicken Schlammschicht, die seine abgetragenen Schuhe bedeckte. Fanja wagte nicht, ihn nach Jechiels Befinden zu fragen.

«Steigen Sie doch auf den Wagen, Reb Fischel.»

«Und wer wird die Ochsen nach Hause bringen, Frau Siles?»

Von Jechiel hat er kein Wort gesagt, dachte sie. War das nun ein gutes oder ein schlechtes Zeichen? Reb Fischel selbst hatte auch schon Malaria gehabt und fürchtete sich nicht davor. Er glaubte fest daran, daß Gott im Himmel ihm beistehen und ihn retten würde. Betete er denn nicht regelmäßig? Erfüllte er nicht alle religiösen Pflichten? Sie wünschte, daß auch sie einen so festen Glauben hätte.

«Wo ist mein Mann, Reb Fischel?»

«Im Haus.»

Also war Jechiel wirklich krank! Es gab nur ein einziges «Haus» in Jessod Hamaala, und das war ihr von ihrem vorigen Besuch noch gut in Erinnerung. In dem Haus waren Kinder, Frauen und Kranke untergebracht. Die übrigen fünf Familien aus Masaritsch – die Brüder Misrachi, Reb Fischel und sein Helfer, Israel Aschkenasi, wohnten alle in Zelten, die Aschkenasi aufgestellt hatte. Das Ganze wirkte wie eine ironische Anspielung auf das Bibelwort: ‹Wie schön sind deine Zelte, Jakob, und deine Wohnstätten, Israel›.

Jechiel lag auf einer Matratze an der Wand, neben sich auf dem Boden eine Wolldecke, wie sie die Beduinen benutzen. Es war eiskalt in dem finsteren Raum.

Das Wasser tropfte von der Decke in Schüsseln, die auf dem Fußboden aufgestellt waren, das eintönige Geräusch der Wassertropfen machte die Atmosphäre noch trostloser. Jechiel war schweißgebadet wie bei der Feldarbeit in glühender Sommerhitze, seine Matratze war durchnäßt und wies dunkle Flecken auf, die noch von anderen Kranken stammten. Fanja schenkte ihm ein Glas Wasser ein und versuchte, ihm die Chinintabletten zu verabreichen, die sie mitgebracht hatte. Doch seine Lippen ließen sich nicht öffnen. Sie blickte ihn erschrocken an, unschlüssig, was sie tun sollte. In diesem Regen konnte sie ihn nicht nach Rosch Pina bringen, aber ihn hierzulassen kam auch nicht in Frage. Hier würde er sich niemals erholen! Und wo sollte sie hier einen Arzt finden? Warum hatte sie nur in Rosch Pina nicht daran gedacht?

Der strömende Regen trieb die Menschen ins Haus. Von Zeit zu Zeit ging die Tür auf, und zusammen mit dem Wind, dem Regen und dem Schlamm kam einer der Arbeiter aus Safed oder einer der arabischen Tagelöhner herein. Alles Leute, die kein eigenes Zelt in den «Wohnstätten Israels» hatten. Fanja zitterte vor Kälte und warf der Frau, die ihr ein Glas heißen Tee reichte, einen dankbaren Blick zu.

«Wir gehen den Weg allen Fleisches», flüsterte die Frau geheimnisvoll. «Mein Itzhakele ist vor zwei Wochen an Malaria gestorben.» Ein Zittern durchfuhr Fanja. Wir müssen hier weg, dachte sie.

Reb Fischel kam herein, blieb an der Tür stehen und kratzte sich den Schlamm von den Schuhen. Seine Zehen waren von der Kälte und Nässe rot angelaufen. Fanja wandte schnell den Blick von seinen Füßen ab. Vor sich hin summend stellte er seine Schuhe an den Ofen und ging dann barfuß in dem kalten Raum umher.

Ein junger Mann mit schwarzem Bart und brennenden Augen, eine Art Käppchen auf dem Kopf, trat an Jechiel heran und hüllte ihn in ein nasses Leintuch, das er ihm an den Körper drückte, um ihn abzukühlen. Eine Minute später brachte er zwei Federbetten, die er neben die Matratze legte. «Falls er Schüttelfrost bekommt», erklärte er Fanja in einem fremdartigen Dialekt, ganz anders als die Aussprache der polnischen Juden, eher wie die der Sephardim. Die junge Witwe, die immer noch neben Fanja saß und sie beobachtete, sagte: «Er ist Kurde, sein Name ist Jehuda Barasani. Er ist zu Fuß über die Berge der Finsternis gekommen, und hier wird man irgendwann auch ihn begraben.»

«Komm, Sarah!» rief Reb Fischel der Witwe zu, um sie von Fanja wegzulocken.

Immer mehr Menschen kamen herein. Es sah aus, als könne der Raum nicht einen einzigen Menschen mehr aufnehmen, und trotzdem trat noch ein durchnäßtes Ehepaar ein und kurz darauf eine weitere Familie. Der Regen hatte auch die Zeltbewohner ins Haus getrieben. Jedesmal, wenn die Tür aufging, fegte ein kalter Windstoß durch den Raum. Gelegentlich schien Jechiel sie zu erkennen, und ein Lächeln huschte über seine Lippen. Sein Haar und sein Bart waren klitschnaß, die Schulterknochen standen hervor, die Augen lagen tief in den eingefallenen Höhlen. Wenn die anderen Leute nicht gewesen wären, hätte sie sich neben ihn gelegt, um ihn mit ihrem warmen Körper vor der verdammten Krankheit zu schützen. Sie dachte an all die Monate, die sie in Jaffa verbracht hatte, während ihr geliebter Mann sich abgerackert und gehungert hatte, enttäuscht und verzweifelt. Sie hätte ihm zur Seite stehen und ihm nach Kräften helfen müssen!

Die Männer sprachen das Nachmittags- und dann das Abendgebet, während die Frauen auf dem alten eisernen Ofen das Abendessen kochten. Die trockenen Olivenschalen, die zum Heizen verwendet wurden, verbreiteten einen fettigen Geruch. Ich muß Jechiel sofort von hier wegbringen, dachte Fanja. Ihr selbst war schon übel von der schlechten Luft und dem Gedränge.

«Weil wir jetzt alle hier in brüderlicher Gemeinschaft versammelt sind», rief Reb Fischel mit lauter Stimme, «habe ich Daniel Baruch gebeten, uns von dem Vorschlag der CHOWEWEJ ZION zu berichten. Sprich, Daniel, und laß uns hören, was du zu berichten hast.»

Verlegen begann Daniel Baruch mit leiser Stimme zu sprechen, wobei er den Blick auf das tropfende Fenster richtete. Die Anwesenden verstummten und setzten sich auf die Strohmatten, um ihm zuzuhören. Unwillkürlich spitzte auch Fanja die Ohren.

«Der Vorschlag stammt nicht von mir», sagte Daniel Baruch, als müsse er sich entschuldigen. «Über unsere Probleme brauche ich nicht zu sprechen. Sie sind bekannt. Also in Kürze: Zunächst einmal müssen die Ländereien von Jessod Hamaala auf die Bauern überschrieben werden, nicht wahr? Die Beamten beim *Tabu*, bei der Landregistration, wollen alle ohne Ausnahme ihr Bakschisch haben. Zweitens brauchen wir Baugenehmigungen, nicht wahr? Da genügt ein Bakschisch nicht. Man muß sich auskennen. Man muß wissen, wie man eine Baugenehmigung bekommt, an wen man sich wenden muß und in welcher Form. Wissotzki hat Abraham Mojal, den Geldwechsler aus Jaffa, gebeten, diese Aufgabe zu übernehmen. Er wird also der Verbindungsmann zwischen der CHOWEWEJ ZION und den Siedlungen sein, und wir müssen tun, was er für richtig hält.»

«Nu! Zur Sache!» drängten die Zuhörer den Redner. Daniel Baruch richtete nochmals den Blick auf das undichte Fenster, von dem das Wasser herunterlief, und sagte in leisem, entschuldigendem Ton:

«Mojal schlägt vor, sämtliche Bauern vom Sumchi-See nach Petach Tikwa zu überführen...»

Den Menschen in dem kalten, ungemütlichen Raum

stockte der Atem. Auch die Frauen hielten in ihrer Arbeit inne. Irgend jemand, Mann oder Frau, lachte laut und verstummte gleich wieder.

«Bei Petach Tikwa gibt es guten Boden. Dort kann man leben und sich von der Scholle ernähren.»

«Und was wird hier werden?» fragte jemand.

«Hierher wird man die BILU-Leute aus Gedera überführen. Die meisten von ihnen sind unverheiratet. Die Böden in Gedera kann man an eine der jüdischen Gesellschaften verkaufen, die Land brauchen, und mit diesem Geld wird man Jessod Hamaala aufbauen.»

«Jüdische Geschäfte!» rief jemand mit hysterischem Lachen, das von wütendem Geschrei unterbrochen wurde: «Sollen wir hier den Boden für die BILU-Leute vorbereiten? Sind die denn besser als wir, diese gottlosen Ketzer aus Krakau? Nur über meine Leiche! Erst wenn ich tot bin, könnt ihr mich von meinem Land wegholen!»

Plötzlich schrien alle durcheinander. Das wütende Gebrüll hallte durch den brechendvollen Raum, und Fanja, die sich nach Jechiel umschaute, sah, daß er sich bis zu den Augen mit dem Federbett zugedeckt hatte. Trotz der dicken Decke zitterte er am ganzen Körper.

«Juden!» Die Stimme von Reb Fischel übertönte das Geschrei. «Wozu der Lärm? Niemand kann uns mit Gewalt von hier vertreiben. Das Land gehört noch immer den Brüdern Abu und nicht der CHOWEWEJ ZION!»

«Ganz so einfach ist die Sache nicht, Reb Fischel», sagte Daniel Baruch. «Zwar gehört das Land nicht der CHOWEWEJ ZION, aber es gehört auch nicht uns. Ich will euch nicht enttäuschen, aber unsere Gläubiger fordern das Geld, das wir ihnen schulden. Außerdem brauchen wir Geld für Lebensmittel und Saatgut. Und wer kann uns helfen außer der CHOWEWEJ ZION? Wenn wir auf ihren Vorschlag nicht eingehen, glaube ich kaum, daß sie uns in Zukunft noch helfen werden. Ich habe Elieser Rokach telegrafiert und ihn gebeten herzukommen, um mit eigenen Augen zu sehen, wie wir hier arbeiten und leben. Es ist besser, wenn er sich selbst überzeugt.»

«Warum Elieser Rokach?»

«Wissotzki sieht dieses Land mit den Augen von Rokach.

Wissotzki hat Mojal die Aufgabe übertragen, sich um die Siedlungen der Chowewej Zion zu kümmern, und er hat Rokach zum Sekretär der Vereinigung ernannt. Man sagt, daß Rokach bei den Behörden viel Einfluß hat und daß er ein persönlicher Freund des *Kaimakam* ist.»

«Man sagt, man sagt . . .» empörte sich Fanja im stillen. Wahrscheinlich hatte Rokach selbst dieses Gerücht verbreitet. Ein Funke von Interesse war in Jechiels Augen erkennbar. Vermutlich hatte er den Namen seines Busenfreundes aufgeschnappt.

«Du kannst dem Vorsitzenden des Komitees, dem hochgeborenen Herrn Abraham Mojal, dem Sekretär Elieser Rokach und dem ehrenwerten Herrn Wissotzki mitteilen, daß wir den Sumchi-See nicht verlassen», schrie jemand. «Der Boden hier ist mit unserem Blut getränkt!» Sogleich war der überfüllte Raum wieder ein einziges Chaos.

«Juden, Juden!» rief Reb Fischel mit begütigendem Lächeln, während er gleichzeitig den Leuten beruhigend auf die Schultern klopfte. «Dies sind die Geburtswehen unseres Messias! Die Geburtswehen des M-e-s-s-i-a-s . . .» begann er mit lauter Stimme zu singen, bis es ihm schließlich gelang, die Leute wieder zu beruhigen. «Wir werden Herrn Mojal, Herrn Rokach und Herrn Wissotzki nicht beleidigen», sagte Reb Fischel beschwichtigend. «Sie meinen es gut. Und sie beabsichtigen dasselbe wie wir: dieses Land fruchtbar und bewohnbar zu machen.»

«Diese Kapitalisten?» rief jemand verächtlich.

«Gewiß! Wir brauchen sie doch!»

«Aber wir werden uns nicht vor ihnen demütigen!»

«Demütigen? Gott behüte! Man erzählt sich die Geschichte von einem Rabbiner, der zusammen mit einem der Honoratioren seiner Stadt für einen wichtigen Zweck Spenden sammeln ging. Als sie zum Hause des *Gewir*, des reichsten und vornehmsten Mannes in der Stadt, kamen, sagte sein Begleiter zu ihm: ‹Bitte, geht nicht hinein. Jeder weiß, daß dieser Mann ein Geizhals und Grobian ist, und er könnte – Gott behüte – unseren Glauben beleidigen und Schande über uns bringen.› Da erwiderte der Rabbi: ‹Der Mensch ist die Krone der Schöpfung, aber trotzdem beugt er das Knie vor einer Kuh, wenn er sie melken will.›» Reb Fischel blickte sich im Kreise seiner

338

Nachbarn um, und seine Augen erstrahlten in heiligem Eifer. «Als die Stämme Israels in der Wüste Sinai lagerten, sprach der Allmächtige zu ihnen: ‹Höret auf mich, denn ich werde euch auf Adlerschwingen tragen und zu mir bringen. Wenn ihr nun getreu auf meine Stimme hört und meinen Bund haltet, so werdet ihr unter allen Völkern mein besonderes Eigentum sein, *denn mein ist die ganze Erde.*› Und wie legt Raschi* das aus?» Reb Fischel schloß die Augen, legte die Hand an die Schläfe und lauschte in sich hinein. Danach öffnete er die Augen wieder, blickte ergriffen die Menschen an, die sich um ihn drängten, und sagte: «Wenn ihr das jetzt auf euch nehmet, sei euch für immer und ewig gewährleistet, daß aller Anfang schwer ist. Nehmet es auf euch», wiederholte er mit erhobenem Zeigefinger, «daß aller Anfang schwer ist. Geburtswehen des Messias», begann er zu singen, und die Chassidim aus Meseritz sangen begeistert mit. «Geburtswehen des Messias ... des M-e-s-s-i-a-s.»

«Der Tod allen Fleisches!» flüsterte die Witwe, worauf Fanja aufsprang und sie anschrie: «Genug davon! Lassen Sie mich endlich zufrieden!» Alle wandten sich verwundert nach ihnen um, und jemand zog die Witwe von Fanja weg, wobei er ihr mitleidig zuredete.

Ein Teil der Anwesenden diskutierte über die Mitteilung von Daniel Baruch, ihre Augen glühten vor Wut und Angst. Sie standen in kleinen Gruppen zusammen, bis die Kerzen allmählich erloschen und die Leute einzeln hinausgingen, ihr Nachtlager aufzusuchen. Statt der lauten Stimmen war jetzt nur noch das Tosen des Sturmes zu hören. Fanja hätte gern gewußt, was bei ihr zu Haus geschah. Rosch Pina lag höher als Jessod Hamaala und war dem Wind stärker ausgesetzt. Ob Helen Lea wohl bei ihr im Haus übernachtete und sich um die Kinder kümmerte? Ob die Kinder vom Donner und Sturm aus dem Schlaf geschreckt wurden? Ob Talli sich nicht vor der fremden Frau fürchtete? Er kannte sie ja kaum ...

---

* *Anm. d. Übers.:* Raschi – eigtl. Rabbi Salomo Ben Isaak, 1040–1105, bedeutendster und populärster jüdischer Bibel- und Talmudkommentator.

Nach der dritten Nachtwache wurde Fanja durch das laute Beten der Männer geweckt. Jechiel hatte die ganze Nacht vor Kälte gezittert. In der Dunkelheit, die sie umgab wie ein Spinnennetz, hatte sie sich zu ihm gelegt und sein Federbett mit ihren Armen umschlungen. Jedesmal, wenn ihn der Schüttelfrost überkam, war sie aus ihrem unruhigen Schlaf erwacht und hatte das Federbett gerieben, wie Jehuda Barasani es gemacht hatte.

Am Morgen hörte es auf zu regnen. Das Wasser in der Regenrinne floß ab, und man hörte das Klatschen einzelner Tropfen, die der Wind vom Dach blies. Ich muß Jechiel hier herausholen, dachte Fanja immer wieder. In diesem überfüllten Raum würde sich sein Zustand nur verschlechtern. Zu Hause konnte sie ihn pflegen. Vor Beginn des Sabbat hatte sie noch sehr viel zu erledigen. Sie mußte Doktor Rosen holen und ihn, wenn nötig, an den Barthaaren nach Rosch Pina schleifen. Er pflegte ein Honorar von einer halben Mejida von seinen Patienten zu erheben, und niemand wußte, wieviel er für die Fahrt von Safed nach Rosch Pina berechnen würde. Zum Glück hatte sie das Geld, das Scheid ihr gezahlt hatte, noch in der Tasche.

In Safed würde sie auch zu Rika de Pulbeira gehen und bei ihr Heilmittel gegen Malaria kaufen. Man konnte nie wissen, ob ihre pflanzlichen Heilmittel nicht helfen würden, wo der Arzt nichts ausrichten konnte. Solche Dinge waren schon vorgekommen. Eine kräftige Suppe aus Knochen würde sie kochen, das war auch ein bewährtes Mittel gegen Malaria, und aus dem Garten von Josef Friedmann würde sie Zitronen holen... Großer Gott! Wenn sie das nur alles schaffte, heute war Freitag!

Fanja hüllte Jechiel in eine Decke, die sie aus Rosch Pina mitgebracht hatte. Schaul und Schmuel Misrachi, Freunde von Jechiel, halfen ihr, ihn zum Wagen zu tragen. Auch Reb Fischel begleitete sie zum Wagen. Er hatte wieder seine Schuhe an, die bestimmt noch naß waren, und wünschte Jechiel gute Besserung.

Er versucht nicht einmal, mich zum Hierbleiben zu überreden, dachte Fanja. Befürchtete er etwa, Jechiel würde die anderen Siedler anstecken? Oder glaubte er, Jechiel würde in

Jessod Hamaala nicht wieder gesund werden? Der Schreck fuhr ihr durch die Glieder, und sie glaubte wieder die Stimme der Witwe Sarah zu hören: «Der Weg allen Fleisches.»

Von Zeit zu Zeit blickte sie nach hinten. Jechiel lag auf dem Boden des Wagens und sah sie an. Jedesmal, wenn sie sich umwandte, begegnete sie seinem Blick. Das Chinin, das sie ihm eingeflößt hatte, tat seine Wirkung. Er hatte aufgehört zu zittern, aber sein Gesicht war fast schwarz, und auf seinen Lippen hatte sich ein weißer Belag gebildet. Einmal hörte sie ihn stöhnen und hielt an.

«Möchtest du ein wenig ausruhen?»

«Und du?»

«Der Kranke bist du.»

«Meine arme Kleine . . .»

«Ich?» Fanja bedeckte sein Gesicht und seine Hände mit Küssen, als wollte sie sich dafür entschuldigen, daß sie gesund war. Obwohl sie eine entsetzliche Nacht hinter sich hatte, fühlte sie das Blut in ihren Adern strömen. Sie war ja so ekelhaft gesund! Sie genoß es, die frische kalte Luft einzuatmen, sie genoß es, durch die schlammige Erde zu waten, sie genoß den Anblick des verregneten Berges, des grauen Himmels, an dem sich hier und dort ein blaues Fenster öffnete . . .

«Du machst mich glücklich, Fanja. Wie damals, als ich dich bei Mime Becker zum erstenmal sah. Und noch mehr. Du bist schön. Wild und herrlich. Du darfst dich niemals ändern!»

«Ach, Jechiel, ich liebe dich so sehr!»

Fanjas Augen füllten sich mit Tränen. In ihrer Brust kämpften widersprüchliche Gefühle miteinander – Bedauern und Glück, Sorge und Erleichterung. Sie fuhr sich mit dem Ärmel über Augen und Nase und mußte lachen, als sie sah, daß ihre Tränen ihm auf den Hals tropften. Jechiel bewegte sich unter seiner Decke. Besorgt beugte sie sich über ihn und lachte dann wieder erleichtert, als er tief durchatmete. Ihr junger Körper sehnte sich danach, ihn zu umarmen, und sie betete im stillen, er möge schnell wieder gesund werden, damit sie ihn für die langen Monate ihrer Abwesenheit entschädigen konnte. Jechiel lächelte ihr zu.

Sie sagte: «Du hast einmal zu mir gesagt, wenn du die Wahl gehabt hättest, hättest du mich nicht geheiratet!»

«Nein, umgekehrt. Ich habe gesagt, wenn *du* die Wahl gehabt hättest, hättest du *mich* nicht geheiratet.»

«Warum hast du sonst nichts weiter gesagt?» rief sie erregt. «Warum hast du mich weggehen lassen? Warum hast du mir nicht gesagt, daß ich einen Fehler mache, daß ich dich nicht verstehe...»

«Ich hatte kein Recht, dich aufzuhalten. Als ich dich in Jaffa kennenlernte, warst du so verloren und verschüchtert wie ein verletzter Vogel in der Falle... und ich war der Jäger. Ich habe den Umstand ausgenutzt, daß du nicht mehr Herrin deines Schicksals warst. Und das habe ich bewußt getan... so sehr wollte ich dich haben.»

«Ich werde dich niemals verlassen. Niemals!»

Jechiels ganzer Körper war wieder schweißgebadet, er wälzte sich unruhig hin und her, bis er die Decke abgeschüttelt hatte. Fanja zog die Zügel an. Sie wandte ihr Gesicht dem Wind zu, um seine Kühle zu spüren und zu wissen, daß er auch Jechiels brennenden Körper kühlte.

Sie dachte über Jechiel nach. Auch jetzt, da sie einander ihre Liebe gestanden hatten und ein tiefes Gefühl der Zusammengehörigkeit sie verband, verbarg er etwas vor ihr, wie er auch seine Krankheit vor ihr verborgen hatte. Was für eine Liebe war das, die ihr nicht gestattete, an seinem Leiden teilzuhaben? Sie hatte ihm so viel zu erzählen, sie wollte nur reden und reden. Sie erinnerte sich an ihr Gespräch mit Helen Lea. Was für eine großartige Sache Freundschaft war! Und wie schön konnte das sinnlose Geplapper von Liebenden sein!

Am Horizont waren die schwarzen Zelte der Tagelöhner zu erkennen, die bei den Fellachen arbeiteten. Fanja war von einer neuen Freude erfüllt, die Freude der Heimkehr. Die Nacht in Jessod Hamaala hatte das Gefühl, nach Rosch Pina zu gehören, noch verstärkt. Wie jemand, der erst in die Verbannung gehen mußte, um seine Heimat richtig schätzen zu lernen.

Als sie sich ihrer vertrauten Umgebung näherte, hörte sie auf, die Gegend zu betrachten. Zu Hause erwartete sie viel Arbeit. Sie mußte zu Rabbi Mosche David Schub gehen und ihn bitten, Tamara in die Schule aufzunehmen, obwohl sie erst fünf Jahre alt war, und sie mußte ihren Schwestern schreiben.

Zwei Monate waren vergangen, seit sie Lilys letzten Brief erhalten hatte, und sie hatte noch immer keine Zeit gefunden, ihr zu antworten. Und der Grabstein von Lolik! Welche Inschrift sollte er tragen? Bei Isser wollte sie sich Sturmlampen ausleihen für den Fall, daß sie sich bis nach Anbruch der Dunkelheit in Safed aufhalten würde.

Plötzlich erschien vor ihr, wie aus dem Boden gewachsen, Chaim Jona Segal, der Schächter. Um den Hals hatte er einen Futtersack gebunden, wie man ihn für Pferde verwendete, und er schwenkte die Arme, um den Wagen zum Stehen zu bringen. Fanja erschrak bei seinem Anblick. Er trug keine Kopfbedeckung, in seinem Mund fehlten Zähne, und über seine Stirn zog sich ein blutiger Striemen, der offenbar von einer Peitsche stammte. Es dauerte eine Weile, bis es ihm gelang, den Mund aufzumachen und zusammenhängend zu sprechen.

Er berichtete, daß in den frühen Morgenstunden türkische Soldaten in die Siedlung eingedrungen waren, um bei den Einwohnern Steuern zu kassieren. Es stellte sich heraus, daß Itzhak Oschri einen neuen Einfall gehabt hatte, die Siedler zu schikanieren. Nachdem ihm klargeworden war, daß die Bauern lieber hungern als sich bei ihm entschuldigen würden, gab er dem *Kaimakam* in Safed den Rat, er möge doch die Steuern durch seine Soldaten eintreiben lassen. Vergeblich erklärten die Bauern, sie hätten eine vertragliche Abmachung mit Herrn Scheid, wonach die Siedlungsverwaltung für die Entrichtung der Steuern zuständig sei. Die Soldaten glaubten ihnen kein Wort, weil ja der Verwalter persönlich die Eintreibungsaktion veranlaßt hatte. Sie schlugen auf die Bauern ein und folterten sie, bis diese mit ihren Familien in die Berge flüchteten, wo sie sich noch immer verborgen hielten.

«Und die Kinder?» rief Fanja.

«Es ist niemand im Dorf geblieben.»

«Haben Sie sie gesehen? Haben Sie gesehen, wie sie weggingen?»

«Die Häuser stehen leer. Die Soldaten sind in die Häuser eingebrochen, haben das frische Brot aus den Öfen geholt und alle Lebensmittel aufgefressen, die die Frauen zum Sabbat vorbereitet hatten.»

«Haben Sie die Kinder gesehen? Und Helen Lea? Hat sie Talli mitgenommen?»

«Ich selbst bin ja nicht davongelaufen», stöhnte Chaim Jona. «Ich bin ja kein Bauer und brauche keine Steuern zu zahlen. Und ich habe auch keinen Streit mit Herrn Oschri. Aber diese Bestien waren wütend, als sie die Häuser leer vorfanden, und in mir hatten sie jemanden, an dem sie ihre Wut auslassen konnten. Sie hängten mir diesen Futtersack um den Hals und schleppten mich von einem Haus zum anderen, um Gerste für ihre Pferde zu verlangen. Es nützte nichts, ihnen zu erklären, daß die Bauern ihr Futter nicht zu Hause verwahrten, sondern im Lagerhaus des Verwalters . . .»

«Waren Sie auch bei uns im Haus?»

«Ja, das war ich, und . . .»

«Und wer war dort? Versuchen Sie, sich zu erinnern, Chaim Jona!»

«Niemand war dort. Das habe ich Ihnen doch gesagt. Das Dorf steht leer.» Seine Stimme überschlug sich, und er fing wieder an zu weinen. «Und *er! Er* stand in der Tür des Verwaltungsgebäudes und lächelte höhnisch! Er lächelte! Sie können jetzt nicht nach Rosch Pina fahren. Die Soldaten toben dort noch immer.»

«Ich muß aber hinfahren.»

«Sie werden euch schlagen. Die suchen nur jemanden, an dem sie ihre Wut auslassen können.»

«Wohin haben sich die Siedler geflüchtet?»

«Sie sind in Richtung der *Chirbe* gegangen. Gott sei Dank hat sich im letzten Moment auch meine Leale entschlossen mitzugehen und hat die Kinder mitgenommen.»

«Steigen Sie auf den Wagen, Reb Chaim Jona. Wir fahren zu ihnen. Und nehmen Sie diesen Futtersack vom Hals.»

«Was haben Sie denn?» fragte er, als er Jechiel sah.

«Malaria», flüsterte Jechiel mit klappernden Zähnen.

Fanja erreichte den Hügel auf einem Umweg, um sich nicht den Blicken der Soldaten auszusetzen, die das Dorf immer noch besetzt hielten. Jechiel hüllte sich wieder in seine Decke. Er schwieg und stellte Chaim Jona keine einzige Frage. Seine Augen waren die ganze Zeit nur auf Fanja gerichtet, und seine unheimliche Ruhe machte ihr Sorgen. Ich muß den Arzt holen, ganz schnell, dachte sie. Aber wie? Wie? Sie würde Jechiel zur *Chirbe* bringen und dann selbst nach Safed fahren, Doktor Rosen alarmieren.

Vor ihr tauchten die Nußbäume auf. Ihr Lieblingsversteck war jetzt das Versteck aller Siedler geworden. Je mehr Gedanken sie sich machte, desto bedrückender wurden ihre Sorgen, einmal um die Kinder, dann wieder um Jechiel.

Sie ging neben dem Pferd und versuchte, es durch Streicheln, leichtes Klopfen auf die Rippen und freundliche Worte anzutreiben. Von Zeit zu Zeit wandte Saar ihr den Kopf zu und blickte sie mit seinen großen, geduldigen Augen an. Was hätte sie nur ohne ihn gemacht!?

Die beiden Töchter von Chaim Jona kamen ihnen entgegengelaufen, und hinter ihnen sammelten sich noch mehr Dorfbewohner. Aus der Schlucht kamen Mosche und Tamara. Bella saß auf einem Felsen und hielt Talli auf dem Schoß.

«Geht nicht an Papa heran», warnte Fanja die Kinder.

«Ich habe dir ja gesagt, die Mama wird den Papa mitbringen!» rief Mosche seiner Schwester zu, Erleichterung in der Stimme. Fanja strich ihm über den Kopf. Sie wußte, daß er Küsse nicht mochte, aber wie schön war es, aus seinem Mund das Wort «Mama» zu hören. Mosche war nun mal ein echter Siles, wortkarg, sparsam mit Liebesbezeugungen, während sie eine echte Russin war, die Menschen, die ihr lieb waren, gern küßte und umarmte. Jetzt trat auch Helen Lea zu ihnen. Auf ihrem blassen Gesicht zeichneten sich sowohl Erleichterung wie auch Sorge ab. Im gleichen Moment erschienen auch Rabbi Mosche David und sein Schwager Rabbi Mottel.

«Fanja, um Gottes willen», rief Rabbi Mosche David Schub in freudiger Erregung, die sich jedoch sofort legte, als sein Blick auf Jechiel fiel. «Was hat er denn?»

«Malaria.»

«Oi!... Wir brauchen ein Pferd. Es geht um Leben und Tod. Wir wollten schon zu Fuß nach Safed gehen, mein Schwager und ich, und den Gouverneur bitten, seine Soldaten aus der Siedlung zurückzuziehen. Bald fängt der Sabbat an. Haben Sie gehört, was geschehen ist?»

«Ich fahre auch nach Safed. Zum Arzt. Ich muß ihn herbringen.»

«Fanja», flüsterte Jechiel. Seine Lippen waren blau vor Kälte, und er sprach ihren Namen so seltsam aus, als blase er in eine Schneewehe. «Gib Schub das Pferd...»

«Jechiel! Du brauchst einen Arzt!»

«Schub wird einen Arzt rufen.»

Schub und Katz würden zunächst einmal beim Gouverneur die Angelegenheiten der Siedlung regeln und erst danach zu Doktor Rosen gehen. Inzwischen würde wertvolle Zeit verlorengehen. Was sollte sie tun? Jechiel machte einen so seltsamen Eindruck... er war noch nie sehr redselig gewesen, aber dieses unheimliche Schweigen... Und wenn der Doktor nicht kam, weil es Sabbat war? Auf einmal überfiel sie eine schreckliche Müdigkeit. Sie konnte vor Erregung kaum atmen. Jechiel schloß die Augen und schlug sie dann langsam wieder auf, als wollten seine Lider ihm den Dienst verweigern.

«Als erstes gehen wir zu Doktor Rosen», versprach ihr Rabbi Mosche David, «und erklären ihm, daß es sich um einen Notfall handelt. Dann kommt er mit seinem eigenen Pferd.»

«Gebt Saar Gerste und Wasser. Er ist müde.»

«Danke, Fanja.»

Die Männer breiteten die Wolldecke auf dem Boden aus und legten Jechiel darauf. Alter Schwarz schüttelte seinen Kaftan aus und breitete ihn über Jechiel. Danach bückte er sich und sammelte alles auf, was dabei aus den Taschen des Kaftans herausgefallen war: Brotfladen, Oliven und Eier, deren Schalen immer noch Spuren von Kalk aufwiesen. Was hätte ich wohl mitgenommen, fragte sich Fanja, wenn ich gezwungen gewesen wäre, in aller Eile zu flüchten. Sie nahm ihr Kopftuch ab und legte es Jechiel unter den Kopf. Das grüne Muster schaute unter seinem Hals hervor. Jechiel lächelte schwach, als Fanjas rote Locken sein Gesicht streiften. Als sie aufstand, saßen Rabbi Mosche David und Rabbi Mottel bereits auf dem Wagen. Wie im Traum hörte Fanja das Klappern der losen Steine unter den Rädern.

Obwohl die Kinder natürlich die Sorge der Erwachsenen teilten, freuten sie sich doch über die plötzliche Freiheit, die sie genossen. Die kleinen Mädchen, die sich sonst immer in unmittelbarer Nähe ihrer Mütter aufhalten mußten, sprangen und liefen jetzt frei herum, daß ihre Armkettchen aus Glasperlen nur so klirrten. Ihre Eltern hielten sie nicht vom Spielen ab. Sollen die Kinder doch fröhlich sein, solange sie können, dachte Fanja bitter. Sie setzte sich auf einen runden Felsbrocken und wandte die Augen nicht von Jechiel ab. Alles, was sich um sie herum abspielte, vernahm sie nur wie aus weiter Ferne.

Unweit von Jechiels Kopf entdeckte sie ein paar Fichtenpilze und überlegte, wie sie sie einsammeln konnte, wo doch ihr Kopftuch unter Jechiels Kopf lag. Chajale, die Tochter von Alter Schwarz, schien ihre Gedanken gelesen zu haben, denn sie fragte: «Möchtest du mein Tuch haben?»

Schon hatte sie ihr Kopftuch abgenommen und schüttelte ihre Zöpfe frei. Sie sprach den eigenartigen Dialekt der Juden von Hazbia. Alter war ein Freund von Jechiel, einer der ersten siebzehn Siedler von Jauni. Ob er wohl seine Tochter mit dem Kopftuch zu ihr geschickt hatte, weil er es nicht ertragen konnte, Fanja ohne Kopfbedeckung zu sehen? Oder hatte das Mädchen es von sich aus getan, aus purer Gutmütigkeit?

Von Zeit zu Zeit ruhte Jechiels Blick auf Fanja. Sie zog es vor, barhäuptig zu bleiben und ihren Kopf nicht mit einem fremden Tuch zu bedecken, deshalb lächelte sie Chajale zu und schüttelte den Kopf. Sie war schon fast ein erwachsenes Mädchen. Bald würde man sie mit Polstern ausstopfen, sie in die Wangen kneifen, damit sie frisch und rot aussahen, und sie ihrem zukünftigen Bräutigam vorführen. Und danach würde man sie zu der gleichen Arbeit einspannen, die alle Frauen zermürbte. Welch ein seltsamer Anblick es war, die Frauen hier untätig sitzen zu sehen, mit den Händen im Schoß, wo sie doch sonst von früh bis spät schufteten. Am einen Tag Wäsche, am nächsten Brot backen, dann Saubermachen – und jetzt saß man plötzlich hier im Grünen herum wie bei einem Ausflug im Frühling.

Ob Alters Kaftan wohl genügte, um Jechiel warm zu halten? Wenn sie doch nur das Federbett aus Jessod Hamaala hier gehabt hätte, und die starken Arme von Barasani! War das wirklich erst gestern gewesen?

Fanja zwang sich, nicht in Richtung Safed zu schauen, denn Rabbi Mosche David und Rabbi Mottel waren ja eben erst aufgebrochen. Doch suchte ihr Blick unwillkürlich immer wieder die Richtung, aus der der Arzt kommen würde. Plötzlich kam ihr ein schrecklicher Gedanke. Wenn man nun dem Arzt nicht genau erklären würde, wo sie sich befanden? Wenn er sie nicht fand? Und wenn er sich in den Bergen verirren würde? Jechiels trockene Lippen waren blau angelaufen und seine Wangen mit langen schwarzen Stoppeln bedeckt. Von Zeit zu Zeit schlug er die Augen auf, lächelte ihr zu, und ein weicher und sanfter Ausdruck zog über sein Gesicht. Er sah aus, als versinke er...

Helen Lea, mit Talli auf dem Arm, stand neben ihr. Fanja wunderte sich über sich selbst, aber sie verspürte nicht die geringste Lust, ihn ihrer Freundin abzunehmen. Helen Lea erzählte ihr, wie am Morgen, als sie gerade eine Scheibe Brot mit Olivenöl bestrichen hatte und in den Garten gegangen war, um ein paar Zwiebeln zu pflücken, mit denen sie das Brot belegen konnte, die türkischen Soldaten gekommen waren und wie sie zusammen mit den anderen davongerannt war, bis sie den Hügel erreicht hatte, wo sie entdeckte, daß sie immer noch die Scheibe Brot in der Hand hielt.

Fanja blickte ihre Freundin an. Wie sinnlos ihr Gerede klang, und was sollte diese alberne Geschichte von der Scheibe Brot und den Zwiebeln? Fanjas Augen suchten den Horizont ab und kehrten dann sofort wieder zu Jechiel zurück. Wie die Zeit dahinschlich! Sie wollte nicht daran denken, aber je mehr sie sich darum bemühte, um so mehr dachte sie ausschließlich an die Zeit und nichts anderes.

Jechiel hatte aufgehört sich zu schütteln und schwitzte auch nicht mehr, aber die plötzliche Ruhe ängstigte Fanja noch mehr als der Schüttelfrost, der ihn die ganze Nacht über geplagt hatte. Hin und wieder scheuchte sie ihm die Fliegen aus dem Gesicht und las die Ameisen und Käfer auf, die auf seinen Kleidern herumkrochen. Vögel flatterten auf, die Kinder fingen an zu schreien.

Mosche setzte sich in einiger Entfernung von Fanja nieder, steckte die Hände in die weiten Ärmel seines Hemdes und saß dort in sich zurückgezogen wie eine Schnecke. Jemand legte ihm seinen Schafspelz um die Schultern. Vor zwei Monaten war bei ihnen im Hof ein türkischer Soldat erschienen und hatte ihr für zwei Laibe Brot ein kleines Zelt verkauft, das er unter seinem Rock versteckt hatte. Aus dem Zeltstoff hatte Fanja Hemden für die Kinder geschneidert und die Ärmel besonders lang gemacht, damit die Kinder sie recht lange tragen konnten. An kalten Tagen pflegte Mosche seine Hände in die langen Ärmel zu stecken. Wenn er sich doch nur neben sie setzen würde. Sie hätte so gern die Arme um seine dünnen Schultern gelegt und ihn an sich gedrückt! Wie kurz war die Zeit, die sie miteinander verbracht hatten. Er war ihr Sohn, und doch hatte sie keine Ahnung, was er dachte und fühlte. Schon bald würde er alt genug sein, *Tefillin* zu legen. Und bald darauf würde er sich verloben und seine eigenen Wege gehen.

In letzter Zeit war Mosche häufig aus der *Talmud*-Schule davongelaufen und hatte sich bei der Familie Alhija versteckt. Als Fanja das zu Ohren kam, mußte er ihr schwören, es nicht noch einmal zu tun, und sie ihrerseits hatte ihm versprochen, ihn bei Rabbi Mosche David in die Schule zu schicken. Sie erinnerte sich genau an das, was ihr Jechiel über den *Kutaf*, den Schinder, bei dem er in die Schule gegangen war, erzählt hatte, über die Ohrfeigen, Kniffe, Schläge und Demütigungen, die der Lehrer austeilte. Seine Verlobung im Alter von vierzehn Jahren sei eine wahre Rettung gewesen, hatte er erzählt. Ob er sich damals schon in Rachel verliebt hatte? Sie hatte ihn nie zu fragen gewagt, wen er mehr geliebt hatte, Rachel oder sie.

Isser kam und setzte sich neben sie. Chajale Schwarz wiegte Talli in ihren dünnen Armen, während Helen Lea sich die Tränen trocknete. Was hatte sie nur? Warum weinte sie? Weil alle glaubten, Jechiel würde sterben. Welch ein Unsinn! Wer hatte in solchen Zeiten keine Malaria? Und Jechiel hatte sogar aufgehört zu zittern und zu schwitzen.

«Geborgen in Gottes Obhut», sagte Jechiel plötzlich mit lauter und klarer Stimme. Fanja stieg vor Freude das Blut zu Kopf. Sie legte Jechiel die Hand auf die Stirn. Er schlug die Augen auf und sagte «Fanja», dann schloß er sie wieder. Seine Lider flatterten wie Schmetterlinge.

Was hatte er nur? Sie merkte, wie sie allmählich zornig

wurde. Wie selbstsüchtig war diese Strafe, die ihm allein auferlegt war! Wie selbstsüchtig war dieses Schweigen! Wieviel Zeit war vergangen, seit sie hier angekommen waren? Die Sonne war schon im Begriff, hinter den Bergen unterzugehen. Es schien ihr, als seien Jahre vergangen, seit sie im Morgengrauen Jessod Hamaala verlassen hatten. Wann hatte sie sich von Rabbi Mosche David und Rabbi Mottel verabschiedet?

Zwischen den Hügeln erschien die Gestalt eines Reiters. Fanja versuchte sich zu erinnern, wen sie eigentlich erwartete. Den Arzt! Hier war die Rettung. Sie sprang auf und lief dem Reiter entgegen.

«Doktor Rosen!» schrie sie, als sei ihr die Gefahr erst jetzt zum Bewußtsein gekommen. Hinter sich hörte sie die Rufe der Leute, die sie vor den Tritten des Pferdes warnten. Wie im Nebel sah sie hoch über sich einen Tarbusch und das sich aufbäumende Pferd mit den schlammbeschmutzten Hufen.

Als der Arzt auf Jechiel zuging, stellte sich ihm die Mutter von Rabbi Mosche David in den Weg. «Wo sind Moische und Mottel?» verlangte sie zu wissen. Die anderen versuchten sie zur Seite zu schieben, aber sie blieb wie angewurzelt stehen. Fanja hatte sogar Verständnis für diese Frau, die sich um ihre Kinder sorgte. Sie empfand Ehrerbietung und Mitleid für diese Frau, seit sie gehört hatte, wie die Alte nach Rosch Pina gekommen war. Sie war in Beirut an Land gegangen, ihren dreijährigen Enkel an der Hand und am anderen Arm ihre Schwiegertochter. Diese, die Frau von Rabbi Mosche David, trug ihr totes Baby auf dem Arm, tat aber so, als sei es noch am Leben. Das Baby war vier Tage alt gewesen, als sein Vater sich ins Heilige Land aufmachte, um in Jauni Ackerboden zu kaufen. Die Einwanderer aus Rumänien fürchteten, die türkische Regierung würde eine Quarantäne über alle Einreisenden verhängen, falls bekannt wurde, daß das kleine Mädchen unterwegs gestorben war. Sie baten daher die trauernden Hinterbliebenen – Mutter und Großmutter –, ihren Schmerz zu unterdrücken und sich so zu verhalten, als sei das Kind noch am Leben. Und das taten sie auch.

«Sie sind schon in Rosch Pina, Frau Jankwitz. Sowohl Rabbi Mottel wie auch Rabbi Mosche David», sagte der Arzt. «Sie können jetzt alle in die Siedlung zurückgehen. Die beiden haben in Safed Geld gesammelt und die Steuern bezahlt.»

Aber keiner rührte sich vom Fleck. Alle standen still herum und warteten auf das Urteil des Arztes. Fanja sank wieder auf ihren Felsbrocken nieder. Ganz zufällig hatte sie sich heute morgen dort hingesetzt, und seitdem war es «ihr» Stein, den kein anderer für sich in Anspruch nahm. Nachdem der Arzt Jechiel untersucht hatte, zog er ein Fläschchen aus dem Gürtel, träufelte sich eine Flüssigkeit auf die Hände und rieb sie aneinander. Danach setzte er sich neben Fanja auf die Erde. Was für ein freundlicher Mensch, dachte sie.

«Es tut mir leid, Frau Siles . . .»

Was denn? Was tat ihm leid? Er hatte sich so bemüht und war extra hergekommen, trotz des beginnenden Sabbat. Seine Augenbrauen standen dicht nebeneinander, und Fanja betrachtete die Haarbrücke zwischen den Brauen. Sie wollte ihn über Saar befragen. Wie hatte er die lange Reise überstanden? Hatte man ihn getränkt und gefüttert? Wo war er jetzt?

Jemand schrie laut auf, und das Echo hallte durch die Berge und vereinte die Menschen. War sie es, die geschrien hatte? Das unbewegliche Gesicht des Arztes entfernte sich von ihr. Sie wollte ihn aufhalten, um endlich sein Urteil zu hören, aber sie brachte kein Wort heraus. Etwas in ihrem Kopf schien zu bersten, und langsam brach eine neue Wunde auf und zog sich durch ihren ganzen Körper.

Fanja schritt durch das *Wadi*, das von Safed nach Rosch Pina führte. Die Beine waren ihr schwer, seit Jechiels Tod irrte sie wie in einem dichten Nebel umher. Heute hatte sie Saad verkauft, um mit den fünf Pfund, die sie für ihn bekommen hatte, ihre Schulden beim Lebensmittelhändler zu begleichen. Nun konnte sie bis zur Erntezeit wieder frei atmen.

Ihr Onkel Schura und seine Frau Bella hatten ihr auf dem Weg nach Beirut einen Besuch abgestattet und ihr zugeredet, sich für das neue Wohnviertel, das im Nordosten von Jaffa auf dem Land von Aharon Schlusch gebaut wurde, einzuschreiben. Schimon Rokach hatte endlich seinen Traum wahrgemacht und baute ein jüdisches Wohnviertel nach dem Muster der neuen Bezirke in Jerusalem. Seit den Zeiten des Salons im Hause Rokach schien wirklich eine Ewigkeit vergangen zu sein.

«Jechiel ist nun schon über ein Jahr tot», hatte Onkel Schura zu ihr gesagt. «Was hält dich eigentlich an diesem Ort? Die Armut? Die Einsamkeit? Du hast kein Einkommen. Die Kinder laufen hungrig und in zerrissenen Kleidern herum und du – Gott soll schützen! In Jaffa könntest du wieder mit Medikamenten handeln. Asriel Levy ist sogar bereit, gegen eine monatliche Summe deine Lizenz zu übernehmen.»

Fanja wußte nicht, was sie darauf antworten sollte. Seit dem Tod von Jechiel war sie wie betäubt. Sie kam, ging und tat alles, was zu tun war, ohne zu denken, ohne etwas zu fühlen. Nachts lag sie auf ihrem Bett und starrte an die Decke, bis der erlösende Schlaf kam. Ihr Onkel hatte gewiß recht, aber sie hatte jetzt vier Kinder am Hals. Sollte sie sich auf neue Abenteuer einlassen? In Rosch Pina hatte sie Arbeit gefunden. Nicht irgendeine Arbeit, sondern etwas nach ihrem Geschmack, Schwerstarbeit, die alle ihre Kräfte erforderte.

Seit Itzhak Oschri entlassen worden war, herrschte in Rosch Pina emsige Tätigkeit. Die Bodenfläche der Siedlung war auf dreißigtausend Dunam angewachsen, und die Pflanzungs-Saison hatte begonnen. Auf den Feldern, die sie selbst noch vor fünf Jahren von Steinen geräumt hatte, pflanzte jetzt jeder Siedler fünftausend Weinstöcke an. Da Fanja kein eigenes Land besaß, hatte sie sich bei Isser als Feldarbeiterin verdungen und setzte gemeinsam mit ihm Malaga-Weinstöcke ein. Diese Weinstöcke, die man speziell aus Spanien importiert hatte, würden später Beeren zur Herstellung von Rosinen liefern. Einen Teil der Weinstöcke hatte man sogar aus Indien importiert, wie der französische Agronom des Baron Ustinov den Siedlern angeraten hatte.

Issers Sohn Jehoschua hatte einen eigenen Weinberg, und da er seinem Vater bei der Arbeit nicht helfen konnte, war er froh, als Fanja sich bereit erklärte, zusammen mit den Tagelöhnern bei Isser zu arbeiten. Ihr Lohn war vorläufig äußerst gering. Bis zum Verkauf der ersten Weinernte hatte Isser keinen Pfennig in der Tasche, außer den zehn Franken, die er monatlich aus der Kasse des Barons bezog, und dieses Geld teilten sie sich. Es reichte gerade für Mehl und Holzkohlen, und jetzt war Fanja froh, daß sie nicht noch ein Pferd füttern mußte. Es hatte ihr leid getan, sich von Saar trennen zu müssen, aber sie tröstete sich mit dem Gedanken, daß er sich nun wenigstens satt fressen konnte.

Sie ging in der Morgendämmerung zur Arbeit im Weinberg und kehrte nachmittags nach Hause zurück, wenn die Kinder aus der Schule kamen. Fanja und Isser verstanden einander ohne viele Worte – der alte Witwer und die junge Witwe. Das Reden fiel ihnen schwer, die Gesellschaft anderer Menschen ermüdete sie. Manchmal, wenn sie ihn anschaute, sah sie, daß ihm die Tränen übers Gesicht liefen, und dann weinte auch sie still vor sich hin. Das gemeinsame Weinen verschaffte ihnen keine Erleichterung, aber wenigstens brauchten sie sich nicht voreinander zu entschuldigen und den Grund für ihre Tränen zu erklären. Nur bei der Arbeit fanden sie eine gewisse Ablenkung; die anderen Siedler hatten Verständnis und belästigten sie nicht mit Sympathiebezeugungen.

Auf den kleinen Schultern von Mosche und Bella lastete die Aufgabe, täglich vor Schulbeginn Issers Kuh zu melken und seinen Esel zu füttern. Die Schafe und Ziegen, die Isser vom

Baron erhalten hatte, überließ er seinem Sohn, und dieser schickte sie täglich mit seiner eigenen Herde auf die Weide. Am Sabbat badete Fanja die Kinder, und nachdem alle frische Kleider angelegt hatten, ging man zum *Kiddusch* – zum Abendsegen – ins Haus der Eltern von Helen Lea.

Ihr eigenes Haus war kein Zuhause mehr. Es war lediglich ein Ort, wo sie schlief und aß. Außer einem Dach über dem Kopf konnte sie ihren Kindern nichts geben, keine Wärme und keine Freude, denn ihr Herz war mit Jechiel begraben worden. Wie ein seelenloser Körper saß sie am Tisch, wenn die Feiertagslieder gesungen wurden, und starrte auf den Lichtkegel der neuen *Lux*-Lampe und die flackernden Kerzen im Leuchter. Die Kinder liebten die rumänischen Gerichte, die bei der Familie Moses auf den Tisch kamen – die *Mamaliga*, den Maisbrei, der mit einem Faden zerteilt wurde, und die *Tschorba*, eine säuerliche Suppe.

Fanja kochte nur noch selten. Nur an den Feiertagen pflegte sie *Schalet* zu bereiten, manchmal kochte sie auch Marmelade ein, um den Kindern eine feiertägliche Stimmung zu vermitteln. Wenn sie nicht gewesen wären, hätte sie sich abends in ihrer Arbeitskleidung ins Bett gelegt und wäre am nächsten Morgen in denselben Kleidern, in denen sie die ganze Nacht geschlafen hatte, aufs Feld gegangen. Doch die Kinder tobten um sie herum, ausgelassen und frisch wie junge grüne Zweige auf einem abgehackten Baumstumpf.

Jehoschua Frumkin, Issers Sohn, erzählte ihr eines Tages, jemand sei daran interessiert, ihr Haus zu kaufen. Als sie darauf nicht antwortete, fuhr er fort: «Du könntest bei meinem Vater wohnen. Das würde mich freuen. Ich habe schließlich eine eigene Familie, und du weißt ja, Vater weigert sich, bei uns zu wohnen. Er ist auch nicht mehr der Jüngste. Du müßtest auch keine Miete zahlen, sondern ihn nur betreuen. Kochen, waschen, saubermachen. Und die Kinder würden wieder Leben ins Haus bringen. Auch wenn sie ihn stören ist das besser als das Einsiedlerdasein, das er führt. Er arbeitet und schläft und arbeitet und schläft. Wie lange soll das noch so weitergehen? Bis wann?»

«Und wenn er stirbt?»

«Vater?» rief Jehoschua aus, als sei so etwas undenkbar.

«Wo soll ich dann hin mit vier Kindern?» fuhr Fanja unbarmherzig fort.

«Ich werde dich nicht vor die Tür setzen, solange du keine
neue Bleibe hast. Dazu will ich mich vor Zeugen verpflichten.»

«Wer will denn mein Haus kaufen?»

«Ich weiß es nicht. Jemand aus Beirut.»

Im Geiste besprach sie die Sache mit Jechiel: Ich würde ja
Rosch Pina nicht verlassen! Ich bin eine Bäuerin. Eine Winze-
rin! Ich mache da weiter, wo du aufgehört hast. Isser braucht
mich. Und die Kinder brauchen einen Mann im Hause, ein
Familienoberhaupt. Isser wird für sie eine Art Großvater sein.

Gleich nach dem *Pessach*fest teilte Mosche ihr mit, er wolle
nicht mehr zur Schule gehen. Er war jetzt zehneinhalb und
wollte arbeiten wie sein Freund Issa Alhija, der jeden Morgen
mit seinem Vater aufs Feld ging.

«Dein Vater war ein hochgebildeter Mann», sagte Fanja zu
ihm.

«Ich will aber nicht mehr lernen.»

«Und was willst du tun, Mosche?»

«Ich will ein Bauer sein. Vater war auch ein Bauer.»

«Nachdem er ausgelernt hatte.»

«Die Fellachenkinder arbeiten und lernen gleichzeitig.»

«Du arbeitest ja auch! Um fünf Uhr morgens stehst du auf
und hilfst auf dem Hof. Das genügt. Du bist Mosche Siles, ein
Nachkomme von Weisen und Gelehrten. Das verpflichtet!»

«Zum Arbeiten.»

«Und zum Lernen.»

Vielleicht war es das beste, Mosche seinen Willen zu lassen.
Das Kind würde verbauern und wie einer der Fellachen werden. War das nicht Jechiels Ziel gewesen? Ein Volk werden
wie alle Völker. Ein Volk von Landarbeitern. Falls sie sterben
sollte, hätte das Kind wenigstens einen Beruf. Falls sie sterben
sollte ... so etwas war ja schon vorgekommen. Auch Jechiel
war gesund, stark und jung gewesen. Sie mußte die Zukunft
der Kinder sichern. Ihr fehlte ein kluger und erfahrener
Mann, mit dem sie sich beraten konnte. Aus heiterem Himmel war sie gefordert, das Schicksal eines Menschen zu bestimmen, seine Zukunft, seinen Lebenslauf und vielleicht
auch den seiner Kinder. Sie war unfähig, klar zu denken.

«Vorläufig lernst du erst einmal!» entschied Fanja und schob ihren endgültigen Entschluß von einem Tag zum anderen und von einer Woche zur nächsten auf. Immer wieder lief Mosche aus der Schule weg und schloß sich Issa und Samir Alhija an. Einmal wurde er in Majaues gesehen, und dann erzählte jemand, er hätte ihn an der Tränke getroffen. Fanja beschloß, ihn von seinen Freunden fernzuhalten, und brachte ihn nach Safed in die *Tora*-Schule des Lehrmeisters Merkado il Koscho, von allen ‹der hinkende Merkado› genannt. Vom frühen Morgen bis in die Nacht saßen dort die Kinder auf schmutzigen Strohmatten, und Fanja war durchaus nicht davon überzeugt, daß das Mosche zum Vorteil gereichte, wie seine Tante Lea behauptete.

Seitdem Jechiel gestorben war, waren die beiden Frauen einander nähergekommen. Fanjas Unglück war etwas, was die ungeschlachte, reizlose Frau nachfühlen konnte. Seufzen, Tränen vergießen und schimpfen, darin war sie bewandert.

Mosche blieb eine Woche lang in der *Tora*-Schule des Lehrers Merkado. Am Freitag kam er nach Rosch Pina zurück und erklärte, er würde nie wieder in dieses Gefängnis zurückkehren. Die Striemen des Rohrstocks auf seinen Fußsohlen überzeugten Fanja, daß es wohl wirklich nicht die richtige Schule für ihn war. Sie betrachtete das schmale Kindergesicht mit den drei Sommersprossen an der Schläfe – ein Erbteil der Familie Siles – und dem trotzigen Blick von Jechiel in den Augen und wußte nicht, was sie tun sollte. Da sie zu keinem festen Entschluß kommen konnte, begann Mosche, sie und Isser jeden Morgen zum Weinberg zu begleiten und ihnen bei der Arbeit zu helfen, was ihm offensichtlich Freude bereitete.

Es war, als hätten Isser und Fanja sich darauf geeinigt, ihre Niedergeschlagenheit vor dem Jungen zu verbergen. Isser summte unaufhörlich eines der *Pessach*lieder vor sich hin, als wolle er damit die bösen Geister fernhalten. Eines Tages fragte Mosche seine Mutter, ob dies das einzige Lied sei, das Isser kenne. Darauf sang sie das Lied von dem Matrosen, der die Schlüpfer seiner Geliebten als Segel gehißt hatte. «Ho, ho, ho, eine Fahne auf dem Mast!» sangen Isser, Fanja und Mosche den ganzen Tag lang. Allmählich bekam Mosche wieder Farbe im Gesicht. Fanja war sich der Pflicht bewußt, ihren

Sohn in die Schule zu schicken, aber sie brachte es nicht übers Herz, ihn wieder der Obhut des hinkenden Schlägers zu überlassen.

Eines Tages sahen sie im Weinberg eine Gestalt, die zwischen den Rebstöcken auf sie zukam. Es war Rabbi Mosche David Schub, der Schulleiter persönlich, der gekommen war, um Mosche einen Kompromiß vorzuschlagen.

Vor kurzem war in Rosch Pina eine Seidenspinnerei eröffnet worden. Jeder Bauer hatte auf seinem Land tausend Maulbeerbäume angepflanzt, und aus Frankreich waren zwei Fachleute geschickt worden, um den Kindern des Ortes das Spinnen von Seidenfäden beizubringen. Dreißig Knaben aus Safed und Rosch Pina arbeiteten bereits in der Spinnerei unter Aufsicht der beiden Experten, und weitere Arbeitskräfte wurden aus Hazbia erwartet. Diese würden unter der Woche in Rosch Pina übernachten und den Sabbat zu Hause verbringen. Auf diese Weise lernten die Kinder ein lohnendes Handwerk und verdienten sich noch dazu ein paar Bischliks.

«Zweifellos hat die Seidenindustrie eine Zukunft», sagte Rabbi Mosche David, «und sie wird die Zukunft von Rosch Pina und die der kommenden Generationen sicherstellen.» Es wurde auch darüber gesprochen, daß man noch mehr Fachleute aus Beirut angefordert hatte, und sobald die frisch gepflanzten Maulbeerbäume groß genug waren, um die Seidenraupen zu ernähren, würde man auch eine mit Dampfmaschinen betriebene Weberei eröffnen. Rabbi Mosche David hatte den Leiter der Spinnerei gebeten, Mosche nachmittags zu beschäftigen, unter der ausdrücklichen Bedingung, daß er vormittags die Schule besuchte.

«Wir sind keine Beduinen», sagte er zu Mosche. «Wir sind Juden. Und Juden haben die *Tora* zu studieren.» Nach seiner *Bar Mitzwa* könne er die Schule verlassen und werde bereits einen Beruf haben, der ihm und seiner Familie einen Lebensunterhalt sicherte. Rabbi Mosche David zögerte einen Moment und fügte dann lächelnd hinzu: «Du kannst ja deinen Freund Isser mitbringen, wenn du willst.»

Der Vorschlag von Rabbi Mosche David Schub wurde von allen akzeptiert. Nur Bella verlangte, als sie davon erfuhr, sich ihrem Bruder anschließen zu dürfen. Wenn nicht, würde sie davonlaufen und zu den Beduinen von Al Sangaria gehen, drohte sie. Fanja lächelte über ihre Drohung, fürchtete aber doch, das Mädchen würde etwas Unüberlegtes anstellen. Sie ging selbst in die Spinnerei und sprach mit einem der Instruktoren, der schließlich zustimmte, auch Bella aufzunehmen. Sie mußte allerdings versprechen, nicht von der Seite ihres großen Bruders zu weichen, während dieser seinerseits versprach, auf seine Schwester aufzupassen. So wurde die neunjährige Bella als Arbeiterin in der Spinnerei aufgenommen, das einzige Mädchen unter dreißig Jungen.

Und so liefen die beiden jeden Tag von der Schule nach Hause, stillten ihren Hunger und gingen anschließend sofort in die Spinnerei, wo sie vier Stunden lang, bis zum Anbruch der Dunkelheit, arbeiteten. Am Sabbat ließ Fanja sie bis mittags schlafen. Wie klein und hilflos sie im Schlaf aussahen! Danach zog sich die ganze Familie um und setzte sich zum Sabbatessen in die weinumrankte Laube im Hof.

Nach dem Essen unternahmen sie einen längeren Spaziergang. Sie gingen fast immer denselben Weg: durch das *Wadi* bis hinauf zu den Nußbäumen. Am meisten genoß diesen Spaziergang der kleine Talli. Während der Woche war er in der Obhut von Fatme, der Nachbarin, aber am Sabbat hatte er die ganze Familie um sich. Von allen Kindern war Talli als einziges eine Frucht ihrer Liebe; dennoch hielt sie es nicht für nötig, sich intensiver mit ihm zu beschäftigen als mit den anderen. In Fanjas Herzen waren sie alle mit einem unwiederbringlichen Verlust verbunden. Manchmal, wenn sie im Schatten der Nußbäume saß und den Kindern beim Spielen zuschaute, verglich sie die Kindheit der vier, die so voller Entbehrungen war, mit ihrer eigenen. Oder empfanden die Kinder, die nie etwas anderes gekannt hatten, es nicht so? Hatte sie wirklich mehr Freude an ihren bunten Glasperlen gehabt, als ihre Kinder an den Knochenteilen hatten, mit denen sie spielten? Und die Puppe aus Flicken und Stoffetzen, die sie für Tamara gemacht hatte, bereitete ihr ganz gewiß mehr Freude, als sämtliche Puppen aus ihrer eigenen Kindheit bei ihr ausgelöst hatten.

Was ist schon Glück? Kann man es messen? Drückte sie etwa ihren Kindern den Stempel ihrer eigenen Trauer auf?

Wieviel von dem komplizierten Muster ihres Lebens würde sich auf die Kinder übertragen und auf deren Nachkommen?

Fanja beschleunigte ihre Schritte. Sie hatte Fatme versprochen, heute schon mittags zurückzukommen, doch sie war länger in der Fabrik aufgehalten worden, als sie gedacht hatte. Ihr Mietvertrag war abgelaufen, aber der Hauseigentümer hatte ihr gestattet, den Tabak noch so lange dort zu lagern, bis er das Haus wieder brauchte. Jetzt hatte er einen neuen Mieter gefunden, und sie mußte die Restbestände ihres Tabaks ausräumen.

Fanja war im Morgengrauen nach Safed aufgebrochen und, da sie zu Fuß gehen mußte, erhitzt und mit ausgetrockneter Kehle dort angekommen. Bezalel Ben Moreno, seit zwei Jahren ihr Partner bei ihren wenig einträglichen Tabakgeschäften, erwartete sie bereits. Er lud sie zu sich nach Hause ein, wo Zipora, seine junge Frau, ihr erst einmal kaltes Wasser zu trinken gab und ihr dann eine Tasse Kaffee und ein Schälchen selbstgemachte Marmelade vorsetzte. Zipora war erst vierzehn Jahre alt und seit zwei Jahren mit Bezalel verheiratet. «Ich war noch so klein», erzählte sie Fanja lachend, «daß man mich bei unserer Verlobungsfeier auf einen Stuhl stellte. Und als ich bei der Trauung unter die *Chuppa* geführt wurde, hatte mir meine Mutter vier Röcke angezogen, damit Bezalel nicht merkte, wie dünn ich war.» Fanja lächelte. Sie bemerkte, daß zwei lange schwarze Zöpfe unter Ziporas Kopftuch hervorschauten und daß die junge Frau offenbar nicht zu den Frömmlern gehörte. Fast kam sie sich dagegen ein wenig alt vor.

«Wo arbeitest du jetzt, Bezalel?» erkundigte sie sich.

«Ich bin *Kawass* bei Jakob Abu Chai, dem französischen Konsul.»

Fanja versuchte sich vorzustellen, wie er in seiner bestickten Livree mit einem silbernen Stab in der Hand vor Signor Jakob herlief. Sie waren einen langen Weg miteinander gegangen, seit man sie damals im Hause von Elieser Rokach mit Steinen beworfen hatte.

In der Fabrik bot sich ihr ein trauriger Anblick. Man hatte die Tabakreste in einen Sack gestopft, von dem ein übler Geruch ausging. Auf einer Strohmatte hatte Bezalel einige Tabakbüschel ausgebreitet, die man noch verwenden konnte. Er übergab ihr zehn Franken, die noch übrig waren.

«Nein, nein», protestierte sie. «Das ist dein Arbeitslohn.»

«Gott behüte! Es ist Ihr Geld! Ihr Gewinn!»

«Aber ich habe dir doch noch nichts bezahlt!»

«Ich werde nicht einen Groschen von Ihnen annehmen! Sie haben mit diesem Tabak Ihr ganzes Geld verloren.»

«Ohne dich hätte ich kein einziges Blatt verkauft!»

«Sie haben kleine Kinder, Frau Siles.»

«Ich bin im Begriff, mein Haus in Rosch Pina zu verkaufen. Ich brauche keine Almosen.»

«Ich auch nicht.»

Schließlich einigten sie sich: Fanja nahm das Geld und Bezalel den Rest des Tabaks. Einen Franken hinterließ sie dem Boten als Schadenersatz für seine verlorene Stellung. Gemeinsam warfen Fanja und Bezalel die verdorbenen Tabakreste weg und reinigten das Gebäude. Fanja tat das gern, sie war froh, das Tabakgeschäft los zu sein. Adieu, Herr Landa! Adieu, Regie! Wie sehr Jechiel diesen Tabak gehaßt hatte!

Jetzt hatte sie etwas Geld in der Tasche und würde Weizen und Öl und Holzkohle kaufen, und bei Isser im Garten würde sie Gemüse aussäen. Ob es ihn wohl freuen würde, Zwiebeln und Radieschen auf Rivas Beeten wachsen zu sehen? Oder würde es ihm das Herz brechen?

Vorige Woche hatte ihr Jehoschua Frumkin vier türkische Pfund übergeben, die der Hausmakler geschickt hatte. Es war eine Anzahlung auf das Haus, das für eine Gesamtsumme von zwanzig Pfund verkauft werden sollte. Weitere vier Pfund würde der Käufer nächsten Monat schicken und den Rest bei Übernahme des Hauses. Geld, Geld, Geld! Nicht die Reichen denken die ganze Zeit nur ans Geld, sondern die Armen! Wer hatte das gesagt? In Fanjas Elternhaus hatte man nie von Geld gesprochen. Dort lag einem die Not nicht ständig wie ein schwerer Stein auf der Brust. Bei allem, was ihr widerfahren war, stand ein Gedanke immer im Vordergrund: die Angst, sie würde nicht genug zu essen für die Kinder haben.

Kaum hatte sie die Anzahlung erhalten, nahm sie den Esel von Isser und fuhr nach Safed und kaufte Linsen, Reis, Bohnen und Oliven, die sie im Keller ihres Hauses lagerte. Jetzt, da der Frühling gekommen war und sie etwas Geld hatte, war die Zeit, Vorräte anzulegen. Wenn erst die Regenzeit kam, waren die Wege aufgeweicht und schwer befahrbar.

Früher hatte sie solche Großeinkäufe immer zusammen mit Jechiel gemacht. Mit Körben bepackt waren sie oft im strömenden Regen oder in der glühenden Sonne zurückgekommen, und sogar diese Erinnerung ließ ihr Herz schneller schlagen. Es schien ihr, als begleite Jechiel sie bei jedem Schritt, den sie tat. Nachts hörte sie noch immer seine Atemzüge. Manchmal glaubte sie sich von ihm beobachtet und wandte schnell den Kopf. Es schien ihr, als sei die Form seines Körpers noch immer auf der Matratze sichtbar, und sie hatte sich daran gewöhnt, sich diesem Abdruck anzupassen. Manchmal blickte sie zur Tür hin, als erwarte sie ihn jeden Moment. Er lebte ja! Es war alles nur ein Irrtum! Ein böser Traum! Das Haus verkaufen? Jechiel von seinem Land vertreiben? Dieser Boden und dieses Haus waren die Essenz seines Lebens. Schon wieder zwang sie das Schicksal, die Träume anderer wahr zu machen. Hatte denn auch sie einmal Träume gehabt? Und waren alle Menschen so, daß sie die Träume anderer wahr machten?

Nein! Dieses Haus zu verlassen hieß soviel, wie Jechiel aus ihrem Leben zu verbannen! «Ich habe mich noch nicht entschieden», sagte sie zu Jehoschua Frumkin, und gleichzeitig dachte sie schon an Mehl und Graupen und blaue Bänder für die Zöpfe von Bella und Tamara.

Der Käufer feilschte nicht um den Preis, so daß Fanja schon befürchtete, er könnte glauben, er habe eines der Häuser gekauft, die den Rumänen gehörten. Die waren aus Holz erbaut, das sie aus Rumänien mitgebracht hatten. Ihr Haus war eines der ursprünglichen Häuser von Jauni, im Grunde nur eine Steinkate, die unmittelbar neben den Häusern der Fellachen stand. Was würde sie tun, wenn der Käufer herausfand, daß er sich geirrt hatte, und sein Geld zurückverlangte? Nur wenige Juden würden sich damit abfinden, direkt neben den Fellachen zu wohnen.

Bis jetzt hatte noch niemand von Fanja verlangt, das Haus freizumachen, aber die Zeit verging, und ihre Unruhe wurde immer größer. Was hatte sie nur getan? Das Haus war doch unverkäuflich! Es gehörte Jechiel. Was sollte aus den Kindern werden? Und wenn sie, Gott behüte, plötzlich starb? Würden die Kinder dann kein Zuhause mehr haben? Im Geiste sah sie ihre Kinder zusammen mit den Ärmsten der Armen am Monatsende vor dem Gemeindehaus um ein wenig Geld betteln, das man ihnen aus der «Gemeindekasse» – einem schmutzigen Tuch, in dem man die Münzen verwahrte – zuteilte ...

Die Sonne stand bereits im Zenit. Gewiß waren die Kinder schon aus der Schule gekommen, und Bella hatte vermutlich Talli bereits bei Fatme abgeholt. Bald würden sie zur Arbeit in der Spinnerei aufbrechen müssen. Da man Bella nur aus Gefälligkeit in der Spinnerei arbeiten ließ, hatte sie immer Angst, sich zu verspäten oder mit den Jungen nicht Schritt halten zu können. Die gleichaltrigen Jungen arbeiteten vom Morgengrauen bis Sonnenuntergang, siebzehn oder auch neunzehn Stunden am Tag für den elenden Lohn von einem halben Bischlik. Für das kleine Mädchen war es nicht leicht, da mitzuhalten.

In Bellas Alter hatte Fanja noch mit Puppen gespielt, Klavierunterricht genommen und in einer Hängematte im Garten die Sprüche von Kerilow auswendig gelernt. Onkel und Tanten pflegten ihr in die Wangen zu kneifen und ihr zu sagen, wie schön sie war, worauf ihre Mutter das Gesicht verzog, ausspuckte, um den bösen Blick abzuwenden, und ausrief: «Nur Glück soll sie haben!» Sie war die einzige, die recht behalten hatte. Wer hätte sich damals vorstellen können, wie das Schicksal ihr mitspielen würde! Palästina? Was war denn das? Eine alte Sage. Ein Traum. Hatte sie damals auch Träume gehabt? Fanja versuchte sich zu erinnern. Jetzt irrte sie von Ort zu Ort, wurde von den Ereignissen mitgerissen, beschäftigte sich mit körperlicher Arbeit, um nicht nachdenken zu müssen.

Die Ränder des *Wadi* waren mit einem weichen Teppich lilafarbener Blumen bedeckt, und sie dachte: Wie können diese Blumen es wagen, zu blühen? Von weitem waren die Häuser von Rosch Pina zu sehen, und Fanja beschleunigte ihre Schritte und griff von Zeit zu Zeit nach den feuchten

Zweigen der Himbeersträucher, die das *Wadi* säumten. Sie erinnerte sich an die Zeit, als sie nach dem Gefühl die richtige Richtung hatte suchen müssen. Inzwischen gab es längst einen Fußweg. Meine Füße haben diesen Weg ausgetreten, dachte sie voller Stolz. Sie kam an eine Grube und hob ihren Rock, um hinüberzuspringen. Wenn sie unterwegs war, trug sie immer ihr Beduinengewand. Von weitem war sie nicht von einer Beduinenfrau zu unterscheiden, deshalb wurde sie auch nie von Räubern belästigt. Außerdem konnte sie in dieser Kleidung bequem von einem Felsen zum anderen springen.

Bella stand an der Haustür und blickte die Straße hinunter. Zu dieser Zeit hätte sie bei der Arbeit in der Spinnerei sein müssen, und Fanja vermutete, daß irgend etwas passiert war. Ihre Füße trugen sie wie von selbst weiter, aber die Umgebung verschwamm vor ihren Augen, als schwebe eine Wolke über ihr. Mit Mühe zwang sie sich, nicht einfach davonzulaufen. Aufrecht und energisch ging sie Schritt für Schritt auf die schlimme Nachricht zu, die sie erwartete.

«Mosche ist krank», sagte Bella und brach in Tränen aus.

In dem kleinen Zimmer mit der niedrigen Decke drängten sich viel zu viele Menschen. Fatme, ihre Nachbarin und Freundin, saß an die Wand gelehnt und hielt eines ihrer Kinder auf dem Schoß. Isser Frumkin saß mit geschlossenen Augen aufrecht auf dem «Stuhl von Elijahu» und schien fernen Stimmen zu lauschen. Tamara hielt Talli in ihren dünnen Ärmchen. Als er seine Mutter in der Tür stehen sah, versuchte er sich loszumachen. Tamara bemühte sich, ihn fester zu halten, fast wären beide dabei umgefallen. Fanja nahm Talli auf den Arm und wies Bella an, die Kinder hinauszubringen und auf sie aufzupassen. Sie dankte Fatme und Isser für ihre Mühe und Hilfe. Erst als sie wiederholt versichert hatte, daß sie keine weitere Hilfe benötigte, gingen sie endlich hinaus, und es wurde ruhig im Zimmer. Jetzt wandte sie sich mit klopfendem Herzen Mosche zu.

Mosche lag glühend vor Fieber auf dem Bett. Der Schweiß tropfte ihm von der Stirn, und seine geschlossenen Augen lagen tief in ihren dunklen Höhlen.

«Er hat den ganzen Morgen gezittert», sagte Bella, die inzwischen wieder hereingekommen war.

«Wir werden ihm gleich süßen Tee machen und ihm Chinin geben, und dann wird er sich besser fühlen.»

«M-a-laria?» fragte Bella mit zitternder Stimme.

Fanja befeuchtete ein Leintuch und rieb Mosches fiebernden Körper damit ab, wie Barasani es bei Jechiel in Jessod Hamaala gemacht hatte. Sie schickte Bella mit verschiedenen Aufträgen hinaus, um sie fernzuhalten, aber Bella erledigte ihre Aufträge mit großer Geschwindigkeit, kam dann sofort wieder zurück und stellte sich in die Tür, als fürchte sie sich, hereinzukommen. Fanja machte sich Vorwürfe, daß sie nach Safed gegangen war und die Kleine allein gelassen hatte. Kein Wunder, daß das Kind völlig verschreckt war.

«Er wird sich wieder erholen, Bella. Mach dir keine Sorgen. Morgen früh wird er sich schon besser fühlen.»

Wenn ich das bloß selbst glauben könnte, dachte sie sich im stillen. Er sah plötzlich so winzig aus! Kleine graue Flecken hatten sich auf seiner fiebernden Haut gebildet wie ein Pilzgeschwür. Sein rotes Haar leuchtete, und seine farblosen Wimpern warfen einen Schatten über die Falte zwischen den Augenlidern. Sogar im Schlaf war er ernst und verschlossen. Jechiels Sohn. Ein armer kleiner alter Mann. Er hatte nichts von der Leichtfertigkeit und Unbeschwertheit eines Kindes an sich, stets tat er seine Pflicht mit peinlicher Genauigkeit, und diesen Eindruck machte er auch, wenn er schlief und sogar wenn er krank war. Fanja wischte ihm Gesicht und Hals ab und beherrschte sich nur mühsam, ihn nicht auf die weichen Wangen zu küssen.

Von Zeit zu Zeit schlug Mosche müde die Augen auf, und Fanja lächelte ihn an. Wie lange saß sie schon hier an seinem Bett? Eine Stunde? Zwei? Auf einmal war es dunkel geworden, und sie stand auf, die Lampe anzuzünden. Es schien ihr, als atme er jetzt leichter, aber sie wagte noch immer nicht, ihn allein zu lassen.

«Nimm!» Bella reichte ihr eine mit Olivenöl bestrichene Scheibe Brot.

«Danke, Bella.»

«Ich habe Talli und Tamara zu essen gegeben.»

«Das ist gut.»

«Soll ich sie zu Bett bringen?»

«Ja, bitte.»

Es fiel ihr schwer, zu sprechen. Das Herz schlug ihr gegen die Rippen, und ihr Atem ging mühsam, als sei ihre Kehle mit Steinen verstopft. Bella zögerte einen Moment und verließ dann das Zimmer. Ich muß das Kind aufmuntern, dachte Fanja, aber was konnte sie sagen? Die Krise schien vorüber zu sein, doch sie wagte nicht, daran zu glauben. Auch Jechiel hatte ausgesehen, als würde er sich erholen, und dann hatte der Tod ihn ihr buchstäblich aus den Armen gerissen.

Im flackernden Licht der Lampe sah es aus, als hätte sich Mosches Gesicht noch mehr verdunkelt. Das Herz wollte ihr brechen aus Mitleid mit dem kleinen Jungen, der zuerst seine Mutter und dann seinen Vater verloren hatte und dessen einziger Schutz und einzige Rettung sie war. Wie winzig sah er doch aus! «Mein Sohn», flüsterte sie, «mein Sohn.» Vielleicht war es noch nicht zu spät, ihm beizubringen, sie «Mama» zu nennen. Schließlich war sie ja seine Mutter! Seine einzige Mutter! Sein kastanienrotes Haar ähnelte mehr dem ihren als dem Haar der Familien Siles und Adis. Und auch dem Gefühl nach war er ihr Sohn, ihr Kind, ihr Fleisch und Blut, genau wie Talli und Tamara, und wenn er erst wieder gesund war...

Das Zittern hatte aufgehört und auch das Würgen in der Kehle und die Schweißausbrüche. Mosche schlief jetzt ganz ruhig. Nur einen Moment lang schloß sie die Augen und schreckte sofort wieder hoch. Nein, nur nicht einschlafen!

Die Geräusche im Nebenzimmer waren verstummt. Fanja stand auf, um nach den Kleinen zu sehen. Alle drei lagen auf der Strohmatte. Talli und Tamara schliefen, und Bella blickte sie mit ängstlichen Augen an.

«Schlaf doch, Liebes!»

«Mosche wird sterben!»

«Gott behüte! Ich passe auf ihn auf.»

«Papa ist auch gestorben.»

«Mosche wird wieder gesund. Er schläft jetzt ganz ruhig. Schlaf du auch.»

«Du hast auch auf Papa aufgepaßt, und er ist trotzdem gestorben.»

«Steh auf. Komm und sieh ihn dir an.»

An der Tür blieb Bella stehen und schaute zum Bett hin. Offenbar hatte sie Angst hineinzugehen. Mosche atmete ruhig, und sein Gesicht sah frisch und entspannt aus Nur der leise, pfeifende Ton, der seine Atemzüge begleitete, zeugte von seiner Krankheit.

«Ich werde wach bleiben.» Fanja kniete sich neben dem erschrockenen Mädchen hin. «Ich werde bis zum Morgen bei ihm sitzen und Wache halten, und dann kannst du mich ablösen. Jetzt mußt du aber schlafen, damit du morgen Wache halten kannst.»

Bella nickte mit ernster Miene und legte sich wieder auf ihre Matte.

Fanja wollte an etwas denken, das sie am Einschlafen hinderte.

Es war zwei Monate her, seit sie Sonjas letzten Brief erhalten hatte. Sie hatte ihre Antwort von Tag zu Tag, von Woche zu Woche aufgeschoben. Briefe an ihre Schwestern stellten immer eine Art Bilanz dar. Was sie hatte und was sie nicht hatte. Jechiel war tot. Die Fabrik war aufgelöst. Das Haus wurde verkauft. Das Kind war krank ...

Warum blieb sie überhaupt noch hier? Ihr Vater war tot, Lolik war tot, Jechiel war tot. Nur noch wenige dünne Fäden, die auch bald zu zerreißen drohten, verbanden sie mit diesem Ort. Wenn sie vernünftig wäre, würde sie von hier wegziehen. Aber irgendwann im Laufe dieser schweren und grausamen Jahre hatte sich – weniger durch Einsicht als durch ihr Gefühl – die Überzeugung verfestigt, daß dies ihr einziges und letztes Zuhause war. Sie hatte nicht viel übrig für jene Juden, die ständig auf Wanderschaft waren und hinter neuen Ideen herjagten, ein verlorenes Glück suchten und vor alten Ängsten davonliefen.

Jechiel hatte einmal zu ihr gesagt: «Wir müssen unser Bestes tun, das ist alles.» Das war ihr Leitmotiv geworden. Nicht länger herumwandern, ein eigenes Zuhause haben und dort bleiben, in guten und in schlechten Zeiten, und immer sein Bestes tun. Nein, sie würde nicht einmal den Versuch machen, es Sonja zu erklären, weil es ihr selbst nicht ganz klar war. Auch einfachere Dinge fand sie schwer zu erklären. Im stillen hatte sie Gott versprochen, weiterzumachen wie bisher, wenn er nur Mosche retten würde. Sie würde wieder den Vertrieb von Medikamenten aufnehmen, um die Lizenz nicht zu verlieren. Und sie würde ernsthaft über den Vorschlag ihres Onkels nachdenken, Asriel Levy die Konzession von Park Davis für einen monatlichen Betrag abzutreten.

Was würde ihre Schwester dazu sagen? Ihrem letzten Brief, der in Louisiana abgeschickt war, entnahm Fanja, daß auch ihre Schwester mit Tabakgeschäften schlechte Erfahrungen gemacht hatte. Sonja schrieb, sie seien nach Louisiana gezogen, weil dort viele Juden aus ihrer Heimatstadt, Jelissavitgrad, ansässig waren. Jetzt planten sie allerdings, sich woanders anzusiedeln.

Unsere Juden vergeuden ihre Kraft und Energie mehr in nutzlosen Diskussionen als in der Landwirtschaft, schrieb Sonja. *Ich habe diese Diskussionen satt, ob Juden für die Landwirtschaft geeignet sind oder nicht und ob die Theorien von Robert Owen richtiger sind als die Theorien von Tolstoi. Josef will unser Land hier verkaufen und mit uns nach Oregon ziehen. Die Pioniere von* Am Olam *haben dort die Siedlung New Odessa gegründet. Ich bin nicht gerade begeistert. Von Pioniertum habe ich genug. Dazu kommt, daß die Siedlung auf kommunaler Basis geführt wird. Josef hat übrigens behauptet, in deinem Rosch Pina sei die erste Kommune in Palästina entstanden. Stimmt das? Fanitschka! Du erzählst gar nichts. Bedeutet «Kommune», daß alles gemeinsamer Besitz ist? Du mußt mir ausführlich darüber schreiben. In New Odessa verdienen sie ihren Lebensunterhalt mit der Lieferung von Holzbohlen an die Eisenbahn. Man sagt, das Klima dort sei angenehm, aber ich habe auch gehört, daß die Leute vegetarisch leben und freie Liebe betreiben. So etwas brauche ich nicht. Ich werde Josef die Augen auskratzen, wenn er es wagen sollte, sein Bett mit anderen Frauen zu teilen (ich selbst habe gar nicht mehr die Kraft, mich anderen Männern zu widmen). Übrigens bin ich zu der Überzeugung gelangt, daß ich eine Städterin bin. Jackie plappert schon englisch wie ein geborener Amerikaner, aber wir, die wir in einer fast ausschließlich jüdischen Gemeinschaft leben, sprechen natürlich weiter Russisch und Jiddisch und essen lieber Borschtsch und Hering als Apple Pie und Maple Syrup. Und du, meine Fanitschka, spielst*

du noch Klavier? Ich hoffe es. Wenn unser Leben normal verlau-
fen wäre, wärest du heute eine berühmte Pianistin . . .

Wenn, wenn . . .

Fanja war in Gedanken versunken, doch plötzlich erstarrte
sie. Sie glaubte draußen ein Rascheln gehört zu haben. Nein,
doch nicht. Wahrscheinlich nur eine streunende Katze oder
eine Ratte.

Aber wenn doch jemand da war? Sie saß vor der Lampe,
und ihr Schatten war gewiß draußen zu sehen. Wie spät war es
eigentlich? Mitternacht? Ein Uhr? Zwei Uhr? Wieder hörte
sie das Geräusch und dann das Quietschen der Türangeln in
der Hütte im Hof. Die verrosteten Angeln ließen ihre bekannte Melodie hören. Sie blickte zu Mosche hin. Er schien
fest zu schlafen. Klopfenden Herzens holte sie ihre Pistole aus
der Schublade und ging leise hinaus. Wenn sie schrie, würden
ihr die Nachbarn sofort zu Hilfe kommen. Aber wenn es doch
nur eine Katze war? Sie verbarg sich im Schatten der Pappel
und schleuderte einen Stein gegen die Tür der Hütte. Und
dann noch einen. Einen Moment lang geschah nichts. Dann
öffnete sich die Tür der Hütte, und eine riesige Gestalt erschien im Türrahmen.

«Wer ist da?» fragte die Gestalt.

«Halt! Wer bist du?»

«Fanja?»

«Sascha?»

«Wo bist du denn?»

Sascha trat heraus.

«Hier. Du hast mich erschreckt. Was machst du denn hier
in der Hütte?» Mit zitternden Knien lehnte sie sich an die
Pappel.

«Ich wollte dich nicht erschrecken.»

«Die Seele ist mir ausgegangen vor Schreck.»

Eine Fledermaus flatterte plötzlich aus der Krone der Pappel, und Fanja flüchtete aus ihrem Versteck. Die dünnen
Strahlen der Sterne fielen auf die große Gestalt, spendeten
aber nur wenig Licht. Fanja drehte sich um und ging ins
Haus. Sie wartete mit den vielen Fragen, die ihr auf der Zunge
lagen, bis sie im hellen Zimmer waren. Am Eingang hielt Sascha an und strich mit der Handfläche über die Tür.

«Das Sandhuhn ist immer noch da.»

«Die Farben sind verblaßt. Aber es ist immer noch da.»

Im Haus beim Schein der Lampe betrachteten sie einander. Seine hochgewachsene Gestalt erstaunte sie. Sie erinnerte sich, daß er groß und breitschultrig war, aber doch nicht so groß! Er stand vor ihr wie ein Hüne. Wie kam es, daß sie sich nicht daran erinnerte? Vielleicht, weil sie damals schwanger gewesen war und sich voll und ganz auf ihr ungeborenes Kind konzentriert hatte. Oder vielleicht, weil auch sie damals größer als gewöhnlich gewesen war.

«Vielleicht legst du erst mal die Pistole weg, Fanja», sagte er schließlich.

«Wo kommst du her?»

«Aus Beirut. Ich weiß alles», beeilte er sich, ihr zu versichern. «Ich habe Ismael Nissan Amsaleg und seine Frau getroffen. Du bist ja angekleidet. Ich meine», erklärte er hastig, als er ihren erstaunten Blick sah, «hast du denn noch nicht geschlafen?»

«Mosche ist krank», sagte sie mit leiser Stimme und wies auf das Bett.

«Was hat er denn?» fragte Sascha ebenso leise.

«Malaria. Jetzt geht es ihm schon etwas besser.»

Sascha trat ans Bett und legte dem Kind die Hand auf die Stirn. Mosche bewegte sich, murmelte etwas und verstummte wieder.

«War der Arzt da?»

«Nein.» Fanja zuckte die Achseln. «Wozu? Der hätte ihm auch nur Chinin verschrieben, und das habe ich ihm selbst gegeben. Man sagt, daß das Wasser verseucht ist. Aber wir trinken alle aus demselben Brunnen. Was machst du hier?»

«Ich bin wegen der Spinnerei gekommen.»

«Bist du etwa der Experte aus Beirut?»

«Ich?» Sascha mußte über ihr Erstaunen lächeln. Dann wurde er wieder ernst und sagte: «Ich möchte Landwirt werden.»

«Hier?» Ein verächtliches Lachen entfuhr ihr. Vielleicht war es auch nur ein Seufzer.

«Warum nicht? Wie ich höre, hat Ossowitzki zehntausend Feddan Land aufgekauft und verteilt es unter die Bauern.»

«Ja. Jetzt werden Weinberge gepflanzt und Maulbeerbäume. Was hast du in Beirut gemacht?»

«Ich habe in einer Seidenspinnerei gearbeitet.»

«Mosche und Bella arbeiten nachmittags in der Spinnerei –
die armen Kinder! Es würde mich freuen, wenn du auch dort
hinkämst. Dann wäre ich ruhiger. Man sagt, daß es Zukunft
hat . . . die Seide.»

«Wie alt sind denn die Kinder?»

«Mosche ist zehneinhalb, und Bella ist neun.»

Sein Gesicht verfinsterte sich einen Moment lang, aber er
sagte nichts, wofür Fanja ihm dankbar war.

«Kann ich mal mein Baby sehen? Wie alt ist es jetzt?»

«Talli? Fast zwei Jahre.»

Fanja hob die Lampe hoch, und Sascha betrachtete die drei
Kinder, die auf den Strohmatten schliefen. Es war kalt im
Zimmer, und der Wind pfiff durch die Ritzen am Fenster, die
notdürftig mit Stroh verstopft waren. Das war das Wiegenlied
der Kinder. Na ja, bald würde es Sommer werden, und man
konnte die Fenster offenlassen. Talli und Tamara waren mit
dem alten Mantel von Jechiel zugedeckt und Bella mit einer
Wolldecke. Einen Augenblick lang spürte Fanja so etwas wie
Mitleid mit sich selbst. Als sie wieder im Nebenzimmer waren,
schimpfte sie: «Du bist davongelaufen!»

«Du hast ja graue Haare, Fanja.»

«Ich bin ja auch schon hundert Jahre alt.»

«Du bist schön. Noch schöner, als ich dich in Erinnerung
hatte. Weißt du, wie man dich nennt?»

«Wer?»

«Die Königin des Landes Naftali.»

«Ach so, Imbar.» Fanja zuckte geringschätzig mit den
Schultern.

«Er hat ein Gedicht über dich geschrieben.»

Fanja wurde knallrot. Das peinliche Rotwerden aus früheren Zeiten hatte seit Jechiels Tod aufgehört. Sie mußte mit
Scham und Zorn an die Verleumdungen denken, die man ihr
in Gedera angehängt hatte.

«Ist das Baby nach ihm benannt?»

«Nein! Nach dem Landstrich Naftali!»

«Warum bist du so wütend?»

Zur Antwort zuckte sie nochmals mit den Schultern.

«In Beirut habe ich einen Türken kennengelernt, der Imbar ein Zimmer vermietet hatte. Wovon, glaubst du, hat er sich in Istanbul ernährt?»

«Vom Hausieren.»

«Noch dazu auf jiddisch!»

«In Istanbul hat er dann die Oliphants kennengelernt.»

«Er war in Oliphants Frau verliebt.»

«Ja, das dachte ich mir. Woher weißt du das?»

«Das war kein Geheimnis. Ganz gewiß nicht, nachdem er ihren Nachruf veröffentlichte.»

«Was für einen Nachruf? Ist Lady Alice gestorben?» fragte Fanja erschüttert. «Wann denn?»

«Voriges Jahr. Der Nachruf ist ein langes Gedicht. Ich erinnere mich an zwei Verse: ‹Tief in meinem Herzen / gebe ich mir Rechenschaft, / in meinem Herzen, dort in der Finsternis, / ist das Grab deiner sterblichen Überreste›. Kann ich hier bei dir wohnen, Fanja?»

«Und was werden die Nachbarn sagen?»

«Fanja! *Du* sagst so etwas?!»

«Ja, ich!» erwiderte sie zornig. «Ja, ich. Ich trage die Verantwortung für all diese Kinder! Du hast sie ja gesehen! Ich bin ein biologisches Wunder! Eine Frau von einundzwanzig, die einen Sohn von zehneinhalb Jahren hat!»

«Dann wohne ich eben in der Hütte.»

«Weißt du schon, daß Lolik tot ist?»

«Ja.»

«Na gut.» Ihr Zorn war plötzlich verflogen. «Ich muß ohnehin in ein paar Tagen ausziehen.»

«Wo ziehst du hin?»

«Ins Haus von Isser Frumkin. Riva ist tot. Wußtest du das?»

«Ja.»

«Wir werden ein nettes Paar sein, Isser und ich.»

«Heiratest du ihn etwa?» fragte Sascha entsetzt, worauf Fanja laut auflachte.

«Nein, Dummkopf! Natürlich nicht. Aber ich verkaufe das Haus und werde bei ihm wohnen. Wenn du in der Spinnerei keine Arbeit findest, kannst du bei ihm im Weinberg arbeiten. Der Lohn ist lächerlich, aber wenigstens hast du Arbeit.»

«Arbeitest du bei ihm im Weinberg?»

«Ja. Heute habe ich die Fabrik in Safed aufgegeben. Jeden Tag geht etwas zu Ende. Und, wie in dem Gedicht von Imbar, ‹in der Finsternis tief im Herzen ist ein Grab›. Übrigens, hast du auch von meinen Tabakgeschäften gehört?»

Sascha nickte.

«Wer hat dir davon erzählt? Ismael?»

«Ich habe deinen Onkel und deine Tante bei den Amsalegs in Beirut getroffen. Sie haben Bellas Söhne besucht, die dort an der Universität studieren.»

«Mein Onkel!» schnaubte Fanja.

«Was ist mit ihm?»

«Er liebt die gesamte Menschheit.»

«Und was ist daran schlecht?» fragte Sascha lächelnd.

«Schlecht! Als Jechiel starb, kam er zur Beerdigung und fuhr danach sofort nach Jaffa zurück. Ich hätte seine Hilfe ohnehin nicht angenommen», beeilte sie sich hinzuzufügen. «Was ich sagen wollte, ist, daß er vor lauter grandiosen Ideen zur Verbesserung der Menschheit die Menschen nicht sieht, die ihm vor der Nase herumlaufen.»

«Ich zum Beispiel laufe dir vor der Nase herum.»

«Du bist auch kaum zu übersehen», sagte sie lächelnd.

Ein Zucken lief über Saschas Gesicht.

«Würdest du gern hierbleiben? Hier in diesem Haus?»

«Das kann ich doch nicht.» Sie wandte ihm den Rücken zu und trat ans Fenster, das in Dunkelheit gehüllt war. Ein Stern blinkte in der schwarzen Ferne. «Armer Jechiel! Ich kann nachts nicht mehr schlafen. Die ganze Zeit sehe ich ihn vor mir, wie er mich anschaut und wartet. Wartet! Vielleicht wird Fräulein Fanja Mandelstamm sich endlich entscheiden, ob sie im Hause ihres Ehemannes und ihrer Kinder bleiben möchte... Niemals hat er mich um etwas gebeten, mir gepredigt oder mir gegen meinen Willen etwas aufgedrängt. Mein Wille war mein Himmelreich. Und jetzt, da er nicht mehr bei ihr ist, gerade *jetzt* hat sich diese Frau entschlossen hierzubleiben! Ich bete zu Gott, er möge mich wenigstens so lange behüten, bis die Kinder groß sind und auf eigenen Beinen stehen können. Danach...»

Ihre Stimme zitterte. Noch nie hatte sie mit jemandem über

diese Dinge gesprochen. Mit wem hätte sie auch reden können? Sie tat einen tiefen Atemzug, schüttelte ihre kupferroten Locken und wandte sich wieder dem Zimmer zu.

«Ich habe das Haus gekauft, Fanja. Ich bin der Mann aus Beirut.»

Eine Zeitlang schwiegen beide. Was er gesagt hatte, drang nur ganz langsam zu ihr durch. Es war ihr in letzter Zeit öfter passiert, daß sich eine Art Barriere in ihrem Kopf auftürmte und der Sinn der Worte anderer ihr nicht recht zu Bewußtsein kam. Sascha beugte sich vor, und sie glaubte, er wolle ihre Hand ergreifen. Aber er blickte zu Mosche hinüber und seufzte. Es schien, als würde die Stille im Zimmer ewig andauern.

Schließlich sagte Sascha: «Ich war einmal verheiratet. Sonja Brill war Hebamme, Dichterin und die verehrungswürdigste jüdische Frau in ganz Krakau. Wir hatten zwei Töchter. Nina war zwei Jahre alt, Leale sieben Monate. Wir feierten das *Pessach*fest in Poltawa. Bei meinem Schwiegervater. Danach fuhr ich nach Krakau zurück, und sie wollten noch ein wenig länger bleiben ... Wenn ich auch dageblieben wäre ...»

«Wenn», entfuhr es Fanja. Dann nickte sie mit dem Kopf wie jemand, der mit diesem «wenn» noch eine Rechnung zu begleichen hat.

«Ich konnte dort nicht bleiben. Es kam mir vor, als träte ich mit jedem Schritt in jüdisches Blut. Einer von uns in Krakau fuhr nach den Pogromen von Jelissavitgrad mit einer Delegation zu General Drentalan. Weißt du, was er ihnen sagte? ‹Sollen die Juden doch nach Jerusalem gehen.›»

«Ich bin aus Jelissavitgrad.»

«Und ich beschloß, genau das zu tun. Nach Jerusalem zu gehen. Ich wollte vergessen, aber das kann ich nicht. Niemals.»

«Wir sind stärker, als wir glauben, Sascha. Es scheint immer, als könnten wir nicht noch mehr ertragen. Und dann geschieht etwas. Und das ertragen wir auch noch. Ist das ein Zeichen von Stärke oder von Schwäche?»

«Ich weiß es nicht.»

«Gott versucht uns immer wieder.»

«Ich hatte beschlossen, nie wieder eine Familie zu gründen.

Ich würde der Grabstein meiner toten Familie sein. So dachte ich. Wie lange ist das her? Sechs Jahre. Und jetzt bin ich bereit, die Scherben aufzulesen, sie zusammenzufügen und von vorn zu beginnen.»

Sie nickte. «Das ist es, was wir Juden immer tun. Wir beginnen von vorn. Immer wieder und immer wieder. Wir tragen die Narben auf unserem Körper, als seien sie *unser* Schandfleck. Wir verbergen das schreckliche Geheimnis vor unseren Kindern. Warum? Wir löschen es aus unserem Gedächtnis. Warum nur? Warum?»

«Man kann damit nicht leben, Fanja.»

«Wir sollten es hinausschreien, bis der Himmel auseinanderbricht, auch wenn dieser Schrei unser letzter wäre! Schreien müssen wir, Sascha! Schreien! Die Welt soll sich an unsere Stimme erinnern, daran, daß wir Jesus der Gekreuzigte sind! Warum schämen wir uns?»

«Vielleicht, weil wir Menschen sind... Wir schämen uns der Verbrechen der Menschheit. Fanja?»

«Ja?»

«Die Seide... die hat Zukunft. Heute sind hier in der Spinnerei dreißig Spinnräder. Ich habe in Beirut den Direktor gesprochen, und der will die Anzahl der Räder verdoppeln. Ich bin ein Fachmann. Mein Einkommen ist gesichert. Fanja... ich brauche dich. Erlaubst du mir, dir zu helfen?»

Fanja blickte ihn verwundert an. Wenn er sie umarmte, dachte sie, würde sie ihm bis ans Schlüsselbein reichen.

Dann füllten sich ihre Augen mit Tränen.

Glossar

AGUDAT ACHIM: (wörtl.: «Verband der Brüder») – zionistischer Verband in der Diaspora um die Jahrhundertwende, der die Ansiedlung von Juden in Palästina unterstützte.

AMOT: hebräisches Längenmaß

ASCHKENASIM: Juden europäischer Herkunft

BAKSCHISCH: persisches Wort für «Trinkgeld»

BAR MITZWA: Mit dreizehn Jahren wird ein Jude *Bar Mitzwa* (wörtl.: «Sohn der Pflicht»). Von diesem Zeitpunkt an wird er als Mann angesehen und nimmt sämtliche Pflichten eines jüdischen Mannes auf sich. Er muß die vorgeschriebenen Gebete sprechen, *Tefillin* legen, an Fastentagen fasten usw.

BILU: Abk. für *Beit Jaakow lechu unelecha* (Haus Jakob, wohlan, laßt uns wandeln im Lichte des Herrn! [Jesaja 2,5]) – Name einer Gruppe junger Juden, die 1882 nach Palästina auswanderten und sich als Pioniere in der Landwirtschaft betätigten.

BISCHLIK: türkische Münze von geringem Wert

BRITH MILA: Die Beschneidungszeremonie, die bei jüdischen Knaben im Alter von etwa einer Woche vollzogen wird. Die Zeremonie ist auch umschrieben als «Aufnahme in den Bund unseres Urvaters Abraham» (d. h. in die jüdische Gemeinde). Bei diesem Ritual sitzt der *Sandak*, der Pate des Kindes, in einem Lehnstuhl und hält das Kind auf den Knien, während der *Mohel*, der Beschneider, dem Kind die Vorhaut ab-

schneidet. Dazu ist selbstverständlich ein
Minjan, ein Quorum von zehn Männern,
erforderlich. Erst nach der Beschneidung
wird das Kind als Jude angesehen.

CHALUKA: (wörtl.: «Teilung» oder «Aufteilung») –
Gelder, die hauptsächlich um die Jahrhundertwende in der Diaspora gesammelt und von Funktionären unter einem
Teil der in Palästina ansässigen Juden
verteilt wurden, die damit ihren Lebensunterhalt bestritten. Dabei war in der
Regel nicht wenig Korruption im Spiel,
weil die Funktionäre eigenmächtig be-
stimmten, wer wieviel bekam. Viele orthodoxe Juden waren der Meinung, die
einzige Pflicht eines gläubigen Juden be-
stehe darin, die heiligen Schriften zu studieren, und andere müßten für seinen
Lebensunterhalt aufkommen. Zioni-
stisch motivierte Juden dagegen bezeich-
neten die *Chaluka* als «Schnorrerei» und
zogen es vor, sich ihren Lebensunterhalt
durch Arbeit zu verdienen. Es kam bei
der Verteilung der Gelder häufig zu Streitereien und Gewalttätigkeiten. Auch
heute leben Tausende von ultraorthodo-
xen Juden in Israel, deren einzige Beschäftigung das Studium der heiligen
Schriften ist und die den Staat nicht einmal anerkennen, von Zuwendungen aus
der Diaspora.

CHAN: arabisches Wort für «Herberge»

CHASSIDIM: (wörtl.: «die Frommen») – Anhänger des
Chassidismus, einer im 18. Jh. aus der
jüdischen Mystik entstandenen religiösen Bewegung des osteuropäischen Judentums, die der starren Gesetzeslehre
eine lebendige Frömmigkeit entgegen-
setzt.

CHIRBE: arabisches Wort für «Ruine»

CHOWEWEJ ZION: (wörtl.: «Anhänger Zions») – Erste zionistische Organisation, gegründet in Rußland gegen Ende des 19. Jahrhunderts.

CHUPPA: Ein Baldachin auf vier hölzernen Pfosten, gehalten von vier Männern, unter dem die jüdische Trauung von einem Rabbiner geschlossen wird. Die Trauung findet immer im Freien statt.

DUNAM: Flächenmaß aus der Türkenzeit, das auch heute noch in Israel verwendet wird (ein Dunam = 1000 qm).

FEDDAN: ägyptisches Feldmaß (ein Feddan = 0,42 Hektar)

FIRMAN: türkische Bezeichnung für offizielles Dokument oder Lizenz

GEMARA: Teil des *Talmuds*

GOI: Nichtjude

HALABI: häufig vorkommender Name bei sephardischen Juden; wörtl.: «Mann aus Aleppo». (Ähnl.: *Moghrabi* = «Mann aus Nordafrika»).

HOHE PFORTE: der Hof des türkischen Sultans

HIAS: (Abk. für *Hebrew Immigrant Aid Society*) – Verband zur Unterstützung amerikanischer Juden, die nach Israel auswandern.

JESCHIWA: religiöse Schule, meist einer Synagoge angeschlossen

KAIMAKAM: türkisches Wort für «General» oder «Befehlshaber»

KAWASS: türkisches Wort für «Page» oder «Lakai»

KICHA: Abk. für *Kol Israel Chawerim* (wörtl.: «Ganz Israel sind Freunde») – gegen Ende des vorigen Jahrhunderts gegründeter jüdischer Weltverband

KISSAM: arabische Bezeichnung für den Anteil

der Ernte, den der Pächter an den Landeigentümer abzugeben hatte

LAG BEOMER: Frühlingsfest, eine Art Erntedankfest, am 33. Tag des jüdischen Monats *Omer*.

LAUBHÜTTENFEST: (hebr.: Sukot) – Fest zum Gedenken an den Exodus. Es beginnt im Herbst am 15. Tag des jüdischen Monats *Tischri* und dauert sieben Tage.

MEJID: (auch *Mejida*) – türkische Münze

MELAWE MALKA: (wörtl.: «Geleit der Königin») – Lieder, die am Ende des Sabbat in der Synagoge gesungen werden.

MESUSA: Pergamentblatt mit Zitaten aus dem 5. Buch Moses, das in einer Holz- oder Metallkapsel am rechten Türpfosten jüdischer Häuser befestigt ist und beim Hinein- oder Hinausgehen ehrfurchtsvoll berührt oder geküßt wird.

METLIK: alte türkische Münze von geringem Wert

MIKWE: Ritualbad

MINJAN: das zum Beten erforderliche Quorum von zehn erwachsenen jüdischen Männern

MIRI: türkisches Wort für «amtlich» oder «Regierungsamt»

MUCHTAR: arabische Bezeichnung für den Dorfältesten

MUJIK: russischer Bauer

NARODNAJA WOLJA: (wörtl.: «Volkswille») – Russische Geheimorganisation, gegründet 1879, die revolutionäre Propaganda betrieb und die Ermordung des Zaren Alexander II. organisierte.

OKA: alte türkische Gewichtseinheit (ein Oka entspricht etwa 1000 Gramm)

PAJES: Schläfenlocken, wie sie von religiösen Juden getragen werden

PANJES: verächtlicher Ausdruck für die Polen

PESSACHFEST: (auch *Passahfest*) – Feiertag im Frühjahr

zur Erinnerung an den Auszug der Juden aus Ägypten

RABBI: Abgeleitet von dem hebräischen Wort *Raw*, womit jedoch nicht unbedingt ein amtierender Rabbiner gemeint sein muß. Es kann auch die Anrede oder der Ausdruck des Respekts für einen Lehrer, einen Gelehrten oder eine höherstehende Person sein. Mit dem jiddischen Ausdruck *Rebbe* ist jedoch immer ein Rabbiner gemeint. Das jiddische Wort *Reb* ist eine Höflichkeitsanrede, die dem Namen vorangestellt wird.

ROTEL: alte türkische Gewichtseinheit (ein Rotel = 2 880 Gramm)

SAIDA: arabisches Grußwort

SCHALET: (auch *Tschulent*) – Eintopfgericht aus Rindfleisch, Bohnen und Kartoffeln

SCHAWUOTH: Fest am 6. Tag des jüdischen Monats Siwan; gleichzeitig Erntefest und Gedenktag der Übergabe der Zehn Gebote an das Volk Israel.

SCHIWA: Ritual nach dem Tode eines nahen Verwandten. Die Familienmitglieder sitzen sieben Tage lang (außer am Sabbat) auf niedrigen Schemeln und trauern um den Verstorbenen. Alle Bilder und Spiegel im Hause werden verhängt.

SCHMA ISRAEL!: Anfang des Gebets «Höre, Israel!»; Ausruf in höchster Not oder Verzweiflung.

SEPHARDIM: Juden spanischer oder orientalischer Herkunft

TALMUD: (wörtl.: Lehre) – Sammelwerk des nachbiblischen Judentums

TARBUSCH: arabische Bezeichnung für «Fes»

TEFILLIN: Gebetsriemen, die an Wochentagen beim Morgengebet an den linken Arm und auf die Stirn geschnallt werden. An den Riemen sind zwei Kapseln befestigt,

	die ein Pergament mit Auszügen aus den fünf Büchern Mose enthalten.
TORA:	Die auf einer Rolle aufgezeichneten fünf Bücher Mose; in kostbarem Schrein aufbewahrte heilige Reliquie in jeder Synagoge.
TIKUN CHAZOT:	Gebet zu Mitternacht
WADI:	arabische Bezeichnung für «Tal»
WALI:	türkischer Statthalter
ZHIDS:	(auch *Zhidlakes*) – verächtlicher Ausdruck für Juden